번역된 미래와 유토피아 다시 쓰기

1920년대 과학소설 번역과 수용사

지은이

김미연(金美姸, Kim Mi-yeon)

고려대학교 비교문학비교문화협동과정 박사. 전남대학교 국어국문학과 박사후연구원. 성균관대학교 비교문화연구소 선임연구원. 고려대학교 강사. 근대 번역문학을 중심으로 세계문학의 연쇄와 수용을 공부하고 있다.

번역된 미래와 유토피아 다시 쓰기 1920년대 과학소설 번역과 수용사

초판인쇄 2022년 5월 17일 **초판발행** 2022년 5월 31일
지은이 김미연 **펴낸이** 박성모 **펴낸곳** 소명출판 **출판등록** 제13-522호
주소 06643 서울시 서초구 서초중앙로6길 15, 2층
전화 02-585-7840 **팩스** 02-585-7848 **전자우편** somyungbooks@daum.net **홈페이지** www.somyong.co.kr

값 43,000원 ⓒ 김미연, 2022
ISBN 979-11-5905-697-0 93810

잘못된 책은 바꾸어드립니다. 이 책은 저작권법의 보호를 받는 저작물이므로 무단전재와 복제를 금하며,
이 책의 전부 또는 일부를 이용하려면 반드시 사전에 저자와 소명출판의 동의를 받아야 합니다.

한국연구원
동아시아
심포지아
12
EAS 012

번역된 미래와 유토피아 다시 쓰기

1920년대 과학소설 번역과 수용사

김미연

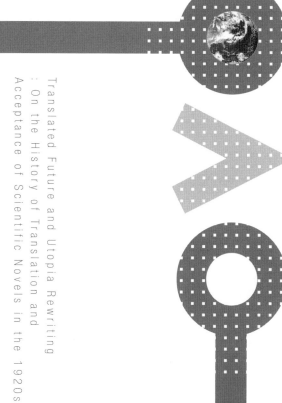

Translated Future and Utopia Rewriting
: On the History of Translation and
Acceptance of Scientific Novels in the 1920s

책머리에

    이 책은 1920년대 한국어로 번역된 과학소설을 다룬다. 1920년대의 문학 장場을 과학소설로 독해하려 한 시도로서 세계사적 흐름과 시대적 맥락을 염두에 두었다. 지금까지 식민지 시기의 과학소설 연구는 주로 근대 초기에 번역된 몇 편에 주목하거나 1920년대에 번역된 웰스의 『타임머신』과 카렐 차페크의 희곡 『로숨의 유니버설 로봇』에 집중해 왔다. 그러나 과연 그 목록이 전부인지 의심하지 않을 수 없었다. 과학소설이 당시 문학 장에서 주류는 아니었을지언정 어딘가에 다른 작품이 더 있을지도 모른다고 생각했다. 한편에 서구의 과학소설 목록을 놓고 다른 편에는 김병철의 저서를 나란히 둔 채로 무작정 번역된 소설을 찾아 내려갔다. 낯선 작가들과 소설의 이름을 대조해가며 하나둘씩 조사해 나간 작업은 무모함에 가까웠다. 그렇게 만나게 된 1920년대 과학소설의 세계는 무척이나 다채로웠다. 지금은 잘 읽지 않는 에드워드 벨러미의 『뒤돌아보며』나 윌리엄 모리스의 『뉴스 프롬 노웨어』도 있었고, 현재 한국어로 번역되지 않은 『평등』, 『타워』, 『신과 같은 사람들』 등의 소설도 있었다. '과학소설'의 범주를 더 넓혀보니 잭 런던의 「미다스의 노예들」이나 스티븐슨의 『지킬 박사와 하이드 씨』도 만날 수 있었다.

    일련의 소설을 '유토피아니즘Utopianism'이라는 주제로 묶어 박사학위논문을 썼다. '유토피아'라는 용어는 때때로 환상적이거나 비현실적인 것으로 인식된다. 그러나 '유토피아'를 상상하는 과정에서 '지금-여기'에 대한 성찰은 필수적이다. 마찬가지로 1920년대의 유토피아적 인식은 무조건적인, 막연한 희망이 아니었다. 시대를 비판적인 시각으로 관찰하고 더 나은 사회를 상상하게끔 하는 진취적인 방식이었으며 상상에 그치지 않고 구체적인 실행 방안이 모색되기도 했다. 당시 과학소설에는 현실을 개선하려는 시도는 물론이거니와 인간과 사회가 진보하리라는 믿음도 내재되어 있었다. 이와 더불어 개조론이나 사회주의의 관점에서 세계와 사회의 변화를 원하고 있었다. '혁명'이라는 표지를 내세우진 않았지만, 변혁을 위한 열망은 뜨거웠다. 이를 표출했던 방법 중 한 가지가 바로, 과학소설의 번역이었다.

과학소설은 당시로서 감각할 수 없었던, 상상조차 쉽지 않았던 세계를 그렸다. 백여 년 전의 사람들은 노동 시간이 줄어들기를 원하기도 하고, 세계가 어떤 연방의 형태로 편성되기를 바랐다. 또한, 교육의 기회가 두루 평등한 사회가 오기를, 더 나은 인간이 되기를 소망했다. 세계의 진보와 더 나은 삶을 꿈꾸는 방식은 지금과도 상당히 닮아있다. 그로부터 한참이 지난 지금은 어떠한가. 과학기술은 눈부시게 발전했지만 때로 인간은 그 발전의 속도로부터 소외되곤 한다. 살기 편해지긴 했지만, 좋아졌는지는 잘 모르겠다. 그래서인지 과거의 사람들이 꿈꾸던 '희망'을 아직 완전히 이해하지는 못하겠다. 더 나은 세계가 올 것이라는 기대감보다는, 불안이나 공포 같은 그 이면에 더 관심이 갔던 것도 그런 이유 때문이었다. 이 책은 희망과 불안이라는 다소 이질적인 정동들을 당대의 역사적 맥락 속에서 포착해내려는 시도를 담고 있다.

일차적인 관심은 한국어로 번역된 글에 있다. 번역자가 왜 이 텍스트를 선택했고 어떻게 옮겼을까 하는 질문을 던지며 원본과 번역본, 중역重譯본을 비교하는 작업을 주로 한다. 어떠한 경로를 통해 번역되었는지 검토하며 굴절과 변용, 자기화 과정을 고찰하고 식민지 시기의 지식 장에 유입된 세계문학이란 무엇인지, 문학이 어떤 역할과 기능을 했는지 고민한다. 그 가운데 번역의 저본底本을 찾는 작업은 이 분야 연구자들이 말하듯, 너무도 매력적인지라 중독과 집착을 자주 일으킨다. 매개를 분석하여 무엇을 보고 옮겼는지 거꾸로 되짚다 보면 번역자의 의도나 번역 맥락이 선명해지기도 하고, 논의의 범주가 확장되기도 한다.

앞으로도 번역문학을 공부할 것이다. 세계문학의 연쇄와 수용에 초점을 맞춰 식민지 시기에 기획된 '앤솔러지'를 연구해보고 싶고, 제1차 세계대전 이후 '잃어버린 세대Lost Generation'가 어떻게 수용되었는지도 공부하고 싶다. 이질적인 타자와의 만남 속에서 빚어지는 주체와 이를 내면화하는 과정을 탐구하다 보면 '나'라는 존재에도 더 가까이 다가갈 수 있으리라 생각한다.

처음에는 혼자서 공부할 수 있을 것이라 생각했다. 크나큰 오산이었다. 주변의 도움이 없었다면 석사과정조차 졸업하지 못했을 것이다. 도움을 주신 분들께 감사 말씀을 드려야 하는데 겸연쩍고 민망할 따름이다. 지도교수님이신 조재룡 교수님을 2009년에 처음 뵈었다. 가끔 대학원 면접 이야기를 꺼내시는데 먼 옛날 같기도 하고 얼마 전 일 같기도 하다. 석사논문을 쓸 무렵, 교수님께서는 딱 한 마디 물으셨다. "재밌니." 어리석게도 "네"라고 대답했다. 십여 년 전이나 지금이나 문장은 형편없고 문제의식도 발전하지 못했다. 그런데도 공부하고 싶으면 하라고 하신다. 끝끝내 잘하는 모습은 보여드리지 못할 듯하지만 나름대로 즐기면서 할 생각이다. 약속드릴 수 있는 건 이것뿐이다.

석사논문부터 박사논문까지 심사해주신 박진영, 권보드래 교수님께도 감사의 말씀을 드려야 하는데, 고작 몇 마디 말로는 안 될 것을 잘 안다. 석·박사과정, 수료 이후, 지금까지 박진영 교수님께서는 모든 과정을 다 지켜봐 주셨다. 궁금한 점이 있을 때마다 교수님께 여쭤보는데 교수님께서는 언제나 싫은 내색 없이 답변해주시고 심지어 자료까지 보내주신다. 교수님께서는 다양한 기회를 만들어 주셨을뿐더러, 교수님 덕분에 이렇게 책도 낼 수 있었다. 이번 생에 은혜를 갚는 것은 포기했다. 도저히 갚을 수 없을 것 같다. 발전하는 모습을 보여드리고 싶은 마음은 굴뚝 같지만 정말이지 쉽지 않다. 다음 논문을 써서 보여드리는 수밖에 없을 것 같다. 권보드래 교수님께도 죄송하고 감사할 따름이다. 마찬가지로 질문 개수가 어느 정도 쌓이면 여쭤보곤 하는데 언제나 대답을 다 해 주시고, 방향도 제시해주신다. 감사하면서도 항상 놀랍게 느껴진다. 우문현답이 무엇인지 몸소 깨닫는다. 박사논문을 쓰면서도 교수님 수업을 청강하러 다녔다. 대학원 수업, 학부 전공 수업, 교양 수업까지. 다 모르는 것뿐이라 어쩔 수 없었다고는 하지만 좀 너무했다는 생각도 든다. 그래도 교수님 수업이 제일 재밌어서 앞으로도 또 듣고 싶다. 조재룡, 박진영, 권보드래 교수님께 배우며 비로소 문학의 즐거움을 알게 되었다.

박사논문 심사 과정에서 손성준, 황호덕 교수님께서 해 주신 조언으로 논문을 마무리할 수 있었다. 손성준 교수님께서는 모든 소논문을 꼼꼼히 봐주시며 유익한 조언을 해 주셨다. 그리고 토론을 맡아주시기도 하며 번역 연구의 중요성을 일깨워주셨고 늘 용기를 북돋아 주셨다. 박사논문 심사를 생각해보면 긴장의 연속이었지만 한편으로 기대도 됐다. 오랜 시간 공부해오신 선생님들께서 이걸 보고 뭐라고 하실까, 내가 생각한 것이 말이 되는지도 궁금했다. 심사는 기대했던 것만큼 흥미로운 시간이었다. 심사를 거치며 논문과 공부에 대한 고민을 진지하게 할 수 있었을뿐더러 큰 응원을 받은 덕에 지금도 글을 쓸 수 있다.

짧지 않은 시간 공부하며 동학들의 도움이 컸다. 한 페이지 아이디어 조각부터 글이 완성될 때까지 꼼꼼히 봐준 최은혜, 임세화 학형께 고마운 마음을 전하고 싶다. 이분들과 약속한 세미나만 수십 개다. 천천히 걸으며 함께 공부하고 싶다. 석·박사과정 내내 도움을 주신 비교문학비교문화협동과정의 선배, 동료들 조다희, 왕성, 정지원 학형과 대학원 도서관에서 만난 인연 김복희, 이찬미, 이평화, 배상미 학형께도 이 자리를 빌려 감사드린다. 답답한 인생이지만 그마저도 응원해주는 친구들 김나래, 권도연, 안상경, 박정란, 오현주, 장미소 덕에 웃는다.

전남대학교 국어국문학과의 표인주, 백현미, 이준환, 조경순, 신해진, 장일구, 조재형 교수님을 비롯하여 BK21 교육연구단의 신진연구인력 백지민, 정민구, 최지영, 유형동(한신대), 이수진, 이경화 선생님 덕분에 새로운 곳에서 순조롭게 적응해 나가고 있다. 출판할 수 있도록 해 주신 성균관대 비교문화연구소, 한국연구원, 소명출판, 조혜민 편집자님께도 감사 인사를 드린다.

마지막으로, 하나뿐인 가족, 오영주 여사님. 하고 싶은 것 다 하면서 살라고 말씀해주신 덕에 이렇게 공부를 한다. 무뚝뚝한 자식인 터라 제대로 전한 적 없는 사랑한다는 말을 쓰고 싶다.

2022년 4월
김미연

일러두기

1. 자료를 인용할 때 띄어쓰기 및 문장 부호는 가독성을 위해 현재의 맞춤법 규정에 따라 표기하였고, 오탈자가 분명해 보이지만 원문대로 싣는 것이 좋다고 판단하였을 때에는 단어 옆에 [sic]를 병기하였다.
2. 자료의 복자(伏字)는 원문이 사용한 문자와 같은 것을 사용하여 표시하였다.
3. 해독 불가능한 글자는 □로 표시하였다.
4. 별도의 표시가 없으면 강조, 숫자는 인용자의 것이다.
5. 각주는 각 장별로 구분하여 부여하였다.

차례

표 차례

그림 차례

제1장
근대문학 장場의 과학소설

---

1. 번역과 과학적 상상력

이 책은 1920년대를 중심으로 과학소설의 이입과 수용, 번역 양상을 고찰하는 데 목적을 둔다. 이를 위해 과학소설로 판단할 수 있는 텍스트를 연구 대상으로 삼고, 번역의 제諸 문제인 번역 주체, 번역 경로, 번역 방법, 번역 양상, 번역 맥락을 실증적으로 검토하고자 한다. 특히, 번역의 경로를 중요하게 고려하여 중역重譯의 대상을 찾으려 한다. 중역의 대상을 밝히는 작업을 통해 식민지 시기 중역의 '채널'[1]을 확장하려는 시도이기도 하다. 이 과정을 토대로 1920년대 과학소설의 번역 계보를 수립하는 것이 첫 번째 목표이다. 번역 계보의 조사는 실증적인 검토를 통해 번역 저

---

1   황종연, 「문학에서의 역사와 반(反)역사―이기영의 『고향』을 중심으로」, 『민족문학사연구』 67, 민족문학사학회, 2008, '2장 사회주의 수용의 엥겔스-사카이 채널'에서 용어를 빌려왔다.

본底本을 확정하는 작업을 의미하지만, 동시에 조사 과정에서 새로운 질문과 방향 전환의 가능성을 생성해 낼 수 있다.[2] 따라서 번역과 중역을 밝혀내는 작업에 그치지 않고, 번/중역된 텍스트에서 나타나는 저본과의 공통점뿐 아니라 굴절과 변용 등의 차이를 분석하여 조선어 텍스트의 특수성을 규명할 것이다. 두 번째로 제1차 세계대전과 러시아 혁명, 3·1운동이라는 세계적·민족적 사건을 겪은 후, 인식의 변화가 감지된 식민지 조선이라는 세계에서 번역된 과학소설이 갖는 의미와 기능을 분석하고자 한다. 이 과정에서 과학소설이 식민지 시기의 지식 장場에서 사상과 접목되거나 어긋나는 지점을 밝히고, 문학적 실천으로 확장된 사례를 검토할 것이다. 궁극적으로 이 연구는 1920년대 식민지 조선의 시대적 맥락을 바탕으로 번역된 과학소설을 독해하고, 과학소설의 문학적 상상력이 불러일으킨 인간과 세계의 미래상像을 논구하고자 한다.

이 책의 중심 키워드는 '과학소설', '1920년대', '번역과 중역'이다. 먼저, '과학소설'에 주목하고자 하는 이유는 다음과 같다. 다르코 수빈Darko Suvin은 과학소설을 '인지적 낯설게 하기의 문학'(소위 '인지적 소외Cognitive estrangement'라고 일컫는 용어)으로 정의한다. 이는 "작가의 경험적 세계에 대한 정확한 재창조"와 "'노붐Novum', 즉 낯선 새로움에 대한 독점적인 관심"[3]

---

2   김준현, 「『청춘』의 '세계문학개관' 저본에 대한 검토 (1) - 최남선과 마쓰우라 마사야스(松浦政泰)」, 『사이間SAI』 24, 국제한국문학문화학회, 2018, 11면.

3   '노붐(Novum, new thing - 인용자)'은 다르코 수빈이 에른스트 블로흐(Ernst Bloch)에게서 가져온 용어이다. 블로흐는 인류를 현재에서 아직 실현되지 않은 곳을 향하여 고양시키는 예상치 못한 새로움을 '노붐'이라고 지칭하였다. 블로흐의 맥락에서 노붐이란 긍정적인 역사적 변화에 대한 희망을 가져오는 변화이다. 여기서 블로흐는 미래를 파악하고 선취하는 독특한 인간의 능력을 '희망'이라고 표현했다(에른스트 블로흐, 박설호 역, 『희망의 원리』 1, 열린책들, 2004, 402~417면).

으로 해석되는데 여기서 핵심적인 것은 '낯설게 하기'와 '인지'이다. 수빈에 따르면 '낯설게 하기'와 '인지'는 과학소설을 지탱하는 두 축이다. 주지하다시피 '낯설게 하기'는 편견과 고정관념을 내려놓고 객관적인 시선으로 대상을 낯설게 바라보기 시작할 때 새로운 발견에 이를 수 있다는 의미이다. 이런 의미에서 낯설게 하기란 수빈의 말대로 어떤 형태의 각성과 재발견이고 "인지적이면서 동시에 창조적"이다. 그리고 '인지'란 자신이 속한 경험적 세계의 법칙에 의심을 품고, 그것을 관찰하여 새로운 통찰을 얻어내는 능력을 말한다.[4] 프레드릭 제임슨Fredric Jameson은 수빈의 개념이 과학소설의 근본적인 정치적 속성을 파악할 수 있게 하는 관점을 제시한다고 말한다. 과학소설 속의 유토피아적 환상이 우리 자신의 '지금'에 관한 경험을 낯설게 하고 재구성한다는 것이다. 과학소설의 '인지적 낯설게 하기'는 미래의 모습과 정치적 유효감에 관한 조건들을 설정할 수 있다. 그리고 이 조건들은 다시 변증법적으로 과거와 현재를, 미래와 이 미래의 정치적 행위의 지평을 위한 조건으로 형성하게끔 한다. 즉, 낯선 세계를 상상함으로써 삶의 조건들을 새로운 눈으로, 잠재적인 혁명적 시선으로 바라보게 한다는 것이다.[5] 이러한 개념적 정의는 과학소설에만 한정되는 것은 아니다. 그러나 과학소설에는 미지 속에서 이상적인 환경, 국가, 지식, 혹은 최고선the Supreme Good을 찾을지도 모른다는 희망(혹은 그와 반대되는 상황에 대한 반감이나 두려움)적인 성격이 두드러진다. 또한, 다른 장르와 비교했을 때 현실적이든 비현실적이든 간에, 가능성에 대한 '상상'의 스펙트럼을 가장 넓

---

4 다르코 수빈, 문지혁·복도훈 역, 「낯설게 하기와 인지("Estrangement and Cognition", *Metamorphoses of Science Fiction*, 1979)」, 『자음과 모음』 30, 2015, 308~329면.
5 문지혁, 「해제: 너머의 세계, 과학소설이라는 지도-다르코 수빈의 「낯설게하기와 인지」를 중심으로」, 『자음과 모음』 30, 2015, 331~339면.

게 적용할 수 있다는 점이 과학소설의 주된 특징이다.

다만, 본 논의에서는 '과학소설'을 고정적으로 설정하지 않고, 유동적 개념으로 바라보기로 한다. 그 이유는 앞으로 다룰 다수의 텍스트가 '과학소설Science Fiction'이라는 현대적 개념이 등장하기 이전의 것일 뿐 아니라, 과학소설의 개념이 여전히 다양한 방식으로 정의되고 있기 때문이다. 예컨대 *Science Fiction Studies*의 편집장인 셰릴 빈트Sherryl Vint는 과학소설을 다음과 같이 정의한다. "소설에 그치지 않고 진보에서도 새로운 길을 나가기 위해 경이로운 과학기술 세계를 상상하는 문학", "경험적 세계와 급진적 불연속성을 전제로 한 문학", "사실주의 문학 양식에서는 재현해 낼 수 없지만 그럼에도 사실인 어떤 것을 포착해 내는 세계를 구축하면서 은유를 문자화하는 힘을 가진 문학", "발생할지도 모르는, 발생하지 않을지도 모르는, 과거에 발생했거나 그렇지 않을 수도 있는 상황을 그리는 문학" 등이 그것이다.[6] 이러한 견해를 바탕으로 여기에서 사용하는 과학소설의 용례는 현대의 'Science Fiction'이 정의되기 전의 범주인, 과학소설의 서사적·양식적 특성을 포함하는 'Scientific Novels' 혹은 'Scientific Romance'에 가깝다.[7]

이 책은 과학소설의 하위 주제인 '유토피아'에 중점을 둔다. *Utopian Studies*의 초창기 편집진인 라이먼 타워 사전트Lyman Tower Sargent는 모든 유토피아 이야기가 질문을 던지는 기능을 하기 때문에 중요하다고 말한다. 유토피아 이야기는 대체로 현재의 삶과 유토피아의 삶을 대조하여 지금 우리

---

6 셰릴 빈트 역시 다르코 수빈이 말한 "현실의 반영일 뿐 아니라 현실에 관한 것, 즉 인지적 소외의 문학"이란 개념을 이어받고 있는 것도 부기해둔다(셰릴 빈트, 전행선 역, 『에스에프 에스프리-SF를 읽을 때 우리가 생각할 것들』, arte, 2019).

7 Brian Stableford, *Scientific Romance in Britain, 1890-1950*, New York : St. Martin's, 1985.

가 사는 방식이 어떻게 잘못되었는지를 밝히고, 상황을 개선하려면 어떤 조치가 필요한지를 고민하고 제안하는 역할을 한다. 사전트는 '유토피아니즘Utopianism'을 "사회적 꿈꾸기"로 지칭하는데, 이 '유토피아니즘' 안에는 '문학적 유토피아', '유토피아적 실천', '유토피아 사회이론'이 포함된다. '문학적 유토피아'는 정상적인 시공간 안에서 꽤 상세히 묘사되지만 실재하지 않는 사회로서, 동시대 독자들에게 자신들이 사는 사회보다 훨씬 더 나은 곳으로 읽히도록 의도된 장소, 말하자면 에우토피아eutopia에 상응하는 말로 사용된다.[8]

프레드릭 제임슨은 『마르크스주의와 형식Marxism and form』1971부터 『미래의 고고학Archaeologies of the Future : The Desire Called Utopia and Other Science Fictions』 2005에 이르기까지 줄곧 유토피아를 자신의 사상에서 중요하게 다루어왔고, 유토피아니즘 일반과 다양한 유토피아 텍스트들을 두루 논의해왔다. 그는 미래의 변화에 대한 가능성을 열어둔다는 점에서 유토피아니즘을

---

8 라이먼 타워 사전트, 이지원 역, 『유토피아니즘』, 고유서가, 2018, 14~16면. 익히 알려져 있듯, '유토피아'는 토머스 모어(Thomas More, 1478~1535)가 만든 말로, 그가 1516년에 라틴어로 출간한 책에서 묘사하는 허구의 나라 이름이다. 책의 원제는 『최선의 국가 형태와 새로운 섬 유토피아에 관하여, 즐거움 못지않게 유익한 참으로 귀한 안내서(*Libellus vere aureus nec minus salutaris quam festivus de optimo rei[ublicae] publicae statu, deque[ue] nova Insula Utopia*)』이고, 오늘날에는 『유토피아』로 알려져 있다. 이 단어는 그리스어로 장소나 위치를 뜻하는 'topos'와 부정(否定)이나 부재(不在)를 뜻하는 접두사 'ou'에서 따온 'u'를 결합한 것이다. 하지만 모어가 권두에서 독자들에게 제시하는 「유토피아라는 섬에 관한 6행시」에서 유토피아는 '에우토피아(Eutopia)'(행복의 땅, 좋은 곳)로 불린다. 그리하여 유토피아는 그저 아무 곳도 아닌 곳이나 어디에도 없는 곳이 아니라, 존재하지 않는 좋은 곳을 가리키게 되었다. '유토피아니즘'의 의미 영역은 폴란드 철학자 레셰크 코와코프스키 (Leszek Kołakowski, 1927~2009)의 설명에 잘 나타나 있다. "인위적으로 만들어낸 고유명사로 출판한 단어가 지난 두 세기 동안 너무나 광범위한 의미를 획득한 결과, 이제는 문학의 한 장르뿐만 아니라 일정한 사고방식, 정신적 경향, 철학적 태도를 가리키게 됐고, 고대로까지 거슬러올라가는 문학적 현상을 기술하는 데 사용되고 있다." 사회학자 루스 레비타스(Ruth Levitas, 1949~)는 '유토피아니즘'을 '더 나은 존재 양식을 향한 욕망'이라 부르며, 유토피아를 '욕망 교육'의 한 측면으로 보기도 한다(같은 책, 10~15면).

긍정적으로 평가하지만, 동시에 유토피아는 어느 정도 실패와 관련이 있으며, 완벽한 사회보다는 우리 자신의 한계와 약점에 대해 더 많은 것을 알려준다고 주장한다. 제임슨은 유토피아를 상상하려는 우리의 시도가 대체로 유토피아의 불가능성을 드러내며, 그것은 문화와 이데올로기가 우리를 현실에 가두고 무엇이든 급진적으로 다른 것을(심지어 더 나은 것이라 해도) 상상하지 못하도록 방해하기 때문이라고 강조한다.[9]

마리 루이즈 베르네리Maris Louise Berneri의 경우 대부분의 유토피아가 혁명적인 동시에 진보적이었지만, 완전히 혁명적인 유토피아는 별로 없었다고 주장한다. 유토피아 작가들은 사유재산이 신성한 것으로 간주되던 시기에 재화의 공유를, 거지들이 처형되던 시기에 모든 개인의 먹거리를, 육체노동이 열등한 직업으로 간주되거나 격하되던 시기에 육체노동의 존엄함을, 행복한 아동 시절과 좋은 교육이 귀족과 부자의 아들에게만 허용되던 시기에 그런 것에 대한 모든 아이의 권리를 주창했다. 궁극적으로 유토피아 작가들이 이러한 내용을 담아 제시한 유토피아는 일정 부분 혁명

---

9 지그문트 바우만(Zygmunt Bauman, 1925~2017)은 제임슨과 다소 다른 관점이지만, 비슷한 주장을 펼친다. 그는 『사회주의-생동하는 유토피아(*Socialism : The Active Utopia*)』(1976)에서 유토피아는 완벽해질 수 있다는 가능성과 그 과정에 관한 것이지, 완벽함이라는 종착점에 관한 것이 아니라고 주장했으며, 또한 유토피아는 '일상적이고 평범하고 '정상적'인 것들의 일견 압도적인 정신적 · 육체적 지배'로부터 벗어나도록 우리를 돕는다는 점에서 해방적이라고 했다. 후에 바우만은 '고체적인(solid)' 근대성 ─ 그는 이것을 '액체적인(liquid)' 탈근대성과 대비한다 ─ 의 시대에는 사실 유토피아들이 완전함을 강조했다면서, 근대적 유토피아를 이렇게 설명한다. "유토피아는 면밀히 관찰, 추적, 운영되고 하루 단위로 관리되는 세계의 비전이다. 무엇보다도 그것은 미리 설계된 세계, 예측과 계획을 통해 우연의 효과가 차단되는 세계의 비전이다." 그러나 그는 여전히 유토피아가 인간성의 근원적 측면이라고 주장한다. "'있는 그대로의' 삶을 '마땅히 **그러해야 할**' 삶(말하자면 **알고 있는** 삶과 대비되는 **상상하는** 삶, 특히 알고 있는 삶보다 더 낫고 더 **바람직할** 것으로 기대되는 삶)에 비추어 평가하는 것은 인간의 결정적이고 본질적인 특징이다."(라이먼 타워 사전트, 위의 책, 193~195면, 강조는 원문)

적이었고, 그 용어 자체로 행복하고 바람직한 사회의 형태와 동의어가 되기도 했다. 이런 관점에서 유토피아는 행복에 대한 인류의 꿈과 황금시대 또는 잃어버린 낙원에 대한 인류의 은밀한 갈망이 표현된 용어이다.[10]

이상의 '유토피아'에 대한 논의를 종합하면 '지금-여기'의 삶에 의문을 품고 그 현실의 문제를 자각하여 다른 세계를 상상하는 기능을 한다는 것이 가장 중요하다. 미래에 대한 상상이 문학적으로 형상화된 '과학소설'은 그래서 문제적일 수밖에 없다. 따라서 이 책은 1920년대 식민지 시기에 번역된 과학소설, 특히 '유토피아'를 주제로 한 소설을 통해 세계사적 전환의 시기이자 개조의 시대에 투영된 인간과 사회에 대한 비전과 명암明暗을 분석하려 한다.

앞서 과학소설은 그 자신이 속한 시대를 포함하여 어느 시대의 규범이든 독특하고 바꿀 수 있는 것으로 보기 때문에 인지적 관점을 전제로 한다고 밝혔다. 과학소설은 경험적 세계 속에서도 변화무쌍한 미래를 담고 있는 요소들에 초점을 맞추는데, 주로 서구의 16~17세기나 19~20세기 같은 역사적 격변기에 두드러지게 등장했다. 1920년대를 대상으로 삼은 이유도 여기에 있다. 식민지 조선 역시 근대 초기부터 국내외 정치·경제·문화 등의 방면에서 급격한 변화를 맞이하였다는 것은 주지의 사실이다. 특히, 1920년대의 식민지 조선은 "제1차 세계대전과 3·1운동을 통해 비로소 세계의 의제를 동등하게 고민하는 주체가 되"[11]어 새로운 사회를 향한 열망을 표출하였다. 알려진 대로 1차 세계대전은 독점적 자본주의 체제가 형성되면서 나타난 서구 자본주의 국가들 사이의 불균등 발전으로

---

10 마리 루이즈 베르네리, 이주명 역, 『유토피아 편력』, 필맥, 2019, 6면.
11 권보드래, 『3월 1일의 밤-폭력의 세기에 꾸는 평화의 꿈』, 돌베개, 2019, 249면.

인해 식민지와 시장 확보를 둘러싸고 폭발한 제국주의 전쟁이었다. 전쟁의 결과, 열강 간 힘의 관계가 재조정되고 세계 자본주의의 체제가 재편되었는데, 그중 세계 경제의 지도적 지위에 있었던 영국의 위치가 다소 변동되며 미국이 그 자리를 차지했다.

1차대전 중에 일어난 세계사상 최초의 사회주의 혁명의 성공은 러시아를 전쟁에서 이탈하게 하여 제국주의 전쟁을 전면 부정하고 사회주의 혁명과 약소 민족의 해방 운동을 촉진 시킴으로써 자본주의 체제를 위협했다.[12] 이로 인해 식민지의 지위에도 중대한 변화가 나타나기 시작했다. 1917년 11월 러시아 혁명을 일으킨 레닌V. Lenin은 자국 내 100여 개 소수 민족에 대해 '민족 자결'을 원칙으로 하는 「러시아 제민족의 권리선언」1917.11.15을 포함하여 제국주의 열강의 식민지 지배로 신음하고 있던 아시아의 피압박민족을 고무시켰다. 1918년 1월 미국 대통령 윌슨W. Wilson도 전쟁 중에 표출된 피압박민족의 독립 열망을 반영하고, 전후 식민지 문제 처리 방안으로 '민족자결주의'를 제창했다.[13] 레닌과 윌슨이 표방한 '민족 자결'은 전후 식민지 약소 민족 문제의 처리에 있어서 표면상 유사한 원칙을 제시한 것처럼 보였으나 함축하고 있는 내용은 본질적으로 다른 것이었다. 윌슨은 열강 간 국제협약과 국제연맹하의 '위임통치'라는 형식으로 식민지 약소 민족의 문제를 점진적·평화적으로 해결하려고 했던 것이고, 레닌은 궁극적으로 사회주의 혁명에 의한 제국주의 타도만이 식민지 문제를 근본적으로 해결할 수 있다고 보았다.[14] 1920년대 초의 지식 장에서 새

---

12 이지원, 「3·1운동」, 『한국사』 15, 한길사, 1994, 83~84면.
13 김용구, 『세계외교사』, 서울대 출판부, 1998, 539~540면.
14 김영범 외, 『한국사-임시정부의 수립과 독립전쟁』 48, 국사편찬위원회, 2002, 103~104면.

로운 세계를 논의할 수 있었던 이유는 위와 같은 '민족 자결'과 '워싱턴 체제'를 희망의 연장선으로 인식한 측면이 있었기 때문이다.[15]

사상과 문학에서 세계사적 흐름을 감지할 수 있는 여러 경향 중 하나로 '개조론'[16]에 주목할 수 있다. 1910년대 후반부터 1920년대 초반에 대두된 '개조론'은 세계대전을 초래했던 서구 근대 문명에 대한 비판에서 비롯되었다. '개조론'은 근대 문명의 폐해를 응시하고 자본주의 사회의 모순을 개선하고자 한 논의였으며, '개조'의 맥락에서 세계평화, 사회·경제 구조의 개선, 사회주의의 실천 등의 방안이 전 세계적으로 광범위하게 모색되었다.[17]

최남선이 작성한 것으로 알려진 「독립선언서」에서 "인류적人類的 양심良心의 발로發露에 기인基因한 세계개조世界改造의 대기운大機運에 순응병진順應幷進하기 위爲하여 차此를 제기提起"한다는 내용을 발견할 수 있듯, '개조'는 전 세계적으로 유행하는 하나의 사상적 흐름이었으며 식민지 조선의 지식인층에서도 다각도로 받아들인 내용이었다. 『개벽』의 창간사 「세계를 알라」에서도 세계가 가시권에 들어왔기 때문에 세계적 지식을 알아야 함을 설

---

15 임경석, 「워싱턴 회의 전후 한국 독립운동 진영의 대응」, 『대동문화연구』 51, 대동문화연구원, 2005.

16 개조(改造)라는 단어가 'Reconstruction'의 번역어가 된 것은 러셀의 런던 강연(1915)과 그 저서(1916)에서 기원한다. 러셀의 강연은 전쟁의 사회적 원인을 추적하고 그것을 방지할 수 있는 각종 사회 개조의 방향을 모색한 것으로, 강연과 저서의 명칭이 'Principles of Social Reconstruction(사회 개조의 원리)'이라는 점에서 이후 '개조'라는 단어의 기원이 된다(오문석, 「1차대전 이후 개조론의 문학사적 의미」, 『인문학연구』 46, 인문학연구원, 2013, 302면).

17 류시현, 「식민지시기 러셀의 『사회개조의 원리』의 번역과 수용」, 『한국사학보』 22, 고려사학회, 2006, 203면; 류시현, 「1910~1920년대 전반기 안확의 '개조론'과 조선 문화 연구」, 『역사문제연구』 21, 역사문제연구소, 2009, 47면; 허수, 「제1차 세계대전 종전 후 개조론의 확산과 한국 지식인」, 이경구·박노자 외, 『개념의 번역과 창조』, 돌베개, 2012, 69면.

파하면서, '개조'를 강조하였다.[18] "여러 가지 불합리, 불공평, 불철저, 부적당한 기계"를 개조해야 함을 주장하는데, 당시 '개조'의 논법은 하나로 귀결될 수 있는 것이 아니었다. 전반적으로 '개조'는 기존 체제의 '파괴와 창조'를 통해 새로운 건설을 도모하자는 것을 의미했다. '개조론'의 범주는 내적 개조와 물적物的 개조 혹은 국내개조(사회개조론)와 국제개조(세계개조론)로 구별되었다. 다만, 1920년대 초반이라는 시대적 상황은 적극적으로 수용해야 할, 전형이 될 만한 단일한 서구 사상이 존재하지는 않았다. 조선의 사상계에서는 서구 자본주의의 대안으로 마르크시즘을 수용한 사회주의 계열이 생겨났고, 사회주의를 수용하지 않더라도, 여전히 기존의 서구 근대를 '보편'으로 상정한 입장과 이러한 '보편'에 문제를 제기한 '개조론'을 수용한 입장으로 나뉘었다.[19]

이러한 '개조론'은 "1920년경 식민지 조선에서는 반자본주의보다는 반봉건, 근대화의 방향에서 주로 전개되었다"[20]고 해석되는 반면, 이와 같은

---

18 "사람은 천사(天使)도 아니며 야수도 아니오, 오직 사람일 뿐이로다. 이만치 진화된 체격, 이만치 진화한 지식, 이만치 진화한 도덕을 가진 동물일 뿐이로다. 따라서 세계는 천당도 아니며 지옥도 아니오, 오직 세계일 뿐이로다. 이만치 진화한 국가와 국가, 이만치 진화한 사회와 사회, 이만치 진화한 개인과 개인이 호상(互相) 연결 활동하는 무대일 뿐이로다. 세계의 범위가 좁아옴에 좇아 우리의 활동은 늘어가고 세계의 지도가 축소함에 따라 우리의 걸음은 넓어 가는 금일(今日)이었다. 우리와 세계는 자못 한 이웃이 되어오고 한 가정이 되어오도다. 우리는 이로부터 세계를 알아야 하고 세계적 지식을 가져야 하리로다. (…중략…) 개조(改造) 개조(改造) 그 무엇을 의미함인가. 세계라 운(云)하는 이 활동의 기계를 뜯어고쳐야 하겠다 함이로다. 과거 여러 가지 모순이며 여러 가지 불합리, 불공평, 불철저, 부적당한 기계를 수선하여 원만한 활동을 얻고자 노력하는 중이었다. (…중략…) 세계의 금일은 이렇듯 부산한 중에 있도다. 과도(過渡)하면서 있는 금일이었다. 개조하는 도정에 있으며 보일보(步一步) 항상 진보하는 중에 있나니 우리는 이것을 보고 여명이라 하며 서광이라 하며 개벽이라 하도다."(「세계를 알라」, 『개벽』창간호, 1920.6, 3~7면)

19 류시현, 「1910~1920년대 전반기 안확의 '개조론'과 조선 문화 연구」, 『역사문제연구』 21, 역사문제연구소, 2009, 55~56면.

20 박찬승, 『한국근대정치사상사연구』, 역사비평사, 1992, 200면.

견해는 "속지주의屬地主義적 접근"[21]으로 비판되기도 한다. 허수의 논의에 따르면 개조론은 개조의 대상이 정신과 내면 등의 '내적 개조'인지, 물질이나 제도 등의 '외적 개조'인지에 따라 나뉠 수 있으며, 개조의 주체가 엘리트인지 민중인지에 따라서도 구분된다. 또한, 개조의 방식과 위상에 있어서 초월적이면서 비정치적인가, 혁명적이면서 정치적인가에 따라 분류되기도 한다.[22] 지금부터의 논의는 '개조론'의 층위와 해석을 고려하면서, 1920년대 번역된 과학소설에서 가장 두드러지는 경향을 개조론에서 비롯된 '유토피아니즘'이라 가정한다.

1920년대는 출판 시장의 확장과 더불어 번역물이 폭발적으로 증가한 시기였다. 이 가운데 과학소설이 조선어 출판 시장에서 압도적인 우위를 점했다거나 주류였다고 말할 수는 없다. 그러나 과학소설은 1920년대에도 유효한 진화론이나 개조론의 담론에서 엄연히 언급되고 번역된 '사실'로 존재하며, 사회주의나 아나키즘, 기독교 등 종교와 이데올로기의 맥락에서도 마찬가지였다.

또한, 1920년대를 중점적으로 검토하는 이유는 김병철의 연구에서 기인하였다. 김병철은 『한국근대번역문학사연구』에서 1920년대 번역문학의 성취를 다음와 같이 설명한다.

1920년대의 번역문학은 그 수에 있어 1910년대에 비해 압도적인 격증을 나타내고 있다. 1910년대의 단행본 15편, 잡지·신문에 게재된 것 33편, 『태

---

21 허수, 「러셀 사상의 수용과 『개벽』의 사회개조론 형성」, 『역사문제연구』 21, 역사문제연구소, 2009, 78면.
22 허수, 「제1차 세계대전 종전 후 개조론의 확산과 한국 지식인」, 이경구·박노자 외, 『개념의 번역과 창조』, 돌베개, 2012, 83~88면.

서문예신보』의 41편, 도합 89편에 비해 1920년대에는 필자가 조사한 자료에 의하면 단행본이 124편(이 속에는 신문에 연재된 장편도 포함시켰다), 신문·잡지에 게재된 것이 ① 영국 문학이 151편, ② 미국 문학이 65편, ③ 독일 문학이 68편, ④ 프랑스 문학이 100편, ⑤ 러시아 문학이 127편, ⑥ 인도 문학이 126편, ⑦ 이탈리아 그 밖의 나라의 문학이 34편, 도합 671편이니, 그 격증된 수는 실로 전시대에 비해 놀라운 수라고 하지 않을 수 없다. 그 수뿐만 아니라 그 質에 있어서도 모두가 순수문학으로 일변되어 있으며, 또 소설·시·평론·수필·동화 따위로 그 장르의 구색도 다양하리만큼 갖추어졌다. 물론 본서의 말미에 붙은 서양문예 번역 연표(물론 그것도 우리나라에서 번역된 전부라고 할 수 없다)에 비하면 그 수는 적으며, 아직도 더 발견될 가능성이 있으므로 실제적인 전체 수량은 훨씬 더 많아질 것이 분명하다.[23]

1970년대 김병철의 예상대로 현재 발굴되어 집계할 수 있는 번역물의 수는 꾸준히 증가하는 추세이다. 대표적으로 손성준은 러시아 문학이 독보적이었다는 김병철의 주장에 새 질문을 제기하며 프랑스 소설의 넓은 영향력을 강조한 바 있으며, 그의 연구에서 재검토한 통계에 따르면 소설에만 국한해도 김병철의 연구에서 제시된 수를 상회한다.[24] 추후 자료를

---

23 김병철, 『한국 근대번역문학사 연구』, 을유출판사, 1998(초판 1975), 414면.

24 손성준, 「한국 근대소설사의 전개와 번역－1920년대까지의 양상을 중심으로」, 『민족문학사연구』 56, 민족문학사학회, 2014. 특히 이 논문의 3장 소설 번역의 통계적 고찰을 참고하였다. 손성준의 연구에 의하면 1920년대 번역된 소설의 국가별 통계는 다음과 같다. 영국 : 78, 미국 : 24, 프랑스 : 79, 독일 : 27, 러시아 : 85, 기타 : 45, 불명 : 56, 계 : 406. 물론 이 연구에서도 김병철과 같이 통계 수치가 추후 수정·보완될 가능성이 있다고 덧붙였다. 가령, 지금까지의 선행 연구에서는 정이경(鄭利景)이 번역한 웰스의 「금강석제조자」, 「창문을 통하여」, 진 웹스터의 「장족거미」나 역자 미상의 「탑」 등이 포함되지 않았다. 또한, 후술할 「이상의 신사회」처럼 소설로 인식되지 못하였거나, 창작으로 알려졌지만 번역

발굴하거나 선행 연구를 꼼꼼하게 검토한다면 번역물의 수는 기존 집계보다 증가할 것으로 전망된다. 다시 김병철의 연구로 돌아가면, 그는 1920년대에 번역물이 증가한 이유를 다음과 같은 네 가지 이유로 설명한다.

① 정치적 영향, 즉 1919년의 3·1운동 후의 일제의 문화정치 표방 정책에 의하여 과거 10년간의 무단 정치 시대에 집회가 일체 불허되고 신문·잡지의 발행도 불허되던 야만적 언론 정책은 다소 완화를 보이게 된 것이다. 이로 인해 『조선일보』, 『동아일보』, 『시대일보』, 『중외일보』 등의 창간을 보게 되었고, 168종의 잡지 창간과 7종 잡지의 속간을 보게 되었다. 다수의 잡지 중 문예 전문지가 우후죽순 격으로 속출되었다는 사실 등이 문학의 발달을 촉진시켰다는 증좌가 되며, 그것은 또 번역문학의 수용에 있어서도 그만큼 광장廣場이 열렸다는 증좌가 되기도 한다. ② 시대의 문학 의식의 진보를 들 수 있다. 일본의 문단을 통해서 흘러들어온 세계 문예의 영향은 자연히 그 시대의 문학 의식의 진보를 촉진하여 서구문학을 이입시켜 자국 문학의 질적 향상을 도모해야겠다는 의식이 싹트게 되었다. ③ 일본 유학생의 점증에 의하여 각국 문학에 접할 기회가 많아졌고, 또 그 전공 분야도 넓어졌으며 (해외문학파와 같은 경우), 그들의 애국심에 의하여 외국 문학을 자국에 이입시켜야겠다는 의욕이 생겼다. ④ 일어日語를 통해 자유자재로 외국 문학을 감상할 수 있는 독서 능력은 아직 없지만, 국민 전체의 교육 수준이 높아져 외국 문학을 동경하는 동경도憧憬度가 점점 높아짐으로 인해 광범위한 독자층을 가지게 되었다.[25]

· 번안의 가능성을 가진 텍스트도 있을 것이다.
25 김병철, 앞의 책, 414~415면(원번호는 인용자).

위의 내용에 대해 전반적으로 수긍하지만 몇 가지 지점에서 재고의 여지가 있다. 먼저, ②의 "서구문학을 이입시켜 자국 문학의 질적 향상을 도모"하였다는 지점에 대해 생각해보자. 한국 문학사에 거론되는 다수의 작가가 번역 경험을 바탕으로 창작한 사례는 어렵지 않게 찾아볼 수 있다. 또한, 근대 초기나 식민지 시기 내내 번역 과정에서 통사구조나 어휘 등의 문체 실험을 통해 근대와 모국어를 사유한 사실도 분명하다. 그러나 김병철의 해석은 '번역 행위'를 소위 '문학 창작'을 위한 하위 단계로 평가하는 것으로 오인될 수 있다. '번역문학'은 태생적으로 중층적인 성격을 갖기 때문에, 그 이해의 정도가 복잡하며 중의적일 수밖에 없다. 따라서 이 논의에서는 "외국문학-번역문학-국문학"에 대하여 "각각 개별적이고 독립적으로 작동하는 것이 아니라, 다소간 서로가 서로에게 의존하고, 때로는 협력을 하면서, 수시로 포개어지는 모종의 집합을 형성"[26]한다는 시각을 견지하도록 하겠다. 또한, ③과 ④에 대해서도 부언하면, 식민지 시기의 번역자가 번역 행위를 결심한 사정에는 "애국심"과 "동경憧憬"의 이유도 있었을 터이지만, '낯선 것'에 대한 지적 호기심도 작용하였을 것이다. 지적 호기심과 동경을 완전히 같은 범주로 볼 수 없을 것이다. 낯선 것을 닮아가려는 과정은 동경에 가까운 것이기도 하지만, 낯선 것들과 부침하며 시련을 겪고 그것을 자기화하려는 시도는 분명 동경을 넘어선 지점에 위치한다.

근대 초기부터 식민지 시기, 심지어 해방 후까지도 서구의 지식이 중역重譯을 통해 조선/한국어로 번역된 사실은 더이상 새삼스럽지 않다. 그렇다면 중역과 중역된 텍스트를 어떻게 인식할 것인지에 대한 정리가 필요하

---

26 조재룡, 「번역문학이라는 불가능성의 가능성-개념 정의에 대한 고찰을 중심으로」, 『코기토』 79, 부산대 인문학연구소, 2016, 11면.

다. 상호 텍스트성의 차원에서 중역은 "글쓰기의 행위와 그 활동 전반을 아우르는 지점과 맞닿아 있"으며 "고유하다고 굳게 믿어온 나의 사유 역시, 통상 타자의 그것과의 역학관계"이기 때문에 "우리의 인식 전반을 일종의 중역의 과정"으로 명명할 수 있다. 이러한 인식을 바탕으로 논의의 과정에서 텍스트 간의 상호 교류와 그 과정을 살피고, 중역의 대상과 번역 결과물의 차이를 체현하는 방식을 밝히고자 한다.[27] 무엇 혹은 누구를 매개로 번역되었는가를 추적하는 작업은 단순히 정보 차원의 논의를 넘어선다. 특히 식민지 시기는 더욱 그러하다. 가령 일역본이든 어떤 언어의 번역본이든 간에 저본 삼을 수 있는 대상이 다수 있을 때, 조선어를 사용하는 번역 주체가 선택한 경로를 면밀하게 검토하는 작업은 텍스트의 의미를 밝히는 데 중요한 근거로 작용하며, 번역 맥락을 재구할 수 있게 한다.

중국과 일본의 번역 문학사는 식민지 조선의 식자층에서 원본原本이 아니더라도 접할 수 있는 환경을 설명하는 근거가 되고, 또 다른 원본 설정을 가능케 한다. 다시 말하면 번역자의 개입으로 인해 번역공간의 특수성 안에서, 역본이 새로운 '원본성originality'을 창출할 가능성이 있다. '원본성'은 "역본이 그 번역공간에서 갖는 원본으로의 지위를 추인하는 제 성격"으로서, 로렌스 베누티가 말하는 '원저자성authorship'과 일맥상통한다.[28] 따라서 여기서는 텍스트의 상황에 따라 중국과 일본의 번역 상황을 조사하여 번역 역시 원작의 한 형태로 간주하는 '복수의 원본성'을 전제

---

27 조재룡, 「중역의 인식론-그 모든 중역의 중역과 근대 한국어」(2011), 『번역하는 문장들』, 문학과지성사, 2015, 77~102면.

28 로렌스 베누티, 임호경 역, 『번역의 윤리-차이의 미학을 위하여』, 열린책들, 2005, 61~86면(손성준, 「영웅서사의 동아시아 수용과 중역의 원본성-서구 텍스트의 한국적 재맥락화를 중심으로」, 성균관대 박사논문, 2012, 15~16면에서 재인용).

하기로 한다.

번역문학을 연구하는 다수는 실증적 자료 조사와 담론 분석을 필수적으로 수행해야 한다고 말한다. 번역 주체와 대상, 경로, 의도, 맥락 등은 당시 텍스트의 서사적 특성을 규정하고, 텍스트의 서사 내용은 개인의 정체성을 주조하는 사회적 담론과 연관되기 때문이다. 번역 정황에 대한 실증적 연구를 바탕으로 할 때에 번역 주체가 수용한 서사의 특수성과 보편성이 비로소 밝혀질 수 있으므로 실증 연구와 담론 분석은 분리될 수 없다. 그러나 식민지 시기에 번역된 과학소설은 서지 목록이나 경로 등의 정황조차 제대로 규명되어 있지 않은 상황이므로 이에 관한 실증적 자료 조사가 선행될 필요가 있다.[29]

본론은 크게 다음의 과정으로 이루어질 예정이다. 첫째, 대상 텍스트의 식민지 시기 지식 담론과 수용 맥락을 검토하고 둘째, 번역 텍스트의 경로를 추적하여 저본을 밝힌 후 저본과의 관계를 실증적으로 비교·분석하며 셋째, 번역 주체의 의도와 번역 태도를 추론한 후 넷째, 시대적 담론과의 연관 속에서 개별 텍스트의 사회적·문학적 의미를 밝히며 다섯째, 1920년대 번역된 과학소설의 총체적인 양상을 논의하고자 한다. 따라서 1920년대 과학소설의 사회적 존재 양태를 총체적으로 파악하기 위해 '누가, 언제, 어디서, 무엇을, 어떻게, 왜' 번역했는가를 따져보기로 한다. 이 과정에서 텍스트 자체뿐 아니라 그것을 둘러싼 언설과 행위, 중국·일본의 번역 상황 모두 참조의 대상이 된다.

궁극적으로 이 논의에서 번역 텍스트를 통해 논구하고자 하는 바는 크

---

29 이 문단의 내용과 다음 문단에서 제시한 방법론은 김성연, 『영웅에서 위인으로—번역 위인 전기 전집의 기원』, 소명출판, 2013, 28~29면을 따랐다.

게 두 가지이다. 첫째, 식민지 조선의 문학 장을 큰 질량이 있는 물체와 같이 간주할 경우, 중력이 발생하는 곳에서 휘어진 시공간의 곡면이 생기듯, 조선의 문학 장에 들어온 외국 문학 텍스트가 곡면을 따라 미끄러져 내려가며 일으킨 휘어짐을 관찰할 것이다. 이 상황을 통해 언어의 전환과 모국어가 재확인되는 과정을 고찰하려 한다. 둘째, 번역 상황에서 외국 문학과 조선 문학의 만남이란 세계와 세계의 만남 혹은 충돌로 이해할 수 있다. 그렇다면 두 블랙홀이 충돌할 때 생기는 중력파가 파문波紋을 일으키는 것처럼 외국 문학과 조선 문학 장이 만나서 발생한 파형波形을 들어봄으로써, 울림을 통한 인식의 변화와 그로 인한 재창조의 과정을 탐색해 보고자 한다. 이 파형은 정적이지 않고 무한히 움직임으로써 지금에 도달했다고 전제한다.

2. 과학소설 수용의 계보

과학소설에 관한 연구는 크게 '과학소설의 개념', '문학과 과학 담론의 연계성', '과학소설의 수용사' 등으로 구분할 수 있다. 한국에서 '과학소설의 개념'을 본격적으로 다루기 시작한 시기는 1990년대이다. 학술지 『외국문학』에서는 1991년과 1996년에 'SF 특집'을 구성한 바 있다. 두 번의 특집에서 서구의 'SF 개념'을 번역하여 소개하였고 이를 통해 '과학소설'을 문학 연구의 장에 위치하였다.[30]

---

30 김성곤, 「SF-새로운 리얼리즘과 상상력의 문학」, 『외국문학』 26, 열음사, 1991; 라이머 예헴리히, 박상배 역, 『외국문학』 26, 열음사, 1991; 김성곤, 「SF문학, 어떻게 볼 것인가」,

'과학소설의 수용사'의 서막을 올린 연구는 대중문학연구회의 『과학소설이란 무엇인가』이다. 이 저서는 『외국문학』에서 다뤘던 '과학소설의 개념' 연구를 확장했으며, 특히 이해조의 『철세계』를 대상으로 삼아 근대 초기를 중심으로 한 과학소설 번역 연구의 출발을 알렸다.[31]

'과학소설의 개념'과 '과학소설의 수용사'를 한데 모아 소개한 2007년 문지문화원 사이의 전시회 'SF 100년'에도 주목할 수 있다. 이 전시는 1907년에 나온 「해저여행기담」부터 2007년의 장르 매거진 『판타스틱』에 이르기까지 한국 SF의 흐름을 짚어 보는 행사였다. 전시 기획자 박상준은 "과학이 한국인의 삶과 동떨어진 영역이 아니었다"고 말하며 개화 이후 100여 년의 역사를 이어온 과학소설을 대중과 학술장에 소개하였다.[32]

'과학소설 수용사'에서 빼놓을 수 없는 것은 고장원의 연구이다. 특히 그의 저술 『한국에서 과학소설은 어떻게 살아남았는가? – 한국과학소설 100년사』는 박용희의 「해저여행기담」1907, 이해조의 『철세계』1908, 최남선의 『썰리버유람기』1909부터 시작된 과학소설 수용의 출발점을 재확인하며 현대까지의 목록을 체계화했다. 위 책에서는 1920년대 발표된 과학소설의 목록으로 『쩨클과 하이드』1921, 『월세계여행』1924, 「인조노동자」1925, 『일

『외국문학』 49, 열음사, 1996; 박상준, 「SF문학의 인식과 이해」, 『외국문학』 49, 열음사, 1996. 『외국문학』의 특집보다 이른 시기에 과학소설 연구에 착수한 사례는 안동민, 「공상과학소설의 마법」, 『세대』, 세대사, 1968.5; 최철규, 「소설에서의 과학과 문학의 조화」, 『현대사회사상사』, 진명출판사, 1978; 김상일, 「SF와 문학적 상상력」, 『첨단과학과 인간』, 일념, 1985 등이 있다.

31 대중문학연구회 편, 『과학소설이란 무엇인가』, 국학자료원, 2000에 실린 대표적인 연구는 다음과 같다. 임성래, 「과학소설의 전반적 이해」; 보흐메이어 · 쯔메각, 진상범 역, 「과학소설」; 자끄 베르지에, 김정곤 역, 「과학소설」; 김창식, 「서양 과학소설의 국내 수용과정에 대하여」; 김재국, 「한국 과학소설의 현황」; 김교봉, 「『철세계』의 과학소설적 성격」.

32 박상준, 「한국 창작 과학소설의 회고와 전망」(전시 및 강연 자료), 『한국 과학소설 100년』, 문지문화원 사이, 2007.

신양인기』1926, 「타임머신」1926, 「K박사의 연구」1929를 종합하여 제시했다. 이 책은 앞선 목록에 몇 가지 텍스트를 추가하여 1920년대 과학소설사를 확장하고자 한다.[33]

'문학과 과학 담론의 연계성'을 고찰한 대표적인 연구로 『문학과 과학』을 꼽을 수 있다. 세 권으로 구성된 이 연구 성과는 한국 문학의 연구자들이 "근대 한국에 있어서 문학과 과학의 관계"를 탐색한 결과물이다. 특히, I권의 1부에서는 주로 "이광수의 텍스트를 자료로 삼아 한국 근대문학사의 중요한 순간에 과학 이론과 문학 실천이 접속된 양상"을 논의하였고, II권의 3부에서는 "과학에 대한 관심이 한국소설의 새로운 장르, 주제, 인물을 발생시킨 주요 원인 중 하나였음을 입증"하였다.[34]

위에서 이루어진 연구 방식은 상호 배타적이지 않다. 전자는 과학소설이란 무엇인지부터 고찰한 후, 서구의 관점을 소개하여 문학사에서 주변부로 인식되었던 과학소설의 중요성을 환기하는 과정을 거쳤다. 후자는

---

33 고장원의 저술은 이 연구의 시작 단계에서 틀을 구성하는 중요한 참조점이 되었다. 고장원, 『세계과학소설사』, 채륜, 2008; 고장원, 『스페이스오페라란 무엇인가?』, 부크크, 2015; 고장원, 『SF란 무엇인가?』, 부크크, 2015; 고장원, 『(중국과 일본에서) SF소설은 어떻게 진화했는가?』, 부크크, 2017; 고장원, 『한국에서 과학소설은 어떻게 살아남았는가?-한국과학소설 100년사』, 부크크, 2017; 고장원, 『SF 북리뷰 해외 편 1-추천 SF 35편』, 부크크, 2019.

34 황종연, 「무지개의 인문학」, 황종연 편, 『문학과 과학 I-자연·문명·전쟁』, 소명출판, 2013, 7~8면; 황종연, 「염상섭의 대위법」, 황종연 편, 『문학과 과학 II-인종·마술·국가』, 소명출판, 2013, 16면. 본 연구는 직·간접적으로 『문학과 과학』 I~III의 영향을 받았다. "현대 학문은 뉴튼의 무지개와 키츠의 무지개를 별개의 사물인 것처럼 만드는 관행을 극복하는 방향으로 진화"하고 있으며, "각각의 세계 이해 방식을 어떻게 통합시킬까"(「무지개와 인문학」, 13면)하는 시각에서 과학소설을 독해하는 관점을 도움받았다. 이 외에도 I권에 수록된 송명진, 「1920년대 과학소설 수용 양상 연구-영주생(影洲生)의 『80만 년 후의 사회』를 중심으로」, II권에 수록된 김종욱의 「쥘 베른 소설의 한국 수용 과정」과 김성연의 「나는 살아있는 것을 연구한다」-파브르 『곤충기』의 근대 초기 동아시아 수용과 근대 지식의 형성」은 논의의 길잡이가 되었다.

근대≒문명≒과학이라는 관점에서 "한국의 문화가 과학의 실천에 어떤 조건이 되었는가, 과학과 그 결과가 한국 사회에서 어떻게 이해되었는가, 과학 지식이 한국인의 지적, 상상적, 도덕적 삶에 어떤 영향을 미쳤는가"[35] 하는 등의 문제를 다루면서 문학과 과학의 역학관계를 설명하였다. 이들 연구가 축적되면서 '과학'을 공통분모로 둔 집합이 형성되었고, 일종의 교집합에 해당하는 '번역된 과학소설'을 논의할 수 있는 장이 마련될 수 있었다.

이 책의 논의는 지금까지 제시한 연구 성과를 토대로 삼았다. 그러나 여기서는 '과학소설'의 개념을 규명한다거나 번역어로서의 '과학科學'의 형성 과정 및 근대 초기 과학 지식과 과학 담론의 분화 과정을 추적하지 않을뿐더러, 한국 근대문학과 과학 담론이 접맥한 양상을 논증하는 것과 약간의 거리를 두었다. 앞에서 밝힌 바와 같이 이 책은 대상과 시기를 좁혀, 과학소설로 명명할 수 있는 전거를 가진 외국의 텍스트가 1920년대 식민지 조선에서 '누가, 언제, 어디서, 무엇을, 어떻게, 왜' 수용되었는가에 주목한다. 다만, 수용과정을 밝히는 작업에서 시대의 특수성에 따른 번역 텍스트의 의미를 고찰하기 위해 한국 근대문학과 문화의 저변을 준거로 삼을 것이다. 그 이유는 식민지 조선의 지식 장, 조선어로 쓰인 문학 장에 '번역된 과학소설'을 정치定置하기 위해서이다. 따라서 여기서는 '번역된 과학소설'을 연구 대상으로 삼은 논의를 우선시하여 연구사를 검토하는 방향으로 진행하려 한다. 1920년대를 다루기에 앞서, 1900~1910년대까지 번역된 과학소설에 대한 선행 연구를 간단히 살펴보고자 한다. 선행 연

---

35 황종연, 「무지개의 인문학」, 13면.

구에서 제시된 과학소설 목록은 〈표 1〉과 같다.

〈표 1〉 1900~1910년대 과학소설 번역 목록[36]

	번역자	서지사항	원작	비고
1	박용희[37]	「해저여행기담」(전 11회), 『태극학보』 8~21, 1907.3.24~1908.5.12	쥘 베른, 『해저 2만 리(Vingt Mille Lieues sous les mers)』(1870)	휴재 3회 연재 중단
2	이해조	『철세계』, 회동서관, 1908.11	쥘 베른, 『인도 왕비의 5억 프랑(Les Cinq Cents Millions de la Bégum)』(1879)	
3	최남선	「거인국표류기」(전 2회), 『소년』 1:1~1:2, 1908.11~12	조너선 스위프트, 『걸리버 여행기(Gulliver's Travels)』(1726)	원작 2부
4	최남선	『썰리버유람긔』, 신문관, 1909.2	조너선 스위프트, 『걸리버 여행기(Gulliver's Travels)』(1726)	원작 1, 2부
5	민준호	『십오소호걸(十五小豪傑)』, 동양서원, 1912.2	쥘 베른, 『2년간의 휴가(Deux Ans de vacances)』(1888)	
6	김교제	『비행선』, 동양서원, 1912.5	프레더릭 밴 R. 데이, 「탐정 닉 카터 이야기」(1907)[38]	

---

36 〈표 1〉의 서지사항과 원작은 김교제의 『과학소설 비행선』을 제외하고 김병철의 『한국 근대 번역문학사 연구』, 을유문화사, 1998(초판 1975), 172~173 · 225~228 · 272~278 · 287~ 288 · 313 · 328~331면을 기반으로 작성하였다. 김병철은 1~5까지 모험(冒險) · 해양(海洋) 소설로 분류하였고, 김교제의 『철세계』만 과학소설로 제시하였다. 이 논의에서는 다수의 선행 연구에 따라 쥘 베른 소설의 번역본을 과학소설 목록에 포함하였다.

37 『해저여행기담』은 박용희에 의해 번역되기 시작했지만, 6회부터 8회까지 "自樂(堂)", 9회 부터 11회까지 "冒險生"으로 서명되었다. 태극학회의 불화로 인해 박용희가 출회된 점을 바탕으로 1908년 2월부터 5월까지의 번역자는 다른 사람일 가능성도 제기되었다(김종 욱, 「쥘 베른 소설의 한국 수용과정 연구」, 『한국문학논총』 49, 한국문학회, 2008, 61면).

38 「탐정 닉 카터 이야기」라는 제목은 『과학소설 비행선』의 원작과 중역 저본을 최초로 밝힌 강현조의 연구에서 제시된 편의상의 제목이다. 강현조에 따르면 『비행선』의 원작은 New nick carter weekly라는 미국의 다임 노블(dime novel) 주간 잡지에 1907년 3월 16일부터 4월 20일까지 총 6주간 6회에 걸쳐 연재된 "탐정 닉 카터 연작물(Detective Nick Carter Series)" 중 1~4회분인 「보이지 않는 공포와의 대면 혹은 닉 카터의 실수 연발의 날 (Facing an Unseen Terror, or nick carter's day of blunders)」, 「이다야, 미지의 여인 혹은 닉카터의 4중고(Idayah, the Woman of Mystery, or nick carter's fourfold problem)」, 「제왕 만들기 혹은 닉 카터 생애 최대 미스테리에 직면하다(The Making of a King, or nick carter faces his greatest mystery)」, 「여신의 제국 혹은 닉 카터의 놀라운 모험(The Empire of a Goddess, or nick carter's wonderful adventure)」이다(강현조, 「김교제 번역 · 번안 소설의 원작 및 대본 연구—「비행선」, 「지장보살」, 「일만구천 방」, 「쌍봉쟁화」를 중심으로」, 『현대소설연구』 48, 현대소설학회, 2011, 202~203면).

근대 초기 과학소설의 수용사는 쥘 베른Jules Verne, 1828~1905 소설의 번역으로 시작된다. 〈표 1〉에서 제시한 목록 가운데 가장 활발하게 연구된 대상은 쥘 베른의 『인도 왕비의 5억 프랑』을 번역한 이해조의 『철세계』이다. 박진영은 "『철세계』는 과학소설이라는 명칭을 앞세웠으나 막상 과학적인 상상력보다는 서로 다른 역사적 전망을 가진 두 정치 체제의 이념적 대립과 갈등에 초점을 맞추었"기 때문에 "과학기술과 관련된 소재나 지식, 미래상에 대한 호기심에 주안점을 두지 않았으므로 과학소설로서의 성격을 잃었다"는 관점을 제시하였다.[39] 그러나 여타의 선행 연구에서는 『철세계』를 과학소설로 인식하며 논의를 전개하였다.

노연숙은 1900년대에 과학과 역어로서의 과학 개념이 혼재된 근대 초기 과학의 이중성 즉, 선망과 공포에 대해 논의하며 과학소설이 근대에 새롭게 유입된 유형인 동시에 정치소설과 함께 실증성과 허구성의 경계에 놓인 텍스트라고 규정하였다.[40] 『철세계』에 드러난 이중성에 대한 관점은 김주리의 연구에서도 신비와 과학 사이에 길항하는 시선으로 작용하였다고 논의되었다.[41] 장노현의 경우 『철세계』가 번역되는 공간, 즉 국가에 따라 해석의 차이가 발생한다고 주장하였다.[42] 최애순의 연구에서는 일본과 조선의 독법 차이에 주목하였다. 그는 일본에서 『철세계』가 서구와 동아시아의 대결로 독해되어 서구가 동아시아와 대척점에 있음에도 불구하고

---

39 박진영, 『번역과 번안의 시대』, 소명출판, 2011, 60면.
40 노연숙, 「1900년대 과학 담론과 과학소설의 양상 고찰」, 『한국현대문학연구』 37, 한국현대문학회, 2012.
41 김주리, 「『과학소설 비행선』이 그리는 과학의 제국, 제국의 과학 - 실험실의 미친 과학자들」(1), 『개신어문연구』 34, 개신어문학회, 2011.
42 장노현, 「인종과 위생 - 『철세계』의 계몽의 논리에 대한 재고」, 『국제어문』 58, 국제어문학회, 2013.

결국 따라가야 하는 세계로 인식된 것으로 해석하였다. 또한, 당시 독자들은 식민지 조선과 일본의 대결로 읽었을 가능성이 있으며 과학기술의 발전으로 식민지로부터 독립하고 부국강병을 이루고픈 희망이 텍스트에 드러나 있다고 밝혔다.[43]

쥘 베른 소설의 수용과정은 일찍이 최원식이 이해조의 문학을 연구하면서 다뤄졌다. 최원식은 김병철이 제기한 일역본의 중역重譯이 아닌, 중국어본에서 번역된 가능성을 제시하였다. 이해조의 『철세계』는 원작→영어→일본어(모리타 시켄森田思軒 번역)→포천소包天笑의 중역中譯본를 통해 조선어로 번역된 텍스트라는 분석이다. 이 연구는 일역본을 토대로 한 번역과정을 수정하여 삼중역三重譯의 경로로 확장한 의의가 있다.[44] 김종욱은 중역中譯본과 조선어 번역에 등장하는 '인비(슐체)'가 일본을 포함한 제국주의의 세력으로 의미화된 지점을 포착하여 동아시아 3국의 수용 맥락이 동일하지 않음을 밝혔다. 또한, 그는 박용희가 번역한 『해저여행기담』을 오히라 산지大平三次의 『오대주중 해저여행五大洲中海底旅行』1884과 비교하여 일역본의 순서에 따라 매회 축약된 점을 밝혔고 번역자의 의도에 따라 첨가되고 삭제된 부분을 짚어 냈다. 특히 주인공 아로닉스 박사가 동양 삼국의 역사를 논하는 장면은 『해저 2만 리』와 일역본에서 찾아볼 수 없는 조선어 번역본만의 독특한 설정으로, 조선이 처해 있는 역사적 현실을 형상화

---

43 최애순, 「초창기 과학소설의 두 갈래 양상 『철세계』와 『비행선』」, 『우리어문연구』 68, 우리어문학회, 2020. 이외에 강정구의 연구 역시 『철세계』를 다루고 있다. 강정구, 「근대 계몽기의 과학소설에 나타난 기계 표상」, 『국제한인문학연구』 28, 국제한인문학회, 2012; 강정구, 「근대계몽기의 기계 표상−번안소설 『텰셰계』를 대상으로」, 『한국문예비평연구』 64, 한국현대문예비평학회, 2019.
44 최원식, 『한국근대소설사론』, 창작과 비평사, 1986, 40면; 김교봉, 「『철세계』의 과학소설적 성격」, 대중문학연구회 편, 『과학소설이란 무엇인가』, 국학자료원, 2000, 117~137면.

한 것으로 분석하였다.[45] 사에구사 도시카쓰는 『십오소호걸』이 모리타 시켄의 일역본을 다시 량치차오가 중역한 『십오호소걸』을 통해 도달한 번역물임을 규명하였다.[46]

쥘 베른 위주로 진행되던 과학소설 수용사 연구에 균열을 일으킨 것은 강현조의 논의이다. 강현조는 이전까지 『비행선』의 원작이 쥘 베른의 『기구를 타고 5주간』이라고 추정되던 논의를 수정하여, 원작이 「탐정 닉 카터 이야기」라는 점을 밝혀냈다. 또한 영어 → 중국어 → 조선어의 번역 경로를 밝혔으며, 중역中譯본 『신비정』과 달리 조선어 번역본에서는 "추리소설 및 연애 서사로서의 양식적 속성이 탈각되는 양상을 보이"는 점을 지적하였다.[47]

지금까지 제시한 선행 연구는 근대 초기 중국을 통한 번역 경로를 검토하여 동아시아 문학 장에서 펼쳐진 번역 텍스트의 동시성과 연속성을 확장한 의의가 있다.[48] 그러나 선행 연구에서 지적한 이해조의 『철세계』와

---

45 김종욱, 「쥘 베른 소설의 한국 수용과정 연구」, 『한국문학논총』 49, 한국문학회, 2008. 김종욱은 전광용의 연구(『신소설 연구』, 새문사, 1993, 43면)에서 『철세계』의 원작이 확정된 것으로 서술하였지만(66면) 김병철의 『한국 근대번역문학사 연구』, 을유문화사, 1998(초판 1975), 273면에서 이미 제시된 바 있다. 김병철에 따르면 박용희의 『해저여행기담』이 연재될 당시 "法國人 슐스펜氏 原著"으로 서명된 이유는 일역본의 "ジュールス・ベルン"을 잘못 표기한 것이기 때문이다(225면).

46 사에구사 도시카쓰, 「쥘 베른(Jules Verne)의 『십오소호걸(十五小豪傑)』의 번역 계보─문화의 수용과 변용」, 『사이間SAI』 4, 국제한국문학문화학회, 2008.

47 강현조, 「김교제 번역·번안 소설의 원작 및 대본 연구─「비행선」, 「지장보살」, 「일만구천방」, 「쌍봉쟁화」를 중심으로」, 『현대소설연구』 48, 현대소설학회, 2011; 강현조, 「『비행선(飛行船)』의 중역(重譯) 및 텍스트 변형 양상 연구」, 『한국현대문학연구』 45, 한국현대문학회, 2015.

48 논의의 대상은 다르지만, 근대 초기 중국을 경유한 번역 양상을 밝힌 대표적인 연구로 강현조, 「한국 근대초기 번역·번안소설의 중국·일본문학 수용 양상 연구─1908년 및 1912~1913년의 단행본 출판 작품을 중심으로」, 『현대문학의 연구』 46, 한국문학연구학회, 2012; 손성준, 「영웅서사의 동아시아 수용과 중역의 원본성─서구 텍스트의 한국적

김교제의『비행선』이 과학소설인지 아닌지에 관한 물음이 남아 있다.『철세계』는 "과학적인 상상력"이 부재하다고 지적한 박진영의 연구가 있었고, 강현조는『비행선』이 "번역자가 작품에서 첨단 기계 및 과학기술이 소재로 활용된 측면을 더욱 중시한 결과"에 따른 "과학소설이라는 양식에 대한 인식이 피상적인 수준"[49]이라는 점을 강조하였다. 이는 번역 과정에서 변용된 서사 문법에 관한 질문이면서 '과학'과 '과학소설'의 범주, 다시 말하면 인문 과학을 광의의 의미로 인식할 것인지 아니면 자연 과학과 구분되는 영역으로 바라볼 것인지 하는 문제로 확장하여 생각해 볼 수 있다.

두 소설이 번역된 근대 초기를 고려한다면, 당시의 기준으로는 '과학소설'이라는 장르를 규정하기 어려운 것은 물론이거니와, 번역자들이 무엇을 '과학'으로 간주하였는지도 쉽게 대답할 수 없다. 김성근의 연구에 따르면 'Science'의 역어인 '과학科學'이라는 일본의 어휘는 근대 초기 일본에서 유학 중이던 조선인들이 간행한 학술 잡지에서 빈번하게 사용되었다고 한다. 이때의 '과학'은 '분과한 학문'을 의미하면서 다른 한편으로는 '특수한 방법을 갖춘 학문'으로 받아들여졌으며 이후 각종 신문과 대중 잡지, 전문 서적에도 퍼져나갔다.[50] 이러한 정의를 토대로 추측할 경우,

재맥락화를 중심으로」, 성균관대 박사논문, 2012; 박진영,『번역가의 탄생과 동아시아 세계문학』, 소명출판, 2019을 제시할 수 있다. 박진영, 강현조, 손성준의 연구는 '중국'이라는 비교항을 설정함으로써 "기존의 근대 동아시아를 배경으로 한 비교 연구에서 언제나 원본적 우위를 점하던 일본에 대한 상대화"(손성준, 9면)할 수 있는 논의의 장을 마련하였다. 이들 연구는 '동아시아 3국의 문학' 혹은 '동아시아 3국의 번역문학'의 가능성을 제시한 데 이어, "서로 다른 동아시아 '들'이 지닌 복수의 상상력"(박진영, 4면)을 검토할 수 있는 장을 마련하였다.

49 강현조,「『비행선(飛行船)』의 중역(重譯) 및 텍스트 변형 양상 연구」,『한국현대문학연구』 45, 한국현대문학회, 2015, 21면.
50 김성근,「'科學'이라는 일본어 어휘의 조선 전래」, 황종연 편,『문학과 과학 I – 자연 · 문명 · 전쟁』, 소명출판, 2013, 442~459면;『한불자전』(Félix Clair Ridel, 1880)이나『영한자전』(Horace G.

『비행선』에서 김교제가 인식한 '과학소설'은 '특수한 방법'이 묘사된 소설이었을 것이다. 그 방법이란 문명의 발전을 기반으로 하는 진보된 기술이다. 반면, 이해조의 『철세계』에서는 '특수한 방법'이 존재하지 않는다. 그러나 좌선(사라쟁)의 장수촌과 인비(슐체)의 연철촌이 갖는 대립 구도 자체가 미래를 지향하는 이상적인 사회를 상상할 수 있는 근거, 즉 "유토피아적 사유와 충동"[51]을 마련한다. 중요한 것은 '미래'라는 시간적 개념으로, 과학 기술적인 요소가 드러나지 않았음에도 『철세계』를 과학소설로 볼 수 있다.

  '유토피아적' 의식의 맥락에서 근대 초기 『걸리버 여행기』의 번역도 문제적이다. 『걸리버 여행기』는 과학소설, 풍자소설, 모험소설, 여행소설 등의 복합적인 성격을 띤다. 모험과 여행에만 초점을 맞춘다면 연구 대상에 『로빈슨 표류기』도 포함해야 할 것이다. 그러나 "작가가 마지못해 살고 있는 세계를 비판하는 수단으로서 이상적인 사회를 그린 유토피아 문학"[52]을 과학소설로 본다면, 『걸리버 여행기』만이 연구 대상에 포함될 수 있다. 이 관점은 고장환의 번역본을 논의할 때뿐 아니라, 잭 런던 소설의 수용을 다루는 지점 등 연구 전반에서 유효하다.

  이 연구에서 사용하는 '유토피아적'이라는 용례는 카를 만하임이 정의한 "스스로를 에워싸고 있는 '존재'와 일치하지 않는 상태에 있는 의식"[53]

Underwood, 1890)에는 'science'의 번역어가 각 '學問', '學, 學問'으로 제시되어 있다(443면).

51 프레드릭 제임슨, 정병선·홍기빈 역, 「유토피아의 정치학」(2004), 프레드릭 제임슨 외, 『뉴레프트리뷰』 2, 길, 2009, 361면.

52 로버트 스콜즈·에릭 S. 라프킨, 김정수·박오복 역, 『SF의 이해』, 평민사, 1993, 15면.

53 카를 만하임, 임석진 역, 『이데올로기와 유토피아』, 김영사, 2012, 403면; 카를 만하임(Karl Mannheim, 1893~1947)은 독일어로 쓴 『이데올로기와 유토피아(Ideology and Utopia)』(1929)와 대폭 수정된 영문본 『이데올로기와 유토피아—지식사회학 개론(Ideology And

을 말한다. 또한, "유토피아는 사회 개혁을 위한 전제 조건이고, 비현실적인 열망은 현실적인 열망을 위한 불가결한 조건"[54]이라는 시각도 참고할 수 있다. 이러한 관점은 유토피아적 의식을 활발하게 표출할 수 있는 통로로서 과학소설을 바라볼 수 있게끔 한다.

최남선은 잡지 『소년』에서 원작의 2부에 해당하는 「거인국 표류기」만을 번역하였고, 이후 신문관의 십전총서를 통해 원작의 1부와 2부를 묶어 『썰리버유람긔』로 출간하였다. 원작의 3부와 4부가 번역되지 않은 것은

Utopia : An Introduction to the Sociology of Knowledge)』(1936)에서 유토피아와 이데올로기를 최초로 연결한 인물이다. 만하임이 보기에 이데올로기와 유토피아는 사람들이 사고하는 방식과 그 원인을 이해하는 데 필수적이었다. 그는 그 주제에 관한 객관적인 연구를 가능하게 해줄 비(非)평가적(non-evaluative) 개념을 찾고 있었다. 만하임은 우리가 가진 관념과 사고방식, 그리고 거기서 비롯되는 신념들이 모두 각자의 사회적 상황에 영향을 받는다고 주장했다. 그는 권력을 가진 자들의 신념을 이데올로기로, 체제 전복을 꾀하는 자들의 신념을 유토피아로 불렀다. 어느 쪽이든, 사람들의 신념은 자신이 처한 상황의 실상을 은폐하거나 위장한다 — 이데올로기는 권력자들이 제 입지의 약점을 인식하지 못하도록 방해하고, 유토피아는 약자들이 체제 변혁의 난관을 인식하지 못하도록 방해한다. 또한 두 신념은 상대방의 강점을 보지 못하도록 막는다. 만하임의 논의는 이데올로기에 집중된 듯이 보이나, 그는 계속해서 유토피아의 중요성을 지적하며, 궁극적으로는 유토피아가 이데올로기보다 더 중요하다고 주장한다. "이데올로기의 몰락으로 인한 위기는 특정 계층에 한정되지만, 이데올로기가 폭로됨으로써 얻어지는 즉물성은 언제나 사회 전체의 자기 명료화를 가져온다. 이에 반해, 인간의 사고와 행위에서 유토피아적 요소가 완전히 사라진다는 것은, 인간의 본질과 발전의 성격이 완전히 달라짐을 의미할 것이다. 유토피아의 소멸은, 인간이 사물로 전락하는 정태적 상황을 야기할 것이다." 한편, 폴 리쾨르(Paul Ricœur, 1913~2005)는 이데올로기를 허무는 유토피아의 기능에 주목했다. "'어디에도 없는 곳'으로부터 현 상황에 대한 강력한 회의가 생겨난다. 따라서 유토피아는, 그 근원적인 핵심에 있어서, 우리의 첫 번째 개념인 사회 통합적 기능으로서의 이데올로기와 완벽한 대조를 이루는 것으로 보인다. 유토피아는, 이데올로기와 정반대로, 사회 전복적 기능을 수행한다." 리쾨르는 유토피아 덕분에 이데올로기의 자장을 벗어나지 않고도 그것을 비판하는 것이 가능하다고 말한다. "나는 이렇게 확신한다 — 우리를 집어삼키는 이데올로기의 순환고리를 빠져나올 유일한 방법은, 유토피아를 상정하고, 그것을 선언하며, 그것에 비추어 이데올로기를 판단하는 것이다. 철저한 방관자[만하임이 말한 '자유 부동 지식인']란 불가능하므로, 판단은 그 과정 내부에 있는 누군가의 몫이다."(라이먼 타워 사전트, 앞의 책, 203~209면)

54 임철규, 『왜 유토피아인가』, 민음사, 1994, 62면.

당시 일역본의 부재에서 온 결과로 추측할 수 있으나, 조선어로 번역된 1부와 2부의 내용에서도 원저자인 조너선 스위프트 특유의 신랄한 풍자 의식은 반영되지 않았다. 정선태는 번역자인 최남선의 의도가 풍자에 있지 않고, 독자들이 "모험 정신과 바다의 상상력을 고취하는 계몽서"로 읽길 바랐기 때문이라고 설명하였다. 이 분석은 최남선이 『소년』에서 「로빈슨 무인절도 표류기」를 연재한 데에서도 적용할 수 있는 대목이다. 정선태는 번역자 최남선이 "위대한 문명을 이룩한 대영제국을 비판하고, 나아가 문명인을 말보다 못한 천한 짐승으로 격하하는 스위프트의 독설 앞에서 당황"하여 연재를 계속할 수 없었다고 분석하였다.[55]

한편 권두연은 신문관의 『썰리버유람긔』를 연구 대상으로 삼아 문체에 주목하여 '순국문' 양상을 논의하였다. 권두연에 따르면 "'순국문'이란 문장에서 한자어를 축출하면서 그 자리에 대체할 수 있는 단어를 자국어에서 발견, 새롭게 재창조해 내는 작업"으로 명명된다. 이 논의에서는 '순국문'으로 번역하는 과정을 통해 일상에서는 소통될 수 없는, 순전히 소설 내에서만 존재 가능한 신조어가 탄생하였고, '순국문'으로만 된 '소설어'가 만들어졌다고 밝히고 있다. 가장 중요한 것은 이러한 번역의 장에서 일상어와는 다른 새로운 언어 공간이 창출되었다는 점이다. 새로운 언어 공간은 순수한 언어를 실현할 수 있는 유일한 곳이었다. 따라서 권두연의 논의는 "순결한 언어주의"를 통해 매체 내에서 언어 내셔널리즘적 인식을 형성한 계기를 제시한 의의가 있다.[56]

---

55 정선태, 「'번역'을 타고 바다를 건넌 걸리버, '계몽의 품'에 안기다」, 『한국 근대문학의 수렴과 발산』, 소명출판, 2008, 105~117면.
56 권두연, 「근대 초기 번역 소설에 관한 한 연구—『썰리버유람긔』의 '순국문' 번역 양상을 중심으로」, 『사이間SAI』 3, 국제한국문학문화학회, 2007.

김교제의 『비행선』1912 이후 1920년이 될 때까지 과학소설의 번역 계보는 현재까지 공백으로 남겨진 상태이다. 근대 초기 쥘 베른의 소설을 위주로 번역되던 과학소설은 1920년대로 넘어오면서 그 목록이 확연히 달라졌다. 그 시작은 H. G. 웰스의 『타임머신』으로 장식되었다. 과학소설로 논란의 여지가 없는 『타임머신』은 김환에 의해 잡지 『서울』에 「팔십만 년 후의 사회」라는 제목으로 번역되었고,[57] 이후 1926년 최영주에 의해서도 재차 번역되었다.[58] 두 번에 걸쳐 번역된 『타임머신』은 1920년대 과학소설을 논의한 연구자들의 주목을 받았다.

김병철은 원저자와 역자, 서지정보를 밝혔지만, 알 수 없는 이유로 김환과 최영주의 번역 텍스트를 소설이 아닌 "평론"으로 분류하였다.[59] 이후 「팔십만 년 후의 사회」는 송명진과 김종방에 의해 연구되었다. 먼저, 송명진은 1926년 최영주의 번역 텍스트를 중심으로 웰스의 『타임머신』이 완역되지 못한 이유에 대해 세 가지 차원에서 논의하였다. 첫째, 당시 과학에 대한 인식과 과학소설의 관계에 주목하였다. 식민지 조선은 미래에 대한 상상력보다는 과거로부터 전해오던 초월적 세계관을 인과적으로 해명하는 데 더 관심을 가졌기 때문에, 현실 지향적인 과학과 미래 지향적인 과학소설의 괴리는 극복될 수 없었다고 말한다. 둘째, 당시 과학교육의 부재로 인해 과학에 대한 기본적인 이해를 토대로 전개되는 과학소설의 입지가 축소되었다는 이유이다. 셋째, 웰스의 『타임머신』에는 당대 우리나

---

57 하벨렉웰쓰, 김백악 역, 「팔십만 년 후의 사회」, 『서울』 4, 1920.6, 80~91면.
58 웰스 원작, 영주(影洲) 역, 「세계적 명작 팔십만 년 후의 사회, 현대인의 미래사회를 여행하는 과학적 대발견」(1), 『별건곤』 1, 1926.11; 웰스, 영주(影洲) 역, 「대 과학소설, 팔십만 년 후의 사회」(2), 『별건곤』 2, 1926.12.
59 김병철, 앞의 책, 428면.

라에서 받아들이기 힘든 문화적 코드를 함의하고 있었기 때문으로 분석하였다.[60] 송명진은 「팔십만 년 후의 사회」를 본격적으로 연구한 의의가 있지만, 몇 가지 실증적인 자료를 간과하였다. 앞서 언급했듯, 영주 번역의 「팔십만 년 후의 사회」가 1920년대에 번역된 첫 번째 과학소설도 아닐뿐더러, 미래 지향적인 과학소설은 1926년 이전에 번역된 이력이 있었고, 일본어로 접할 수 있는 과학소설 역시 부족하지 않은 실정이었다. 이로 인해 지식인뿐 아니라 대중 독자층에서도 『타임머신』과 같은 '미래 지향적인' 서사에 대한 이해도가 아주 낮았다고 확언하기 쉽지 않다.

김종방의 연구에서는 송명진이 제시했던 최영주의 『타임머신』 번역보다 김환의 번역이 먼저임을 밝혔다. 그러나 재차 강조하듯, 이 역시 김병철의 연구에서 이미 제시된 사항이다. 김종방의 논의에서는 김환의 「팔십만 년 후의 사회」의 번역 저본이 쿠로이와 루이코黑岩淚香의 일역본임을 밝혔고 박영희의 「인조노동자」 1925와 스즈키 젠타로鈴木善太郎의 『ロボット-四幕』 1924을 비교하여 중역의 저본을 밝혀냈다.[61] 이어서 '노동'에 초점을 맞추어 식민지 조선의 문학 장에서 두 텍스트가 지닌 연속성을 파악하였다. 김종방은 「팔십만 년 후의 사회」가 노동을 통한 문명의 진보를 문학적으로 형상한 텍스트이며, 진화론적 위기의식을 통해 아직 깨어나지 못한 대중을 개안開眼시키고자 하는 기능을 하였다고 서술하였다. 또한, 「인조노동자」는 이러한 의식이 심화된 텍스트로서, 「인조인간에 나타난 여성」에 이르기까지 박영희의 사회주의적 방향성이 구체화되었다고 분석하였다.[62]

---

60 송명진, 「1920년대 과학소설 수용 양상 연구-영주생의 「80만년 후의 사회」를 중심으로」, 『대중서사연구』 10, 대중서사학회, 2003.

61 기존 김병철의 연구에서는 우가 이츠오(宇賀伊津緒)의 『人造人間-戲曲』, 春秋社, 1923을 저본으로 제시하였다(김병철, 앞의 책, 460면).

위 연구에서 주목한 「인조노동자」[63]의 원작은 카렐 차페크Karel Čapek, 1890~
1938의 희곡인 『로숨의 유니버설 로봇Rossum's Universal Robots』1920(이하 *R.U.R.*
로 표기함)으로, 이광수가 1923년 식민지 조선에 최초로 소개하였고,[64] 김
기진,[65] 김우진,[66] 박영희[67]에 의해서도 조선의 문학 장에 알려졌다. 차페
크와 그의 희곡을 소개 · 번역한 텍스트를 다룬 연구는 상당히 축적되었
다.[68] *R.U.R.*에 대한 연구가 활발히 이뤄진 까닭은 원작이 나온 지 3년 만
에 조선에 소개된 점, 일본 문단을 비롯한 연극계, 대중의 반응이 이른 시

---

62 김종방, 「1920년대 과학소설의 국내 수용과정 연구-「80만년 후의 사회」와 「인조노동자」
를 중심으로」, 『현대문학의 연구』 44, 한국문학연구학회, 2011.

63 채퍽크, 박영희 역, 「인조노동자」(전 4회), 『개벽』 56~59, 1925.2~5.

64 이광수, 「인조인」, 『동명』 31, 1923.4.

65 여덜뫼(김기진), 「카-렐 · 차페크의 인조노동자-문명의 몰락과 인류의 재생」, 『동아일
보』, 1925.2.9 · 3.9.

66 金水山(김우진), 「구미(歐米) 현대극작가 소개(其三) 카-렐, 챠펙(첵코슬오애커아) Karel
Capek」(전 3회), 『시대일보』, 1926.4.26 · 5.3 · 5.17(카렐 차페크와 관련된 것은 3회분
으로 파악되며, 其二는 루이지 · 피란델오(Luigi pirandello)에 대한 내용이다. 전문은 「구
미현대극작가론」, 『김우진 전집』 2, 전예원, 1993에서 확인할 수 있다); S.K.(김우진), 「축
지소극장에서 인조인간을 보고」, 『개벽』 72, 1926.8.

67 박영희, 「문단의 투쟁적 가치」, 『조선일보』, 1925.8.1; 박영희, 「인조인간에 나타난 여성」,
『신여성』 4:2, 1926.2.

68 즈뎅까 끌뢰슬로바, 최원식 역, 「김우진과 까렐 차뺙」, 『민족문학사연구』 4, 민족문학사학
회, 1993; 이민영, 「박영희의 번역희곡과 '네이션=스테이트'의 기획」, 『어문학』 107, 한
국어문학회, 2010; 한민주, 「인조인간의 출현과 근대SF문학의 테크노크라시: 『인조노동
자』를 중심으로」, 『한국근대문학연구』 25, 한국근대문학회, 2012; 송명진, 「근대 과학소
설의 '과학' 개념 연구-박영희의 「인조노동자」를 중심으로」, 『어문연구』 42:2, 한국어문
교육연구회, 2014; 황정현, 「1920년대 『로숨의 유니버설 로봇』의 수용 연구」, 『현대문학
이론연구』 61, 현대문학이론학회, 2015; 김효순, 「카렐 차페크의 R.U.R 번역과 여성성 표
상 연구」, 『일본문화연구』 68, 동아시아일본학회, 2018; 이병태, 「사상사의 견지에서 본
『로숨의 유니버설 로봇』 수용의 지형과 함의-1920년대를 중심으로」, 『통일인문학』 79,
건국대 인문학연구원, 2019; 김우진, 「한국 근대극의 형성과정에 나타난 과학담론의 역할
과 의미에 관한 연구」, 고려대 박사논문, 2020; 최애순, 「1920년대 카렐 차페크의 수용과
국내 과학소설에 끼친 영향-김동인 「K박사의 연구」와의 영향 관계를 중심으로」, 『우리문
학연구』 69, 우리문학회, 2021 등.

기부터 형성된 점 등이 상호작용한 결과일 것이다. 선행 연구에 따르면 김우진이 연극 『인조인간』을 관람한 때가 1921년이라 하니,[69] 지식인층에서는 거의 동시대적으로 반응한 것이다.

'로봇'이라는 용어가 처음 사용된 *R.U.R.*은 "기계문명의 거인주의를 비판하는 동시에 삶의 영원성을 보증하는 이타주의와 사랑의 불변성을 설교"[70]하는 서사를 가지고 있다. 이로 인해 과학기술이 극대화되었을 때의 양가성을 논하기에 충분하다. 체코어와 슬로바키아어에서 유래한 어휘인 '로보타robota'는 '노예'를 뜻하며 비유적으로 '고된 일'을 의미한다. 이 단어의 어원은 고 교회 슬로바키아어 '라보타rabota, 노예 상태, 현대 러시아어로 '노동''이며, 이는 인도-유럽어족 어원 'orbh-'에서 유래하였고, '아르바이트독일어 : Arbeit, 일, 노동'와도 어원이 같다.[71] 이를 고려했을 때 박영희의 표제 「인조노동자」는 탁월한 번역일 것이다. 하지만 이 제목을 박영희 스스로가 고안한 결과물인지에 대한 의문이 남는 것도 사실이다. 이 의문을 해소하기 위해서는 번역 저본의 출처인 일본의 연구사를 검토할 필요가 있다.

*R.U.R.*이 일본에서 소개·번역된 경로와 양상을 논의한 대표적인 연구는 이노우에 하루키의 『로봇창세기』이다.[72] 원작 *R.U.R.*은 1920년 가을 체코에서 출간되었고, 이후 초연은 1921년 1월 25일 프라하의 국민극장에서였다. 한편, 1921년 7월, 일본 잡지 『문예구락부』에 스이도 나가토^粋

---

69 즈뎅까 끌뢰슬로바, 최원식 역, 「김우진과 까렐 차뻭」, 『민족문학사연구』 4, 민족문학사학회, 1993, 162면, 각주 28 서연호의 연구에서 밝혀진 내용이다.

70 J. V. Novák · A. Novák, *A General History of Czech Literature*, Olomouc−R. Promberger 1936~1939, p.1424(즈뎅까 끌뢰슬로봐, 위의 글, 161면에서 재인용).

71 위키피디아 http://ko.wikipedia.org/wiki/카렐_차페크 중 '로봇의 어원' 항목을 참고함.

72 이하 일본의 *R.U.R.* 수용사는 이노우에 하루키, 최경국·이재준 역, 『로봇창세기―1920~1938 일본에서의 로봇의 수용과 발전』, 창해, 2019, 39~88면을 토대로 기술하였다.

道長人의「인간제조회사」라는 라쿠고落語, らくご 형식의 글이 실렸다. 이 텍스트는 *R.U.R.*과 제목이 유사할 뿐 아니라 인간을 제조, 판매하고 병사를 만드는 방식, 주인공이 '진보'를 토대로 사유하는 지점도 비슷하여 영향 관계가 있을 것으로 추정된다.

「인조노동자」의 저본인『로봇-4막ロボット-四幕』을 번역한 스즈키 젠타로鈴木善太郎, 1883~1950는 와세다 대학 문학부를 졸업했으며 소설가이자 번역가, 극작가였다. 스즈키는 1923년 4월 8일부터 11일까지『도쿄 아사히 신문』에 *R.U.R.*을 번역·연재하였다. 이 번역은 *R.U.R.*이 일본에 최초로 소개된 사례로서, 일본어로 '로봇'이라는 용어를 처음 사용한 것으로 알려져 있다. 최초 연재 시 제목은「차페크의 희곡 노동자 제조회사カペックの 戲曲 勞動者製造會社」였지만, 2회부터「노동 제조회사」로 변경되었다. 여기서 '로봇'을 '인간 노동자'가 아닌 '인공 노동자'로 번역하였다고 한다. 이후 1923년 7월 10일 우가 이츠오宇賀伊津緒의『인조인간人造人間』이 춘추사에서 출판되었다. 이 시기는 스즈키의 연재물이 단행본으로 출간되기 전이었다. 우가 이츠오는 서문에서 "이 멜로드라마는 작년 10월 8일부터 뉴욕 개릭극장에서 상연된 것으로 지금도 흥행 중"임을 밝혔다. 이어서 "로봇이라고 하는 것은 체코슬로바키아어의 동사 '무상으로 일하다'는 말에서 취한 것인데, 주최 측인 시어터 길드의 관계자는 그것이 '무임노동자無賃勞動者'를 뜻하는 것이라고 알려주었습니다. 그러나 나는 이것을 내 마음대로 '인조인간'이라 옮겼"다고 서술하였다. 우가 이츠오가 시어터 길드의 판본을 저본 삼아 번역한 것과 같이 스즈키도 같은 것을 참조했다. 그러나 스즈키는 런던의 '세이트 마틴스 극장'의 공연 대본도 참고하였기 때문에, 두 작가의 번역 텍스트는 약간의 차이가 있는 것으로 분석된다. *R.U.R.*이

『인조인간』이라는 제목으로 일본에서 상연된 것은 1924년 6월 14일이며, 7월 중순까지 계속되었다. 이 연극의 대본은 우가 이츠오의 번역을 기반으로 츠키지 소극장 문예부 다카하시 구니타로高橋邦太郎가 가필한 것으로 연구되었다.

지금까지 서술한 일본에서의 수용사를 조선 문단에 비추어보면 다음과 내용으로 정리할 수 있다. 첫째, 박영희가 사용한 '인조', '노동자'라는 용어는 우가 이츠오가 서문에서 이미 사용하였으며, 스즈키 역시 연재의 제목에서 노출한 사례가 있는 것으로 파악된다. 따라서 박영희가 고안한 단어가 아닐 수 있다. 둘째, 조선의 문인들이 R.U.R.을 소개한 시기는 일본에서의 번역, 상영과 맞물려 있으므로 연극계의 사정을 고려하여 수용과 이입의 관계를 더 면밀하게 분석할 필요가 있다.

선행 연구 결과를 살펴보았을 때 R.U.R.의 수용과 파장에 관한 고찰은 이 책에서 다룰 과학소설 수용사의 범주를 넘어선 것으로 판단된다. R.U.R.을 고찰하기 위해서는 먼저 조선과 일본의 신극 운동의 맥락이 고려되어야 한다. 내용 면에서 자본가와 노동자의 계급 투쟁과 같은 1920년대 노동 분쟁의 역사 속에서 살펴야 할 필요성도 있다. 게다가 근대 자본주의에 대한 비판 의식을 비롯하여 인간과 문명의 대립구도, 인간을 인간이게끔 만드는 것은 무엇인지에 관한 내용이 어떤 방식에 의해 연극과 대본으로 형상화되었는지 논의해야 하는 문학 텍스트이다. 1920년대 번역 연구에서 독자적인 위상을 가질 수 있는 R.U.R.은 지금까지 꾸준히 논의되고 있으며 연구 성과도 다수 제출되었고, '희곡'이라는 장르적 특성에 따라 연구 대상에서 제외하였다. 연구 성과가 축적된 사례로『타임머신』을 거론할 수 있겠지만, 웰스의 다른 텍스트와의 상관관계 속에서 논의가 이루어지진 않았다. 또한, 원작자인 웰스 자체에 대한 검토는 협소한 편이므로 재론의 여지가 있다고 판단하여 연구 대상으로 삼았다.

최근 모희준, 강부원, 최애순, 허혜정은 1920년대 과학소설 수용사에서 그간 주목받지 못한 텍스트를 연구 대상으로 다뤘다. 먼저 모희준의 연구에서는 정연규의 『이상촌』과 에드워드 벨러미의 『뒤돌아보며』를 비교하여 『이상촌』에 반영된 『뒤돌아보며』의 영향력, 차용된 기술문명의 요소 등을 최초로 고찰하였다.[73] 최애순 역시 「팔십만 년 후의 사회」, 『이상촌』, 「이상의 신사회」에 주목하여, 미래에 대한 기대와 사회개조에 대한 욕망을 반영하는 구심점의 역할을 과학소설이 담당하고 있었다고 논의하였다.[74] 강부원은 신태악의 『월세계여행』을 최초로 연구하여 쥘 베른의 『지구에서 달까지』와 『달나라 탐험』이 함께 수록된 번역 텍스트임을 밝혔다. 또한, 『월세계여행』은 "합리적이고 보편적인 차원으로 이해되는 과학 지식을 문학을 통해 번역·공급하려는 목적이 강하게 개입"되어 있는 텍스트임을 규명하였다.[75] 허혜정의 연구는 식민지 시기에 초점을 두고 웰스가 사상가로 전유된 양상을 분석하여, 주로 과학소설가로 주목받았던 웰스에 대한 논의를 확장한 의의가 있다.[76]

---

73 모희준, 「정연규(鄭然圭)의 과학소설 『이상촌』(1921) 연구」, 『어문논집』 77, 중앙어문학회, 2019; 모희준, 「일제강점기 식민지 자본주의 하 경성공간과 미래사회 경성공간의 공간비교 연구－정연규의 『혼』과 『이상촌』을 중심으로」, 『국제어문』 85, 국제어문학회, 2020.

74 최애순, 「1920년대 미래 과학소설의 사회구조의 전환과 미래에 대한 기대－「팔십만 년 후의 사회」, 「이상의 신사회」, 『이상촌』을 중심으로」, 『한국근대문학연구』 21:1, 한국근대문학회, 2020.

75 강부원, 「쥘 베른 소설 『월세계여행』 번역본 발굴과 그 의미－오인된 번역자와 거듭된 중역(重譯), 그리고 과학으로서의 문학」, 『근대서지』 17, 근대서지학회, 2018.

76 허혜정, 「논쟁적 대화－H.G 웰스의 근대유토피아론과 조선 사회주의 문예운동」, 『비평문학』 63, 한국비평문학회, 2017.

이처럼 2010년대 말부터 2020년대에 제출된 과학소설 연구는 『타임머신』과 R.U.R.에 집중되었던 것에서 벗어나 연구 대상을 점차 확장하는 추세이다. 최근 제출된 연구는 주로 텍스트 내부에 초점을 맞춰 근대 문명에 기초한 과학 기술적인 요소를 중점적으로 분석하고, 조선의 문학 장에 전달된 새로운 지적 산물을 통해 문명을 발전시키고자 한 욕망으로 독해한다. 이러한 해석은 '과학소설'이라는 장르적 특성을 고려했을 때 귀결될 수 있는 마땅한 결론일 것이다. 하지만 번역의 결과물이 도착하기 전의 단계인 번역의 경로에 대해서는 구체적으로 규명되지 못한 지점이 다수 있다. 또한, 일부 텍스트에 연구 대상이 편향되는 까닭에, 1920년대를 중심으로 한 '과학소설의 계보'를 정립하려는 시도는 이뤄지지 않고 있다.[77]

1920년대 과학소설의 전개 양상은 번역소설사라고 해도 무방할 정도이다. 앞서 제시한 바와 같이, 번역 경로를 탐색하는 과정에는 새로운 문제와 방향 전환의 가능성이 내재되어 있다. 따라서 이 책의 논의는 선행연구를 참고하면서도 방향을 전환하여 번역의 경로를 구체적으로 추적해가는 것을 우선으로 삼는다. 그리고 새로운 원본 창출의 과정을 검토하면서 번역 행위를 통해 발산된 열망이 무엇인지 논의해보고자 한다.

---

[77] 1920년대 이전의 양상은 김종방, 「한국 과학소설의 성립과정 연구」, 세종대 석사논문, 2010를 통해 시도된 바 있다. 근대 초기부터 현대에 이르기까지 전반적인 내용을 검토한 연구는 이지용, 「한국 SF의 스토리텔링 연구」, 단국대 박사논문, 2015; 고장원·박상준, 「한국 과학소설 도입사 시론(始論)-우리나라에 SF는 어떻게 다가왔는가?」, 대중서사장르연구회, 『대중서사장르의 모든 것 5-환상물』, 이론과실천, 2016에서 다뤄졌다.

3. 1920년대, 미래의 기원

'과학소설'의 기원을 고찰할 때, '유토피아'를 하위 주제로 상정한다면 토머스 모어의 『유토피아』를 시작점으로 삼거나, 견해에 따라 플라톤의 『국가』로 거슬러 올라가기도 한다. 로버트 스콜즈와 에릭 S. 라프킨은 과학과 기술의 현저한 진보를 기준으로 갈릴레오 시대 이후에 등장한 메리 셸리의 『프랑켄슈타인』1818을 현대적인 과학소설의 기원으로 삼는다. 이들 견해에 따르면 18세기 말의 일대 변혁기에 처한 유럽과 미국에서 구체적으로 나타난 정치적 변화는 대중들에게 새로운 시간에서의 세계를 인식하게 하였다. 즉, 정치적 혁명이 인간의 미래관을 구체적으로 바꾸어 놓은 것이다. 예컨대 고대에는 대부분의 사람들이 미래를 단순히 현대의 지속이라고 보았다. 전제 정치, 과두정치, 민주정치, 무정부주의, 그리고 다시 순차적으로 전제 정치의 뒤를 이어가는 순환으로 인식했다. 그리고 역사를 신에서 영웅으로, 영웅에서 인간으로 꾸준히 타락하는 과정으로 여겼다. 타락을 회복하는 길은 오직 신이 지상에 되돌아와 그곳을 파괴하고 처음부터 순환을 다시 시작하는 방법 외에는 없을 것이라 생각했다.[78] 이러한 시각을 과거 → 현재 → 미래(도래할 과거로서의 미래)라는 원형적 시간 구성이라 본다면, 근대적인 관점은 원형에서 직선으로의 시간 변화 즉, "시공간의 내적 연관인 크로노토프chronotope의 변화"를 기반으로 한다.[79] 그리하여 "하나의 가능한 미래를 자신의 세계에 끌어들여 문학의 가능성

---

[78] 로버트 스콜즈·에릭 S. 라프킨, 김정수·박오복 역, 『SF의 이해』, 평민사, 1993, 14~16면.
[79] 서영채, 「『무정』과 한국소설의 근대성」, 『아첨의 영웅주의 – 최남선과 이광수』, 소명출판, 2011, 399~402면.

을 바꾸어 놓"은 메리 셸리의 『프랑켄슈타인』이 과학소설의 시작점이 될
수 있는 것이다.

19세기는 다윈과 아인슈타인 등에 의해 새로운 과학적 사상이 정립되
었으며, 기술의 발전으로 "망설이고 있던 공간을 향한 인간 최초의 시도
(비행기)"를 이룩하였다. 로버트 스콜즈와 에릭 S. 라프킨은 전통적 세계관
이 전례 없이 뒤흔들린 19세기의 대표적인 과학소설 작가로 에드거 앨런
포Edgar Allan Poe, 1809~1849, 쥘 베른Jules Verne, 1828~1905, 에드워드 벨러미
Edward Bellamy, 1850~1898, 에드거 라이스 버로스Edgar Rice Burroughs, 1875~1950
를 꼽는다. 그리고 다윈과 헉슬리의 이론과 사상을 배경 삼아 등장한 인물
이 H. G. 웰스Herbert George Wells, 1866~1946이다.[80]

서구 과학소설의 기원을 간략히 살펴본 이유는 위에서 언급된 쥘 베른,
벨러미, 웰스 때문이다. 이들은 근대 과학 기술문명과 새로운 세계관을 거
점 삼아 문학을 통해 미래를 선취한 작가들이다. 이 책에서 논의의 대상으
로 삼은 이유도 여기에 있다. 앞서 언급했듯이 식민지 조선의 1920년대
초는 '민족 자결'이라는 테제와 '개조'의 사상이 점철된 시기였다. 이러한
시대적 요청과 맞물려 위 작가들의 소설이 1920년대 조선에 유입되기 시
작하였는데, 연구사 검토를 통해 알아봤듯, '과학소설'이라는 맥락에서
무엇이, 어떻게 번역되었는지에 대해 최근에서야 논의가 시작되었다. 과
학소설의 역사에서 벨러미의 등장은 "유토피아적 글쓰기의 전후"[81]를 구

---

80 로버트 스콜즈·에릭 S. 라프킨, 앞의 책, 16~30면.
81 "And, given the tremendous upsurge of utopian writing in response to Edward
    Bellamy's *Looking Backward*(1888), it is best to divide the nineteenth century into
    pre- and post-Bellamy."(Lyman Tower Sargent, "Themes in Utopian Fiction in
    English Before Wells", *Science Fiction Studies*, November 1976)

분해 주는 중요한 기준점이다. 그러나 지금까지 국내의 과학소설 수용사에서 벨러미를 주의 깊게 살펴본 경우는 매우 드물다. 가령 지금까지 벨러미의 『뒤돌아보며』는 김병철의 연구에서 수필과 논설류로 분류되었고, 모리스의 『뉴스 프롬 노웨어』는 정백의 번역만 알려진 채 사회주의의 수용 내에서만 언급되었으며, 두 텍스트의 상관관계와 번역된 시기, 맥락 등이 논의되지 않았다.

이 책에서 다룰 텍스트는 '과학소설'이라는 장르와 '유토피아'라는 주제로 분류할 수 있는 성격을 지닌 것들이다. 1920년대 과학소설의 계보를 수립하기 위해 벨러미의 『뒤돌아보며』1888를 출발점으로 삼는다. 『뒤돌아보며』가 미국에서 출간된 후, 윌리엄 모리스William Morris, 1834~1896는 벨러미의 소설을 반박하기 위하여 『뉴스 프롬 노웨어』1890를 발표하였다. 두 소설은 한 세기 이상 후의 미래 사회를 묘사한다. 벨러미는 『뒤돌아보며』에서 국가사회주의가 실현된 이상적인 사회를 설정하였는데, 모리스는 이를 "진정한 사회주의가 아니"[82]라고 반박하며 『뉴스 프롬 노웨어』에서 다른 해석의 미래 공산사회를 만들어 냈다. 벨러미의 소설은 옹호와 숱한 반박을 받아냈고 이로 인해 일종의 '다시 쓰기' 붐이 일어났다. 게다가 이 현상은 비단 영미권에만 국한되지 않고 동아시아 3국 즉, 중국과 일본, 조선에도 영향을 미치게 되었다. 2장에서는 먼저, 『뒤돌아보며』가 영미권에서 출발하여 동아시아 문학 장까지 도착하는 경로를 탐색하고자 한다. 벨러미의 소설이 조선어로 번역되기까지 약 20여 년의 시간이 소요되었다. 20여 년의 시간 속에서 특히 중국과 일본의 지식인들이 반응한 양상

---

82 William Morris, "Looking Backward", *Commonweal*, June 22nd, 1889.

에도 주목할 예정이다. 이는 근대 초기나 식민지 시기의 독자들이 접할 수 있는 독서 환경을 분석하기 위함이자, 동아시아 3국에서의 (비)동시성을 확인하고자 하는 맥락에서이다. 중국과 일본에서는 『뒤돌아보며』가 먼저 번역 · 소개된 후 『뉴스 프롬 노웨어』가 다음 대상이었다. 이후 영미권과 유사한 '다시 쓰기' 현상이 펼쳐졌다. 그러나 식민지 조선의 경우 그 경로가 뒤집혀 거꾸로 유입된 양상을 보인다. 1~2년 혹은 몇 달 사이의 간격이지만, 급격하게 변화되는 사회적 분위기와 여러 사상이 유입되고 있는 측면에서 유의미한 현상으로 보인다. 또한, 이는 중국과 일본이라는 매개가 있었기에 가능한 현상이라고 본다. 둘째, '개조론'이라는 세계적 조류 속에서 벨러미와 모리스가 호명되고 번역된 양상을 분석할 것이다. 위의 두 소설이 번역되기에 앞서 '다시 쓰기' 소설인 『이상촌』이 1921년에 등장하였다. '다시 쓰기' 소설부터 시작된 뒤집힌 방향성은 식민지 조선의 문학 장場에 겹쳐 있는 번/중역의 특성을 관찰할 수 있는 대표적인 사례일 것이다. 이 논의의 과정에는 모리스의 소설에서 촉발된 사카이 도시히코堺利彦의 「쇼켄이 135세가 되었을 때」도 포함한다. 벨러미와 모리스, 사카이, 조선의 번역 주체가 한데 얽힌 모습이 1920년대 초 식민지 조선에서 나타난 과학소설의 한 초상이라 가정하기 때문이다. 따라서 2장에서는 벨러미의 『뒤돌아보며』에서 시작된 '다시 쓰기'의 연쇄적 파장이 식민지 조선에 도착하는 과정과 그 결과를 논의할 것이다.

3장은 과학소설의 거두로 불리는 H. G. 웰스의 수용을 다룬다. 선행 연구에서 검토한 바와 같이 지금까지 웰스의 수용은 『타임머신』의 번역을 중심으로 논의되었다. 우선순위로 『타임머신』이 첫 번째로 번역된 1920년부터 두 번째로 번역된 1926년까지의 시기를 중점으로, 즉, 같은 텍스트가 두 번 번역되는 사이에 형성된 웰스의 담론과 위상을 파악하고자 한다. 이를 위해 지금까지 거론되지 않았던 웰스의 여타 번역 텍스트를 찾아냈고, 이를 3장 전체로 구성하였다. 예외적으로 3장 중 워윅 드레이퍼의 『타워』는 웰스의 저작이 아니다. 그러나 잡지 『동광』에서 '내가 원하는 유토피아'라는 주제로 웰스의 소설과 함께 기획된 연재물이기 때문에, 일종의 연관성이 있다고 판단되어 이 장에 포함하였다. 2장과 3장의 원작 소설들은 산업혁명 이후 고도화된 기술문명이 자리하고 있는 국가에서 탄생하였으며 벨러미, 모리스, 웰스는 자본주의와 근대 산업 사회의 병폐를 몸소 깨닫고 문학적으로 형상화한 작가들이다. 이들 작가와 소설은 1920년대 개조의 흐름에 따라 식민지 조선에 유입되었다는 공통점을 가지고 있다. 웰스의 경우는 벨러미나 모리스와 달리, 세계사적 동시성의 맥락에서 고찰할 필요가 있다. 『문명의 구제』와 『세계사 대계』는 식민지 시기 지식인층에서 민감하게 받아들였던 웰스의 저작이었다. 두 텍스트는 1차 세계대전 직후 전 세계가 지녔던 평화에 대한 열망과 진보에 대한 확신, 미래에 대한 기대를 담고 있다. 『세계사 대계』는 번역되지 않았지만,[83] 식민

---

[83] '번역되지 않은 텍스트의 영향력'에 주목한 연구는 권보드래, 「번역되지 않은 영향, 브란데스의 재구성-1910년대와 변방의 세계문학」, 『한국현대문학연구』 51, 한국현대문학회, 2017에서 시도되었으며, 그의 논의는 이 연구의 길잡이가 되었다. 특히, "기억에서 지워진, 또한 한 번도 번역되지 않은 브란데스의 영향력을 1910년대를 통해 재구성해 보려는 시도"(11), "직접 읽고 겪은 종류의 것이라기보다 간접화되고 무의식적인 종류의 것", "영향과 번역에 대한 전통적 연구와는 궤도를 달리하여 트랜스내셔널한 공통의 지적 배경을 재구성해 보려는 시도", "브란데스처럼 근본적 수준에서 장(場) 자체의 구성에 기여했으나 그 참여자들조차 망각한 원천을 발굴해 내는 작업은 필요하다"(12) 등의 관점에서 연구방법과 논의의 실마리를 얻었다. 또한, "'일국적-문어적 관계만으로는 다 파악할 수 없는 세계문학적 연쇄'에 대한 문제 제기"(권보드래, 「냉전의 포크너, 냉전 너머의 포크너-1950년대 한국에서의 수용 양상과 문학적 가능성」, 『한국문학연구』 65, 한국문학연구소, 2021, 206면)라는 관점도 본 연구에서 수용하며, 이에 따라 '번역되지 않은' 텍스트에도 주목할 것이다.

지 시기 지식인들의 회고를 참고했을 때 웰스의 수용사에서 빼놓을 수 없는 중요한 요소이다. 웰스의 『신과 같은 사람들*Men Like Gods*』1923 역시 그간 주목받지 못한 텍스트로서, 이 소설이 소개되거나 부분 번역되었는지조차 제대로 알려지지 않았다. '완역'이나 단행본의 부피를 갖고 있지 않지만, 『문명의 구제』만큼이나 동시대적인 이입으로 판단된다. 이광수는 웰스를 "현대 영문학이 가진 가장 강한 사회의식에 타고 있는 작가의 일인^^人"으로 소개하였고, 웰스의 저작 중 『신과 같은 사람들』을 가장 좋은 작품이라 소개하기도 하였다.[84] 이광수의 경우 소설의 한 장면을 번역·소개하였고, 현애생은 내용 전반을 축약하여 연재하였다. 현애생의 연재는 『문명의 구제』와 함께 원작이 출간된 해에 조선어로 소개된 이례적인 현상이다. 따라서 3장에서는 포괄적인 텍스트를 바탕으로 1920년대 웰스의 이입 양상을 검토할 것이며, 과학소설가와 사상가로서 웰스가 주장했던 새로운 사회란 무엇인지, 1920년대 식민지 조선에서 공명할 수 있었던 지점이 무엇인지 대해 논의하고자 한다.

2장의 개요에서 언급한 '뒤집힌' 번역 순서를 상기하면, 식민지 조선의 번역문학 장에서 봤을 때 3장에서 다룰 『타임머신』도 뒤섞인 번역 계보 중의 하나이다. 원작을 기준으로 한다면 2장의 벨러미와 모리스의 소설이 앞서지만, 조선어로 번역된 순서는 웰스의 『타임머신』이 가장 먼저이다. 일본의 문학 장에서는 비교적 원작이 출간된 순서대로 번역된 것과 차별되는 조선의 특수성을 관찰할 수 있는 대목이라 생각한다.

4장은 '진보와 문명'이라는 주제를 중심으로 네 가지 텍스트의 번역에

---

84 孤舟, 「영문단 최근의 경향」, 『여명』 2, 1925.9, 23면.

대해 논의하고자 한다. 4장에 배치한 텍스트에는 희망의 이면에 있는 미결정의 시대, 불가능성의 공포와 불안이 잠재되어 있다고 전제한다. 이는 '유토피아'라는 용어가 가진 양가적 속성과도 연결된다. 1920년대 초반 '워싱턴 체제'하에서 조선의 구성원들 역시 희망을 지니고 있었다. 그러나 결과적으로 도래할 듯했던 유토피아는 여전히 알 수 없는 곳에 머물러 있었고, 그로 인해 파국의 임박도 감지할 수 있었다. 이 논의에서는 『월세계 여행』, 『지킬 박사와 하이드 씨』, 「미다스의 노예들」, 『걸리버 여행기』에 이상理想과 좌절의 서사가 공존하고 있는 점을 강조하고자 한다. 『월세계 여행』은 과학적 지식이 진보함에 따라 지구 밖을 향해 여행을 떠나는 이상을 보여준다. 「미다스의 노예들」은 테러리즘과 폭력의 세계가 도래할 것을 예고한다. 『걸리버 여행기』는 대항해 시대를 맞이하여 미지의 세계에 도착하지만, 주인공은 실상 그곳에 정착하지 못하고 탈출을 반복한다. 소인국과 대인국은 일면 걸리버가 살던 세계에 비해 진일보한 측면이 있었지만 그러한 진보가 진정한 행복을 가져다주진 못하였다.

위의 네 가지 텍스트를 통해 진보에 대한 인식과 희망에 반대되는 반감이나 두려움을 분석하고, 번역된 공간인 조선에서 어떠한 의미 작용을 할 수 있었는지 논의할 것이다. 이 가운데 언더우드 부인의 『쩨클과 하이드』는 외국인 번역자가 조선어로 번역한 특수한 사례이다. 이 책의 전반에서 번역 양상과 의도, 서사적 특징을 검토하겠지만, 『쩨클과 하이드』에서 특히 독자의 수용 언어에 대한 자기화의 과정을 면밀하게 분석할 것이다. 분석 과정을 통해 독자의 모국어에 관한 친숙함과 낯섦을 형상화한 방식을 알아보고, 원작 텍스트에서 드러난 서구의 일부 지식이 조선어로 번역되면서 변용된 방식을 살펴봄으로써 번역의 역학관계를 규명하려는 시도이다.

위의 과정을 통해 1920년대 과학소설의 번역 계보를 수립하고, 각 텍스트의 주변과 번역 양상을 실증적으로 논의할 것이다. 또한, 번역의 경로를 중점적으로 검토함으로써 중역 채널을 확장하고 구체화하고자 한다. 식민지 조선의 문학 장에서 과학소설의 편폭을 점검하여 1920년대를 해석하는 또 하나의 시각을 제시할 수 있기를 기대한다.

제2장
개조와 유토피아
『뒤돌아보며』의 연쇄와 수용

1. 『뒤돌아보며』의 출발과 도착

1) 중역重譯의 경로 – 동아시아 3국의 (비)동시성과 사카이 채널

라이먼 타워 사전트는 '유토피아'를 주제로 한 과학소설의 시기를 두 인
물을 기준으로 구분한다. 한 명은 『우주전쟁*The War of the Worlds*』1898의 작가
허버트 조지 웰스Herbert George Wells, 1866~1946이며, 다른 이는 에드워드 벨
러미Edward Bellamy, 1850~1898이다.[1] 전자는 과학 소설계의 거두로 유명하
지만, 후자는 현재 한국에서 그리 알려지지 않았다. 벨러미의 대표작인
『뒤돌아보며–2000년에 1887년을*Looking Backward : 2000~1887*』1888[2]이 21세

---

1   Lyman Tower Sargent, "Themes in Utopian Fiction in English Before Wells", *Science Fiction Studies*, November 1976.

2   Edward Bellamy, *Looking Backward: 2000-1887*, Boston : Ticknor And Company, 1888; 『뒤돌아보며』의 한국어 번역은 손세호 역, 『뒤를 돌아보면서』, 지식을만드는지식, 2008(2009 · 2011 · 2014)와 김혜진 역, 『뒤돌아보며–2000년에 1887년을』, 아고라, 2014이 있다. 김혜진은 한국어 완역본임을 밝혔다. 이하 인용은 김혜진 번역본을 따랐으

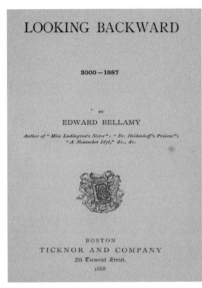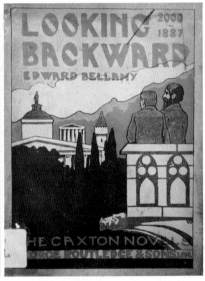

〈그림 1〉 *Looking Backward : 2000~1887*, Boston : Ticknor And Company, 1888 속표지 (듀크대 소장본) / London : George Routledge, 1890 겉표지(고려대 소장본)

기에 이르러서야 한국어로 번역된 점, 후속작인 『평등*Equality*』 1897은 번역되지도 않은 사정은 현재의 위상을 가늠할 수 있는 근거이다. 식민지 시기에 초점을 맞추어도 벨러미를 단독으로 언급한 경우는 매우 드문 편이다.

하지만 동아시아 문학과 사상 혹은 세계문학의 관점에서 19세기 말 20세기 초 벨러미의 영향력은 지금과 달랐다. 그 차이를 고찰하기 위해 벨러미의 소설 『뒤돌아보며』가 서구에서 출발하여 근대 초입 격동의 시기 중국과 일본에 도착한 사례를 검토하고 『뒤돌아보며』의 위상을 논의하려한다. '동아시아 문학'을 상정한다면 조선어로 번역되는 과정에서 주변국의 정황을 파악하는 것은 물론이거니와 식민지 조선의 '이중 언어' 상황

며, 원작은 『뒤돌아보며』로 표기한다.

을 고려해야 하기 때문이다.

에드워드 벨러미는 변호사 출신인 저널리스트였다.[3] 마르크스의 저술을 읽은 적도 없이 집산주의자가 된 그는 모어의 유토피아적 방법을 취해 자본주의적 생산제일주의와 집단적 행복이라는 관념의 화해가 가능하다는 생각을 발전시켰다.[4] 유럽 여행 중 대중의 빈곤을 관찰한 벨러미는 1888년 보스턴에서 소설 『뒤돌아보며』를 펴냈다. 이 소설은 일 년만에 100만 부가 팔렸으며,[5] 이 판매량은 동시대 베스트셀러인 『톰 아저씨의 오두막』과 『벤허』 다음이라고 평가된다. 『뒤돌아보며』의 판매량은 출처에 따라 차이가 있지만, 수치보다 중요한 것은 벨러미의 소설을 통해 '유토피아적 글쓰기'의 유행이 시작되었다는 점이다.

『뒤돌아보며』는 보스턴을 배경으로 1인칭 주인공 '나(줄리언 웨스트Julian West)'가 1887년에 잠든 후 2000년에 깨어나 미래의 사회를 경험하는 서사이다. 2000년의 리트 박사Dr. Leete 가족은 공사를 하던 중 땅속 깊이 묻힌 지하실에서 주인공을 발견한다. 리트 박사의 집이 백여 년 전 줄리언 웨스트가 살던 곳이었기 때문이다. 리트 박사의 직업은 의사로, 줄리언을

---

3 벨러미는 주간신문 *The New Nation*을 창간하였고, 이 신문은 전국적 내셔널리스트 클럽 네트워크의 기관지 역할을 했다. 벨러미의 대표적인 소설은 *Six to One*(1878), *Dr. Heidenhoff's Process*(1880), *Miss Ludington's Sister*(1885), *Looking Backward : 2000-1887* (1888), *Equality*(1897), *The Duke of Stockbridge : a Romance of Shays' Rebellion*(1900) 등이 있다.

4 욜렌 딜라스-로세리외, 김휘석 역, 『미래의 기억, 유토피아-토머스 모어에서 레닌까지, 또 다른 사회에 대한 영원한 꿈』, 서해문집, 2007, 219면.

5 이 판매량은 김혜진 번역본의 「옮긴이 후기」에 따른 수치이다(에드워드 벨러미, 김혜진 역, 『뒤돌아보며-2000년에 1887년을』, 아고라, 2014, 314면). 한편 박홍규는 발간 2년 만에 미국에서 39만 부, 영국에서 4만 부가 팔렸다고 전한다(윌리엄 모리스, 박홍규 역, 『에코토피아 뉴스』, 필맥, 2004, 450면). 1889년 말, 표트르 크로포트킨은 『라 레볼트(*La Révolte*)』에 게재한 서평에서 이 책이 미국에서 13만 9천 부, 영국에서 4만 부가 판매되었다고 알리기도 했다(마리 루이즈 베르네리, 이주명 역, 『유토피아 편력』, 필맥, 2019, 442면).

돌봐주며 113년간 변화된 사회를 상세히 알려주는 '소개자' 역할을 한다.[6]

2000년의 미국 사회는 기술문명이 비약적으로 발전한 것으로 묘사된다. 인도 위의 방수 지붕, 공기의 압력을 이용한 물건 운송관, 신용카드, 라디오와 유사한 음악 수신기 등에서 시대를 앞서간 상상력을 확인할 수 있다. 특히 '방수 지붕'은 과거의 개인주의 시대와는 차별된 화합의 시대를 상징하는 소재이다. 개개인이 우산을 쓰면 타인에게 빗물이 튈 수밖에 없지만, 방수 지붕이 발명된 21세기의 보스턴은 그러한 일이 일어날 리 없다. 마찬가지로 공공 세탁소, 공공 부엌, 공공 상점도 공동체의 중요성을 부각한 소재이다. 이러한 기술과 제도는 인간에게 각종 편의를 공급한다. 이 소설에서 가장 주목할 것은 문명의 이기를 제공한 사회 시스템이다. 19세기 말 미국은 자본집중에 의한 독점이 이루어졌고 사회 불평등은 점차 심각해져 갔다. 자본주의의 정점에 올라선 미국 사회를 개선하기 위해 벨러미는 국가가 유일한 산업 단위로 존재하는 21세기를 묘사했다. 국가는

---

6 '목격자'인 주인공과 '소개자'의 등장은 유토피아 소설에서 중요한 요소이다. 욜렌 딜라스-로세리외의 견해를 빌리면, 목격자는 흔히 호기심에 차 있고 열성적인 인물이지만 낯선 세계에 당황해 한다. 이러한 목격자는 순진하면서도 공격적이다. 처음 보아서는 이해하기 힘든 세계의 관행들과 나름의 규범과 규칙을 가진 자신이 살았던 세계의 문화를 대비해야 하므로 목격자의 역할은 중요하다. 방문자와 그를 맞이하는 사람들 사이의 대화는 현실과 판이한 생활 방식을 목도하고 설명하게 만든다. 방문자가 낯선 사회를 이해할 수 없을 정도로 심한 충격을 받는 경우도 더러 있다. 신비로운 주민들의 환경과 일상적 풍속에 대한 첫인상 이후에 혼란스러운 감정은 급속히 호기심으로 바뀌게 된다. 호기심은 방문자가 조사를 수행하고 주민들에게 질문을 던지며 또 새로운 세계의 정치 경제 사회적 특징들을 그의 세계와 비교하기 위해서는 필수적인 자질이다. 이상 국가 주민들과 방문자가 서로에 대해 갖는 낯선 느낌은 상상하거나 생각하지도 못한 삶의 규칙들을 드러냄으로써 현실 사회의 악들을 표현으로 떠오르게 만든다. 떠나온 세계의 면모들이 하나씩 허물어지고 부정적인 평가가 자연스럽게 확립된다. 따라서 유토피아 소설의 목적은 꿈꾸는 공간에 대한 거부, 그리고 증오의 대상이 된 현실 세계를 용서하려는 위험을 예방하기 위해 사람들을 설득하고 의심을 불식시키는 것이다. 낯선 세계로의 방문은 체계적인 조사나 질문 혹은 우연적인 만남 심지어 꿈이라는 형태를 취하기도 한다(욜렌 딜라스-로세리외, 앞의 책, 300~301면).

모든 산업을 관리하고 '노동군'인 '산업군대'를 조직한다. 일종의 군복무를 모방한 보편적 사회봉사의 원리를 내세워 새로운 질서의 기초를 세운다. 노동은 징용의 원리에 의해 의무화되고, 국가는 노동에 필요한 모든 훈련을 교육한다. 직업 작가를 제외한 모든 사람은 45세까지 일하고 '병약자 군단'을 조직하여 장애가 있는 사람도 적절한 노동에 투입된다. 기본적으로 노동 강도에 따라 노동 시간이 정해지며 임금에는 차별이 없다.

이 사회 체제의 효율성은 생산 계획과 군대식 사회적 위계의 병립으로 설명된다. 사회적 위계에는 하사관과 사관이 있는 등 전체 국민이 이런 위계질서로 조직되어 있다. 노동자는 일정 계급에 따라 분류되고, 진급을 통해 노동자의 영예를 얻게 된다. 국가를 중심으로 생산, 건설 산업 부문은 열 개의 부서로 나뉘며 각 부서가 하나의 산업 연합 집단을 대표한다. 다시 각 산업은 부서 산하에 있는 국에서 대표하고, 각각의 국은 관리하는 공장과 인력, 현재 상품, 상품 증대 방안에 관해 완벽한 기록을 보유하는 방식으로 구성된다. 유일하게 존재하는 기업은 국가뿐이기 때문에 노동으로 발생하는 이익은 균등 분배하고 잉여 자본은 도시 정비에 사용된다. 수입의 균일화로 인해 오랜 사회적 차별의 표지들은 철폐되고 등급과 책임만 남게 된다. 생산과 마찬가지로 소비도 합리적 재분배의 모델로 들어간다. 벨러미가 제시한 이 모델에서는 모든 상거래 행위를 반사회적인 것으로 간주하고, 효율성과 신속성을 일차적인 목표로 추구한다. 모두가 자본가이자 노동자라는 것이 벨러미의 구호인 셈이다. 생산하고 분배하는 거대한 기구인 벨러미의 세계는 서로에게 필요한 존재인 국가의 생산 제일주의와 부르주아적 소비 시스템의 협력에 의존하여 집산주의와 개인주의의 접점에서 균형과 일관성을 찾는다. 사소한 부패도 없이 모두가 집단적으로 부유해질 수 있을 뿐 아니라 개인적 부의 축적도 회피할 수 있다는 데에서 이 세계의 장점을 발견할 수 있다. 노동의 책무와 풍요가 합리적 관리되고 인력과 생산물의 배분에서 화폐가 완전히 배제되기 때문에 개인적인 부의 축적은 불가능하다. 진보의 모든 장점이 여기서 도출된다.[7] 다시 말하면 국가 중심으로 재편된 산업 조직에 따라 완전한 경제적 평등이 이뤄지는 셈이다. 이로 인해 경제적 동기로 인한 범죄가 발생하지 않으므로 법 집행기관의 대부분이 무용하다.

소설에서 묘사된 사유재산의 국유화, 국가에 대한 헌신 등을 긍정한 사람들은 일명 벨러미 클럽을 만들었으며 그 수는 160여 단체에 이르렀다.[8] 이들은 '사회주의' 대신 '내셔널리즘Nationalism 운동'으로 명명했다.[9] 『뒤돌아보며』가 발표된 이후 소설에서 제시된 미래 사회를 바탕으로 옹호와 반박 형태의 텍스트가 40여 종이 넘게 출판되었는데, 이러한 현상은 "일종의 미적 도약이자 문학의 미래에 깊은 영향을 준 새로운 문학 영역으로의 돌입"이라 평가되기도 한다. 그 이유는 이전의 유토피아 소설에서 배경이 되는 이상적인 미래 공간을 달이나 지구의 내면, 바다 건너편에 둔 데 비해, 『뒤돌아보며』에서는 작가 자신이 사는 현재 장소인 메사추세츠의 보스턴에 두었기 때문이다. 100년이라는 비교적 가까운 미래라는 시간 설정

---

7 욜렌 딜라스-로세리외, 앞의 책, 219~222면.
8 소설이 발표된 지 2년 만에 벨러미 클럽이 162개 결성되었다는 통계와(올리버 티얼, 정유선 역, 『비밀의 도서관 – 호메로스에서 케인스까지 99권으로 읽는 3,000년 세계사』, 생각정거장, 2017, 335면) 165개라는 통계도 있다.
9 이는 정치 이데올로기의 '내셔널리즘'과 구별된다. 벨러미 클럽에서 의도한 바는 공공 서비스의 국유화를 강력히 지지하는 개념으로서의 '산업 국유화 클럽'에 가깝다(John Hope Franklin, "Edward Bellamy and the Nationalist Movement", *The New England Quarterly*, 11:4, Dec. 1938, pp.750~751).

과 발 딛고 있는 현실 세계에 대한 변화를 모색했다는 점에서 과학소설의 새로운 형식을 창조했다는 평가이다.[10]

『뒤돌아보며』에서 제시된 세계에 대해 반박하는 입장은 벨러미가 제시한 미래 사회는 사회주의의 이상이 아니며 개인의 개성이 발휘될 수 없는 구조라고 주장한다. 루이스 멈퍼드도 벨러미의 이상사회에 다음과 같은 의문을 남겼다. "좋은 생활에 대한 벨러미의 생각과, 그것에 근거해 세운 사회구조 사이에는 커다란 간격이 있다. 그 간격은 극소수에 의해 운영되는 대규모의 기계적 조직이, 개회 개혁에서 차지할 수 있는 역할을 과대평가한 탓에 생겼다. 벨러미는 특권을 둘러싸고 경쟁하는 진흙탕과 같은 현대사회의 악폐를 종종 과장해 묘사했듯이 현대사회의 좋은 면도 과대평가했다. 그는 현행 질서의 편을 들어 그 이미지에 너무 가까운 형태로 미래를 구상했다."[11] 이와 같은 평은 편리한 생활과 좋은 삶, 더 나은 삶에 대한 경계가 모호하다는 지적이다.

기술 발달의 문명을 최상의 삶으로 묘사한 『뒤돌아보며』는 반反 벨러미 진영에 불씨를 지폈다. 이 진영의 대표적인 소설인 『뉴스 프롬 노웨어*News From Nowhere*』[12]의 작가 윌리엄 모리스William Morris, 1834~1896는 벨러미 소

---

10 미국에서만 초판이 나온 해부터 세기가 바뀔 때까지 12년 동안에 이 작품을 모방한 유토피아 소설이 46권 출판된 것으로 조사되기도 하였다. 나중에는 존 듀이, 윌리엄 알렌 화이트, 유진 V. 뎁스, 노먼 토마스, 소스타인 베브렌 등의 사회평론가들이 벨러미의 책에서 영향을 받았다고 한다(로버트 스콜즈 · 에릭 S. 라프킨, 김정수 · 박오복 역, 『SF의 이해』, 평민사, 1993, 20~21면).

11 루이스 멈퍼드, 박홍규 역, 『유토피아 이야기』, 텍스트, 2010, 179~180면. 루이스 멈퍼드(Lewis Mumford, 1895~1990)의 *The Story of Utopias*는 1922년 출간되었다.

12 원작명은 *News from nowhere : or An epoch of rest : being some chapters from a utopian romance*이다. 이 소설은 당시 모리스가 참여하고 있던 정치조직인 사회주의 동맹(Socialist League)의 공식 주간지 『코먼윌(*Commonweal*)』에 1890년 1월 11일부터 10월 4일까지 연재되었고 같은 해에 책으로 출판되었다. 로버츠 브라더스(Roberts Brothers) 출판사가 낸 책은 모

설의 미래 사회에 대하여 진정한 사회주의가 아니라고 주장했다. 모리스는 『뒤돌아보며』에서 나타난 중앙 집권적인 권력 기구와 교육 기관 등에 대해 부정적인 시각을 제시하였고 "관료주의적"인 사회라며 비판했다. 또한 "노동 계급은 징병관의 권유는 무시해야 하며 붉은 옷으로 차려 입히고 여러 번의 발길질과 몇 푼 안 되는 돈이라는 개의 몫을 던져줄 뿐인 국가의 영예와 영광을 위해 현대적 살인 기계의 일부로 양성되는 것을 거부"해야 한다고 강조하였다. 이어서 "개개인의 삶의 업무를 국가라 불리는 추상의 어깨 위에 전가할 수 없으며, 서로와의 의식적인 연대 안에서" 구축되어야 하며, "삶의 다양성은 조건의 평등 못지않게 진정한 공산주의의 목표"로 삼아야 한다고 역설하였다. 이것이야말로 "진정한 자유"라는 것이다.[13] 벨러미에 대한 비판을 바탕으로 모리스는 『뉴스 프롬 노웨어』에

리스와 아무런 협의를 거치지 않았기 때문에 비공식 판본으로 여겨진다고 한다. 모리스가 직접 내용을 수정한 개정판은 1891년에 Reeves & Turner에서 나왔다(오봉희, 「노동과 예술, 휴식이 어우러진 삶─윌리엄 모리스의 『유토피아에서 온 소식』」, 이명호 외, 『유토피아의 귀환─폐허의 시대, 희망의 흔적을 찾아서』, 경희대 출판문화원, 2017, 58면). 이 소설의 한국어 번역본은 윌리엄 모리스, 박홍규 역, 『에코토피아 뉴스』, 필맥, 2004(2008)가 유일하다. 역자인 박홍규는 제목의 번역 방식에 대해 다음과 같이 설명한다.

"역자는 6년 전에 쓴 책에서는 'News from Nowhere'를 '유토피아 소식'이라고 번역했으나 이번에는 '에코토피아 뉴스'로 바꾸었다. 'Nowhere'는 문자 그대로 '아무 데도 없는 곳'이라는 뜻으로 반드시 이상사회인 유토피아만을 뜻하지는 않으나, 모리스의 이 작품에 대해서는 흔히 그렇게 이해되어 왔다. 그러나 유토피아 소설들 가운데 거의 유일하게 '에코', 즉 생태의 문제를 다룬 이 책의 특징을 강조한다는 점에서 'Nowhere'를 '에코토피아'로 바꾸어 옮겼다. 이 책의 부제에 유토피아라는 말이 들어가 있으니 중복을 피하자는 뜻도 있다. 그리고 'News' 역시 단순히 '소식'으로 보기보다 새롭다는 점을 강조한다는 의미에서 '뉴스' 그대로 옮겼다."(「역자 머리말」, 12~13면)

이 외 선행 연구에서는 『유토피아에서 온 소식』, 『노웨어에서 온 소식』, 『어디에도 없는 곳으로부터 온 소식』 등으로 번역된다. 본고는 원작을 그대로 읽는 방식을 택하여 『뉴스 프롬 노웨어』로 표기한다. 이 장에서 현대어 번역은 박홍규의 번역본을 토대로 하였으며, 원문이 필요할 경우 1891년 개정판이 아닌 Boston : Roberts Brothers, 1890년판을 인용하였다.

13 E. P. 톰슨, 윤효녕 외역, 『윌리엄 모리스─낭만주의자에서 혁명가로』 2, 한길사, 2012,

서 중세 수공업 시대와 같은 즐거움을 위한 최소한의 노동, 삶의 다양성과 단순함을 그려냈다.

영미권에서 『뒤돌아보며』에 대한 갑론을박이 진행되는 사이 중국과 일본에도 벨러미의 소설이 도착하였다. 동아시아 3국에서는 누가, 언제, 어떤 방식으로 『뒤돌아보며』를 수용하며 번역하였을까. 먼저 중국에 초점을 맞춰보도록 한다. 데이비드 왕David D. E. Wang에 의하면 벨러미의 『뒤돌아보며』는 청말에 최초로 번역된 서양 과학소설이다.[14] 최초의 번역자는 영국인 선교사 티모시 리처드Timothy Richard, 1845~1919로서, 1891년에 발표되었다. 티모시 리처드李提摩太는 『만국공보萬國公報』에 「회두간기략回頭看記略」이라는 제목으로 1891년 12월부터 1892년 4월까지 연재하였다. 분량은 원작의 1/20이며, 28회 각각의 내용을 문단 단위로 축약한 형식이다. 연재 당시에는 티모시 리처드의 이름이 기재되지 않았는데, 『만국공보』의 목차에서는 "communicated"로, 연재면에서는 투고된 원고라는 뜻의 "来稿", "析津来稿"로 서명되었다.

동양에 온 선교사들이 대개 그러하듯, 티모시 리처드 역시 단독으로 번역한 것은 아니었고 카이얼캉蔡尔康, 1851~1921과 협업하였다고 한다. 티모시 리처드의 번역은 일본을 거치지 않고 서구의 소설이 바로 유입된 것이며 원작 발표 3년만이라는 시기도 특기할 만하다. 티모시 리처드의 번역본은 1894년에 단행본 『백년일각百年一覺』으로 출간되기도 했다.

1897년 쑨바오쉬안孫寶瑄은 『망산여일기忘山廬日記』에서 『백년일각』을 소

---

419 · 565 · 576면.

14 David D. E. Wang, "Translating Modernity", David Pollard ed., *Translation and creation: readings of western literature in early modern China, 1840-1918*, Philadelphia; John Benjamins Publishing Company, 1998, p.310.

〈그림 2〉 티모시 리처드의 「회두간기략」 연재본(「回頭看記略」, 『萬國公報』, 1891.12)[15]

〈그림 3〉 티모시 리처드의 『백년일각』 단행본(李提摩太, 『百年一覺』, 上海廣學會, 1894)[16]

개한 바 있고 1898년에 추웨이어裵維鍔는 티모시 리처드의 번역과 같은 제목인 「백년일각百年一覺」을 『중국관음백화보中國官音白話報』第7·8期에 연재하였다. 1904년에는 잡지 『수상소설繡像小說』에 「회두간回頭看」이라는 제목으로 25호부터 36호까지 총 14회로 옮겨졌는데, 번역자는 알려지지 않았고 번역 방식은 초역抄譯이었으며 당시 『수상소설』의 주편은 리바이위안李伯元이었다. 1932년에는 번역자 쩡커시曾克熙가 저우타우펀鄒韜奮이 주편인 『생활주간生活周刊』에 연재하였고, 이 연재는 1935년 생활서점生活書店의 '번역문고' 시리즈로 출판되었다.[17]

15 『万国公报』(影印版) 28, 上海：海书店出版社, 2014.

16 北京大学『马藏』编纂与研究中心 主编, 『马藏』1, 科学出版社, 2019.

17 이상 중국에서 벨러미의 수용에 관한 내용은 David D. E. Wang, op.cit., pp.303~329; 刘树森, 「李提摩太与『回头看记略』－中译美国小说的起源」, 『美国研究』, 1999; 张广勋, 「爱德华·贝拉米小说『回顾』的影响及其研究综述」, 『河南广播电视大学学报』26:3, 2013.3, pp.24~26; 张冰, 「继承、误读与改写－清末士大夫对『百年一觉』"大同"的接受」, 『浙江外国语学院学报』, 2017.11, p.95; Andolfatto Lorenzo, *Hundred days' literature : Chinese utopian fiction at the end of empire, 1902-1910*, Leiden : Boston : Brill, 2019; 쩌우전환, 한성구 역, 『번역과 중국의

청말에 수용된 『뒤돌아보며』는 번역으로 끝나지 않았다. 1932년까지 완역은 이루어지지 않았지만, 벨러미의 소설에 묘사된 미래 사회가 중국의 지식층에 적지 않은 영향을 끼친 것으로 파악하는 다수의 연구 성과가 있다. 선행 연구에서는 변법자강운동을 이끌었던 캉유웨이康有爲, 1858~1927, 량치차오梁啓超, 1873~1929, 탄스퉁譚嗣同, 1865~1898을 대표적으로 꼽는다. 리디아 리우에 따르면 탄스퉁은 캉유웨이의 『대동서大同書』를 "『주례周禮』의 '대동' 이상과 에드워드 벨러미의 『회고*Looking Backward*』에 대한 나름의 이해"라고 해석했다고 한다. 여기서 리디아 리우는 "중국 고전의 사유와 서구에서 수입된 개념을 등치시키는 이러한 행위가, 등치 이후에야 비로소 존재할 수 있게 된 매개된 현실 혹은 변화의 층위를 도입할 수 있었다"[18]고 설명하는데, 다시 말하면 캉유웨이는 청말에 유입된 벨러미의 텍스트를 통해 '서구의 유토피아'를 접하면서 역사적 전환기를 맞이한 중국에 필요한 새로운 이상사회를 제시할 수 있었다고 이해할 수 있다. 캉유웨이는 서양 기술에 수용적인 유토피아적 저서들을 집필했고, 확장된 평등에 바탕을 둔 민주적인 세계국가를 그렸다. 그는 만국 공통어의 개발과 전 세계 군대의 점진적인 축소를 관장할 세계의회를 구상했고, 자본주의는 모든 사유재산과 더불어 폐기되리라고 전망했다. 또, 여성의 지위가 변화되어야 함을 강조하면서, 그에 필요한 여러 조치 중 하나로 남녀 간의 종신 결혼제 폐지와 한시 계약제 도입을 주장했다.[19] 또한 캉유웨이가 '대동大同'이라는 용어를 본격적으로 사용하게 된 것도 『뒤돌아보며』의 중국어

근대』, 궁리, 2021를 참고하였다.

18 리디아 리우, 민정기 역, 『언어 횡단적 실천』, 소명출판, 2005, 85면.

19 라이먼 타워 사전트, 이지원 역, 『유토피아니즘』, 고유서가, 2018, 124면.

번역본을 읽고 나서부터였다고 한다. 미국의 중국학자 마틴 버넬Martin Bernal도 캉유웨이가 『만국공보』에 실린 「회두간기략」을 읽고 많은 시사점을 얻었을 것이라고 주장했다.[20]

중국에서 벨러미의 『뒤돌아보며』에 직·간접적으로 영향을 받은 작품은 량치차오의 『신중국미래기新中國未來記』1902, 우루청吳汝澄의 『치인설몽癡人說夢』1904, 리바이위안李伯元의 『빙산설해冰山雪海』1906, 벽하관주인碧荷館主人의 『신기원新紀元』1908, 루스어陸士諤의 『신중국新中國』1910 등이 있다.[21] 데이비드 왕과 천핑위안陳平原은 량치차오의 소설 『신중국미래기』가 벨러미의 『뒤돌아보며』와 스에히로 뎃쵸末広鉄腸의 『셋츄바이雪中梅』1886의 영향 내에 있다고 주장한다.[22] 량치차오는 일본과 서구의 유토피아 소설을 번역함으로써 "미래 완료future perfect"의 서술 방식을 습득하였고, 이를 통해 20세기 중국 정치 담론의 가장 중요한 수사적 전략이 시작되었다고 평가된다.[23] 찌우전환鄒振環 역시 『뒤돌아보며』에 나타난 미래와 현재를 대비시켜 작가의 정치적 견해를 드러내는 수법이 량치차오의 소설 창작에도 영향을 미쳤다고 말한다. 구체적으로 『신중국미래기』에서 묘사된 서기 1962년 1월 난징에서 거행된 유신운동惟新運動 50주년 기념행사와 상하이 박람회, '중국 근대 60주년'을 주제로 한 공각민孔覺民 선생의 강연, 그리고 이

---

20 찌우전환, 앞의 책, 233면.
21 David Der-wei Wang, *Fin-de-siècle Splendor: Repressed Modernities of Late Qing Fiction, 1849-1911*, Stanford University Press, 1997. 여기서 데이비드 왕은 루스어의 『뒤돌아보며』 번역을 "가장 완벽한 서사(the most complete narrative)"라고 극찬하였다.
22 David Wang, op.cit., 1998, pp.303~309; 천핑위안, 이종민 역, 『중국소설의 근대적 전환』, 산지니, 2013, 65면.
23 William H. Nienhauser, *The Indiana companion to traditional Chinese literature*, Indiana University Press, 1986, pp.303~304.

와 관련된 황극강黃克强의 이야기 등이 모두 『백년일각』의 영향을 받았다는 것이다.[24] 이처럼 『뒤돌아보며』는 중국에 수용된 이후 창작의 기폭제가 되었으며, 청말의 지식인들에게 근대적 이상사회를 제시하는 하나의 모델이었다.

중국에서 위와 같은 현상이 나타나는 사이 일본에서도 벨러미가 알려지기 시작했다. 일본에서 『뒤돌아보며』를 최초로 언급한 이는 우에다 빈上田敏, 1874~1916으로 추정된다. 우에다 빈은 『최근해외문학最近海外文學』1901에 「벨러미의 신저ベラミイの新著」를 수록하였다. 이 글은 당시 벨러미의 신작인 『평등Equality』1897을 중심으로 한 내용이다. 우에다 빈은 『평등』에 대하여 낙천적인 소설이며 빈민 구체책과 자본가와 상인의 쟁투를 다루면서 저자가 "동포적 상애의 정신"으로 저술한 것으로 소개하였다. 또, "다망多望하는 20세기 초의 꿈"을 그렸으며, 사회주의의 포부를 내비쳤다고 서술하였다. 이 과정에서 벨러미의 전작인 『뒤돌아보며』도 언급하였는데, 전 세계 여러 나라의 언어로 번역된 수작秀作이며 내용 면에서 『평등』과 조응한다고 알렸다.[25] 이후 고토쿠 슈스이幸德秋水, 1871~1911도 『뒤돌아보며』를 간단히 소개하였다. 1902년 『만조보萬朝報』에서 "본서(『뒤돌아보며』 – 인용자)가 우리 국민에게 사회주의의 복음을 전파하는 것, (…중략…) 빨리 이토록 새로운 사회를 건설하게끔 이끌도록 간절히 기원한다"고 했다.[26] 1905년에는 일명 '벨러미 사건'도 일어났다. 제5 고교의 법과에서 영어 교과서로 『뒤돌아보며』를 사용한 까닭에 학교 교사들이 문부 차관에게 질책을 받

---

24 쩌우전환, 앞의 책, 234면.
25 上田敏, 『最近海外文學』, 文友館, 1901, pp.149~151.
26 『萬朝報』, 1902.7.7(이석, 「사카이 도시히코의 번역 작품 『이상향(理想鄕)』의 미학」, 『일본학보』 112, 한국일본학회, 2017, 127면에서 재인용).

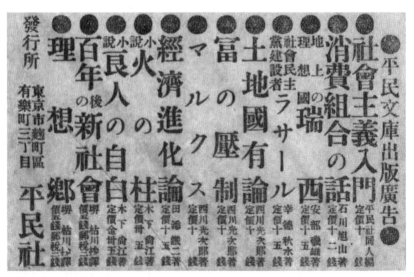

〈그림 4〉「평민문고출판광고」, 『평민신문』, 1905.2.5, 7면

았다는 내용이다.[27]

　일본에서 『뒤돌아보며』를 최초로 번역한 사람은 사카이 도시히코堺利彦,
1871~1933이다. 사카이는 1903년 『가정잡지家庭雜誌』에 「백 년 후의 신사회
百年後の新社會」라는 제목으로 번역하였다. 같은 해인 1903년 12월에는 히라
이 고고로平井廣五郎가 총 28회로 완역하여 단행본으로 출간하였다.[28] 사카
이는 「이상향」(『뉴스 프롬 노웨어』)을 연재하면서 완역된 『뒤돌아보며』를
『평민신문』에서 알리기도 했다.[29] 사카이도 1904년에 18회로 구성된 단
행본을 낸 바 있다.

27　야마구치 마사오, 오정환 역, 『패자의 정신사』, 한길사, 2005, 71~73면.

28　ベラミー, 平井広五郎 訳, 『百年後之社會－社会小説』, 警醒社, 1904.

29　"序ながら記しおく. ルッキング, バックワードは今度平井広五郎氏の手に訳せられて警醒社か
ら出版せられる事になつた. 委細は広告を御覧あれ. 家庭雑誌に於ける余の抄訳を読まれた
方々が, 更に平井氏の全訳を読んで十分に原意を味はれんことを希望致す(枯川生記す)."
(『(週刊) 平民新聞』 1, 大阪：創元社, 1954, p.167)

사카이는 「백 년 후의 신사회」를 연재한 데 이어 1904년 『평민신문平民新聞』에 『뉴스 프롬 노웨어』를 「이상향理想鄕」으로 초역抄譯하여 실었다. 각 연재본은 같은 해인 1904년 평민문고 소책자 『백 년 후의 신사회百年後の新社會』[30]와 『이상향理想鄕』[31]으로 출간되었다. 〈그림 4〉는 두 번역본이 포함된 평민문고 시리즈 광고로, 사카이의 번역서 외에도 『사회주의입문』, 『마르크스』 등의 사회주의 서적이 눈에 띈다.

16년이 지난 후 1920년에 사카이는 두 텍스트를 합본하여 출간하였고,[32] 같은 해 『뒤돌아보며』의 단행본 『사회주의의 세상이 되면社會主義の世になったら』[33]을 펴냈다. 중국에서는 1925년에 이르러서야 루쉰이 『뉴스 프롬 노웨어』의 일부를 번역하여 소개하였는데,[34] 이와 달리 일본에서는 사카이가 1900년대 초부터 『뒤돌아보며』와 『뉴스 프롬 노웨어』를 연속해서 번역하였기 때문에 일종의 사회주의 소설 시리즈로 인식되었을 듯하다. 『평민신문』의 광고에 따르면 사카이는 『뉴스 프롬 노웨어』가 『뒤돌아보며』에 그려진 미래 사회를 반박하기 위해 쓰인 소설임을 알고 있었다. 따라서 두 소설을 연속해서 번역한 이유는 사회주의의 스펙트럼을 소개하기 위함이었을 것이다. 사카이가 번역한 『뒤돌아보며』와 『뉴스 프롬 노웨어』의 출판물을 각각 〈표 2〉와 〈표 3〉으로 정리하였다.

---

30 ベラミー, 堺枯川 抄訳, 『百年後の新社會』, 平民社, 1904.

31 ヰリアム・モリス, 堺利彦 抄訳, 『理想鄕』, 平民社, 1904.

32 ヰリアム・モリス, 堺利彦 訳, 『理想鄕』, アルス, 1920.

33 エドワード・ベラミー, 堺利彦 訳, 『社會主義の世になったら』, 文化学会, 1920.

34 郑立君, 「『乌有乡消息』在中国的审美译介」, 『美育学刊』, 2016.6.

〈표 2〉 사카이 도시히코의 『뒤돌아보며』 번역 목록

	제목	서지사항	종류	구성
1	「百年後の新社會」	『家庭雜誌』6, 平民書房, 1903.9.	잡지	161~189
2	『百年後の新社會』	平民社, 1904.	단행본	18장
3	「百年後の新社會」	『理想鄕』, アルス, 1920.	합본	18장
4	『社會主義の世になったら』	文化學會出版部, 1920.	단행본	18장
5	『社會主義の世になったら』	文化學會出版部, 1925(21판).	단행본	18장
6	「百年後の新社會」	『堺利彦全集－家庭の新風味』2, 中央公論社, 1933.	수록작	18장

〈표 3〉 사카이 도시히코의 『뉴스 프롬 노웨어』 번역 목록

	제목	서지사항	종류	구성
1	「理想鄕」	『平民新聞』8~23호(17호 제외), 1904.1~1904.4.	연재	27장
2	『理想鄕』	平民社, 1904.	단행본	23장
3	「新社會の男女生活」	『猫の百日咳』, アルス, 1919.	수록작	11장
4	「理想鄕」	『理想鄕』, アルス, 1920.	합본	18장
5	「理想鄕」	『堺利彦全集－平民日記及新聞所載雜文』3, 中央公論社, 1933.	수록작	18장

사카이의 『뒤돌아보며』 번역은 세 가지 지점에서 독특한 특징이 있다. 첫째, 원작 28장을 일관적으로 18장으로 축역縮譯, 초역抄譯했다는 점, 둘째, 원저자의 「서문」과 「후기」를 번역하지 않은 점, 셋째, 등장인물의 이름이 일관되지 않은 점이다. 원작의 이름은 줄리언 웨스트Julian West, 리트 박사Dr. Leete, 이디스Edith Leete이다. 1904년 단행본 『백 년 후의 신사회』에서는 이들이 각각 니시노西野, 이도 하카세井土博士, 치에코智慧子로 번역되었다. 1920년 『뉴스 프롬 노웨어』와 『뒤돌아보며』를 앞뒤로 합본하여 출간한 『이상향』에서는 에스토エスト, 닥터 리토ドクトル・リート, 에디스エヂス로 변경하였다. 같은 해 출간된 『사회주의의 세상이 되면』에서는 다시 니시노西野, 이도 하카세井土博士, 치에코智慧子로 표기되어 있지만, 1925년 21판에서는 다시 에스토エスト, 닥터 리토ドクトル・リート, 에디스エヂス로 변경되었

다. 1933년 사카이 전집에는 에스토ㅈㅅㅌ, 닥터 리토ドクトル·リート, 에디스ㅈ
ㄷㅈ로 번역된 텍스트가 실렸다. 사카이의 번역은 내용과 구성에서 큰 차이
는 없지만, 등장인물의 이름이 여러 차례 변경되어 나타났다. 인물의 이름
을 원문에 가깝게 할 것인지 일본식으로 변경할지 고민한 흔적이 엿보이
는 대목이다.

사카이가 『뒤돌아보며』에 이어 번역한 『뉴스 프롬 노웨어』는 판본별로
구성에서부터 복잡한 양상을 띤다. 구체적인 내용은 본 장의 2절에서 논
의하겠지만, 전체 32장의 원작을 27장, 23장, 11장, 18장으로 계속해서
줄일 수밖에 없었던 이유는 '검열'로 인한 것으로 추정된다.

사카이는 윌리엄 모리스의 소설에서 영감을 받아 1919년에 단편소설
「쇼켄이 135세가 되었을 때小剣が百三十五になった時」[35]를 창작하기도 했다. 사
카이뿐 아니라 사토 하루오佐藤春夫, 1892~1964의 『아름다운 마을美しき町』1919
역시 윌리엄 모리스의 소설을 작품의 주요 참조 축으로 삼고 있다. 이때
사토 하루오는 『평민신문』에서 사카이의 번역을 통해 모리스의 소설을
접했다고 한다.[36]

사카이가 고토쿠 슈스이와 함께 일본에서 처음으로 『공산당선언』을 번
역한 점과 야마카와 히토시山川均, 아라하타 칸손荒畑寒村 등과 함께 일본 사
회주의동맹1920, 일본 공산당1922의 창립에 앞장섰다는 사실은 널리 알려
져 있다. 지금까지 사카이의 수용에 대한 논의는 주로 『사회주의 학설의
대요』나 『공산당선언』 등의 사상서를 중심으로 진행되어왔다.[37] 특히 류

---

35 堺利彦, 「小剣が百三十五になった時」, 『猫のあくび』, 松本商会出版部, 1919, pp.1~13.
36 남상욱, 「유토피아 소설로서 『아름다운 마을(美しき町)』의 가능성과 한계 ― 사토 하루오의
  '유토피아' 전유를 중심으로」, 『일본학보』 112, 한국일본학회, 2017, 110·130면.
37 류시현, 「1920년대 전반기 「유물사관요령기」의 번역·소개 및 수용」, 『역사문제연구』 24,

76   번역된 미래와 유토피아 다시 쓰기

시현에 따르면 사카이의 「유물사관개요」『사회주의연구』 1, 1919.4는 윤자영의 「유물사관요령기」『아성』 1, 1921.3와 신백우의 「유물사관개요」『공제』 7, 1921.4로, 『사회주의 학설의 대요』건설동맹자출판부, 1922는 정백의 「유물사관의 「요령기」 사회주의 학설대요 其四『개벽』 43, 1924.1와 일당日塘의 「유물사관요령기」 전 3회, 『조선일보』, 1924.1.9~11로 번역되었다고 알려져 있다.[38]

반면 지금까지 연구에서 사카이를 문학 번역가로 주목한 경우는 드문 편이다. 식민지 시기 사카이를 매개로 하여 조선어로 번역한 사례가 다수 있음에도 불구하고 구체적인 내용은 정리가 미흡한 실정이다. 앞당겨 말하자면 사카이는 '문학'을 통해 사회주의 사상을 전파하려 했다. 대중적 선전 도구로서 문학에 주목하고 '번역'을 통해 실천한 것이다. 그렇다면 식민지 시기 일본어 식자층에서 '사카이 도시히코'라는 '채널'을 통해 어떤 문학작품을 읽을 수 있었을지 그 대상을 간추려 보면 다음과 같다.

〈표 4〉 사카이 도시히코의 문학 번역 목록 (1890~1920년대)[39]

서지사항	원작	비고
アルビング, 堺枯川 訳, 「肥えた旦邦」, 『花ぐも里』, 図書出版株式会社, 1893.2	워싱턴 어빙, 「뚱뚱한 신사("The Stout Gentle-man")」, *Bracebridge Hall*(1822)	
ゾラ, 堺枯川 抄訳, 「子孫繁昌の話」, 『家庭夜話』 1, 内外出版協会, 1902.2	에밀 졸라, 『풍요(*Fecondite*)』(1899)	
ゾラ, 堺枯川 抄訳, 『労働』, 『萬朝報』, 1903; ゾラ, 堺枯川 抄訳, 『労働問題』, 春陽堂, 1904.4; エミール・ゾラ, 堺利彦 訳, 『労働』, 叢文閣, 1920.	에밀 졸라, 『노동(*Travail*)』(1901)	
堺枯川, 「哀史梗概(ユーゴー、レ・ミゼラブルの第一章)」, 『半生の墓』, 平民書房, 1903.8.	빅토르 위고, 『레 미제라블(*Les Misérables*)』(1862)	

역사문제연구소, 2010; 박종린, 『사회주의와 맑스주의 원전 번역』, 신서원, 2018; 황종연, 「문학에서의 역사와 반(反)역사 이기영의 『고향』을 중심으로」, 『민족문학사연구』 67, 2018.

38 류시현, 「1920년대 전반기 「유물사관요령기」의 번역·소개 및 수용」, 『역사문제연구』 24, 역사문제연구소, 2010, 56면.

서지사항	원작	비고
トルストイ, 枯川 訳, 「一人の要する土地幾許」, 『平民新聞』1, 1903.11.15.	톨스토이, 『사람에게는 땅이 얼마나 필요한가(*Много ли человеку земли нужно*)』(1886)	
〈표 2〉 참조	에드워드 벨러미, 『뒤돌아보며(*Looking Backward : 2000~1887*)』(1888)	
〈표 3〉 참조	윌리엄 모리스, 『뉴스 프롬 노웨어(*News From Nowhere*)』(1890)	
シンクレア, 『ジャングル』, 1906.	업튼 싱클레어, 『정글(*The Jungle*)』(1906)	
ヂッケンス, 堺利彦(枯川) 訳, 『小桜新吉一小説』, 公文書院, 1912.5.	찰스 디킨스, 『올리버 트위스트(*Oliver Twist*)』(1837)	
「不屈の孤兒」, 『都新聞』, 1913 (연재)	찰스 디킨스, 『올리버 트위스트(*Oliver Twist*)』(1837)	번안
ショー, 堺利彦 訳, 『人と超人』, 丙午出版社, 1913.	버나드 쇼, 『인간과 초인(*Man and Superman*)』(1903)	희곡
堺利彦 訳, 「野性の呼声」, 『中外』, 1917.6~1918. 5; 『野性の呼声』, 叢文閣, 1919(재판 1924, 1928); 春陽堂, 1932.	잭 런던, 『야성의 부름(*The Call of the Wild*)』(1903)	
堺利彦, 「武装と人(ショウ劇梗概)」, 『猫のあくび』, 松本商会出版部, 1919.	버나드 쇼, 『무기와 인간(*Arms and the Man*)』(1894)	희곡
堺利彦, 「ピグマリオン(ショウ劇梗概)」, 『猫のあくび』, 松本商会出版部, 1919.	버나드 쇼, 『피그말리온(*Pygmalion*)』(19 12)	희곡
堺利彦, 「新聞切抜(ショウ劇梗概)」, 『猫のあくび』, 松本商会出版部, 1919.	버나드 쇼, 『오려낸 기사들(*Press Cuttings*)』(1907)	희곡
堺利彦, 「監獄学校(ショウ劇梗概)」, 『猫のあくび』, 松本商会出版部, 1919.	버나드 쇼, 『패니의 첫 번째 연극(*Fanny's First Play*)』(1909)	희곡
エミイル・ゾラ, 堺利彦 訳, 『木の芽立』, アルス, 1921; エミール・ゾラ, 堺利彦 抄訳, 『ジェルミナール一木の芽立』, アルス, 1923; 無産社, 1928.	에밀 졸라, 『제르미날(*Germinal*)』(1885)	
ジヤック・ロンドン, 堺利彦 訳, 「ホワイト・フアングー白牙」, 『改造』, 1921.3~10; 『ホワイト・フアングー白牙』, 叢文閣, 1925; 改造社, 1929.	잭 런던, 『화이트 팽(*White Fang*)』(1906)	
アプトン・シンクレア 作, 堺利彦・志津野又郎 共譯, 『スパイ』, 天佑社, 1923; 共生閣, 1928.	싱클레어, 『스파이(*The Spy*)』(1920)	
シンクレヤ, 堺利彦 訳, 『石炭王一小説』, 白揚社, 1925; 『底に動く』, 白揚社, 1926.	싱클레어, 『석탄왕(*King Coal*)』(1917)	

39 이 목록은 川戸道昭・榊原貴教 編著, 『世界文學總合目錄』 3, 東京 : 大空社, 2011과 堺利彦, 川口武彦 編, 『堺利彦全集』 6, 京都 : 法律文化社, 1980, pp.510~522, 온라인 일본 국립국회

사카이의 번역은 전반적으로 완역된 형태는 아니다. 주로 초역抄譯, 경개역梗槪譯의 방식을 택해 중심적인 내용 위주로 선별하여 번역했다. 그렇지만 '세계문학의 통로'라는 측면에서 사카이는 식민지 시기 조선의 지식인들에게 중요한 문학적 채널로도 작용했을 것이다. 예컨대 위 목록에서 에밀 졸라의 『노동』에만 초점을 맞춰도 사카이를 매개로 한 수용사에 내용을 추가할 수 있다. 유진희가 1921년 『공제』 8호에 실은 「노동」은 에밀 졸라의 『노동Travail』1901을 원작으로 한다.[40] 유진희는 번역 저본을 밝히지 않았지만, 그것은 사카이의 일역본 『노동』 일부를 옮긴 것이다. 〈표 4〉에서 제시한 바와 같이 사카이는 에밀 졸라의 『풍요』, 『노동』, 『제르미날』을 번역하였다. 여기서 벨러미와 에밀 졸라의 텍스트를 선택한 지점을 눈여겨볼 수 있다. 벨러미와 에밀 졸라가 생각한 최종적인 목표는 달랐지만, '자본과 재능, 노동 간의 타협'이라는 소재는 두 작가에게 긍정적인 발전의 원천이 되었다. 특히 에밀 졸라의 『노동』에서 '노동 연합'이 사회적 규범의 역할을 수행한 점을 짚어둘 필요가 있다. 사카이가 번역한 『노동』은 1903년 『만조보』에서 연재된 이후 1904년과 1920년에 단행본으로 출간되었으며, 두 단행본의 구성은 동일하다. 사카이의 『노동』은 3장 29절로 구성되었는데, 유진희의 번역은 이 중 1장 1절과 2절에 해당한다. 유진희의 번역은 계속해서 연재될 예정이었으나 잡지가 종간되며 중단되고 말았다. 신백우의 「유물사관개요」를 고려한다면 『공제』 7호와 8호에서 연

도서관에서 사카이의 저작을 검색하여 정리한 내용이다. 작가명이나 제목은 출처에서 표기된 대로 작성하였다. 『공산당선언』(『평민신문』 53, 1904.11.13)이나 『공상적 사회주의에서 과학적 사회주의로의 발전』(『사회주의연구』 4, 1906.7), Lester F. Ward의 *Pure Sociology* (1914) 중 일부를 번역한 『女性中心説』(牧民社, 1916), 카펜터의 저술 등의 사상서는 제외했다. 이 밖에 원작을 파악하지 못한 번역작도 다수 있다.

40 에미 ㄹ 쏘라, 眞希 譯, 「(小說) 勞働」, 『공제』 8, 1921.6.

속으로 사카이의 텍스트가 조선어로 번역된 셈이다.

1921년 4월에는 방정환이 중개자인 사카이의 이름을 표시한 후 번역하기도 했다. 방정환은 "가장 취미 있고 가장 유익한 이야기도[sic-로] 나는 이 일편一編을 소개한다. 이것은 현금現今 일본 사상계에 유명한 계리언堺利彦 씨의 작作인데 이제 나는 그 전반前半(일본 역사에 관한 것)을 약제略除하고 요지만을 우리말로 고쳐서 쓴다"[41]고 밝혔다. 이 글은 염희경의 연구에 의하면 『명치유신의 신해석』의 일부를 번역한 것으로 추정된다.[42] 사카이가 편집하고 시즈노 마타로志津野又郎가 역술한 『인자박애의 이야기仁慈博愛の話』1904와 모모시마 레이센百島冷泉의 『노예 톰奴隷トム』1907을 능동적으로 활용하여 이광수가 『검둥의 설움』1913을 펴낸 사실을 떠올린다면,[43] 정백이 「사회주의학설대요」『개벽』. 1924를 번역하기 전까지 사카이의 글이 최소 여덟 번—이광수, 윤자영, 신백우, 유진희, 방정환, 정백, 신일용, 욕명생—은 직·간접적으로 조선에 수용된 셈이다. 이러한 사실은 중역의 매개항인 사카이의 위상과 역할에 주목해야 할 필요성을 시사한다. 1910~20년대 일본 유학을 경험한 지식인들이 사회주의의 세례를 받았다고 말할 때, 그 중심에 있는 인물은 '사카이 도시히코'일 것이다. 여기서 제시한 사례에서 이광수를 제외한다면, 시기상 일본 공산당 창건을 전후로 하여 조선어 번역이 집중되어 있음을 알 수 있다.

다시 『뒤돌아보며』의 수용사로 돌아오면 일본에서 『공산당선언』의 번역이 실린 『사회주의연구社會主義研究』의 창간호1906.3에서는 벨러미의 소설

---

41 목성, 「쎄여가는 길」, 『개벽』 10, 1921.4.1, 124면.

42 염희경, 「방정환 번안동화의 아동문학사적 의미」, 『아침햇살』 17, 아침햇살, 1999년 봄, 202~225면.

43 최주한, 「『검둥의 설움』과 번역의 윤리-정치학」, 『대동문화연구』 84, 대동문화연구원, 2013.

을 "사회주의에 처음 접해 무섭다고 생각하는 이도 안심하고 사회주의를 연구하도록 먼저 이 책으로 흥미를 느꼈으면 한다"고 소개하기도 했다.[44] 1920년에 발행된 『이상향』에서 사카이는 1904년에 발간한 소책자가 완전히 절판된 이후 "요즘의 기운에 재촉을 받아"[45] 「백 년 후의 신사회」와 「이상향」을 합하여 다시 출간한다고 적어두었다. "요즘의 기운"이란 1차대전, 러시아 혁명 등이 지난 후 세계적으로 개조론이 유행하던 시기이자 사회주의 사상이 고조된 상황일 것이다. 이처럼 19세기 말부터 20세기 초의 중국과 일본에서는 벨러미와 모리스의 텍스트가 나름의 방식으로 각각 연쇄 · 확장 반응을 불러일으키고 있었다. 중국의 지식인층에서는 벨러미의 텍스트에 공명한 사례가 대부분이지만, 일본의 경우 두 가지 소설이 동시에 번역되고, 합본까지 나온 상황이며 '다시 쓰기' 현상도 펼쳐졌다.

위와 같은 번역본과 재창작물이 조선의 문학 시장에 등장했다고 전제한다면, 량치차오의 『신중국미래기』 등이 한학을 기반으로 한 식자층에서 읽혔을 가능성이 있다. 근대 초기를 비롯하여 식민지 시기에는 일역본을 통해서도 접할 수 있었을 것이다. 특징적인 점은 중국과 일본에서는 『뒤돌아보며』와 『뉴스 프롬 노웨어』가 출간된 순서대로 번역 · 소개되었지만, 식민지 조선의 문학 장에서는 벨러미의 소설보다 모리스의 소설이 먼저 등장하였다는 사실이다. 또한, 두 소설을 기반으로 창작된 것으로 추정되는 정연규의 『이상촌』이 모리스나 벨러미의 번역보다 이른 시기인 1921년 5월에 출판되었다는 점이다.[46] 다시 말하면 중국과 일본에서는 자국어

---

44 『社會主義硏究』 1, 1906.3, pp.84~85(이석, 앞의 글, 127면에서 재인용).
45 ウィリアム · モリス, 堺利彦 訳, 『理想郷』, アルス, 1920, p.4.
46 정연규가 『이상촌』에 기록한 내용에 따르면 창작 시기는 1921년 1월 10일부터 14일까지이다. 판권장에 작성된 인쇄 시점은 4월 20일, 발행은 5월 1일이다.

로 번역된 이후에 '다시 쓰기'와 같은 재창작 소설이 등장한 데 반해, 조선의 경우 '다시 쓰기' 소설이 가장 먼저 등장한 것이다. 이러한 번역 순서 자체가 식민지 시기 벨러미와 모리스의 수용에 있어서 특징적인 지점으로, 중역重譯의 상황이 반영된 결과물로 해석된다. 게다가 조선어로 번역된 텍스트에는 사카이 도시히코가 개입된 경우가 세 차례나 있다. 이는 세 텍스트의 번역 주체가 일역본 즉, 사카이를 통해 '유토피아'를 주제로 한 서구의 과학소설을 접한 결과물로 설명할 수 있다. 윤치호의 경우 미국 유학 시절 『뒤돌아보며』를 읽었다는 기록을 남기기도 했는데,[47] 이는 영어로 된 텍스트일 것이다. 윤치호의 사례를 예외로 두면, 조선어로 번역되기 전까지 혹은 원작에 대한 상세한 이해를 원하는 독자층에서는 사카이를 통해 읽었을 수밖에 없다. 이어서 다음 항에서는 조선어로 번역된 『뒤돌아보며』의 번역 특징과 맥락을 논의하도록 하겠다.

2) 조선의 수용 - 중역된 「이상의 신사회」

주간 종합잡지 『동명』에 연재된 「이상理想의 신사회新社會」는 욕명생欲鳴生이라는 필명을 사용한 번역자의 글이다. 욕명생은 연재 첫 회에서 "이에 초역抄譯하는 「이상의 신사회」는 '쎄라미'씨의 이상향(유토피아)이다. 처음 1887년에 출판되어 발매 후 불과 수삭數朔 내에 오백 판을 거듭"[48]한 소설로 소개하였다. 이 문장에서 원작자 에드워드 벨러미Edward Bellamy, 1850~

---

47 "1892년 6월 30일 목요일. 톰슨(Thomson)에서. 오전에 『뒤를 돌아보며』(Looking Backward)』를 좀 읽었다."(『국역 윤치호 영문 일기』 1, 한국사 DB http://db.history.go.kr/id/sa_025r_0030_0060_0240) 원문은 "Thomson. A fine day. Read some in "Looking Backward" in the a.m."이다.

48 에드워드·쎄라미 原作, 欲鳴生 抄譯, 「이상의 신사회」, 『동명』 2:2, 1923.1.7, 8면.

1898와 원작을 밝혔지만, 지금까지 식민지 시기 번역 연구에서 크게 주목받지 못하였다. 19세기 말의 미국 작가인 에드워드 벨러미가 발표한 소설이 많지 않은 까닭에 작가 이름부터 매우 낯설뿐더러, 대표작인『뒤돌아보며』조차 21세기에 들어서야 한국어로 완역된 사정으로 미루어 보면 관심이 적을 수밖에 없었다. 게다가 번역 주체에 주목하기도 어려운 실정이고, 식민지 시기로 한정해도 원작의 작가와 작품이 언급된 빈도 역시 극히 낮은 수준이었다.

손성준의 정리에 의하면 1920년대 번역된 소설은 프랑스 소설 91편, 러시아 소설 85편, 영국 소설 78편, 독일 소설 27편, 미국 소설 24편 등 총 406편이다.[49] 5.91%의 수치가 보여주듯 미국 소설은 1920년대 번역 대상의 주류가 아니었다. 이러한 사정 가운데 벨러미의 소설이 번역된 사실이 잘 알려지지 않은 까닭은 김병철의 선구적인 업적에서조차 제대로 주목받지 못한 탓도 있을 것이다.[50] 김병철은『한국 근대번역문학사 연구』에서 "원저原著는 *Looking Backward*"라고 밝혔지만 같은 페이지에서 '수필'로 분류했고,[51] 이후의 저술에서는 '논설'로 제시했다. 서지사항을 바

---

49 손성준, 「한국 근대소설사의 전개와 번역-1920년대까지의 양상을 중심으로」, 『민족문학사연구』 56, 민족문학사학회, 2014, 53면. 벨러미의 소설 두 편(「이상의 신사회」, 「악마와 그 연설의 힘」)과 정이경(鄭利景)이『매일신보』(1927.5.1)에 진 웹스터(Jean Webster)의『키다리 아저씨(*Daddy-Long-Legs*)』(1912)를「골계소설-장족거미」로 초역한 것을 포함하면, 1920년대 번역된 미국 소설은 최소 27편이다.

50 김병철의 연구에서 제시된 「이상의 신사회」의 서지사항은 다음과 같다.

〈표 5〉 김병철의 연구에서 조사된 「이상의 신사회」의 서지사항

	저서명	『동명』 권호	간행일	분류
1	한국 근대번역문학사 연구(1975)	2:2~10	1923.1.7~?	수필
2	서양문학번역논저연표(1978)	2:2~4	1923.1.7~3.21	논설
3	한국근대서양문학이입사연구(1980)	2:2~10	1923.1.7~?	논설
4	세계문학번역서지목록총람(2002)	2:2~4	1923.1.7~1.21	논설

51 김병철,『한국 근대번역문학사 연구』, 을유문화사, 1998(초판 1975), 435면.

로잡으면 「이상의 신사회」는 1923년 1월 7일부터 3월 11일2권 2~11호까지 총 10회에 걸쳐 번역되었고, 원작은 에드워드 벨러미의 『뒤돌아보며-2000년에 1887년을』1888이라는 '소설'이다.

『뒤돌아보며』의 후속편 격인 『평등*Equality*』1897 중 일부가 『동아일보』에서 1926년에 번역된 사실도 지금까지 알려지지 않았다. 해당 소설은 최화숙崔華淑의 「악마와 그 연설의 힘」[52]으로, 『평등』의 23장 「물탱크의 우화 "The Parable of the Water-Tank"」를 원작으로 한다. 식민지 시기 벨러미의 수용을 논의하는 과정에서 최화숙의 번역도 간과할 수 없다. 최화숙은 "이것은 '벨라미'의 '탱크의 물'의 의역意譯이다"[53]라고 초두에 밝혔다. 원작에서는 물탱크로 비유되는 자본을 독차지하고 있는 자본가와 자본가에게 자신들의 노동력을 헐값에 팔고 두 배의 값으로 재구매하는 우매한 민중, 민중에게 이 제도의 폐해를 인식하게 하고 민중 스스로 공동체를 구성하게끔 설파하는 선동가들agitators이 등장한다.

최화숙은 자본가는 대감으로, 민중은 백성으로 바꿔 번역하였다. 백성들은 물 한 통을 길어 나르고 십 전을 받고, 그 물을 사용하는 대가로 이십 전을 내는 급수부가 되었다. 대감의 돈은 점차 많아졌고, 급기야 탱크에 물이 넘치자 분수를 만들며 연못을 팠고 물놀이와 목욕으로 남는 물을 소비했다. 탱크에 물이 꽉 찰 때는 백성들에게 물을 길어오지 말 것을 지시하였고 판매만 허용하였다. 이로 인해 백성들이 가진 돈은 금세 바닥날 수밖에 없었다. 백성들은 이와 같은 병폐를 지적한 악마의 말을 처음에는 믿지 않았다. 그러나 "오늘까지 대감 한 사람이 가지고 있는 탱크를 제군 자

---

52 최화숙, 「악마와 그 연설의 힘」(전 3회), 『동아일보』, 1926.9.1·4·7.
53 최화숙, 「악마와 그 연설의 힘」(상), 『동아일보』, 1926.9.1, 6면.

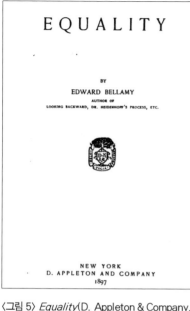

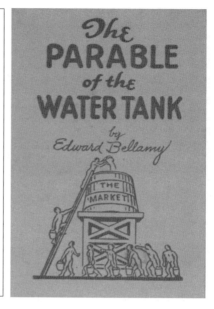

〈그림 5〉 *Equality*(D. Appleton & Company, 1897) 속표지(하버드 소장본)

〈그림 6〉 *The Parable of the Water-Tank* 팸플릿 버전 겉표지

신이 소유하면 그만이다. 다시 말하면 대감을 없애고, 제군 같은 땀을 흘리는 사람이 물건을 삼자"[54]고 제시한 악마의 말을 이해한 뒤, 백성들이 탱크의 주인이 되어 나눠 마시게 되었다.

「악마와 그 연설의 힘」은 짧은 분량의 이야기로 자본주의의 폐해와 모순, 계급 불평등, 실업 등을 다루고 있다. 여기서 '악마'는 민중들에게 노동 방식과 사유 제도의 전환을 선포하는 인물로, 반어적인 어휘라고 볼 수 있다. 『평등』이 최초로 발표될 당시, 「물탱크의 우화」에는 소제목이 없었다. 이후 「물탱크의 우화」가 따로 팸플릿으로 출간되면서 소제목으로 나뉘기 시작한 것으로 보인다.[55] 이 출판 과정이 중요한 이유는 최화숙이

---

54 최화숙, 「악마와 그 연설의 힘」(하), 『동아일보』, 1926.9.7, 3면.

아 쥐스 제 의 者筆

〈그림 7〉 최화숙의 모습(추정)[57]

'악마'라는 단어를 사용하였기 때문이다. 단행본『평등』에서는 민중을 계도시키는 이들이 선동가로 지칭되었으며, '악마'라는 단어가 따로 부각되지 않았다. 하지만 팸플릿 버전 10장 제목에는 '악마Evil'가 제시되어 있다. 따라서 최화숙은 팸플릿 버전을 기반으로 한 번역 혹은 중역으로 볼 수 있다.

최화숙은 이 소설을 번역하기 전에 '노동자'를 주제로 한 시詩를『동아일보』에 발표하기도 했다.[56] "사람이 사람을 지배할 수 없다. 인류는 모두가 평등이어야 한다. 토지와 재

---

55 팸플릿 버전의 목차는 다음과 같다.
1. Wages and Prices, 2. Unemployment, 3. Tranquility, 4. Starvation because of Abundance, 5. Charity, 6. The Forces, 7. Luxury and Waste, 8. The Agitators, 9. Their Message, 10. The Evil Recognized, 11. The Remedy, 12. How to Apply It, 13. "The End of All Things".

56 최화숙,「(노동시) 노동자는 힘이다」,『동아일보』, 1926.7.31, 3면;「쌈하는 노동자」,『동아일보』, 1926.11.21, 3면.

57 최화숙,『웅변의 상식』, 동양대학당, 1927. 사진 하단에 "필자의 제스취아"로 기재된 것으로 보아 최화숙의 모습으로 추정된다. 최화숙(崔華淑)의 생몰 연도나 구체적인 이력은 알려지지 않았다. 최화숙은 1921년 황해도 봉산군 사리원에서 열린 '해삼위 조선 학생음악 단대연주회'에 참여하였고, 1923년 사리원 소년회(沙里院少年會)의 임시회장을 맡았다. 이후 사리원 소년회, 봉산 소년회 소속으로 소년운동에 가담하며 연극, 강연 등을 펼쳤다. 1925년 9월에는 경성 소년 연맹회에서 정홍교, 송몽용, 최화숙, 고장환 등이 집행위원이었다. 이 단체에 속한 고장환은 이후 논의할『걸리버 여행기』의 번역자로서, 소년운동을 전개한 최화숙과 고장환 사이에 교류가 있었던 것으로 보인다. 최화숙은 조선 소년 창립총회의 대표자 격으로 언급된 기록도 찾아볼 수 있다. "崔華淑(보성전문학교, 조선웅변연구회 임원장)"으로 기재된 문건과 1930년 기사에 따르면 보성전문학교 법과를 졸업한 것으로 보인다. 단행본으로『웅변(雄辯)의 상식(常識)』(東洋大學堂, 1927)을 발표하였으며 연재 논설에는『웅변의 상식』과 유사한 내용인「(학예), 웅변잡화(雄辯雜話)」(전 13회,『중외일보』, 1927.5.15~28),「웅변의 사회학적 고찰」(전 3회,『조선일보』, 1927.6.7~9, 3면),「(학

산을 ○○할 수 없다. 태양과 공기를 ○○할 수 없는 것과 같이 노동은 상품이 아니다. 노동자는 노예가 아니다"[58]라고 말하며 계급 간의 불평등한 구조를 문제 삼았다. 이 내용은 앞서 언급한 「악마와 그 연설의 힘」과 조응한다.

또한, "사상적인 민중예술의 창도자요 노동의 쾌락화를 역설한 노동 시인 윌리엄 모리스 씨를 더욱더욱 생각하게 된다. 그에게는 그 *News From Nowhere*에 나타난 신사회의 이상을 볼 수 있다. 씨氏의 시에는 그야말로 민중을 위한 인간을 위한 정력이 숨어 있었다"[59]고 말하며 시인이기도 했던 모리스를 언급했다.[60] 최화숙이 모리스를 언급한 사례는 많지 않지만, 노동문제

예), 웅변학상(雄辯學上)으로 본 군중론(群衆論)」(전 5회, 『중외일보』, 1927.6.12·14~17), 「하일만담(夏日漫談), 야지 잡관(雜觀)」(전 4회, 『중외일보』, 1928.7.30~8.2) 등이 있다(최화숙의 정보는 다음의 기사에서 확인하였다. 「해삼위음악단후보(海蔘威音樂團後報)」, 『동아일보』, 1921.5.16, 4면; 「사리원소년회조직(沙里院少年會組織)」, 『조선일보』, 1923.8.17, 4면; 「사리원소년회순극(沙里院少年會巡劇)」, 『조선일보』, 1923.9.27, 4면; 「동아일보기자 지방 순회, 정면측면(正面側面)으로 관한 봉산(鳳山)과 안악(安岳)」, 『동아일보』, 1925.2.4, 5면; 「각 지방의 어린이날」, 『조선일보』, 1923.5.4, 3면; 「소년동아일보」, 『동아일보』, 1925.5.8, 6면; 「소년동아일보」, 『동아일보』, 1925.5.19, 6면; 「注意連發타가 필경에 중지까지 황해도 소년대회 경과」, 『조선일보』, 1928.8.28, 2면; 「황해도소년대회」, 『동아일보』, 1925.8.28, 4면; 「황해 소년대회와 가맹 소년단」, 『조선일보』, 1925.8.29, 1면; 「소년동아일보」, 『동아일보』, 1925.9.19, 3면; 「조선소년 창립총회」, 『동아일보』, 1925.9.30, 5면; 「조선웅변연구회 창립총회에 관한 건(京鍾警高秘 제5376호)」, 『사상 문제에 관한 조사서류』 2, 한국사 DB http://db.history.go.kr/id/had_135_0660; 「형설공(螢雪功)의 성과, 각 학교 졸업식」, 『동아일보』, 1930.3.20, 7면).

58 최화숙, 「노동은 상품이 아니다」, 『동아일보』, 1926.7.23, 3면. "○○"는 복자(伏字). '사유(私有)'로 추정된다.

59 최화숙, 「황금 권력 하의 노예적 시인」, 『동아일보』, 1926.11.20, 3면.

60 최화숙이 언급한 모리스의 시(詩)로 "Mine and Thine"을 제시해 볼 수 있다. 원문은 다음과 같다.
Two words about the world we see, / And nought but Mine and Thine they be. / Ah! might we drive them forth and wide / With us should rest and peace abide; / All free, nought owned of goods and gear, / By men and women though it were / Common to all all wheat and wine / Over the seas and up the Rhine. / No manslayer then the wide world o'er / When Mine and Thine are known no more.

의 맥락에서 접근하여 소개한 것은 분명하다.

다음으로 『뒤돌아보며』의 번역 양상을 논의하고자 한다. 순서는 번역의 저본을 검토한 후 번역 태도 및 의미와 맥락을 고찰하는 방식으로 진행할 것이다. 원작의 28장과 달리 「이상의 신사회」는 19장으로 구성된 점이 가장 중요한 단서이다. 번역자가 '초역抄譯'으로 제시한 까닭에 원작에서 직접 번역했을 수도 있지만, 이 가능성은 희박하다고 판단한다. 1923년 시점에서 중국어 번역본과 일본어 번역본을 접할 수 있는 길이 충분하기 때문이며, 앞에서 살펴본 바와 같이 중국과 일본 지식인들의 반응 역시 조선에 전달될 수 있었다고 전제한다.

원작에는 소제목이 없으므로 유사한 유형을 찾는 일이 우선되었다. 먼저 28장으로 구성된 것은 티모시 리처드의 중역본과 히라이 고고로의 일역본이 있다. 전자는 축약에 가깝고 후자는 완역이다. 원작과 비교했을 때 「이상의 신사회」의 축약 정도 역시 상당하다. 분량을 고려한다면, 〈표 2〉에서 정리한 대로 사카이의 번역본과 가장 유사하다. 따라서 18장으로 번역된 사카이의 일역본과 비교해야 할 것이다. 목차를 대조하면 〈표 6〉과 같다.

앞서 제시한 것과 같이 사카이의 번역본은 여러 종류이다. 〈표 6〉에는 조선어 번역본이 나온 1923년 이전, 일본에서 출간된 〈표 2〉의 2, 3, 4번을 선택하였고, 「이상의 신사회」를 나란히 두었다. 목차를 대조하면 거의 완벽하게 사카이의 일역본과 일치한다. 다만, 욕명생은 사카이의 13장을

// Yea, God, well counselled for our health, / Gave all this fleeting earthly wealth / A common heritage to all, / That men might feed them therewithal, / And clothe their limbs and shoe their feet / And live a simple life and sweet. / But now so rageth greediness / That each desireth nothing less / Than all the world, and all his own, / And all for him and him alone.(William Morris, *Poems by the Way*, Reeves and Turner, 1892, p.196)

〈표 6〉 사카이 도시히코의 번역본과 「이상의 신사회」의 목차 비교

『百年後の新社会』 (『理想鄕』, 1920)	『百年後の新社会』(1904) 『社会主義の世になったら』(1920)	「이상의 신사회」(1923)
一 結婚式の延引, 睡眠術	一 結婚式の延引, 睡眠術	一 결혼식(結婚式)의 연기(延期), 수면술(睡眠術)
二 百十三年の眠	二 百十三年の眠	二 백삼십 년(百三十年)동안의 잠
三 エヂス	三 智慧子	三 명희(明姬)와 상봉(相逢)
四 新社会の繋ぎの鎖	四 新社会への繋ぎの鎖	四 어찌하여 신사회(新社會)가 출현(出現)되었나
五 国民労働隊	五 国民労働隊	五 국민노동대(國民勞動隊)
六 同情の手	六 同情の手	六 동정(同情)의 손
七 一様の分配	七 一様の分配	七 균일(均一)한 분배(分配)
八 商品陳列所	八 商品陳列場	八 물품 진열장(物品陳列場)
九 音楽, 遺産, 家事, 医者	九 音楽, 遺産, 家事, 醫者	九 음악(音樂)·유산(遺産)·가사(家事)·의사(醫師)
一〇 労働隊の奨励法, 患者隊	十 勞働隊の奬励法, 患者隊	一〇 노동대 장려법(勞動隊奬勵法)
一一 世界聯邦, 国際会議	十一 世界聯邦, 国際会議	一一 세계 연방(世界聯邦) 국제회의(國際會議)
一二 道路の雨蔽, 公食堂	十二 道路の雨蔽, 公食堂	一二 도로(道路)의 우비(雨備)·공식당(公食堂)
一三 著述及新聞	十三 著述及び新聞	一三 저술(著述)과 신문(新聞)
		一四 명희(明姬)에게 부탁(付託)
一四 行政組織	十四 行政組織	一五 행정 조직(行政組織)
一五 監獄, 裁判所, 警察, 地方制度	十五 監獄, 裁判所, 警察, 地方制度	一六 감옥(監獄), 재판소(裁判所), 경찰(警察), 지방 제도(地方制度)
一六 教育制度, 個人生活の損失	十六 教育制度, 個人生産の損失	一七 교육 제도(教育制度), 개인 생산(個人生産)의 손실(損失)
一七 エヂスの秘密, 婦人の地位	十七 智慧子の秘密, 婦人の地位	一八 명희(明姬)의 비밀(秘密), 부인(婦人)의 지위(地位)
一八 昔のエヂスと今のエヂス	十八 昔の智慧子と今の智慧子	一九 옛적 명희(明姬)와 지금(只今) 명희(明姬)

두 개의 장으로 나누었다. 그렇다면 사카이의 일역본 중 어느 판본을 선택하였는지가 관건일 것이다. 저본을 확정하기 위해 『사회주의의 세상이 되면』의 서언緖言과 「이상의 신사회」의 서문을 비교하고자 한다. 굳이 『사회

주의의 세상이 되면』과 비교하는 까닭은 서문의 유사성 때문이다. 『이상향』1920의 서문에는 모리스와 벨러미가 복합적으로 설명되었으며, 조선어 번역본인 「이상의 신사회」의 서문에서 언급된 내용이 거의 없고 분량이 짧다. 『백 년 후의 신사회』1904의 서문에는 '생디칼리슴Syndicalisme', '길드 소셜리즘Guild Socialism' 등의 어휘나 소제목도 없다. 따라서 『사회주의의 세상이 되면』1920과 조선어 번역본을 비교하였다.

(가)

現代の社會の仕組は, 何ていこ到底此のまゝではいけない. 此の際どうか改造しなければならないとは, 今日多數の識者が等しく抱る意見である. 併し, そんなら何う改造すればよいか, 何う改造したら今日の社會に見るやうな不都合な狀態は無くなると云へは識者の間にも一致せぬ. 大體は一致して居ても枝葉の點になると, それぞれ多少意見の相違を免れぬ.

社會組織の缺陷を指摘し, 之が改造の必要を力說したのは, 從來主として社會主義者であつた. そこで意味の社會主義の中には, 本當の社會主義もあれば, 無政府主義もあり, コレクティビズムもあれば, サンデイカリズムもあり, ギルド・ソシアリズムもあれば, ボルシェビズムもあり, 單なる破壞主義もあれば, 穩和な社會改良主義もある. そして此等主義の相違は, 一は取る所の手段の相違でもあるが, また主義そのものゝ相違でもある. 即ち現在の社會組機を如何に改造するかと云ふ點になると, 同じく社會主義者と呼ばるゝ人々の間にさへ, しばしば意見が一致しないのである.

然らば全で一致しないのかと云ふと, 無論さうでは無い. すべての社會改造論者を通じて, 悉く一致する意見が一つある. それは, 現在社會組織の根本

的缺陷は〈공백〉にありとする見解である. 從つて, 〈공백〉の撤廢と云ふこと
は, すべての社會改造論者に共通の思想であると見ることが出來る. たゞ一時
に之なを撤廢せんとする急進主義に對して, 先づ〈공백〉に制限を加へ, 徐々
に撤廢に向つて進むべしとの漸進主義もあるが, 何れにしても〈공백〉の弊害
を認め, 之を否認する點に於ては同じである.

こゝに載むる所の『社會主義の世になつたち』の原著, エドワード・ベラミー
の『回顧録 Looking backward』は社會主義の理想を具體的に, 小說物語風に記述
したものであつて, 一八八七年に出版され發賣後間もなく五百版を重れたる
のみならず, それの感化によつて有力な社會運動を惹き起したとさへ云はれて
居る位で, 此の種の著述の中でも最い世界的に有名なものである.

譯書は日本に於ける社會主義の權威にして兼れて飜譯の名手たる堺利彦氏
の抄譯, 明治三十七年頃一たび公にされたものであるが, 爾來十數年殆と世に出
づる機會を得なかつた. 今や時代の急激なる變轉は平民運動者 の覺醒を促がし,
社會問題勞働問題の聲日に高まると同時に, 社會改造の氣運また漸く熱しつゝ
あるを見る. 此の際この名著な汎く世に紹介して, 苟も今後自ら社會の主人とし
て經營に當らんとする人士の前に, 如何に社會を改造すべきかの具體的見本を
提供するは, 極めて必要にして又有益なるべきを思ひ, 譯者に乞うてこゝに之を
刊行することゝしたのである. 若し夫れ此の書の中より, 社會改造の鍵を發見せ
らる, ならば, 編者が望外の幸である.

最後に尙ほ一言して置かなければならぬことは, 本書は作者ベラミーの像想
によつて描かれた假想の社會であるが, そは單にベラミーの夢想社會であつて,
必ずしも社會主義者の夢想社會では無しと云ふことである. また之を譯出し
た堺利彦氏も, 今日は固より之を譯出した當時に於てさへ, 必ずしも之を社會

主義の理想として提供したものではない. 殊に誤解してはからぬことは, 社
會主義と云ふもの一つの主義であつて型では無い. 從つて社會主義者は, 鑄型
にはめたやいな一定の理想社會を假像し, その鑄型に從つ新社會の組織せんと
する者ではないといふことである. 固より一定の型を理想として, 將來住むべ社
會の改造に從事することは, 各人の自由ではあるけれども, そは寧ろ舊式な空想
家の任事であつて, 社會主義者の任事ではない. たゞ其の主義の應用され, 具體
化された暁, その新らしき社會の體樣は先づ斯うもあらかと云ふ想像な, 出來
得るかぎり合理的に且つ趣味的に描出して, 抽象的な無味な說明に代へたも
のとして見れば, これほど面白い愉快な讀物はあるまい.[61]

(나)

현대사회조직에 대한 불만 불평과 허다한 결함을 어떻게 하면 구치救治할
수 있겠느냐는 것은 누구나 생각하는 바이요 또한 목전에 시급한 문제인 것은
노노呶呶를 불요不要하는 바이다. 그러나 어떻게 개조하여야 할까 하는 문제는
결코 그리 용이한 바도 아니요 또한 식자 간의 의견이 대체로는 일치한다 할
지라도 그 지엽枝葉에 이르러서는 다양 다단多端한 것이다. 그러한데 종래 사
회의 제반 결함을 지적하여 이의 개조를 절규 역설한 자는 사회주의자가 그
중심이었으므로 사회조직의 개조를 주장하는 사상의 경향을 총칭하여 사회
주의라 하였으며 또 이 사회주의에는 단순한 사회주의도 있고 무정부주의도
있으며 공산주의, '산디칼리즘'(산업조합주의), '길드 소시얼리즘', '볼세비
즘'(소위 과격파) 등 구별이 있고 또 일면으로는 단순히 파괴를 목적하는 자

---

61 編者, 「緖言」, 堺利彦, 『社會主義の世になったら』, 文化學會, 1920.4, pp.1~3.

도 있고 온화한 사회주의나 국가사회주의도 있으나 이러한 주의의 상이相異는 그 취取하는 바 수단의 차이로 인함도 있지만, 주의 그 자체의 상이도 있다. 그러므로 현 사회를 어떻게 개조하겠느냐는 문제에 관하여 근본적으로 일치점이 없는 것은 아니나 같은 주의자 간에도 의견의 상이가 있다. 그러나 현 사회조직의 근본적 결함은 자본의 사유에 있다는 데에는 어떠한 사회주의자를 물론하고 일치하는 견해이다. 따라서 자본 사유제도를 철폐하여야 하겠다는 의견은 모든 사회 개조론자들의 공통한 논점이다. 그러나 여기에는 점진 급진의 양파가 있으니 즉 일시에 자본 사유 제도를 박멸하려는 데에 대하여 우선 사유제도에 제한을 가하여 서서히 철폐에 향하여 점진하자는 실행 상 수단의 차이가 있다.

그러한데 이에 초역抄譯하는 「이상의 신사회」는 '쎄라미' 씨의 이상향(유토피아)이다. 처음에 1887년에 출판되어 발매 후 불과 수식數朔 내에 오백 판을 거듭하였다 함을 보아도 이러한 종류의 저서로는 실로 세계적 성가聲價를 가진 것이라 하겠다. 원래 사회주의는 일개의 주의요 결코 일정 범주가 있는 것은 아니다. 함으로 이 '이상의 신사회'도 자본 사유 제도를 부인하는 점에는 동일하나 작자의 가상적 이상사회를 묘사한 것이 결코 사회주의 전체의 이상이라고는 할 수 없다. 여차 간 사회주의가 실현되면 이러한 양식으로 사회가 조직되리라고 합리적으로 취미있게 묘사한 것이니 실로 흥미진진한 것이라 하겠다.[62]

위의 인용에서 일본어 서언의 강조한 부분을 제외하면 조선어 번역본의 서문과 거의 같다는 것을 알 수 있다. 욕명생이 선택한 문장을 살펴보면

---

62 에드워드 · 쎄라미, 欲鳴生 抄譯, 「이상의 신사회」, 『동명』 2:2, 1923.1.7, 8면.

이 소설을 선정한 이유를 짐작할 수 있다. 우선, '지식으로서의 사회주의'를 소개하는 데 목적이 있다고 하겠다. 『사회주의의 세상이 되면』의 편자編者와 이를 번역한 욕명생은 "사회의 제반 결함을 지적하여 이의 개조를 역설한 자"들의 중심에 사회주의자가 있는 점을 적시하였으며, 이때 사회주의를 "사회조직의 개조를 주장하는 사상의 경향을 총칭"한 개념으로 정의하였다. 여기서 사회주의는 "단순한 사회주의, 무정부주의, 공산주의, 산업조합주의, 길드 소시얼리즘, 볼셰비즘, 국가사회주의" 등 그 분파가 다양하다고 제시되었다. 서문에 언급된 대로 핵심은 "자본의 사유 제도"에 있다. (가)의 인용에서 보듯 1920년 4월에 출간된 『사회주의의 세상이 되면』의 서언에는 네 부분에 걸쳐 지워진 부분(공백)이 있다. 이는 검열이 작용한 지점일 텐데, 조선어 번역본에서는 공백이 채워진 상태이다.[63]

중요한 것은 욕명생이 '점진'과 '급진'이라는 용어를 사용하면서 사회주의에서 공통으로 주장하는 '사유재산의 철폐'를 강조한 점이다. '사유재산의 철폐'라는 관점을 번역자 및 『동명』의 편집진이 동의하였는지는 알 수 없다. 그러나 사회주의를 관통하는 요소를 제시한 대목은 주목할 만하나. 『사회주의의 세상이 되면』의 서언은 사카이가 아닌 편집인이 작성하였다. 편집인의 이름은 서명되어 있지 않다. 다만, 출판사인 문화학회출판부文化學會出版部를 토대로 편자를 추정하는 것은 가능하다. 1919년에 발족한 문화학회文化學會의 회원은 1920년 4월을 기준으로 약 50여 명이며,[64] 대표

---

63 『사회주의의 세상이 되면』은 1925년에 21판이 나올 정도였다. 이를 통해 당시 일본에서의 인기를 어느 정도 실감할 수 있다. 그렇다면 번역자 욕명생은 『사회주의의 세상이 되면』 중 공백 부분이 없는 판본을 선택했을 것이다. 다만, 1925년의 21판은 서언이 따로 없으므로, 판본에 따라 편집의 차이가 있는 것으로 보인다.

64 『사회주의의 세상이 되면』의 후면에 문화학회 회원 명단이 기재되어 있다. 회원은 다음과 같다.

자는 일본 사회주의 동맹의 발기인 중 한 명인 시마나카 유조島中雄三, 1881~
1940이다. 회원 명단을 살펴보면 메이지 말부터 다이쇼, 쇼와 시대를 아우
르는 문학가·번역가·교육자·사상가 등이 망라되어 있다. 3장에서 다룰
식민지 시기 웰스의 수용사에서 빼놓을 수 없는 인물인 이노 세츠조를 발
견할 수 있고, 러시아 문학을 번역하고 소개한 노보리 쇼무, 일본 아동문학
계의 '삼종 신기三種の神器'로 불리는 오가와 미메이, 니체 전집을 번역하고
톨스토이 등을 소개한 이쿠다 조코, 『사선을 넘어서死線を越えて』1920를 쓴 작
가이자 노동운동과 농민운동에 앞장선 기독교 사회주의자인 가가와 도요
히코, 톨스토이, 오스카 와일드, 에밀 졸라의 소설을 번역한 우치다 로안,
여성 해방 운동의 기초가 되는 '신부인협회新婦人協會'를 발족한 야마다 와카,

아베 이소오(安部磯雄, 1865~1949), 아카보리 마사키(赤堀政基), 아소 히사시(麻生 久,
1891~1940), 바바 코쵸(馬場孤蝶, 1869~1940), 하라다 료하치(原田良八), 히라쓰카 하
루코(平塚明子, 平塚らいてう, 1886~1971), 호아시 리이치로(帆足理一郎, 1881~1963), 히
사오 혼마(本間久雄, 1886~1981), 이노 세츠조(井箆節三), 이치죠 타다모리(一條忠衞), 이쿠
다 조코(生田長江, 1882~1936), 이시바시 단잔(石橋湛山, 1884~1973), 이시다 토모지(石
田友治, 1881~1942), 이시자와 큐고로(石澤久五郎, 1870~1938), 이와사키 요시카츠(岩崎
吉勝), 가가와 도요히코(賀川豊彦, 1888~1960), 가토 가즈오(加藤一夫, 1887~1951), 카다가
미 노부루(片上伸, 1884~1928), 키무라 큐이치(木村久一, 1883~1977), 키타사와 신지로
(北澤新次郎, 1887~1980), 고이즈미 신조(小泉信三, 1888~1966), 미우라 테츠타로(三浦
鐵太郎, 1874~1972), 미우라 칸조(三浦關造, 1883~1960), 무로부세 코신(室伏高信,
1892~1970), 모리토 타츠오(森戸辰男, 1888~1984), 나카야마 케이(中山啓), 니시카와
고지로(西川光次郎, 1876~1940), 니시카와 마츠코(西川 松子), 니시노미야 토쵸(西宮藤
朝, 1891~1970), 노무라 와이항(野村隈畔, 1884~1921), 노보리 쇼무(昇直隆, 昇曙夢,
1878~1958), 오가와 미메이(小川未明, 1882~1961), 오카 켄조(岡悌治), 오바 카코(大庭
柯公, 1872~1924), 사노 카사미(佐野袈裟美), 사사이 쵸지로(佐々井晃次郎, 佐々井一晃,
1883~1973), 시마나카 유조(島中雄三, 1881~1940), 시모나카 야사부로(下中彌三郎,
1878~1961), 스기모리 코지로(杉森孝次郎, 1881~1968), 다카하시 세이이치로(高橋誠
一郎, 1884~1982), 츠치다 쿄손(土田杏村, 1891~1934), 우치다 로안(内田魯庵, 1868~1929),
우에다 코타로(植田好太郎), 야베 아마네(矢部周), 야마다 와카(山田わか, 1879~1957),
야마구치 타케마츠(山口竹松), 야먀모토 카메지로(山元龜次郎), 요사노 아키코(與謝野晶
子, 1878~1942), 요사노 뎃칸(與謝野鉄寛, 與謝野 鐵幹, 1873~1935). 생몰 연도나 활동
이력을 알 수 없는 인물도 다수 있다.

여성 해방 운동가인『흐트러진 머리ぶだれ髮』1901의 요시다 아키코 등 저명한 인물을 확인할 수 있다. 이러한 문화학회 회원 50여 명 중 간사幹事는 총 5인으로 구성되어 있다. 간사는 이노 세츠조, 이시다 토모지, 오카 켄조, 시마나카 유조, 시모나카 야사부로이다. 이들 중 한 명이 서언을 썼을 가능성이 크다.

다음으로 번역 저본을 확정하고 번역 양상을 비교하기 위해『사회주의의 세상이 되면』과「이상의 신사회」에 제시된 각 장의 첫 문장과 마지막 문장을 나란히 두었다.

〈표 7〉『社會主義の世になったら』와「이상의 신사회」의 문장 비교

장	『社會主義の世になったら』	「이상의 신사회」
1장	時は耶蘇紀元千八百八十七年,	때는 야소 기원 1887년이었다.
	翌朝九時に呼醒す樣にと老僕に命じた儘で.	내일 아침 아홉 시 깨워달라고 늙은 하인에게 분부를 하여 놓고.
2장	や, や, 目をあけさうだ.	애, 애, 이제 눈을 뜨려나 보다.
	川の位置と海の位置とは正に昔のボストンの地勢であるのだもの.	시내나 바다의 위치가 조금도 변함없는 것을 보면 여기가 '보스턴'의 지세(地勢)가 분명하다.
3장	西野を掘りだした此老紳士は井土博士と云ふ醫者であつた.	효순이를 파낸 이 노신사는 서 박사라고 하는 의사였다.
	いつも二人の目と目が行き合つて, ハツとしては脇にそらして居た.	두 사람의 눈이 마주치어 깜짝깜짝 놀라며 서로 눈을 피하였다.
4장	夜が更けて夫人と智慧子とは寢室に退いた.	밤이 이슥하여 부인과 명희는 침실로 들어가 버렸다.
	それで其大會社から國民事業に轉じたのは, 實にホンの一飛であつたのです.	그러나 여하간 그 대회사가 국민 사업으로 된 것은 실로 용이한 것이었소이다.
5장	西野は井土博士の說明を聞いて, 暫く目を閉ぢて其の變化の次第を考へて居たが, 疑問が續々と湧いて來樣子で,	효순이는 서 박사의 설명을 듣고 잠깐 눈을 감고 앉아서 그 변화의 차서(次序)를 생각하여보다가, 차츰차츰 의문이 일어나서 우선 입을 벌렸다.
	西野は井土博士に與へられたる一杯の酒を飲んで, 猶多くの疑問を抱いたまゝ眠に就いた.	효순이는 서 박사가 주는 술 한 잔을 마시고, 아직도 남은 여러 가지 의심을 품은 채 자기 방으로 들어가서 잤다.

장	『社會主義の世になったら』	「이상의 신사회」
6장	翌朝, 西野が目さめた時, 暫くは昨日の事を忘れて昔の智慧子に別れて地の底の寝室に寝た夜の其翌朝と思つて居た.	이튿날 아침 효순이는 깨서 잠깐 동안은 어젯밤 일은 잊어버리고 옛적에 명희하고 작별하고 와서 지하 침실에 자고 난 이튿날 아침으로만 생각하였다.
	西野は溺れたる人が投げられたる綱にすがるが如く, 思はずも智慧子の手を取つて其深き同情を感謝した.	효순이는 물에 빠진 사람이 던져준 '바'에 매달리는 것 같이 무심(無心)중 간에 명희의 손을 잡고 그 깊은 동정에 감격하였다.
7장	西野は智慧子の同情に慰められて, 纔に胸を落ちつけながら, 程なく博士夫婦と共に食卓に就いた.	효순이는 명희의 동정에 저윽히 위로가 되어 겨우 안심을 하면서 잠깐 이따가 박사의 부부와 같이 밥상을 받았다.
	西野さん, 智慧子は今陳列場に行くそうですが, あなたも一つ實地を見て來てはドウです.	효순 군, 명희가 지금 진열장에 간다니, 같이 가서 실제로 보고 오는 게 어떠슈? 하며 효순에게 권하였다.
8장	西野と智慧子とは物品陳列場に出かけて行つた.	효순이와 명희는 물품 진열장으로 향하여 나갔다.
	ナニ大概の村には陳列場がありまして, そしてヤハリ運輸管が近所の都會に通じて居りますから, 別に大た不便はありません.	웬걸요. 웬만한 촌에는 진열장이 있어서 역시 운전 수단이 가까운 도회에 통하여 있는 고로 별로 큰 불편은 없지요.
9장	陳列場から歸つて來て, 智慧子は西野を音樂室に導いて.	진열장에서 돌아와서 명희는 효순이를 음악당에 데리고 갔다.
	若し相當に務めて居ぬ事が見える時には, 勿論たゞ他の職業に移らせます.	만일 상당하게 근무치 못하는 것이 보일 때에는 물론 곧 다른 직업으로 옮기지요.
10장	其夜又, 婦人達は寝室ニ退いて後, 西野は久しく博士と語つた.	그날 밤에도 부인들이 침실에 들어간 뒤에 효순이는 오랫동안 박사와 이야기를 하였다.
	それは强い者が勝手に取上げておいて, ホンの少しづゝ弱い者に分けてやつて, ヤレ慈善だの, ヤレ救助だのとは, 隨分蟲の好い說ではありませんか.	그런 것을 강한 자가 제 마음대로 독차지를 하고 조금씩 약한 자에게 분배를 하여 주고서 자선이니 구조니 하는 것은 너무 비위 좋은 수작이 아니오.
11장	其夜西野は音樂の電話の使ひ方を敎へて貰つて, 丁度目ざまし時計の樣にネジを掛けておいて眼に就いた.	그날 밤에 효순이는 음악의 전화를 쓰는 법을 배우고, 마치 면각종(眠覺鐘)처럼 나선(螺旋)을 걸어두고 잤다.
	アメリカの切手はヨーロツパにも有效です. 例へば, アメリカの人がベルリンに旅行した時, 其所持の切手を市役所に持つて行けば, 入用の分だけ獨逸の切手に替へて貰ふ事が出來るのです.	아미리가(亞米利加)의 표(票)는 구라파에도 유효하니, 가령 아미리가 인이 백림(伯林)에 여행할 때에 가지고 간 그 표를 시역소(市役所)에 갖다주면 자기 소용될 만한 것을 독일표로 바꾸어 주지요.
12장	此日井士家の人々は西野を公食堂に案內する事となつた.	이날 서 박사 집 사람들은 효순을 공식당(公食堂)에 인도를 하게 되었다.
	我々は面倒を避ける爲に, 自宅では何事も成	"우리들 구치 않은 일을 아니 하려고, 자택

장	『社會主義の世になったら』	「이상의 신사회」
	るべ簡略にして置くが、其代り社交の方面は十分に飾つて、十分に樂しむのです。	에서는 무슨 일이든지 간략히 하여 두지만 그 대신에 사교 방면에는 충분히 장식(裝飾)을 합니다"라고.
13장	博士等は西野を案内して公食堂内の圖書室に來た。	박사 일행은 효순이를 또 데리고 공식당 안에 있는 도서실에 왔다.
	それから其記者が新聞を編輯するのは昔の風と同じである。	또 그 기자가 신문을 편집하는 것은 옛적과 다를 게 없다 한다.
	其翌朝の事。	(14장) 그 이튿날 아침이었다.
	さうですね、イツカ善く調べて見ましたよう。	(14장) 글쎄요, 언제든지 자세히 조사해 보지요.
14장	其日西野は博士に連れられて中央倉庫を見に行つた。	(15장) 그날 효순이는 박사를 따라서 중앙 창고를 구경하러 갔었다.
	昔の人は生命の前半を樂しき者に思つて居たのですが、今の人は其後半を樂しむのです。	(15장) 예전 사람은 생명의 전반을 쾌락한 것으로 생각하였으나 지금 사람은 그 후반생에 낙(樂)을 보려고 하지요.
15장	西野は又翌日の朝の散步に、東京で云へば市谷と云ふ樣な所に行つて、昔の監獄の在つた所を見た。ドコに移轉したやら影も無い。	(16장) 효순이는 또 이튿날 아침에 산보 하는 길에 서울로 말하면 모악재 고개 밑 같은 데로 가서 감옥이 있었던 터를 찾아보았으나, 어디로 떠났는지 흔적도 볼 수가 없었다.
	智慧子には何の事やら分らなんだであらう。	(16장) 그러나 명희에게는 무슨 말인지 못 알아들었을 것이다.
16장	又其翌日、西野は博士に連れられて學校を見に行つた。	(17장) 또 그 이튿날 아침 효순이는 박사를 따라서 학교를 구경하러 갔다.
	第四、常に資本と勞力とを遊ばせるより生ずる損失。	(17장) 第四, 항상 자본, 노력을 고정하여 두고 활용치 못함으로부터 생(生)하는 손실(損失).
17장	其夜、西野は音樂室に於て智慧子と語つて居たが、	(18장) 그날 밤에 효순이는 음악실에서 명희와 이야기를 하다가,
	其兩性淘汰の結果として、今の人は、精神に於ても、體格に於ても、著るしき進步をしたのである。	(18장) 또 양성(兩性) 도태의 결과로 지금 사람은 정신으로나 체격으로나 현저히 진보하였다 한다.
18장	今日は說敎を聞くと云ふので、西野は食堂に行く事かと思つて居たれば、	(19장) 오늘은 설교를 듣는다 하여 효순이는 식당에 가는가 했더니,
	そこにある新聞紙を取上げて見れば、正に千八百八十七年五月三十日と記してある。	(19장) 곁에 있는 신문지를 들어서 보니까 분명히 1817년 5월 30일이라고 써 있었다.

     욕명생의 「이상의 신사회」는 원작을 기준으로 하면 초역抄譯과 축역縮譯의 번역 방식이다. 사카이를 매개로 한 중역을 고려하면 전역全譯이라 할

수 있다. 위의 문장 비교를 통해 사카이의 『사회주의의 세상이 되면』을 저본 삼아 번역한 것이 확정된다. 다만, 사카이의 일역본을 저본으로 선택한 탓에 원작과 달라진 결말이 되었다.

원작에서 1887년으로 돌아간 주인공은 2000년의 사회에서 실행된 부의 재분배를 주장하였다. 그러나 주인공의 말을 들은 주변인의 반응은 시큰둥할 뿐이었다. 1887년 시점에서 망연자실한 주인공은 꿈에서 깨며 다시 2000년의 세계로 돌아온다. 돌아온 후 문제의식 없이 안일하게 살았던 자신의 삶과 과거 사회에 대한 회한의 눈물을 흘리며 서사가 종결된다. 과거로의 회귀 장면은 주인공의 달라진 세계관을 보여주는 중요한 부분이다. 그러나 사카이의 번역은 2000년의 세계에서 살던 것이 꿈이었다는 설정으로 변형되어 1887년의 세상에서 눈을 뜨는 주인공의 모습을 보여주며 끝난다. 이러한 번역으로 인해 욕명생의 「이상의 신사회」도 원작과 다른 결말을 낳고 말았다. 또한, 원작은 각 장에 소제목이 없으나 사카이의 번역에서 소제목이 추가되었다는 점, 원작의 1인칭 시점(줄리언 웨스트)이 일역본에서 3인칭으로 바뀌었다는 점이 「이상의 신사회」와 동일하다.

지금까지의 논의를 바탕으로 『동명』에 「이상의 신사회」가 번역된 맥락을 두 가지로 나누어 생각해 볼 수 있다. 첫째, 개조론의 맥락에서 사회주의 사상의 진폭을 소개하기 위한 것으로 보인다. 이 글은 서문에서 다양한 사회주의의 흐름 중 하나로 국가사회주의를 설명하였다. 이 시기 『동명』은 「사회주의 요령」이라든지, 「현 사회 형형색색의 주의」, 「사회주의의 실행 가능 방면」 등을 연재하면서, 웰스의 「세계개조안」도 번역하여 소개하였다. 웰스의 「세계개조안」이 1차 대전 이후 당대의 감각에서 개조의 당위를 주장한 글이라면, 벨러미의 소설은 20세기의 세계적 사건과는 무관한 작품이다. 그러나 「이상의 신사회」는 자본주의와 산업화의 문제점을 지적한다. 자본주의의 폐해가 점차 부각된 식민지 조선의 시대적 상황을 고려한다면, 「이상의 신사회」는 도래할 미래에 필요한 청사진 중 하나로 제시되었다고 볼 수 있다. 궁극적으로 개조의 방법 중 한 가지를 사회주의에서 찾고 있는 지점으로 이해할 수 있다.

둘째, 마르크스주의의 상대화라는 관점으로 독해할 수 있다. 「이상의 신사회」가 유물사관을 전파하기 시작한 『신생활』, 『공제』, 『아성』 이후 '1923년'에 번역되었다는 사실에 주목해야 한다. 러시아 혁명과 3·1운동을 거치며 식민지 조선에서 사회주의운동의 지도이념은 다양한 사회주의 사상 가운데 마르크스주의가 점차 주도적인 위치를 점하였다.[65] 1923년은 이미 일본에서 일어난 대역 사건을 목도한 이후이며 일본 공산당이 창건된 직후이다. 『동명』은 이러한 시대적 배경에서 다양한 사회주의의 스펙트럼을 제시하는 동시에, "일개의 주의", "일정 범주"가 없는 사회주의를 설파하고자 한 것이다. 이 서술은 '사회주의의 전형典型'은 없다는 결론으로 독해할 수 있으며, 점차 주도적인 위치를 점하고 있는 마르크스주의를 상대화하려는 의도도 엿보인다.

한 가지 의문은 사카이의 여러 번역작 가운데 『뒤돌아보며』를 선택한 이유이다. 사회주의의 스펙트럼을 소개하기 위한 사카이의 번역은 모리스의 『뉴스 프롬 노웨어』도 있었다. 다음 절에서 살펴볼 『뉴스 프롬 노웨어』에는 무정부주의와 공산주의적인 성격이 두드러진다. 반면 『뒤돌아보며』는 국가가 사회 제반을 주도하는 유일한 기관으로 제시되어 있다. 이러한 내

---

65 박종린, 『사회주의와 맑스주의 원전 번역』, 신서원, 2018, 37면.

용상의 차이점을 바탕으로 번역 텍스트를 선정하였을 가능성이 있다.

주지하듯 국가사회주의는 넓은 사회주의운동 중에서 가장 커다란 분기 중의 하나이다. 이것은 노동자 자주 경영이나 협동조합의 직접적인 생산 수단의 소유와 관리 등으로 특징되는 비국가적, 반국가적 형태의 사회주의와는 대조를 이룬다. 국가사회주의에는 마땅히 'state'나 'national'의 개념이 필요하다. 당시 식민지 조선의 시각에서 'state'나 'national'을 상상하기 위한 시도로 『뒤돌아보며』를 선택한 것일지, 그 의도를 짐작하기 쉽지 않다. 그렇지만 극단적으로 사카이의 번역서에서 『뒤돌아보며』와 『뉴스 프롬 노웨어』 중 하나를 선택하고자 했다면, 『동명』의 필진은 무정부주의적 전망이 제시된 『뉴스 프롬 노웨어』보다는 강력한 국가 중심의 『뒤돌아보며』가 그들의 사정에 더 낫다고 판단했을 수 있다. 결과적으로 식민지 현실에서 '근대국가'에 대한 상상력을 발휘할 수 있는 소설이 선택된 셈이다. 근대적인 국가를 상상하고 국가의 기능을 묻는 소설을 통해 우리에게 필요한 사회란 무엇인지, 국민은 국가로부터 어떠한 교육과 삶의 기반을 제공받을 수 있는지, 국민의 역할은 무엇인지 생각할 수 있는 계기를 마련한 번역인 것이다.

일역본을 저본 삼아 번역하는 과정에서 나타난 오기誤記는 두 가지이다. 2장의 제목인 "113년의 잠百十三年の眠"을 "130년 동안의 잠三十年동안의잠"으로 표기한 것과 마지막 장면에서 주인공이 눈을 떠보니 "1817년"이었다고 옮긴 점은 번역상의 오류거나 문선공의 실수로 판단된다.

「이상의 신사회」만의 특수성을 관찰할 수 있는 번역도 있다. 첫째, 등장인물 이름의 변화이다. 앞서 제시했듯 사카이는 번역본에 따라 등장인물의 이름을 다르게 사용하였다. 주인공 줄리언 웨스트Julian West의 경우 니

시노西野와 에스토エスト, 리트 박사Dr. Leete는 이도 하카세井土博士와 닥터 리토ドクトル·リート, 이디스Edith Leete는 치에코智慧子와 에디스エヂス로 번역하였다. 욕명생은 각각 이효순李曉舜, 서박시徐博士, 명희明姬로 번역한 점이 독특하다. 배경은 보스턴이지만 등장인물은 조선식 이름을 가졌다.

둘째, 조선말의 구어체적 요소이다. 〈표 7〉의 7장에서 제시한 바와 같이 "식탁에 앉았다食卓に就いた"를 "밥상을 받았다"로 표현한 문장에서 그러한 특징을 발견할 수 있다. 또한, "어떠슈?", "가만히 계슈", "이거 보슈"와 같은 어투도 쓰였다. 이뿐 아니라 "と云ふのは男の聲", "と云ふのは女の聲", "と云ふのは又別の女の聲"를 각각 "라고 하는 것은 사내 목소리", "하는 것은 계집애의 목소리다", "이것은 또 다른 아낙네의 목소리다"처럼 남자, 여자로 번역하지 않고 사내와 계집애, 아낙네로 번역하였다. "西野が最初目の醒めかけた時に朧げに聞いた女の聲は卽ち此の二人であつたのだ"도 "효순이가 처음에 잠이 깰 때 어렴풋이 들은 여편네의 소리는 이 두 사람의 목소리였다"에서도 "여성의 소리"를 "여편네의 소리"로 옮겼다. 그리고 "해결되었습녠다", "진전케 하였을 뿐이었습녠다", "그 까닭입녠다", "대항하는 수밖에 없게 된 것 입녠다"처럼 '-ㅂ녠다'라는 종결어미가 초반 번역에서 자주 나온다. '-ㅂ녠다'는 경기나 황해 지방의 방언으로 알려져 있다. 이 종결어미는 연재 3회까지의 번역에서 두드러지고 이후에는 '-ㅂ니다'로 통일되는 경향이 있지만, 전혀 쓰이지 않은 것은 아니다. 또한, 서술어에서 "정하는 것이 옳시다그려", "되었소이다그려", "깨닫게 되었소그려", "여간 변하지 않았습니다그려", "심부름하는 아이도 없소이다그려"에서처럼 '그려'라는 보조사를 자주 사용하였다. 이와 같은 어투는 조선말의 구어체적 요소이자 독자에게 친근하게 읽힐 수 있는 번역으로도 볼 수 있다.

조선화한 맥락은 도시의 이름을 설명한 데에서도 찾을 수 있다. 원작에서는 "이른 아침에 산책을 하던 나는 찰스 타운에 들렀다. 한 세기가 지났음을 보여주는, 일일이 설명하기에는 굉장히 많은 변화들 가운데에서 나는 예전에 있던 주립 교도소가 사라졌다는 사실을 알아차렸다"[66]라고 서술되어 있는데, 이를 사카이는 "東京で云へば市谷と云ふ樣な所に行つて"도쿄로 말하면 신주쿠의 이치가야 같은 곳에 가서로 옮겼다. 욕명생은 이 문장을 다시 "서울로 말하면 모악재 고개 밑 같은 데로 가서"로 번역하였다. 한편, 『뒤돌아보며』에서 가장 유명한 문장은 원작 9장에 쓰인 "요람에서 무덤까지 from the cradle to the grave"[67]이다. 사카이는 이 문장을 "總べての人はオシメの中から墓のまで"로 번역하였고, 욕명생도 일역본과 동일하게 "누구나 강보襁褓에 싸여 있을 때부터 무덤에 들어갈 때까지"로 옮기며 원작의 의미를 살리는 데 주력한 면도 확인할 수 있다.

이상의 내용을 정리하면, 『동명』에 연재된 「이상의 신사회」는 신원을 알 수 없는 번역자 욕명생이 사카이의 『사회주의의 세상이 되면』을 저본 삼아 번역한 결과물이다. 대체로 일역본을 충실하게 옮긴 가운데, 조선식 어휘나 서술어가 돋보인다. 중요한 것은 개조론의 조류에서 사회주의의

---

66 에드워드 벨러미, 김혜진 역, 『뒤돌아보며-2000년에 1887년을』, 아고라, 2014, 184면. 원문은 다음과 같다.
"In the course of an early morning constitutional I visited Charlestown. Among the changes, too numerous to attempt to indicate, which mark the lapse of a century in that quarter, I particularly noted the total disappearance of the old state prison."(Edward Bellamy, *Looking Backward : 2000- 1887*, Boston : Ticknor And Company, 1888, p.275)

67 Edward Bellamy, Ibid, p.123.

스펙트럼을 알리고자 선택된 텍스트란 점이다. 이는 서구의 유토피아 과학소설이 사회주의 수용의 맥락에서 번역된 장면으로 해석할 수 있다. 이때의 사회주의는 마르크스-레닌주의가 아닌 국가사회주의를 기반으로 한다는 점에서 특징적이다. 따라서 『뒤돌아보며』의 번역은 '국가사회주의'라는 개념을 기반으로 '국가'의 의미와 기능을 고민할 수 있는 역할을 하였을 것이며, '유토피아니즘'의 한 형상이 '국가사회주의'로 마련된 지점이라 볼 수 있다.

2. 윌리엄 모리스의 수용과 『뉴스 프롬 노웨어』 번역

1) 개조의 사회 - 「무하유향의 소식」 번역을 중심으로

이 절에서는 윌리엄 모리스William Morris, 1834~1896가 식민지 조선에서 호명된 방식을 검토하고자 한다. 김병철에 따르면 윌리엄 모리스는 『태서문예신보』에서 시詩를 통해 최초로 조선에 소개되었다고 알려져 있었다.[68] 그러나 김병철이 제시한 「초부樵夫야 그 나무 두어라」는 윌리엄 모리스의 것이 아니라 미국 시인 조지 포프 모리스George Pope Morris, 1802~1864의 시이며, "Woodman, Spare That Tree"를 원작으로 한다.[69]

---

68 김병철, 『세계문학번역서지목록총람』, 국학연구원, 2002, 10면.

69 "초부야 그나무 두어라 / 가지하나 상치마러라 / 어려서 나를 덥혀쥬고 / 지금신지 늬보호일다 / 나의 선조 당신손으로 / 집압해 갓가이 심으셧다 / 보아라 초부야 힝여나 / 네독긔 그나무에 대일세라 / 정다울사 친근흔나무 / 영화롭고 빈성홈이어 / 수륙에 덥히고 쌔쳇스니 / 그밋헤 손더어 찍지마라 / 초부야 손질을 조심흐라 / 쑤리를 싼을가 넘어로라 / 하날을 만지일 듯 그나무 / 네독긔 그곳에 대일세라 / 나의 나회 훨신어려슬적 / 그 그늘밋헤서 쒸놀쌔에 / 천진의 깃붐이 갓득흐고 / 형제자민 한데모회이미 / 어마니 늬머리 쓰다듬으며 / 아

1920년대 초반 윌리엄 모리스와 그의 소설 『뉴스 프롬 노웨어』가 언급
된 사례는 벨러미와 비교한다면 많은 편이다. 단편적으로 "영국 문단의
명성 데니슨, 스윈판, 모리스"[70]라든지, "개혁가 월니암모리쓰"[71]처럼 호
명되기도 하였고, 『뉴스 프롬 노웨어』의 줄거리도 소개된 바 있다. 예를
들어 1922년 5월 『개벽』의 필자인 김찬두金瓚斗, 1897~?, 세브란스 의전[72]는 조
선 사회에 개조가 필요하다고 주장하며, 개조를 통해 도달한 이상사회의
대표적인 예시로 모리스의 소설을 소개한다.

　　'모리스'씨는 이상적 사회를 그려내었다. 광대한 화원 가운데 굉장 화려한
　　건물이 정렬하고 지붕과 탑과 파풍破風은 마치 화해花海에 부심浮沈한 적색과 백

바지 닉손을 잡으셧다 / 나의깃붐 슬픔 엉키민니 / 그나무 그듸로 세워두라 // 닉의口음 실
그덩 치 일키고 / 친근흔졍의 겁질에 싸엿다 / 늙어서 구부러진 가지우에 / 뭇서가 집짓고
노릭ᄒ겟고 / 쳔만년풍우 다시 견듸리니 / 닉손이잇서 보호홀바이라 / 초부야 이 자리 잇시
마러리 / 네독긔 그나무 힝여상홀세라"(모리쓰 作, 三田 譯, 「樵夫야그나무두어라」, 『태서문
예신보』 12, 1918.12.25) "Woodman, Spare That Tree"(1837)의 원문은 다음과 같다.
"Woodman, spare that tree! / Touch not a single bough! / In youth it sheltered
me, / And I'll protect it now. / 'T was my forefather's hand / That placed it near
his cot; / There, woodman, let it stand, / Thy axe shall harm it not. // That old
familiar tree, / Whose glory and renown / Are spread o'er land and sea — / And
wouldst thou hew it down? / Woodman, forbear thy stroke! / Cut not its
earth-bound ties; / Oh, spare that aged oak / Now towering to the skies! // When
but an idle boy, / I sought its grateful shade; / In all their gushing joy / Here, too,
my sisters played. / My mother kissed me here; / My father pressed my hand— /
Forgive this foolish tear, / But let that old oak stand. // My heart-strings round
thee cling, / Close as thy bark, old friend! / Here shall the wild-bird sing, / And
still thy branches bend. / Old tree! the storm still brave! / And, woodman, leave
the spot; / While I've a hand to save, / Thy axe shall harm it not."(George Pope
Morris, *Poems*, New York : Charles Scribner, 1860, pp.64~65)

70　「구주 사상의 유래」(48), 『동아일보』, 1922.5.9, 1면.
71　「참정권의 정치학적 원리」(12), 『동아일보』, 1920.7.15, 1면.
72　「김찬두 신문조서」, 『한민족독립운동사자료집』 17, 한국사 DB http://db.history.go.kr/i
　　d/hd_017_0010_0540.

색이 도서島嶼와 같이 보이며 그 아래로 청징淸澄한 하천이 흐르고 위에는 이벽璃 碧의 천공이 덮였으며 후면에는 울울한 녹림에 백조가 울고 이슬에 세척된 공 기는 신선하며 그 가운데로 장미화의 향기가 풀풀 날리는 것이라 씨氏는 예술 적 안眼으로 이상적 사회를 그려내었다. 씨氏는 다만 미美에 동경할 뿐만 아니고 일개의 사회주의자로 일체의 사유재산을 금하고 여러 산업을 전혀 국유로 삼 아 어떤 일부의 인간의 이익을 농단함을 방防하며 각인의 노동의 보수 생활의 재료를 자유로 얻는 조직을 입立하고 그 이상을 실현키 위하여 노력하였다.[73]

윗글의 필자는 먼저, 아름다운 자연을 배경으로 하는『뉴스 프롬 노웨 어』의 도시 경관을 묘사하였다. 이후 모리스를 '사회주의자'로 명명한 후, 그의 소설은 사유재산이 폐지된 이상사회를 배경으로 하며, 자유로운 노동 이 강조된다고 서술하였다. 여기서 핵심은 모리스가 '개조의 사상가'이자 '사회주의자'로 호명된 지점이다. 세계대전을 초래한 서구의 근대 문명에 대한 비판에서 비롯된 개조론의 조류에서 모리스가 수용된 대목인 것이다. 주지하듯 다이쇼 시기에는 세계적 유행인 개조론의 맥락에서 다양한 사 상가가 소개되었다. 그 가운데『사회개조의 팔대사상가社会改造の八大思想家』,[74] 『개조사상 십이강改造思想十二講』[75]에서 모리스를 찾을 수 있으며, 쿠리야가와 하쿠손厨川白村도 개조의 사상가로서 모리스를 알렸다.[76] 이러한 '근대사상

---

73 김찬두, 「조선사회의 화류병」, 『개벽』 23, 1922.5, 94면.

74 生田弘治・本間久雄, 『社会改造の八大思想家』, 東京堂書店, 1920. 이 책은 마르크스, 크로포 트킨, 러셀, 톨스토이, 모리스, 카펜터, 입센, 엘렌케이를 소개한다.

75 宮島新三郎・相田隆太郎, 「第九講 モリスの藝術的社會主義」, 『改造思想十二講』, 新潮社, 1922. 이 책에는 베른슈타인, 러셀, 크로포트킨, 레닌, 웰스, 엘렌케이, 카펜터, 간디, 모리스 등이 수록되어 있다.

76 厨川白村, 「藝術より社會改造へ(詩人モリスの研究)」, 『象牙の塔を出て』, 福永書店, 1920. 이 외

강좌' 류의 책은 식민지 조선의 청년들에게 큰 영향을 미쳤다고 보고되며 "새로운 지식의 방향타"로 작용하였다. 특히 "이들 책은 자유·자아·자기 실현 같은 개념 정착에 기여했고, 유물론과 자연주의 이후 '비물질주의'를 실어 날랐으며, 서로 다른 이유로 국가사상의 한계에 봉착해 있던 동아시아 여러 지역 청년층에게 광범한 호소력을 발휘"했다고 논의되었다.[77]

이러한 일본의 지적 산물이 조선에 번역되어 들어온 사례 중 하나로 이교창李教昌과 노자영盧子泳이 펴낸 『세계개조 십대사상가』를 꼽아볼 수 있다. 이 책은 톨스토이, 입센, 카펜터, 러셀, 엘렌케이, 다윈, 타고르, 루소, 마르크스, 모리스를 다룬다. 유연실의 연구에서 『세계개조 십대사상가』는 이쿠타 조코生田長江와 히사오 혼마本間久雄의 『사회개조의 팔대사상가社會改造の八大思想家』를 저본 삼아 번역된 것임이 밝혀진 바 있다.[78]

에 모리스를 개조의 사상가로 주목한 사례는 白鳥省吾, 「社會改造家としてのウイリヤム・モリス」, 『詩に徹する道』, 日本評論社出版部, 1920; 北沢新次郎, 「藝術的社會主義とウイリヤム・モリス」, 『新社会の建設』, 同人社書店, 1920; 白鳥省吾, 「社會改造家としてのウイリヤム・モリス(評論)」, 『早稲田文学』182, 早稲田文学社, 1921.1. 등이 있다.

77 권보드래, 「번역되지 않은 영향, 브란데스의 재구성」, 『한국현대문학연구』 51, 한국현대문학회, 2017, 36~37면.

78 유연실, 「근대 한·중 연애 담론의 형성－엘렌 케이(Ellen Key) 연애관의 수용을 중심으로」, 『중국사연구』 79, 중국사학회, 2012, 184면, 각주 135. 『세계개조 십대사상가』의 판권장에 따르면 초판은 1922년에 출간되었다. 유연실은 조선어본 서지정보에서 초판인 1922년은 표기하지 않았고, 1927년 재판본만 기재하였다. 이 책에서도 1927년 재판본을 인용하였다. 이쿠타 조코와 히사오 혼마의 저술은 동경당서점(東京堂書店)에서 출판한 사상 총서의 두 번째 기획물이다. 여섯 가지의 사상 총서를 제시하면 다음과 같다.

第1編 : 金子馬治, 『欧洲思想大観』, 1921,
第2編 : 生田弘治·本間久雄, 『社会改造の八大思想家』, 1920.
第3編 : 中島半次郎, 『教育思潮大観』, 1921.
第4編 : 金子馬治, 『現代哲学概論』, 1923.
第5編 : 本間久雄, 『婦人問題十講』, 1923.
第6編 : 金子馬治, 『芸術の本質』, 1925.
이 시기 동경당서점에서는 총 여덟 권으로 구성된 『세계명저총서(世界名著叢書)』를 출판하기도 했다. 목록은 아래와 같다.

윌리엄 모리스의 수용사에서 주목할 지식인은 이 책의 번역자인 춘성 노자영이다. 노자영은 『세계개조 십대사상가』를 번역하기 전부터 "모리스 씨의 '유토피아'에 표현된 세계같이 되리라"[79]고 언급하였고, 「이상향의 꿈」『서광』, 1920.7에서도 러스킨, 웰스와 함께 모리스를 소개하기도 하였다.[80] 노자영은 「이상향의 꿈」에서 건전한 정신을 가지고 이 세상을 활동하는 사람은 어떠한 종류든지 이상향을 가지고 있다고 서술하며, 과학, 정치, 예술, 종교적 이상향을 간략하게 소개는 가운데 모리스를 통해 예술적 이상향을 설명했다. "그(모리스-인용자)의 꿈꾸는 이상적 시가市街라는 것은 화려 굉장한 건물이 정렬하고 도로는 광활하며 곳곳이 공원이 산재하여 연하煙霞가 끼리만치 넓은 곳"이라고 묘사하는 지점에 주목하면, '공원'과 같은 도시 전경을 전면에 내세워 『뉴스 프롬 노웨어』의 공간적 배경을 제시한 것을 알 수 있다. 또한, "빈궁, 죄악, 질병 등 총히 미적 본능에 위반되는 것은 모두 전멸이 되고 인간은 다못 쾌락 그것을 위하여 활동할 뿐이며 경제적 보수라는 것은 당초부터 문제도 되지 아니한다"라고 말하면서 "노동이라는 것이 충분한 불자를 생활에 공급할 뿐만 아니리 사치한 자본을 공급하기 때문에 생활 압박이라는 것은 그 이름조차 모른다"[81]는

第1編:ホオマア, 生田長江 訳, 『オディッシイ』, 1922.
第2編:中村吉蔵 訳, 『希臘悲劇六曲』, 1922.
第3編:シルレル, 新関良三 訳, 『ワレンシュタイン』(再版), 1922.
第4編:ルナン, 広瀬哲士 訳, 『耶蘇』, 1922.
第5編:イプセン, 島村民蔵 訳, 『皇帝とガラリヤ人』(再版), 1923.
第6編:バルザック, 新城和一 訳, 『結婚の契約, ウウジェニイ・グランデエ』, 1924.
第7編:メレジユコーフスキイ, 昇曙夢 訳, 『トルストイとドストエーフスキイ』, 1924.
第8編:ルナン, 広瀬哲士 訳, 『使徒』, 1926.

79 노자영, 「천리(千里)의 하로(夏路)」(8), 『동아일보』, 1920.9.5, 4면.
80 노자영이 모리스를 언급한 사례로 「동경(憧憬)의 이상향」(『신천지』, 1922.12)도 있다. 이 글은 「이상향의 꿈」의 전반부와 대동소이하다.

108　번역된 미래와 유토피아 다시 쓰기

점을 강조한 부분은 사유재산이 폐지된 소설의 사회적 배경에 대한 설명이다. 또, 임금이 수반되지 않고 예술을 위한 노동, 즐거움을 위한 노동을 강조한 점 역시 소설의 내용이다.

　모리스의 원작을 간단히 소개하면 이 소설의 미래 사회는 소유권과 이윤, 화폐, 상업 그리고 중앙 집권적 권력의 모든 수단이 폐지된 곳으로 인간에 내재한 창조적 활동 욕구가 강조된다. 또한, 신체의 리듬과 환경에 해가 되지 않고 일상생활을 실제로 향상시키는 일부 기계를 제외하고는, 기계란 무익하고 적절하지 못한 것으로 여긴다. 매연과 소음, 더럽고 어두컴컴한 주택 등 산업 사회의 추한 모습과 유해한 요소들은 모두 사라졌고 고요함과 상쾌한 공기 그리고 녹색 공간이 지배하게 되었다. 소비물품은 풍부함보다 질이 중요시되고 건축은 단순하지만 아름답게 묘사된다. 노력의 대가는 강제 없는 삶 속에서 얻어지며 진보보다는 창조 활동과 사회적 관계를 지향하는 소박한 공동체가 중요시되는 미래 사회인 것이다. 욜렌 딜라스-로세리외는 모리스가 이 소설에서 "생산 행위를 계획화된 소비에서 분리"하였으며, "러스킨적인 미적 공간과 마르크스적 인본주의를 화해시킴으로써, 탐욕과 연관된 모든 소외와 부패의 가능성을 추방하려 했다"라고 분석하였다.[82]

　그렇다면 『세계개조 십대사상가』에서 모리스와 그의 소설은 어떻게 소개되었을까. 먼저, 『사회개조의 팔대사상가』의 「ウィリアム・モリス」와 비교하여 번역의 저본을 확정하고자 한다.

81　춘성, 「이상향의 꿈」, 『서광』 6, 1920.7, 83면.
82　욜렌 딜라스-로세리외 외, 김휘석 역, 『미래의 기억, 유토피아-토머스 모어에서 레닌까지, 또 다른 사회에 대한 영원한 꿈』, 서해문집, 2007, 231~233면.

<表 8>「ウィリアム・モリス」と「藝術美の先驅者」の小제목・문장 비교[83]

	「ウィリアム・モリス」	「예술미의 선구자」
一	**「希望と歡喜に生きて働く」**	희망(希望)과 환희(歡喜)에 생(生)하야 활동(活動)한다.
	ハンマースミスの社會主義者達は、 每週ケルムスコットに於けるモリスの家に集まるを常とした、	햄마-스미스의 사회주의자들은 매주 케룸스콧트의 모리스집에서 항상 집회를 하얏섯다.
	倫敦に於て當時モリスの所論が如何に人を動かしたかのアトモスフイヤがこれのよつ知られる.	윤돈에서 당시 모리스의 소론(所論)이 여하히 사람을 동(動)케 하얏는가를 알겟도다.
二	**生ひ立ちより人生の藝術化まで**	모리스의 일생(一生)
	美術家であり詩人であり社會主義者であるウィリアム・モリス(William Morris)は、倫敦から程遠からぬエセツクスの一村なるワルシヤムストに、一八三四年三月廿四日に生れた.	미술가오 시인이오 사회주의자인 윌리암 모리스는 윤돈에서 얼마 상거(相距)안이 되는 에섹스의 일촌(一村)인 와루샴스트에서 1834년 3월 24일 출생하얏다.
	社會主義的傾向のものでは『ジョン・ボールの夢』(The Dream of John Ball)、『無何有鄕の消息』(News from Nowhere)、彼の後期を形作るパンフレツドが出た.	사회주의적 경향의 작품으로는『죤・쇤―ㄹ의 몽(夢)』,『무하유향(無何有鄕)의 소식』후기의 작물(作物)을 형용한『판뿌렌드』가 출간되얏다.
三	**社會主義者としての功績**	사회주의자(社會主義者)
	モリスは政治的黨派に對して、道學者流の侮蔑は持つてゐなかつた.	모리스는 정치적 당파에 대하야 도학자류(道學者流)의 모몽(侮夢)은 갓지 안이 하얏다.
	モリスは實に死の間際まで社會を思ひ、社會のために盡した人であつた.	모리스는 실로 죽을 째까지 사회를 생각하고 사회를 위하야 진력(盡力)한 사람이엇다.
四	**代表作『無何有鄕の消息』**	대표작(代表作)『무하유향(無何有鄕)의 소식(消息)』
	ウィリアム・モリスの作物中で社會的傾向を帶び、最も廣く讀まれてゐるのは『ジョン・ボールの夢』と『無何有鄕の消息』との二の敎文物語である.	윌리암 모리스의 저서 중에서 사회적 경향을 대(帶)하고 가장 넓히 독자의 환영을 밧는 것은『죤 쇤―ㄹ의 몽(夢)』과『무하유향의 소식』의 이종(二種)의 산문(散文)소설이다.
	モリスの小傳と中心思想とに、この理想鄕の描寫を照應して見れば、いかに微妙に彼の體驗がこの夢物語に織り込まれてゐるかゞ知られる.	모리스의 소전(小傳)과 중심사상에 이 이상향의 묘사를 조응하야 보면 미묘하게 그의 체험이 이 쑴 이약이에 나타난 것을 알겟다.
五	**その中心思想**	중심사상(中心思想)
	(審美的見地から社會運動まで步めるウィリアム・モリスの經路は、讀者にとつして極めて興味がある.多方面なモリスの經歷を綜合して頂點を示すものは、彼の社會運動であつた. -삭제) 藝術はその根元に於て本質に於て結果に於て社會的のものである、	예술은 그 근본에서 본질에서 쏘한 결과에서 사회적의 물건이다.
	美術家より人生の藝術化まて、彼は出來得る限りの力をもつて徹底した.	미술가로부터 인생의 예술화까지 그는 될 수 잇는 대까지의 힘으로써 철저하얏다.

표에서 확인할 수 있는 바, 이교창과 노자영은 일역본을 대체로 충실하게 옮겼다. 한 문장을 두 문장 이상으로 나누었거나 일부 어휘의 변화는 감지되지만, 맥락상 무리가 없는 번역이다. 5장의 첫 두 문장을 삭제한 것 외에는 분량에도 차이가 없다. 다만, 일본어본은 장章 내에 절節 구분이 없는 반면, 조선어 번역본은 2장부터 5장까지 각 4절, 4절, 2절, 2절로 나눠 놓은 것이 차이라면 차이일 것이다.

「예술미의 선구자」는 1920년대에 조선어로 모리스를 가장 구체적으로 소개한 글로 판단된다. 모리스의 생애와 사상, 그의 소설이 탄생한 배경 등을 다룬 점에서 그러하다. 모리스는 사상가이기 전에 시인이자 소설가였으며, 미술가이자 건축가였다. 모리스가 활동한 영역은 실로 방대하지만, 그 바탕에는 '예술'이라는 공통분모가 있었다. 이 점에서 일역본의 소제목인 「ウィリアム・モリス」보다 조선어의 「예술미의 선구자」라는 제목이 모리스의 특징을 더 부각해주는 것으로 보인다. 「무하유향의 소식」의 번역 양상을 살피기 전, 「예술미의 선구자」에서 소개된 모리스에 대해 간단히 알아보고자 한다.

모리스에게 영향을 끼친 사람을 한 명 꼽으면 영국 화가 겸 시인 단테

---

83 生田弘治·本間久雄, 『社会改造の八大思想家』, 東京堂書店, 1920, pp.191~248; 이교창·노자영 공편, 『세계개조 십대사상가』, 조선도서주식회사, 1927(초판 1922), 245~ 284면. 두 책에 실린 모리스 편의 목차와 각 장의 첫 문장, 마지막 문장을 제시하였다. 「ウィリアム・モリス」는 원문대로 옮겼다. 「예술미의 선구자」를 옮길 시 본문의 한자어는 한글로 바꾸되, 현대어로 수정하지 않고 띄어쓰기만 하였다. 또, 합용 병서가 쓰인 초성도 원문대로 두었는데, 그 이유는 이 텍스트의 번역 특징 중 하나로 생각했기 때문이다. 표에서 제시한 문장 외에 전문을 살펴보면 외국의 고유명사와 지명 등의 표기에서 독특한 합용 병서가 초성에 쓰인 글자가 많다. 예를 들어 '쏘역크', '옐립 웹앤', '쩨라스케스', '쌘 존스', '옥스쭈ㅡ드', 『씨네웨아의 방어(防禦)』, 『판쭈렛드』, '쌔쭈오쓰', '릿치웰쓰·카세쓰랄', '쌔나쓰·쇼', '쭈쎄안 協會', 『쩨니스의 石』, '쭉톨유쏘' 등이 그러하다.

가브리엘 로세티Dante Gabriel Rossetti, 1828~1882이다. 모리스는 런던에서 로세티를 만난 후 미술에 더욱 깊은 관심을 두게 되었다. 「예술미의 선구자」에 의하면 로세티는 당시 전성기였으며 "심心의 신형新形 정열의 미美되는 것을 회화繪畵로 발표"하고 있었다. 로세티는 모리스에게 "시인은 화가"가 되어야 한다고 주장하며, 회화繪畵를 장려하였다.[84] 하지만 로세티와 모리스의 관점은 같지 않았다. 로세티에게 미술은 "생활을 벗어난 고독한 직업"이었으나 모리스는 "모든 생활을 미술화하고 일상의 사물을 광영화光榮化하는 미술의 승리를 희망"하여 "위대한 미술은 건축"에 있다고 생각하였다. 또한, 로세티는 미술이 "예술가의 특수한 정서의 표현으로서 회화와 같이 단독한 사업에 허다한 완전과 역강力强을 인정하는 것"이라 하였지만, 모리스는 "미술의 사업은 공중公衆과 미술가 사이의 관계"라고 보았다. '일상의 예술화'라는 관점은 모리스가 거주하던 집에서도 두드러졌다. 예컨대 "가구家具의 조야粗野는 동작動作의 조야와 같이 마음이 좋지 못한 것을 보이는 것"251면으로 생각하여 집에 의자 하나를 들일 때에도 직접 만드는 과정을 거치며, "가구가 모두 시詩와 같이"252면 만들어지길 바랐다. 이는 단지 모리스 개인의 감각을 표출하는 것이 아닌, 사회 전체에 대한 희망이기도 했다. 그리하여 미술과 노동을 결합하여 일상적으로 사용하는 사물에도 "쾌락快樂"을 부여하고자 하였다. 모리스는 다음과 같이 말한다. "노동은 생활을 위하여 하는 것이 아니오, 우리들 생활이 노동―그것이다. 그러면 노동의 보수報酬―그것은 창조적創造的 미美의 보수報酬이니 그것은 신神이 여與한 임은賃銀이다. 노동에는 쾌락이 없으면 아니 된다. 노동자는

---

84 이교창·노자영 공편, 『세계개조 십대사상가』, 조선도서주식회사, 1927(초판 1922), 250면. 이하 이 책에서 인용할 시 면수만 표기함.

자기의 숙련한 일이며, 또는 손과 마음과 상조상응相調相應하여 유쾌愉快를 위威하는 일이라야 한다. 이때에야만 노동이 신성神聖하다. 인생의 생활 의 의意義가 있다. 건축은 마음의 표현이다. 건축에 의미를 표하여야만 노동 자가 독립적獨立的 심령心靈의 소유주所有主가 될 것이다."255면 이 인용은 노 동을 통한 쾌락이 임금을 대신할 수 있으며, 쾌락을 추구하는 노동이어야 진정한 의미가 있을 수 있다는 말로 해석된다. 그리고 중요한 노동 중 하 나는 건축임을 강조하였다. 앞서 김찬두와 노자영의 글에서 모두 '화려한 건물'이 언급되었던 이유는 위와 같은 맥락에서였다.

「예술미의 선구자」에 따르면 "이와 같은 논리에서 모리스는 이상理想의 미래 사상을 중세기中世紀의 동전통動傳統에 소상溯上하여 생각"하였다. 왜냐 하면 "그때 직공職工은 그 직업에 자랑"을 가졌었으며, "사람들은 모두 미 술에 종사"하였고, "사회적 관계로는 왕후王候와 농민農民이 동등은 아니었 으나 당시의 미술은 자유요, 민주적"256면이었기 때문이다. 모리스는 중세 이후의 물질 세계가 정신의 지배에 속박되어 미술은 민중에게서 멀어질 수밖에 없었고 그 결과 소수자의 소유가 되었다고 말한다. 그리하여 다시 중세적 전통인 민중이 삶에서 향유하는 예술을 부활해야 한다고 주장했 다. 계급 문제나 직업의 귀천이 사라져야 한다는 전제는 필수적이었다. 모 리스가 주장한 과거로의 회귀는 부분적인 것이다. 모리스의 중세의 예술 에 대한 관점과 미래의 이상이 조응하여 문학적으로 형상화된 것이 『뉴스 프롬 노웨어』라고 볼 수 있다.

『뉴스 프롬 노웨어』은 『세계개조 십대사상가』에서 조선어로 처음 번역 되었다.[85] 제목은 「무하유향無何有鄕의 소식消息」이다. 원작은 총 32장章으로 구성된 장편이지만, 「무하유향의 소식」은 13페이지에 불과한 분량으로 축약의 정도는 상당하다.[86] 그러나 『뉴스 프롬 노웨어』의 내용을 처음부터 끝까지 다룬 1920년대의 유일한 번역으로 판단된다.

「예술미의 선구자」에 수록된 「무하유향의 소식」은 "새로이 창조된 영국을 묘사"하여 "새 동포 관념의 정수精髓를 시흠하고 아름다운 자연의 환희 중에 쾌락화 한 노동에 생生하는 사람들"이 등장하며, 모리스의 "사회사상"이 가장 잘 표현된 소설로 소개되었다. "이 소설은 『나는 윤돈倫敦의 핸마-스미스라는 집에서 잠이 깨엇다』라는 구절로부터 시작되었다"265면라

---

85 김미연, 「유토피아 '다시 쓰기'-1920년대 초 식민지 조선의 중역을 중심으로」, 『현대문학의 연구』 70, 한국문학연구학회, 2020, 199면에서 모리스의 소설이 최초로 번역된 사례로 1922년 8월 『신생활』의 「이상향의 남녀생활」을 제시하였다. 그러나 『세계개조 십대사상가』의 발행일이 1922년 6월 7일이므로 해당 내용을 정정한다.

86 맞춤법이나 쓰기 양식 등의 차이로 1:1 비교는 어렵지만, 현대어로 완역된 박홍규의 『에코토피아뉴스』(필맥, 2004)는 소설 본문만 총 336페이지이다. 박홍규 번역본과 원문 목차를 함께 제시하면 다음과 같다.
1. 토론과 침대(Discussion and Bed), 2. 아침 수영(A Morning Bath), 3. 게스트하우스와 아침 식사(The Guest House and Breakfast Therein), 4. 도중에 들른 시장(A Market By the Way), 5. 거리의 아이들(Children on the Road), 6. 약간의 쇼핑(A Little Shopping), 7. 트라팔가 광장(Trafalgar Square), 8. 나이든 친구(An Old Friend), 9. 사랑에 대하여(Concerning Love), 10. 질의 응납(Questions and Answers), 11. 정부에 대하여(Concerning Government), 12. 삶의 제도에 대하여(Concerning the Arrangement of Life), 13. 정치에 대하여(Concerning Politics), 14. 쟁점은 어떻게 다뤄지나(How Matters Are Arranged), 15. 공산주의 사회에는 노동 유인이 없다는 주장에 대하여(On the Lack of Incentive to Labour in a Communist Society), 16. 블룸즈버리 시장 홀에서의 오찬(Dinner in the Hall of Bloomsbury Market), 17. 변혁은 어떻게 오는가(How the Change Came), 18. 새로운 생활의 시작(The Beginning of the New Life), 19. 해머스미스로 돌아가는 길(The Drive Back to Hammersmith), 20. 다시 해머스미스의 게스트하우스에서(The Hammersmith Guest House Again), 21. 강을 거슬러 올라가며(Going Up the River), 22. 햄프턴 코트와 과거 예찬자(Hampton Court and a Praiser of Past Times), 23. 러니미드의 이른 아침(An Early Morning By Runnymede), 24. 템스 강을 거슬러 올라가며 : 둘째 날(Up the Thames: The Second Day), 25. 템스 강 위에서의 셋째 날(The Third Day on the Thames), 26. 완고한 거부자(The Obstinate Refusers), 27. 템스 강의 상류(The Upper Waters), 28. 작은 강(The Little River), 29. 템스 강 상류에서의 휴식(A Resting-Place on the Upper Thames), 30. 여행의 끝(The Journey's End), 31. 새로운 사람들 속의 오래된 집(An Old House Amongst New Folk), 32. 잔치의 시작(The Feast's Beginning).

고 제시되었지만, 이는 사실과 다르다. 일본어본을 그대로 따른 까닭에 나타난 오류로 보인다. 원작은 주인공 '나'(등장 인물명 : 게스트Guest)의 현재 시점에서 시작되며,[87] 꿈에서 250년 후의 런던 사회를 경험한 후 다시 현재로 돌아오는 서사 구조이다. 그러나 「예술미의 선구자」의 「무하유향의 소식」은 일역본에 따라 내용이 대폭 축약된 까닭에 꿈인 250년 후에서 시작하여 현재로 돌아오는 구조로 변형되었다.

번역된 「무하유향의 소식」을 바탕으로 소설의 내용을 간단히 살펴보면 다음과 같다. 주인공 '나'는 전날 밤 잠든 후 아침에 깨어나서 매우 놀라며 이야기가 시작된다. 분명 겨울이었는데, 자고 일어나니 푸르른 수목이 어우러진 여름이었기 때문이다. 잠을 깨려고 템스강에 가서 수영하려고 보니 마침 뱃사공이 있었다. 뱃사공과 대화하는 장면은 조선어 번역본에서 삭제되었다. 주인공은 "뱃사공의 말은 엄숙하며 더구나 놀란 것은 그의 풍채-다. 실로 온아한 품성과 장대한 골격을 가졌으며 그의 의복은 고대 의복에 개량을 가한 듯한 담아하고 결백한 의복제도였다. 아무리 보더라도 훌륭한 신사가 오락적으로 배를 젓고 있는 듯"266면하다고 묘사한다.[88]

---

87 원문은 "Up at the League, says a friend, there had been one night a brisk conversational discussion, as to what would happen on the Morrow of the Revolution, finally shading off into a vigorous statement by various friends of their views on the future of the fully-developed new society."(William Morris, *News from nowhere; or, An epoch of rest. being some chapters from a utopian romance*, Boston : Roberts Brothers, 1890, p.7); "'동맹'의 어느 날 밤 좌담에서 '혁명의 새벽'에는 어떤 일이 생길 것인가에 대한 열띤 토론이 벌어졌다가 완전히 발전한 새로운 미래 사회에 대해 다양한 친구들이 열렬한 의견을 제시하는 것으로 끝났다고 한 친구가 말했다."(박홍규, 23)

88 "그(뱃사공-인용자)는 멋진 젊은이로, 눈 주변에 독특한 쾌활함과 친밀한 표정이 있었다. 비록 곧 익숙해지기는 했지만, 내게는 전혀 새로운 표정이었다. 그리고 그는 검은 머리카락과 갈색의 피부를 갖고 있었고, 몸이 튼튼하고 강인한 것이 근육 운동으로 단련된 사람임이 분명해 보였다. 그러나 거칠지도 상스럽지도 않았고, 오히려 너무나 깨끗했다. 그의 옷은 내가 본 현대의 어떤 평상복과도 같지 않았고, 14세기 풍속화에 나오는 복장이라고 해도 어울

모리스의 이상사회에서 중요한 요소 중 하나는 사람들의 신체 골격과 품성이다. 그들은 늘 밝고 유쾌하며, 낯선 타인에게도 친절한 태도를 보인다. 이것이 가능한 이유는 원작에 따르면 그들에게는 세속적인 번민이 없기 때문이다. 이후 주인공은 뱃삯을 내려 하였으나 "노동한 보수로 돈을 받는 일이 옛적에는 있다고 하나 그러한 까다로운 습관習慣은 지금은 없습니다."라는 말을 들었다. 뱃사공은 "배를 부리는 것은 나의 일이 올시다. 그 까닭으로 돈을 받는 것은 우습"다고 말하며 "그렇게 많은 기념품을 받으면 둘 곳이 없어서 곤란"하므로 "화폐를 어느 박물관에나 기부하면 좋겠다"는 말을 남긴 후, 주인공을 이웃 사람들에게 소개해 주었다. 주인공은 아름다운 한 여자에게 스무 살쯤인지 물었지만 돌아온 대답은 마흔둘이었다. '나'는 사람들의 건강한 용모에 다시 한번 놀랐으며, 식사 후 박물관에 근무한 경력이 있는 하몬쓰翁(원작명 : 해먼드 노인)을 만나 250년 후의 사회에 대해 자세히 듣게 된다.

이후 소개자인 해먼드 노인과 목격자인 주인공 사이의 문답 형식을 통해 서사가 진행된다. 「무하유향의 소식」에서 묘사된 사회는 주인공이 살던 세계와 대단히 다른 면모를 보인다. 가장 중요한 것은 노동 개념이다. 화폐가 없는 까닭에 매매 행위가 없으며 상점 역시 존재하지 않는다. 사람들은 필요에 따라 수공업으로 물건을 만들고 남은 물건은 창고에 넣어두고 필요한 사람이 가져가는 방식이다. 노인에 따르면 "19세기에는 물품 제조의 술術이 비상히 진보하였으나 조금이라도 노력勞力을 적게 들이고 조금이라도 물건

릴 만했다. 그것은 짙은 푸른색이었고, 아주 단순하지만 잘 짜여졌고, 얼룩 하나 없이 깨끗했다. 그는 허리에 갈색 혁대를 둘렀는데, 나는 그 걸쇠가 아름답게 만들어진 상감세공의 금속인 점에 주목했다. 요컨대 그는 각별히 남자답고 세련된 젊은 신사인데 재미 삼아 뱃사공 일을 하는 것으로 보였고, 나는 사실이 그렇다고 결론을 내렸다."(박홍규, 30)

을 많이 만들기만 연구하여 생산비를 감減하기 위하여는 무엇이든지 희생으로 하였다. 노동자의 행복이나 건강이나 의복주衣服住나 여가나 오락이나 교육이나 그 생명이나 모두 이 생산비 감소"에만 주력하였다. 이렇게 만들어진 물건은 대개 "무용의 물건"이었으며, "19세기는 정교한 기계로 무익한 열등의 물건을 무수히 제산製産"272면하던 시대로 기억되었다. 모리스의 미래 사회에서는 상품이 교환 가치에 의해 만들어지지 않고, 사용 가치만을 생각하여 품질이 월등해졌다. 이로 인해 사람들은 고통과도 같았던 노동에서 해방되어 삶을 되찾았고, 예술을 통해 창조적인 삶을 살게 되었다.

이어서 "이백 년 내 남녀관계도 전全혀 자유로 되어 옛적 상매적商賣的 연애는 없어지고 생활, 지위, 자식을 위하여 불행不幸의 짓을 하지 않고 순전한 사랑으로 동動하게" 되었으며, "부인婦人의 지위도 남자의 그것과 평등하게 존경되고 또 자식을 가지는 여자는 그 모성을 여러 사람에게서 존경"270면받게 된 사회로 변하게 되었다. 특히 해먼드 노인에 의해 회고되는 19세기의 교육은 "악惡한 교육"으로 설명되는데, 그 이유는 개성을 존중하지 않았기 때문이다. 가령, "생활의 도道를 얻기 위하여 약간의 지식을 기계적으로 기억"하게 하여 "아이들 성질이나 체질을 관계하지 않고 몇 살이되면 일양一樣으로 학교에 넣어서 일정한 학과를 일양으로 가르"치기 때문에, "심신을 무시한 교육"270면이었다는 것이다. 「무하유향의 소식」에서는 삭제되었지만, 원작에 의하면 아이들은 즐거움을 추구하는 어른들의 노동을 보고 배우며 자연 속에서 더불어 산다. 강제로 주입되는 교육이란 없으며 개인의 기질과 취향에 맞는 일을 찾는 시간을 중요히 여기게 되었다.

따라서 모리스의 미래 사회는 "중앙집권"271면이라는 체제도 없어졌고, 학교도 없으며268면, 전쟁도 옛말이 되어271면, "인종과 인종의 쟁투"272면도 있을 이유가 없고, "형벌의 필요"나 "법률"과 "감옥"275면도 없는 세상이다. 이러한 사회가 묘사될 수 있었던 것은 모리스가 "제도의 중압 하에서 고사한 미술"을 목도 한 이후 "사회주의자"가 되었기 때문이라고 설명된다. 결과적으로 모리스의 이상사회는 "미술과 노동의 결합을 요구하고 민중이 「생활의 쾌락」을 회복"279면할 수 있는 세상이었다. 다만, 원작에서 상당한 분량을 차지하는 '혁명'의 과정은 생략되었다.

　모리스는 미래 사회에 도달하기 위한 필수적인 요소로 '혁명'을 제시하였다. '혁명'은 단기간에 이뤄지지 않았고, 최종적인 이상에 도달하기까지 250년이 필요했다. 국가 주도하에 점진적인 개혁을 이뤘던 벨러미의 『뒤돌아보며』와 가장 차별되는 지점이지만, 일역본에서도 제시되지 않았던 까닭에 그러한 내용은 조선어로 번역되지 않았다.

　이러한 모리스의 사상과 소설은 앞서 제시한 바와 같이 『세계개조 십대 사상가』 내에서 소개되었다. 모리스가 톨스토이, 입센, 카펜터, 러셀, 엘렌케이, 다윈, 타고르, 루소, 마르크스와 더불어 개조의 사상가로 소개된 장면이며, 모리스의 소설과 사상은 열 명의 사상가가 제시한 이상理想 중 하나로 작용한 셈이다. 조선어판은 서문이 따로 없는 탓에 10인이 선정된 이유나, 일본어판에서 크로포트킨을 제외하고 다윈, 타고르, 루소를 포함한 이유는 알 수 없다. 일본어판의 저자인 이쿠타 조코와 히사오 혼마는 사회개조라는 것이 현시대의 가장 중대한 세계적 운동이며 근본적인 문제이기 때문에, 각 사상가의 주장을 해설하고 소개하는 데 목적을 둔다고 서문을 통해 밝혔다. 두 저자는 8인의 사상가가 제시하는 개조의 방법에는 분명 차이가 있겠지만, 독자들이 사회개조 사상의 전 분야를 아우를 수 있는 축도로 받아들이길 바랐다. 또한, 사상과 그 사상을 주장하는 "사람"

을 분리할 수 없으므로 생애에 대한 소개를 곁들였다고 밝히며, 각 사상을 소개하고 해설할 뿐, 찬반의 견해는 첨가하지 않도록 주의를 기울였다고 강조하였다.[89] 그러나 일본어판 서문에서도 8인이 선정된 구체적인 이유는 기술되지 않았다.

2) 삭제된 서사와 검열의 임계치 – 사카이 도시히코와 정백의 사례

『뉴스 프롬 노웨어』는 「이상향의 남녀생활」이란 제목으로 路草 정백 1899~1950에 의해 조선어로 재차 번역되었다.[90] 총 11면에 걸쳐 열 개의 장으로 나뉜 정백의 글은 1장에서 원작자인 윌리엄 모리스와 번역 저본을 밝혔다. 저본은 카이쓰카 시부로쿠貝塚澁六의 「신사회의 남녀생활」로, 한기형의 연구에서 조사된 바와 같이 이 번역자는 사카이 도시히코堺利彦이다. 한기형은 1장의 내용을 토대로 이 번역의 목적을 "사회주의에 의한 세계 개조의 당위성을 문학 형상을 통해 선전하려는 의도의 소산"으로 해석했으며, "소설의 번역이 사회주의적 개혁 활동의 소개와 선전을 위해 활용된 구체적인 사례"라고 평가했다.[91] 박종린의 연구에서도 「이상향의 남녀생활」이 윌리엄 모리스의 소설을 원작으로 한 사카이 도시히코의 일본어 저본을 바탕으로 중역된 것임을 밝혔다. 이 연구에서는 신생활사 그룹에서 '신사상'의 조류 중 하나로 윌리엄 모리스와 『뉴스 프롬 노웨어』를 소개하였으며, 모리스의 사상이 크로포트킨이나 슈티르너와 마찬가지로 "자본주의 사회에 대한 비판을 그 핵심으로 하고 있기 때문"[92]이라 해석했다.

89 生田弘治・本間久雄, 『社会改造の八大思想家』, pp.1~2.
90 路草, 「理想鄕의 男女生活」, 『신생활』 8, 1922.8, 91~101면.
91 한기형, 「『개벽』의 종교적 이상주의와 근대문학의 사상화」, 임경석・차혜영 외, 『『개벽』에 비친 식민지 조선의 얼굴』, 모시는사람들, 2007, 438~439면.

선행 연구에서 분석한 번역 동기와 의의에 대해서는 이견이 없다. 그러나 번역자 정백이 어떤 저본을 대상으로 어떻게 번역하였는가를 실증적으로 재분석할 필요성이 있다. 번역자 정백의 주관에 의한 삭제일 수도 있지만, 또 다른 저본을 규명해 낸다면 새로운 논의를 만들 가능성도 있기 때문이다.

두 선행 연구는 「이상향의 남녀생활」의 저본으로 각각 다른 대상을 제시하였다. 일찍이 한기형의 논의에서는 사카이의 일본어 번역이 1904년 1월부터 4월까지 『평민신문』8~23호에 실렸다는 것을 밝혔다. 또한 「무하유향의 소식無何有響の消食」을 초역抄譯했다는 정백의 말을 근거로 사카이의 번역 가운데 "제7장 「博物館, 百五歲の老翁, 男女の關係」"을 선택했다고 주장했다.[93] 반면 박종린의 경우 1920년대 일본에서 발행된 『뉴스 프롬 노웨어』의 여러 일역본을 제시한 후 23장으로 구성된 사카이의 1904년 단행본 『이상향』에서 "5개의 장(8 · 20 · 21 · 22 · 23)"을 선택하여 번역했다고 제시하였다.[94] 두 연구는 모두 원작과의 분량 및 내용의 차이를 근거로 삼아 정백이 직접 가려 뽑은 것으로 전제하고 있는데, 서본 확정을 위해서 보다 섬세한 검토가 필요하다.

우선 〈표 3〉에서 제시한 바와 같이 사카이가 번역한 『뉴스 프롬 노웨어』는 다양한 방식으로 출판되어 있다. 사카이는 1904년 『평민신문』 8호부터 23호까지(17호 제외) 「이상향理想鄕」이라는 제목으로 번역하여 연재하였고 같은 해 단행본 소책자 『이상향』으로 출간하였다. 이석의 연구에 의

---

92 박종린, 『사회주의와 맑스주의 원전 번역』, 신서원, 2018, 98~101면.
93 한기형, 앞의 글, 439면.
94 박종린, 앞의 책, 100면.

하면 『평민신문』 연재본과 소책자에 실린 내용에는 차이가 없다고 한다.[95] 실제 비교해본 결과 두 번역본은 내용 면에서는 크게 다른 점은 없다. 그러나 장의 제목과 구성 분할에서는 차이를 보이며, 몇몇 문장이 삭제되기도 했다. 삭제된 문장 중 대표적인 것은 『평민신문』 18호의 16회 중 주인공 게스트와 해먼드 노인이 대화하는 장면에서 '국가사회주의'를 언급한 부분이다. 원작에서는 국가사회주의의 정의를 따로 서술하지 않았지만, 번역자 사카이는 직접 개입하여 본문 가운데에 따로 삽입하였다. 『평민신문』에는 "그보다 옹은 앞서 국가사회주의를 조금씩 채택한 사실을 설파했다. ▲국가사회주의란 민주적 사회주의와는 달리 국가가 전제적으로, 진무적으로, 일시적으로, 다소의 사회 정책을 행하려 하는 것이다. 그러므로 근본보다 오늘날의 사회조직을 개혁하는 것이 아니고, 오히려 오늘날의 조직을 유지하고 일시의 안녕을 꾀하지 않음을 위한 완화책이다"[96]와 같이 서술된 것과 달리 단행본 『이상향』 1904의 경우 "▲"부터 시작하는 용어 설명이 생략되었다. 원작과 비교하면 이 장면은 서술자의 영역이 아니라 해먼드 노인이 직접 말하는 장면이다.[97] 그러나 사카이의 번역에서는 '나'

---

95 이석, 「사카이 도시히코의 번역 작품 『이상향(理想郷)』의 미학」, 『일본학보』 112, 한국일본학회, 2017, 123면.

96 "それより翁は先づ国家社会主義の少しばかりづゝ採用せられた事を説いた. ▲国家社会主義とは, 民主的社会主義とは違つて, 国家が専制的に, 鎮撫的に, 一時遁れ的に, 多少の社会政策を行はんとする者である. 故に根本より今日の社会組織を改革するのでは無く, 寧ろ今日の組織を維持して苟安を計らんが爲めの緩和策である."(『(週刊) 平民新聞』 2, 大阪 : 創元社, 1954, p.45)

97 he said, "I can. That machinery of life for the use of people who didn't know what they wanted of it, and which was known at the time as State Socialism, was partly put in motion, though in a very piecemeal way. But it did not work smoothly; it was, of course, resisted at every turn by the capitalists; and no wonder, for it tended more and more to upset the commercial system I have told you of; without providing anything really effective in its place. The result was growing confusion, great suffering amongst the working classes, and, as a consequence, great discontent.

의 서술로 대체된 차이가 있다.

모리스의 원작이 총 32회 구성인 것과 달리 사카이의 『평민신문』 연재
본은 27회, 1904년 단행본은 23회, 단행본은 17회 구성이다. 사카이는
1920년에 『뉴스 프롬 노웨어』와 『뒤돌아보며』를 앞뒤로 배치한 합본 형
태의 책을 출간하기도 했는데,[98] 1920년 단행본의 경우 1904년 판과 비교
했을 때 "위험한 군데를 대부분 많이 삭제"[99]한 상태이다. 사카이가 지적한
"위험한 군데"는 '혁명'의 과정과 의미가 서술된 부분으로 짐작된다. 사카
이의 『이상향』 번역본은 총 세 가지이며 장별 구성은 각각 차이를 보이며
점차 분량이 축소되는 형태이다. 또한, 『평민신문』 연재본에는 『뉴스 프롬
노웨어』가 에드워드 벨러미의 『뒤돌아보며』에서 영향을 받아 창작된 소설
이란 내용이 광고 형식으로 기재되어 있다.[100]

For a long time matters went on like this. The power of the upper classes had
lessened, as their command over wealth lessened, and they could not carry things
wholly by the high hand as they had been used to in earlier days. So far the State
Socialists were justified by the result. On the other hand, the working classes were
ill-organised, and growing poorer in reality, in spite of the gains (also real in the
long run) which they had forced from the masters. Thus matters hung in the balance;
the masters could not reduce their slaves to complete subjection, though they put
down some feeble and partial riots easily enough. The workers forced their masters
to grant them ameliorations, real or imaginary, of their condition, but could not
force freedom from them. At last came a great crash. To explain this you must
understand that very great progress had been made amongst the workers, though
as before said but little in the direction of improved livelihood."(William Morris,
op.cit., pp.147~148)

98 ヰリアム・モリス, 堺利彦 訳, 『理想郷』, アルス, 1920.

99 堺利彦, 「はしがき」, 『理想郷』, アルス, p.4.

100 "▲夢にした所はルッキング, バックワードと同じであるが, ルッキング, バックワード百年後,
是れは二百年後を想像したものである。又前者は一八八七年に, 後者は一八九二年に出版せら
れたものであるから, いづれ後者は前者の影響を受けたには相違あるまいが, 其理想に於いて大
分根本的に違つた所があるらしくも思はれる。其辺の事は之を訳し終つた後に少し評論したい
と思つて居る。"(『(週刊) 平民新聞』 1, 大阪 : 創元社, 1954, p.167) "꿈이라는 공간은 *Looking*

〈표 9〉 사카이 도시히코의『이상향』목차 구성 대조[101]

	『평민신문』(1904)	『이상향』(1904)	『이상향』(1920)
8호	はしがき	ウィリアムモリス小傳	はしがき
	一 発端	一 発端, 新社会の将来	一 テームスの中流の水浴, 新世界の案内
9호	二 中流の水浴	二 テームス中流の水浴, 新世界の案内	
10호	三 客館の朝飯	三 客館の朝飯, 四十二歳の婦人	二 客館の朝飯, 四十二歳の婦人
	四 路傍の市場	四 花園の様な田畑, ハマスミスの市場	三 花園の様な田畑, ハマスミスの市場
11호	五 児童の教育	五 ケンシントンの森, 天幕生活, 学校と教育	四 ケンシントンの森, 天幕生活, 学校, 教育
12호	六 (부제 없음)	六 昔の倫敦の面影, 煙草とパイプ, 葡萄酒の香	五 昔の倫敦の面影, 煙草とパイプ
	七 (부제 없음)	七 怠惰の遺伝病, 道路の修繕	六 怠惰の遺伝者, 道路の修繕
13호	七 ヂックとクララ	八 博物館, 百五歳の老翁, 男女の関係	七 博物館, 百五歳の老翁, 男女の関係
	八 男女の関係		
14호	九 挽臼の如き昔の教育, 皆貧乏の結果, 新社会の家庭生活, 門戸解放	九 挽臼の如き昔の教育, 新社会の家庭生活	八 挽臼の如き昔の教育, 新社会の家庭生活
	十 大都会の変遷, 貧民窟の大掃除, 都会の村落化, 国内一円の花園	十 貧民窟の大掃除, 都会の村落化	九 貧民窟の大掃除, 都会の村落化
	十一 無政府無国会, 上流の利益の番人, 金持を保護する者, 戦争と労働者	十一 無政府無国会, 戦争と労働者	一〇 ○○○無国会, 戦争と労働者
15호	十二 新社会に入て百五十年, 民法の消滅, 刑法の廃止, 悔悟の外に刑罰なし	十二 民法の消滅, 刑法の廃止	一一 民法の消滅, 刑法の廃止
	十三 政治	十三 政治	一二 政治
	十四 国家の消滅, 愚かなる愛国心, 多数決の事, 小数意見の尊重	十四 国家の消滅, 多数決の事	一三 ○○○○○, 多数決の事

Backward와 같으나 Looking Backward는 백 년 후 이것(『뉴스 프롬 노웨어』—인용자)은 2백 년 후를 상상한 것이다. 또 전자는 1887년에, 후자는 1892년에 출판된 것이므로, 어차피 후자는 전자의 영향을 받은 것임에 틀림없지만, 그 이상(理想)에 있어서 상당히 근본적으로 다른 점이 있는 것 같다. 그 부분은 이것을 다 번역한 후에 평론하고 싶다고 생각하고 있다."

101 평민신문 연재본은『(週刊) 平民新聞』1 · 2권, 大阪 : 創元社, 1954에서 인용함.

『평민신문』(1904)		『이상향』(1904)	『이상향』(1920)
16호	十五 労働の報酬, 労働の愉快, 昔の世界市場, 文明人の偽善と残忍, 只売為の品物, 厭な仕事は無い	十五 労働の報酬, 文明人の偽善と残忍	一四 労働の報酬, 文明人の偽善と残忍
	十六 世は皆我等と共に恋に落ちよ, 銀鈴を振るが如き美妙の音楽, 神仙談の壁画, 葡萄の美酒		
18호	十六 如何にして此変化が来りしか, 国家社会主義の採用, 労働者同盟, 宣戦の布告	十六 国家社会主義の採用, 労働者同盟 十七 公安委員会, 血の川と屍の丘	
	十七 トラフアルガルの大集会, 公安委員会, 血の川と屍の丘, それからが戦争の始り	十八 労働党の勝利, 総同盟罷工	
19호	十八 虐殺と新聞紙, 労働党の勝利, 総同盟罷工, 政府の迷惑混乱	十九 仲裁局の設置, 二年間の内乱, 内乱後の成行	
	十九 謀叛の公認, 仲裁局の設置, 二年間の内乱, 富豪貴族軍の滅亡		
20호	廿 内乱後の成行, 涼しき夕風		
	廿一 美人アンニー, 月下の物語		
	廿二 暖かき接吻, 此様な美しい善い女	二十 美人アンニー, 川岸が一面の公園, 不平家	一五 美人アンニー, 川岸が一面の公園, 不平家
	廿三 川岸が一面の公園, 不平家, 田舎の生活が羨ましい		
21호	廿四 枯草の収獲, 好な時に働く	廿一 枯草の収獲, 野生の美人, 恋の人殺し	一六 枯草の収穫, 野生の美人, 恋の人殺し
	廿五 野生の美人, 自動船, 恋の人殺し, 悔悟即ち罪の報		
22호	廿六 草原の大の姫達, 新しき手工時代	廿二 草原の上の姫達, 新しき手工時代	一七 草原の上の娘達, 新らしい手工時代
23호	廿七 夏の初の美しき画図, 自然と同化せる人の子	廿三 夏の初の美しき画図, 自然と同化せる人の子	一八 夏の初の美しき画図, 自然と同化せる人の子

　〈표 9〉의 목차에서 확인할 수 있듯, 한기형의 논의에서 제시된 "7장 「博物館, 百五歳の老翁, 男女の關係」"은 『평민신문』의 연재본이 아닌 1920년

〈그림 8〉堺利彥, 『猫の百日咳』(アルス, 1919) 겉표지·속표지·목차 일부[102]

판본의 소제목임을 알 수 있다. 또한, 분량과 내용을 비교했을 때 7장만을 번역한 것은 아니다. 게다가 박종린의 논의대로 정백이 직접 8·20·21·22·23장의 내용을 추려서 번역하였다고 보기에도 무리가 있다. 그 이유는 사카이가 『고양이의 백일해猫の百日咳』1919[103]라는 단행본에서 직접 편집해 놓은 텍스트와 정백의 번역이 동일하기 때문이다.

『고양이의 백일해猫の百日咳』의 표지부터 살펴보면 정백이 1장에서 사카이를 "일본 唯一의 유모리스트"[104]로 소개한 수식어가 그대로 제시되어 있고, 목차에서 확인할 수 있는 것처럼 「신사회의 남녀생활新社會の男女生活」이 수록되어 있다.

---

102 일본 국립국회도서관 소장. http://dl.ndl.go.jp/info:ndljp/pid/962917

103 堺利彥, 『猫の百日咳』, アルス, 1919. 사카이의 '고양이' 시리즈는『고양이의 백일해(猫の百日咳)』뿐 아니라『고양이의 하품(猫のあくび)』,『고양이의 목을 매달아(猫の首つり)』가 있다.

104 路草, 「理想鄕의 男女生活」, 『신생활』 8, 1922.8, 91면. 텍스트를 인용할 시 한자어는 한글로 고쳤으며, 필요한 경우 한자를 병기하였다. 이 절에서 정백의 글을 인용할 시 면수만 밝히도록 한다.

따라서 정백이 밝힌 것처럼 "무하유향소식의 일부 '신사회의 남녀생활'을 삽륙灬六씨로부터 차래借來"91면하였다는 문장 그대로 사카이의 편집본에서 '신사회'를 '이상향'으로 수정하여 번역한 것임을 알 수 있다. 사카이는 소설의 제목인 『뉴스 프롬 노웨어』를 번역할 때 1904년 연재본과 1904년 단행본 그리고 1920년 단행본에서 '이상향'이라는 제목을 유지했다. 그러나 사카이는 1919년의 편집본에서만 '이상향'을 '신사회'로 바꾸어 번역했는데, 정백은 다시 '신사회'를 '이상향'으로 바꾸는 방식을 택했다. 텍스트의 정확한 비교를 위해 사카이의 「신사회의 남녀생활」과 정백의 「이상향의 남녀생활」의 각 2장부터 10장까지의 첫 문장과 마지막 문장을 나란히 두었다.

〈표 10〉 사카이와 정백의 번역본 장별 문장 비교105

	堺利彦, 「新社會の男女生活」	정백, 「이상향의 남녀생활」
2장	又暫く行きて博物館の前に來た.	또 잠간(暫間) 걸어서 박물관 앞에 왔다.
	クララとデックは手を握りながら無言のまゝ出て行つた.	크라라와 첵크는 서로 손목을 잡고 말없이 나가버린다.
3장	二人が出で去つた跡に、 ハモンド翁は私に向ひ、『お客さん、私は大の話好だから、何でも遠慮なく尋ねて下さい』と催促する.	양인(兩人)이 나간 뒤에 하몬드 노인은 내게 향하여 「손님 나는 대단한 이야기꾸러기니 무엇이든지 염려 말고 물어주시오」 하고 재촉한다.
	『全くお言葉どほり、こんな柔和な上品な美しい人種は之まで見た事がありません.』	「참 당신 말씀대로 이렇게 유순하고 온화한 잘생긴 인종은 이때껏 보지 못했습니다.」
4장	ハマスミスの客館に歸りつくと、機織のロバートと女達とか出迎へて、 色々と博物館の事など問うた.	하마스 객관(客館)에 돌아온즉 직조(織組)하는 로바―드와 그 외 여자들이 나와 맞으면서 여러 가지로 박물관에 대한 이야기를 묻는다.
	私は殆んど行きたくない樣な氣持がした.	나는 정말 안니―를 떠나고 싶은 생각이 없었다.
5장	私々三人は斯くて奇麗なキャシャな短艇に乗りこんで、テムス川を逆登つた.	우리 삼인(三人)은 화려하게 꾸민 아담스런 보트를 타고 템스강을 저어서 올라갔다.
	エレンは此の新らしい友にキッスした.	예렌은 이 새 친구에게 키스를 한다.

105 사카이의 일본어는 원문대로(堺利彦, 「新社會の男女生活」, 『猫の百日咳』, アルス, 1919, pp.174~198) 옮겼으며 정백의 텍스트는 현대어로 수정하였다.

	堺利彦, 「新社會の男女生活」	정백, 「이상향의 남녀생활」
6장	次の朝早く, 私は獨り靜かに起きて戸外に出た.	이튿날 아침에 일찍이 나는 혼자 조용히 일어나 문밖을 나갔다.
	こゝにはデックの友人のアレンと云ふ人がゐるので, 我々は今その家を訪ふのであつた.	여기에는 첵크의 친구 되는 아렌이란 사람이 살므로 우리는 지금 그 집을 찾게 되었다.
7장	我々は月光を浴びて牧場の草を踏みながらアレンの家へと赴いた.	우리는 월광(月光)에 씻으면서 목장(牧場)의 풀을 밟고 아렌의 집을 찾아갔다.
	此の社會の人達の考べであるらしい.	이것이 이 사회 사람들의 생각하는 것인 것 같다.
8장	翌朝又水上に浮かんで, 兩岸の好景を見ながらおもむろに舟を逆登らせた.	익조(翌朝)에 또 수상(水上)에 떠서 양안(兩岸)의 가려(佳麗)한 경치를 구경하면서 천천히 배를 저어 올라갔다.
	私はクララとジックとの指圖に依り, エレンの船に乘移つて舵を取り, 二舩並んで又好景の中を溯き登つた.	나는 크라라와 첵크의 지도(指導)로 에렌의 배로 옮겨 타서 키를 잡고 두 배가 머리를 나란히 하여 아름다운 경치 속을 저어 올라갔다.
9장	私はエレンと共に昔を語りながら舟を漕ぎのぼせた.	나는 에렌과 같이 옛날이야기를 하면서 배를 저어 올라갔다.
	花か人か錄か空か, 私は之を贊すべき適切な一語を得るに苦しんだ.	꽃이냐 사람이냐 푸른 것이냐 하늘이냐 나는 그것을 찬미할 만한 적절한 말을 찾지 못하여 괴로웠다.
10장	暫くしてエレンは私を導く家の中に入つた.	얼마 안되어서 에렌은 나를 끌고 집속으로 들어갔다.
	會堂は甚に質素で, 只だ極めて淸潔な建物であるが, 食卓に居並んだ男女を見れば, 其健康らしい, 晴々とした, 輝きわたる美しい顔々が, 何にも優る裝飾である.	식당은 심히 질소(質素)하고 청결한 건물인데 식탁에 벌써 앉은 남녀를 보니 그 건강해 보이고 정신기(精神氣)가 들며 윤택하고 미려한 얼굴들이 무엇보다도 보기에 좋은 장식(裝飾)이다. …완(完)…
	私は何とも云へぬり堪へがたい心地がして, 其まゝ食堂を飛びだしたが, 忽ち足元に黑雲が卷き起つて, 兎かくする中, 私は只だ一園の園に包まれ, 立つてゐるのやら, 歩いてゐるのやら, 坐つてゐるのやら, 寢てゐるのやら, 何とも分らぬ氣持になつた.	
11장	フト目が覺めて見ると, 私は大正八年三月廿二日の朝, 麴町八丁目廿四番地の借家のに二階の寢床の中にゐる私自身を見いだした. 枕元の新聞紙を取つて見ると, 巴里の講和會議だの, 國際聯盟だの, 徵兵廢止だの, 人種差別撤廃だの, 過激派だの, スパルタカス園だの, 國際勞働會議だの, 國際婦人委員會だのが問題になつてゐた. (11장 전문)	

〈표 10〉에서 보는 바와 같이 정백은 2장부터 10장 중반까지 사카이의 일역본을 충실하게 옮겼다. 박종린의 논의대로 사카이의 「신생활의 남녀 생활」은 1904년 단행본의 8 · 20 · 21 · 22 · 23의 일부이다. 그러나 사카 이는 다섯 개의 장을 단순히 축약한 것이 아니라 '남녀생활' 즉, 연애 서사 에 초점을 맞추었고, 대화를 중심으로 한 장면을 부분적으로 살리는 방식 을 취해 편집하였다.

정백은 1장에서 윌리엄 모리스를 "사회주의자요, 시인이요, 또 미술가" 라고 명명했다. "그(윌리엄 모리스-인용자)의 경험상, 상업주의의 결과로 근 세 예술의 타락한 것을 통감하고 이에 사회주의자가 되어 그 선전에 종사" 하였다는 점을 강조하였고, "노동자에게 향하여 노방路傍 연설"을 한 작가 라는 설명도 덧붙였다. 또한 윌리엄 모리스가 "사회주의동맹"에서 활동하 였고, "콤문, 위루"(Commonweal-인용자)라는 잡지를 만든 점 역시 제시되어 있다. 정백은 모리스의 소설이 "사회주의의 이상이 실현된 때를 상상하고 그 사회상태를 묘사한 것"이며 "시취詩趣와 미감이 충일充溢한, 자유롭고 유 한悠閑한 그 생활상태"의 성격을 띤다고 설명하였다. 여기까지의 서술은 『고양이의 백일해』에는 없는 내용이지만, 1920년판 『이상향』의 서문 두 번째 문단과 거의 같다. 정백이 언급한 『무하유향의 소식無何有響の消食』 역 시 1920년 『이상향』의 서문에서 제시된 내용이다. 따라서 정백은 단행본 『이상향』1920의 서문을 일부 참조하되, 소설 텍스트는 『고양이의 백일 해』의 「신사회의 남녀생활」을 번역한 것으로 정리된다.

정백의 번역이 사카이의 일역본과 달라지는 지점은 10장 중반 이후부 터이다. 사실상 달라진다기보다 삭제했다고 보는 편이 옳다. 사카이의 번역은 총 11장으로 구성되어 있는데 1장의 경우 정백의 번역과 마찬가지로 서문이다. 원작 『뉴스 프롬 노웨어』에서 각 장에 소제목이 있듯 사카이는 『평민신문』의 연재부터 소제목을 제시했다. 그러나 『고양이의 백일해』에 수록된 「신사회의 남녀생활」에서는 따로 표기된 소제목이 없다. 정백 역시 이를 토대로 번역했기 때문에 소제목의 유무부터 원작과 거리가 생기기 시작했다. 이후 정백은 사카이의 일역본 2장부터 11장까지 내용 중 10장 중반 이후의 열세 줄과 11장을 삭제했다.

뒷부분을 삭제한 이유에 대해 분명하게는 알 수 없지만 추측건대 11장의 국제정세에 관한 서술 탓이 아닐까 싶다. 창간호부터 검열당한 『신생활』의 사정을 고려했을 때, 사카이의 일역본 11장에서 제시된 "파리 강화회담, 국제연맹, 징병 정지, 인종차별 철폐, 과격파, 국제노동회의, 국제여성위원회"[106] 등이 현시대의 문제로 남았다는 문장을 번역하기에 부담스러웠을 것으로 보인다. 따라서 연애 중심의 서사로 마무리하는 편이 검열을 통과하기에 적당하다고 판단했을 가능성이 크다.

사카이의 편집본을 그대로 옮겼을 때부터 예정된 결과이지만 정백의 번역은 원작과 매우 다른 구성을 띠게 되었다. 원작인 『뉴스 프롬 노웨어』는 주인공인 게스트Guest가 사회주의자 동맹 모임에 참여하여 혁명 후의 사회에 대해 토론한 후 집에 오는 것으로 시작한다. 다음 날 눈을 떠보니 250년 후의 사회에서 깨어나게 되었고 5일간 미래를 체험하고 다시 현실로 돌아온다는 내용이다. 사카이의 「신생활의 남녀생활」에서는 원작과 같이 주인공이 꿈에서 현실로 돌아오는 결말이 10회 중반 이후에 제시되었

---

106 堺利彦, 「新社會の男女生活」, 『猫の百日咳』, アルス, 1919, p.198.

다. 그러나 정백의 경우 사카이의 번역에서 마지막 약 두 페이지를 삭제하여 현실로 돌아오는 구성을 취하지 않았다. 현실로 복귀하는 장면이 중요한 이유는 미래를 체험한 주인공이 새로운 시대를 건설하기 위한 노력을 하기로 다짐했기 때문이다. 혁명을 통해 사회주의의 시대가 도래했다는 사실은 사카이의 일역본에서부터 삭제되었기 때문에 정백의 번역에서도 해당 부분은 드러나지 않았다.

원작의 내용을 대폭 줄인 사카이와 정백의 번역에서 강조되는 점은 크게 결혼제도와 부인문제, 노동문제이다. 글에서 제시된 미래 사회에서는 사유재산이 사라진 상태이다. 이로 인해 부부의 이혼에 있어서 재산 분할의 갈등이 없다. 따라서 남녀 간의 애정 여하에 따라 결혼과 이혼이 자유로운 사회로 묘사된다. 정백은 1장 서문에서 "재판소가 남녀 연정의 계약 이행을 강제 집행하며 황금이 양성 이합離合의 에너지가 되는 오늘 이 사회"91면에 흥미를 제공할 수 있는 소설이라고 소개하였다. 이는 권력 기구와 자본주의에 대한 비판의 맥락에서 모리스의 소설을 독해한 지점이다. 소설 속에서 미래 사회의 구성원인 첵크(남)와 클라라(여)는 이혼한 상태이지만 재결합의 가능성을 보인다. 주인공 손님(원작 인물명 : 게스트)은 클라라의 부친(해먼드 노인)에게 둘의 법적 관계에 대하여 "재판소에 고소告訴치 않도록 하셔서 민적民籍도 그대로 있는 모양"94면이냐고 묻자 소유권에 대한 분쟁이 사라진 사회이기 때문에 법정에서 그런 문제를 다루지 않는다는 대답을 듣게 된다. 이것은 국가 권력을 최소로 축소한 형태를 이상적 사회로 묘사했던 모리스의 견해와 부합한다. 이 소설에서는 사유재산이 사라진 까닭에 미래 사회의 구성원은 하고자 하는 일 즉, 노동에서 보람과 즐거움만을 추구하며 살아갈 수 있다고 묘사된다. 또한 "남자가 여자를 압제"95면하던 과거와 달리 성별에 따른 권력관계가 사라진 사회로 그려진다.

그렇다면 정백은 왜 이러한 내용을 담은 글을 번역했을까. 본 논의에서 무게를 싣는 지점은 '사카이 도시히코'에 있다. 앞서 선행 연구에서 논의된 바와 같이 사회주의의 대중적 선전을 위해 소설을 번역한 사례임이 분명한 가운데 일본 사회주의자 그룹의 핵심 인사인 사카이의 번역 활동과도 무관하지 않다고 본다. 선행 연구에서는 "1920년대 정백은 사카이 도시히코가 일본어로 번역한 윌리엄 모리스의 『유토피아에서 온 소식』을 조선에 소개하면서 사회주의 사상의 번역이 야기할 위험을 피하기 위해 이 작품이 두 사람과 연관되었다는 것을 감추려고 필사적으로 노력했다"[107]고 지적하였다.

선행 연구를 토대로 정백이 '검열'을 고려하여 중개자의 이름을 감추는 전략을 사용한 방식으로 생각해볼 수 있다. 특히 정백은 「이상향의 남녀생활」 앞부분에 "고등高等 매음적賣淫的 매문賣文", "생활구급책으로 자玆에 염가廉價 방매放賣"한다고 밝혔는데,[108] 이는 정백의 경제적 상태일 수 있지만, 대역사건大逆事件 이후 사카이가 1910년대에 '매문사賣文社'[109]를 차린 일과 무관하지 않아 보인다. 참고로 『신생활』 7, 8호에는 「엽서운동葉書運動 풍자와 해학」이란 제목의 글이 실렸는데, 이는 사카이의 『고양이의 백일해』 중 「엽서 운동ハガキ運動」과 제목, 내용, 형식이 유사하다.[110] 일본 문단

---

107 한기형, 『식민지 문역─검열, 이중출판시장, 피식민자의 문장』, 성균관대 출판부, 2019, 87~88면.

108 路草, 「理想郷의 男女生活」, 『신생활』 8, 1922.8, 91면.

109 '매문사'에 관한 내용은 黒岩比佐子, 『パンとペン社会主義者・堺利彦と「売文社」の闘い』, 講談社, 2013 참조.

110 「엽서운동」에서 등장인물 A가 "佛蘭西 라파루그 선생은 절대(絶對)의 정신력을 응용하여서 대리소화(代理消化) 대리임신(代理姙娠) 법을 발명하지 아니하였는가?"라고 말하는데

이나 정황을 아는 독자의 경우 사카이의 글임을 추측할 수 있으나 정백은 끝내 저본을 밝히지 않았다. 이는 '검열'이 작용한 결과일 것이다. 한편 정백이 『신생활』 9호에서 야마카와 히토시山川均, 1880~1958의 글을 번역한 사실도 기억해 둘 필요가 있다.[111] 이때는 원저자를 밝힌 방식이다. 정백은 9호에 야마카와 히토시의 「무산계급의 역사적 사명無産階級の歷史的使命」 중 1장부터 6장까지 번역했고, 나머지 7~9장은 다음 호에 실을 예정이었다.[112]

따라서 정백의 번역 의도를 추측하기 위해서는 식민지 시기의 사회주의 지식인들에 대한 사카이 혹은 일본 사회주의운동의 영향력을 고려해야

사카이가 『고양이의 백일해』에서 폴 라파르그(Paul Lafargue)의 글을 「代理消化及び代理姙娠」으로 번역한 것에 대한 언급으로 보인다. 또한, 등장인물 B가 A에게 "자네가 朝鮮 유머리스트가 되고 싶은 걸세"라고 말하는 장면에서 '유머리스트'의 용법 역시 사카이에게서 온 것으로 보인다(적소생(赤咲生), 「엽서운동(葉書運動)」(풍자), 『신생활』 7, 1922.7, 118면). 김미연, 「유토피아 '다시 쓰기' - 1920년대 초 식민지 조선의 중역을 중심으로」, 『현대문학의 연구』 70, 한국문학연구학회, 2020, 70면과 김미연, 「1920년대 과학소설 번역·수용사 연구 - '유토피아니즘(Utopianism)'을 중심으로」, 고려대 박사논문, 2021, 91면에서 적소생(赤咲生)을 정백으로 표기하였다. 그러나 다수의 연구에서 적소생은 신일용의 필명으로 확인된다. 이는 전성규의 연구에서 지적되었다. 전성규의 연구에 따르면 신일용은 『신생활』에서 벨러미를 언급하였고, 『뒤돌아보며』에서 묘사된 사회 공공 서비스에 관한 것을 일부 응용하여 「자유사상과 현모양처주의」(『신생활』 3, 1922.4) 등에 기술한 것으로 조사되었다(전성규, 「'감정'과 '노동'이라는 의미소(意味素) - 『신생활』에 실린 신일용의 글을 중심으로」, 『사이間SAI』 31, 국제한국문학문화학회, 2021, 170면). 신일용이 벨러미와 『뒤돌아보며』의 내용 중 일부를 언급한 부분은 다음과 같다. "유명한 사회주의 소설가 쎄리미-씨는 이러한 필요에 응하기 위하여 사회 내에 소위 예비군이라는 것을 두었다. 그에 의하면 만 21년이 된 청년이 대학교육을 마치고 의무노동에 종사하게 되는 때에 피등(彼等)으로 하여금 3년간은 공동단체의 지도에 의하며 근무를 종료하고, 그다음에 자유로 직업을 선택하게 하고 또한 다른 사회적 기관에 혹 임시로 노동력이 부족한 경우에도 충용(充用)하는 것이 가(可)하다는 고안을 제시하였다."(신일용, 「사회주의의 이상」, 『신생활』 9, 1922.9, 29면) 신일용의 언급은 앞서 제시한 『동명』의 번역 연재(1923.1)보다 1년가량 이르다. 이는 벨러미와 그의 소설이 그저 단순히 알려진 것이 아닌 사회주의의 실현 방식을 상상하는 데에 일정 수준 영향을 미친 것으로 파악된다. 또한, 이 과정에서의 매개는 사카이였을 것으로 추정된다.

111 山川均, 정백 譯, 「무산계급의 역사적 사명」, 『신생활』 9, 1922.9, 30~40면.

112 야마카와 히토시의 「無産階級の歷史的使命」(1919.8.13)은 『山川均全集』 2권(1918年6月~1920年4月), 東京 : 勁草書房, 1966, pp.262~274을 참고함.

할 것이다. 문학을 통해 사회주의 사상을 전파한 사카이의 행적을 상기하면, 그에 대한 신뢰가 전제된 번역 행위로 생각된다. 다시 말하면 사카이의 운동 방식과 작품 선정에 대한 안목을 기반으로, 정백이 사회주의 전파를 위한 번역을 한 셈이다. 또한, 창간호부터 유례없이 사법처분을 받은 당시 『신생활』의 사정을 고려하면, 사카이의 이름은 감추되 '유머리스트'라는 수식어 뒤에 감춰진 비판적 시각을 가진 지식인의 글을 대중에게 알리려는 목적이 작용했다고 볼 수 있다. 이는 '검열'을 고려한 번역의 임계치를 실험한 장면으로도 해석된다. 결론적으로 정백의 「이상향의 남녀생활」은 원작자인 윌리엄 모리스를 전면에 내세우면서 동시에 '사카이 도시히코'라는 중개자를 일부 독자에게는 부각하고 공식적으로는 감추기 위한 번역이었다. 또한, 20세기 초반부터 펼쳐진 일본의 사회주의운동 방식을 모범 삼아 대중 운동을 위해 전략적으로 구성한 번역으로 볼 수 있다.

3. '다시 쓰기' 소설로 본 정연규의 『이상촌』

1) 텍스트의 횡단과 굴절 - 『이상촌』에 반영된 소설 규명

앞서 「이상의 신사회」, 「무하유향의 소식」, 「이상향의 남녀생활」의 번역 양상과 그 의미를 조명하였다. 식민지 조선에서는 위 텍스트가 번역된 때보다 이른 시기에 이들 원작의 '다시 쓰기'[113] 소설이 등장했다. 그 대상

---

113 여기서 사용한 '다시 쓰기'는 초점 화자를 변경하거나 원작을 전복하여 새로운 주제 의식을 드러내는 용법 ― 가령 셰익스피어의 『태풍』을 다시 쓰기(rewriting)한 에메 세제르의 『어떤 태풍』이나 『제인 에어』에 대한 『광막한 사르가소의 바다』 ― 과 달리 넓은 범위의 의미로 사용하였다. 정연규는 에드워드 벨러미의 『뒤돌아보며』, 윌리엄 모리스의 『뉴스 프롬

은 1921년에 출간된 정연규鄭然圭, 1899~1979의 『이상촌』이다.[114]

본 절에서 논의할 내용은 다음과 같다. 첫째, 정연규의 이력을 살펴본 후 『이상촌』이 '다시 쓰기'될 수 있었던 저변을 분석하고자 한다. 둘째, 『이상촌』이 출간되었을 시기에 주목하여 사회·문화적 맥락을 탐색하고, 셋째, 『이상촌』에 내재된 과학소설적인 성격을 논의하려 한다. 본 절의 1 항에서 첫째를 다루고 2항에서 둘째와 셋째를 논의해보도록 하겠다.

먼저, 첫 번째 질문부터 풀어가기 위해 각 장의 중심 내용을 토대로 분석해보고자 한다. 모희준의 연구에서는 『이상촌』에서 나타난 일부 내용과 과학적인 소재가 『뒤돌아보며』와 유사한 점을 분석했다.[115] 그의 논의에서 정리한 바와 같이 『이상촌』이 『뒤돌아보며』의 번안 소설로 의심되는 지점은 분명히 여럿 있다.[116] 모희준의 연구에서 벨러미의 영향력이 『이상촌』에 강력하게 작용한 것으로 판단하는 근거는 정연규의 필명인 '마부馬夫' 때문이다. 『뒤돌아보며』의 초반, 벨러미는 다음과 같이 설명한다. "독자 여러분에게 당시 사람들이 함께 살던 방식, 특히 부자와 가난한 자 사이

노웨어」, 사카이 도시히코의 「쇼켄이 135세가 되었을 때」의 서사 구조와 이들 소설에 나타난 배경, 일부 소재 등을 차용하였다. 따라서 정연규의 『이상촌』은 "'모방'에서 '다시 쓰기', 작품의 '조작'과 '변형'에서 전면적인 수정을 가한 개작(改作)", "여기저기 부분들을 발췌해 하나로 엮었는지 여부를 나타내는 '편역(編譯)'", "참조해서 옮겼는지를 묻는 '복역(復譯)'", "나름의 방식으로 저술했는지를 캐는 '역술(譯述)'"(조재룡, 「중역의 인식론—그 모든 중역의 중역과 근대 한국어」(2011), 『번역하는 문장들』, 문학과지성사, 2015, 79면)의 번역 방법이 혼재된 양상을 보인다. 본 연구는 이러한 양상을 포괄하고, 일역본을 기반으로 "언어적 재편"(조재룡, 「번역의 유령이 배회하고 있다」, 『번역의 유령들』, 문학과지성사, 2011, 137면)을 실행한 정연규의 작업을 '다시 쓰기'라고 명명했다.

114 馬夫, 『理想村』, 한성도서주식회사, 1921, 연세대 국학자료실 소장.

115 모희준, 「정연규(鄭然圭)의 과학소설 『이상촌』(1921) 연구」, 『어문논총』 77, 중앙어문학회, 2019.

116 위의 글, 264면에서 미래 사회의 사람이 잠든 주인공을 발견한 장면, 백 년 이상이 경과한 서사의 배경, 벽면의 기계에서 왈츠를 들을 수 있는 점, 인도의 방수(투명) 지붕, 잠에서 깨어나며 서사가 종결되는 점 등 『이상촌』과 『뒤돌아보며』의 공통점을 분석하였다.

의 관계가 일반적으로 어땠는지 알려주기 위해, 당시 사회를 수많은 인간이 마구를 차고 아주 가파르고 모래투성이인 길로 힘들게 끌고 가는 마차에 비유해보겠다. 굶주림이 마차의 마부였고, 마차를 끄는 속도는 당연히 느릴 수밖에 없지만 결코 홀로 처지게 내버려 두지도 않았다. (…중략…) 이 자리는 아주 안락했지만 매우 불안정하기도 했다. 마차가 갑자기 덜컹대 때면 자리에서 미끄러져 바닥으로 떨어지는 사람도 있었고, 그들은 곧바로 밧줄을 쥐고 자기들이 이제까지 편안히 탔던 마차를 끄는 일에 동

〈그림 9〉 정연규의 20대 모습(추정)[117]

참해야 했다."[118] 모희준은 이 서술에 근거하여 "부자는 마차의 꼭대기에 앉아 있는 사람, 가난한, 혹은 돈이 없는 자는 마차를 끄는 '마부'에 비유"한 점, "부자도 마차가 흔들려 미끄러지게 되면 '마부'가 될 수 있음을 경고"한 점, 결국 "마차는 국가를 의미하며, 마부는 하층민 혹은 일반적인 국민을 의미"한 것이라 설명한다.[119] 따라서 정연규가 '마부'라는 필명을 사용하게 된 계기는 벨러미의 관점에서 비롯되었다는 것이다. 이와 같은 모희준의 주장에 특별한 이견은 없다. 한 가지 부기할 것은 '마차의 비유'는 '조화'의 나라에 도달하기 위해 언덕길을 힘들게 올라가는 역마차의 이미

---

117 鄭然圭, 『さすらひの空』, 宣傳社, 1923.
118 에드워드 벨러미, 김혜진 역, 『뒤돌아보며-2000년에 1887년을』, 아고라, 2014, 10면.
119 모희준, 「일제강점기 식민지 자본주의 하 경성공간과 미래사회 경성공간의 공간비교 연구-정연규의 『혼』과 『이상촌』을 중심으로」, 『국제어문』 85, 국제어문학회, 2020, 266~267면.

지를 사용했던 팔랑스테르의 발명자인 푸리에François Maris Charles Fourier, 1772~1837의 사회적 우화를 벨러미가 차용한 것이다. 그렇다면 푸리에-벨러미-(사카이)-정연규로 이어지는 일종의 연쇄적인 수용 과정으로 볼 수 있을 것이다. 본 연구는 『뒤돌아보며』만이 『이상촌』에 반영된 것으로 확정하기에는 해명되지 않은 지점이 적지 않다는 점을 강조하려 한다.

이 연구에서는 『이상촌』의 서사에 세 가지 소설 이상이 자리하고 있다고 전제한다. 그 대상은 윌리엄 모리스의 『뉴스 프롬 노웨어』, 에드워드 벨러미의 『뒤돌아보며』, 그리고 사카이 도시히코의 「쇼켄이 135세가 되었을 때」이다. 사카이가 번역한 사상서가 1920년대 초반 조선어로 번역되었다는 사실은 논의되어왔지만, 사카이의 문학 번역과 창작에 주목한 사례는 거의 없었다. 특히 사카이가 윌리엄 모리스의 『뉴스 프롬 노웨어』를 번역한 이후 '다시 쓰기' 소설인 「쇼켄이 135세가 되었을 때」를 발표했다는 사실은, 정연규의 『이상촌』을 분석하는 과정에서 중요한 역할을 한다. 그 이유는 『이상촌』에서 벨러미와 모리스의 소설로 설명되지 않는 특정 지점을 규명할 수 있는 근거가 되기 때문이다.

정연규의 『이상촌』이 발표될 수 있었던 이유, 다시 말하면 정연규의 '다시 쓰기' 작업이 가능했던 것은 일본에서의 번역, 사카이의 번역본이 있었기 때문이다. 사카이의 번역과 재창조가 없었더라면 정연규는 『뒤돌아보며』와 『뉴스 프롬 노웨어』를 알 수 없었을 것이다. 조금 더 확장하면 영미권에서 『뒤돌아보며』를 옹호하고 반박하는 방식으로 자유롭게 재창작할 수 있는 장이 마련된 까닭에, 앞서 살펴본 중국과 일본에서처럼 '다시 쓰기' 행위가 활발하게 이뤄진 덕에, 조선에서도 재창작 소설이 나타날 수 있었다. 그러므로 정연규의 『이상촌』은 적극적이고 참여적인 독자 반응으로의 글쓰기이며, 이는 곧 번역 작업인 '다시 쓰기'이다.

『이상촌』에 반영된 소설을 구체적으로 분석하기 전, 작가 정연규鄭然圭, 1899~1979에 대해 알아보고자 한다. 소설 속에서 자신이 주인공이 되어 전에 없던 사회를 만들었던 작가 정연규는 1921년 당시 약관을 갓 넘긴 나이였다. 그러나 이후 문학사나 식민지 조선의 지식 장에서 짙은 발자취를 남기지 않았다. 김태옥의 연구에서 알려진 바로 정연규의 집안은 양반 출신의 상당한 지주계급이었다고 한다. 정연규의 형 정연기鄭然基는 경성관립외국어학교 일본어과를 졸업한 뒤 총독부에서 실시한 관비 유학생으로 선발되어 동경제국대학 임학실과林學實科를 졸업하고 총독부 산림과에 근무한 후 원주 군수, 강릉군수, 전라북도지사를 역임했다. 정연규는 경성보통고등학교, 한성법률학교를 나왔다. 이후 1920년 십자가당 사건 시 장병준의 신문조서에서 정연규의 이름을 발견할 수 있다. 장병준이 대한독립 1주년 축하 경고문 200장과 '한국기' 2장을 목포 지방 시위 운동에 사용하기 위하여, 문서를 작성·배포하려는 과정에서 정연규의 집에 머물렀다는 내용이다.[120] 김태옥은 이때 정연규가 무혐의 처리될 수 있었던 이유로 당신 총독부 산림 기수직에 있던 형의 도움이 컸을 것으로 추정한다.[121]

1921년에 정연규는 마부馬夫라는 필명으로 『이상촌』과 『혼魂』을 발표했다. 소설 『혼』은 빚 때문에 집도 빼앗기고 자식들까지 기생으로 팔려 가야 하는 한 양반 가정의 몰락을 통해 조선이 일본의 압력으로 모든 것을 다 내어 주어야 했던 상황을 빗대서 묘사한 독립운동 소설로 평가되기도 한

---

120 「장병준 신문조서」, 『한민족독립운동사자료집』 47, 한국사 DB http://db.history.go.kr /id/hd_047_0010_0010_0290
121 이 문단에서 서술한 정연규와 그의 가계에 관한 내용은 김태옥, 「정연규의 삶과 문학-1920년대 중반까지 활동을 중심으로」, 『일본어문학』 27, 한국일본어문학회, 2005를 참고하였다.

다. 『혼』은 치안방해 명목으로 발행되기도 전에 압수되었다는 기사가 발견되지만,[122] 1924년에는 다시 발행된 것으로 보인다.[123] "독립운동을 하다가 1922년 11월 왜경에게 잡힌 후 구주九州 산속에 연금된 채 해방을 맞이하고 이李 정권이 있는 동안에도 이 나라에 돌아오지 못했다"[124]는 내용은 사실관계를 확인하기 쉽지 않다.

정연규는 1923년 일본어로 쓴 『정처 없는 하늘가さすらひの空』를 발표하였다. 나카니시 이노스케中西伊之助와도 친분이 있었던 까닭에 나카니시가 편집한 『芸術戰線－新興文芸二十九人集』에 단편소설인 「혈전의 전야血戰の前夜」를 수록할 수 있었다고 한다.[125] 나카니시는 "조선 문학은 냉엄한 압박 아래서 생겨났기 때문에 인간의 혼魂의 전적인 해방을 희구하는 반역叛逆의 문학이다. 예를 들면 조선작가 정연규의 장편소설 『정처 없는 하늘가』는 무의식 속에 이러한 경향을 가지고 있다"라고 평한 바 있다.[126]

---

122 「정연규 작 『혼(魂)』 압수」, 『동아일보』, 1921.7.4, 3면.

123 「학예소식」, 『조선일보』, 1924.12.22, 4면.

124 「38년만에 귀국」, 『조선일보』, 1960.10.26, 3면.

125 中西伊之助 編, 『芸術戰線－新興文芸二十九人集』, 自然社, 1923; 이 책은 일본의 사회주의계 사상가, 운동가로 공로가 있는 사카이 도시히코의 다년간의 노고를 위로하기 위해 만들어진 출판물이다.(김태옥, 앞의 글, 204면) 구성을 살펴보면 1부는 주로 소설과 극, 2부는 논문과 시가 실려있다. 정연규는 이 책에 실린 유일한 조선인으로 보인다. 목차는 다음과 같다.
1부 : 秋田雨雀, 「手投彈」(劇)/新井紀一, 「善行章」/有島武郎, 「かんかん虫」/麻生久, 「森林の監獄部屋」/江口渙, 「復讐」/藤井眞澄, 「ひびき!」(劇)/今野賢三, 「火事の夜まで」/金子洋文, 「夜の水車」/加藤一夫, 「死の前に」/小泉鐵, 「文選職工になるまで」/前田河廣一郎, 「脫船以後」/松本淳三, 「闇に生きる」/宮島資夫, 「安全瓣」/オレ, 「內藤辰雄の小說」/中西伊之助, 「機關車庫の朝」/小川未明, 「死滅する村」/尾崎士郎, 「獄室の暗影」/佐々木孝丸 譯, 「復讐」(外一篇)/鄭然圭, 「血戰の前夜」/吉田金重, 「骨を碎いて」
2부 : 靑野季吉, 「コムレードの藝術」/藤森成吉, 「貘のひとり言」(外一篇)/長谷川万次郎, 「原始的魔術と其現代的延長」/平林初之輔, 「ジャーナリズムと文學」/細井和喜藏, 「女工と淫賣婦に就いて」/小牧近江, 「ジアン・ジョレスの死」/新居格, 「無産階級敎化の問題」/新嶋榮治, 「飢ゑて居る人々の群」(詩)/佐野袈裟美, 「階級的に對立する藝術觀」/編輯者一同, 「跋」.

126 中西伊之助, 「朝鮮文學に就いて」, 『讀賣新聞』, 1924.8.19(김태옥, 앞의 글, 206면에서 재인용).

이후 정연규는 1923년 3월 25일부터 6월 15일까지 『매일신보』에 「자유의 길」을 연재하였다. 총독부로부터 '언론저작출판엄금'에 저촉되어 일본으로 갔다는 상황에서 총독부 기관지라 할 수 있는 『매일신보』에 연재한 것에 대해 김태옥은 상당히 아이러니한 지점이라고 분석한다.

정연규에 얽힌 일화 중 그의 성격을 짐작할 수 있는 대목도 있다. 1923년 10월 28일 관동대지진 당시 무고하게 죽은 재일 조선인을 위한 추도 법회가 열렸다. 이 자리에서 정연규는 김군이라는 사람과 함께 조선인 대표로 조사弔辭를 낭독하기로 되어있었지만, 그 내용이 과격하다는 이유로 순서에서 빠지게 되었다. 그러자 정연규는 "나도 부족하지만 대표자의 한 사람으로, 인류애人類愛를 소리 높여 부르짖는 추도문을 가지고 왔는데, 사회자 측은 나의 추도문이 과격하다 하여 고의로 김군만을 대표처럼 위장하여 추도문을 읽게 했다"고 분개하였다.[127] 이에 주최 측은 사과하였고 정연규는 조사를 읽을 수 있었다.[128]

마에다코 히로이치로前田河廣一郎는 『아사히신문朝日新聞』에 1923년 7월 19일부터 22일까지 「선인 작가 정씨의 근업鮮人作家鄭氏の近業」을 4회 간 연재하며 정연규의 근황과 문학적 자질에 대해 논의하기도 하였다.[129] 이 밖에 정연규는 도일 후 1924년에 '학우회 조선노동동맹회' 간부로 활동하였다는 기록도 찾을 수 있다.[130]

---

127 이 사건은 1923년 10월 29일 일본 신문에 크게 보도되었다(김태옥, 위의 글, 211면).
128 정연규의 발언은 일본 신문뿐 아니라 『동아일보』의 기사에서도 확인할 수 있다(「추도회석상에서도 차별대우로 풍파」, 『동아일보』, 1923.11.1, 3면). 정연규가 변호사와 함께 유족을 찾을 수 없었던 조선인 시신을 공동묘지에 안치하려고 노력했다는 기사도 있다(「무주고혼(無主孤魂)된 동포의 시체를」, 『동아일보』, 1923.11.19, 3면).
129 김태옥, 앞의 글, 197~208면.
130 「재경(在京) 조선인 상황」, 『조선인에 대한 시정 관계 잡건 일반의 부』 2, 한국사 DB

『조선출판경찰월보』에 따르면 정연규는 1929년쯤 '조선정보통신국'이라는 단체에서 활동한 것으로 보인다. 1929년 7월에는 선전인쇄물이 차입되는 사건이 있었고,[131] 같은 달 "조선은 일본과 병합되었지만, 이 양국은 모두 독립 국가이고 조선은 국제법상 독립 국가"라고 서술한 탓에 해당 호가 검열에 걸렸다.[132] 『조선출판경찰월보』에 의하면 『조선통치평론』과 『조선정보통신』의 발행인은 정연규이다. "갑산 농롱곡瀧籠谷 화전민 방화 구수毆逢 사건 관련 기사"[133]도 검열의 대상이었다. 또한, 정연규는 광주 학생 항일 운동이 전개된 상황을 알리고자 기사를 작성하기도 했는데 "학생 소요 사건으로 전 조선 민심이 동요"[134]한 점, "조선 전숲 도道에서 소란"[135]이 일어났다는 내용, "출옥 학생 대환영, 개선장군을 맞이하는 듯한 시민들의 환호"[136]하였다는 내용을 담은 출판물도 모두 검열되었다. 1934년 "조선총독부의 농촌 갱생책更生策의 허구성과 조선 농촌의 위기 상황"[137]을 알린 것을 끝으로 『조선출판경찰월보』에 정연규의 이름은 등장하지 않는다.

---

http://db.history.go.kr/id/haf_094_0090

131 "일본에서 조선의 상황을 수집하여 외국에 통지함."(「출판경찰개황 : 불허가 차압 및 삭제 출판물 기사요지-(조선정보통신국) 선전인쇄물」, 『조선출판경찰월보』 11, 1929.7.11, 한국사 DB http://db.history.go.kr/id/had_013_0460)

132 「출판경찰개황 : 불허가 차압 및 삭제 출판물 기사요지-『조선통치평론』」, 『조선출판경찰월보』 11, 1929.7.17, 한국사 DB http://db.history.go.kr/id/had_013_0800

133 「출판경찰개황 : 불허가 차압 및 삭제 출판물 기사요지-『조선정보통신』」, 『조선출판경찰월보』 12, 1929.8.5, 한국사 DB http://db.history.go.kr/id/had_014_0890

134 「출판경찰개황 : 불허가 차압 및 삭제 출판물 기사요지-『조선정보통신』」, 『조선출판경찰월보』 17, 1930.1.15, 한국사 DB http://db.history.go.kr/id/had_017_0600

135 「출판경찰개황 : 불허가 차압 및 삭제 출판물 기사요지-『조선정보통신』」, 『조선출판경찰월보』 17, 1930.1.25, 한국사 DB http://db.history.go.kr/id/had_017_0670

136 「출판경찰개황 : 불허가 차압 및 삭제 출판물 기사요지-『조선정보통신』」, 『조선출판경찰월보』 17, 1930.2.15, 한국사 DB http://db.history.go.kr/id/had_018_0490

137 「조선문(朝鮮文) 신문지 차압 기사요지-『조선정보통신』」, 『조선출판경찰월보』 76, 1934.12.1, 한국사 DB http://db.history.go.kr/id/had_073_0100

정연규의 생애에서 식민지 시기 지식인의 한 전형을 볼 수 있다. 조국 독립에의 열망을 품었던 청년이 사회주의 사상에 경도되었던 때를 지나 점차 생존을 위한 길을 선택한 면에서 그러하다. 특히 1930년대 후반부터 1940년대 초반의 저술에서 황도皇道 정신과 실천을 주장하며 적극적인 대일협력의 자세를 취한 점 역시 식민지 시기 지식인의 일면과 닮아있다.[138]

이러한 이력 중 본 연구의 초점은 1920년대 초반의 정연규이다. 『이상촌』을 집필하기 이전의 행적에 대해서는 십자가당 사건에서 간접적으로 거론된 것 외에 새로운 기록은 찾기 어렵다. 여기서는 새로운 사회를 건설하기 위한 희망을 품었던 문학청년이라는 점을 염두에 두고 『이상촌』을 독해해보고자 한다.

『이상촌』의 '1장 한강'에서는 주인공이 자신의 방에서 잠든 뒤, 배 위에서 깨는 장면으로 시작된다. 이는 원작 『뉴스 프롬 노웨어』에서 주인공 게스트Guest가 자신의 집에서 깨어난 뒤 밖으로 나와 배를 타는 장면과 겹친다. 원작의 주인공은 집 밖으로 나온 후 템스강에서 배를 타고 자신이 살던 동네가 맞는지 의아해하는 모습을 보인다. 이후 사유재산이 없어진 시대임을 모르는 원작의 주인공은 뱃삯을 내려고 하지만 돈은 무용지물일 뿐이다. 정연규의 『이상촌』에서는 장소가 한강으로 바뀌었다. 공간을 조선으로 바꾸어 제시한 것이다. 주인공은 자신의 집이 안국동이라고 말하지만, 뱃사공 청년은 처음 듣는 지명처럼 반응한다. 또한, 뱃사공이 '손임(손님-인용자)'이라고 부르는 장면, 돈을 내려는 장면, 뱃사공이 건장한 체격의 남성으로 묘사된 장면까지 『뉴스 프롬 노웨어』와 일치한다.

---

138 정연규의 일본어 출판물 목록은 〈부록 1〉에 제시하였다.

(가)

나는 "여기는 템스 강이지요?"라고 말하려고 했다. 그러나 나는 놀라움에 입을 다물고 놀란 눈으로 동쪽의 다리를 바라보았고, 런던의 강변을 보았다. 그곳에는 분명히 나를 놀라게 하는 것이 있었다. 강물 위에는 다리가, 강둑에는 집들이 있었으나, 모두가 어젯밤에 본 것과 얼마나 다르던지! 굴뚝으로 끝없이 연기를 뿜어내는 비누 공장은 없어졌고, 기계공장도 사라졌으며, 납 제품 공장도 보이지 않았다. (…중략…) 그는 동료 시민에게 서비스를 한 뒤에 으레 기대하는 것이 있다는 태도였고, 나도 그런 것쯤은 알기 때문이었다. 그래서 나는 웃옷 주머니에 손을 집어넣었다. "얼마지요?" 나는 말을 하면서도 아무래도 신사에게 돈을 준다는 게 편치 않았다.

그는 당황하는 것 같았다. (…중략…) "무슨 뜻인지 알겠습니다. 제가 당신에게 서비스를 했다고 생각하는 거지요? 그래서 저라면 이웃이 무언가 특별한 것을 제게 해준 경우 외에는 주지 않는 것을, 당신은 제게 주어야 한다고 느끼신 거지요? 저도 이런 것을 들은 적이 있어요. 그러나 실례지만 그것은 우리에게 성가시고 에두르는 관습처럼 보입니다. 우리는 그것을 어떻게 해야 하는지 모릅니다." (…중략…) 그리고 그는 마치 그가 한 일에 대해 보수를 받아야 한다는 내 생각이 매우 우스운 농담인 양 큰 소리로 즐겁게 웃었다. (…중략…) "당신의 동전은 희한하지만, 그렇게 오래된 것은 아니고 빅토리아 시대의 것 같네요. 그것들은 어디든 소장품이 변변찮은 박물관에 갖다주면 될 겁니다."[139]

---

139 윌리엄 모리스, 박홍규 역, 『에코토피아뉴스』, 필맥, 2004, 31·33·35면. 이하 박홍규의 번역본을 인용할 경우, 인용문의 끝에 번역자와 면수만 표기함.

(나)

"여기가 어디요!"

"한강입니다."

"한강!" 나는 놀란다. 눈이 동그랗다. 고개를 돌리며

"아니 나는 우리집에 안 잤었소!"

"댁이 어디시오"

"안국동이오. 당신 언제 날 일로 데리고 오셨소."

"모시고 오지 아니했습니다."

나는 점점 놀라서 "그럼 왜 내가 여깄소! 여기 배 아니요." (⋯중략⋯) 청년은 나한테 대단히 친절하고 체격이 훌륭하고 쾌활하고 생기있고 언제든지 쾌락한 희색喜色을 얼굴에 띄우고 있었다. 맑은 물에 미청년은 노를 저어 배는 스르르 강가 축築담 밑에 대었다. 축담 위에는 오색 가지 화초가 만발해 있고 그 뒤를 주르르 수양버들이 처억척 늘어졌다. 나는 청년이 어찌 나한테 고맙게 해주는지 어찌 감사한지 뱃삯을 묻지도 않고 지갑에서 지폐 금화 은화를 한 움큼 꺼내서 청년에게 준다.

청년은 웃는다.

나는 청년이 더 달라나 하고 눈이 동그래서 "적지만 뱃삯으로 받아주시오." 청년도 눈이 동그래지며 웃는다. "뭘 많지도 않습니다. 참 감사합니다. 어찌 고맙게 해주시는지요." 청년은 또 웃는다. "그것이 머십니까" 나는 의심을 내며 "적지만 뱃삯이요." "뱃삯!" 또 웃는다. 나는 적어서 청년이 안 반나 하고 지갑 속에서 또 한 움큼을 더 꺼내 가지고 청년한테 주며 "적은 돈이지만⋯⋯."

청년은 웃으며 "돈! 가만히 계십시오. 저어 진지 잡수시고 역사연구 하시는 어른한테 가십시다. 거기 가시면 영감 말씀하시는 말씀을 알 것이올시다.

저는 역사 배울 때 지금으로부터 한 백 년 전에는 돈이라는 것이 있었고, 돈이 대왕이라 말은 들었습니다마는 지금 세상에는 그런 것은 없습니다. (…중략…) 그것을 지가 받아싸면 그렇게 많은 것을 다 어디에 받아 쑵니까."[140]

위의 두 인용문은 주인공이 도착한 미래 사회의 주변 환경과 경제 구조를 알 수 있는 장면이다. 모리스가 묘사한 사회의 주된 생산 방식은 산업혁명으로 진일보한 공장 중심의 노동 사회에서 탈피한 상태이다. 주지하듯 서구는 산업혁명 이후 급격하게 발전된 기술을 기반으로 대규모의 산업이 등장하여 생산량의 극대화, 노동의 분업화 등을 이뤘다. 생산 수단을 소유한 자본가는 이윤 지향적인 목표에 따라 대량 생산을 지향하여 노동자의 노동력을 착취하였다. 그 결과 과잉 생산된 잉여물은 당연히 노동자의 몫이 아니었다. 또한 노동의 분업이 초래한 인간의 상품화, 기계 부속품으로의 전락은 이미 우리가 알고 있는 자본주의 산업의 폐해이며, 인간 소외의 문제로 귀결된다.

모리스 소설의 초반부인 (가)에서 묘사된 공장이 없어진 템스강 유역의 아름다운 자연경관은 상술한 산업 시대의 종말을 고한 장면이다. 또한, 주인공과 뱃사공의 대화는 노동과 임금의 교환이 무화된 시대인 것을 단편적으로 보여준다. 이를 정연규가 자기화하여 새로 쓴 장면이 (나)인 것이다. 단순히 '강'이라는 서사적 배경만이 겹친 것에 주목하기보다, '강'의 주변과 '강'에서 펼쳐진 '뱃삯'의 사건이 전달하는 미래 사회의 단면을 중

---

140 馬夫, 『理想村』, 한성도서주식회사, 1921, 4~8면. 『이상촌』의 인용은 어투를 나타낼 수 있는 일부 단어를 제외하고 현대어로 수정하였다. 이하 본 절에서 『이상촌』을 직접 인용하는 경우 면수만 표기함.

심으로 해석해야 할 것이다. (가)에서 마치 "신사"와 같이 묘사되었고, (나)에서 "체격이 훌륭하고 쾌활하고 생기있고 언제든지 쾌락한 희색을 얼굴에 띠우고" 있는 청년은 만족과 즐거움을 위해 일하는, 노동에서 해방된 인간의 모습이다. 이후 『뉴스 프롬 노웨어』와 『이상촌』에서 뱃사공 청년은 주인공의 이야기를 잘 알아듣지 못한 까닭에 모리스의 소설에서는 디크라는 등장인물의 증조부, 『이상촌』에서는 나이 많은 역사학자에게 주인공을 데리고 간다.

'2장 식당'에서는 주인공과 청년이 배에서 내린 후 역자학자를 만나기 위해 '자동차'를 탄다. 『뉴스 프롬 노웨어』에서는 자동차와 같은 것은 없고 마차를 타고 이동했다.[141] 벨러미의 『뒤돌아보며』에서는 등장인물이 차량 등의 이동 수단을 이용하는 모습은 나오지 않았다. 『이상촌』에서는 "보통 우리가 아는 그런 흉악한 것이 아니라 유리가 어른어른하고 앉는 데는 폭삭하고 모두 꽃 수장修裝을 하고 일평생이라도 타고 싶습니다"[11]면라고 서술되었는데, 이러한 자동차의 특징은 사카이의 「쇼켄이 135세가 되었을 때」에서 묘사된 바 있다. 「쇼켄이 135세가 되었을 때」에서 자동차가 묘사된 장면은 다음과 같다. "자동차라고 해도 옛날의 소란스럽고 야만스런 소리를 내거나 지독한 연기를 내뿜거나 하는 묵직한 탈것은 아니다. 더욱 편리하고 청초하며 견고한 승차감이 좋은 자동차이다. 동력인가 뭔가 모르겠지만 쇼켄이 잘난체하는 얼굴로 살짝 버튼을 누르거나 나사를 돌리거나 하면 부드러운 길의 위를 느릿느릿 서서히, 마치 미끄러지듯 앞으로 나아갔다."[142]

---

141 "현관 앞에는 튼튼한 잿빛 말이 마차를 건 채 우리를 기다리고 있었는데, 마차가 내 눈을 잡아끌었다. 그것은 가볍고 간편한 것이었고, 우리 시대의 마차, 특히 소위 '우아하다'고 하는 마차의 메스꺼운 천박함은 전혀 없었다. 도리어 웨섹스(Wessex) 마차처럼 단아하고 쾌적한 것이었다."(박홍규, 54)

이는 단지 발전된 기술인 자동차가 등장했다는 단순한 사실로 끝나지 않는다고 판단된다. 모리스는 벨러미의 『뒤돌아보며』에서 등장한 사람들이 기계에 의존하는 생활을 최상의 삶으로 보는 것을 비판하였다. 그러나 사카이와 정연규의 다시 쓰기 소설에서 묘사된 도시 풍경은 『뉴스 프롬 노웨어』처럼 공원에 가까운 모습이지만, 다른 한편으론 벨러미의 소설에서 묘사된 이상사회처럼 기술이 발전된 사회로 묘사된다. 가령, 정연규는 사카이의 소설에서 '자동차'를 차용한 데 이어, 앞으로 확인할 일부 장면에서 『뒤돌아보며』에 등장하는 인도人道의 방수 지붕, 벽면 음악 수신기 등의 소재를 사용한다. 그렇다면 정연규가 기술 발달을 상징하는 소재를 차용한 이유는 무엇일까. 이 질문에서 더 나아가면 정연규가 『이상촌』을 통해 제시하고자 한 사회는 모리스, 벨러미, 사카이 중 하나를 선택한 것일까 이들을 융합한 것일까 하는 문제와도 귀결된다. 이를 파악하기 위해 원작인 모리스의 소설과 그에 앞섰던 벨러미의 소설로 잠시 돌아가야 할 필요가 있다.

모리스의 경우 영국이라는 제국의 중심에서 자본과 기술문명의 폐해를 직접 목격한 후, 그 원인을 지양하는 인식에서 『뒤돌아보며』의 이상사회를 반박하며 『뉴스 프롬 노웨어』를 발표했다. 특히 모리스는 중앙 집권적이며 관료주의적인 의식이 뚜렷한 '국가사회주의'를 반대했고, '혁명'에 의해 도달한 미래 사회를 묘사했다. '혁명'의 유무는 벨러미와 모리스의 결정적인 차이이다. 벨러미의 소설에서는 "국가가 거대한 하나의 기업으로 조직되어 다른 기업을 흡수"하여 점진적으로 개혁된 미래 사회가 등장했다. 이 과정에서 "대규모 유혈 사태나 무시무시한 격동"은 일어나지 않

---

142 堺利彦, 「小剣が百三十五になつた時」, 『猫のあくび』, 松本商会出版部, 1919, p.1.

았으며 "변화는 오래전부터 예견된 일"이었고 "국민 여론이 무르익은 상태"였기 때문에 새로운 사회에 도달할 수 있었다고 설명된다.[143] 반면, 모리스의 소설에서는 다음과 같이 '혁명'의 과정이 묘사되었다.

　　"우리가 '혁명'이라고 부른 그 변혁은 평화롭게 찾아왔습니까?"

　　"평화롭게요?" 그가 말했다. "19세기의 저 불쌍하고 뒤죽박죽인 무리에게 어떤 평화가 있겠습니까? 처음부터 끝까지 전쟁이었습니다. 희망과 즐거움이 그것에 종지부를 찍기까지 가혹한 '전쟁'이 이어졌습니다."

　　"무기를 가지고 실제로 싸운 전쟁이었다는 겁니까?" 내가 말했다. "아니면 우리가 지금까지 들어온 파업과 공장폐쇄, 그리고 기아였다는 겁니까?"

　　"그 모두였습니다." 그가 말했다. "사업적 노예제로부터 자유로 전환되는 그 엄청난 과도기의 역사는 이렇게 요약할 수 있습니다. 모든 사람을 위한 공동자치적인communal 생활 조건을 실현하고자 하는 희망이 19세기의 마지막에 와서 생겼습니다. 그런데 당시 사회의 전제자였던 중산계급의 권력이 너무나도 강력하고 압도적이었기 때문에 거의 모든 사람들에게, 심지어 스스로에게 반항하고 스스로의 이성과 판단을 거역하면서까지 그러한 희망을 마음속에 품은 사람들에게도 그 희망은 한순간의 꿈과 같은 것으로 보였습니다. 그런 정도였기 때문에 그 무렵 사회주의자라고 불렸던 비교적 계몽된 사람들 중에는 유일한 합리적인 사회의 상태는 순수한 공산주의pure Communism—인용자 상태(당신이 지금 주의에서 보고 있는 것과 같은 상태)임을 충분히 알고 공공연히 사람들 앞에서 그렇게 주장하면서도, 행복한 꿈의 실현을 설교하는

---

143 에드워드 벨러미, 김혜진 역, 『뒤돌아보며―2000년에 1887년을』, 아고라, 2014, 51~52면.

것이 불가능한 과제라고 생각되어 위축되는 사람도 있었습니다. (…중략…) 대중을 위한 것이라던 생활 체제가 무엇을 지향하는 것인지 그들은(노동자-인용자) 몰랐지만, 당시 그것은 '국가사회주의State Socialism-인용자'로 알려졌고, 부분적으로는 아주 조금이나마 이미 실행에 옮겨졌습니다. (…중략…) 그러나 노동계급은 제대로 조직되지 못했고, 지배자들로부터 탈취한 이득이 있었음에도 불구하고(장기적으로 봐도 그것은 실질적인 이득이었지요) 실제로는 점점 더 빈곤해졌습니다. (…중략…) 트라팔가 광장의 학살은 시민전쟁을 일으켰습니다. (…중략…) 그때까지 가난했던 사람들의 경우는 2년이나 계속된 전쟁을 통해, 그리고 그 전쟁에도 불구하고 그들의 생활상태가 더욱 좋아졌습니다. 마침내 평화가 찾아온 뒤 그들은 매우 짧은 기간에 번듯한 생활을 향한 거대한 진보를 이루었습니다."박홍규, 187~225면

위 인용은 『뉴스 프롬 노웨어』에서 미래 사회에 도달하기까지 약 250년 간 일어난 '혁명'의 과정을 소략한 것이다. 모리스가 소설 속에서 역사학자의 말을 빌려 설명한 위 과정은 마르크스가 "지금까지 존재했던 모든 사회의 역사는 계급 투쟁의 역사라 규정했으며, 그에 따라 모든 사회의 계급 투쟁의 역사는 종국적으로 프롤레타리아트 독재 이후에 도래하는 계급 없는 사회, 바로 공산주의 사회에 의해 종결되고 말 것"[144]이라고 했던 역사 운동 법칙을 떠올릴 수밖에 없다. 모리스는 미래에 도달한 공산 사회에서 "손으로 하기에 지겨운 모든 일은 크게 개선된 기계로" 하지만 "손으로 하기에 즐거운 모든 일은 기계를 사용하지 않"는 선택을 하였다. 다시 말하

---

[144] 임철규, 『왜 유토피아인가』, 민음사, 1994, 52면.

면 인간 소외를 유발한 기계를 박물관이나 창고에 넣는 방법으로 노동에 의한 소외를 해소하고자 하였다. 이로 인해 '자동차'가 아닌 '마차'가, 기계 동력을 사용하지 않고 사람이 직접 노를 젓는 배가 등장하게 된 것이다.

정연규는 모리스의 배경 위에 다시 기계를 배치하였다. 정연규의 경우 자본의 상징인 '돈'의 폐해를 인정하는 방향으로 모리스와 같이 노동과 화폐가 등가교환 되는 현실을 전복하였다. 그러나 근대화된 산물에 대한 인식은 물음표로 남아있던 것으로 보인다. 이는 1920년대 식민지 조선이라는 특수성을 고려해야 하는 지점일 것이다. 근대화가 시작된 지 얼마 되지 않은 조선은 기술문명을 지양해야 하는 사회가 아닌, 근대 산업의 물적 토대를 적극적으로 이용하여 도달해야 하는 사회로 판단했을 가능성이 크다. 또한, 사카이의 소설에서도 '자동차'가 등장했으므로 인간 소외를 일으키는 방면에서 기계를 쓰지 않는다는 전제하에, 문명의 이기를 충분히 이용하고자 한 것으로 해석된다. 따라서 기계 문물의 차용은 정연규가 지향하는 이상사회가 모리스와 완전히 같지 않음을 보여주는 장면이다.

'3장 역사가의 집'에서는 주인공과 역사학자의 만남이 이루어진다. 역사학자는 『뉴스 프롬 노웨어』의 해먼드 노인에 해당하는 인물로, 주인공과의 대화를 통해 변화된 미래 사회에 대한 정보를 알려주는 '소개자' 역할을 한다. 주인공에게 미래 사회에 대한 정보를 알려주는 '소개자'는 『뒤돌아보며』에도 존재한다. 『뒤돌아보며』의 리트 박사는 직업이 의사인 데 반해, 『뉴스 프롬 노웨어』의 해먼드 노인은 박물관의 장서 관리자를 한 후 은퇴한 인물이라는 점에서 『이상촌』의 역사학자와 거의 유사하다고 볼 수 있다.

역사학자는 정도령의 『혼』이라는 책을 읽으며 주인공을 맞이한다. 『혼』을 본 주인공은 과거의 자신이 쓴 소설임을 알게 되어 매우 놀란다.

미래 사회에서 『혼』의 저자인 정도령은 사회 변혁의 중심인물이었다. 실제 정연규가 『이상촌』을 출간하기 전에 냈던 소설이 『혼』이며, 이 책은 치안방해의 혐의를 받아 출판도 되기 전에 압수당한 이력이 있다. 1장에서 미래 사회가 기원 125년으로 불리기도 했는데, 이는 작가 본인이자 주인공 정도령의 출생연도인 1899년을 기점으로 한 셈법이다. 『이상촌』에서 정도령의 희생과 노력으로 그와 같은 미래 사회가 만들어졌다는 점이 강조되는데, 이는 정연규 자신을 주인공으로 한 희망 사항과도 같다고 하겠다. 이와 관련하여 '정도령鄭道令'이라는 설정에 한 가지 의문이 든다. 『정감록』에서는 진인이 출현하여 이 세상을 구제한다고 하는데 이때의 진인이 바로 '정도령鄭道令'이다. 또한, 대한 광복군에서 영도기관의 수반 역시 '정도령正都領'이라는 호칭을 사용하였다.[145] 『정감록』의 시대적 유행과 '정도령'의 용법은 흥미로운 지점으로, 다음 항에서 구체적으로 살펴보도록 하겠다. 『이상촌』에서 제시된 '정도령'은 작가 자신을 우상화한 표현으로 비치기도 하는데, 이는 하나의 이상사회를 제시하는 것을 넘어, 작가 자신이 성취하려는 사회적 목표를 드러내기 위한 장치일 것이다.

『이상촌』에서 주인공은 역사학자의 대화를 통해 102년 후로 시간 여행을 했다는 사실이 밝혀진다. 주인공은 현재의 날짜가 대정大正 10년1921 1월 10일이라고 했으나 역사학자가 서력 2023년 8월 11일이라는 답변을 하면서 미래 사회에 도착해 있는 것을 자각한다. 모리스와 벨러미의 소설에서 모두 현재 → 미래(꿈) → 현재의 서사 구조를 보였으며, 모리스는 250년, 벨러미는 113년의 시차를 설정하였다. 정연규 역시 102년의 시차

---

145 『정감록』의 '정도령(鄭道令)'과 대한광복군정부의 '정도령(正都領)'에 대한 정보는 임경석, 『한국 사회주의의 기원』, 역사비평사, 2003, 22~24면.

를 제시하여 이상적인 미래 사회에 도달하기까지는 약 한 세기 이상 소요될 것임을 예상하였다.

'4장 시가 구경'에서는 역사학자와 주인공이 경성 시내를 구경하러 나온다. "그 시커멓고 연기 속에 파묻혔던 경성이 선명하고 화려하고 온 장안이 모두 꽃밭"으로 묘사되는데, 공원과 같은 설정은 모리스의 런던, 사카이의 도쿄와 마찬가지이다. 그러나 "경성 사십만 인구가 비 오는 날 다 각각 사십만의 우산을 쓴 것은 그것은 백 년 전의 얘기요, 지금은 비가 오든지 눈이 오든지 이 인도라는 한 우산을 쓰고 우리는 내왕來往하오"26면라고 서술한 지점은 앞서 언급한 벨러미의 『뒤돌아보며』에 등장한 '차일遮日'이 반영된 장면이다.

한편, 산업군대에 복무하기 위해 직업 중심의 교육을 받는 시스템이 철저히 갖춰진 『뒤돌아보며』와 달리 『이상촌』의 경우 "지금 대개 십 오륙 세까지는 저렇게 장난하고 운동을 하고 서로 노는 가운데 견문을 얻고 무의식 간에 자연히 자기가 처세법이라든지 학문이라든지 사교라든지 터득을 시키는 것이올시다"31면라고 서술되었다. 이는 특별한 의무 교육이 존재하지 않는 맥락으로 『뉴스 프롬 노웨어』의 5장 거리의 아이들에서 제시된 내용과 매우 유사하다.[146]

'5장 오십의 미녀'에서는 주변인들이 주인공의 나이를 짐작하는 게임을

---

[146] "아이들은 여름에 종종 무리를 지어 숲에 와서, 보시다시피 텐트에서 함께 몇 주일씩 놀며 지냅니다. 우리는 아이들에게 그렇게 하도록 장려하지요. 그들은 스스로 사는 법을 배우고, 야생의 생물들을 관찰합니다. (…중략…) 우리 아이들은 교육 시스템을 통하건 통하지 않건 배우고 있다는 사실을 당신에게 분명히 말씀드릴 수 있습니다. (…중략…) 보통 아이들은 15세 정도가 되기 전까지는 두세 가지 이야기책을 읽는 것 외에는 많은 책을 읽지 않습니다. (…중략…) 대부분의 주위 어른들이 건축, 도로 포장, 정원 가꾸기와 같은 일을 마음으로부터 즐겁게 하는 것을 보게 되면 그것이야말로 자신이 하고 싶은 일이라고 생각하게 됩니다."(박홍규, 62~68)

하는데, 이 구성은 모리스, 사카이의 소설과 숫자만 다를 뿐 동일하다.[147] 모리스와 정연규의 소설에서 미래 사회의 인물들은 젊고 건강해 보인다. 특히 정연규의 소설에서는 "금전이 없는 까닭"에 "근심도 없고 걱정도 없"게 된 결과 "건강을 해 할 것이 없"38면다고 표현된다. 사유재산 제도가 사라진 덕에 평균수명도 늘어났다는 설정 역시 모리스의 소설에서 묘사된 바이다. 게다가 주인공의 눈에 스무 살로 보이는 여자가 실제로는 쉰 살이라는 설정도 『뉴스 프롬 노웨어』에서 차용한 것으로 보인다.

'6장 여학생'에서는 미래 사회의 옷을 사러 가는 장면이 나온다. 모리스 소설에서는 해먼드 노인을 만나기 전까지 주변 사람들이 옷을 바꿔 입지 말라고 한 탓에 대신 담배를 구하는 장면이었지만, 『이상촌』의 서사에서는 이미 역사학자를 만난 뒤이기 때문에 '옷'으로 소재가 변형되어 나타났다. 물건을 얻는 과정은 앞선 뱃사공의 일화와 같다. 주인공은 새 옷을 받았기 때문에 돈을 내려고 했지만 화폐가 없는 사회이기 때문에 매매 행위 역시 없다.

'7상 박물관'은 주인공과 역사학자, 여학생이 함께 박물관에 도착한 후 '정도령'에 대한 이야기를 나누며 진행된다. 3장에서 제시된 기본적인 정보 외에 미래 사회의 구성원이 '정도령'을 인식하는 방식이 서술된다. 역사학자는 정도령이 "이상가"였으며 "언제든지 번민하고 고민하고 세속을 개탄하고 남몰래 혼자 눈물 흘"50면렸던 사람이라고 말한다. 이어서 역사학자는 "그 어른(정도령-인용자)을 진정으로 존경하고 진정으로 그 공을 감사히 생각"51면하며, "지상에 천국을 건설"52면한 인물로 표현한다. 여학

---

147 모리스의 소설에서 '3장 게스트하우스와 아침 식사(The Guest House and Breakfast Therein)'에 해당한다.

생 역시 "그 어른의 최후를 묻는 것은 이 세상에 제일 슬프고 비참한 것"53
면이라고 말하며 깊은 애정을 드러낸다. 그러나 정도령이 구체적으로 무
엇을 어떻게 수행했는지는 나타나지 않으며 모리스의 소설에서처럼 '혁
명'이란 용어는 등장하지 않는다. 이러한 이유는 작가 정연규가 검열을
고려한 것으로 추측된다. 『혼』이 이미 압수처분 된 상태에서 '혁명'을 통
해 도달한 사회를 묘사하기란 쉽지 않았을 것이다. 출판 사정을 고려하면
실재의 혁명가를 내세우는 대신, 추상적인 형태의 '개혁가' 혹은 '선지자'
를 형상화한 결과물로 판단된다.

'8장 사회조직'에서 주인공이 국가가 없으면 이 세상은 어떻게 조직되
어 있냐고 묻자 역사학자는 "이 세상에 조직이란 없소"55면라고 대답하며
각자 자기 일을 하며 분업화되어 있을 뿐이라고 말한다. 국가가 소멸한 배
경은 『뒤돌아보며』보다 『뉴스 프롬 노웨어』에 가깝다. 그러나 이 장에서
"전기와 자력磁力"59면의 발달로 인해 각 지역에 널리 분포되어 살아도 불
편함이 없다는 묘사는 『뒤돌아보며』의 설정을 빌려온 것이다.

'9장 연애문제'에서는 여성의 노동 강도가 이전 사회에 비해 낮아졌을
뿐 아니라, 아이를 기르는 일은 전적으로 노인들이 맡게 되므로 고생할 일
이 적어졌다고 서술된다. 연애의 경우 신성하고 자유로운 가운데 "파연破
戀, 이혼, 간통과 같은 죄악"66면은 없다고 설명한다. 『뉴스 프롬 노웨어』에
서는 등장인물 중 클라라와 디크가 결혼한 후 클라라가 다른 사람을 사랑
하게 되어 이혼했지만, 다시 디크와의 재결합을 암시하는 장면이 있다. 크
게 봐서 일부일처라는 공통점은 있으나 이혼을 "죄악"으로 묘사하는 『이
상촌』의 애정관은 『뉴스 프롬 노웨어』와 차이가 있는 부분이라 할 수 있다.

이후 『이상촌』의 주인공은 초반부터 등장했던 '여학생'과 애정을 나누기

시작한다. 『뒤돌아보며』와 『뉴스 프롬 노웨어』의 주인공 역시 미래 사회의 여성과 연애를 한다는 점에서는 유사하지만, 『이상촌』의 주인공이 여학생을 '천신天神'이라 부르고, 여학생이 주인공을 '옥쇄둘기'라고 부르는 것과 같은 호칭은 등장하지 않는다. 『이상촌』의 후반부는 주인공과 여학생의 연애 서사가 두드러지는 경향이 짙다. 두 사람뿐 아니라 미래 사회의 연인들은 자유롭고 적극적인 태도로 애정을 표현한다. 정연규는 이혼을 죄악으로 묘사하였지만, 연애는 별개의 관계로 설정한 듯하다. 위의 연애 서사와 소설 내의 결혼관은 자유연애의 풍조와 혼재된 양상으로 보인다.

'10장 밤의 향락'에서는 주인공과 여학생이 연극을 보러 간다. 두 사람은 '애愛의 사死'라는 연극을 보는데 이 연극의 원작 소설은 주인공 정도령이 본래 살던 세상에서 창작한 것이다. 정도령은 "'애의 사'는 내가 전 세상에 죄악이란 죄악을 망라한 소설이다. 살인, 강도, 음탕, 춘정, 유인, 강음強淫, 파렴치, 이혼, 치욕…… 아— 나는 왜 저런 소설을 지었던고"라며 후회하는 모습을 보인다. 자신의 시대에서 창작한 소설이 미래 사회의 사람들에게 "전 세상 사람의 죄악 수지"72면로 기억되게 만들었기 때문이다. 이어서 주인공과 여학생은 두 인물은 비행차飛行車를 타고 순식간에 인천에 다녀온다. 집에 돌아온 뒤 여학생은 주인공에게 자다가 추울 경우 벽에 있는 스위치를 누르라고 하는데, 장치를 통해 방의 환경을 바꿀 수 있는 방식은 『뒤돌아보며』에서 제시된 바 있다.

'11장 구성증舊性症'에서는 소제목에서 나타나는 바와 같이 주인공에게 옛 시대의 습성이 발현되는 상황을 다룬다. 옛 시대의 습성이란 갑작스럽게 "노怒하는 병, 불평하는 병, 누구를 속박하는 병, 음란한 병, 도적질하는 병, 번민하는 병"81면을 말한다. 이는 『동명』에 연재된 「이상의 신사회」의

16장에서 구성舊性이 나타나는 장면과 흡사하며, 원작 『뒤돌아보며』의 19장에서도 이는 "격세유전隔世遺傳"[148]으로 표현된 장면이다.

'12장 양로회養老會'에서는 『뉴스 프롬 노웨어』의 '27장 템스강의 상류 The Upper Waters'와 유사한 분위기의 장면이 나온다. 『뉴스 프롬 노웨어』에서는 노인들이 젊은이들에게 수공업 기술을 전수하는 장면으로 묘사되지만, 『이상촌』에서는 "노인들에게 즐거움을 주기 위해 양로회"가 열린 것으로 나온다.

마지막 장인 '13장 월야의 애愛' 역시 『뉴스 프롬 노웨어』의 후반부와 비슷하다. 모리스의 소설에서는 주인공 게스트와 엘렌이 연인 관계로 발전한 후 마지막 장인 '32장 잔치의 시작The Feast's Beginning'에서 건초 베기 시즌 축제에 간다. 이 축제에서 주인공은 현실 세계로 돌아오는데, 『이상촌』 역시 축제에서 현실로 돌아오게 된다. 『이상촌』에서 달구경을 하는 도중 여학생은 주인공에게 "이 세상에는 의문이란 없소. 실행이란 해답 두 글자가 있소"[97면]라는 의미심장한 말을 한다. 여학생이 주인공에게 말하는 문장 앞뒤로는 기호 "◎"[97면] 표시가 되어있다. 따라서 이 책에서 작가가 가장 중요하게 생각하는 문장임을 알 수 있다. 두 인물이 포옹을 한 채로 물속으로 뛰어 들어가는 찰나에 주인공은 잠에서 깨어난다. 다시 현실 세계에서 눈을 뜬 주인공은 "이 세상은 지옥"이라며 눈물을 흘리지만, 곧이어 "우리는 실현이다"[98면]라는 말을 남긴 채 소설은 끝난다. 맥락상 꿈에서 미래 사회를 경험하고 온 주인공이 앞으로 그와 같은 이상세계를 만들기 위해서 반드시 실천해야 한다는 메시지로 읽을 수 있는데, 이 방식

---

148 에드워드 벨러미, 김혜진 역, 앞의 책, 184면; 원문 표기는 "atavism"이다(Edward Bellamy, *Looking Backward : 2000-1887*, London : George Routledge, 1890, p.93).

은 『뉴스 프롬 노웨어』의 결말부와 완전히 부합한다.[149]

이상의 내용에서 확인한 바와 같이 정연규의 『이상촌』은 전반적으로 윌리엄 모리스의 『뉴스 프롬 노웨어』와 유사한 구성을 보인다. 벨러미의 『뒤돌아보며』 역시 현실→꿈→현실의 구조이다. 그리고 사회 구성원 중 나이가 많고 박학다식한 인물과 주인공의 대화를 통해 서사가 진행되는 것 즉, 소개자와 목격자의 역할이 분명한 것도 세 소설의 공통점이다. 그러나 짧은 노동 시간이 강조되고, 도시 전체가 공원과 같은 모습으로 묘사되며 역사에 대한 지식이 해박한 노인과 대화가 이루어지는 부분은 전반적으로 모리스의 소설에 가깝다. 다만, 모리스의 이상사회가 중세의 수공업과 같은 식의 노동이 묘사되고 마차나 배와 같이 인간의 힘을 동력으로 사용했다면, 정연규의 『이상촌』에서는 농촌의 일이 부각 되는 동시에 전동차, 비행차, 자력磁力, 인도의 투명 지붕 등 발전된 기술이 묘사된다. 이는 벨러미의 『뒤돌아보며』와 사카이의 「쇼켄이 135세가 되었을 때」에서 차용한 소재라고 판단된다. 따라서 정연규의 『이상촌』은 『뉴스 프롬 노웨어』에서 나타난 미래처럼 중세 수공업 사회와 같은 넓은 배경 위에 기술이 발달된 문명의 이점을 혼합하여 독창적인 이상사회를 그려냈다고 정리할 수 있다.

다만, 이 독창적인 세계는 대체로 사카이의 소설로부터 기인한 것으로 보인다. 벨러미의 소설에서 시작하여 모리스를 거쳐 다시 사카이를 통해

---

149 "다시 돌아가세요. 당신은 이제 우리를 보았고, 당신의 시대의 의심할 여지가 없다는 모든 처세훈들에도 불구하고, 이 세계를 위해 아직도 평안의 시대가 예비되어 있다는 것을 당신의 눈으로 보고 알았습니다. (…중략…) 그리고 우리를 보시게 된 것에 의해 당신은 당신 고투에 약간의 희망이라도 더했으니 좀더 행복해 하십시오. 설령 어떤 고통과 노고가 필요하다고 해도 우정과 평안, 그리고 행복의 새로운 시대를 조금씩 건설해 가기 위해 분투하면서 살아가십시오." 그래, 정말 그렇다! 내가 본 대로 다른 사람들도 볼 수 있다면, 그것은 하나의 꿈이라기보다 오히려 하나의 비전이라고 말할 수 있으리라.(박홍규, 358~359)

정연규에 도착한 결과물로, 텍스트의 운동성을 확인할 수 있는 일면이기도 하다. 그리고 작가 정연규 자체에 주목하자면, 이 소설이 사회주의 소설로 광고되기도 했던 바,[150] 사카이가 문학을 통해 사회주의운동을 주도했듯 정연규도 사회주의의 대중적 선전을 위해 『이상촌』을 집필한 것으로 짐작할 수 있다.

2) 『이상촌』의 시대적 맥락과 혼종성

앞서 『이상촌』에는 서구의 유토피아 소설인 『뒤돌아보며』, 『뉴스 프롬 노웨어』와 사카이 도시히코의 「쇼켄이 135세가 되었을 때」가 반영되어 있다고 밝혔다. 정연규는 일본과 사카이를 경유하여 '다시 쓰기'를 시도한 것이다. 이와 같은 정황을 바탕으로 『이상촌』의 시대적 맥락과 의미를 논의해보고자 한다.

정연규의 『이상촌』에는 벨러미의 『뒤돌아보며』에서 차용한 기술문명이 발달한 사회가 묘사되어 있다. 그리고 마치 공원과 같은 도시 경관은 모리스의 『뉴스 프롬 노웨어』와 닮아있다. 노동과 임금이 교환되는 시대가 아니며 즐거움을 위한 노동을 추구하는 점, 수공업 중심의 노동 방식은 모리스의 소설에 가깝다. 『이상촌』에서 이러한 이상사회를 만든 장본인이 '정도령'이다. 여기서 '정도령'은 정연규 본인을 지칭하는 용어임이 분명하다. 그러나 '정도령'이 행한 행위는 불분명하며, 어떤 과정을 통해 '이상사회'를 만들었는지 분명하지 않다. 아래 장면을 통해 '정도령'의 면모를 알아보도록 하겠다.

---

150 「신년과 수양, 수양과 양서」, 『동아일보』, 1922.1.29, 1면.

"기원紀元 125년이라셨지요."

"네. 올해가 125년이오. 그것은 나보다 당신이 자세히 아실 것이오. 당시 주무실 때가 서력기원 1921년이라 셨지요. 그러면 당신은 정도령鄭道令이라는 사람을 아시겠습니다……. 그 양반이 서력기원 1899년 2월에 이 세상에 탄생하셨지요."

"네. 알다 뿐입니까. 그러나 그 날짜는 음력으로 2월입니다."

"네. 그렇습니까. 그해부터 금년까지가 꼭 125년입니다. 즉 탄생하시던 해를 기원 원년元年으로 쳐서 금년이 기원 125년입니다."

"그럼 어찌 그 사람이 난 해를 기원으로 하고……."

역사가는 물론 그 질문을 할 것이라 생각했는지

"물론 그러실 것이오. 그러나 나보다는 당신이 그 사람을 잘 알 것이오. 대관절 그 양반하고 댁이 친하시오"

나는 대답에 좀 곤란해서 생각하다, "친할 뿐이오, 나는 그 사람 일을 다 잘 알아요." 나는 속으로 ─ 이상한 일도 많다 ─

역사가는 한심恨心을 하는 듯이

"다 이 세상은 그 어른의 힘이오"하고 고개를 숙이고 눈물을 흘린다. 나는 무슨 뜻인지를 몰라서 여학생을 돌아본다. 여학생도 대단히 슬퍼하고 손수건으로 얼굴을 가리고 느낀다. 나는 더 물을 용기가 없다.

"나는 당신이 그 어른하고 대단히 친하시다니 그 어른 일을 좀 자세히 알고자 하오……. 그 양반은 참 불운不運한 사람이지요……. 이상가理想家지요……. 아마 그만큼 남의 구실에 오르고 치소恥笑를 받고 자기는 언제든지 번민하고 고민하고 세속을 개탄하고 남몰래 혼자 눈물 흘리고 미친 사람같이 그 세상에 말할 수 없는 정신적 고통을 받고 항상 자유 ─ 하늘에 날아다니는 새 같은 자유, 생생히 커 올라가는 초목에 생기를 보고 눈물 흘리고 자연의 산곡山谷 무한한 자연의 영기靈氣에 말할 수 없는 영혼에 영접靈接하여 혼자 미래의 낙원을 상상하고 다녔지요……"

"네 그렇습니다. 그 사람은 열렬熱烈한 애국가愛國家올시다. 나는 그 사람을 아오마는 그 조그만 컴컴한 방에 왜 그러는지 혼자 앉아서 눈물 흘리고 비분의 정情에 타고 앉은 걸 볼 때 인생의 비참함을 스스로 생각했소. 그러나 아무도 지금까지 그 사람 뜻을 아는 사람은 없소. 항상 사람들 앞에 나와서는 쾌활하고 웃고 이상異常했소."

"그 양반의 눈물 번민은 위대한 동력이 되어서 현 세상이 생출生出된 것이오. 우리는 그 어른을 진정으로 존경하고 진정으로 그 공功을 감사히 생각하오마는 이 세상 사람에 누구 하나 그 어른 자신을 생각할 때 눈물 안 흘리는 사람은 없소. 그 어른은 자기 말과 같이 『지상에 천국을 건설』했소마는 자기 일신은 그 세상에 무한한 고민과 고통을 다 받고 그는 우리를 위해서 이 세상의 번민 고민 고통을 자기 일신에 다 받았소……. 그의 일평생은 실로 눈물의 일평생이었었소……."

나는―그 사람이 이상가理想家요, 번민가煩悶家요, 아주 불운한 사람이요, 항상 혼자 울고 다니면서도 조금도 타인한테는 그런 태도를 보이지 아니하고 쾌활하게 웃던 사람인데…… 언제든지 파리하게 마르고 입만 꼭 다물고…… 아무한테든지 비방誹謗만 받던 사람이오, 미친 사람처럼 큰소리나 하고 돌아다니던…… 반半 미친 사람인데―

나는 그 사람이 지금 있는가 하고 역사가를 보고 물었다.

역사가는 고개를 흔들며 더욱 슬퍼한다. 여학생이 손을 흔들며

"그것 한 가지는 꼭 묻지 말아 주시오……. 그 어른의 최후를 묻는 것은 이

세상에 제일 슬프고 비참한 것이오."

역사가는 고개를 흔들며 "그것은 당신이 묻지 못하오. 그것은 이 세상 우리
에게 제일 슬픔을 주는 것이오."

나는 그 뜻을 알았다. 『희생犧牲』이로구나. 49~53면

위 인용은 소설 중반 주인공 '나'와 미래 사회의 등장인물이 '정도령'에
관한 대화를 나누는 장면이다. 미래 사회는 정도령의 출생을 기점으로 연
호年號와 같은 방식을 사용한다. 정도령의 등장과 그의 행위로 인해 이상
사회에 살고 있다고 설명하는 역사학자의 말은 마치 메시아의 재림과 같
은 뉘앙스를 풍긴다. 위 장면에 따르면 정도령은 세상과 불화하는 인물이
었다. "남의 구실에 오르고 치소恥笑"와 "비방"을 받으면서 홀로 "눈물"을
흘리며 "번민"에 시달렸다는 설명이 주를 이룬다. 정도령이 세상의 고통
과 고민을 짊어지며, 그의 "눈물과 번민"이 있었던 까닭에 이상적인 사회
에 도달할 수 있었다는 점, 정도령의 "희생"으로 미래 사회가 완성되었다
는 문장은 메시아와 같은 양상을 강화하는 지점이다.

서구의 근대적인 유토피아는 기술, 과학 등 합리적인 수단으로 이상사
회에 도달할 수 있다는 것을 전제로 하며 또한, 메시아로서의 프롤레타리
아의 혁명적 행위도 그 수단이 될 수 있다. 반면, 천년왕국은 신의 사자使者
인 메시아의 등장으로 완성된다.[151] 그렇다면 '정도령'은 메시아인가, 프
롤레타리아인가. 또한, '정도령'이 만든 세상은 '천년왕국'인가 '근대적
유토피아'인가.

---

151 임철규, 『왜 유토피아인가』, 민음사, 1994, 15~19면.

이러한 의문은 『이상촌』이 근대적 유토피아 소설을 '다시 쓰기'한 텍스트라는 의미를 부여한 가운데, 앞서 간단하게 언급했던 『정감록』이 유행했던 시대적 맥락에서 다시 생각해 볼 여지를 마련한다. 『정감록』이란 "조선에는 정감록이라고 하는 예언서가 있어서 그중에 '고려조는 개성 4백 년 이조는 한양에 5백 년 또 그다음은 정씨가 일어나서 영남 진천 근처에 도읍을 한다'고 기록한"[152] 책으로 알려져 있다. 1910년대에는 "근일에 하何許 허탄한 자들이 구한국 시대에 유행하던 정감록과 여如한 신언神言이라는 비결祕訣을 휴대하고 각 인가로 출몰하여 우미愚迷한 남녀로 하여금 미혹케 하여 치안을 방해"하였다는 기사를 비롯하여 "장차 국권을 회복하기로 지금 죽기로써 한하고 운동 중인데 내년 안으로 도술을 부리는 현리학자가 나타나서 화경火鏡으로 온 세상을 비추어 인종을 멸망케 한다"[153]고 했다는 등 『정감록』을 배경으로 한 사기詐欺 사건들이 종종 있었다.

『정감록』의 유행은 비단 1910년대의 사건만은 아니었다. 1920년대 초·중반 대중들 사이에 많이 읽힌 책의 하나가 종말과 후천개벽을 역설하는 『정감록』이었으며, 1920년대 초반 조선의 상황은 많은 이들에게 '난세'였기 때문에, 불안한 사람들은 동학이나 『정감록』과 관련된 비非근대적 유토피아니즘에 의지하기도 했다.[154]

정연규 역시 현실을 '난세'로 인식한 것으로 보인다. 『이상촌』의 서문격인 「일필화一筆畵」는 「전투戰鬪」와 「이상理想」으로 나뉘어 있는데, 「전투」

---

152 『매일신보』, 1915.5.6(권보드래, 『1910년대, 풍문의 시대를 읽다-『매일신보』를 통해 본 한국 근대의 사회·문화 키워드』, 동국대 출판부, 2008, 416면에서 재인용).
153 『매일신보』, 1912.2.9; 『매일신보』, 1914.12.11(권보드래, 위의 책, 415면에서 재인용).
154 천정환, 『근대의 책 읽기-독자의 탄생과 한국 근대문학』, 푸른역사, 2014(초판 2003), 223~224면.

의 첫 문장은 "총總히 사회는 무장 전투다. 생존경쟁은 단병접전單兵接戰[-sic 短兵接戰]이다"로 시작한다. 생존경쟁, 약육강식, 우승열패와 같은 어휘를 사용하여 현실을 인식한 점은 이전 시기부터 이어져 온 진화론의 관점이 반영되어 있다고 볼 수 있다. "패참敗慘의 사해死骸는 누누屢屢"하다고 서술한 지점 역시 그러한 인식을 더 강화한다. 이어서 "양친兩親, 형제兄弟, 친우親友의 해골骸骨을 밟아 부수며, 조선祖先 자매姉妹, 붕우朋友의 시체를 밟아 넘어가며, 부모, 동포, 친구에 도검刀劍 총창銃槍으로 육박肉迫한다"고까지 말하는 정연규의 태도는 자못 의미심장하다. 게다가 "이 세상의 인혈人血은 적혈해赤血海로 화化하리로다. 사체는 누누 전투 전장에, 엎어져 있고, 자빠져 있고, 굴러있고, 포성砲聲은 은은殷殷 천지를 진동시킨다"라는 서술은 마치 전쟁의 참사가 펼쳐지고 있는 현장에 서 있는 것처럼 전장을 증언하는 목소리로 들린다. 피로 물든 세상은 어디에서 기인한 공포일까. 1차 세계대전이 간접화된 양상으로 나타난 것으로 보이기도 하면서, "약육강식은 일상日常 상사常事요, 사회의 상규商規"2면라는 문장과 연결한다면 정연규가 인식한 현실 세계와 조선의 실상을 적나라하게 표현한 지점일 것이다. "사회는 전투로다"를 반복해서 말하는 정연규는 1920년대 초 당시를 혼란스러움을 넘어 공포로 가득한 시선으로 응시하고 있는 것으로 보인다. 또한, "도덕, 인의, 법률, 예의는 식인귀食人鬼의 별명別名 이이而已"4면 즉, 구시대의 습속은 식인귀나 다름없다는 인식도 반영되어 있다. 이처럼 정연규는 『정감록』의 말세론적 감상과 약자의 위치에 있던 식민지 조선인의 진화론적 인식이 결속된 공포에 사로잡혀 있는 태도를 보인다. 정연규로서는 불안과 공포에의 강박에서 벗어나기 위해 어떤 방식으로든, 그 원인인 현실과 결별해야 할 터인데 초토화된 세계에서 그가 선택한 방식은 훼

손되지 않은 온전한 자연을 떠올리는 것이었다.

「일필화一筆畵」의 두 번째 장 「이상理想」의 첫 문장에서 "이상理想은 천국을 산출産하고, 낙원을 생출生出한다"고 서술하며 "전투"의 현실에서 "낙원"의 세계로 도약한다. 정연규가 상상한 곳은 "자유의 하늘, 평등의 천지, 애愛의 낙원, 자연의 미美"4면로 가득한 공간이다. 아름다운 자연의 모습을 나열한 뒤, 구체적인 장소가 제시되는데 그곳은 다음 문장에서 드러난다. "경경鏡과 같은 바이가루 호반湖畔, 해원海原과 같은 시베리아 평야平野, 레오 톨스토이가 살던 국國, 가―주샤 울던 북국北國, 나는 가 살고 싶습니다"5면, "마음은 토옹吐翁과 같고 몸에는 달빛을 받고, 세계 최대 초원 노서아露西亞의 대지를 깔고 누어 한限없는 대천大天을 우러러보며, 반짝거리는 별을 쳐다보며 심심深深이 깊어가는 밤을 따라 신비의 가운데 살며시―나는 자고 싶습니다"6면에서 톨스토이와 그의 조국인 러시아에 대한 동경이 드러난다. 1921년이란 시기를 고려했을 때, 이 길지 않은 문장에서 톨스토이를 예찬하는 모습은 그리 놀랍지 않다. 이미 『소년』과 『청춘』에서 톨스토이의 사상과 민화, 소설이 소개된 지 10년이 넘은 때이자 『부활』이 「갱생」과 박현환의 『해당화』로 번역된 데 이어 연극과 대중가요로 유행된 시기였기 때문이다.[155] 또한, "가쥬―샤 애처롭다, 이별하기 어려워…"7면라는 가사는 시마무라 호케스島村抱月의 〈카추샤〉를 번안한 노래의 첫 소절이기도 하다.

정연규라면 조선어로 번역되지 않은 톨스토이의 문학과 사상도 접할 수 있었을 것이다. 번역되지 않은, 즉 만년의 톨스토이가 아닌, "반문명과 반국가 사상, 반전론을 조심스레 도려"[156]내지 않은 본래의 톨스토이를 알

---

155 번역된 톨스토이에 대해서는 박진영, 「한국에 온 톨스토이」, 『번역가의 탄생과 동아시아 세계문학』, 소명출판, 2019, 258~290면 참조.

수 있었을 가능성이 크다. 그렇다면 「이상」에서 호명된 톨스토이와 러시아는 가려지지 않은 톨스토이이며 혁명 이후의 러시아일 수 있다. 물론 가정에 불과하지만, 『이상촌』에는 이전 시기의 감각과 1920년대 초의 인식이 복합적으로 반영된 것은 분명해 보인다. 이전 시기의 감각이라는 것은 상술한 것과 같이 『정감록』과 같은 말세론적 인식, 『정감록』에서 비롯된 '정도령'이라는 표현, 약육강식과 우승열패에 갇힌 진화론적 위계에 따른 위기의식, 구시대 습속에 대한 비판적인 태도를 말한다. 1920년대 초의 인식은 전 시기의 감각 위에 새 시대가 도래할 것이라는 '희망'적인 메시지를 담은 『이상촌』 그 자체를 가리킨다. 정연규는 소설 말미에 탈고 날짜를 적는 습관을 보이는데, 『이상촌』의 본문은 1921년 1월 10일부터 14일까지 작성했고, 서문은 2월 23일에 썼다. 여기서 주목할 점은 정연규의 집필 시기 즉, 1차 세계대전을 전후로 한 세계사적 흐름이다.

주지하듯 1차 세계대전이 발발하기 전의 유럽은 벨 에포크Belle Époque 시대와 함께 제국주의가 절정에 이르던 때였다. 제국주의 열강들이 화려한 기술과 고도화된 산업화의 분명을 자랑하였지만, 동시에 피시배 약소국은 서구 열강에 자원을 강탈당하고 종주국의 상품을 떠맡게 되는 신세로 전락했으며 미개하고 열등한 인종, 야만으로 묘사되기 일쑤였다. 이 시기에 프랑스의 7월 혁명과 2월 혁명, 영국의 차티스트 운동이 펼쳐졌으며 사회주의가 대두되기도 했다.

1차 대전이 발발하자 동맹국과 연맹국의 거대한 충돌로 인해 전 세계의 지각변동이 예고되었다. 긴 시간 소모전의 양상을 띠며 수많은 사상자가

---

156 위의 책, 271면.

발생하였던 이 전쟁은 1918년 동맹국의 투항으로 종결되는 듯싶었다. 전쟁 후 열린 파리 강화회담은 1919년 1월 18일에 개최되어 1919년 6월 28일에 마무리되었으나, "공식적인 평화 과정은 로진 조약이 체결되던 1923년 7월이 되어서야 완료"[157]되었다고 논의되기도 한다. 특히, 1920년 1월 10일 공포된 베르사유 조약은 총 440개의 조항으로 이루어져 있으며 첫 번째 부분은 국제연맹에 관한 것이다. 이는 우드로 윌슨Woodrow Wilson, 1856~1924이 구상한 14개 조 평화원칙을 바탕으로 열린 외교를 계승하자는 내용이었다. 이 시기 윌슨의 '민족 자결self-determination'이 독립에 대한 기대와 실망을 식민지 조선에 안겼다는 것도 알려진 바대로이다. 또한, 베르사유 조약 중 영토에 관한 27번부터 30번의 내용에 따라 독일은 프랑스에 알자스로렌 지역을 반환해야 했고, 유럽과 서남아시아 등지에 새로운 지도가 그려지게 되었다. 따라서 베르사유 체제는 식민지 조선에 "적어도 이때까지, 더 늦게는 1922년 워싱턴 회의가 끝날 때까지 '독립'에의 기대는 소진되지 않은"[158] 상황임을 각인시키는 사건이었다.

다시 『이상촌』으로 돌아오면, 위와 같은 국제정세가 정연규의 집필에도 영향을 미쳤을 것은 분명하다. 새로운 세계로 도약할 것이라는 희망이 정연규 내면에 자리하고 있을 터였다. 이러한 배경에서 정연규가 선택한 것은 근대적 유토피아 소설이었다. 일본어로 번역된 『뒤돌아보며』와 『뉴스 프롬 노웨어』를 읽으며 식민지 조선이 혹은 세계가 도달해야 하는 목적지를 상정했을 것이다. 이 가운데 중요한 것은 '사카이 도시히코'를 매개로

---

157 Michael S. Neiberg, *The Treaty of Versailles: A Concise History*, Oxford University Press, 2017, p.ix.
158 권보드래, 『3월 1일의 밤-폭력의 세기에 꾸는 평화의 꿈』, 돌베개, 2019, 32면.

상상하고 실천했다는 점이다. 일본의 사회주의를 주도한 사카이의 행적은 청년 정연규에게 따라 걷고 싶은 길, 롤모델로 작용한 것으로 보인다. 사카이가 『뒤돌아보며』와 『뉴스 프롬 노웨어』를 번역한 데 이어 「쇼켄이 135세가 되었을 때」를 창작한 것처럼 정연규 역시 문학으로 무엇인가를 해야만 했다. 정연규의 선택은 위의 세 텍스트를 종합하는 것이었다. 구체적으로 보자면 세 텍스트에서 원하는 것만 취하여 단순히 조합한 것은 아니다. 먼저, 『뒤돌아보며』에서 제시한 사회를 발전 단계상 중간 단계로 설정한 장면을 찾을 수 있다.

> 나는 화두를 돌려서 "그렇지만 그 사람은 국가주의자國家主義者요, 애국자愛國者였었소."
> "그렇소. 그렇지만 그 양반의 국가주의 애국주의는 현대 이상세계를 상상한 것이오."
> "그렇지 않소. 그 사람의 작품을 볼지라도……."
> "아— 암만 당신이 보신 것은 『혼』이나 『표류단편』이겠지요. 그것이 기원 22년까지의 작이니."
> "그렇소. 그 『혼』을 볼지라도 국가주의자란 것이 표시되오, 열렬한 애국자요"
> "그러나 당신은 그 소설이 예언적 성질을 갖고 이상향 상上에 건설된 그 세상의 무대임을 모르오……. 자유 낙원의 이상적 국가주의는 현대 이상사회에서 비로소 인류의 안녕 행복을 볼 수가 있소……. 원래 사람은 자기 의사에 자기가 움직이는 것이 아니오, 그러면 우리 인간 자유의사 표시체表示體가 집합하여 사회를 조성한 이후에 우리가 만든 우리 사회에 우리를 속박한다는 이치가 있겠소. 우리는 자유요, 사람은 다 한가지 사람이오. 동등이오, 평등이

오, 애愛는 인류의 흡인吸引 인력引力의 공통성共通性이오. 인간의 집합체는 사랑의 인력引力으로 인하여 사회단결을 구성하오. 사회의 진화는 인류 자연의 법칙이오. 자연의 이법理法이오. 현대사회는 이 자유, 평등, 애愛, 자연의 사대四大 원리로 구성된 것이오. 성신聖神의 섭리攝理도 지어至於 금금今에 도달해서 비로소 완전하다 할 것이오. **국가주의國家主義, 국본주의國本主義는 이상세계에 도달하는 진화의 일 과정이오.**"

"국가가 없으면 이 세상은 어떻게 조직되어 있소."

"조직! 이 세상에는 조직이란 없소. 다만 인류가 있을 뿐이오. 애愛가 있을 뿐이오……. 창고가 있고 진열관이 있고 다 각각 사람은 자기 일을 하고 그것뿐이오. (…중략…) 또 내가 협의協議한다하니 당신은 전 세상의 협의와 마찬가지로 아시면 틀리오. 지금의 협의라 함은 중인衆人 의사의 융합을 의미하는 것이오. 애愛의 흡인력吸引力이 협의의 협의성이오. (…중략…) 또 이 세상에는 전 세상의 금전이라 그런 인류를 속박하는 물건이 없는 고로 자기가 하고 싶은 일에 열중하고 최후의 결과를 득하오. 보시오마는 전 세상에 제일 진보 못된 수학數學은 지금은 생활난生活難이니 그런 것이 없으니 대단히 진보되었소."

"그럼 모두 다 각각 자기 맘대로 자기 하고 싶은 일을 하면 어떤 하기 쉬운 일은 하는 사람만이 많고 하기 어려운 일은 아주 하는 사람이 없지 않겠소."

"그것은 아직 당신이 금전金錢이라는 것의 속박을 벗지 못한 말이오……."

"아니 쉽게 말이 이 세상에는 놀고 밥 먹는 사람이 많지 않겠소."

"그것은 금전이라는 것을 본위本位로 하고 상상할 수는 있소. 그러나 금전의 속박을 벗고 생각해보시오. 그런 일이 있을까……. 사람이라는 것은 취미의 동물이오, 생명을 유지하는 정신작용으로는 생生하는 세포의 분열로 생장하는 동물이오. 무위도식은 당신이 지금 생각하면 편할 것 같지만 일없이 노

는 수는 본능 작용으로 심한 고통이오."53~56면

위 인용문에서 주인공은 자신이 과거에 "국가주의자"였는데, 어떻게 국가가 소멸한 사회를 형성하는 데 공헌할 수 있었는지를 묻는다. 역자학자는 "국가주의, 국본주의는 이상세계에 도달하는 진화의 일 과정"이라 간단하게 답한다. 그렇다면 최종 심급으로서 국가의 소멸로 도달하기 위한 국가주의는 무엇이었을까. 내셔널리즘으로 해석할 수도 있겠지만, 벨러미의 『뒤돌아보며』가 반영된 사실을 상기하면 중간 과정인 국가주의는 국가사회주의에 가깝다고 생각할 수 있다. 또한, 국가사회주의에 도달할 수 있게끔 만든 장본인이 '정도령'이었을 것으로 추정된다. 그러나 정도령의 행위가 추상적으로 묘사되었기 때문에 그가 프롤레타리아로 위치한 것인지, 메시아로 등장한 것인지 모호한 지점으로 남는다. 또한, 점진적인 개혁에 의한 것인지 혁명에 의한 것인지도 알 수 없다.

이 과정에서 『뒤돌아보며』를 의식할 수밖에 없는 또 다른 이유는 『이상촌』에 묘사된 각종 기계 문물 때문이다. 모리스의 『뉴스 프롬 노웨어』에서는 대부분의 기계를 창고와 박물관에 진열한 상태였지만, 정연규의 『이상촌』에서는 전기 자동차나 방수 지붕 등을 적극적으로 이용한다. 이러한 『이상촌』의 기술 사용은 모리스의 소설과 가장 변별되는 지점이다. 중요한 것은 노동의 영역에서 생산을 무분별하게 확대하기 위한 용도로 사용되지 않은 점이다. 『이상촌』에 드러난 구조는 노동자의 소외를 야기한 자본주의 시장 경제를 제거한 양상으로, 인간 편리를 위해서만 기술이 이용된다. 그 결과 서사 내에서 근대 산업 사회의 유물을 자연스럽게 노출할 수 있었으며, 이러한 사회를 "진보된 세상"17면으로 표현할 수 있는 근거가 된다.

『뒤돌아보며』를 '다시 쓰기'한 소설은 단순히 기술문명을 긍정하는가 부정하는가에 초점을 맞춘 것만은 아니었다. 과학기술의 발전은 이미 예고된 것이나 다름없었다. 중요한 것은 그러한 발전을 적용할 것인가 말 것인가, 그에 따른 사회와 세계를 어떤 구조와 힘으로 움직이게 하는가에 방점이 찍혀있다. 이상적인 사회를 문학적으로 형상화하는 것은 이전에 없던 세계를 창조하든지 혹은 전에 있던 사회를 개혁하여 변화된 사회 체제를 만드는 것과 유사하다. 따라서 얼마나 그럴듯한 유사 사회를 그려내느냐 하는 것이 관건이다. 반복하는 바이지만 벨러미가 국가사회주의를 가장 이상적인 형태로 생각했던 반면, 모리스는 국가가 소멸한 공산사회를 주장했다. 두 텍스트를 접한 정연규는 『뒤돌아보며』를 중간 거점으로 삼은 후, 『뉴스 프롬 노웨어』의 공산사회를 지향하여 두 소설의 요소가 공존하는 세계를 그려낼 수 있었다. 또한, 최종적인 이상사회에 도달하기 위해 약 100년의 기간을 설정하여 역사의 발전 과정을 고려하였다.

『이상촌』의 미래 사회는 속박에서 벗어난 자유를 추구한다. 속박은 돈과 국가에 의해 이뤄졌는데, 여기서 벗어나기 위해 노동과 임금이 교환되지 않는 구조를 설정하였다. 『이상촌』의 사람들은 즐거움을 위해 일하며, 일한 대가로 금전을 받지 않는다. 재산의 축적이 없다 보니 소유의 개념 자체도 무용하다. 정연규는 소설 시작 무렵 "이 세상에 돈이 없어야 된다", "금전이 죄악이다"2면는 말을 되풀이하였다. 구시대는 "소위 그 세상에 부자는 가득하게 자기 집에 금전金錢이니 곡식穀食을 두고 옆에 사람이 굶어 죽어도 몰라라 한다"고 제시되며, "부잣집 곳간에서는 쌀이 썩고 빈한 사람은 굶어 죽고 그런 불공평한 이치"가 통용되었던 사회였다고 설명된다. 두 번째로, "국가의 괴물怪物은 압박壓迫, 강제强制, 고민苦悶, 피, 악형惡刑, 감옥監獄 오인吾人의 사멸死滅의 원부怨府"29면라 말하며 속박의 원인이 국가에 있었으므로 국가 역시 소멸시켰다. 또한, 계급 문제도 다루는데, "이 세상에는 하인도 없고 상전도 없소. 다 같은 사람"46면임을 강조하고, "직업에 존비尊卑"도 없으며, 차별도 없는 사회를 만들었다. 미래 사회의 사람들은 "일이 없어서 운동장을 만들어 놓고 매일 운동을 한다는 세상"에 살아가며 "이런 세상 사람이 되기를 원할 뿐"52면이라 말한다.

『이상촌』에 있는 한 가지 번민은 "연애를 하기까지 즉, 말하자면 남녀가 서로 연애할 상대를 구하기까지의"55면 과정만이다. 정연규는 이전 시대의 죽음과 피의 공포를 애愛를 통해 화化하는 결과물을 보인다. 모리스가 예술과 미술을 통해 이상을 구현한 것과 비슷한 양상이다. 모리스의 소설에서도 '사랑'이라는 감정은 소설 후반부에 중요한 소재로 작용한다. 또한, 감상적인 연애담을 제시한 면은 시대의 취향에 호소력을 발휘하는 요소로 분석할 수 있다. "옥비둘기"와 "천신"으로 부르며 연애를 즐기는 가운데, 주인공은 과거 자신이 쓴 희곡이 연극 무대에 올려진 것을 보며 구시대의 혐오스러운 모습을 미래 사회 사람들에게 남기고 말았다고 자책한다. 그날 밤 강도에게 돈을 빼앗기는 꿈까지 꾼 주인공은 "구성증舊性症"이란 진단을 받는다. 구성증은 "사람 죽이는 병, 노怒하는 병, 불평하는 병, 누구를 속박하는 병, 음란淫亂한 병, 도적질하는 병, 번민하는 병"으로, "이 세상에 제일 누추하고 죄악의 병"81면으로 불린다. 병을 낫게 하는 방법은 스스로 회개하는 방법뿐이다. 감옥이나 형벌의 법도 없기 때문이다. 과거의 것을 상실하고 새로운 만족을 찾는 애도의 작업을 거치는 것과 같다. 이는 연애 서사를 통해 구시대 사회에 대한 이해와 고발을 성격을 담지하고 있는 측면이다.

정연규가 『이상촌』에서 제시한 시간의 흐름은 미래를 향하고 있다. 여기에는 당연히 과거보다 미래가 더 나을 것이라는 진보의 관점이 반영되어 있다. 그리고 미지의 세계에 가서 사회구조 및 운영 방식과 사람들이 누리는 이상적인 삶을 목격하고 현실로 돌아오는 유토피아 작품의 전형적인 구조를 보인다. 이 과정에서 미지의 세계는 100년 후를 가리키지만, 그곳은 근대적인 유토피아와 '천년왕국'이 겹쳐 있는 양상을 띤다. 이러한 미래는 정연규 개인의 차원을 넘어 일반 대중 독자의 인식을 반영한 것으로 읽힌다. 유토피아라는 추상적인 관념이 번역과 재창조를 통해 1921년에 도착하는 장면인 것이다.

한편, 『이상촌』이 '사회주의 소설'로 광고된 점을 상기하면, 작가 자신의 사회주의관을 문화적으로 형상화한 사례로 파악된다. 정연규는 유토피아 소설을 통해 일종의 모의실험을 펼친 셈이다. 이것이 내가 살고 싶은 종류의 사회이니 이제는 당신이 살고 싶은 사회를 이야기해 보고 그것을 실천에 옮겨 보자는 메시지를 전한 것이다. 이 과정에 1910년대적 감각이 연속되면서도 새로운 세계를 꿈꿀 수 있던 1920년대 초의 동시대적 감각이 포착된다.

한 가지 아쉬운 점은 『이상촌』에 대한 대중 독자나 당대 지식인층의 감상이나 회고를 찾아보기가 어렵다는 것이다. 한성도서의 출판물로 여러 차례 광고되기도 했지만,[159] 작가로서의 명성이 덜 알려진 탓일지, 내용이 독자의 흥미를 끌지 못했던 것일지 그 이유는 명확히 파악하기 어렵다.

---

[159] 『이상촌』의 신문 광고는 여러 차례 게재되었다. 「신간소개」, 『동아일보』, 1921.6.3; 「신년(新年)과 수양(修養), 수양(修養)과 양서(良書)」, 『동아일보』, 1922.1.15; 「신년과 수양, 수양과 양서」, 『동아일보』, 1922.1.29; 「신년과 수양, 수양과 양서」, 『동아일보』, 1922.3.13. 그러나 광고에 노출된 수치가 독자의 호응과 비례하는 것으로 이해하기는 쉽지 않다.

1. 1920년대 H. G. 웰스의 지형도

1) 융합된 정체성 – 과학소설가와 사상가

이 장에서는 식민지 조선에서 1920년대에 H. G. 웰스Herbert George Wells, 1866~1946가 호명된 사례를 살펴보고, 일본에서의 번역 실태를 조사하여 당시 웰스의 지형도를 검토하고자 한다. 주로 일역을 통해 세계문학을 학습했던 당대의 지적, 물적 토대를 고려한다면, 식민지 조선에서 거론되는 웰스의 형상을 알아보기 위해 일본에서의 번역 양상을 우선 순위로 조사해야 할 것이다. 그 이유는 『세계사 대계』의 경우처럼 한국어로 번역되지 않았어도 웰스의 저작을 읽을 수 있는 방식은 충분히 열려 있었을 것이기 때문이다. 일본에서의 번역 양상을 살펴보는 또 다른 이유는 1920년대 식민지 조선에서 웰스를 소개한 글에 거론된 작품이 모두 한국어로 번역되지 않았기 때문이다.

주지하듯 웰스는 쥘 베른Jules Verne, 휴고 건스백Hugo Gernsback 함께 과
학소설의 거두로 호명된다. 그는 대표작인 『타임머신The Time Machine』 1895,
『투명인간The Invisible Man』 1897, 『우주전쟁The War of the Worlds』 1898과 같은 과
학소설뿐 아니라 사상서, 역사서 등 백여 편의 저서를 남겼다.

웰스의 국내 수용을 살펴보자면 소설이 번역되기에 앞서 1918년 백대
진의 글에서 그의 이름이 처음 언급되었다. 백대진은 "사회의 결함을 드
러내어 노골적露骨的으로 발기어 냄은 실로 그의 천재라 하겠습니다. (…중
략…) 참으로 그는 예술가며, 과학자"[1]라고 웰스를 평가했다. 이미 일본에
서는 웰스의 소설이 다수 번역되고 있던 때임을 상기한다면 백대진은 웰
스의 문명 비판적 성격이 강한 소설이나 사상서를 인지하고 있었을 것으
로 판단된다. 1920년에는 웰스의 소설이 『서울』에서 최초로 번역되었다.
번역 대상은 『타임머신』이며 번역자는 백악 김환, 제목은 「팔십만 년 후
의 사회」이다. 『타임머신』은 1926년에도 『별건곤』에서 재차 번역되며 식
민지 조선에서 웰스의 대표적인 작품으로 자리매김했다. 그러나 『투명인
간』이나 『우주전쟁』은 1959년에야 한국어로 볼 수 있게 되었다는 짐에서
웰스의 과학소설에 관한 관심은 지속되지 못했던 것으로 보인다.[2] 근대
초기 쥘 베른의 수용 양상과 비교해보더라도 시기적으로 다소 늦은 감이
있으며, 작품의 다양성 면에서도 현격한 차이가 있다.

그렇다면 웰스가 식민지 조선의 독자층과 공명하던 방식은 무엇이었을
까. 1920년대에 초점을 맞춘다면 『세계사 대계The Outline of History』에 주목

---

1 백대진, 「최근의 태서문단」, 『태서문예신보』 4, 1918.10.26(김병철, 『한국근대서양문학
   이입사연구』 상, 을유문화사, 1980, 147면에서 재인용).
2 『투명인간』, 『우주전쟁』의 번역 실태는 고장원, 『한국에서 과학소설은 어떻게 살아남았는
   가?』, 부크크, 2017, 100면.

해 볼 수 있다.[3] 『타임머신』이 처음 번역된 1920년에서 같은 소설이 다시 번역된 1926년 사이, 웰스가 수용된 지형에는 상당한 변화가 있었던 것으로 짐작된다. 19세기 말부터 과학소설가로 명성을 얻은 웰스는 1차 세계대전을 전후하여 사상가이자 문명비평가로 행동 영역을 확장했다. 1차 세계대전 이전에 웰스의 문학과 사상에서 매우 중요한 지점 중 하나는 세계전쟁을 예언했다는 점이다. 웰스는 『예상*Anticipations*』 1901부터 시작해서 『해방된 세계*The World Set Free*』 1914와 『무엇이 올 것인가?*What is Coming?*』 1916 등의 저술을 출간하며 자본주의 문명의 폐해를 계속해서 지적하고, 세계전쟁을 경고했다. 1차 세계대전이 발발하자 웰스는 '예언'적 성격이 강한 작가이자 사상가로 발돋움했다. 웰스의 파급력이 형성된 가운데 1차 세계대전이 종식된 후 출판된 『세계사 대계』는 성경 다음으로 많이 읽었다는 말까지 나오게 되었다.[4] 『세계사 대계』는 당시 200만 부가 넘게 팔렸던 베스트셀러로, 식민지 지식인들에게도 애독되었다. 신채호, 이광수, 주요한, 함석헌 등의 사상가, 문인, 교육가들이 『세계사 대계』의 독서 경험을

---

3 『세계사 대계(*The Outline of History*)』(1920)는 『세계문화사대계』, 『역사대계』 등으로 불리는데 이 글에서는 『세계사 대계』로 지칭하기로 한다. 『세계사 대계』는 1920년 New York : Macmillan에서 두 권으로 출판되었고, 이후 여러 차례의 개정판이 나왔다. 웰스가 마지막으로 직접 개정한 해는 1937년이고, 이후 레이몬드 포스트게이트(Raymond William Postgate)에 의해 확장판이 나오기도 했다(http://en.wikipedia.org/wiki/The_Outline_of_History). 이 밖에 웰스가 『세계사 대계』의 입문용으로 편찬한 『세계사 소사(*A Short History of the World*)』(1922)의 2000년대 이후 한국어 번역은 『웰스의 세계문화사』(지명관 역, 가람기획, 2003), 『세계사 산책』(김희주 · 전경훈 역, 옥당, 2017) 등이 있다. 김미연, 「1920년대 식민지 조선의 H. G. 웰스 이입과 담론 형성」, 『사이間SAI』 26, 국제한국문학문화학회, 2019, 15면, 각주 6에서 『세계문화사대계』(전 10권, 대학당, 1979)를 『세계사 대계』의 한국어 번역본으로 소개하였다. 그러나 반재영, 「함석헌 평화주의의 한 사상적 기원-H. G. 웰스의 세계국가론과 그 변용」, 『상허학보』 58, 상허학회, 2020, 404면, 각주 22에서 위의 책은 한국어 번역본이 아닌 별개의 책으로 밝혀졌다.
4 함석헌, 「이단자가 되기까지」(『사상계』 72, 1959.7), 『함석헌 저작집 6 – 죽을 때까지 이 걸음으로』, 한길사, 2009, 243면.

남겼으며, 식민지 시기 한국어로 번역되지 않았지만 다양하게 거론되었다는 점에서 주목을 요한다.

지금까지 연구에서 웰스는 주로『타임머신』의 번역자로 논의되었다. 웰스를 중심으로 한 연구가 아닐 경우 '유토피아' 담론의 형성 과정이나 박영희의 「인조노동자」의 분석 과정에서 참조의 대상으로 언급되기도 했다.[5] 이 중 허혜정은 「근대적 이상 사회, 「유토피아」 談」『동광』 2, 1926.6.1에 주목하여 웰스의 사상을 사회주의적 관점으로 독해하였고, 웰스가 참여했던 클라르테 운동이 식민지 조선의 지식인들에게 미친 영향을 분석하여 조선 사회주의 문예 운동의 맥락에서 웰스의 위치를 조망했다. 이 연구는『타임머신』 번역에 한정됐던 웰스의 수용사 양상을 확장했다는 점에서 시사하는 바가 있다. 그러나 논의의 과정에서 "웰스의 「세계개조안」이 세계대전으로 피폐해진 유럽을 휩쓸던 사회주의적 개조사상, 일본을 통해 유입된 '개조'의 담론을 직접적인 배경"으로 하고 있다고 중요성을 강조하였지만, 본문을 확인할 수 없다는 이유로 분석에서 제외했다.[6] 따라서 식민지 시기 웰스의 사상서 중 첫 번째로 번역된 「세계개조안」에 대한

---

5   김영한, 「과학적 진보와 유토피아」, 『인문논총』 8, 한양대 인문과학대학, 1984; 김종방, 「한국 과학소설의 성립과정 연구」, 세종대 석사논문, 2010; 김종방, 「1920년대 과학소설의 국내 수용과정 연구-「80만년 후의 사회」와 「인조노동자」를 중심으로」, 『현대문학의 연구』 44, 한국현대문학연구학회, 2011; 한민주, 「인조인간의 출현과 근대 SF문학의 테크노크라시-「인조노동자」를 중심으로」, 『한국근대문학연구』 25, 한국근대문학회, 2012; 송명진, 「1920년대 과학소설 수용 양상 연구-영주생(影洲生)의 「80만 년 후의 사회」를 중심으로」, 황종연 편, 『문학과 과학 I-자연 · 문명 · 전쟁』, 소명출판, 2013; 이지용, 『한국 SF 장르의 형성』, 커뮤니케이션북스, 2016; 허혜정, 「논쟁적 대화-H. G 웰스의 근대 유토피아론과 조선 사회주의 문예운동」, 『비평문학』 63, 한국비평문학회, 2017; 고장원, 『한국에서 과학소설은 어떻게 살아남았는가?』, 부크크, 2017; 김종수, 「'유토피아'의 한국적 개념 형성에 대한 탐색적 고찰」, 『비교문화연구』 52, 경희대 비교문화연구소, 2018 등.
6   허혜정, 「논쟁적 대화-H. G 웰스의 근대 유토피아론과 조선 사회주의 문예운동」, 『비평문학』 63, 한국비평문학회, 2017, 232면.

연구가 필요한 시점이다.

웰스의 수용에 대한 논의는 파편적으로 진행되었다. 물론 식민지 시기에 『타임머신』조차 완역되지 않은 상황임을 고려한다면 웰스에 주목하는 일이 쉽진 않다. 그러나 여기서 논의할 『세계사 대계』의 독서 양상이 보여주는 것처럼, 번역 빈도가 높지 않음에도 웰스는 식민지 시기의 지식 장場에 중요하게 위치하였다. 따라서 웰스의 흔적을 꼼꼼하게 추적해야 할 필요성이 있다. 1910년대부터 꾸준히 번역되던 일본, 중국의 상황과 달리 식민지 조선에 웰스가 도착한 시기는 그의 사상적 유명세와 맞물리며, 이 결과 식민지 조선에서도 웰스와 관련한 지식의 장이 형성될 수 있었다는 것이 본 연구의 전제이다. 과학적 지식 혹은 계몽의 도구로 수용된 쥘 베른과 달리 웰스는 사상적 영향력을 바탕으로 수용되었을 가능성이 농후하기 때문이다.

김종방의 연구에서는 일본에서 웰스의 저작이 처음 번역된 때를 1909년으로 보고하였다.[7] 단행본을 기준으로 삼는다면 정확한 분석이지만, 잡지까지 논의의 범위를 확장한다면 1908년으로 보아야 한다. 1908년 잡지 『과학세계科學世界』 1권 9호科學世界社, 1908.5에 웰스의 「화성계의 생물에 대하여火星界の生物に就て」라는 4페이지 분량의 글이 실렸는데, 시기와 제목으로 미루어 보아 *Intelligence On Mars*[1896] 혹은 *The Thing That Live On Mars*[1908]의 소개일 것으로 추정된다. 과학 지식을 다루는 매체 성격에 따라 웰스와 화성을 접점으로 한 과학적 상상력을 추동한 것으로 보인다. 1912년에도 단행본 『과학 10강』에 웰스의 「화성의 생물」이 실렸다. 이 글은 17페이지

---

7 김종방, 「1920년대 과학소설의 국내 수용과정 연구-「80만 년 후의 사회」와 「인조노동자」를 중심으로」, 『현대문학의 연구』 44, 한국현대문학연구학회, 2011, 126면.

〈그림 10〉 『동아일보』, 1924.8.27, 2면

분량으로 『과학세계』의 글보다 자세한 내용이다.[8]

　식민지 조선의 경우도 1924년 『동아일보』의 사설에서 웰스와 화성을 연결하여 사유한 흔적이 보인다. 「과학상으로 본 화성」이라는 기사에 따르면 화성에 생명체가 있는지 없는지 논란이 있지만, 만일 지적 존재가 있다면 지구인보다 "진보 발달"된 고등생물일 것으로 설명한다. 또한 "언제든지 화성에 사는 사람과 이 땅에 사는 사람들이 한바탕 큰 싸움을 할 날이 있답니다. 이 땅에 사는 사람도 영악하지마는 그 별에 사는 사람은 아주 무섭다니까 그놈들이 몰려와서 (…중략…) 그러나 이것은 소설이라 믿을 수는 없습니다"라고 서술한 지점은 『우주전쟁』에 대한 감상에 가깝다.[9]

8　橫山又次郎 外, 「火星の生物」, 『科學十講』, 東京國文社, 1912. 「화성의 생물」의 목차는 다음과 같다. 一. 火星, 二. 生物の存在如何, 三. 植物の形態は如何, 四. 動物界, 五. 魚類は棲まぬ, 六. 氣候の狀態, 七. 火星の人, 八. 地球の人間に相當するもの, 九. 火星と文明.
9　「과학상으로 본 화성」(3), 『동아일보』, 1924.8.24, 2면.

기사에 첨부된 그림은 『우주전쟁』속의 화성인 삽화로, "불란서 화가 '무류피아르'가 그린 것"으로 서술되었다. 이는 프랑스어 번역본의 삽화가인 M. Dudouyt의 그림으로 추측된다. 이렇게 식민지 시기에 간접적으로나마 『우주전쟁』이 도착하고 있는 지점이다. 또한, 과학-화성-우주로 이어지는 상상력의 맥락 속에서 웰스가 위치한 것을 확인할 수 있다.

「과학상으로 본 화성」에 겹쳐진 『우주전쟁』의 경로를 추적하기 위해 일본이나 중국의 번역 상황을 알아볼 필요가 있다. 『우주전쟁』이 한국어로 번역된 것은 해방 이후이지만, 일본에서의 번역을 고려하면 사정이 달라진다. 고장원은 일본에서 『우주전쟁』이 1941년에서야 번역된 것으로 보고했지만,[10] 실제로는 1915년에 이미 단행본으로 출간된 것으로 확인된다. 소설가 미쓰모치 기요시光用穆가 번역한 『우주전쟁-과학소설』[11]은 400페이지가 넘는 분량으로 1장 전쟁의 전야戰の前夜부터 27장 에필로그エピローグ까지 27개의 장으로 구성되었으며 원작자도 밝혀두었다. 중국에서도 『우주전쟁』은 1915년에 『화성과 지구의 전쟁火星与地球之战争』[12]으로 번역되었다.

『우주전쟁』뿐 아니라 식민지 시기에 웰스를 접할 수 있는 방식을 알기 위해 일본에서의 번역 양상을 파악해야 할 것이다. 현재까지 조사한 1900년대부터 1920년대까지 일본에서 번역된 웰스의 저서 목록은 다음과 같다.

---

10 고장원, 『한국에서 과학소설은 어떻게 살아남았는가?』, 부크크, 2017, 50면.

11 エッチ・ジー・ウエルス, 光用穆 譯, 『宇宙戰争ー科學小說』, 秋田書院, 1915.

12 心一 译, 『火星与地球之战争』, 上海 : 進步書局, 1915. 중국국가도서관 사이트에서는 『火星与地球之战争』의 원작을 The first man in the moon으로 표기하였다. 그러나 제목으로 미루어 보아 『우주전쟁』의 번역일 것으로 짐작된다. 추가로 고장원의 연구에서 밝힌 것처럼 『타임머신』은 『八十万年后之世界』(心一 译, 上海 : 进步书局, 1915)로 번역되었다. 이 밖에 Mr. Britling Sees it Through(1916)는 『明眼人』(孟憲承 編纂, 上海 : 商务印书馆, 1919)으로 번역되기도 하였다.

<table>
<tr><th colspan="2">〈표 11〉 1920년대까지 일본에서 번역된 웰스의 저서 목록13</th></tr>
<tr><th>서지사항</th><th>원작</th></tr>
<tr><td colspan="2" align="center">소설</td></tr>
<tr><td>黒岩涙香 譯, 「今より三百年後の社會」, 『婦人評論』, 1912.9.15~1913.3.1</td><td>The Sleeper Awakes(1899)</td></tr>
<tr><td>黒岩涙香 訳, 『八十万年後の社会』, 扶桑堂, 1913 (연재:『萬朝報』, 1913.2.25~6.20)</td><td>The Time Machine(1985)</td></tr>
<tr><td>堀口態二 譯, 『?(はてな)の人』, 東亜堂書房, 1913</td><td>The Invisible Man(1897)</td></tr>
<tr><td>光用穆 譯, 『宇宙戰爭一科學小説』, 秋田書院, 1915</td><td>The War of the Worlds(1897)</td></tr>
<tr><td>橋本弘 訳, 『始て月世界に行ける人』, 明進社, 1918</td><td>The First Men in the Moon(1901)</td></tr>
<tr><td>黒岩涙香 訳, 『今の世の奇蹟』, 扶桑堂, 1919 (연재:『萬朝報』, 1918.9.1~11.17)</td><td>The Man Who Could Work Miracles(1898)</td></tr>
<tr><td>三浦関造 訳, 『新エミール』, 隆文館, 1919</td><td>Joan and Peter(1918) 일부</td></tr>
<tr><td>加藤朝鳥 訳, 『黎明』, 同文館, 1920</td><td>Joan and Peter(1918) 일부</td></tr>
<tr><td>宮島新三郎 訳, 「盗まれたバチルス」, 『英米十六文豪集-世界短篇傑作叢書』 2, 新潮社, 1920</td><td>The Stolen Bacillus(1895)</td></tr>
<tr><td>本山秀雄 訳, 『新ユトウピア』(上), 天佑社, 1920.4</td><td>A Modern Utopia(1905)</td></tr>
<tr><td>井箆節三, 「近代的ユウトピア(ウエルズ)」, 『ユウトピア物語』, 大鐙閣, 1920.6</td><td>A Modern Utopia(1905) 축약</td></tr>
<tr><td>帆足理一郎, 「モオダン ユウトピヤ」, 『聖き愛の世界へ』, 博文社, 1921; 1924; 1926</td><td>A Modern Utopia(1905) 축약</td></tr>
<tr><td>和気律次郎 訳, 「バチルスの泥棒」, 『英米七人集-清新小説』, 大阪毎日新聞社・東京日日新聞社, 1922</td><td>The Stolen Bacillus(1895)</td></tr>
<tr><td>舟橋雄, 「ジョーンとピーター」, 「死なざる火」, 『英米現代の文学』, 明誠館書店, 1922</td><td>Joan and Peter(1918) 일부
The Undying Fire(1919)</td></tr>
<tr><td>浜林生之助 訳註, 『盲人国-外三篇』, 研究社, 1923</td><td>The Country of the Blind(1904) 등</td></tr>
<tr><td>石井真峰 訳, 「晴着」, 「水晶の卵」, 「盲人国」, 「緑の戸」, 「不思議な発明」, 『盲人国-その他』(海外文学新選 第10編), 新潮社, 1924</td><td>The Beautiful Suit(1909): 일명 『달빛의 우화』(A Moonlight Fable)
The Crystal Egg(1897)
The Country of the Blind(1904)
The Door in the Wall(1911) 등</td></tr>
<tr><td>浜林生之助 訳, 『幻の圍』, 健文社, 1924</td><td></td></tr>
<tr><td>木村信次 譯, 「卵形の水晶玉」, 「盲人の國」, 『モロオ博士の島』, アルス, 1924</td><td>The Island of Dr. Moreau(1896)
The Country of the Blind(1904)</td></tr>
<tr><td>石田伝吉, 「ヘルバーアト, ウエルズの新ユウトピア」, 『内外理想郷物語』, 丙午出版社, 1925</td><td>A Modern Utopia(1905) 축약</td></tr>
<tr><td>宮島新三郎 訳, 「盗まれたバチルス」, 「盲人の国」,</td><td>The Stolen Bacillus(1894)</td></tr>
</table>

서지사항	원작
「不思議な発明」, 『世界短篇小説大系　英吉利篇』(下), 近代社, 1925.7	*The Country of the Blind*(1904) 등
山下武 訳, 『ジヤンとピータア』, 春秋社, 1926	*Joan and Peter*(1918) 일부
帆足理一郎, 「モオダン ユウトピヤ」, 『社会文化と人間改造』, 博文館, 1926	*A Modern Utopia*(1905) 축약
フランク・ハリス 等, 「盗まれた黴菌」, 『魔の眼鏡－外六篇』, 広文堂書店, 1926	*The Stolen Bacillus*(1895)
「エピオルニス島」(鑓田研一 譯), 「靴の悲哀」(大宅壯一 譯), 『新興文学全集』, 平凡社, 1928	*Aepyornis Island*(1894) 등
村上貢 訳註, 『驚異の物語』, 研究社, 1929	
木村信児 訳, 「宇宙戰爭」, 『世界大衆文学全集』24, 改造社, 1929	*The War of the Worlds*(1897)
柳田泉 譯, 「パイクラフトの正體」, 『世界文学全集』36, 新潮社, 1929	*The Truth about Pyecraft*(1903)
비소설	
吉村大次郎 訳, 『第二十世紀予想論』, 大日本文明協会, 1909	*Anticipations*(1901)
横山又次郎　等, 「エツチジーウエルス「火星の生物」, 『科学十講』, 東京国文社, 1912	*Intelligence on mars*(1896) 혹은 *The Thing That Live On Mars*(1908)
遠藤金英 訳, 『戰後の世界』, 大鐙閣, 1918	*What is Coming?*(1916)
エイチユ・ジー・ウエルス, 『世界改造案－文明の救濟』, 東京 : 世界思潮研究會, 1921(비매품)	*The Salvaging of Civilization*(1921) 중 2, 3장
エイチユ・ジー・ウエルズ 講述, 大畑達雄 訳, 『世界国家論』, 東京 : 世界思潮研究會, 1921.	*The Salvaging of Civilization*(1921) 중 2, 3장
『世界文化史大系』1~5, 大鐙閣, 1922 역자는 1권 佐野学・北川三郎, 2권 波多野鼎, 3권 新明正道, 4권 新明正道・佐野学・波多野鼎, 5권 多野鼎	*The Outline of History*(1920)
大鐙閣編輯部 編, 『ウェルス世界文化史大系人名件名索引』, 大鐙閣, 1922	
松根宗一 譯, 『文明の救済』, 下出書店, 1922	*The Salvaging of Civilization*(1921)
福原勤之 譯, 『新文化への途』, 民文社, 1922	*The Salvaging of Civilization*(1921)
西宮藤朝 訳, 『世界国家と世界教育』, 玄同社, 1922	*The Salvaging of Civilization*(1921)
戸川秋骨・相曾博 共譯, 『文化の聖書』, アルス, 1923	*The Salvaging of Civilization*(1921)
柿原幾男 譯, 『大教育家の死』, クララ社, 1924	*The Story of a Great Schoolmaster*(1924) : Frederick William Sanderson의 전기

서지사항	원작
中御門康親 譯, 『処女教室』, 朝香屋書店, 1925	런던에서 출간된 『여성과학총서』 1권 중 일부. 목차: 1. 女性と性道德, 2. 女性の生殖器, 3. 春のめざめ, 4. 月經, 5. 健康と女性美, 6. 若き女性と男性との關係, 7. 在りのままの及び在りのまではない男, 8. 女性の使命, 9. 結婚, 10. 性の衛生, 11. 性の心理
赤井米吉 訳, 『世界文化史』, 集成社, 1925	*A Short History of the World*(1922)
秋庭俊彦 訳, 『世界文化史講話』, 白揚社, 1925	*A Short History of the World*(1922)
早稲田英語研究会 訳, 『文化史概觀』, 広文堂, 1925	*A Short History of the World*(1922)
H. G. ウェルズ, 学芸講演通信社 訳, 『大教育家サンダースン』, 学芸講演通信社, 1926	*The Story of a Great Schoolmaster*(1924)
北川三郎 訳, 『世界文化史大系』 1・2, 大鐙閣, 1927	*The Outline of History*(1920)
北川三郎 訳, 『世界文化史大系』 1~12, 東京 : 大鐙閣, 1927~28	*The Outline of History*(1920)
一旗茂助 訳, 『世界文化史概説』, 白揚社, 1928	*A Short History of the World*(1922)
加藤朝鳥 訳, 『革命草案』, アルス, 1930	*Blue Prints for a World evolution*(1928)
加藤朝鳥 訳, 『世界は動く』, 東京堂, 1930	웰스의 평론 외 여러 사상가의 글 모음.
小池四郎 訳, 『汝の靴を見よ』, クララ社, 1930	*This Misery of Boots*(1907)

13 〈표 11〉에서 제시한 목록은 『翻訳図書目録-明治・大正・昭和 戦前期』 1・3권(日外アソシエーツ, 2006~2007)과 일본국회도서관, 와세다대학 도서관, 도쿄대학 도서관, 중국국가도서관 등의 온라인 사이트를 검색하여 얻은 결과물임을 밝혀두는 바이다. 그러나 『翻訳図書目録』은 일본에서 번역된 단행본의 목록만 나열되어 있을 뿐 원작을 따로 밝히지 않았기 때문에 원작명은 일역본의 역자 서문과 표지에 기재된 내용을 따르거나 제목과 목차를 통해 추측했으며 원작을 파악하지 못한 사례도 포함했다. 그리고 일본인 작가의 저서에서 웰스를 중심으로 논의한 글은 제외하고 주로 단행본 번역서만 제시하였다. 가령, 『現代宗教哲学の革命-ウェルズの新神秘主義』(三浦関造 訳著, 天佑社, 1921), 『知られざる傑作・およびその他の評論』(岡田哲蔵, ロゴス社, 1922) 중 「ウェルズの神觀」, 『印象と傾向』(室伏高信, 改造社, 1923) 중 「ウェルス」, 『鶴見祐輔氏大講演集』(大日本雄弁会 編, 大日本雄弁会, 1924) 중 「世界的勢力たるウエルスの作品と人物」, 『思想・山水・人物』(鶴見祐輔, 大日本雄弁会, 1924) 중 「ウェルス」 등이 있다.
김미연, 앞의 글, 22면, 〈표 1〉에서 大日本文明協会 編輯, 『近時の経済変動』, 大日本文明協会, 1909을 웰스의 저서로 소개하였다. 그러나 반재영, 앞의 글, 412면, 각주 40번에 의하면 이 책은 데이빗 아메드 웰스(David Ames Wells)의 저작임이 밝혀졌다. 따라서 〈표 11〉에서 해당 목록을 삭제하였고, 조사를 통해 일부를 추가하였다.

〈표 11〉은 현재 확인할 수 있는 자료를 일부 검토하여 작성한 목록으로, 식민지 시기 실제 접할 수 있었던 저술과는 차이가 있을 수밖에 없다. 다만 이러한 서지 정리를 통해 단편적으로나마 당시의 독서 지형을 추측할 수 있다. 위 표에서 대표적으로 주목할 점은 구로이와 루이코黒岩涙香, 1862~1920의 번역이다. 구로이와 루이코의『타임머신』번역은 이 장의 3절에서 논의할 조선어 번역본의 저본이기도 하다. 또한, 2차 세계대전 즈음까지 일본에서 재차 번역된『타임머신』은 없는 것으로 추정된다. 이는 다양한 언어를 구사할 수 있는 지식인이 아니라면, 식민지 시기『타임머신』을 읽을 방법은 조선어 번역본과 구로이와 루이코의 일역본, 중국의 번역본 그리고 원작뿐이었을 것이다. 원작에의 접근 가능성은 크지 않다는 전제하에서는 구로이와 루이코의 번역이 지배적일 수밖에 없다. 특히, 구로이와 루이코의 일역본을 토대로 이해조, 조중환, 이상협, 민태원, 홍난파 등이 조선어로 번역했다는 사실을 상기해보면 더욱 그러하다.[14]

위 표에서 한 가지 더 주목할 점은 비소설 즉, 사상서의 번역에 있다.『문명의 구제』,『세계사 대계』등이 일본에서 거의 동시대적으로 번역되었다. 이러한 정황은 당시 일본에서 웰스의 위상을 가늠할 수 있는 척도로 작용할 수 있다. 일본의 번역 양상은 곧 조선과 중국에도 영향을 끼쳤을 것으로 예상할 수 있기 때문이다. 현재는 웰스를 과학소설가로 기억하는 일이 대부분이지만, 한 세기 전의 시점에서 본다면 과학소설의 선구자이자 그만큼의 위상을 가지고 있는 사상가였을 것이다. 웰스만을 당시 사상의 주류로 이해하는 것은 아니지만, 그에 대한 인식이 지금과 다르다는 맥

---

14 구로이와 루이코 소설의 한국어 번역 목록은 박진영,『탐정의 탄생-한국 근대 추리소설의 기원과 역사』, 소명출판, 2018, 133~135면 참조.

락이 주요하다.

웰스의 소설은 단행본으로 출간되었을 뿐 아니라 잡지에서도 다양하게 번역·소개되었다. 대표적으로 잡지 『영어청년英語青年, The rising generation』에는 웰스의 단편이 다수 번역되어 실렸다. 『영어청년』에 실린 작품 목록은 1913년에 「아이피오르리스 섬駝鳥の賣買」石川林四郎 譯, 1914년에는 「기묘한 난초의 개화蘭の珍花」石川林四郎 譯, 1915년에는 「별星」大谷繞石 譯, 「퇴짜 맞은 제인ヂエインの痛事」細田枯萍 譯 등이 있다. 1920년대에도 다양한 잡지에서 「보라색 버섯紅茸」, 「데이비슨의 눈과 관련된 놀라운 사건ヂイヴットスンの眼」, 「윈첼시 양의 사랑キンチエルスイ嬢の心」 등의 단편이 소개되었다.[15] 소설뿐 아니라 『구주전쟁실기欧州戰爭実記』에서는 웰스의 「세계적 평화 성취의 예언世界的平和成就の預言」1916.3, 「전쟁과 부인문제戰爭と婦人問題」1916.8 등이 번역되기도 했다. 잡지 중 『신학의 연구神學之研究』1918.2에서 「보이지 않는 왕으로서의 신見へざる王者としての神」, 『영어청년』1923.6에서는 『신과 같은 사람들Men Like Gods』이 소개되었다는 점은 특기할 만하다. 그 이유는 위 두 작품의 경우 이어서 논의할 이광수와 김윤경이 웰스의 작품을 소개할 때 대표작으로 선정한 것이기 때문이다. 이처럼 일본에서는 식민지 조선과 달리 웰스의 소설과 사상서가 매우 활발하게 번역되고 있었으므로, 조선어로 번역되지 않았어도 웰스를 접할 수 있는 길은 다양했을 것이다.

"현대 과학소설가로 세계에 유명한 영국에 에취지웰즈는 사람이 공중을 자유로 날아다니는 것과 같이 넷죄넓이를 충분히 정복할 수 있는 ㅎ늘소설을 지었다"[16]라고 서술된 것처럼 과학소설가인 웰스를 언급한 사례도

---

15 한국어 제목은 허버트 조지 웰스, 최용준 역, 『허버트 조지 웰스』, 현대문학, 2014를 따랐다.
16 필자 미상, 「문예상의 넷죄넓이」, 『신청년』 6, 1921.7.15.

있지만, 1920년대 웰스가 소개된 내용은 주로 사상가와 소설가의 면모가 혼재되어 있다. 1920년부터 1926년까지, 다시 말하면 『타임머신』이 두 차례 번역된 사이에 웰스를 주제로 한 자료가 많지 않은 가운데, 노자영의 「이상향의 꿈」과 『동아일보』의 「에취·지·웰스」, 『매일신보』의 「현대의 과학소설 예언적 작가 웰스」는 주목할 만하다.

노자영은 「이상향의 꿈」에서 "과학적, 정치적" 이상향과 "예술적, 종교적" 이상향에 대해 논한 바 있다.[17] 예술적 이상향은 윌리엄 모리스를 주축으로 소개했는데, 이는 앞서 2장 2절에서 언급하였다. 노자영의 글은 김환의 『타임머신』 번역 직후에 발표된 것으로, 웰스를 소개한 자료 중 비교적 이른 시기의 것으로 판단된다. 과학적 이상향은 웰스를 중심으로 서술되어 있는데, 그 내용은 다음과 같다.

과학적 이상향은 어떠한 곳인가? 웰스 씨는 말하기를 근세 사회의 죄악은 총히 혼란 무질서한 곳으로 발생하는 고로 과학적으로 하는 외에 타 방침이 다시없다 하였다. 그 혼란이란 무엇인가? 주취자, 병인, 불구자, 허약자, 죄악자, 저능자가 혼연混然 잡답雜沓하며 그리하고 타 보통인과 여히 생식生殖 대용代用을 영위하는 것이다. 또 이러한 사람의 자손들을 다 건전한 사람의 자손보다 일층 많이 번식이 된다는 것이다. 이러한 상태로 만물의 영장인 인간 사회에 행하여 가는 것은 참말 악현상이 아니고 무엇인가 하였다. (…중략…) 웰스 씨는 말하기를 광인은 이미 그 광인이라는 자유 하나로도 십분 절멸絶滅하여야 할 자격과 의무가 있음도 불구하고 금일 형편으로는 저가 살인의 대죄를 범할지

17 春城, 「이상향의 꿈」, 『서광』 6, 1920.7, 82~88면.

라도 형벌을 면한다는 모양이니 이야 참말 사회를 진화케 함인가 하였다. 또 저는 심신의 결점이 있는 자를 처치케 할 방법을 생각하였다. 예를 거擧하면 도저히 금주禁酒의 희망이 없는 자는 그들 음주가로 일원을 성한 후 그들을 원도遠島에 추방하고 그곳에서 비교적 유쾌한 자유의 여생을 보내게 한다는 것이다. 그리하고 저들에게는 절대적 자손을 양식케 하지 못하게 한다는 것이다. 이리하여 점차 사회의 악惡 분자와 약弱 분자를 제거한즉 사회의 일반 수평선은 차 절로 높아간다는 것이다. (…중략…) 그런고로 멀지 아니한 장래에 이러한 **문명의 대단원은 결속이 되어 다음 시대는 과학적 이상의 시대가 되며 일체의 사회 국가는 이론적 원리에 의하여 개조가 되지 아니하려는지 아무러나 세계 왕국의 건설**은 조만간 면치 못할 수인데 그때에는 지금의 정치적 사회적 조직은 마술魔術과 다신자多信者의 숭배와 같이 이 세계에서 일소一掃가 되리라 하였다.[18]

---

18 春城, 위의 글, 84~85면. 이 장면에 해당하는 『모던 유토피아』의 원문 일부를 옮기면 다음과 같다.

"But the mildly incompetent, the spiritless and dull, the poorer sort who are ill, do not exhaust our Utopian problem. There remain idiots and lunatics, there remain perverse and incompetent persons, there are people of weak character who become drunkards, drug takers, and the like. Then there are persons tainted with certain foul and transmissible diseases. All these people spoil the world for others. They may become parents, and with most of them there is manifestly nothing to be done but to seclude them from the great body of the population. You must resort to a kind of social surgery. You cannot have social freedom in your public ways, your children cannot speak to whom they will, your girls and gentle women cannot go abroad while some sorts of people go free. And there are violent people, and those who will not respect the property of others, thieves and cheats, they, too, so soon as their nature is confirmed, must pass out of the free life of our ordered world. So soon as there can be no doubt of the disease or baseness of the individual, so soon as the insanity or other disease is assured, or the crime repeated a third time, or the drunkenness or misdemeanour past its seventh occasion (let us say), so soon must he or she pass out of the common

186 번역된 미래와 유토피아 다시 쓰기

노자영이 위에서 언급한 내용은 웰스의 『모던 유토피아*A Modern Utopia*』 1905의 일부와 같다. 웰스는 위 책에서 우생학적 관점을 바탕으로 인종 개량의 필요성을 설파한 바 있다. 그 내용은 노자영이 서술한 바와 같이 "보통인"이 아닌 "주취자, 병인, 불구자, 허약자, 저능자"를 섬과 같은 장소에 격리하여 우량한 인종만을 선별하여 증식하는 방법이다. 이 부분만 따로 떼어놓고 보면 과도한 방식으로 보인다. 그러나 웰스의 맥락에서는 저들이 만들어진 원인은 국가와 사회에 있으므로, 국가가 그들을 처형하지 않고 따로 보호하는 방법으로 격리된 장소에서 여생을 즐겁게 보낼 수 있도록 한다는 말이다. 그렇지만 인간은 대체로 불완전하며 신체나 정신적으로 '완벽한 인간'은 허상일 뿐이다. 노자영은 "인간은 합리적의 자인 동시에 또 신비적神秘的의 자이다. 인성에는 이치 일편으로는 도저히 설명할 수 없는 다수한 파라독스(역설)가 있다. 음주와 끽연같이 불합리한 습관이라도 이것을 교정하기는 용이치 아니하다. 소위 뿔을 고치다가 우牛를 살殺한다는 비유와 같이 불합리한 자를 절멸 시키려다가 반反히 인성仁性 그것을 해害하지는 아니할는지 인간은 화학적 원소의 연성물도 아니며 사회는 단單히 인공품도 아닌 고로 논리뿐으로는 도저히 측測할 수 없는 측면을 가졌다"고 말하며, "과학이 인생에 대하여 유용한 보조학補助學이 아님은 아니나 피彼 등等 과학자의 주장과 같이 이것으로 인생의 전표全豹를 삼는다는 데는 수긍할 수가 없다"86면고 견해를 밝혔다. 이러한 맥락은 생존경

---

ways of men. (⋯중략⋯) The State will, of course, secure itself against any children from these people, that is the primary object in their seclusion, and perhaps it may even be necessary to make these island prisons a system of island monasteries and island nunneries."(H. G. Wells, *A Modern Utopia*, London: Chapman&Hall, 1905, pp.141~144)

쟁, 약육강식, 우승열패로 요약되었던 당시 사회진화론에 대한 비판적 인식과 관련된 것으로 보인다. 인류 사회를 자연계와 동일시하여 자연도태에 따라 사회가 발전한다는 사회진화론과 우생학을 최신 과학의 산물로 받아들인 당시의 인식에 대한 비판인 셈이다. 따라서 노자영은 '개조의 사상가'로 웰스를 소개하였지만, 그의 우생학적 견해에는 동의할 수 없다는 결론을 내린 것으로 판단된다.

다음으로 『동아일보』에 실린 「에취·지·웰스」를 간단히 살펴보면, 짧은 분량이지만 웰스의 문학가적 면모를 부각했다. 웰스를 버나드 쇼와 함께 독해하고 있는 점이 특징적인데, "여러 가지 사회문제를 가져다가는 새로운 맛을 붙여놓는 것은 '버나드, 쏘우'의 연극을 소설로 읽는 듯한" 느낌이라고 하면서 "그의 가치는 현재에 있지 않고 '버나드, 쏘우'와 함께 오려는 미래에 있는 미지수의 천재"라고 소개했다. 이 글의 필자는 웰스가 사회문제를 다루면서 미래를 논할 수 있는 작가라는 점에 주목했다고 볼 수 있다. 이러한 서술 방식은 이어서 논의할 이광수의 글과 유사하다. 또한, 당시 조선어로 번역되지 않은 두 작품 「맹인의 나라」와 「아름다운 옷」을 흥미와 교훈을 주는 작품이라고 간단하게 소개했다. 이 중 「맹인의 나라」는 앞서 살펴본 바와 같이 일본에서 1923년부터 번역되었다. 필자인 밴댈리스트는 웰스의 본령이 단편이 아닌 장편에 있다는 설명도 덧붙였다. "장편소설은 과학적 탐구적 예언과 암시를 준 것으로 프랑스의 '쥘베른'을 생각게 하며 사회의 제도 조직을 개선키 위하여 해결 방법을 보인 것으로는 '쏘우(버나드 쇼George Bernard Shaw—인용자)'와 '깔스워디(존 골즈워디John Galsworthy—인용자)'의 극과 소설과 같고 사실적 연애 이야기를 쓰는 점은 '끼싱(조지 기싱George Robert Gissing—인용자)'과 같다"고 말하며

웰스는 "다방면을 겸한 무가불능無可不能의 재사才士"임을 강조하였다.[19]

여기서 웰스의 '예언성'을 놓치지 않았다는 점이 중요하다. 앞서 언급한 바와 같이 웰스는 예언적 작가로 명성을 떨쳤다. 이때의 '예언'은 주술적인 방식이 아닌 과학적 원리, 진보적 사관을 바탕으로 한 내용이다. 웰스는 과학의 발전을 바탕으로 실현될 수 있는 기술을 소설에서 그려냈고, 자본주의 사회 구조에 대한 비판을 통해 미래를 예상하며 세계전쟁이 일어날 것으로 보았다. 웰스의 '예언'은 그의 소설이나 사상이 미래를 내다보는 동시에 현실의 변화 가능성을 제시할 수 있다는 점에서 빼놓을 수 없는 키워드이다. 1차 세계대전 이전 영국 작가 노먼 에인절Norman Angell은 『위대한 환상The Great Illusion』1909에서 국가 간 상호 연관성과 현대 군사력의 증가하는 파괴력으로 인해 전쟁은 불가능하며 20세기 들어 합리적인 제정신을 가지고 전쟁을 치른 사람은 아무도 없다고 주장했다.[20] 그러나 웰스의 주장처럼 1차 세계대전은 일어났고, 웰스의 '예언'은 실현 가능성을 획득했다. 이 점은 『매일신보』의 「현대의 과학소설 예언적 작가 웰스」에서 두드러지게 나타난다.

「현대의 과학소설 예언적 작가 웰스」는 제목에서부터 '예언성'을 강조했다. 필자인 벽오동은 대표적인 과학소설가로 "미국의 '째크·론돈'과 불국의 '쥴·베른' 등이 있으나 '웰스'와 비견되지 못"하다고 소개하며 식자가 감동할 수 있는 과학소설에는 과학적 근거가 있어야 한다고 주장하면서 이에 적확한 인물이 웰스라고 지칭한다.[21] 벽오동이 주목한 소설은 『세

---

19 밴댈리스트, 「에취·지·웰스」, 『동아일보』, 1924.12.19, 4면.

20 David P. Barash·Charles P. Webel, 송승종·유재현 역, 『전쟁과 평화』, 명인문화사, 2018, 57면.

21 벽오동, 「현대의 과학소설 예언적 작가 웰스」(1), 『매일신보』, 1925.11.29, 3면.

계 해방』이다. 소개된 내용이나 제목을 바탕으로 『해방된 세계*The World Set Free*』1914라고 판단할 수 있다. 이 소설은 웰스가 세계전쟁을 경고한 작품으로 유명한데, 벽오동은 다음과 같이 소설을 요약했다. 1950년경 유럽에서 전쟁이 일어나자 각국에서는 금지 폭탄인 "카로리남"[22]을 사용했다. 폭탄으로 인해 파리와 베를린 등 세계 도시가 초토화되었고 이후 각국의 대표자가 모여 평화회의를 개최하여 영구적인 평화를 약속하면서 세계가 전쟁의 공포에서 해방되었다는 줄거리이다. 여기서 신무기인 "카로리남"은 영원히 폭발하는 폭탄이란 의미로 훗날 핵연쇄반응을 이론화한 물리학자 레오 실라르드Leo Szilard에게 영감을 주었다고 한다.[23] "원자폭탄atomic bomb"이라는 용어도 『해방된 세계』에서 처음 사용되었다고 알려져 있다.[24]

벽오동은 내용을 소개한 후 웰스의 평화론에도 주목하였다. 웰스는 현대 문명의 병폐로 "도회병都會病"과 "군비병軍備病"을 꼽았다. 그러나 앞으로는 비행기 등의 교통 발달로 도시로의 집중이 무의미해질 것이고, 세계 각국이 무기 개발에 사력을 다하지 않으면 군비 낭비도 없어질 것이라고 주장했다.[25] 웰스의 이러한 견해는 다음 절에서 살펴볼 『동명』의 「세계개조안」에서 언급된 것과 동일한 내용이다. 이 글은 '세계국가' 개념을 서술하지 않았지만, 세계평화를 지향하는 웰스의 관점을 제시했다는 점에서 의의가 있다. 그리고 과학기술의 발달이 가져올 폐해를 경고하면서 웰스의 과학소설이 어떠한 시의성을 함의하고 있는지 밝혔다. 시대를 통찰하여

---

22 원문 표기는 "Carolinum"이다.(H. G. Wells, *The World Set Free*, New York : E. P. Dutton & Company, 1914. p.109)

23 아이작 아시모프, 김선형 역, 『SF 특강』, 한뜻출판사, 1996, 111~112면.

24 김명진, 『20세기 기술의 문화사』, 궁리, 2018, 32면.

25 벽오동, 「현대의 과학소설 예언적 작가 웰스」(2), 『매일신보』, 1925.12.13, 3면.

'예언'적 면모를 획득한 웰스를 소개함으로써 국제적인 노력 여하에 따라 미래가 달라질 수 있음을 강조한 글이다.

사상가로 수용된 웰스에 대해 논의하기 위해, 번역되지 않은 『세계사 대계』에 주목할 필요가 있다. 『세계사 대계』는 식민지 시기에 조선어로 번역되지 않았지만, 다수의 지식인이 이 책을 읽은 경험을 남겼다. 대표적으로 1928년 뤼순 형무소에서 조선일보 기자 이관용에게 『세계사 대계』를 구해 달라고 부탁한 신채호의 일화가 있고,[26] 함석헌은 오산학교 시절에 『세계사 대계』를 읽고 세계평화 이념에 큰 영향을 받았다고 술회하기도 하였다.[27] 1920년대의 이광수, 김윤경, 1930년대의 주요한을 위시한 여러 지식인이 이 책을 읽었다고 밝혔다.[28] 이때 이들이 읽은 『세계사 대계』는 당시 대부분의 독서 양상이 그러하듯 주로 일역본이었을 것이다. 1920년에 『세계사 대계』가 출판된 이후 일본에서는 1921년부터 번역되기 시작했으며 대등각大鐙閣 판의 경우 1921년부터 1928년까지 전 12권으로 출간되기도 했다.[29] 중국에서의 번역 역시 일본보다는 적은 양이지만 1927년을 기점으로 점차 늘어나고 있었기 때문에 1920년대 후반에는 중역본으로도 접할 가능성을 빼놓을 수 없다.[30] 그리고 「세계문화사대계」

---

26 이호룡, 『신채호』, 역사공간, 2006, 169면; 이관용, 「대연감옥(大連監獄)에서 신단재(申丹齋)와 면회. 북경에 와서」(2), 『조선일보』, 1928.11.8, 1면.

27 함석헌, 함석헌편집위원회 편, 『씨올의 소리』, 한길사, 2016, 328면.

28 "주요한 : 최근에 읽은 중에는 씽클레어의 「석유」「왕, 석탄」「보스턴」 등과 웰스의 「역사대계」 중의 수절(數節) 등을 들고 싶다."(「내가 감격한 외국 작품」, 『삼천리』 11, 1931.1.1); "김창제 : 6. 웰스세계문화사대계(上下)"(「애장 십종서」(설문), 『삼천리』 6:9, 1934.9.1); "안회남 : 읽고 있는 책 웰스의 세계문화소사"(「최근 독서 초(抄) 읽은 책, 읽는 책, 읽을 책」, 『동아일보』, 1939.5.2) 등.

29 일본에서 『세계사 대계』의 대략적인 출간 양상은 〈표 11〉에 제시하였다. 1930년대에도 新光社, 春秋社, 誠文堂新光社, 白揚社, 岩波書店, 三笠書房 등에서 출판된 것으로 파악된다.

30 중국에서는 1927년부터 上海 : 商务印书馆에서 간행한 『汉译世界史纲』와 『世界史纲』의 수

란 영문책 한 권을 미결 때부터 이 잡듯이 한 자도 **빼**지 않고 정독"[31]했다
는 회고에서 보듯 영어 원본으로 접한 기록도 찾을 수 있다. 인도印度의 출
판계를 조망하는 글에서 "작자별로 보건대 H. G. 웰스의 것이 단연 타를
압도하고 굉장한 매행賣行을 보이고 취중就中 그의 "세계사" 及 "인생의 과
학" 같은 것은 나는 듯이 팔린다"고 소개되거나,[32] 조선사편수회朝鮮史編修會
의 『조선사』 35권을 알리는 글에서 "현대에 있어서 웰스의 세계문화사대
계가 독특한 견지에서 위대한 저작"이라고 언급되기도 했다.[33]

이러한 정황으로 미루어 보면, 식민지 시기는 『세계사 대계』를 일본어,
중국어, 영어 등 다양한 언어의 판본으로 접할 수 있는 환경이었을 것이
다. 언급 양상을 볼 때 웰스는 21세기에 그의 대표작으로 불리는 『우주전
쟁』이나 『타임머신』과 같은 과학소설을 쓴 작가라는 호칭보다 오히려 역
사서의 저자이자 사상가로 불리는 빈도가 더 높아 보인다. 이 연구의 초점
인 1920년대에 주목하자면, 최남선의 『아시조선兒時朝鮮』을 읽으며 웰스의
『세계사 대계』를 겹쳐 놓은 형상도 발견할 수 있다.[34]

1930년대에는 웰스와 스탈린의 내담이 각종 신문에서 소개되었는데,[35]

가 가장 많다. 1930년에는 上海 : 昆仑书店에서 *A Short history of world*를 『世界文化史纲』로
번역 출판하였다.

31 「옥중만총」, 『별건곤』 32, 1930.9.1, 123면 중 박형병의 회고이다.

32 「『성서(性書)』를 탐독하는 인도(印度)의 독서층」, 『동아일보』, 1934.7.3, 3면.

33 「학계의 금자탑」, 『조선일보』, 1938.7.11, 1면.

34 "그러므로 그는 인류의 진화로부터 시작하여 인종 분포의 경로를 말하고 조선민족이 어떻게 생장
(生長)되고 조선이란 나라가 어떻게 건설되고 그의 독특한 문화=소위 불함(不咸) 문화를
어떻게 이루게 된 내력을 비로소 밝혀 놓은 것이 마치 "웰스"의 세계문화의 체계에 근사(近似)
한 점이 있다. 따라서 그 기술한 바가 치자(治者)의 공적이라든지 왕실의 계보라든지 전쟁의
기록이라든지 한 특수 계급 사실만을 기록한 것이 아니오, 조선민족이 어디서부터 어떠한 경로
로 어디로 향하고 있는가를 탐구한 일종의 문화사론이라고 하겠다."(일민생(一民生), 「조
선사학상의 일대 혁명 최남선 씨의 아시조선(兒時朝鮮)을 읽고」(1), 『동아일보』,
1927.10.12, 3면)

『동아일보』는 10회에 걸쳐 대담 내용을 번역하여 연재하였고,[36] 후속 기사로 이 대담에 대한 버나드 쇼George Bernard Shaw와 에른스트 톨러Ernst Toller의 비평을 번역하기도 했다.[37] 또한 국제펜클럽 회장으로의 행보에도 관심을 기울인 기사를 쉽게 찾을 수 있다.[38] 19세기 후반부터 과학소설로 유명한 웰스이지만, 『우주전쟁』과 같은 과학소설에 대한 언급보다 『세계사 대계』에 대한 술회가 주를 이루고 있는 것으로 보아 웰스는 1920년대 식민지 조선에서 『세계사 대계』의 저자로 영향력을 미치고 있었다고 짐작된다. 따라서 『세계사 대계』를 독서한 경험을 남긴 지식인 중 이광수, 김윤경, 함석헌의 사례를 살펴보고 이를 통해 1920년대 식민지 조선에서 웰스를 어떠한 방식으로 독해하고 명명하는지 구체적으로 알아보도록 하겠다.

먼저 주목할 글은 우선 고주孤舟 이광수의 「영문단 최근의 경향」이다. 이 글은 1800년대부터 1920년대까지의 영국 문단을 설명하는 내용으로 구성되어 있다. 그 가운데 이광수는 절반에 달하는 분량을 웰스로 채웠다. 이광수가 웰스를 거론한 기록은 현재까지 이 글 외에는 찾을 수 없지만, 웰스를 중심으로 영국 문단을 이해했다는 것 자체에 의미를 부여할 수 있다.

35 「영(英) 웰스氏 막사과(莫斯科) 도착」, 『동아일보』, 1934.7.24; 「H, G, 웰스氏 막사과(莫斯科)에 도착」, 『조선일보』, 1934.7.24; 「소(蘇) 스탈린氏 웰스 옹(翁)과 회견」, 『동아일보』, 1934.7.25; 「스탈린氏와 월스氏 크레믈린 궁전에서 회견」, 『조선일보』, 1934.7.25; 「문호 웰스氏와 소련 지도자의 논전(論戰), 자본주의 제도하에 계획경제는 불능」, 『조선일보』, 1934.10.12. 등.

36 「스탈린과 웰스의 대화」(전 10회), 『동아일보』, 1935.2.16~3.7.

37 양산생(凉山生), 「스탈린, 웰스의 대화와 뻐나드쇼의 비평」, 『동아일보』, 1935.3.8, 3면.

38 "우리는 반드시 '웰스'를 회장으로 하는 P·E·N 구락부의 모방을 종용하는 것이 아니다." (「문인단체의 결성을 촉함」, 『동아일보』, 1935.6.22, 3면); 「일본 P·E·N 구락부 성립 島崎藤村氏를 회장으로」, 『동아일보』, 1935.10.26; 「국제작가대회의 교훈」(2), 『동아일보』, 1936.5.29; 「P·E·N 구락부 국제대회 9월 5일부터 남미(南米)에서」, 『동아일보』, 1936.6.16 등.

이광수는 웰스의 소설이 "노동문제, 사회문제, 부인문제"를 다루고 있으며, "이 같은 문제를 가장 원만히 해解하는 수단은 세계국가의 건설을 놓고는 타他에 없다고 생각"한다는 웰스의 관점을 밝히기도 하였으며, "그런고로 피彼는 세계주의적, 사회주의적 작가"라고 소개했다.[39] 우선 웰스의 사상을 관통하는 용어인 '세계국가'는 이광수의 글보다 앞서 1921년 4월 『조선일보』의 「구주歐州의 행로行路, 『우엘스』 씨의 세계국가론世界國家論」과 1923년 4월 『동명』의 「세계개조안-문명의 구제」 등을 통해 알려졌다.[40] 이광수의 「영문단 최근의 경향」1925은 『문명의 구제』가 이미 번역된 이후의 글이고, 『동명』의 필자이기도 했던 이광수의 이력을 상기한다면, 웰스의 저술을 충분히 알고 있었을 것으로 짐작할 수 있다. 또한 노동·사회·부인문제는 1차 대전 이후 세계의 3대 문제로 주목받아 온 내용이다.[41] 세계 3대 문제와 관련지어 소개한 부분은 사회정치적 경향과 관련된 웰스의 사상을 바탕으로 글이 진행될 것을 암시하는 지점이다.

이어서 이광수는 웰스를 "현대 영문학이 가진 가장 강한 사회의식에 타고 있는 작가의 일인一人"23면으로 소개한 후 『신과 같은 사람들』을 가장 좋은 작품이라 말한다. 김병철은 이광수가 소개한 소설을 *A Modern Utopia*1905의 번

---

39 孤舟, 「영문단 최근의 경향」, 『여명』 2, 1925.9, 23면. 이 글을 인용할 경우 면수만 밝힌다. 또한 이 글의 발표 시기와 관련하여 김병철의 『한국근대서양문학이입사연구』 상, 을유문화사, 1980, 250면에는 1926년 2월로 되어 있으나, 『이광수 전집』(삼중당)에 1925년 9월로 기재된 점, 『여명문예선집』(김승묵 편, 여명사, 1928)에서 호별로 순서대로 묶어 놓은 점, 김윤식, 『이광수와 그의 시대』 2, 솔, 1999, 565면을 토대로 1925년 9월로 표시했다. 본고는 『여명문예선집』에서 이광수의 글을 인용하였는데, 선집 전체의 면수 표시는 따로 없어서 제2호의 면수를 따랐다.

40 두 텍스트는 웰스의 『문명의 구제(*The Salvaging of Civilization*)』(1921) 중 2, 3장을 번역한 것이다. 구체적인 내용과 번역 양상은 다음 장에서 제시하도록 하겠다.

41 「세계 삼대 문제의 파급과 조선인의 각오 여하」, 『개벽』 2, 1920.7.25, 2면.

역이라고 제시했지만,[42] 「영문단 최근의 경향」의 본문에 이미 『神과 갓흔 사람들』로 기술되어 있다. 제시된 소설의 원제목은 *Men Like Gods*1923로, 이광수가 출판된 지 2년밖에 되지 않은 신간을 소개한 점에서 주목을 요한다. 이광수는 『신과 같은 사람들』을 "일종의 유─토피아 소설로 소위 이상의 세계를 웰스 일류의 경쾌하고 창달暢達한 필치로 쓴 것"23면으로 소개하며 소설 속 한 장면을 번역하였다. 이 부분은 유토피아 세계에 도착한 지구인 신부神父 아마톤과 유토피아인의 대화가 이루어지는 장면이다. 아마톤은 "묵은 종교와 도덕에 얽매인 남자"23면로서 유토피아 사회의 결혼, 가족 제도를 이해하려 하지 않고 비난한다. 이 소설의 유토피아 세계에서는 남녀 간에 의무로 행하는 결혼은 존재하지 않는다.[43] 이에 대해 아마톤이 가족 제도를 없애 버린 것이라고 분개하자 유토피아인은 그러한 제도를 없앤 것이 아니라 "가족 제도를 확대시키고 미화시켜 전 세계를 그중에 포용"한 것이라 설명한다. 그러나 아마톤은 "결혼도 없고 신의 축복도 없고 법식이나 제재制裁도 없이 남녀가 애인이 된다. 대체 이것이 무엇인가"24면라고 반문한 후 "당신들의 소위 유!토피아란 무제한한 방종의 지옥에 불과한다? 무제한 한 지옥"25면이라고 분노하는 장면으로 번역이 마무리된다.[44]

---

42 김병철, 『한국근대서양문학이입사연구』 상, 251면.

43 "'유-토피아'에서는 남녀가 불가분 일대(一對)로서 생존치 않으면 안 된다하는 하등의 강제는 없다. 그 같은 강제는 '유-토피아'인에 취하여는 불편이다. 남녀가 일을 위하여 접근할 시(時)는 피등(彼等)은 연인 동지가 되어 영원히 같이 생활한다. 그러나 누구나 그렇게 하지 않으면 안된다하는 의무는 없다."(23면) 이에 해당하는 원문은 다음과 같다.
"In Utopia there was no compulsion for men and women to go about in indissoluble pairs. For most Utopians that would be inconvenient. Very often men and women, whose work brought them closely together, were lovers and kept very much together, as Arden and Greenlake had done. But they were not obliged to do that."(H. G. Wells, *Men Like Gods*, New York : Macmillan, 1923, p.86)

44 이광수가 번역한 장면은 1부 6장 1절 일부에 해당한다. 원문은 다음과 같다.

이광수는 번역을 마치며 "오늘날 신도덕에 대한 비난이 있다하면 이런 종류일 것이다. 우리 조선에도 이 같은 무리가 많이 있다 생각할 때에 다만 일종의 비애를 느끼지 아니할 수가 없다"[25]면고 서술한다. "일종의 비애"를 느낀다는 이광수의 감회는 자연스럽게 「신생활론」을 떠올리게 한다. 이광수는 「신생활론」에서 "생활은 유동합니다. 변화합니다. 그러므로

Father Amerton had listened with ill-concealed impatience. Now he jumped with: "Then I was right, and you have abolished the family?" His finger pointed at Urthred made it almost a personal accusation. / No. Utopia had not abolished the family. It had enlarged and glorified the family until it embraced the whole world. Long ago that prophet of the wheel, whom Father Amerton seemed to respect, had preached that very enlargement of the ancient narrowness of home. They had told him while he preached that his mother and his brethren stood without and claimed his attention. But he would not go to them. He had turned to the crowd that listened to his words: "Behold my mother and my brethren!" / Father Amerton slapped the seat-back in front of him loudly and startlingly. "A quibble," he cried, "a quibble! Satan too can quote the scriptures." / It was clear to Mr. Barnstaple that Father Amerton was not in complete control of himself. He was frightened by what he was doing and yet impelled to do it. He was too excited to think clearly or control his voice properly, so that he shouted and boomed in the wildest way. He was "letting himself go," and trusting to the habits of the pulpit of St. Barnabas to bring him through. / "I perceive now how you stand. Only too well do I perceive how you stand. From the outset I guessed how things were with you. I waited—I waited to be perfectly sure, before I bore my testimony. But it speaks for itself—the shamelessness of your costume, the licentious freedom of your manners! Young men and women, smiling, joining hands, near to caressing, when averted eyes, averted eyes, are the least tribute you could pay to modesty! And this vile talk—of lovers loving—without bonds or blessings, without rules or restraint. What does it mean? Whither does it lead? Do not imagine because I am a priest, a man pure and virginal in spite of great temptations, do not imagine that I do not understand! Have I no vision of the secret places of the heart? Do not the wounded sinners, the broken potsherds, creep to me with their pitiful confessions? And I will tell you plainly whither you go and how you stand? This so-called freedom of yours is nothing but licence. Your so-called Utopia, I see plainly, is nothing but a hell of unbridled indulgence! Unbridled indulgence!"(Ibid., pp.87~88)

생활의 방식은 결코 일정불변할 것이 아니요, 사위四圍의 상황을 따라 생물학의 말을 비용備用하면, 외계에 순응하여 시시각각으로 변천할 것이외다. 영구한 도덕, 예의, 법률, 풍속, 습관이 있을 리가 없습니다"라고 말하였다. 또한 "혼인의 목적은 부와 부 되는 개인의 행복과 사회 국가의 행복, 진보가 아니고 부모의 재미와 가정의 방편이외다. 부부 생활은 실로 개인이 향유할 최대한 행복이요 (…중략…) 오직 당자의 의사와 종족 이상일 것"을 피력하였다.[45] 인용한 「신생활론」의 내용은 시대가 변함에 따라 애정관과 혼인관이 변화해야 한다는 주장으로, 『신과 같은 사람들』의 장면과 일부 유사한 맥락이다. 이광수는 진화된 유토피아 사회의 특징을 강조하는 동시에 아마톤의 관점 같은 봉건적인 인식을 비판하려는 의도로 위와 같은 장면을 번역한 것으로 보인다.

이어서 이광수는 『세계사 대계』에 대해 설명한다. "彼(웰스-인용자)에게는 최근에 또 '세계역사대계'란 저서가 있어 비상히 많은 독자를 얻었다. 이 저서에서도 다만 彼는 과거 사실을 기술한 것뿐이 아니고 거기에는 사회 개조의 이상이 힘 있게 박혀있다. 역사가 다만 과거의 기록만 되어서는 큰 의의를 가질 수 없다. 장래를 지배할 힘이 되어야 비로소 역사의 가치를 발휘한다. 웰스의 '세계역사대계'에는 그 용의用意가 충분히 갖춰있다."25면 인용에서 확인할 수 있듯, 이광수는 웰스를 "사회 개조의 이상"을 추구하는 작가로 명명하고 있으며, 이러한 이상이 극대화된 웰스의 저서가 『세계사 대계』라고 본다. 주지하듯 이광수는 1922년 「민족개조론」을 통해 민족의 도덕성이 개조되어야 함과 제도 개혁의 중요성을 역설하였

---

45 이광수, 「신생활론」(『매일신보』, 1918.9.6~10.19), 『민족개조론』, 우신사, 1993, 228·248~249면.

다. 후술할『문명의 구제』도 참고한다면, 웰스가 '사무라이' 계급으로 지칭했던 지식인을 통한 개조와 점진적인 평화주의라는 맥락에서 이광수는 웰스를 통해서도 개조론을 전유한 것으로 보인다. 이 가정은 이광수가 선택한 소설을 부분 번역하는 지점에서도 두드러졌다. 따라서 이광수는『세계사 대계』와「신과 같은 사람들」을 개조론의 흐름에서 이해하는 가운데, 진보된 사회에는 새로운 도덕이 필요하다는 사실과 개조의 주체와 대상에 대한 본인의 인식을 강화하고 재확인하는 방법으로 웰스를 독해한 것으로 이해할 수 있다.

다음으로 살펴볼 글은 김윤경의「에취·지·웰스 씨의 사상」이다. 김윤경은 서문에서 연전에 다니던 시절 수업 중에 웰스의『세계사 대계』에 대한 내용을 들었다고 회고한다. 김윤경이 연희전문학교에 다녔을 시기는 1917년에서 1922년 사이이다. 웰스의 저서가 1920년에 출간되었다는 점을 상기할 때 출판된 지 얼마 지나지 않은 시점에 이미 조선의 교육 공간에서도 알려지기 시작했다는 것을 알 수 있다.

김윤경이 소개한『세계사 대세』의 내용은 다음과 같다. "재래의 역시는 평민이 아닌 '위인'이 평민이 아닌 '위인들'을 독자로 하여 저술하였기 때문에 그 내용도 평민과는 상관없는 인물이며 사건을 서술한 것 즉 '하모何某의 치세, 하모의 계보, 하모의 전쟁만을 취급한 보통의 역사'였습니다. 그러하나 씨氏는 일체의 인류가 공동의 조선祖先에서 나아서 공동의 통로를 밟아 공동의 귀착점에 접근하고 있다는 신 견해를 가지고 온갖 민족, 온갖 종교, 온갖 국가, 온갖 시대를 망라하여 정신적으로든지 실제적으로든지 신출의 기걸한 만국사를 쓴 것이외다. 그리하여 고루하고 편협한 이기적, 약탈적 국가주의(인류 협동을 방해함이 큰)를 배척한 것이외다. 그는

(…중략…) 『문명의 구제』1921를 써 현대 문명의 결함과 가능한 인류의 장래에 대한 예언을 발표하였습니다."[46] 인용을 통해 당시 『세계사 대계』가 애독된 이유를 추측할 수 있다. 강자의 역사가 아닌 약자의 시선을 중심으로 저술된 역사서라는 점이 식민지 조선의 맥락에서 가장 크게 작용했을 것으로 생각된다. "일체의 인류가 공동의 조선祖先에서 나아서 공동의 통로를 밟아 공동의 귀착점에 접근하고 있다"는 문장은 「조선사학상의 일대 혁명 최남선 씨의 아시조선兒時朝鮮을 읽고」에서의 서술과 상당히 유사하다. 또한 "공동의 귀착점"으로 나아갈 것이라는 일종의 진화론적 관점이 보이는 맥락은 식민지 조선 사회에 일종의 변화 가능성을 제시했을 것이다. 특히 웰스가 예언적 성격을 가진 사상가라고 여겼던 시대적 인식은 실현 가능성에 근거로 작용했을 가능성이 크다.

김윤경은 서문에서 "『문명의 구제The Salvaging of Civilization』 중의 「인류의 장래The Probable Future of Mankind」란 세계국가주의를 표시한 논문을 읽은 뒤"36면에 이 글을 쓰게 되었다고 밝혔다. 여기서 언급한 『문명의 구제』 역시 1921년에 발간된 책이라는 점을 상기할 때 김윤경 역시 이광수와 마찬가지로 동시대적인 감각으로 웰스를 독해하고 있다. 한편, 김윤경은 "웰스 氏의 사상은 우리 교회에서는 이단으로 여기는 자이외다. 그러나 세상에 그런 것이 있다는 일을 알아둠은 반드시 무익하다 할 것도 아님으로 게재하는 바"[47]라고 밝히면서 소개의 차원으로 한정한다. "현 영국 문단뿐 아니라 실로 세계 문단의 거벽이요 인도 정의에 근거를 둔 개조 사상계의 명성"으로 서술한 문장은 이광수의 글과 마찬가지로 개조론적 관점

---

46 김윤경, 「에취·지·웰스 씨의 사상」, 『진생』 2:1, 1926.9, 38면.
47 김윤경, 「에취·지·웰스 씨의 사상」, 『진생』 2:2, 1926.10, 9면.

에서 주목하였음을 확인할 수 있다. 다만, 김윤경의 서술은 웰스의 사상을 식민지 조선에 직접적으로 적용하려는 의도라기보다, 세계적인 개조론의 조류를 학습하는 것에 목적을 두고 있는 것으로 보인다.

김윤경은 웰스의 소설을 "가공적인 비현실적이라 할 만치 초월한 이상적 경향"과 "사실적이요 자서전적 색채가 농후한 현실적 경향"으로 나누어 설명하였다.[48] 전자에 해당하는 작품으로 『해방의 세계』, 『세계전쟁』, 후자는 『토노벙게이』, 『결혼』을 언급했다. 여기서 『세계전쟁』이라 제시한 소설은 『우주전쟁』으로 불리는 *The War of the Worlds*1897를 가리키는데, 오히려 김윤경의 번역 방식이 원작에 가까운 느낌을 준다. 이어 종교적 경향의 작품으로 『꿩장한 연구』, 『뿌라이틀링씨의 동관洞觀』, 『보이지 아니하는 왕으로서의 신』을 나열했다. 내용은 따로 소개하지는 않았지만, 웰스의 문학을 경향별로 나누어 설명한 시도는 이 글만의 특징이라 볼 수 있다. 또한 『예상』, 『제조 중의 인류』, 『모던 유토피아』, 『세계 문화사 대계』, 『문명의 구제』, 『미래의 발견』, 『요한과 베드로』를 언급했는데, 여기서 제시된 것 중 『모던 유토피아』를 제외하면 당시에 조선어로 번역된 적 없는 텍스트이다. 김윤경은 『모던 유토피아』가 『동광』에서 번역된 사실도 부기했다. 이는 수양동우회의 일원으로서 기관지에 실린 글을 알리고 있다는 인상을 주는 동시에 웰스에 대한 지식의 장이 형성되고 있음을 알 수 있는 지점이기도 하다.

이 글에서 가장 중점적으로 서술되는 웰스의 저서는 김윤경이 『보이지 아니하는 왕으로서의 신』이라 번역한 *God the Invisible King*1917이다. 이 작

---

48 김윤경, 「에취 · 지 · 웰스 씨의 사상」, 『진생』 2:1, 1926.9, 36~37면.

품은 웰스의 대표작과 거리가 있으며 소설이 아닌 사상서로 분류된다. 이 점에서 김윤경의 선택은 특수성을 띤다. 기독교 잡지인 『진생』에 실린 것도 독특한 지점이라고 보는데, 앞에서 언급한 것처럼 일본의 종교 잡지인 『신학의 연구』1918.2에서 「見へざる王者としての神」이 소개되었다는 것을 상기할 때, 다양한 층위에서 웰스가 논의되고 있었다고 할 수 있다.

김윤경은 두 번째 연재에서 웰스의 종교적 사상을 풀어내는데 여기서 웰스의 종교란 흔히 알고 있는 성격의 것과는 다른 형식이다. 김윤경이 말하는 웰스의 신神이란 "공간적 물질적으로는 존재하지 아니하나 시간적으로는 인류와 함께 걷고步 나아가는進 존재"이다. 이어서 "보이지 않는 王"이 다스리는 왕국의 목적은 "전 인류가 평화히 공동적 활동"을 하는 것에 있다고 전한다.[49] 이 "보이지 않는 왕"은 YMCA 기관지인 『청년』에서도 언급된 적이 있다. "법국의 푸리어Fourier 씨는 절대의 사회주의자로되 무신론과 유물주의를 반대하였고 상제上帝, 자연, 산학算學을 승인하였으며 웰스H. G. Wells씨도 상제는 무형의 왕이라 함을 인認"[50]하였다고 설명하는 방식이다. 푸리에와 같은 맥락에서 언급된 것을 볼 때 이대위는 웰스를 과학적 사회주의자가 아닌 소위 공상적 사회주의자로 인식하고 있음을 알 수 있다.

이대위와 비슷한 맥락에서 김윤경은 웰스를 종교적 사회주의자로 명명한다. 김윤경은 웰스가 마르크스의 유물론적 사회주의를 배격한다고 설명하며 다음과 같이 말한다. "(웰스는-인용자)「맑스」류의 유물론적 사회주의도 싫어합니다. 「맑스」派 사회주의도 경제론적 운명론적 사회주의라고 하여 부정합니다. 그가 「맑스」派의 유물론적 사회주의를 배척하는 것은

---

49 김윤경, 「에취·지·웰스 씨의 사상」, 『진생』 2:2, 1926.10, 10면.
50 이대위, 「사회주의와 기독교의 귀착점이 엇더한가?」(1), 『청년』 3:8, 1923.9, 9면.

매우 맹렬합니다."[51] 이 같은 서술은 앞서 분석한 이광수와 같은 비사회주의 계열의 지식인들이 웰스식의 사회주의를 이해하는 방식을 보여준다. 김윤경은 "그의 믿는 사회주의는 인류주의의 입장을 취한 일종의 「데모크라시」인 듯 싶습니다"라고 요약한 후 "「프롤레타리아」라든지 「썍르쪼아」의 어느 한 편만 기울어짐이 없이 널리 인류주의의 견지로부터 사회를 개조하려는 것"이 웰스식 사회주의의 특성이라고 정리한다.

'인류주의'의 보편적 개념을 "인류이면 누구나 천부의 평등 자유를 가졌다 보고 한가지로 그 천부의 평등 자유를 유감없이 향수享受할 것이라 주창하는 주의"라 할 때, 1920년대 식민지 조선에서 '인류주의'는 두 가지 내용 즉, "종교 혹 도덕의 형식"과 "사회주의 혹은 공산주의"적 특성을 포함해서 인식된 측면이 있다.[52] 사회주의 내에서 "개조의 목표가 장단고하長短高下는 서로 다르다 할지라도"[53] 사회개조의 목적으로 사회주의를 포용하면서 인류 주의를 실현하자는 당대의 한 맥락을 참고한다면, 웰스식 사회주의가 식민지 조선에서 의미하는 바는 당시의 '세계주의'[54] 개념과 상통하는 방식이었을 것으로 생각된다.

김윤경은 『세계사 대계』가 "일체의 인류가 공동의 조선祖先에서 나아서 공동의 통로를 밟아 공동의 귀착점에 접근"하는 방식을 특징으로 한다는 점을 역설했는데, 이러한 관점은 함석헌에게서도 나타난다. 함석헌은 자신을 '세계국가주의자'라고 명명했는데, 이러한 배경에는 웰스가 자리하

---

51 김윤경, 「에취 · 지 · 웰스 씨의 사상」, 『진생』 2:2, 1926.10, 11면.
52 권동진, 「인류주의는 나의 가장 찬송하는 이상이외다」, 『개벽』 33, 1923.3, 14면.
53 위의 글, 15면.
54 "국가주의, 제국주의에 대비되는 말. 어떤 한 지방, 한 국토에 편중되지 않고 널리 세계 평화 발달 혹은 세계 관계 교섭을 표준으로 삼는 주의"(최녹동, 「현대신어석의」(1922), 한림과학원 편, 『한국 근대 신어사전』, 선인, 2010, 53면)

202   번역된 미래와 유토피아 다시 쓰기

고 있었다.[55] 오산학교 시절 『세계사 대계』를 접했다는 그는 훗날 『세계사 대계』를 다음과 같이 회고한다. "책 제목이 말하는 대로 그것은 세계의 역사를 하나로 보고 쓴 것이었다. 일찍이 그런 역사를 쓴 사람은 없었다. 역사라면 그저 임금의 신성, 민족의 신성을 우선 내세우는 것들이었다. 웰스는 세계주의자로서 일부 사람들에게는 공상가라는 말을 들었지만, 그의 책이 나오자 날개 돋친 듯이 여러 말로 번역되어 온 세계에 퍼졌다. 그것은 인류가 무엇을 생각하고 무엇을 하려 하고 있는지를 말하려는 책이었다. 그는 종교가가 아닌 속인俗人 예언가였다."[56] 인용에서 보듯 김윤경과 함석헌은 웰스의 『세계사 대계』가 '인류의 역사'라는 점을 강조했다. 이는 "비민족주의적 관점non-nationalist perspective"[57]에서 기술된 역사라는 관점에서 『세계사 대계』를 독해하는 방식이었을 것이다.

『세계사 대계』는 지구의 탄생을 기점으로 하며, 다양하게 진화한 생물의 한 종種인 인류를 제시한다. 웰스는 『세계사 대계』에서 인류가 진화의 시작부터 가족 단위에서 사회적 단위로 합쳐지고 있다고 주장하였다. 이 관점은 궁극적으로 평화를 위한 각 국가의 연합인 '세계국가'로 나아간다. 이러한 『세계사 대계』의 진화론적 특성이 식민지 조선의 지식인층에 영

---

55 "나의 인생관을 지어가는 데 한 큰 영향을 준 것은 H. G. 웰스의 『세계문화사대계』를 본 것이다. (…중략…) 이때껏 알지 못하던 커다란 인류적인 사상에 접촉한 것만은 사실이다. 그가 페이비언 협회의 회원이요, 세계국가주의자라는 것은 후에 동경 가서야 안 일이지만, 지금 내가 세계국가를 주장하는 것은 그때에 영향을 받아 터가 잡히기 시작했다. 역사에 대한 흥미를 가지게 된 것도 그의 영향, 진화론에 대해 좀 보게 된 것도 그의 영향이다."(함석헌, 「이단자가 되기까지」(『사상계』 72, 1959.7), 『함석헌 저작집 6 - 죽을 때까지 이 걸음으로』, 한길사, 2009, 243~244면)
56 함석헌, 「새 삶의 길」(『새 시대의 전망』, 1959), 『함석헌 저작집 2 - 인간혁명』, 한길사, 2009, 215~216면.
57 John S. Partington, "H. G. Wells and the World State : A Liberal Cosmopolitan in a Totalitarian Age", *International Relations*, 17:2, 2003, p.234.

향을 주었다고도 말할 수 있을 것이다. 이광수도 『세계사 대계』에는 "장래를 지배할 힘"이 있다고 했듯, 『세계사 대계』의 독자들은 웰스의 저서를 통해 도래할 세계, 평화를 위한 세계를 상상했을 것이다.

2) 『문명의 구제』의 세 가지 번역과 '세계국가'의 개념

식민지 조선에서 웰스의 수용을 다루기 위해서 가장 주목해야 할 자료는 『문명의 구제 *The Salvaging of Civilization*』1921[58]의 번역이다. 『문명의 구제』의 2장과 3장은 최초에 강연록으로 준비되었다가, 추후 보완되어 단행본으로 출간되었다. 강연록의 제목은 'The Salvaging of Civilization : Project of a World-Wide Reconstruction'이었다. 이 글은 나오자마자 중국을 비롯하여 일본, 조선에도 1921년에 번역되었다.[59] 1921년 동아시아 3국에 거의 동시에 이입된 이 글은 수용 시점에서부터 문제적일 수밖에 없다. 일본에서 비매품으로 발행된 『世界改造案－文明の救濟』[60]의 역자 서문에 따르

58　이 항의 제목인 『문명의 구제』는 H. G. Wells, *The Salvaging of Civilization*, Cassell And Company Limited(London, New York, Toronto and Melbourne), 1921을 지칭한다. 조선어 번역본의 부제에 '문명의 구제'가 쓰였고, 일본어 번역본 부제에도 '문명의 구제'가 쓰였다. 혼란을 방지하기 위해 본문에서 원작은 영어로, 일본어 제목은 한자로 표기하였다. 원문의 전체 목차는 다음과 같다.
　　I. The Probable Future of Mankind, II. The Project of a World State, III. The Enlargement of Patriotism to a World State, IV. The Bible of Civilization; Part One, V. The Bible of Civilization; Part Two, VI. The Schooling of the World, VII. College, Newspaper and Book, VIII. The Envoy. 원문 인용은 제시한 판본을 토대로 하였다.
59　김미연, 「1920년대 식민지 조선의 H. G. 웰스 이입과 담론 형성」, 『사이間SAI』 26, 국제한국문학문화학회, 2019, 29면에서 웰스의 이 글이 발표된 지 2년 만에 조선어로 번역되었다고 밝힌 바 있다. 그러나 추후 자료 조사를 통해 「구주(歐州)의 행로(行路), 『우엘스』 씨의 세계국가론(世界國家論)」(전 2회), 『조선일보』, 1921.4.2~3, 2면을 알게 되었다. 따라서 발표된 지 2년이 아닌 같은 해로 정정한다.
60　エイチユ・ジー・ウェルス, 『世界改造案－文明の救濟』, 東京 : 世界思潮硏究會, 1921.7, 고려대 육당문고 소장본.

면 이 책은 북경에서 발행된 "The Salvaging of Civilization: Project of a World-Wide Reconstruction"北京：天津タイムス, 1921.5을 저본 삼아 번역하였다고 밝혀져 있으며, 웰스가 미국 강연을 위해 작성한 강연록이라는 점도 덧붙였다.[61] 그렇다면 중국에서 5월에 출간된 글이 일본에서 7월에 번역된 셈이다.

여기서 주목할 점은 조선어로 번역된 시기이다. 번역 시기는 중국이나 일본보다 한두 달 앞선 1921년 4월이다. 「구주歐州의 행로行路, 『우엘스』씨의 세계국가론世界國家論」은 1921년 4월 2일과 3일, 2회에 걸쳐 『조선일보』에 실렸다. 이 글에 의하면 "웰스 씨는 최근에 선대이, 타임스지상에 『신세계국가론新世界國家論』을 발표하였는데 차此는 쟁투爭鬪와 이裏에 부침浮沈하고 이상理想의 매몰埋沒을 불각不覺하는 현재의 국가와 문명으로 하여금 반성과 구제救濟의 서광曙光을 여與하려고 즉한 것"으로 소개하고 개략槪略한다고 밝혀져 있다.[62] 그렇다면 『조선일보』의 글은 영문에서 직접 번역했을 가능성이 있다.[63] 이 글에서 웰스는 다음과 같이 소개되었다. "에이치, 지, 웰스 씨는 영국 근대의 특수한 비평가이니 근세과학을 학學하였으나 분방자재奔放自在한 상상력을 유有하며 이상理想의 심안心眼을 거擧하여 인간사회와 문명과의 장래관을 시試하는 바는 수학자이고 철학자를 겸한 고故 베르트란드럴껄씨氏(버트런드 러셀 – 인용자)와 □히 영국학단英國學壇□ 쌍벽이었다."[64]

---

61 중국에서 출간된 것이 중국어인지 영어인지 알 수 없다.
62 「구주(歐州)의 행로(行路), 『우엘스』 씨의 세계국가론(世界國家論)」(1), 『조선일보』, 1921.4.2, 2면.
63 물론, 일본이나 중국에서 먼저 번역된 다른 글을 옮겼을 가능성도 있지만, 현재까지 1921년 4월 이전에 발표된 일본, 중국의 자료는 찾지 못하였다.
64 「구주(歐州)의 행로(行路), 『우엘스』 씨의 세계국가론(世界國家論)」(1), 『조선일보』,

『문명의 구제』 중 강연록에 해당하는 부분인 2, 3장은 『조선일보』에서 조선어로 처음 번역된 후, 1923년 『동명』에서 좀더 상세하게 번역되었다. 이어서 『문명의 구제』 전체를 축약한 방식으로 1924년 『조선일보』에서 재차 번역되기도 했다.[65] 결과적으로 1920년대에만 세 차례 번역된 것이다. 이러한 양상은 〈표 11〉에서 제시했듯 『문명의 구제』에 대한 일본 내에서의 반응이 독특했던 만큼, 조선에서도 크게 관심을 기울였던 상황으로 이해할 수 있다. 따라서 본 항에서는 동아시아 3국에서 귀추를 기울였던 이 저술의 번역 양상을 구체적으로 검토하도록 하겠다. 시기 순서대로라면 「구주의 행로」『조선일보』 → 「세계개조안」『동명』 → 「문화구제론」『조선일보』 순으로 분석해야겠지만, 「구주의 행로」와 「세계개조안」은 상당 부분 겹친다. 따라서 좀더 구체적인 『동명』의 「세계개조안」을 중심으로 분석하도록 하겠다.

「世界改造案－文明의 救濟」(이하 「세계개조안」)는 번역자가 제시되지 않은 채 『동명』에서 1923년 4월 22일부터 5월 20일2권 17~21호까지 총 5회에 걸쳐 연재되었다. 이 글은 『世界改造案－文明の救濟』의 번역이다. 일역본과 비교했을 때, 일역본의 역자 서문 중 일부 내용을 삭제한 것 외에는 원문에 없는 소제목이 추가된 것을 그대로 옮겼으며, 원문의 일부 문장이 없는 일역본과 모두 일치하며 제목도 같다. 목차를 살펴보면 다음과 같다.

1921.4.2, 2면.

65 「「웰스」의 문화구제론」(전 12회), 『조선일보』, 1924.3.?~4.9, 1면. 그러나 『조선일보』의 1265호(1924년 2월 26일 자)부터 1300호(4월 1일 자)까지는 소실되었다. 때문에 「문화구제론」의 1회부터 5회까지는 본문을 확인할 수 없다.

〈표 12〉『世界改造案 – 文明の救濟』와 「세계개조안」의 목차 비교

『世界改造案 – 文明の救濟』	「세계개조안」
역자 서문	역자 서문
一. 世界国の必要なる所以	세계국가(世界國家)의 필요(必要)한 소이(所以)
死の都	죽음의 도시(都市)
実行し得ぬ考	실행(實行)할 수 없는 생각
人間活動のより大なる範囲	인간활동(人間活動)으로부터 커지는 범위(範圍)
アメリカ独特の発達	아미리가의 독특한 발달
馬車馬国家	마차마(馬車馬)의 국가(國家)
窮屈な袋	갑갑한 부대人속
空中輸送の問題	공중 수송 문제(空中輸送問題)
欧羅巴と戦争の脅威	구라파(歐羅巴)와 전쟁(戰爭)의 협위(脅威)
アメリカの国民的思想	미국(美國)의 국민적(國民的) 이상(理想)
欧羅巴に対する実物教訓	구주(歐洲)에 대한 실물 교훈(實物敎訓)
英帝国, 熟考すべき点	영제국(英帝國), 숙고(熟考)할 만한 점(點)
二. 愛国心の拡大	二. 애국심(愛國心)의 확대(擴大)
アメリカの愛国心	아미리가(亞美里加)의 애국심(愛國心)
仮定的一例	가정적(假定的) 일례(一例)
世界統一の観念	세계통일(世界統一)의 관념(觀念)
世界国てふ観念は不合理なりや	세계국(世界國)이란 관념은 불합리(不合理)한 것인가
過去の教訓	과거(過去)의 교훈(敎訓)
近代の宣伝機関	근대(近代)의 선전기관(宣傳機關)
三. 世界国その輪廓図	三. 세계국(世界國) – 그 윤곽도(輪廓圖)
世界国の首脳	세계국(世界國)의 수뇌(首腦)
個々の観念	개개(個個)의 관념
世界国の議会	세계국(世界國)의 의회(議會)
組織と管理	조직(組織)과 관리(管理)
単純化されたる事業	단순화(單純化)한 사업(事業)
新市民権	신 시민권(新市民權)
権利及義務	권리(權利)와 의무(義務)
教育と学校	교육(敎育)과 학교(學校)
労働の終結	노동(勞働)의 종결(終結)
より幸福より輝やかしき世界	더욱 행복(幸福)스럽고 더욱 빛난 세계(世界)
ユトウピアー	이상향(理想鄕)?

일역본인『世界改造案－文明の救濟』은 같은 해 8월, 동 출판사에서『세계국가론世界国家論』으로 제목을 바꾼 후 エポックEpoch 총서로 기획되어 정식 출판되었다.[66]『世界国家論』과『世界改造案－文明の救濟』를 비교했을 때 총서의 기획 의도와 번역자의 서문이 길게 추가되었다는 점 외에는 내용 구성상 다른 점이 없다. 따라서 비매품인『世界改造案－文明の救濟』의 번역자 역시『世界国家論』에 서명되어 있는 오하타 타츠오大畑達雄일 것이다. 오하타 타츠오는 다윈Charles Darwin의 *The descent of man and selection in relation to sex*[1871]를『인간의 유래人間の由来』東京：日本評論社, 1924.4와『자웅도태雌雄淘汰』東京：日本評論社, 1926.10라는 제목으로 번역하였고, 레이 랜케스터Edwin Ray Lankester의 *Secrets of Earth and Sea*[1920]를『땅과 바다의 비밀地と海の秘密』東京：日本評論社, 1924로 번역하였다.[67]

동아시아 3국에서 웰스의 소설이 10여 년 이상의 시차를 두고 번역된 데 비해, *The Salvaging of Civilization*의 일부가 바로 같은 해인 1921년에 3국에서 모두 소개된 점으로 미루어 보면, 웰스를 향한 관심이 상당히 고조되어 있었다고도 해도 과언이 아닐 것이다. 특히 일본에서 *The Salvaging of*

---

66 세계사조연구회(世界思潮研究会)의 エポック 총서는 전 6권으로 구성되어 있으며『世界国家論』이 첫 번째 기획물이다. 또한 세계사조연구회는 1921년에 버트런드 러셀 총서를 8편까지 출간하였고, 같은 해 吾等何を学ぶべき乎와 140권이 넘는 世界パンフレット通信의 기획을 시작했다. エポック 총서의 목록은 아래와 같다.
제1권 世界国家論(エイチュ・ジー・ウェルズ 講述, 大畑達雄 訳)
제2권 次の三大戦争(オット・アウンテンリーツ, 小原正樹 訳)
제3권 労農露国の真相(アレキサンドル・クープリン, 世界思潮研究会 訳)
제4권 世界に於ける中心勢力の移動(アー・ドマンジエオン, 世界思潮研究会 訳)
제5권 過激派の獄中より(ワグデマル・フォン・メングデン, 高瀬毅 訳)
제6권 新興国ウクライナ(ウイルヘルム・キスキー, 世界思潮研究会 訳)
67 일본어 번역자의 정보는 더 파악할 수 없지만, 웰스, 다윈, 랜케스터의 저서를 번역한 점에서 진화론에 관심을 두고 있었던 것으로 보인다.

*Civilization*은 웰스의 대표작인 『우주전쟁』보다 더 많이 번역되었다.[68] 동아시아적 맥락에서 웰스를 사유해야 할 지점도 여기에 있다. 1차 세계대전 이후 세계평화를 추구하고 범세계적인 사회·정치·경제 구조를 개선하자는 개조의 논의 속에 웰스가 위치하기 때문이다.

웰스의 주장 중 가장 큰 비중을 차지하는 개념은 '세계국가'이다. 「세계개조안」의 조선어 번역을 통해 소개된 웰스의 '세계국가'라는 개념을 파악해 보도록 하겠다. 웰스는 「세계개조안」을 발표하면서 이 글의 제목을 "세계국가의 이상향The Utopia of a World-State"[69]으로 정하려 했다고 밝혔다. 그러나 "어쩐지 조금 취약하기도 하고 또 너무 비실제적"이고, "환몽 같은 일이 아니라 진眞적한 위험과 박두한 급무에 관한 것"이기 때문에 보다 구체적인 용어인 '세계국가'를 제시하며, 이 글에서 전개할 내용은 "계획이지 '유토피아'가 아니"라고 단언하였다.[70]

역자 서문에 따르면 이 글은 "현대 문명을 개조하여 그 파괴적, 발퇴적 형세를 면하게 하려면 어찌해야 될 것인가"에 대한 웰스의 주장이다.[71] 웰스는 세계의 문명이 이미 절정을 지났으며 1914년 8월 이후 즉, 1차 세계

---

68 *The Salvaging of Civilization*의 전체 분량이 일역된 것은 〈표 11〉에 제시하였다. 단행본뿐 아니라 잡지까지 확장한다면 웰스의 러시아 기행에 관련된 글이 Rin. F. 生, 「ウェルズの露國行き」, 『英語青年』 44:7, 研究社, 1921.1에 실려 있기도 하고, 「세계개조안」에서 주장하는 '애국심'과 관련한 글은 2회에 걸쳐 연재되기도 하였다. 「愛國心の擴大と世界面積の再整」, 『日本之閣門』 6권 10~11월호, 日本之關門社, 1921.10~11. 또한 '세계국가'와 관련한 글은 大熊眞, 「エッチ, ジー, ウェルス氏の世界國について」, 『教育学術界』 44:5, 大日本学術協會 編, モナス, 1922.2; T. T. 生, 「ウェルスの世界國家提唱("The World State" of H. G. Wells)」, 『国際知識』 3:7, 日本国際協会, 1923.7; 栗原古城, 「ウェルスの『世界國』」, 『日本読書協会会報』 39, 日本読書協会, 1924.1. 등이 있다.

69 H. G. Wells, op.cit., p.42.

70 一記者, 「세계개조안-문명의 구제」(1), 『동명』 2:17, 1923.4.22, 4면.

71 위의 글, 같은 면.

대전 이후에 붕괴의 과정을 겪고 있다고 설명한다.[72] 이러한 붕괴의 과정을 "문명의 전락轉落"이라고 표현하는데, 전락의 상황에서 세계를 구제하는 방안이 바로 '세계국가'인 것이다. '세계국가'는 정치상으로 연합한 세계이자 "영구히 평화한 세계"를 목표로 한다. 『영구 평화론』1795이 얼핏 겹쳐 보이기도 하지만, 칸트는 자국의 주권을 세계 정부에 양도하는 방식은 지나친 이상이라고 비판하였다. 웰스에 따르면 과거 3세기 동안 문명은 비상히 풍부한 과학적 지식을 산출하였고, 이 과학적 지식은 인사人事의 규모를 개량하였으며, 인간 활동의 물질적 범위를 확대하였다. 그러나 이러한 변화에 상응하는 인간의 정치적 이상이 부재하기 때문에 '세계국가'라는 이념이 필요하다는 것이다.[73] 웰스는 '세계국가'와 같은 정치적 관념과 습관을 철저히 정리하지 않으면 유럽 또는 전 세계가 장래에 반드시 퇴화적 충돌을 면치 못하게 될 것이라 주장한다.

  '세계국가'의 계획에서 가장 먼저 실행해야 할 것은 국경을 해체하는 일이다. "구라파 제국諸國을 포위하여 무용하게 제한한 각국 국경의 설치는 전쟁 폭발의 가능성을 함유하고 국민적 독립은 선전권宣戰權을 의미한 것인고로 차등 포위되고 교살된 구라파 각국은 각자의 향유한 독립의 덕택으로 각자의 파산 상태―실로 우리는 총히 파산되었다―가 허許하는 대로 대규모의 군대와 무장을 유지하는 수밖에 없게 되었다"[74]는 서술에서 나타나듯 웰스는 국경의 존재로 인해 전쟁의 위협에서 벗어나지 못하고 있으며 군비 지출로 인한 경제적 궁핍도 지속되고 있다고 분석한다. 이때 웰

72 一記者, 「세계개조안―문명의 구제」(3), 『동명』 2:19, 1923.5.6, 4면.
73 一記者, 「세계개조안―문명의 구제」(1), 『동명』 2:17, 1923.4.22, 4면.
74 一記者, 「세계개조안―문명의 구제」(2), 『동명』 2:18, 1923.4.29, 4면.

스는 러시아의 상트페테르부르크에 방문했던 경험을 대표적인 예로 들었다. 1차 세계대전 이전인 1914년에 방문했을 때는 도시가 화려하고 기반시설이 잘되어 있었으나, 전쟁 이후 1920년에 재방문했을 당시에는 폐허가 되어 버렸다는 것이 요점이다. 러시아의 대도시는 "집 없는 도회, 불쾌와 불안의 도회, 결핍과 병폐와 죽음의 도회"처럼 급격하게 무너져 있었다고 전한다. 웰스는 이러한 변화를 "거대한 문명의 전복the overthrow of a huge civilized"[75]이라고 설명한다. 러시아뿐 아니라 잉글랜드, 스코틀랜드, 네덜란드 등 유럽 전반이 1913~1914년 이전같이 전진前進하고 있지 않다는 것이다. 따라서 웰스는 유럽의 국경을 해체하여 '세계국가'로 나아가야 한다고 주장하였다.

웰스가 '세계국가'의 형태가 가능하다고 생각하는 이유는 미합중국의 연합 방식 때문이다. 미합중국은 "상이한 국민의 연합"임에도 하나의 국가로 존재하고 있으며, 이들의 구성원은 구세계보다 규모가 큰 "애국심과 국민적 관념"을 가지고 있기도 하다. 웰스는 이러한 이유로 유럽 내에서도 연합이 가능할 뿐 아니라 "전 인류의 세계국The World State of All Mankind"[76]까지 건설할 수 있다고 주장한다. 웰스가 말하는 '세계국가'는 기존 국가들을 합치거나 전 세계를 지배하는 초월적인 정부를 만들자는 것이 아니라, 이미 존재하는 정부들이 권력을 양도하여 특별위원회나 기구 등 다수의 국제조직을 만드는 방향을 의미한다. 웰스가 '국제연맹'의 창설 위원이었다는 점을 상기한다면, 이러한 맥락은 자연히 '국제연맹'을 떠올리

---

75 이 부분은 조선어, 일본어 번역본에서 누락 되었기 때문에 영어 원문을 참고하였다. H. G. Wells, op.cit., p.44.

76 一記者, 「세계개조안: 문명의 구제」(3), 『동명』 2:19, 1923.5.6, 5면; H. G. Wells, Ibid., p.73.

게 한다. 그러나 이 과정에서 웰스는 '국제연맹'에 대해 비판적인 시각을 보인다. "윌슨 대통령은 과도한 기대감을 불러일으켜 놓고는 결국 그 기대감을 완전히 무너뜨렸다. (…중략…) 국제연맹의 규약은 정교하지만 비현실적이었고, 국제연맹에 부여된 권력은 지나치게 제한적이었다. 오히려 국제연맹이 만들어지지 않았더라면 관련한 문제가 더 명확히 드러났을 것이다"[77]에서도 나타나듯 "국제연맹의 정식定式에는 하등의 심장도 없"으며 "개개의 국민적 독립에 대한 적대를 명료히 하는 점으로서 약하고 타협적"이라고 지적한다. 현재 필요한 것은 "개개의 국가에 집중한 그 충성이 전 세계의 평화를 공고히 하며 유지"하는 것이기 때문에 "인류의 역사를 영속히 끝낼 만한 전 사회적 멸망으로부터 면할 유일한 희망은 일개의 세계 통치와 일개의 세계법을 건설"함에 있다고 강조하였다.[78]

이상의 내용을 정리하면 「세계개조안」의 '세계국가'는 1차 세계대전으로 인해 전복된 문명을 다시 구축하고, 전쟁 없는 평화로운 세계를 만들기 위한 웰스의 제안이다. 웰스는 1차 대전을 "열강들의 상호 경쟁을 조율할 수 있는 국가 간의 조절 체계가 없는 상황에서 각국의 경쟁적인 민족주의가 초래한 당연하고도 불가피한 결과"[79]라고 설명했다. 웰스는 이와 같은 관점을 바탕으로 세계인이 하나로 통합하거나 인간이 멸종되는 것을 지켜보는 선택의 기로 앞에 놓여 있다고 확신했다. 그리하여 전자를 위한 적극적인 캠페인을 펼치면서도 후자를 경고했다. 최종적으로 파괴적일 수 밖에 없는 전쟁의 순환과 인류라는 종種의 절멸을 막기 위해 동시대인들에게

77 H. G. 웰스, 김희주·전경훈 역, 『세계사 산책』, 옥당, 2017, 534~535면.
78 一記者, 「세계개조안─문명의 구제」(3), 『동명』 2:19, 1923.5.6, 5면.
79 H. G. 웰스, 김희주·전경훈 역, 앞의 책, 530면.

'세계국가'의 개념을 제안한 것이다.[80]

'세계국가'와 유사한 개념인 웰스의 '이상사회'는 『모던 유토피아』 1905 에서도 이미 거론되었지만, 「세계개조안」의 '세계국가' 개념은 1차 대전을 겪은 후 그로 인한 전쟁의 참상에서 벗어나고자 하는 메시지가 강하다. 이러한 내용을 『동명』에서 번역한 이유에 대해 추론해 보면 다음과 같다.

첫째, 「세계개조안」이라는 제목에 나타난 바와 같이 '개조'의 측면에서 주목할 필요가 있다. 1922년에 일본에서 출판된 『개조사상 십이강改造思想 十二講』[81]을 참고하자면, 이 책은 웰스를 포함하여 러셀, 크로포트킨, 레닌, 엘렌 케이, 베른슈타인 등의 사상을 소개하였는데, 이들은 당시 개조의 사상가로 유명세를 얻고 있었다. 이 지점에서 웰스 역시 개조의 사상가로 호명되고 있음을 알 수 있다. 국내에서도 엘렌 케이와 웰스가 나란히 놓여있는 형상을 『동아일보』의 기사에서도 확인할 수 있다. 「부인문제의 개관」에서 웰스는 "모성보호론"이라는 주제에서 엘렌 케이와 다른 견해를 제시하는 인물로 나타났다. 「부인문제의 개관」에 의하면 엘렌 케이와 웰스는 "부인이 모성의 보호를 국가에 구할 권리가 있고 동시에 국가는 그것을 행할 의무가 있다"는 공통된 의견을 내세웠다. 그러나 아동 교육에 있어서 웰스는 국가가 교육을 담당해야 한다고 말하는데 비해 엘렌 케이의 경우 "母 自身"이 직접 교육해야 한다고 주장했다.[82] 이때의 국가는 '세계국가'일 것이다. 웰스의 (세계)국가 주도적인 교육관은 앞서 살펴본 「세계개조안」에서도 드러났다.

---

80 John S. Partington, op.cit., p.235.
81 宮島新三郎・相田隆太郎, 『改造思想十二講』, 新潮社, 1922.12.
82 「부인문제의 개관」(13), 『동아일보』, 1922.6.27, 1면.

1차 세계대전 이후 "개조론이 시대사조로서 유행하고 한국 지식인에게도 적지 않은 영향을 끼쳤다면, 그러한 '사회적 유행' 그 자체가 주목할 만한 가치"[83]를 지니고 있었다는 전제하에 읽는다면 「세계개조안」 역시 당연하게도 개조론의 일환으로 소개되었을 것이다. 1920년대 초 버트런드 러셀과 에드워드 카펜터의 개조사상이 "'정신적 측면'에서 사회개조의 필요성을 강조하는 '관념적 성향'이 짙은"[84] 성격이었던 것과 달리 웰스의 '세계국가', 「세계개조안」은 물질이나 제도의 '외적 개조'[85]에도 무게를 두었다. 『동명』은 「세계개조안」을 통해 '외적 개조'의 논의를 보충하고 5회1923.5.20의 앞면에 실린 「무엇보다도 우리의 품성 개조」를 통해 '내적 개조'를 선보이면서 개조론의 논의를 확충하는 차원에서 웰스의 글을 기획한 것으로 해석할 수 있다.

둘째, 사회주의의 다양한 경향 중 하나로 「세계개조안」을 읽을 수 있다. 『동명』에서는 다양한 사조를 설명하는 「현사회 형형색색의 주의」이종린, 2:2를 비롯하여 「사회주의 요령」도마쓰·커컵, 삼민초 역, 1:10~15, 「사회주의의 실행 가능 방면」1:16~17, 「무산자를 위하여 노동 진찰소 신설」2:11, 「노농노서아의 신구경제정책」아돌프·요페, 2:19, 「국가사회주의를 떠난 노서아」알렉산더·아이·나자로프, 2:21, 「노농노서아의 교육」레에닌, 2:22 등과 같은 사회주의 경향의 글을 다수 소개했다. 특히 개조나 진보를 통해 도달하는 이상사회, 즉 유토피아 건설이라는 주제에도 관심을 기울이고 있었던 것으로 보인다. 이러한 기획은 웰스의 「세계개조안」에 앞서 1923년 1월 7일부터 3월 11일

---

83 허수, 「제1차 세계대전 종전 후 개조론의 확산과 한국 지식인」, 이경구·박노자 외, 『개념의 번역과 창조』, 돌베개, 2012, 69면.

84 박찬승, 『한국근대정치사상사연구』, 역사비평사, 1992, 180면.

85 내적 개조와 외적 개조의 구분에 관하여는 허수, 앞의 글, 84~85면.

까지 10회에 걸쳐 연재된 에드워드 벨러미의 『뒤돌아보며』를 「이상의 신사회」로 번역한 사례에서도 확인할 수 있다. 원저자인 벨러미는 『뒤돌아보며』에 대해 "이 책은 형식상 공상 로맨스 소설이지만, 진화 원칙에 따라 인류, 특히나 이 나라 산업 및 발전의 다음 단계를 진지하게 예측하려는 의도로 쓰였고, 저는 무엇보다 새로운 시대의 여명이 이미 가까웠으며 밝은 날도 빠르게 뒤따르리라는 암묵적 예언으로 이런 개연성을 표현하며 이 책 전체를 뒷받침했다고 믿습니다"[86]라고 밝혔다. 이 관점은 웰스가 『세계사 대계』에서 과거와 현재의 역사가 인류가 앞으로 이루어야 할 일의 서막의 불과하다고 말한 것처럼,[87] 인류가 여전히 진화 중이며, 20세기조차도 진화의 초기 단계에 불과하다고 한 웰스의 주장과도 유사하다. 「이상의 신사회」가 연재되던 시기에는 포영泡影이 잭 런던Jack London의 「미다스의 노예들The Minions of Midas」1901을 「맷돌 틈의 희생」으로 번역하여 『동명』에 연재하기도 했는데, 이 소설은 박영희가 『개벽』을 통해 1926년에 재차 번역하였다.[88] 이러한 흐름은 『동명』에서 마르크스-레닌을 포함하여 영미권 사회주의자까지도 폭넓게 활용하는 맥락에서 웰스의 「세계개조안」을 번역했다는 사실을 방증한다.

셋째, *The Salvaging of Civilization*은 1921년에 출판된 책이다. 시기상 파리 강화 회의 이후이고 워싱턴 회의가 개최되기 이전이다. 1922년의 워싱

86 에드워드 벨러미, 김혜진 역, 「저자 후기, 세계가 진보하는 속도-『스크립트』편집인 귀하께」, 『뒤돌아보며-2000년에 1887년을』, 아고라, 2014, 309면.

87 H. G. 웰스, 『세계사 산책』, 536면.

88 짹·런던, 泡影 역, 「맷돌틈의 犧牲」(전 3회), 『동명』 2:2~2:4, 1923.1.7~1.21. 「맷돌틈의 희생」의 번역자인 '포영'이 방정환의 필명이라는 사실은 염희경, 「방정환의 초기 번역소설과 동화 연구」, 『동화와 번역』 15, 건국대 동화와번역연구소, 2008 참고; 쩨크·론돈, 懷月 역, 「마이다스의 愛子組合」(전 2회), 『개벽』 71~72, 1926.7~8.

턴 회의는 3·1운동 이후의 식민지 조선에 희망과 좌절을 동시에 안겼다. 1921년에 소개된 이후 1923년에 재차 번역된 이유는 국제정세에 대한 비판적인 관점이 반영된 결과로 볼 수 있다. 「세계개조안」에서 웰스가 윌슨을 비롯한 국제연맹을 비판한 점이 강조점이었을 것이다. 이광수가 "프랑스 대혁명 이래로 인류 구제의 빛은 수 없는 정치적 정견과 혁명에서 찾으려 하였으나 마침내 국제연맹에 이르러 인류 구제의 빛이 거기서 오지 못할 것을 인류가 깨달았다. 정치와 외교가 인류를 구제하노라던 참람한 사명을 인류는 부인하고 말았다"[89]라고 한 발언을 상기해보면, 식민지 조선이 국제연맹과 같은 외부의 조력을 받을 수 있는 길은 요원해졌기 때문에, 다른 길을 모색해야 한다는 가능성을 제시한 지점으로도 볼 수 있다.

『동명』의 「세계개조안」이 *The Salvaging of Civilization*의 2장과 3장에 해당했다면, 1924년 『조선일보』의 「문화구제론」은 전체 내용을 축약한 점에서 상당히 중요하다. 그러나 앞서 언급한 바와 같이, 『조선일보』의 1265호(1924년 2월 26일 자)부터 1300호(4월 1일 자)까지는 소실된 상태이다.[90] 이로 인해 「문화구제론」의 1회부터 5회까지는 본문을 확인할 수 없다. 따라서 6회(4월 2일 자)부터 12회(4월 9일 자)까지만을 대상으로 삼아 그 내용을 알아보고자 한다. 『조선일보』에 실린 글의 제목은 「「웰스」의 문화구제론」[91]이

---

89 이광수, 「쟁투의 세계로부터 부조의 세계에」, 『개벽』 32, 1923.2, 13면. 이 글과 관련하여 『개벽』 32호에서는 필자미상으로 제시되어 있으나, 삼중당, 우신사에서 출판된 이광수 전집에 따라 저자를 이광수로 기재하였다. 또한 이광수 전집에서는 알려진 대로 「상쟁의 세계에서 상애의 세계로」라는 제목으로 되어있으나 본 연구는 『개벽』에 표기된 대로 따랐다. 발표 시기와 관련하여 이광수 전집에는 『개벽』으로만 밝혀있을 뿐 구체적인 날짜가 기재되어 있지 않다. 김윤식, 『이광수와 그의 시대』 2, 솔, 1999, 38~39면에서는 「신비의 세계」(1930)를 바탕으로 이 글이 「민족개조론」 이전에 작성된 것으로 파악하고 있다.여기서는 게재 일자를 기준으로 『개벽』에 실린 시기로 표기하였다.

90 『조선일보 100년사』 상, 조선일보사, 2020, 148면.

며 번역자는 알 수 없다.

*The Salvaging of Civilization*는 총 8장으로 구성되었다. 「문화구제론」의 6회와 7회 중반부까지는 원작의 II장 세계국가 프로젝트The Project of a World State이며, 7회 후반부부터 8회 중반부까지 「애국심愛國心」III. The Enlargement of Patriotism to a World State, 8회 후반부와 9회, 10회 전반부는 「문화文化의 성경聖經」IV. The Bible of Civilization; Part One, V. The Bible of Civilization; Part Two, 10회 후반부터 11회 중반까지 「세계적 교육世界的教育」VI. The Schooling of the World, 11회 후반부터 12회까지 「대학大學과 신문新聞과 서적書籍」VII. College, Newspaper and Book에 해당한다. 원작의 VIII장은 번역되지 않았다.

「문화구제론」의 6회부터 8회 중반까지는 『동명』에서 번역된 내용과 같이 1차 세계대전이 자국 중심의 이해관계로 인해 발발한 전쟁으로 해석되었으며, 유럽의 국경을 해체하여 미합중국과 유사한 형태의 연합국으로 나설 것을 요청한다. 또한, 국제연맹에 대하여 "무슨 중심의 관념과 중심의 생명이 없고 다만 직분상으로 현재 국제적 자치권을 제어하여 일개 국가를 초월한 국제연맹에 지남이 없어 세계국의 관념으로부터 대립한 것"[92]으로 비판하였다.

원문 및 4종의 일역본과 조선어 번역본을 대조하면 『조선일보』의 「문화의 성경」 부분은 원문의 두 번째 문단부터 시작된다. 이러한 번역 방식에서 축역과 초역抄譯의 양상을 확인할 수 있다.

---

[91] 「「윌스」의 문화구제론」(전 12회), 『조선일보』, 1924.3.?~4.9, 1면.
[92] 「「윌스」의 문화구제론」(7), 『조선일보』, 1924.4.3. 대부분의 한자어를 한글로 바꾸었고, 현대 맞춤법에 따라 수정하였다. 자료에서 인명은 번역된 표기대로 두고 괄호 안에 현대어로 따로 표기하였다.

전부터 『컴멘스키』(코메니우스-인용자)라 하는 일위一位 학자가 있으니 『뽀헤미아』인이라 『라틔』말로 『커메늬어스』라 한다. 피彼는 『뻬근』의 문인門人이오 『밀치』(밀턴-인용자)의 붕우朋友이니 정치상 교육상의 가진 의견을 그득히 회포懷抱하여 구주 각국에 차제次第로 유력遊歷하였다. 그리하여 피彼는 일종의 특별한 사상이 있으니 이는 곧 세계 일체시민一切市民의 사상과 상상으로서 근본적의 공통서共通書를 편성한 일이 있었다. 그러한 피彼의 사상은 현재에 와서 무상無上한 가치가 있음을 깨달았으나 현대교육상에 중대한 문제는 전 세계 민중에 대하여 일종의 『필요한 지식의 공통서』를 조출造出하는 것이니 이것을 『웰스』가 『문화의 성경聖經』이라 명명하였다.[93]

인용한 텍스트의 원문은 본래 웰스의 시점("I")으로 작성되어 있다. 일본어의 번역도 마찬가지이다. 그러나 위의 인용에서 보듯 「문화의 성경」은 번역자 시점으로 쓰였다. 이 장의 내용을 간단하게 설명하면 기존의 성경 내용을 현대의 변천사까지 포함되도록 수정하고, 고전古典으로 인정되

---

93 「『웰스』의 문화구제론」(8), 『조선일보』, 1924.4.4; 인용한 부분의 원문은 다음과 같다. "In my next two papers I am going to discuss and—what shall I say?—experiment with an old but neglected idea, an idea that was first broached I believe about the time when the State of Connecticut was coming into existence and while New York was still the Dutch city of New Amsterdam. / The man who propounded this idea was a certain great Bohemian, Komensky, who is perhaps better known in our western world by his Latinized name Comenius. He professed himself the pupil of Bacon. He was the friend of Milton. He travelled from one European country to another with his political and educational ideas. For a time he thought of coming to America. It is a great pity that he never came. And his idea, the particular idea of his we are going to discuss, was the idea of a common book, a book of history, science and wisdom, which should form the basis and framework for the thoughts and imaginations of every citizen in the world."(H. G. Wells, op.cit., p.95)

는 소설을 부차적으로 제시하자는 것이다. 이것을 "공통서"라 지칭한다. 성경은 "유태猶太의 문화와 기독문화基督文化의 근저根抵로 『희배라이』를 지나 역사상의 활약 시기가 되니 기독교 발달상에 봉발蓬勃한 세월이 이로부터 변화되고 생장生長되어 현대에 와서 고정"되었다. 그러나 "세계는 일보 이보로 계속하여 발전이 되니 성경聖經에 대하여도 일종의 신적新的 요구"[94]가 필요하다는 것이 웰스의 주장이다.

먼저, 성경의 "천지창조설"은 "인류와 세계의 관계를 설명하여 인생으로 하여금 자기가 세계 중에 있는 지위와 전 인류에 대한 의무관념을 알게 하고 인간 생활의 의의를 부가하여 자기가 자기의 대하거나 자기가 타인에 대하거나 타인이 자기에 대하여 하종何種의 관계가 있는 것을 설명"[95]할

---

94 「「웰스」의 문화구제론」(9), 『조선일보』, 1924.4.5; "But to begin with perhaps I may meet an objection that is likely to arise. I have called this hypothetical book of ours the Bible of Civilization, and it may be that someone will say: Yes, but you have a sufficient book of that sort already; you have the Bible itself and that is all you need. Well, I am taking the Bible as my model. I am taking it because twice in history—first as the Old Testament and then again as the Old and New Testament together—it has formed a culture, and unified and kept together through many generations great masses of people. It has been the basis of the Jewish and Christian civilizations alike. And even in the New World the State of Connecticut did, I believe, in its earliest beginnings take the Bible as its only law. Nevertheless, I hope I shall not offend any reader if I point out that the Bible is not all that we need today, and that also in some respects it is redundant. Its very virtues created its limitations. It served men so well that they made a Canon of it and refused to alter it further. Throughout the most vital phases of Hebrew history, throughout the most living years of Christian development the Bible changed and grew. Then its growth ceased and its text became fixed. But the world went on growing and discovering new needs and new necessities."(Ibid., p.99)

95 위의 글; "If anything, these peculiarities of the Bible add to the wonder of its influence over the lives and minds of men. It has been The Book that has held together the fabric of western civilization. It has been the handbook of life to countless millions of men and women. The civilization we possess could not have

수 있는 기능을 하므로 유지하자고 한다. 그러나 "창세기 내에 천지가 개벽된 후로 시대마다 可警可訝할 생명의 발전을 신고新故의 사事로 편집編輯하고 또 지구의 끊임없이 선전旋轉하는 것과 기후의 변화와 각 시대 동식물의 출현 및 폐멸廢滅과 생물 간의 격렬한 경쟁으로부터 우리 인류의 종족이 출현하여 자연을 정복하고 향상 분투하는 종種々의 고사故事를 모다 가입加入할 것"[96]을 주장한다. "이러한 성경의 내용은 우리 인간의 세계역사"를 기록하기 위한 수단이자 "공통서"의 역할을 하기 위함이다. 이와 같은 내용에는 창조론과 진화론을 한데 엮어 제시하고자 하는 관점이 드러나 있다. 동식물 진화의 관점이 언급된 부분은 『문명의 구제』가 나오기 일년 전에 출판된 『세계사 대계』1920의 내용과 상통한다.

> 세계의 문학은 결코 간단한 수책數冊 내에 능히 포함할 수 없으니 경전 이외에 일종 『경외성전經外聖典』을 조출造出하여 『세계대서적』이라 하고 문화 성경의 다음 위치에 두어서 호학好學의 인사으로 하여금 수의隨意하여 보게 할 것이 오인吾人마다 필독하게 할 것은 아니다.

---

come into existence and could not have been sustained without it. It has explained the world to the mass of our people, and it has given them moral standards and a form into which their consciences could work."(Ibid., p.105)

96 위의 글; "So I put it, that for the opening books of our Bible of Civilization, our Bible translated into terms of modern knowledge, and as the basis of all our culture, we shall follow the old Bible precedent exactly. We shall tell to every citizen of our community, as plainly, simply and beautifully as we can, the New Story of Genesis, the tremendous spectacle of the Universe that science has opened to us, the flaming beginnings of our world, the vast ages of its making and the astounding unfolding, age after age, of Life. We shall tell of the changing climates of this spinning globe and the coming and going of great floras and faunas, mighty races of living things, until out of the vast, slow process our own kind emerged."(Ibid., p.106)

현대 성경 중의 문학서는 하종何種을 선택할까 함도 일개 문제이니 영어국의 국민은 성경의 다음을『셰스비아』의 작품이라 하지만은 다만 일극一劇이나 일장一場으로 취할 것이다. 대체大體 세계의 대희곡으로는『유리파이드스』, 『쓰프클쓰』, 『쇄라이』, 『이푸성』(에우리피데스Euripides, 소포클레스Sophocles, 프리드리히 실러Schiller, 입센Ibsen - 인용자) 등의 작품은 모두 동양同樣의 대우待遇를 줄 것이오, 소설로는『써베ㄴ쓰』, 『띄프一』, 『지징스』, 『필듸ㅇ』, 『토르스토이』, 『허듸』, 『해ㅁ써ㄴ』(세르반테스Cervantes, 디포Defoe, 디킨스Dickens, 헨리 필딩Fielding, 톨스토이Tolstoi, 토머스 하디Hardy, 크누트 함순Hamsun - 인용자)의 걸작이 모두 인생의 실례實例와 작법의 교훈이다.

『토르스토이』의 『전쟁과 평화』란 것과 『해ㅁ써ㄴ』의 『지地의 생장生長』(함순의『대지의 성장』 - 인용자)이란 것은 거의 성경으로 더불어 병행할 서적이라 할지니 우리의 경전 관념은 세계의 영감적靈感的 찬란한 문학에 가까워서 모두 인생을 처치處置하는 것으로 더불어 중대한 관계가 있는 것이다. 또 일개一個 문제가 있으니 이는 철학의 비평적 작품이니 그것은 인생과 사회에 대한 질서 하에서 엄혹嚴酷 격렬히 비평한『꺼르늬버』의 여행기와 광명과 영감이 충만한『배라트』(플라톤 - 인용자)의 대화편對話篇은 우리가 경이하게 방과放過할 것이 아니오. 이 밖에도 세계의 일체 대서사시로 나미羅馬의『이리아드』와 북구北歐의『에늰드』, 『밀톤』의 실낙원과『리큰』같은 위인의 연설도 생략할 수 없는 것이니 이상以上의 수종數種은 비록 전부 채택을 하지 못할지라도 적어도 그 현저顯著한 것을 취取하야『경외성전』으로 편성하여 과거 삼천 년에 온축蘊蓄한 문학의 정화菁華와 미미美味를 일상一嘗할 것이다.[97]

---

97 「「월스」의 문화구제론」(10), 『조선일보』, 1924.4.6; "Speaking in English to an English-speaking audience one name comes close upon the Bible, Shakespear. What are

위 인용에는 『문화의 성경』을 보조하는 『경외성전』에 포함될 문학서가

we going to do about Shakespear? If you were to waylay almost any Englishman or American and put this project of a modern Bible before him, and then begin your list of ingredients with the Bible and the whole of Shakespear, he would almost certainly say, "Yes, Yes." / But would he be right?

On reflection he might perhaps recede and say "Not the whole of Shakespear," but well, *Hamlet, The Tempest, Romeo and Juliet, A Midsummer-Night's Dream*. But even these! Are they "generally necessary to salvation?" We run our minds through the treasures of Shakespear as we might run our fingers through the contents of a box of very precious and beautiful jewels — before equipping a youth for battle. No. These things are for ornament and joy. I doubt if we could have a single play — a single scene of Shakespear's in our Canon. He goes altogether into the Great Books, all of him; he joins the aristocracy of the Apocrypha. And, I believe, nearly all the great plays of the world would have to join him there. Euripides and Sophocles, Schiller and Ibsen. Perhaps some speeches and such-like passages might be quoted in the Canon, but that is all.

Our Canon, remember, is to be the essential cementing stuff of our community and nothing more. If once we admit merely beautiful and delightful things, then I see an overwhelming inrush of jewels and flowers. (⋯중략⋯) / Our Canon I am afraid cannot take in such things, and with the plays we must banish also all the novels; the greater books of such writers as Cervantes, Defoe, Dickens, Fielding, Tolstoi, Hardy, Hamsun, that great succession of writers — they are all good for "example of life and instruction of manners," and to the Apocrypha they must go. And so it is that since I would banish Romeo and Juliet, I would also banish the Song of Songs, and since I must put away Vanity Fair and the Shabby Genteel Story, I would also put away Esther and Ruth. And I find myself most reluctant to exclude not any novels written in English, but one or two great sweeping books by non-English writers. It seems to me that *Tolstoi's War and Peace* and *Hamsun's Growth of the Soil* are books on an almost Biblical scale, that they deal with life so greatly as to come nearest to the idea of a universally inspiring and illuminating literature which underlies the idea of our Canon. If we put in any whole novels into the Canon I would plead for these. But I will not plead now even for these. I do not think any novels at all can go into our modern Bible, as whole works. The possibility of long passages going in, is of course, quite a different matter. / And passing now from great plays and great novels and romances, we come to the still more difficult problem of great philosophical and critical works. Take *Gulliver's Travels* — an intense, dark, stirring criticism of life and social order — and the *Dialogues* of Plato, full of light and inspiration. In these latter we might quarry for beautiful passages for our Canon, but I do not think we could take them in as wholes, and if we do not take them in as complete books, then I think

222   번역된 미래와 유토피아 다시 쓰기

제시되어 있다. 그 대상은 "거의 성경으로 더불어 병행할 서적"으로 수식된 톨스토이의 『전쟁과 평화』1869와 크누트 함순의 『대지의 성장』1917이다. 알려진 대로 함순의 『대지의 성장』은 1920년에 노벨 문학상을 거머쥔 작품이다. 여기서 웰스는 비영어권 작가의 작품을 빼놓을 수 없다는 맥락에서 세계문학과 철학서를 함께 올려놓았다.

이어서 「세계적 교육」 부분에서는 '세계국가'의 교육 내용이 설명된다. 교육 분야는 언어, 수학, 과학, 지리 등으로서 상당히 구체적인 항목으로 나뉜다. 언어 방면에서는 "현하現下의 형편으로는 일국어一國語만 해解하면 충분한 생활을 도모할 수 없어 반드시 세계상의 수국어數國語를 효해曉解할 것이다. 우리가 비록 외국에 생활하기는 원치 않을지라도 피등彼等의 서적과 신문은 독讀하며 피등의 사상은 이해할지니 이와 같이 하자면 수국數國의 문자가 아니면 될 수 없는 것이므로 우리의 계획하는 이상적 교육의 일부분에는 유소幼小부터 본국어를 철저히 요해了鮮하고 다시 이삼국二三國의 외국어를 부습附習"하는 내용을 골자로 한다. 지리 교육을 받아야 하는 이유는 "학생들이 자기가 세계상에 있는 위치를 알지 못하고 자기와 주위의

---

that Semitic parallel to these Greek dialogues, The Book of Job, must stand not in our Canon, but in the Great Book section of our Apocrypha. / And next we have to consider all the great Epics in the world. There again I am for exclusion. This Bible we are considering must be universally available. If it is too bulky for universal use it loses its primary function of a moral cement. We cannot include the *Iliad*, the Norse *Sagas*, the *Æneid* or *Paradise Lost* in our Canon. Let them swell the great sack of our Apocrypha, and let the children read them if they will. / When one glances in this fashion over the accumulated literary resources of mankind it becomes plain that our canonical books of literature in this modern Bible of ours can be little more than an Anthology or a group of Anthologies. Perhaps they might be gathered under separate heads, as the 'Book of Freedom,' the 'Book of Justice,' the 'Book of Charity.'" (Ibid., pp.123~126)

관계 및 물物의 조직상에 자기의 제어制御를 알지 못하여 그 취학取學이 성취치 못"[98]하기 때문이다. 이와 같은 언급은 단순히 언어와 지리를 학습하는 요구에 그치지 않는 것으로 보인다. 인간이 자신의 의미를 획득하는 의미 연관의 전체로서 세계를 이해하는 방법으로 언어 교육과 문학 학습을 강조한 맥락이기 때문이다. 「대학과 신문과 서적」에서도 방점은 교육에 있다. 웰스는 경제문제로 대학의 확충이 어렵다면 "제일류학지第一流學者의 저술을 열람"할 것을 강조한다.

교육이 강조된 이유는 궁극적으로 '세계국가'의 시민을 길러내기 위함이다. 웰스는 "이러한 교육 문제는 종래에 제기하여 온 적이 없으므로 우리는 조직을 더하며 의지를 더하여 세계의 교육으로 하여금 가능성을 출현케 할 것"이라 말한다. 또한, 당시 세계에 대하여 "현재 세계는 추악하고 可怕할 세계"이며 "매일 이목에 접촉되는 사실은 분노한 것이 아니면 증오하고 비참하고 군박窘迫한 것이며 봉착하는 인사은 무례하지 않으면 시의猜疑하고 사기詐欺하는 모든 인견忍見치 못할 것으로 옥중獄中에 있는 것과 일양一樣"[99]이라고 진단한다. 이와 같은 세계를 교육으로 개선하자고 요청하는 것이 후반부의 요지이다.

『조선일보』의 「문화구제론」은 *The Salvaging of Civilization*의 전반을 조선어로 훑어볼 수 있는 중요한 자료이다. 여기서 웰스의 '세계국가' 개념 및 세계국가를 향한 시민 교육의 중요성을 강조한 내용을 다시금 확인할 수 있었다. 이는 앞서 『동명』과 유사한 개조의 맥락에서 번역된 가능성을 상정할 수 있을 것이다. 국경을 해체하여 세계국가를 형성하자는 맥락을

---

98 「「웰스」의 문화구제론」(11), 『조선일보』, 1924.4.7, 1면.
99 「「웰스」의 문화구제론」(12), 『조선일보』, 1924.4.9, 1면.

소거하더라도, 교육의 필요성이 강조된 점은 근대적 시민으로 발돋움하기 위한 내적 개조의 맥락에서 유효하다. 그러나 서구 중심의 서술로 일관되었기 때문에, 식민지 조선의 독자들에게 얼마만큼의 가능성을 제시한 것인지는 불분명할 수밖에 없다.

웰스의 '세계국가'는 노자영의 『세계국가설』[100]로 다시 식민지 조선에 소개된다. 지금까지 조사에 의하면 『세계국가설』은 웰스의 저작 중 식민지 조선에서 발행된 최초의 단행본이다. 또한 1935년에는 『신동아』에 「새로운 세상」[101]이라는 글도 번역되었다. 이러한 흐름은 웰스의 '세계국가' 개념이 1920년대를 지나 1930년대에 이르기까지 지속해서 호명되고 있는 양상을 관찰할 수 있는 지점이다. 이상의 논의를 통하여 웰스를 전유한 '유토피아니즘'에서는 '세계국가' 개념의 이입과 '세계 시민으로의 도약' 가능성이 제시된 것을 확인할 수 있다.

2. 유토피아 소설의 계보와 신세계의 정념

1) 1926년 『동광』의 창간기념 연재 – '내가 원하는 유토피아'

이 장에서는 1926년 식민지 조선의 잡지 『동광』에 창간기념으로 연재된 번역 텍스트를 통해 '유토피아니즘Utopianism'을 고찰하는 것이 목표이

---

100 현재까지 실물은 확인하지 못했다. 그러나 당시 신문의 신간 소개를 통해 출판 내역을 알 수 있다. "웰스의 『세계국가설』 저작자 노자영 경성부 종로 2정목 84번지 영창서관 발행 진체 경성 6231번 정가 15전"(「신간소개」, 『동아일보』, 1930.9.5); 「신간소개」, 『조선일보』, 1930.9.2; 「출판소식 8월 27일 도서과 납목(納木)」, 『조선일보』, 1930.9.3.
101 에이취·지·웰쓰, 윤석기 역, 「새로운 세상」, 『신동아』 5:10, 1935, 88~96면.

다. 『동광』이 수양동우회의 기관지라는 점에 주목하면, 창간을 기념한 '내가 원하는 유토피아'라는 기획은 해당 그룹이 그리는 이상사회의 청사진이라고 볼 수 있다. 해당 연재의 주 텍스트는 번역소설이었기 때문에, 번역의 제諸 문제를 파악하는 것을 우선으로 한다.

1926년 5월 20일, 발행인 주요한과 안창호와 수양동우회를 필두로 한 잡지 『동광東光』이 창간되었다. 본래 5월 1일에 발간하고자 하였으나 "난데없는 불허가라는 서리"가 닥치는 바람에 "처음부터 되풀이하여" 3주나 늦게 나오게 된 것이다.[102] 예정보다 늦었지만 『동광』은 창간기념으로 두 가지 사업을 펼쳤다. 첫째는 '현상문懸賞文 모집'이고 둘째는 '현상懸賞 투표'이다. '현상 투표'는 창간호 중 가장 인상 깊은 기사를 택하여 투표용지에 적어 6월 20일까지 보내면 추첨을 통해 1등 1인에게 학생용 손목시계를, 2등 2인에게는 만년필을, 3등 30인에게는 『동광』 1개월분을 지급한다는 내용이다.[103] 구체적인 상품과 가격까지 제시하면서 이제 갓 창간된 잡지에 대한 독자의 호응을 유도하였다.

여기서 주목하고자 하는 지점은 첫 번째 사업인 "내가 원하는 유토피아理想鄕"를 주제로 한 현상문 모집이다.[104] 이 사업은 독자들이 '유토피아'를 주

---

102 「독자와 긔자(編輯餘錄)」, 『동광』 2, 1926.6, 63면.

103 "其二 현상투표/ 본지 창간호 기사 중에 제일 볼만한 글의 제목을 규정한 투표용지에 적어 6月 20日 내로 본사에 보내시면 다점(多點)을 득(得)한 기사에 투표하신 이 중으로 공정 추첨하야 좌기(左記) 상품을 드림. / 1등 1인 은측(銀側) 학생용 완(腕)시계 (가격 이십원) / 2등 2인 만년필 일병(一柄)式 (가격 오원) / 3등 30인 본지(本誌) 일개월分式 / 발표는 7月호"(『동광』 1, 1926.5, 표지 뒷면) 이 응모에서 가장 많은 득표를 얻은 글은 山翁(안창호)의 「합동과 분잡(分雜)」이었다(『동광』 4, 1926.8, 27면).

104 "其一 현상문 모집 / 금년 내엔 언제든지 / 과제「내가 願하는 유토피아(理想鄕)」/ 응모 규정 / 一. 논문, 소설 무엇이든지 / 一. 매편(十八字 一行) 三百行 以內 / 一. 한 面만 쓰는 원고지에 正書할 것. / 一. 주소 성명은 明記. 誌上 익명은 可. / 一. 응모 원고는 반환치 안음. (今年 12月 末日까지 계속 모집 / 一. 발표는 원고 도착된 翼翼月號에 / 一. 皮封에 창간 현상문

제로 삼아 논문이나 소설 등의 글을 창작하여 투고하는 방식으로, 1926년 5월부터 12월 말까지 진행된 장기 프로젝트였다. 『동광』의 편집진은 독자들에게 "이상부락理想部落을 설계"하거나 "이상理想의 전 세계를 묘출描出"하는 것을 권장하였다. 창간호가 늦어진 탓에 2호도 열흘가량 늦게 발간되었다. 『동광』은 2호부터 본격적으로 첫 번째 사업을 펼쳤다. 2호에는 「근대적近代的 이상사회理想社會」라는 웰스의 글이 번역되어 실렸다. 편집 여록에 의하면 "「웰스」의 신시대 「유토피아」記를 올린 까닭은 현상문 모집에 응하시려는 분의 참고가 될까 함이외다. 다음 호에도 「유토피아」記가 계속될 것인데 이번에는 누가 나올는지 기다리고 보십시오"[105]라고 서술되어 있다. 이 문장을 근거로 「근대적 이상사회」는 『동광』의 편집진이나 이들의 의뢰로 기획된 산물로 볼 수 있다. 「근대적 이상사회」의 말미에는 "홍생洪生 초역抄譯"[106]이라고 제시되었지만, 번역자의 정체를 알아내기 어렵다.[107]

「근대적 이상사회」과 이후 3호에 실릴 텍스트는 모두 『동광』의 필진이 독자에게 제시하는 '유토피아 소설'의 모범적 대상이었다. 그러나 3호는 "당국의 기휘忌諱에 촉觸하여 원고 전부가 압수의 처분"을 당하며 휴간되고 말았다. 2호의 광고에 따르면 3호는 다음과 같은 목차로 구성될 예정이었다.

이라 朱書할 것. / 賞金入選每篇金十圓進呈."(『동광』 1, 1926.5, 표지 뒷면) 그러나 2호 광고에서는 "前號에 十圓은 誤植"였음을 기술하며 상금을 "金貳拾圓 進呈"으로 변경하였다 (『동광』 2, 1926.6, 64면).

[105] 「독자와 긔자(編輯餘錄)」, 『동광』 2, 1926.6, 63면.
[106] 에취ㆍ쥐ㆍ웰쓰, 洪生 抄譯, 「近代的 理想社會」, 「유토피아」 談 其一」, 『동광』 2, 1926.6, 62면.
[107] 『동광』의 필진 중 홍 씨(氏) 성을 가진 사람은 "홍난파(洪蘭坡), 홍병선(洪秉璇), 홍성하(洪性夏), 홍종인(洪鍾仁), 홍해성(洪海星), 홍효민(洪曉民)"이다(최덕교, 『한국잡지백년』 2, 현암사, 2004, 63~67면). 이 외에 홍명희(洪命憙)도 후보에 올릴 수 있겠지만, 번역자를 확정할 수 있는 근거는 부족하다.

〈표 13〉『동광』 제3호 목차 중 일부[108]

구분	제목	필자
논설(論說)	지도자를 세우라	山翁(안창호)
위생(衛生)	폐결핵에 관하여	
연구(研究)	중국혁명운동의 추세	柳絮(유기석)
사회(社會)	계급 쟁투의 진의	芾甘[109]
사설(社說)	수양운동의 뜻과 필요	주요한(朱耀翰)
연구(研究)	英美獨佛國民性	H·W
회사(會社)	百年의 쏀스톤	벨라미
과학(科學)	여름의 과학	
기행(紀行)	방랑의 일편(一片)	太虛(유상규(劉相奎))
	불란서 유람 감상	김창세(金昌世)
하기휴가란 (夏期休假欄)	여름의 하루(휴가 사이의 할 일)	전영택(田榮澤)
	학생 시대의 여름	白民(주요한)
	김매고 마당 쓸라	李東園(이일(李一))
	다 시골로 가자	이순탁(李順鐸)
	휴가 일기를 쓰자	김창제(金昶濟)
	가치 있게	장응진(張膺震)
	하기 아동 강습에	秋湖(전영택)
	순회 강연을	한치관(韓稚觀)
	이론을 실제화	강매(姜邁)
문예(文藝)	폭발(小說)	방인근(方仁根)
	내 마음 있는 곳은(詩)	번스
	주시여(詩)	장정심(張貞心)
	수리와 닭(寓話)	톨스토이
	동경에서	김윤경(金允經)

---

108 「동광 제3호 목차 중의 일부」, 『동광』 2, 1926.6, 65면. 괄호 안의 본명은 인용자가 추가한 것이고 「폐결핵에 관하여」와 「여름의 과학」은 작성자가 기재되지 않은 텍스트이다.

109 바진의 자(字)가 芾甘이라는 점을 근거로 巴金으로 추정된다. 바진이 본격적으로 소설 창작과 번역을 시작한 시기는 1920년대 후반이지만, 1921년부터 논설을 발표하였기 때문이다. 또, 『동광』 3호의 필자는 톨스토이, 벨러미, 번스 등 원저자로 기술된 점을 근거로 한다.

〈표 13〉과 같이 예정되었던 3호는 "사설과 및 다른 기사 다섯 가지가 당국의 기휘에 걸려 원고 압수의 처분을 당하"였고, "하기휴가 특별기사까지 전부 몰수"된 상황인 까닭에 발간될 수 없었다. 압수 처분을 당한 사설과 기사를 추측해보면, 위 표에서 사설로 분류된 글은 주요한의 「수양운동의 뜻과 필요」뿐이었다. 실제 3호에서 〈표 13〉에 제시된 것보다 몇 가지 글이 더 추가되었다면 다섯 가지 기사가 구체적으로 무엇을 가리키는지는 알 수 없다. 『동광』은 4호에서 "본지는 아직까지 출판법에 의하여 간행되는 관계상 기사의 범위가 학술, 기예, 통계, 광고의 四種으로 해법該法에 의하여 제한"받고 있는 상황임을 알렸다. 또한, "이 잡지에 시사, 정치, 사회적 언론은 쓸 수 없다"고 서술하였다. 만약 위의 목록이 어느 정도 확정된 것으로 전제한다면, 4호에는 기행紀行에 해당하는 유상규의 「방랑의 일편」, 김창세의 「「파리」와 「베르사유」」는 다시 게재되었고, 안창호의 글은 제목이 변경되어 「합동의 요건-지도자」로 실렸기 때문에 「폐결핵에 관하여」, 「중국혁명운동의 추세」, 「중국혁명운동의 추세」, 「영미독불국민성英美獨佛國民性」, 「百年의 쌘스톤」 이 다섯 가지 기사가 검열의 대상이었을 것으로 추측할 수 있다. 다만, 유기석의 「중국혁명운동의 추세」가 4호에서 「중국사회의 계급성」으로 제목을 수정했을 가능성도 있고, 문예란의 소설도 문제 삼을 수 있었을 것이다.

이 절의 초점이 '유토피아'를 주제로 한 과학소설에 있는 것을 상기하면, 벨러미의 「百年의 쌘스톤」은 『동광』의 편집진에서 제시한 두 번째 '유토피아'를 그린 텍스트라는 점을 기억해야 한다. 「百年의 쌘스톤」은 2장에서 논의한 에드워드 벨러미의 『뒤돌아보며』을 원작으로 한 번역 텍스트로, 1923년 잡지 『동명』에서 10회에 걸쳐 「이상의 신사회」라는 제목으로 연재된 것이다.[110] 여기서 『동광』의 필진이 "내가 원하는 유토피아理想鄕"의 현상문 응모에 유토피아 소설의 전형으로 「百年의 보스톤」을 선정하였다는 사실 자체에 의미를 부여할 수 있다. 1923년에는 지면에 실릴 수 있었던 반면, 1926년에는 그럴 수 없었다. 『뒤돌아보며』가 1920년대에 두 번에 걸쳐 조선어로 발표될 수 있던 상황이었지만, 3년 만에 '검열'의 덫에 걸려버린 듯하다. '국가사회주의'를 표방한 내용이 문제였을 것이다.

『동광』의 필진은 4호에서 3호의 휴간 사태를 세 번에 걸쳐 설명하면서 양해를 구했고 출판법에 따라 게재 가능한 글과 불가능한 글을 두 차례 공고했다. 그런 와중에도 20원圓의 상금이 걸린 현상문 응모에 이미 여러 편이 들어왔다고 말하며 "어떻게 하면 이 세상을 이상적으로 만들까. 생각 있는 청년이 반드시 한번 써 볼 것"[111]을 강조하였다.

그렇다면 4호에 실린 '유토피아 談'은 무엇이었을까. 2호와 3호에서 '소설'을 연속해서 발표했던 반면, 4호에는 유토피아 '소설'은 찾을 수 없다. 『동광』은 2호부터 연재하던 김창세의 유럽 기행문을 「유토피아記」의 하나로 재분류하며, 4호와 5호에서 "내가 원하는 유토피아理想鄕"로 편입시켰다. 이로 인해 5호와 6호에 실린 「탑」이 유토피아 其三과 五로 분류된 것이다. 정리하면, '유토피아 談' 其一이 웰스의 「근대적 이상사회」, 3호에서 其二로 예정되었던 벨러미의 「百年의 보스톤」은 검열로 인한 몰수, 4호에서 김창세의 유로파 기행문이 연재 기획으로 들어오며 其二에 해당, 其三이 5호 윗치만의 「탑」, 其四도 5호 김창세의 기행문, 其五가 6호의 「탑」이 된 것이다. 결과적으로 2호1926.6부터 6호1926.10에서 확인할 수 있

---

110 쎄라미, 欲鳴生 抄譯, 「이상의 신사회」(전 10회), 『동명』 2:2~11, 1923.1.7~3.11.
111 「독자와 긔자(編輯餘言)」, 『동광』 4, 1926.8, 69면.

는 '유토피아 소설'은 두 편이다.

대대적인 홍보에도 불구하고, 1927년 2월 『동광』 10호에서는 "기한인 작년 12월 말일까지에 모집된 작품 수십 편 중에서 지상에 발표할 만한 가작이 없었음은 크게 유감으로 생각하는 바이오나 그중에 가작으로 인정 左記 수 편 작자에게 그 후의를 사하기 위하여 박사薄謝를 드리기로 하였습니다"라고 밝혔다. 편집진의 기대에 부응하지 못했던 것일지, 이상사회의 청사진이 달랐기 때문일지, 아니면 검열을 고려한 판단일지 명확하게 알 수 없는 지점이다. 이에 따라 '『동광』 독자의 유토피아 像'은 알 수 없게 되었다. 약간의 사례를 받게 된 수상자와 수상작 제목은 전춘호(평양)의 「꿈」, 이중화(안동)의 「내가 원하는 유토피아」, 이중종(대구)의 「나의 원하는 유토피아」였다.[112]

이 절에서 연구 대상으로 설정한 것은 지금까지 설명한 '창간기념 현상 공모'에서 『동광』 편집진이 선택한 '유토피아 소설'이다. 두 편의 텍스트는 번역소설이라는 공통점을 가지고 있다. 지금까지 선행 연구에서는 웰스의 소설 『모던 유토피아A Modern Utopia』 1905를 부분 번역한 텍스트인 「근대적 이상사회, 「유토피아」 談 其一」 『동광』 2이 주로 언급되어왔다.[113] 그러나 원작의 구성과 번역 텍스트의 차이, 수용 경로 등 번역의 문제를 중심으로 접근한 사례는 드물다. 또한, 「탑(길드 소시알리슴의 유토피아), 유토피아긔 其三・五」(『동광』 5・6)에 대해서도 내용 위주로 언급된 데 그친 실정이다.[114] 「탑(길드 소시알리슴의 유토피아), 유토피아긔 其三・五」는 원저자의

---

112 「창간기념 현상논문 발표」, 『동광』 10, 1927.2, 후면 판권장.
113 이하 웰스의 원작은 『모던 유토피아』로, 『동광』의 번역은 「근대적 이상사회」로 표기한다.
114 두 텍스트의 내용을 직·간접적인 연구 대상으로 삼은 논의는 다음과 같다. 허혜정, 「논쟁적 대화: H. G. 웰스의 근대유토피아론과 조선 사회주의 문예운동」, 『비평문학』 63, 한국비평

필명이 '윗치만'『동광』, 5, '윗치만'『동광』, 6으로 서명되었고, 원작의 제목이 모호할뿐더러 번역 주체를 알 수 있는 단서도 없었기 때문에 그간 번역 연구에서 조명받을 수 없었다고 판단된다.[115] 게다가 김병철의 『한국 근대번역문학사 연구』1975와 송하춘의 『한국근대소설사전-신소설/번역·번안소설』2015에서도 거론되지 않았다.

따라서 이 절에서는 내용 위주로 논의한 선행 연구와 방향을 달리하여 개별 텍스트의 번역 양상에 초점을 맞추어 번역의 제諸 문제를 따져볼 것이다. 이후 논의할 내용은 다음과 같다. 첫째, 「근대적 이상사회」와 「탑」의 원작을 밝히고, 번역 경로를 추적하고자 한다. 「근대적 이상사회」는 웰스의 『모던 유토피아』를 번역한 텍스트라고 알려진 데 반해, 「탑」에 대한 연구는 이루어지지 않았다. 또한, 각 텍스트의 번역 경로를 탐색하는 과정에서 중역의 가능성도 타진해 볼 것이다. 중역의 산물이라면 어떤 언어와 번역자를 매개로 번역되었는지 밝혀 식민지 시기의 중역 채널을 확장하고자 한다. 둘째, 각 텍스트의 조선어 번역 양상을 구체적으로 분석하여 번역자의 태도, 번역 방식, 내용의 굴절과 삭제 양상을 파악하는 것을 목표로 한다. 마지막으로 '연재 기획'의 특성을 규명하고 이 시리즈의 의미와 시대적 맥락을 고찰하고자 한다. 앞당겨 말하면 「근대적 이상사회」와

문학회, 2017; 김종수, 「"유토피아"의 한국적 개념 형성에 대한 탐색적 고찰」, 『비교문화연구』 52, 경희대 비교문화연구소, 2018; 최애순, 「1920년대 미래과학소설의 사회구조의 전환과 미래에 대한 기대-「80만년 후의 사회」, 『이상촌』, 「이상의 신사회」를 중심으로」, 『한국근대문학연구』 21:1, 한국근대문학회, 2020.

115 한국사 DB에는 「근대적 이상사회, 「유토피아」談 其一」을 논설류로, 「탑(길드 소시알리슴의 유토피아), 유토피아긔 其三」은 기행문으로, 「탑(길드 소시알리슴의 유토피아), 유토피아긔 其五」는 논설류로 분류하였기 때문에 본문을 직접 확인하는 경우가 아닌 이상 연구자의 관심을 끌지 못했다고 본다.

「탑」의 원작은 20세기 초 영국에서 출간된 유토피아 소설로, 비교적 동시대의 것이다. 벨러미의 「百年의 보스톤」까지 포함하면 이들 텍스트 사이에는 모종의 상관관계도 있다.

앞에서 제시한 바와 같이, 웰스의 글은 일본에서 1908년 잡지 『과학세계科學世界』 1권 9호科學世界社, 1908.5에 「화성계의 생물에 대하여火星界の生物に就て」가 실린 이후, 『예상Anticipations』1901이 『제이십세기예상론第二十世紀予想論』[116]으로 출간되기 시작하여 수십 종의 번역서가 존재한다.[117] 『모던 유토피아』를 부분적으로 번역한 일역본도 몇 종류 있는 가운데, 먼저 호아시 리이치로帆足理一郎의 『성스러운 사랑의 세계로』와 『사회문화와 인간개조』에 주목해 볼 수 있다. 두 책에는 모두 「웰스의 「모던 유토피아」」가 실렸다. 호아시 리이치로의 글에는 원작의 일부인 "세계공화국과 진화의 나라世界的共和と進化の國, 자유의 나라自由の國, 신 이상국의 경제조직新理想國の經濟組織, 신 이상국에서의 열패자新理想國に於ける劣敗者, 신 이상국의 남녀관계新理想國の男女關係, 신 이상국의 사무라이新理想國に於けるサムライ"가 수록되어 있다.[118] 이 구성은 『동광』의 구성과 매우 유사하다. 또한, 『개조사상 십이강』의 7장 「웰스의 세계국가설ウエルズの世界國家說」에서 "그의 생애その生涯, 웰스의 종교적 개조론ウエルズの宗敎的改造論, 웰스의 세계국가주의ウエルズの世界國家主義, 웰스의 「근대적 유토피아」ウエルズの「近代的ユウトピア」"를 소개한 바 있다.[119] 그리고 『내외 이상향 이야기』에는 「허버트 웰스의 신 유토피아ヘルバート・ウエルズの

---

116 吉村大次郎 訳, 『第二十世紀予想論』, 大日本文明協会, 1909.
117 1920년대까지 일본에서 단행본으로 출판된 웰스의 저서 목록은 〈표 11〉 참조.
118 帆足理一郎, 『聖き愛の世界へ』, 博文社, 1921(재판 1924, 1926), pp.297~316; 帆足理一郎, 『社会文化と人間改造』, 博文館, 1926, pp.169~191.
119 宮島新三郎・相田隆太郎, 『改造思想十二講』, 新潮社, 1922, pp.235~274.

新ユウトピア」가 42페이지 분량으로 수록되어 있다.[120] 네 권의 저서에서 소개된 글은 모두 동일 원작인 『모던 유토피아』의 번역본이기 때문에 전반적인 내용은 유사할 수밖에 없다. 이러한 양상은 웰스의 『모던 유토피아』가 1920년대 일본의 개조 사상서로 빈번하게 언급되고 있는 현상을 설명하는 근거가 된다. 또한, 과학소설가로 인식되기보다 개조론의 조류에서 사상가로 웰스를 받아들이고 있던 다이쇼 시기 지식 장의 일면을 알 수 있는 대목이기도 하다. 그러나 위의 일역본과 『동광』의 「근대적 이상사회」를 비교해보면 구성에서 차이가 있다.

가장 주목할 일본의 텍스트는 이노 세츠조井箟節三[121]의 『유토피아 이야기 ユウトピア物語』1920[122]이다. 이 책에는 「근대적 이상사회」, 「百年의 샌스톤」, 「탑」이 모두 포함되어 있다. 1920년에 출간된 『유토피아 이야기』는 이노 세츠조가 1919년 7월부터 9월까지 『중앙공론中央公論』에 총 3회에 걸쳐 연재한 텍스트의 합본이며,[123] 1947년에 『이상 국가 이야기』[124]와 1949년 『이상향 이야기』[125]로 재판되기도 했다. 이노 세츠조의 '유토피아 소설' 번역의 출판은 1919년부터 시작되어 1949년까지 이어진 것이다.

스다 키요지須田喜代次에 의하면, 일역본 번역자인 이노 세츠조의 생몰 연도를 알 수 없을뿐더러 일본의 인명사전에도 실려 있지 않다고 한다.[126]

---

120 石田伝吉, 『内外理想郷物語』, 丙午出版社, 1925, pp.450~491.
121 井箟節三는 イノ セツゾウ 혹은 イヘラ セツゾウ로 표기된다. 본고는 전자를 선택하였다.
122 井箟節三, 『ユウトピア物語』, 大鐙閣, 1920.
123 井箟節三, 「ユウトオピア物語」(전 3회), 『中央公論』 34:7·9·10, 中央公論新社, 1919. 7~9.
124 井箟節三, 『理想国家物語－ユウトピア』, 好学社, 1947.
125 井箟節三, 『理想郷物語』, 潮文閣, 1949.
126 須田喜代次, 「独の文学を草して井竜節三に交付すー「鷗外日記」一九一二年十二月二十日の記述をめぐって」, 『大妻国文』 38, 2007, p.176.

또한 그의 연구에서는 이노 세츠조의 저서가 9종이라고 밝혔다. 여기에 번역서과 잡지에 기고한 글까지 포함하면 그보다 많은 수로 확인된다.[127]

중역의 채널인 이노 세츠조의 관점을 알아보기 위해 잡지 『신공론新公論』의 기록을 참고해 볼 수 있다. 1920년 1월 『신공론』에서는 「현대 명사의 사회주의관現代名士の社會主義觀」이 실렸다. 별도의 기자명이 제시되어 있지 않으므로 잡지 편집진에서 실시한 설문조사로 보인다. 질문은 첫째, 사회주의에 찬성하는가, 둘째, 찬성 혹은 반대하는 이유를 서술하라는 것이다. 사카이의 경우 첫 번째 질문에는 찬성, 두 번째 질문에는 "마르크스주의라고나 할까. 다만 생디칼리스트도 수정주의자도 모두 마르크스주의라고 했으니 마르스크주의만으로는 역시 불명료할지 모른다"고 하였다.[128] 이노 세츠조의 경우 두 질문을 합하여 "저는 약탈적인 자본주의를 타파하기 위해서는 어떠한 사회주의에도 찬성하지만, 예술적인 사산주의私産主義를 옹호하기 위해서는 어떠한 사회주의에도 반대합니다"[129]라고 밝혔다. 이러한 언급은 사회주의의 기조에 옹호하는 가운데, 문학과 예술을 사회주의에 귀속시키는 것에는 반대한다는 말로 해석된다. 이러한 인식을 가진 이노 세츠조는 중역의 매개이자 채널로 위치한다.

『유토피아 이야기』에 실린 글은 대부분 초역抄譯, 축역縮譯 등의 방식이 적용된 번역으로, 원작을 대폭 줄인 방식이다. 구성은 다음과 같다.

---

127 이노세츠조의 일본어 저술 목록은 〈부록 2〉에 제시하였다.

128 「現代名士の社會主義觀」, 『新公論』 35:1, 1920.1.1, p.131.

129 "私は、掠奪的な資本主義を打破するためには、如何なる社會主義にも賛成しますが、藝術的な私産主義を擁護するためには、如何なる社會主義にも反對します。"(위의 글, p.133)

〈표 14〉 井箆節三, 『ユウトピア物語』, 大鐙閣, 1920 구성[130]

목차	원저자 · 원작
理想國(プラトオン)	Platon, *The Republic*, B.C
リクルグスの傳(プルタアク)	Plutarchos, *Life of Lycurgus*, A.D
ユウトピア(トマス・モア)	Thomas More, *Utopia*, 1516
日の國(カムパネラ)	Campanella, *The City of the Sun*, 1602
新アトランチス(ベエコン)	Francis Bacon, *New Atlantis*, 1627
ボストン未來記(ベルラミイ)	Edward Bellamy, *Looking Backward : 2000-1887*, 1888
無何有鄕見聞記(モリス)	William Morris, *News from Nowhere*, 1890
新社會(矢野龍溪)	1902
ヨオロツパ聯邦(アナトール・フランス)	Anatole France, *The white stone*, 1903 일부
塔[ギルドユウトピア](ヲッチマン)	Watchman, *The Tower*, 1918
其他のユウトピア	Étienne Cabet, *The Voyage to Icaria*, 1840; Étienne-Gabriel Morelly, *The Basiliade*, 1753 등의 소설을 간략히 소개. Bertrand Russell, *Proposed Roads to Freedom*, 1918 러셀의 저서는 '논문체 유토피아'로 제시.
來るべき黃金時代(ロズウヮタ)	Frank B. Rosewater, *The Coming Golden Age*, 1917
近代的ユウトピア(ウエルズ)	H. G. Wells, *A Modern Utopia*, 1905
ユウトピアの實現	井箆節三

위 책은 기원전 플라톤부터 20세기 초까지의 텍스트를 통시적으로 다루고 있다. 이노 세츠조에 따르면 「기타 유토피아其他のユウトピア」를 기준으로 앞 목록은 "소설체 유토피아"이며 뒤의 목록은 "논문체 유토피아"이다.[131] 앞서 제시한 이시다 덴키치石田伝吉의 『내외 이상향 이야기』의 서언에도 기원전부터 19세기 후반까지 유토피아 소설 32종의 목록이 제시되어 있지만,[132] 이노 세츠조의 저서는 그보다 이른 1920년에 출간된 것임을 유념해야 한다. 또한, 이노 세츠조의 저서는 루이스 멈퍼드Lewis Mumford,

---

130 국립 중앙도서관 소장. 원저자, 원작의 영문명은 인용자가 추가하였다.
131 井箆節三, 『ユウトピア物語』, p.292.
132 石田伝吉, 『内外理想鄕物語』, pp.3~5.

1895~1990의『유토피아 이야기*The Story of Utopia*』1922가 나오기 이전의 책이라는 점에서도 눈길을 끈다. 루이스 멈퍼드 역시 플라톤의『국가』에서부터 웰스의『모던 유토피아』이후까지 통시적으로 다루고 있다.[133] 이노 세츠조, 이시다 덴키치, 루이스 멈퍼드의 저서에서 중복되는 텍스트를 몇 가지만 제시하면, 플라톤의『국가』, 토머스 모어의『유토피아』, 캄파넬라의『태양의 도시』, 프란시스 베이컨의『뉴 아틀란티스』, 벨러미의『뒤돌아보며』, 모리스의『뉴스 프롬 노웨어』, 웰스의『모던 유토피아』정도이다. 이를 '유토피아 소설의 계보'로 정리한다면, 1920년대 조선에서는 위의 계보가 어느 정도 알려지고, 소개되었을지 알아보도록 하겠다.

1920년대 조선에서는 위와 같이 체계적 혹은 통시적으로 구성된 유토피아 소설의 단행본은 번역되지 않았다. 그러나 당시 지식인의 논설에서 이러한 계보의 흔적을 찾을 수 있다. 먼저, 현애생玄涯生은 "이상적 사회를 표현하는 문학이 시대마다 처지마다 발출發出됨이 種々이니 그 예를 약거略擧 할 진데 도잠陶潛 중화中華 진말晉末의 도원기桃源記, 『베라트』의 이상국理想國, 또는『뻬라미』의 회고록回顧錄이라『메레스』(윌리엄 모리스 - 인용자)의 무하향신문無何鄕新聞이라 하는 것이 모다 그의 절실切實한 것이다"[134]라고 소개한 바 있다. 도원명의『도원기』를 유토피아 소설로 소개한 사례는『내외

<hr />

[133] 다만, 루이스 멈퍼드는 자신의 관점으로 작품을 해석한다는 차이가 있다.『유토피아 이야기(*The Story of Utopia*)』의 목차는 다음과 같다.
1장 왜 유토피아인가, 2장 플라톤의『국가』, 3장 토머스 모어의『유토피아』, 4장 안드레의『기독교 도시』, 5장 베이컨과 캄파넬라의 모방 유토피아, 6장 푸리에, 오언, 버킹엄의 유토피아, 7장 스펜스와 헤르츠카의 유토피아, 8장 카베와 벨러미의 유토피아, 9장 모리스, 허드슨, 그리고 웰스의 유토피아, 10장 컨트리하우스와 코크타운, 11장 당파적 유토피아, 12장 에우토피아의 전망(루이스 멈퍼드, 박홍규 역,『유토피아 이야기』, 텍스트, 2010).
[134] 玄涯生 譯述,「理想國을 果然 實現乎」(1),『조선일보』, 1923.12.22, 1면.

이상향 이야기』1925에서도 발견할 수 있었는데, 현애생 그보다 먼저 통시
적이면서도 동아시아적 관점에서 '유토피아 문학'을 사유한 것으로 보인
다. 야노 류케이矢野龍溪의 『신사회』1902처럼 일본인이 창작한 소설은 언급
하지 않았지만, 서구 중심의 유토피아 계보에서 확장된 시각을 보여준 것
은 분명 의의가 있다. 여기서 현애생이 중점적으로 다룬 것은 웰스의 소설
이다.

　현애생은 이 글에서 H. G. 웰스의 『신神 같은 사람Men Like Gods』1923을 부
분적으로 번역하여 소개하였다. 『신 같은 사람』을 "세계적 대연방大聯邦의
건설이 가능한 것을 예언하여 놓은 것", "저작할 당시부터 출판한 지 不多
時에 독서계의 대환영 박득博得할 것을 예료豫料하였나니 총總히 말하면『역
사대강歷史大綱』만 못 하지 않은 것"[135]으로 소개하였다. 현애생은 이광수가
『신과 같은 사람들』[136]의 일부 장면을 번역한 것보다 이른 시점에 소설 전
반을 소개했다. 강조하자면, 원작이 나온 해에 조선어로 번역한 것이다.
이광수는 유토피아인과 지구인 신부神父 아마톤이 대립하는 한 장면을 중
점적으로 번역했지만, 현애생은 주인공 "삐르스타풀"원작명 : Mr. Barnstaple을
중심으로 전반적인 내용을 압축하였다. "이상국의 신 저작은 상상력이 비
상히 풍부할 뿐 안이라 결구結構나 제재題材나 모다 현대인의 구미口味에 적
합"하다고 소개한 『신 같은 사람』 중 유토피아 사회의 가장 중요한 규칙
을 설명한 부분을 옮기면 다음과 같다.

---

135 현애생 역술, 「이상국을 과연 실현호」(2), 『조선일보』, 1923.12.23, 1면.

136 이광수는 *Men Like Gods*를 "神과 갓혼 사람들"로 표기하였다(孤舟, 「영문단 최근의 경향」,
　　『여명』 2, 1925.9, 23~25면).

소위 **자유 원칙은 곧『유토피아』국의 문화상 기초**이니 그 자유 원칙은 곧 좌左와 여如하도다.

일, 사비적私秘的 원칙 : 일체一切 사인私人의 시사事는 각 개인의 비밀권을 보유하여 국민과 공공조직은 차종此種 비사秘事를 침범치 못하고 다만 본인의 편리상으로 본인의 허가를 얻어야만 행사하는 것이다.

이, 자유 행동의 원칙 : 국민이 공공의 의무를 해제한 때에는 임의로 유행遊行하야『유토피아』의 성구星球에는 하何 방면을 문問할 것 없이 허가도 얻을 것 없고 하등의 설명도 요要할 것없다.

삼, 무한 지식적 원칙 : 생존한 인민의 개인 사실밖에 일체로 이미 아는 사실은 모두 기술記述하여 중인衆人으로 하여금 주지케 한다.

사, 불황설不謊說(황설은 거짓말) 원칙 : 황설은『유토피아』국에서 중대한 범죄행위로 인정하는 것이니『유토피아』격언에『황설이 있는 지방에는 자유가 없다』하는 것이다

오, 의지 자유 원칙 :『유토피아』국 내에서는 변론과 비평을 절대 자유로 한다.[137]

---

[137] 현애생 역술,「이상국을 과연 실현호」(4),『조선일보』, 1923.12.25, 1면. 해당 장면의 원문을 제시하면 다음과 같다.

"Every young Utopian had to learn the Five Principles of Liberty, without which civilization is impossible. The first was the Principle of Privacy. This is that all individual personal facts are private between the citizen and the public organization to which he entrusts them, and can be used only for his convenience and with his sanction. Of course all such facts are available for statistical uses, but not as individual personal facts. And the second principle is the Principle of Free Movement. A citizen, subject to the due discharge of his public obligations, may go without permission or explanation to any part of the Utopian planet. All the means of transport are freely at his service. Every Utopian may change his surroundings, his climate and his social atmosphere as he will. The third principle is the Principle of Unlimited Knowledge. All that is known in Utopia, except

위의 원칙은 개인 영역의 불가침성, 토론과 비판의 자유, 제한 없는 지
식으로 인간과 문명의 진보 등 인간의 개성을 골자로 한다. '개인'의 발견
과 발전을 기반으로 하여 설명한 내용은 후술할 『모던 유토피아』와 연결
되는 지점이다. 현애생의 『신과 같은 사람들』의 번역은 다음 절에서 구체
적으로 분석하도록 하겠다.

박영희는 "푸라토의 「이상국理想國」이나 쎼콘의 「앳트랜틔스Atlantis」나
모어의 「유토피아」나 칸파네라의 「태양太陽의 도시都市」나 모리스의 「이상
향理想鄕」이나 쎌아미의 「신사회新社會」나 웰스의 「근세近世의 이상향理想鄕」이
나 쏙싸노우의 「적성赤星」 等"을 나열하며 "신 사회관의 이상론"을 소개하
였다.[138] 박영희의 언급에는 앞서 논의한 벨러미, 모리스, 웰스의 소설이
모두 포함되어 있다. 이들의 유토피아 소설이 당시 지식인층에서 일련의
계보로 인식된 것으로 판단된다.

서광제는 「『유토피아』夢」에서 유토피아 소설의 계보와 짤막한 유토피아

---

individual personal facts about living people, is on record and as easily available
as a perfected series of indices, libraries, museums and inquiry offices can make
it. Whatever the Utopian desires to know he may know with the utmost clearness,
exactness and facility so far as his powers of knowing and his industry go. Nothing
is kept from him and nothing is misrepresented to him. And that brought Mr.
Barnstaple to the fourth Principle of Liberty, which was that Lying is the Blackest
Crime. "Where there are lies there cannot be freedom." (…중략…) For the Fifth
Principle of Liberty in Utopia was Free Discussion and Criticism. Any Utopian was
free to criticize and discuss anything in the whole universe provided he told no
lies about it directly or indirectly; he could be as respectful or disrespectful as
he pleased; he could propose anything however subversive. He could break into
poetry or fiction as he chose. He could express himself in any literary form he
liked or by sketch or caricature as the mood took him."(H. G. Wells, *Men Like Gods*,
New York : Macmillan. 1923, pp.272~273 · 276)

[138] 박영희, 「문예시평과 문예잡감」(『조선지광』, 1927.8), 이동희 · 노상래 편, 『박영희 전집』 III,
영남대 출판부, 1997, 269면. "쏙싸노우의 「赤星」"은 보그다노프(Aleksandr Bogdanov,
1873~1928)의 『붉은 별-어떤 유토피아(*Red star : the first Bolshevik utopia*)』(1908)이다.

소설을 남기기도 하였다. 서광제가 제시한 "최걸작最傑作"은 다음과 같다.

> 푸라톤은 구주歐洲 서해西海에 『아트란티스』가 있다고 몽상을 하였다. 그
> 때문에 중세기 구주에서는 항해가 발달이 되었스며 그 『아트란티스』를 발견
> 하려고 매우 노력을 하였다 한다. 그리하여 많은 실망자失望者를 낸 후에 최후
> 의 성공은 『컬넘부스』가 하였다. 지금도 구주의 서해를 아트린티스(대서양)
> 라 한다. 그 후 베콩은 『신 아트란틔스』을 공상空想하여 남양南洋 방면에 『오스
> 토라』 대륙이 잇다고 하였다. 이것도 수만은 실패자를 낸 후에 『포-ㄹ밀』이
> 발견하였다. 그것이 즉 호주이다.
>
> 이와 같이 고래古來로부터 유토피아에 대하여 쓰는 사람이 퍽 많았다. 그 중
> 에 최걸작最傑作이라고 할 만한 것은 푸라톤의 이상국理想國, 키케토의 공화국共
> 和國, 『토마스 모아』의 『유토피아』, 베콩의 『신 아트란틔스』, 헤두쓰카의 자유
> 국自由國, 웰스의 근대적 이상사회, 『옷지만』의 탑塔 등이라고 할만하다.[139]

언급된 텍스트는 일본의 도서나 루이스 멈퍼드의 저서에서 발견할 수
있는 소설이다. 아무래도 일본어로 된 책을 읽은 영향이 있겠지만, "탑塔"
을 언급한 것은 『동광』의 번역 이후로 처음인 듯하다. 서광제의 이 글은
'유토피아'를 정의하면서 시작된다. 서광제는 "유토피아는 공상이다. 그
러나 공상과 이상理想을 판연히 구별하기는 퍽이나 곤란하다. 사회주의를
보통 말하기를 맑쓰 이전을 공상적, 맑쓰 이후를 과학적이라고 말하나 맑

---

139 서광제, 「『유토피아』 夢」(1), 『조선일보』, 1928.10.25, 4면. "헤두쓰카의 自由國"은 헤르츠카
(Theodor Hertzka, 1845~1924)의 『자유국가(*Freiland : ein soziales Zukunftsbild*)』(1890)
이고, "『옷지만』의 塔"은 왓치맨(Watchman(Warwick Draper), 1873~1926)의 『타워(*The
Tower*)』(1918)이다.

쓰도 최후의 계급투쟁에 의하여 벌써 계급투쟁이 없는 사회의 실현을 공상하였다. 그러면 맑쓰도 유토피안이라고 말할 수가 있다"고 주장한다. 이 관점은 마르크스 사회주의와 공상적 사회주의를 분리하여 인식하던 당대의 관점과 차별되는 시각을 보이면서 마르크스 역시 유토피아의 맥락에 위치시킨다. 이어서 위 유토피아 소설의 계보를 소개한 뒤 유토피아의 필요성을 주장한 오스카 와일드의 말을 인용한다. "오스카 와일드는 『사회주의하에 있는 사람의 영靈』(The Soul of Man Under Socialism, 1891 - 인용자)이란 책에『만약 유토피아라고 하는 일국一國이 그려 있지 않은 세계지도가 있으면 그것이야말로 일분一分의 가치가 없는 지도이다. 하고何故냐 하면 그 지도는 인간이 항상 상륙하고 있는 일국을 제외하여 있으므로…. 인간이라고 하는 것은 한번 거기에 상륙을 하면 다른 방면에 즉 존경할 만한 나라가 있으면 거기를 향하여 출범한다. 진보는 유토피아의 실현이다』라고 쓰여있다." 오스카 와일드의 유명한 글귀를 인용하면서 서광제는 곤충이 뜨거운 태양에 시달리면서도 노래를 부르고 춤을 추는 광경에 인간을 비유한다. 인간 역시 "죽음의 나라로 갈 줄은 누구나 다 알면서도 투쟁, 살인, 강도, 간음… 등이 매일 우리 인생 역사의 페지를 점령"하는 순간에도 유토피아를 꿈꿀 수밖에 없다는 내용이다. 또한, 서광제는 인간 생활 전체가 예술적이어야 한다고 주장하면서 유토피아에서는 "기계도 금일과 같이 사람을 노예로 써먹는 기계가 아니고 그의 창조적 예술적 전 인격적 욕구를 충족할 만한 것이 발명이 될 것"이라 말한다.[140] 예술의 생활화를 언급한 점은 앞서 살펴본 윌리엄 모리스의 주장을 떠올리게 하는 대목이다.

---

[140] 서광제, 「『유토피아』夢」(1), 『조선일보』, 1928.10.25, 4면.

서광제의 글에서 흥미로운 점은 짤막한 유토피아 소설을 제시한 부분이다. 그 내용을 인용하면 다음과 같다.

나는 지금 『유토피아』의 꿈으로 흘러 들어간다. 벨을 누르면 조반이 나온다. 조반을 먹은 후에 종로통 큰길에를 나선다. 양옆에는 보기 좋게 시가수市街樹가 나란히 있으며 전차에는 승객이 많이 타고 있다. 그렇다고 결코 **요금은 받지 않는다.** 차장은 물론 없고 운전수 한 사람만이 있다. 전차에서 내려서 공장으로 행한다. □길에는 먼지 하나도 없다. **공장 외부나 내부나 모두가 무실務實**할 만치 형성 예술적 요소로 변하여 있다. 얼마를 노동勞働하더라도 싫지는 않다. **8시간 노동**을 하고 석반을 한 후 극장으로 간다. 물론 무료입장 구경을 한 시간쯤하고 공원 산보를 한다. 모든 사람이 아무 근심이 없으며 심야인데도 불구하고 백주와 같이 밝다. 그러나 자살자가 많은 것은 잊어서는 아니 된다. 기其 이유는 99퍼센트가 인생비위人生悲爲의 번민이다.

저녁이 되면 이상향신문이 온다. 물론 신문에는 상업 광고 같은 것은 절대로 없고 어떤 문사의 무슨 작품이 출판이 되었다든지 취미란과 학술란 이외에 운동란運動欄이 있어 세계의 운동 소식을 보도하여 준다. 물론 신문 요금 같은 것은 없다. 신문 배달부의 집이나 노동조합위원장의 집이나 조금도 틀림이 없으며 **직업의 차별을 모른다.** 어쨌든지 일하면 먹는 줄 안다. 신문에서 서적이 출판되었다는 것을 보고 공립도서관으로 가서 무료로 관람을 한다. 전차 내에는 광고판이 걸려 있겠지마는 결코 광고판은 없고 훌륭한 미래회畵나 샤반누의 『목욕沐浴하는 여인』, 세쌘누의 나체회裸體畵 같은 것이 걸려 있다. 미술관, 극장, 음악실, 무용장, 강연회 같은 것은 얼마든지 있어 어디든 무료입장이다. 카페에서는 홍차, 밀크, 칵텔, 삼펜, 뿌란델, 위스키 무슨 술이든지 마실 수 있으나 자유 사회 즉 유토피안은 체면 상취上醉하도록은 마시지 않는다. 카페 안에 여자는 절대로 없다. 먹고 싶으면 자기 마음대로 갖다 먹는다.

(中略)

물론 감옥이라는 곳은 따로 있지만 절대로 죄수로 하여금 불쾌를 감感하게 건축한 것은 아니다. 자기 집과 조금도 다름이 없다. 의복도 마음대로 입으며 음식도 마음대로 먹으며 물론 노역勞役이 아니니까 책도 마음대로 볼 수가 있고 공원 산보도 할 수가 있다. 그리고 같은 죄수끼리 운동도 할 수가 있으며 담화도 할 수가 있다. 옛날에 빼-벨이란 사람이 입옥入獄할 때에 가나리야를 □속에 넣어 가지고 들어간 것과 같이 자기의 처妻는 물론 동거할 수가 있다. 그러면 보통 □□□라로냐 하겠지만 노동을 아니 하고 먹는 고로 그것이 일생에 제일 창피한 것이요, 인생의 가치가 없는지라 출옥한 후라도 다른 사람들에게 『저 사람은 삼 개월간이나 놀고먹은 사람』이란 말을 듣게 된다. 어쨌든 평안히 놀고먹는 것이 무엇보다도 말할 수 없는 치차恥差이다. 『유토피아』에서도 성욕性慾에 대한 『유토피아』가 없는 것을 보고 나는 퍽 유감으로 생각하였다.[141]

위의 인용문은 서광제의 창작인지 번역인지 확실치 않다. "중략"이라고 제시한 점이나 마지막 문장 "『유토피아』에서도 성욕性慾에 대한 『유토피아』가 없는 것을 보고 나는 퍽 유감으로 생각하였다"에서 어떤 저술을 토대로 번역한 듯한 느낌을 주기도 한다. 벨을 누르면 조반이 나온다는 문장은 벨러미의 『뒤돌아보며』와 유사하며, 직업에 불문하고 같은 모양의 집은 모리스의 『뉴스 프롬 노웨어』를 떠올리게 하며, 정돈된 시가지의 모습

---

141 서광제, 「『유토피아』夢」(2), 『조선일보』, 1928.10.26, 4면.

은 대개의 유토피아 소설에서 나오는 배경과도 같다. 8시간 노동과 각종 사회 제반 시설의 무료 이용은 서광제가 추구하는 이상사회일 것이다. 상업 광고 대신 미술 작품이 걸린 광고판은 자본주의 시장 경제를 비판적으로 인식하는 지점이면서 모리스가 주장한 예술의 생활화가 단적으로 드러나는 부분으로 판단된다. 이 같은 글을 쓰게 된 배경에는 서광제 자신의 빈궁한 환경에서 기인한 것으로 보인다. 글의 마지막 부분에 "꿈을 깨고 보니 악惡착한 현실 아침 8시경인데 빚쟁이는 벌써 들어와 섰다. 작아昨夜의 『유토피아』의 몽夢과 금조今朝의 이러한 사회 현실과의 대상對象이 얼마나 나에게 생生의 고苦를 느끼어 주었는지 모른다"라고 서술하며 유토피아와 현실 사회의 괴리가 작가 자신에게 고통으로 다가왔다고 말한다. 서광제는 당시 세계가 부르주아에게는 유토피아일 수 있어도, 빈핍한 자들 즉 자신을 포함한 이들에게는 "지옥"이라 묘사했다. 예컨대 문명의 이기는 편리하지만 금전이 부족한 사람은 전차나 자동차를 탈 수도 없고, 병에 걸려도 의사에게 갈 수가 없기 때문이며, 노동을 하려 해도 일이 없을뿐더러 배우려 해도 학교에 갈 수가 없기 때문이다.[142] 서광제는 빈궁한 현실 상황에서 이상적인 세계를 꿈꿨다. 그러나 상상과 이상理想은 상대적 박탈감을 느끼게 할 뿐이었다. 이로 인해 자신의 처지를 토로하기에 이른 것이다.

　지금까지 대표적으로 제시한 현애생, 박영희, 서광제는 통시적인 관점에서 서구의 유토피아 소설을 나열하였고, 웰스의 소설도 빼놓지 않았다. 이상에서 제시한 유토피아 소설의 계보는 시기를 기준으로 보면, ① 플라톤이나 키케로와 같이 기원전, ② 토머스 모어, 프란시스 베이컨, 캄파넬

---

142 위의 글, 같은 면.

라와 같은 중세, ③ 벨러미의 『뒤돌아보며』 이후 근대로 분류할 수 있다. 『동광』에서 선택한 유토피아 소설은 ③에 해당한다. ③은 대체로 산업혁명이 발생한 이후의 시기이자 다윈 이래로 쓰인 소설이다. 즉, 근대 문명이 정점에 올라서고 있는 시기, 과학기술이 발달하고 자본주의가 팽배하는 가운데 해당 사회를 비판하며 사회가 진화 내지 개선되길 희망하며 쓰인 유토피아 소설이라고 말할 수 있다.

『동광』의 필진이 제시한 텍스트의 원작인 『뒤돌아보며』1888와 『모던 유토피아』1905는 산업화로 인한 부정적인 결과를 해소한 미래 사회를 토대로 전개되는 소설이다. 과학기술과 기계의 발달을 인정하면서도 그로 인해 발생했던 자본주의의 폐해와 사회 불평등, 도시·노동·교육 문제를 과거와 대비하며 이상적인 사회를 그려냈다. 『타워』1918의 경우 시기의 특수성이 고려되어야 한다. 그 이유는 1차대전이 종전되던 해에 출간되어, 전쟁 이후의 영국 사회를 상상하고자 했기 때문이다.

식민지 조선에서는 1차대전과 러시아 혁명을 목도하고 3·1운동이 지난 자리에서 개조 사상과 더불어 위와 같은 유토피아 소설이 등장했다. 윌슨과 레닌의 '민족자결'은 식민지 조선 사회에 변혁을 일으킬 희망과도 같았지만, 워싱턴 회의의 결과는 한반도에 긍정적인 결과물을 가져다주지 못했다. 그렇지만 국제적 차원의 세계개조에 대한 논의가 식민지 조선에서도 이루어지기 시작했으며, 사회를 변혁하고자 하는 열망이 유토피아 소설을 번역하는 행위로도 발산되고 있었다. '개조론'에 대한 지속적인 움직임은 『동광』에서도 이어졌다. 이러한 시대적 맥락은 창간기념의 "내가 원하는 유토피아"에도 투영될 수밖에 없다. 다음 항에서는 『동광』의 필진이 제시한 유토피아 소설의 내용과 더불어 '번역 텍스트'라는 점을 염두에 두고 번역의 양상과 의미를 논의하도록 하겠다.

2) 「근대적 이상사회」와 「탑」의 중역 양상

앞서 제시한 '유토피아의 소설 계보'에서 중요한 텍스트 중 하나로 인식
된 『모던 유토피아』는 『동광』의 필진이 첫 번째로 제시한 웰스의 「근대적
이상사회, 「유토피아」談 其一」이다. 앞에서 이노 세츠조의 『유토피아 이
야기』에 『동광』의 유토피아 소설 세 편이 모두 실렸다고 밝힌 바 있다. 따
라서 이 항에서는 웰스의 「근대적 이상사회」의 저본을 확정한 후, 번역의
의미를 논의하고자 한다.

번역 양상을 분석하기 전, 웰스의 『모던 유토피아』에 대해 간단히 알아
보고자 한다. 1905년 출간된 『모던 유토피아』는 시리우스 너머의 한 유토
피아 행성으로 여행하게 된 두 지구인의 이야기이다. 〈표 14〉에서 이노 세
츠조가 분류했듯, 『모던 유토피아』는 소설과 에세이적 형식이 혼합된 양
식으로, 전형적인 서사 양식과는 거리가 있다.[143] 서술자인 목소리의 소유
자Owner of the Voice와 식물학자, 이 두 명의 지구인은 이동 기구 없이 유토

---

[143] 웰스는 이 책의 서문에서 논쟁적인 에세이 형식으로 쓰지 않았다고 밝혔다. "I have done
my best to make the whole of this book as lucid and entertaining as its matter
permits, because I want it read by as many people as possible, but I do not
promise anything but rage and confusion to him who proposes to glance through
my pages just to see if I agree with him, or to begin in the middle, or to read
without a constantly alert attention. (…중략…) I rejected from the outset the form
of the argumentative essay, the form which appeals most readily to what is called
the "serious" reader, the reader who is often no more than the solemnly impatient
parasite of great questions.(…중략…) But having rejected the "serious" essay as
a form, I was still greatly exercised, I spent some vacillating months, over the
scheme of this book."(H. G. Wells, "A Note To The Reader", *A Modern Utopia*,
London : Chapman & Hall, 1905, pp.v~viii)

피아 행성에 도착한다. 두 인물이 유토피아 행성에 도착한 후 "파리 중앙 색인 시설the central index housed in a vast series of buildings at or near Paris"에서 지문 조회를 해보니 자신들과 동일한 인물이 유토피아 행성에 거주하고 있는 것으로 나온다. 유토피아 행성은 지구와 똑같은 도시와 지리로 구성되어 있다. 이 행성에는 지구인과 동일한 생물학적 구조를 지닌 분신들이 살고 있다. 그러나 당연하게도 유토피아인의 사고방식은 지구인과 전혀 다르다. 서술자의 유토피아 분신은 그곳의 '사무라이'[144] 계급의 일원이다. 웰스의 '사무라이' 계급이란 세계국가 구성에서 중요한 축을 담당하는 이들로, 일종의 엘리트 집단이자 자발적 귀족이다.[145] 웰스의 최종 심급은 세계국가 시민 모두가 사무라이 계급과 같은 교육 받은 사람이 되는 것이다.

이 소설 전반은 서술자의 분신으로부터 유토피아 행성의 사회, 경제, 교육 등의 시스템을 전해 듣는 구조로 되어 있다. 유토피아 소설의 공통점인

---

[144] 웰스는 일본의 사상가이자 농학자인 니토베 이나조(新渡戸稲造, 1862~1933)가 쓴 『무사도(武士道)』라는 책을 읽고, '사무라이(侍)'라는 일본 말의 의미를 알게 되어 이 말을 자신의 작품에 사용하게 된 것으로 알려져 있다. 『무사도』는 1900년에 미국에서 *Bushido: The Soul of Japan*이라는 제목의 영어본으로 먼저 출판됐고, 이어 1908년에 일본어 번역본으로 나왔다(마리 루이스 베르네리, 이주명 역, 『유토피아 편력』, 필맥, 2019, 529면).

[145] 유토피아 행성의 실질적인 모든 권력은 사무라이에 있다. 판사, 변호사, 의사, 고용주 등이 되려면 사무라이여야 한다. 사회적인 일을 운영하는 데서 중요한 역할을 담당하는 모든 집행위원회는 오로지 사무라이 가운데서만 추첨으로 선발된다. 사무라이는 자발적인 존재로, 적정한 수준 이상으로 건강하고 능률적인 상태에 있고 지적인 능력을 갖춘 성인이면 누구든 25세 이후로 사무라이의 일원이 되어 나라에 대한 전반적인 통제에 참여할 수 있다. 사무라이는 우둔한 자들은 배제되도록, 그리고 저열한 자들은 유인되지 않도록 작성된 규칙을 따를 의지와 능력이 있어야 한다. 규칙의 목적은 충동과 감정을 규율하게 하는 것, 도덕적인 습관을 함양하고 압박, 피로, 유혹의 시기를 견뎌내게 하는 것, 좋은 의도를 가진 사람들 모두의 최대한 협력을 이끌어내는 것, 그리고 궁극적으로는 **사무라이 모두를 도덕적, 육체적으로 건강하고 능률적인 상태로 유지시키는 것**이다. 사무라이는 담배나 술, 마약에 빠져서는 안 되고, 영혼을 약화시키는 경향이 있는 연극 행위, 노래 부르기, 시문 낭독이 금지된다(H. G. Wells, op.cit., pp.258~317(9장 The Samurai); 마리 루이스 베르네리, 위의 책, 550~551면).

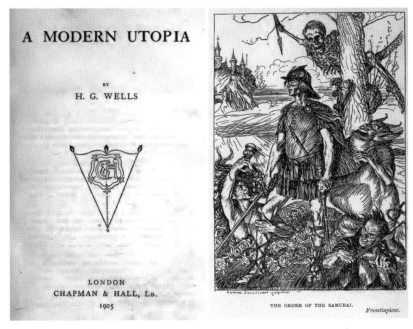

〈그림 11〉 *A Modern Utopia*(London : Chapman & Hall, 1905)
속표지·삽화(〈The Order of the Samurai〉)[146]

소개자와 목격자가 제시되는 구조이다. 그러나 일본에서의 번역이나 추후 살펴볼 『동광』의 조선어 번역처럼 인물들 간의 대화나 식물학자의 실연 등의 사건은 삭제된 채, 유토피아 행성의 사회 시스템만이 기술되어 있다. 이로 인해 이 텍스트가 김병철의 연구 등에서 '소설'로 인식되지 못한 것으로 추측된다. 결말부에서는 지구인 식물학자가 지구에서 사랑했던 여자의 유토피아 분신을 만나 집착하는 행위를 보이자 다시 20세기의 런던으로 돌아오게 된다.

조선어로 번역된 『모던 유토피아』의 내용을 파악하기 위해 우선, 원작

---

146 H. G. Wells, *A Modern Utopia*, London : Chapman&Hall, 1905. 토론토대 소장본.

과 이노 세츠조의 저서에 실린 「近代的ユウトピア」와 『동광』의 번역 텍스트의 목차를 비교하면 다음과 같다.

〈표 15〉 『모던 유토피아』 원작·일본어·조선어 목차 비교

A Modern Utopia(1905)	「近代的ユウトピア」(1920)	「근대적 이상사회, 「유토피아」談 其一」(1926)
The Owner of the Voice		
1. Topographical	(一) 理想社會の地理	一 理想社會의 地理
2. Concerning Freedoms	(二) 理想社會と自由	二 理想社會의 自由
3. Utopian Economics	(三) 理想社會の經濟	三 理想社會의 經濟
4. The Voice of Nature		
5. Failure in a Modern Utopia	(四) 理想社會の病弊	四 理想社會의 病弊
6. Women in a Modern Utopia	(五) 理想社會の婦人	五 男女問題
7. A Few Utopian Impressions		
8. My Utopian Self		
9. The Samurai		
10. Race in Utopia		
11. The Bubble Bursts		
Appendix—Scepticism of the Instrument		

위의 표에서 확인할 수 있는 바와 같이 이노 세츠조는 원작의 1, 2, 3, 5, 6장을 선택하여 번역하였다. 원작의 경우 삽화를 포함하여 1장이 26페이지, 2장 39페이지, 3장 44페이지, 5장 40페이지, 6장 41페이지로 구성되었다.[147] 이에 비해 일역본은 전체가 34페이지로 이루어졌기 때문에 발췌와 축역의 정도는 상당하다. 일역본과 조선어 번역의 경우 2장 제목인 "이상사회'と' 자유", "이상사회'의' 자유"에서 나타난 조사의 차이와 5장의 제목을 예외로 생각하면 두 목차는 상당히 유사하다. 그러나 한 회로 실린 「근대적 이상사회」는 일역본보다도 매우 적은 분량이다. 따라서 중

---

147 H. G. Wells, *A Modern Utopia*, London : Chapman & Hall, 1905를 기준으로 하였다.

역의 단서를 확보하기 위해 일역본과 조선어 번역본의 텍스트를 1:1로 비교해보는 과정이 필요할 것이다. 먼저, 소설 소개에 해당하는 서문을 제시하면 다음과 같다.

(가)

①作者ヘルバアト, ウルス氏は, (一八六六年出生), 現今イギリス文壇の名士で, ボアナアド・シアオ氏と同じく, フェヒアン協會の會員(最近には脫會したとのこと)です. 種々の空想小說を書きましたが, 近年は論文にも筆を染めます. ② 黑岩氏の「八十萬年後の社會」はウェルス氏の「時航機」を翻譯したものです. ③ 最近の著作「神は見えない王である」といふのは, 同氏の新宗敎觀を披瀝したもので, その主旨は斯うです. —此の近代的に若歸つた宗敎には宗祖といふべきものはない. その信仰する神は有限の神で, 人格と箇性とを具へて居る. 神は勇氣であり人格であり少壯である. 現世の神であり內心の神である. 神は政治家であり, 王である. 王のものは卽ち神のもの, 神のものは卽ち我のものである. 近代宗敎は專制主義でも貴族主義でも民主主義でもなく, 神政主義である. 吾々は自己及び社會に神政を普及せしめるためには, 無抵抗主義を捨て鬪爭主義を取らなければならない. 國は神の器である. 人間は神國であり, 王國であつて, 自己は其の宰相であり, 元帥である. —尤も此書は本山秀夫君が近々全譯するさうです.

④玆に紹介する「近代的理想社會」は小說交りの論文で, その全部を抄譯すると, 長くもなり, 勃萃にもなりますから, 唯だ重要な部分だけを拔萃します. ⑤前にも一言した如く, これはユウトオピアであるよりは, 寧ろ社會主義に對する批評です.[148]

웰스 씨(H. G. WELLS)(1866 출생)는 여러분이 아시는 것 같이 과학자요 문학자요 페비안 협회 회원이었고 연전年前 평화회의 시 불란서 대표 비평의 신문 기사로 일시 문제를 일으키었던 이요, 또 과학소설과 예언적 저서가 많은 외에 세계문화사대계라는 방대한 책자를 저작하여 영국 독서자讀書子는 물론 세계 독서자의 찬미를 받던 이외다.[149]

(가)의 인용은 본론으로 들어가기 전에 원저자인 웰스를 소개한 문단이다. 일역본의 ①과 같이 웰스의 출생연도, 페이비언 협회 회원이라는 부분은 이미 널리 알려진 내용이었겠지만, 조선어 번역본의 문장은 일역본에 근거하여 작성된 것으로 볼 수 있다. 그러나 "과학자"라는 수식어와 신문 기사로 문제를 일으켰다는 부분, 예언적 저서가 많으며 『세계문화사대계』의 저자라는 점은 이 텍스트의 번역자인 홍생洪生이 직접 서술한 부분으로 짐작된다. 여기서 과학소설가와 예언적 작가, 『세계문화사대계』의 저자로 웰스를 소개한 지점은 1920년대 조선에서 소설가와 사상가로 웰스를 받아들이고 있던 시대상의 반영으로 이해된다. 또한, 이러한 수식이는 앞서 살펴봤던 1920년대 매체에서 웰스가 소개된 맥락과도 호응한다.

②에서 구로이와 루이코黑岩涙香가 『타임머신The Time Machine』1895을 번역했다는 사실,[150] ③에서 웰스의 최신작으로 『보이지 않는 왕으로서의 신 God the Invisible King』1917을 소개한 내용, ⑤에서 일본어 번역자인 이노 세츠

---

148 井箆節三, 「近代的ユウトピア」, 『ユウトピア物語』, 大鐙閣, 1920, pp.316~317. 이하 강조와 원번호는 인용자의 것이며 표기는 원문대로이다. 이 책에서 인용하는 경우 면수만 표기한다.

149 洪生 抄譯, 「근대적 이상사회, 「유토피아」談 其一」, 『동광』 2, 1926.6.1, 12면. 이하 『동광』의 글을 인용하는 경우 『동광』 권호와 면수만 표기하며, 현대어로 수정하였다.

150 黑岩涙香 訳, 『八十万年後の社會』, 扶桑堂, 1913를 가리킨다.

조가 이 텍스트를 유토피아라기보다는 사회주의에 대한 비평으로 독해했다는 사실도 모두 조선어 번역본에서는 찾을 수 없다. 하지만 여기서 ③에 주목해 볼 수 있다. 『동광』의 번역에서는 서술되지 않은 부분이지만, ③과 관련된 내용은 『동광』의 필진이자 수양동우회의 김윤경이 3개월 뒤 잡지 『진생』에서 "그(웰스-인용자)의 종교적 경향을 명백히 보인"[151] 작품으로 『보이지 않는 왕으로서의 신』을 비중 있게 소개한 적이 있다.[152] 또한, 김윤경은 해당 연재에서 『모던 유토피아』가 『동광』 2호에 실린 점도 언급하였다.[153] 이러한 행위는 수양동우회의 일원인 김윤경이 실행한 일종의 보

---

[151] 김윤경, 「에취 · 지 · 웰쓰 氏의 思想」, 『진생』 2:1, 1926.9, 37면.

[152] "(웰스는-인용자) 정치적 의견을 『보이지 아니하는 王으로서의 神』(一九一七年)으로 발표하였습니다. 勿論 왕도 귀족도 「카이사」도 「째마크래시」도 인정하지 아닌[않으나] 다만 세계상(世界上)에 神의 통치를 개시함이 목적이외다. 그것은 곧 인류의 속에 잠기거나 겉에 나타나는 神의 의지를 발견하여서 그것으로 인하여 인생을 통일하여 가는 것이다. 『내가 신에게 봉사(奉仕)하는 것은 내가 인류의 한 사람인 까닭이다. 나는 이 인생의 온갖 죄악에 대하여 책임을 가지고 있다. 따라서 나는 신에게 봉사하는 무사(武士)로 일어서 神을 믿지 아니하는 王이며 귀족이며 지주(地主)에게 반대한다』한 점으로 보면 기독교의 무저항주의와는 반대외다. 그러나 그는 그리스도의 우미(優美)한 무저항적 정신은 찬송하면서 그와 적극적인 神과 혼동함을 절대로 不同義한 것이외다. 그는 『우리의 의미하는 神은 더 적극적인 더 전투적인 힘과 남비(濫費), 잔인, 악덕, 태만 及 개인이며 인류의 사멸과 용감히 싸워 세계에 큰 왕국을 현실적으로 건설 실현하려고 어디까지든지 노력하지 아니하면 아니된다』는 의미로 뜨겁게 힘있게 주창하였습니다. 그는 『神은 보이지 아니하는 王이요 또 보이지 아니하는 王만이 유일의 王』이라 하여 『神의 왕국은 시골의 소학교에든지 도회의 철도 공사에든지 온갖 처소에 실현되어야 할 것이라』하였습니다. (…중략…) 민족의 집합적 발달이라는 종합적 견지에 입각하면서 각자의 그 개성을 신장한다는 일은 그의 이른 바 보이지 아니하는 王에게 봉사하는 일이 되는 동시에 또 지상에 그 神의 왕국을 건설하려는 일도 되는 것이외다."(김윤경, 「에취 · 지 · 웰쓰 氏의 사상-웰쓰 소개(承前)」, 『진생』 2:2, 1926.10, 12~13면)

[153] "「제조(製造) 중의 인류」, 「근대 유토피아」(『동광』誌 二號에 抄譯이 있음) 기타 논문들을 썼습니다. 이는 다 그의 상상력, 추리력, 사회학, 과학들의 풍부함을 보인 문장으로서 「근대적 유토피아」는 三十九歲(一九〇四年)세에 쓴 것인데 유성(遊星) 전체를 일국(一國)으로 하고 그 위에 이상적인 세계적 국가를 전개하여서 공통적 언어며 거기서 쓸 경제학이며 부인문제며 여러 가지 이상적 제도를 논술한 것이외다. 「유토피아」(樂園, 理想鄕)에 대하여 쓴 것은 플래톤의 「이상원(理想園)」이후로 다수하나 그 中에도 웰스 氏의 것이 가장 규모가 웅대하고 착상이 청신(淸新)할 뿐 아니라 사회학적 사상과 과학적 학술을 토대로 삼은 점으로도 뛰어난 근대적이외다."(김윤경, 「에취 · 지 · 웰쓰 氏의 사상」, 『진생』 2:1, 1926.9, 37면)

완 작업이라고 볼 수 있을 것이다. 당시 그러한 의도가 있었는지는 불분명하지만, 지식 장에서의 연계성은 확인할 수 있는 부분이다. ④에서 이노세츠조는 "중요한 부분을 발췌"하였다고 밝혔다. 그리고 「근대적 이상사회」의 번역자인 홍생洪生도 '초역抄譯'으로 기술하였으므로, 원작의 일부임을 강조한 사실은 일역본과 같다.

(나)

次には新社會を建設すべき**地域**を如何にすべきかの問題であるが, これも今では昔のやうに, 世界の一隅に某地を選んで, そこに限定するといふことは出來ない. プラトオンの理想國は兵力で隣國から遮斷した. モアのユウトオピアやベエコンの新アトランチスは, 宛も支那や日本のやうに, **永い間世界から孤立した. これも近代の新社會には, とても出來ないことである.** 如何に要塞堅固にしても, 飛行機は自在に飛んで來る. ましてや思想の交通には, 國境もなく稅關もない. 故に吾々の新社會は, アフリカの中央や, アメリカの南端や, 乃至南極北極に建てゝも, 世界から孤立することは出來ない. **惑星にでも建設するか, さもなければ全世界を舞臺にしなければならないのである.** 而も人間の住めるやうな惑星ならば, そこにはフジヤマもあればヨコハマもある, やはり地球と同じことたから, 結局地球の表面を新社會の地域にして, 全世界を包容すろ大々的新社會を建てなくてはならない.320~321면

지역. 이것은 재래在來 「유토피아」는 다 세계의 한편 남과의 교섭이 없는 곳을 택하였으나 금일과 같이 교통기관이 발달된 이때에 있어서는 안 될 노릇이다. 더구나 사상의 교통에는 국경도 세관도 없다. 바로 어떤 혹성에나 건

설하면 몰라도 그도 안될 것이다. 전 세계를 무대로 하지 않으면 안 된다.『동광』 2, 13면

(나)의 일역본에서 강조한 부분에 주목해야 한다. 조선어 번역에서 "재래의「유토피아」"는 일역본에서 제시된 플라톤, 토머스 모어, 베이컨일 것이다. 그리고 이전 시대의 유토피아는 고립된 장소로 묘사되었지만, 비행기가 자유자재로 다니는 현재에는 고립이란 불가능하다는 문장을 "금일과 같이 교통기관이 발달된"으로 축약한 것으로 보인다. 다음 문장에서 일역본과 유사한 부분을 확인할 수 있다. "혹성에나 건설"이라는 구절에서 이어지는 "전 세계를 무대로" 해야 한다는 번역은 일역본의 서술과 거의 유사하다. 참고로 원문에서 사용된 정확한 명칭은 "세계국가The World-state"였다. 이어서 다음의 비교를 통해 중역의 저본을 확정할 수 있다.

(다)

次にはユウトオピアの言語であるが, これはどうしても全世界に共通なものでなくてはならない. 言語は人間を禽獣と區別する一大要素であるのに, 同じ人間と人間とが, 各々言語を異にするがために, 談話を交換することが出來ず, にらみ合つて居るやうでは, 決して理想社會ではない. しからば今後世界語として, 最も適當なものは何であるか. エスペラントか, ラ・ランギユ・ビリウか, 新ラテン語か, ボラプウクか, リットン卿か,[154] 大僧正ホエトリイの哲學語か, ウエ

---

154 원작에서는 "Lord Lytton"으로만 되어있는데, 에드워드 불워 리턴(Edward Bulwer-Lytton)의 *The Coming Race*(1871)에 나오는 '브릴(Vril)'과 관련된 맥락으로 추정된다. 희곡『리슐리외(*Richelieu*)』에서 "beneath the rule of men entirely great, the pen is mightier than the sword."를 남긴 그 불워 리턴이다.

ルビイ女史のシグニフイクか.[155] いづれにせよ, 世界共通の言語を創定する以上は, それは飽くまで科學的で, 而も數學の公式の如く精確なものでなくてばならない. しかし前にも述べた如く, 近代の理想社會では個性を尊重しなければならない. 言語は思想の糧である. しからば言語を極端に人爲を以て統一するのは, 個性の自由な發展に有害となりはしないであらうか. されば假に世界共通の言語を必要とするにしても, それは必ずしも科學的乃**至人爲的なもので**はなく, 寧ろ各國の言語に對して綜合的なものでなくてはならない. 例へばイギリスの言語の如きは, 他國の言語を無數に取入れ, 一種の綜合國語として發達しつゝある. 321면

언어는 물론 세계 공통이 아니면 안 된다. 언어는 사람을 짐승에서 구별하는 일대 요소인데 같은 사람 사이에 각각 말이 달라 의사를 통할 수 없다면 결코 이상사회라고 할 수 없다. 그러나 어떤 말이 가장 적당하냐 하면 「에쓰페란토」, 신新 라틴어, 철학어 등 인조어人造語가 많으나 세계 공통어를 창정하는 이상에는 어디까지 과학적이요, 수학 공식적으로 정확하여야 하겠으나 전술한 바와 같이 근대 이상사회에서는 개성을 존중하는 관계상 인위 통일보다도 각국어의 종합적 자연어自然語가 되어야 할 것이다. 『동광』 2, 13

(다)의 강조한 부분과 조선어 번역을 1:1로 비교하면 유사한 수준이

---

155 각종 언어가 나열된 장면의 원문은 다음과 같다.
"You would begin to talk of scientific languages, of Esperanto, La Langue Bleue, New Latin, Volapuk, and Lord Lytton, of the philosophical language of Archbishop Whately, Lady Welby's work upon Significs and the like."(H. G. Wells, *A Modern Utopia*, London : Chapman & Hall, 1905, pp.18~19)

아닌 동일 문장이라는 사실을 알 수 있다. 영어 원문까지 참고한다면 일역본의 내용과 조선어로 번역된 문단의 구성은 거의 같은 셈이다. 다만 번역자 홍생은 에스페란토어, 레옹 볼랙Leon Bollack이 제안한 La Langue Bleue(볼락Bolak), 신 라틴어Neo-Latin 또는 Modern Latin, 요한 마르틴 슐라이어Johann Martin Schleyer의 볼라퓌크Volapuk 등에서 에스페란토, 신 라틴어, 와틀리Richard Whately를 생략하고 철학어만을 선택하여 "인조어"로 설명했다. "인조어"는 일역본에 없지만, 에스페란토어를 기반으로 한 지식에서 'Conlang(Constructed Language)'을 염두에 두고 덧붙인 것으로 보인다. 참고로 1920년대 김억은 '人工語'보다 '인조어'를 주로 사용한 것으로 보인다. 이러한 배경은 '인조어', '인공어'의 어휘가 경합하는 가운데 '인조어'가 우세한 시대의 어휘 양상을 반영한 서술로 판단된다. 또한, 마지막 줄에서 '인조어'와 대립하는 개념인 "자연어"를 사용하여 번역한 대목이 돋보인다.

(라)

(三) 理想社會の經濟

近代の理想國は世界大であるとすると, 勞力や貨物の交換には, 之が媒介の手段として, 一種の貨幣を必要とする. トマス・モアのユウトピアには金錢といふものがなかつたか, しかし一種の金錢は社會には是非とも必要である. リクルグスのスパルタでは金銀を廢して鐵錢を造つたが, 近代の理想社會では, 貨幣はやはり金貨である. 古來理想鄕の夢想家は金錢を敵視するが, 金錢を惡用する人間にこそ罪はあるが, 金錢そのものに罪はない. 殺人を憎んで凶器を處罰する法律はない. 金錢は正當に使用さへすれば, 人生に有用なものである. 殊に文明

の社會には必要缺くべからざるものである. 金錢は社會の血液で, 社會の營養を
司るものだ, たゞ古來人間は金錢の用途を誤つた. 經濟の歷史は卽ちそれ金錢
惡用の歷史である. 金錢は社會の血液であるから, 決して一處に停滯してはな
らない. ベルラミィの想像した未來のボストンでは, 金錢を廢止して勞働切符を
發行し, トマス·モアのユウトピア及びカベヱのイカリアでは中央倉庫へ申咨す
ると, 貨物は自由に供給せられる. しかし之等の社會では, 決して讓與とか相續
とかを許さない. これは自身が勞働せずして, 他人の勞働の結果に衣食するの
は, 丁度他人の道德の糟をしやぶるやうなもので, 最も卑しむべきことたから
である. 326~327면

三. 이상사회의 경제

　세계가 무대인 이상국은 노력勞力과 물화의 교환에는 이것을 매개할 수단
으로 일종의 화폐가 필요하다.

　돈. 이것은 고래古來 이상향 몽상가의 적시敵視하던 것이다. 금전을 악용한
사람은 죄가 있으나 돈 그것은 죄가 없다. 살인을 미워하여 흉기를 벌하는 법
은 없다. 금전은 정당히 사용하면 인생 사회에 없지 못할 것이다. 사회의 혈액
이요 영양을 맡은 것이다. 다만 고래古來로 사람이 용도를 그릇한 것이다. 경
제의 역사는 곧 금전 악용의 역사다. 사회의 혈액인 금전은 결코 한곳에 머물
러 있을 것은 아니다. 『동광』 2, 60면

　마지막으로 (라)의 강조한 문장을 나란히 두고 보면 「근대적 이상사회」
의 저본은 이노 세츠조의 「근대적 유토피아近代的ユウトピア」라는 것을 확정
할 수 있다. 일역본에서는 금전을 사용하지 않았던 옛 시대를 제시하며 문

명의 이상사회라면 수단으로의 금전이 필요하다는 점이 서술되어 있다. 또, 벨러미의 소설에서 화폐 대신 사용한 "노동표勞働切符, 원문 : credit card"를 예로 들어 재산 상속을 불가능하게 한 이상사회인 것도 제시되었다. 그러나 번역자 홍생은 이러한 부분을 삭제한 채 웰스의 이상사회를 중심으로 서술한 부분만 발췌하여 번역하였다. 다시 말하면 홍생은 「근대적 이상사회」에서 웰스의 저서 외에 유토피아 소설의 계보에 속하는 다른 텍스트에서 그려진 이상사회는 번역하지 않았다. 이러한 이유는 분량의 문제도 있었겠지만, 이후 벨러미의 소설이 연재될 것을 고려했을 가능성이 있다. 또한, 근대 이후의 유토피아 소설만을 보여주면서 현상문에 응모할 독자의 창작 방향성인 미래 사회를 제시한 방식으로 해석할 수 있다.

「근대적 이상사회」의 번역 양상을 정리하면 (나)~(라)의 인용에서 보듯, 해당 문단에서 주제어를 추출하여 문단 서두에 제시한 가시적인 특징이 있다. 또한, 주제어 우측에는 기호("°")를 첨가하여 독자에게 가독성을 제공하였다.[156] 그리고 번역자의 주관에 따라 주요 문장만을 선택하여 번역하였다는 점도 특징적이다. 결과적으로 원작에서 조선어 번역까지 도착하는 데에 두 번의 발췌가 이루어졌다. 이 결과물은 홍생의 표현대로 '초역'이라 칭할 수도 있겠지만, '편역編譯'과 '선역選譯'의 복합적인 번역 태도가 반영된 것으로 해석할 수 있다.

그렇다면 『동광』에서 '내가 원하는 유토피아'의 연재 첫 파트로 웰스의

---

156 제시된 주제어는 "1. 이상사회의 지리 : 지역, 언어, 인종 문제, 2. 이상사회의 자유 : 금지, 주택, 여행, 금주, 3. 이상사회의 경제 : 돈, 금전(金錢)의 가치, 노력(勞力), 상업, 상속, 국유와 국영, 과학응용, 4. 이상사회의 병폐 : 경쟁의 미화, 경쟁을 감시, 무능력자, 태타(怠惰), 호적, 5. 남녀문제 : 경제 평등, 부자연한 미용"의 총 21개로 구성되어 있다(『동광』 2, 12~13·59~62면).

『모던 유토피아』를 제시한 까닭은 무엇일까. 「근대적 이상사회」는 "다윈이 진화론을 발견한 금일의 「유토피아」"12면로 시작한다. 웰스는 스펜서 이후, 다윈의 진화론을 사회 진화론과 접맥하여 사회가 "동적"이며 "영구 부단히 발달"12면하는 구성물로 인식했다. 계속해서 진화하는 사회인 유토피아는 과거 유토피아 소설과 결을 달리한다. 앞서 인용에서도 등장했던 과거의 유토피아는 멀리 떨어져 있는 공간이며 완결된 정적인 세계라는 특성을 보인다. 그러나 웰스의 유토피아는 현재의 사회 역시 변화의 가운데 있으므로 얼마든지 진화할 수 있다는 가능성을 전제한다. 사회의 진화 가능성은 한 개체인 인간에도 적용될 수 있다.

물론 유토피아 세계에 있는 인간 중 불완전한 개체도 있을 수 있다. 이는 4장 '이상사회의 병폐'에서 묘사된 '무능력자'와 같은 사례이다. 조선어 번역에서는 "신사회에서는 만일 이런 유해한 처치 곤란한 사람(바보, 광인, 흉악한 사람, 알콜 중독자—「근대적 이상사회」에서 인용)이 있으면 어떻게 할까? (…중략…) 사회를 방해하기만 하는 사람은 어떻게 하여서든지 사회에서 제외"하여 "적당한 섬을 택하여 격리시킬 것"으로 번역되어 있다. 앞서 노자영이 「이상향의 꿈」에서 언급했던 부분이 바로 이 지점이다. 이러한 문장이 웰스의 우생학적 관점이 반영된 결과인 것은 자명하다. 그러나 "이런 분자가 발생하는 것은 사회조직의 결함이 원인"61면이라고 분명히 밝히면서 개인의 탓으로 돌리지 않는다. 게다가 원작에서는 섬에 격리된 사람들은 그곳조차 또 하나의 유토피아와 같다고 여기며 즐겁게 생활한다. 웰스의 유토피아 세계에 그려진 이와 같은 인간은 지극히 현실적이며 불완전한 지금의 인간과도 같다. 웰스는 불완전한 인간 역시 점차 진화할 수 있다는 틀에서 인간의 가능성과 필요성을 주장한 것이다.[157]

'무실역행務實力行'의 기치를 내건『동광』에서 웰스에 호응한 것은 바로 이러한 맥락이 있었기에 가능하다고 본다. "사람이 자유를 자각하고 과거의 전통이라는 질곡에서 자기를 해방"13면해야 금일의 유토피아에 도달할 수 있다는 웰스의 주장은 궁극적으로 개인이 해방되어야만 인류 전체의 이상사회가 가능하다는 말과 같다. 이런 조건에서 웰스의 유토피아는 초현실적인 공간이 아닌 지금-여기의 전 세계를 무대로 한 현실 가능한 '이상사회'이다.『동광』은 개인이 세계-인류로의 구성원으로 도약하여 유토피아에 도달할 수 있다는 웰스의 상상력을 보여주면서 더불어 '수양收養'의 필요성을 더욱 강조한 것이다.

다음으로 역자 미상의 「탑(길드 소시알리슴의 유토피아), 유토피아긔 其三·五」에 대해 논의하고자 한다. 이 텍스트는 웰스의 소설은 아니다. 그러나 '내가 원하는 유토피아'의 연재작으로, 연재 맥락과 번역 양상을 함께 논의해야 할 필요가 있다. 「탑」은 지금까지 원작과 원저자가 알려지지 않았다. 1926년『동광』에서 내용 일부가 번역된 이후, 웰스의『모던 유토피아』와 마찬가지로 현재까지 한국어로 완역되지 않은 소설이다.

「탑」의 번역자는 원저자를 알지 못하였지만 제시한 이름이 필명임을 짐작했다. 그러나 필명조차 5호에서는 "윗치만"으로, 6호에서는 "윗치만"으로 기재한 탓에, 이 텍스트의 정체는 알려지지 않았다. 이 소설의 원제는『타워*The Tower*』1918이며, 작가는 왓치맨Watchman이다.『타워』는 1919년『뉴브리튼*The New Britain*』으로 표제가 변경되면서 필명이 아닌 워윅 드레이퍼Warwick Herbert Draper, 1873~1926라는 저자의 실명이 밝혀지기도 했다.[158]

---

157 하지만 우생학과 인종 차별적인 관점이 제시된『모던 유토피아』의 일부분은 지금까지도 비판의 대상이 되고 있다.

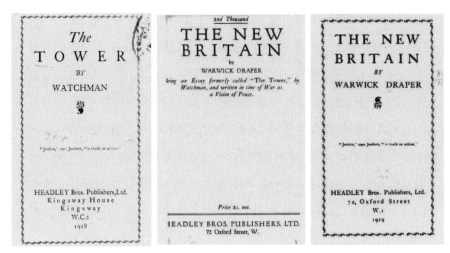

〈그림 12〉 *The Tower*(1918) 속표지, *The New Britain*(1919) 겉표지·속표지

1918년판과 1919년판은 내용이나 편집의 차이는 전혀 없다. 다만 표제가 바뀌었고 책 뒷면에는 언론 매체에 소개된 리뷰의 일부가 발췌되어 있다. *The Times*에서는 "30년 후, 정화된 공동체의 새롭고 민주적인 프로그램의 열기와 함께한 영국에 대한 묘사"로, *Welsh Outlook*에서는 "전쟁의 재앙에서 인간의 정신과 지성이 충분히 회복된다면 현재에서 꽃 피울 수 있는 영국"으로 소개한 내용이 첨부되었다.

저자는 1917년 12월 25일 G. D.[159]에게 보내는 헌정사에서 공공의 문

---

158 Watchman, *The Tower*, Headley Bros. Publishers, 1918; Warwick Draper, *The New Britain*, Headley Bros. Publishers, 1919.

159 워윅 드레이퍼가 헌정사를 바친 G. D.의 실체를 알 수는 없다. 추측해보자면, G. D. H. Cole(George Douglas Howard Cole, 1889~1959)일 가능성을 제기해 본다. 콜은 옥스퍼드의 발리올 대학(Balliol College)에서 공부하며 시드니 웹(Sidney Webb)의 후원으로 페이비언 협회(Fabian Society)에 참여하였다. 콜은 마르크스 정치 경제에 대한 자유주의적 사회주의의 대안인 길드 사회주의 사상의 주요 지지자였다. 콜의 사상은 1차 세계대전 전후에는 영국의 주간지 *The New Age*에 실렸으며, 이후 비어트리스 웹(Beatrice Webb)과 버나드 쇼(George Bernard Shaw)가 창간한 *The New Statesman*에 발표되기도 했다.

제에 처한 어두운 시대에 전쟁에서 얻은 교훈을 바탕으로 새로운 세계의 질서와 진보를 이야기하기 위해 이 책을 집필했다고 기술했다. 1차 대전 시기에 평화에 대한 비전을 그린 셈이다. 유토피아 소설의 계보에서 접근하면 이 텍스트는 벨러미의『뒤돌아보며』와 윌리엄 모리스의『뉴스 프롬 노웨어』에 나타난 서사 구조와 닮은 점이 있다. 주인공이 꿈속에서 미래 사회를 경험하고 돌아오는 구성은 벨러미와 모리스의 서사에서 나타나는 특징과 같다. 또한, 기술의 진보는『뒤돌아보며』에서 영감을 얻은 듯하며, 가든 시티 운동에서 비롯된 계획도시의 형상은 모리스 소설의 배경과도 유사하다. 그러나 앞의 두 소설은 1차 대전 이전 사회에서 혁명으로 도달한 유토피아를 상상한 것이지만,『타워』는 1차 대전을 겪으면서 새로운 사회의 필요성을 역설한 결정적인 차이점이 있다. 게다가『뒤돌아보며』는 113년 후의 미국 사회,『뉴스 프롬 노웨어』는 250년 후의 영국 사회를 묘사했지만『타워』속의 사회는 멀지 않은 30년 후로 묘사되었다. 한 세대라면 현재를 극복하고 이상사회에 충분히 도달할 수 있다는 영국인의 포부로 읽힌다. 웰스의『모던 유토피아』를 포함한 이들 네 가지 소설은 미래 사회의 교육, 노동, 경제와 산업 구조, 새로운 시대에 요구되는 도덕성 등에 대해 구체적으로 설명한다.『뒤돌아보며』와『탑』의 경우 과학기술이 발전된 면모도 확인할 수 있지만, 근대의 유토피아 소설에서 가장 중요한 것은 사회구조와 제도에 대한 묘사였다.

여기서의 초점은 번역 텍스트인「탑」에 있으므로 일역본과 비교하는 과정을 통해 주요 내용을 살펴보고,『동광』에서 '내가 원하는 유토피아'의 전형으로 선택한 이유를 검토하고자 한다. 앞서 언급했듯, 이노 세츠조의『유토피아 이야기』에는 왓치만ワッチマン의「탑길드 유토피아塔(ギルドユウトピア)」역

시 수록돼 있다. 일역본에서 저자를 왓치만ᵂᵃᵗᶜʰᵐᵃⁿ으로 표기한 데에서 알 수 있는 것은 영어 원본 혹은 그 외의 언어에서 1919년 판이 아닌 1918년을 저본 삼아 번역했다는 사실이다. 앞서 언급했듯, 1919년 판에서는 저자의 실명이 서명되었기 때문이다. 따라서 이노 세츠조는 원작이 출간된 지 2년도 되지 않은 시기에 번역한 것이다. 또한, 이노 세츠조는 마르크스나 톨스토이, 정신분석학[160]과 관련된 저술 활동을 하는 등 동시대 세계 지성사에 지대한 관심을 가졌으며 번역을 통해 지식을 전파하려 했던 인물로 보인다. 먼저, 저본을 확정하기 위해 원작, 일역본, 조선어 번역본의 구성을 보면 〈표 16〉과 같다.

〈표 16〉에서 보는 바와 같이 원작은 총 10장으로 구성되었다. 이노 세츠조의 번역은 원작에서 3, 4, 5, 9, 10장만을 선택하였고, 각 장의 번호

〈표 16〉 『타워』 원작 · 일본어 · 조선어 목차 비교

The Tower(1918)	塔(ギルドユウトピア)	「탑(길드 소시알리슴의 유토피아)」
Ⅰ. The Coming Birth-Hour		경편한 비행긔와 자동차 예술적 과학적 살림
Ⅱ. In The Loom Of War		
Ⅲ. Thirty Tears On	(三) 三十年後	삼십 년 후의 런던 영령사의 아름다운 건축 전보다 사람이 선하여졌다
Ⅳ. In The Chapel Of Heroic Souls	(四) 英靈寺	
Ⅴ. A Juster Industrialism	(五) 産業組織	새 시대의 산업 조직 법률보다도 도덕으로 산업조합의 발달
Ⅵ. Village Communities		
Ⅶ. The Towns		
Ⅷ. The Countryside		교육은 방임주의 열여섯 살까지 공비로 교육 「맛지니」의 유명한 편지
Ⅸ. On Learning To Live	(九) 生活敎育	
Ⅹ. A Midsummer Festival	(十) 夏祭	여름 제사(夏祭)의 기쁨

---

[160] 井筒節三, 『精神分析學』, 實業之日本社, 1922에서 프로이트, 융, 아들러를 종합적으로 설명하기 위해 André Tridon의 *Psychoanalysis*(1919)를 주로 참고했다고 밝혔다.

는 그대로 살렸다. 10개의 장에서 절반을 선택하였으니 분량의 차이는 당연할뿐더러, 원작과 일본어를 대조해보면 축역의 정도도 상당하다. 『동광』의 조선어 번역본은 일역본의 구성과 달리 원작의 5개 장을 12개의 소제목으로 나누었으며, 원작의 장 구분은 찾아볼 수 없다. 우선, 소설을 소개한 대목을 일역본과 비교하도록 하겠다.

(가)

れは昨年ロンドンで出版せられたもので, ギルドソシアリズム(組合社會主義)の見地から, 三十年後のイギリスを想像したものです. 純然たるユウトピアとしては最新のものまたギルドユゥトピアとしては最初のものです. 著者は「番人(バンニン)」とありますが, これは無論匿名でせう. 宗敎, 産業, 都市, 田園, 敎育, 祭禮なぞの項目に分けて, いと面白く畫いてありますが, 兹には作者が三十年後の社會に際會した次第と, 宗敎宗敎のことと, 産業制度と敎育制度と, 祭禮の一條とを拔萃して抄譯して置きます. 尙ほ此書の表題を「塔」と名づけた理由は「宗敎」(英靈寺)の條下に說明してあります. 作者は何人かは知りませんが, ラスセル氏及びペンテイ氏の思想とは餘程共鳴して居るやうで, 時にはラスセル氏やコオル氏の口調も閃いて居ります. 247면

이것은 런던에서 출판한 것으로 길드 쏘시알리슴組合社會主義이 본 바, 삼십 년 후의 영국을 상상한 것이다. 일반적 유토피아로는 제일 새롭고 길드 유토피아로는 제일 처음이다. 이 글을 쓴 사람은 「윗치만」(문직이)이라고만 하였으나 물론 본 이름은 아닐 것이다. 『동광』 6, 13면

위의 인용에서 일역본과 조선어 번역본 모두 「탑」을 '길드 사회주의'의 대표적인 소설로 소개하였다. 1920년대 식민지 조선 사회에서 '길드'의 개념은 보편적이었을 것이다. 염상섭은 1920년에 「노동운동의 경향과 노동의 진의」를 연재하며 자본가와 노동자의 불평등한 관계가 만들어진 역사를 설명하였다. 노동 방식의 역사 중 "중세기의 '깔드' 시대에는 도제徒弟가 일정한 기간에 봉사奉仕를 필畢하면 일개의 소자본주로서 그 업무를 독립하여 경영할 수"[161] 있었다는 점을 언급하였다. 물론 염상섭뿐 아니라 1920년대의 여러 매체에서 '길드'에 대한 개념을 찾을 수 있다. 특히 1926년에 번역된 『사회개조의 제사조諸思潮』에서 길드 사회주의를 구체적으로 읽어낼 수 있다.[162] 「탑」에서의 길드 사회주의는 미래 사회에서 재건된 것으로, 정부와 조화를 이루고 지역 자치를 운영한다는 면에서 중세의 '길드'와는 차이가 있다.

번역 방식은 (가)에서 강조한 일본어와 조선어 번역을 1:1로 비교하면 "작년昨年"이 삭제된 것 외에 동일 문장임을 알 수 있다. 특징은 홍생이 국한문을 혼용하여 「근대적 이상사회」를 번역했던 것과 달리 「탑」의 번역자는 순 한글을 사용했다. 한편 이노 세츠조는 발췌하여 번역한 점을 밝혔지만 「탑」의 번역자는 번역 방식을 밝히지 않았다. 아래 두 장면을 통해 구체적으로 파악하도록 하겠다.

(나)

---

161 염상섭, 「노동운동의 경향과 노동의 진의」(2), 『동아일보』, 1920.4.21, 1면.
162 1926년 『사회개조의 제사조(諸思潮)』는 이승준(권독사)과 신종석(춘추각출판사)에 의해 두 차례 번역 되었다(박종린, 「1920년대 사회주의사상의 수용과 『社會改造の諸思潮』의 번역」, 『역사문제연구』 35, 역사문제연구소, 2016, 327~345면).

(三) 三十年後

段々氣がついて見ると, 眠つて居た間に, 餘程遠方へ來たやうだ. 先刻から何だか騷々しいと思つたが, それはプロペラの廻轉する音で, 私は何時しか飛行機に乘つて, 空中を旅行して居るのだ. 機械は悠長な曲線を描いて, 驚くべき速力で走つて居る. 自身の周圍を見廻すと, 私は小さな船室樣うな所に, 兩肘をついて坐つて居る. 前のガラス窓から覗くと, 運轉手の頭と肩とが見える. その向うには同じやうな機械が幾臺も走つて居る. 船室の底窓から見下すと, 機械はハムプシヤイアの上空を, 八千呎の高さで飛んで居る. 何よいふ不思議なことた! 實に精神恍惚として何とも言はれぬ爽快である. 昔はホメロス歌つて曰く, 「奇しきものは人間」と. 成程, 運轉手の樣子を見るに, 雨脚で梶を踏みながら, 上下左右に方向を換える, その操縱の巧妙なことは, 人か鳥かと驚かれる.248면[163]

차차 정신을 차리고 보니 자는 동안에 꽤 멀리 온 모양이다. 요란한 소리가

---

163 이 부분의 원문은 다음과 같다.
"III. Thirty Tears On / SLOWLY I realised what I was about, as if great spaces were rushing past me in a dream. What had roused my mind was the noise of one motor after another firing, propellers shining on both sides of the fuselage of the great aeroplane on which, it appeared, I was travelling. The wonderful thing was climbing rapidly, but steadily, on a long curve. As my senses awoke I found I was leaning my elbows on the rim of a kind of cuddy, looking forward at the head and shoulders of the pilot and another passenger, and now back at the tail of the ship, her rudders and elevators seeming far away. As the aeroplane swung bumpily through lower clouds at a tilted angle, I could stand the rush of air, exhilarating, bewildering···. But as she was put along a more level road the speed drove me to shelter in the chamber — where, closed in and at ease, I could watch the countryside below me through a latticed floor and sideways through small windows. Gliding at 8,000 feet above Mother Earth's uplands of Hampshire, what wonder, what ecstasy!"(Watchman, *The Tower*, Headley Bros. Publishers, 1918, p.13) 원문의 뒷부분은 대다수 삭제되거나 축약된 채 일본어로 번역되었다.

난다. 생각해 보니 그것은 「프로펠라」의 도는 소리로 나는 어느 틈에 비행기를 타고 공중을 여행하고 있는 것이다. 비행기는 놀라울 만큼 속히 달아난다. 내 주위를 돌려 본즉 나는 적은 뱃간 같은 데 두 팔꿈치를 짚고 앉아 있다. 앞유리창으로 내다보니깐 운전수의 머리와 어깨가 보인다. 그러고 저쪽에도 같은 기계가 몇이 날고 있다. 방바닥에 달린 창으로 내려다보니 비행기는 팔천 척이나 높이 떠 있다. 얼마나 이상스러운 일이냐! 정신이 나며 뭐라고 하여야 좋을지 모르게 상쾌하다. 『동광』 5, 13면

이 장면은 『동광』에서 소설이 시작하는 부분이다. 일역본과 대조해보면 강조한 문장만 번역된 것을 알 수 있다. 내용 면에서 개인이 비행기를 타고 여행을 하는 점이 눈에 띈다. 비행기는 1차 대전의 산물로 여길 수 있는 대상이기 때문인데, 원작이 출간된 1918년의 시점이라면 문학적 상상력을 기반으로 한 미래 사회에 대한 예측으로 볼 수 있다. 다른 장면에서는 전기 자동차도 등장하여 기술문명이 향상된 사회라는 점이 강조되었다.

(다)

「そうすると，要するにモリスが預言したやうなことが實行せられたわけですね. 何ですモリスがさういふやうなことを云つて居たやうに記憶しますか?」

「さうです. 全くその通りです.」

「だが，まだどうしてさういふことになつたのか，その順序を承はりませんでした. 政府から何か法律でも發布して，その結果さういふことになつたのですか?」

「どういたしまして! 正義は政府で製造することの出來るものではありません. これは人間がお互に好意を以て相對するやうになつた結果，自然に生

れて來たものです．戰爭以來人間が共同の必要，それから神を崇める精神，さういふ觀念が段々強くなりました．戰爭で發揮した殺伐な勇氣が，一轉して勞働の協和といふ氣風になりました．勿論多數の人間の中には之を妨礙する者もあります．けれども多數はさうでないです．」

「勞働の協和と申しますと？勞資協和のことですか？」

「まあさういふ意味にもなりますね．けれども，それはあなたの意味では简々の資本家と勞働者との協和でせう．けれども私の申しますのは，その全體の協和です．資本家が勞働者から掠奪する，それが全く無くなつたのです．これは一般に人民の教育が進步した結果です．あのロシアの革命ですね，あれも教育の結果ですよ，あなたの頃にも一部の人々が非難したやうに勞資協調とか利益分配とかいふのは姑息な繭縫手段です．オウエンやマウリスは資本制度に卒先して挑戰した功績は偉大ですが，その社會政策は姑息でした．人間は利益の分配よりも自由の回復を欲するのです．自由さへ完全に得られるならば，利益の大小といふ如きは，必ずしも問ふところでないのです．ですから産業の改革は道德の革命が目的です．」

「すると勞働組合が發達して産業勞働組合になつたんでせう？さうです，私の時分にも旣に其傾向が現はれてゐました．」

「大體さうです．唯だ勞働組合に加入しないで，獨立で製造に從事する職人も非常に增加しましたが，しかし多數の産業では，交通から鑛山，紡績，陶器製造などに至るまで，それぞれ國民組合を組織しまして，それが政府と對立する．其數は以前は百箇もありましたが，今日では六七十種です．組合では所屬の勞働者を統轄して，一般社會のことに就いては政府の監督を受けるのですが，內部の經營は全然獨立で，民主的に經營して居ります．」

「しかし其の資本は一體如何して造つたのでせう？それから中産階級とい

ふものは如何なつたのてす？」264~266면[164]

---

164 Watchman, op.cit., pp.46~54에 해당한다. 일본어로 번역된 원문 일부를 제시하면 다음
과 같다.

I asked, almost incredulously, "that what Morris prophesied has actually come about?
I seem to remember something very like that."(46) "You have not told me how
it came about," I eagerly questioned. "Was it by Act of Parliament?" I said, foolishly
enough. / "Gra'mercy, no!" chuckled my friend. "The quality of industrial justice
is not strained. It comes gently, along the runnels of mutual confidence, welling
up from the fountains of decency and fairness and good-will. Of course, as you
may believe, those springs sometimes get poisoned by envy and greed, the channels
choked by sloth and infidelity. But in the main we have, since the Catastrophe purged
us and gave us a new wisdom with the fear of God, achieved in very great measure
an intimate and continuous association of management and labour—greater, if less
heroic, than the brotherhood in the awful trenches of that ordeal by battle with
which our champions redeemed calamity." "Association," I said. "You mean
partnership, after all?"/ "Well, yes, in a sense; but partnership is at best a vague
term when you apply it to more than two or three human spirits. We haven't invented
a better Word than Association for signifying all that the alliance of all in an industry
aims at."(47~48) the huge fallacy was realised just in so far as the People were
educated(which is why Russia brought her liberty to birth with such slow and
tortuous agony).(50) Owen and Maurice(all honour to them for declaring war on
the mere steam-engine capitalist hammer!) began these palliatives, with good
intentions but feeble results.(51) "Then I suppose you mean that Trade Unionism
did become Industrial Unionism?" I asked. "I remember the beginning of the tide,
and how it came in by unexpected channels." / "Yes, in a great measure it is that,"
he replied, "although naturally many workers, especially the more artistic craftsmen,
who under the welcome new industrial freedom have increased in numbers, hold
out for their own independence both in production and in marketing. But the large
industries, from transport and mining to cotton-spinning and potteries, are each
organised in their own National Guilds as a kind of true equipoise to the State,
sixteen or seventeen of them in all, and not over a hundred trades, as of old. Each
Guild includes all workers of every grade in the industry it covers, cooperating
with the State as the seat of spiritual functions for the benefit of the community
as a whole, but based on voluntary organisation and democratic management. And
above all, as the Guild, by democratic vote, decides the conditions of labour and
the hours of work upon a basis of mutuality suitable for its own trade, it is responsible
for the material welfare of its members, and indeed solves the problem of
unemployment by preventing it." / "Will you tell me what you mean, for I suppose

법률보다도 도덕으로

"그럼 「모리스」가 예언한 것이 실행이 되는 것입니다그려, 왜, '모리스'가 그런 말을 한 듯 한데요."

"네, 그렇습니다."

"그런데 또 어떻게해서 그렇게 되었는지 그 순서를 듣지 않았는데 혹은 정부에서 무슨 법률을 발표하여 그렇게 되었는지요."

"아니올시다. 정의는 정부에서 만들 수는 없습니다. 이건 사람들이 사랑을 가지고 서로 살아가는 데서 자연히 생기는 것이올시다. 전쟁 후에 사람들은 공동 생활의 필요 또 하느님을 섬기는 정신, 이런 관념이 많이 생겼습니다. 전쟁에서 발휘 하엿던 용기를 돌려서 노동하는 데 쓰게 되었습니다. 물론 많은 사람 가운데는 이것을 방해하는 사람도 있지만 더 많은 사람은 그렇지 않았습니다."

"그럼 노자협화勞資協和 말씀입니까…"

"그런 뜻이지요. 그렇지만 당신이 말씀하는 것은 하나 하나의 자본가와 노동자의 조화지만 내가 말하는 것은 전체 말입니다. 자본가가 노동자에게서 빼앗는다는 것은 전혀 없어졌습니다. 이것도 일반으로 사람들의 교육이 발달된 까닭이겠지요. 저 '러시아'의 혁명도 교육의 결과입니다. '오윈'·'모리스'가 자본제도에 앞서서 싸운 공적은 위대하였지만 그 사회 정책은 고식姑息이었습니다. 사람이란 이익보다도 자유의 회복을 원합니다. 자유롭게만 되면 이익의 많고 적은 것은 문제가 아닙니다. 그래 산업의 개혁은 도덕 혁명이 목적입니다."

"그런즉 노동조합이 발달 되어서 산업 노동조합이 된 것입니다그려."

"대개 그렇습니다. 오직 노동조합에 가입하지 않고 독립하여 제조하는 데

capital funds are as much wanted as ever, and I am eager to know what has happened to all the middle-class investors who were born in the nineteenth century."(53~54)

종사하는 직공도 매우 늘었습니다. 그러나 많은 산업에서 교통·광산·방직 등은 국민 조합이 있어서 정부와 맡습니다. 그 수효가 이전에는 백이나 되던 것이 지금은 육칠십 가지올시다. 조합에서는 소속된 노동자를 통활하며 일반 사회의 일에 대하여는 정부의 감독을 받으나 내부의 경영은 독립으로 민주적이올시다."

"그러나 그 자본은 대체 어떻게 만들었으며 그리고 「쌀조아」는 어떻게 되었는지오."『동광』5, 17~18면

(다)의 인용은 일역본에서 강조한 부분만 생략된 채 조선어로 번역된 장면이다. 초반의 모리스는 윌리엄 모리스William Morris를 가리키는 말로, 앞 장면에서 "노동과 예술의 조화가 회복된" 사회를 그렸기 때문에 등장했다. 하지만 조선어 번역본 중 중간에 등장하는 모리스는 프레데릭 모리스John Frederick Denison Maurice, 1805~1872이다. 일본어 번역에서는 "モリス"와 "マウリス"로 구분이 되지만 조선어 번역본에서는 맥락을 자세히 알지 못하면 동일 인물로 해석될 여지가 있다. 또한, "그 수효가 이전에는 백이나 되던 것이 지금은 육칠 십 가지올시다"에 나타난 오역誤譯이 있다. 원문에 의하면 국가 길드에 소속된 대형 산업이 16, 17종 정도라는 의미로, 국가 길드 중심으로 이루어지는 산업 수가 적어지고 지역 길드의 영역이 확장되었다는 맥락이다. 그러나 일역본에서 "今日では六七十種です"로 번역되었기 때문에, 조선어 번역에서도 60, 70종으로 잘못 옮겨진 상황이다.

위의 장면은 번역 양상을 확인할 수 있는 장면일 뿐 아니라 내용 면에서 『동광』에서 유토피아 소설의 전형으로 선택한 이유를 추론할 수 있는 지점이기도 하다. 가장 중요한 문장은 "정의는 정부에서 만들 수는 없습니다"로 판단된다. 여기서 "정의Justice"는 『타워』에서 제시하는 노동조합(길

드)의 협동 체제를 만드는 기반이다. 소설의 맥락에서 정의는 자유의 회복에 의해서만 만들어질 수 있는 개념으로, 경제적 불평등이 해소된 때에야 실현 가능했다. 전쟁 후 불안정한 노동 사회에서 정부는 산업 방임주의의 정책을 수정하여 시장에 개입하기 시작했다. 그러나 이 개입은 노동자에게 만족을 주지 못했고, "이유는 알기 어려운 듯하나"『동광』 5, 17면 대자본과 소자본의 조화가 이루어지기 시작했다. 대규모 공장은 국가 길드 소유이고, 소규모 공장은 지역 길드가 운영한다. 그러면서도 공장의 역할이 줄어들며 개인은 수공업으로도 경제생활을 영위할 수 있게 되었다. 지역 길드에서 교육을 비롯한 산업 전반을 책임 운영함으로써 개인은 경제적 이익을 위해 노동하지 않아도 되는 사회로 변모하였다. 이것이 전쟁 이후 각 개인에게 발생한 "공동생활의 필요"로 이루어진 체제이며 "자유의 회복"으로 만들어진 "정의"인 것이다. 따라서 산업개혁은 이익의 많고 적음을 떠나 노동하고 생활하는 자유를 회복하기 위한 "도덕 혁명"을 목적으로 이루어지는 것이다.

「탑 其五」는 이상사회의 교육 제도를 묘사한 장면 위주로 번역되었다. 교육의 경비는 나라에서 부담하지만, 실제 운영은 지역의 자치 제도를 중심으로 한다. 전쟁 이후의 교육은 도덕 혁명을 뒷받침할 "덕육德育"의 신장을 목표로 했다. 체육體育과 지육知育 외에 "자연히 덕성이 생길" 방침을 고민하면서 개인이 가지고 있는 "천재天才와 개성個性"『동광』 6, 20면을 발현시키기 위한 교육을 추구하여 혁명을 완수하였다.

궁극적으로 「탑」에서 그리는 이상사회는 전쟁을 치른 후의 영국 사회를 도덕 혁명으로 재편한 세계이다. 경제적 이익에 구애받지 않고 생활을 영위할 수 있게끔 할 수 있는 방법은 개인의 자유를 회복하는 길이다. 이를 통해 공동체의 상생을 목표로 한다. 비록 영국에 한정된 이상사회를 묘사하였지만, 소모적이고 파괴적이었던 1차 대전이 지나고 있는 시점에서 사회의 재건과 미래를 위한 메시지를 남긴 것으로 해석할 수 있다. 이는 범인류적인 측면에서도 충분히 공명 가능한 텍스트로 기능하였기 때문에 일본이나 식민지 조선에서도 번역되었을 것이다. 또한, 「탑」은 "건전한 인격과 공고한 단결로 새 조선 문화의 기초"[165]를 세우려 했던 수양동우회의 기조와 호응할 수 있는 텍스트였다. 따라서 개조의 한 방향성을 제안할 수 있었던 '유토피아 소설'이므로 연재의 한 축을 담당할 수 있었다고 본다.

『타워』의 마지막은 시詩로 장식된다. 원문, 일본어, 조선어를 대조하면 〈표 17〉과 같다. 이 시는 익히 알려진 타고르Rabindranath Tagore, 1861~1941의 「기탄잘리Gitanjali」 35이다. 타고르의 시가 제시되기 전 원문에서는 "So at last in my Dream, before the fresh air of the sunlit morning revived my senses to remind me that the Vision of today is the Fact of tomorrow, I seemed to echo the prayer of the Indian poet of our modern time"으로, 일역본에서는 "私の幻想は次第々々に夢から現の域に移つたが、しかし私は考へた。昨日の夢は今日の現だ。さう思ふと私の心は、朝の外光と融け合つて、閑に親代印度の詩人タゴォルの一節を思ひ浮べて居た"로, 조선어 번역본에서는 "나의 꿈은 깨었다. 그러나 나는 생각하였다. 어제의 꿈은 오늘의 참이다. 그렇게 생각하니 나의 마음에는 아침 햇빛과 함께 현대 인도印度詩人 시인 「타고아」의 시 한 절이 떠 오른다"라고 서술되어 있다. 원문에서는 시인 이름이 직접적으로 거론되지 않았지만, 일역본

---

165 「수양동우회 노래」, 『동광』 6, 1926.10, 3면.

The Tower(1918)	塔(ギルドユウトピア)	「탑」
Where the mind is without fear and the head is held high;/ Where knowledge is free;/ Where the world has not been broken up into fragments by narrow domestic walls; Where words come out from the depth of truth; Where tireless striving stretches its arm towards perfection; Where the clear stream of reason has not lost its way into the dreary desert sand of dead habit; Where the mind is led forward by Thee into ever widening thought and action, Into that heaven of freedom, my Father, let my country awake.	心に愁ひのなきところ 人に自由のあるところ 國に鎭しのなきところ 言葉に誠のあるところ 力に撓みのなきところ 理性に幸のあるところ 神し心のむかふところ おおわが神よ, 我父よ その國にこそわが國を その自由なる天の國!	마음에 슬픔 없는 곳 사람에 자유 있는 곳 나라에 다침(鎭) 없는 곳 말에 성의 있는 곳 힘에 굽힘 없는 곳 리성에 행복 있는 곳 검에게 마음 가는 곳 오, 나의 검이여 아버지여 그 나라만이 나의 나라. 그- 자유론 하늘의 나라.

부터 '타고르'가 제시되었다. 1913년 노벨 문학상을 거머쥔 작품이기 때문에 원작에서 굳이 표기되지 않았어도 일본어 번역자인 이노 세츠조가 알고 있었을 것으로 추측된다.

「탑」의 번역자는 이노 세츠조의 번역을 바탕으로 「기탄잘리」를 번역한 것으로 보인다. 이노 세츠조의 번역과 『동광』의 「탑」은 각운脚韻을 통해 운율을 표현했고 원문의 8행을 각각 10행으로 번역하였다. 특히 10행으로 번역한 것은 정지용이나 김억과 다른 방식이라 하겠다.[166] 「탑」의 번역에

---

166 "맘이 공포(恐怖)를 써나 머리가 놉히들니는 고데. / 지식(智識)이 자유(自由)로 잇슬 고데 / 세계(世界)가 좁다란 인가(人家)의 장벽(牆壁)으로 단편(斷片)이 나지는 고데 / 언어(言語)가 진리(眞理)의 아래층에서 나오는 고데. / 피로(疲勞) 업는 노력(努力)이 완성으로 손을 쎄고들 고데. / 이성(理性)의 맑은 시내물이 죽은 습관(習慣)의 적막(寂寞)한 사막(沙漠)길에 길을 일치안을 고데. / 마음이 당신을 쌀어 영원(永遠)히 넓어지는 사상(思想)과 행위(行爲) 안으로 인도(引導)될 고데./ 자유(自由)의 한울로 아버지여 저의 나라를 쌔우쳐 주옵소서."(정지용, 『휘문』 1, 1923.1, 54면)
맘에는 무섭음이 업고, 머리가 올니여지는 곳, / 지식(智識)이 자유(自由)롭아지는곳,/ 세계(世界)가 좁다란 가족적(家族的) 장벽(障壁) 때문에 촌단(寸斷)되지 안은 곳, / 말이 진

서는 일역본의 "神"을 "검"이라고 옮겼다. 7행, 8행에서 쓰인 "검"이란 "사람에게 화禍와 복福을 내려 준다는 신령神靈"[167]으로 해석이 가능하다.

지금까지 『동광』의 창간기념 '내가 원하는 유토피아理想鄕'에 실린 H. G. 웰스의 「근대적 이상사회, 「유토피아」談 其一」과 워윅 드레이퍼의 「탑(길드 소시알리슴의 유토피아), 유토피아그 其三·五」를 중심으로 번역 양상과 연재된 맥락의 의미를 살펴보았다. 두 텍스트는 '유토피아 소설의 계보'에서 언급되는 영국 소설로, 20세기 초 급변화한 세계정세 속에서 이상적인 미래를 문학의 양식으로 형상화하였다. 『동광』 필진은 현상문 모집을 위해 유토피아 소설의 전형인 두 텍스트를 선택하였다. 두 텍스트는 개조 사상의 방향성을 제시하였고, 20세기 초에 벌어지고 있는 산업, 교육, 국가, 노동 등의 문제를 나름의 관점에서 개선한 점이 특징적이었다. 이 연재는 대중 독자에게 다양한 미래 사회의 가능성을 제시해주었으며, 『동광』이 추구하는 이념과도 부합 가능하였다.

먼저, 웰스는 1920년대 초반부터 식민지 조선의 매체에서 거론되는 개조의 사상가이자 과학소설가였다. 「근대적 이상사회」가 번역됨으로써 사회 진보의 가능성을 다시금 조선 사회에 전파할 수 있게 되었다. 또한, 그의 사상의 중심에 있는 '세계국가'가 실현될 수 있는 지적 배경을 제시한 점은 세계 인류의 구성원으로 개인을 지각할 수 있는 한 기점이 될 수 있었다. 「탑」은 영국 사회에 한정된 미래를 상상한 것이지만, 1920년대의

리(眞理)의 깁혼 속으로 나오는 곳, / 피곤(疲困) 없는 노력(努力)을 완전(完全)을 향(向)하고, 팔을 펴는 곳, / 맑진 진리(眞理)의 흘음이 죽은 습관(習慣)의 무겁고, 것츨은 사막(沙漠) 속에서 그 길을 잃지 아니한 곳, / 맘이 주(主)로 말미암아, 항상(恒常) 닭아지는 사상(思想)과 행동(行動)속으로 인도(引導)되는곳, / 자유(自由)의 왕국(王國)으로, 저의 아버지여, 저의나라를 깨와주소서.(김억, 『기탄자리』, 이문사, 1923.3, 35면)
167 국립국어원 표준국어대사전 검¹의 정의.

식민지 조선 사회에서 공명 가능한 부분도 충분히 있었다.

『동광』의 편집진은 두 텍스트를 통해 단순히 미래 사회에 실현될 기술 문명에만 초점을 두지 않았다. 외적으로 반전反戰과 평화를 지지하였으며, 내적으로는 '개인'을 자각하여 현재 사회를 비판하고 새로운 인식을 함양하기 위한 개조를 실천하는 것을 권장하였다. 궁극적으로 개인의 개조를 통해 이상사회에 도달하자는 것이다. 여기서 개조는 도덕성과 연관 깊었다. 또한, 개인의 자유뿐 아니라 공동체의 해방을 희망할 수 있는 내용을 전달하고자 했다. 이는 식민지 조선의 현실을 개선하고자 하는 열망을 표출하려는 방식 중 하나였으며, 세계 속에서 개인을 인식고자 하는 시도였음을 파악할 수 있다.

3. 시공간 너머의 문학적 상상력

1) 평행 우주로의 차원 이동 – 『신과 같은 사람들』을 중심으로

2장 2절에서 현애생玄涯生[168]의 「이상국理想國을 과연果然 실현호實現乎」[169]에 소개된 웰스의 『신과 같은 사람들Men Like Gods』1923을 간단히 언급하였다. 이 항에서는 조선어로 소개·번역된 『신과 같은 사람들』의 구체적인 내용

---

[168] 번역자 현애생의 정체를 찾지 못하였다. 다만, 현애(玄涯)라는 필명으로 현애(玄涯) 초역(抄譯), 「제국주의의 내면관」(전 34회), 『조선일보』, 1924.6.15~7.18.이 발견된다. 「제국주의의 내면관」은 레닌의 『제국주의론』(『제국주의, 자본주의의 최고단계』, *Imperialism, the Highest Stage of Capitalism*, 1917)을 초역한 글이다. 현애(玄涯)와 현애생(玄涯生)이 같은 인물이라면 웰스의 소설을 번역한 후 레닌의 저서를 번역한 셈이다. 사상의 연속성을 포착하기는 어렵지만, 세계정세에 민감하게 반응하고 있었음을 알 수 있다.

[169] 玄涯生 譯述, 「理想國을 果然實現乎」(전 5회), 『조선일보』, 1923.12.22~26, 1면.

과 양상을 분석하도록 하겠다.

원작은 1922년 12월부터 1923년 2월까지 *The Westminster Gazette*에 연재된 후 1923년에 단행본으로 출간되었으며,[170] 총 3부 16장으로 구성되었다.[171] 소설은 주인공 반스터블Mr. Barnstaple이 회사와 가족에 염증을 느끼고 어디론가 휴가를 떠나고 싶은 갈망을 드러내는 것으로 시작된다. 휴가를 얻게 되어 차를 타고 가던 중, 자신을 추월해 달리던 다른 자동차를 따라잡기 위해 속력을 높였다. 그러다 갑자기 다른 세계에 도착하게 된다. 도착한 세계는 3,000년 후의 시간대를 갖는 다른 행성이었다. 앞서 『모던 유토피아』에서 묘사된 사회가 세계국가가 수립된 상태에 가까웠다면, 『신과 같은 사람들』의 행성은 웰스가 주장했던 세계 정부 이후의 무정부 상태에 도달한 이상적인 유토피아였다. 소설 중반부에서 유토피아 행성을 알아가던 중 지구인들이 해로운 바이러스를 가지고 있음을 알게 되었고, 지구인들은 감금되고 말았다. 주인공을 제외한 나머지 지구인들은 바이러스를 이용하여 유토피아 행성을 정복하려 하였다. 그러나 주인공 반

---

170 First book edition : Cassell & Co., London, 1923; First US edition : The Macmillan Company, New York, 1923.

171 목차는 다음과 같다.
Book I : The Irruption of the Earthlings, Chapter I. Mr. Barnstaple Takes a Holiday, Chapter II. The Wonderful Road, Chapter III. The Beautiful People, Chapter IV. The Shadow of Einstein Falls Across the Story but Passes Lightly By, Chapter V. The Governance and History of Utopia, Chapter VI. Some Earthly Criticisms, Chapter VII. The Bringing in of Lord Barralonga's Party, Chapter VIII. Early Morning in Utopia.
Book II : Quarantine Crag, Chapter I. The Edpidemic, Chapter II. The Castle on the Crag, Chapter III. Mr. Barnstaple as a Traitor to Mankind, Chapter IV. The End of Quarantine Crag. / Book III : A Neophyte in Utopia, Chapter I. The Peaceful Hills Beside the River, Chapter II. A Loiterer in a Living World, Chapter III. The Service of the Earthling, Chapter IV. The Return of the Earthling. 각 장은 다시 여러 절로 나뉘어 있지만, 소제목은 따로 없다.

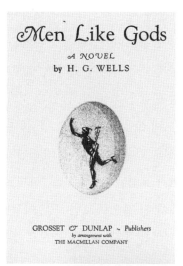

〈그림 13〉 *Men Like Gods*, First US edition · First book edition · Illustration
(George Bellows, 〈Men Like Gods〉, 1923)[172]

---

172 삽화출처: George Wesley Bellows Original Lithographs & Drawings http://www
w.georgebellows.com

스터블은 자신을 환대한 유토피아인을 배신할 수 없었고, 격리된 곳을 탈출하여 유토피아인들에게 위험을 알리게 되었다. 반스터블은 유토피아 행성에 머물기를 원했지만, 유토피아인들은 지구로 돌아가서 유토피아 행성과 같은 삶을 살 수 있을 것이란 희망을 전했다. 지구로 돌아온 주인공은 새 삶을 살아보기로 다짐하며 마무리된다.

『신과 같은 사람들』은 1923년 6월 일본 잡지 『영어청년』에서 "웰스의 유머가 표현된 소설"로 짤막하게 소개되었고,[173] 일본어에서 번역은 1927년에야 된 것으로 보인다.[174] 이를 토대로 현애생의 번역은 원문 혹은 제3의 언어를 통해 옮겨진 것으로 짐작된다. 주목할 것은 원작이 나온 해인 1923년에 조선어로 소개되었다는 점이다. 『문명의 구제』가 출간된 해에 바로 조선어로 번역되었듯, 이 텍스트 역시 동시대성을 보여준다.

현애생의 텍스트는 총 5회로 연재되었다. 먼저, 1회에서는 이상사회의

---

173 「神の如き人々」/ H. G. Wellsは、又Wells式のUtopiaを宣傳のために"Men Like Gods"といふ小説を書いた. 今までの如何なる彼の同種の小説よりも面白いといふ評判である. 盲人國の主人公のやうに、Mr. Barnstapleは不圖した事から、一つのUtopiaへ投げ込まれる. 計らずもそのお供になつたのが、オペラの女優、社交界の婦人、活動のプロデュウサ、二人の著名政治家、あまり知らない一人の文人などで、その人々が古い世界から持つて來た道徳習慣を引きずつて歩くcontrastの物語である. conversationが多い. そしてそのconversationに、現代の問題に關しての、あて込みがしてあつて、Well的humourに滿ちた新小説である. (Cassell, 7s. 6d) ─R, F."(R. F. 生、「ウェルズの"Men Like Gods"」、『英語青年─The rising generation』49:6, 1923.6)

174 「ウェルズの神の如き人々」、『解放群書』16, 解放社, 1927, pp.86~93. 『해방군서』는 앞 절에서 언급한 다수의 저서처럼 통시적으로 유토피아 소설을 소개한 책이다. 각 소설 전문(全文)을 번역한 것은 아니고, 대략적인 소개이다. 대표적으로 플라톤의 『이상국』, 베이컨의 『신 아틀란티스』, 모어의 『유토피아』, 캄파넬라의 『태양의 도시』, 벨러미의 『백 년 후의 신사회』, 모리스의 『이상향』, 웰스의 『신과 같은 사람들』, 아나톨 프랑스의 『하얀 돌』, 보그다노프의 『붉은 별』, 웰스의 『모던 유토피아』, 야노 류케이의 『신사회』 등이 실려 있다. 이는 이노 세츠조의 『유토피아 이야기』, 이시다 덴키치의 『내외 이상향 이야기』와 유사한 구성으로, 일본에서도 유토피아 소설에 관한 관심이 지속해서 이루어졌음을 알 수 있는 대목이다.

필요성을 역설한다. 내용은 다음과 같다.

하何 시대를 물론하고 그 시대의 인류는 그 시대의 실현된 사회에 대하여
모두 불만코 불평한 것이다. 그리하여 그 인류는 하여何如한 경우에 처하든지
시시각각으로 현 사회를 이離하야 현상상現想上 최후의 완성한 사회의 실현을
갈상渴想치 아니함이 없음을 따라 그러한 이상적 사회를 표현하는 문학이 시
대마다 처지마다 발출됨이 종종種々이니 그 예를 약거略擧할 진데 도잠陶潛中華晋
末의 도원기桃源記 『베라트』의 이상국 또는 『뻬라미』의 회고록이라. 『메레
스』(윌리엄 모리스 - 인용자)의 무하향신문無何鄕新聞이라 하는 것이 모두 그
의 절실切實한 것이다. 그러나 시대의 정형情形에 동일치 아님을 인하야 각 시
대의 상상하는 이상적 국가도 동일치 못함은 자연적 사정이라. 그러므로 **우리
도 우리 시대에 있어서는 우리 시대의 정형情形이 있고 우리 시대의 이상이 있어
이상적 국가의 희망도 또한 별개로 존재하다 할지니** 이는 곳 우리가 생활하는
이 시대는 생활상 물질적 미만美滿이 전인前人의 시대에는 능히 몽상치 못하던
것임을 인하여 우리의 이상적 국가도 전인의 이상적 국가와 형연迥然히 같지
않은 것도 또한 면치 못할 사세事勢이다. 그러나 사회 조직상 정신생활상으로
보아서 이상과 실현이라는 것을 초연히 떠나서 일치적으로 조화할 시기는 도
저히 요원하다 하는 것이니 이 인류의 몽상하는 것이 무엇이며 또는 무엇을
가져 이 **인류 사회의 진화적 최후 목표**를 삼는 것인가.

위 인용문에서 현애생은 모든 시대를 막론하고 인간은 시대에 불만을
지니고 있으며, 그 불만을 떨쳐버리기 위해 "최후의 완성한 사회"를 꿈꾼
다고 말한다. 꿈꾸는 사회는 시대와 상황에 따라 다를 수밖에 없는데, 동

양의 경우 도원명의 『도원기』를, 서구의 대표적인 문학으로 벨러미와 모리스의 소설을 예로 들었다. 현애생은 "우리 시대의 이상이 있어, 이상적 국가의 희망 또한 별개로 존재"한다고 말하며 "인류"라는 관점을 제시한다. 즉, 각 국가에 따른 이상이 아닌, 현시대의 인류가 상상할 수 있는 이상적 사회를 화두로 삼은 것이다.

이것은 영국의 대소설가로 저명한 『위-ㄹ스』(웰스-인용자)가 그의 최근 저작 중에 기이한 일개 이상국을 구조構造하여 고해연원苦海冤緣에 윤회천전輪回遷轉하는 차세상此世上 만인간滿人間에 소개하여 등전차후燈前茶後의 일시적 위안 자료를 파작把作케 한 것이다.

『외-ㄹ스』의 저작으로 일세一世를 굉동轟動하던 『역사대강歷史大綱』이라 하는 일서一書는 구주 문단의 이목이 조금만치 고상한 인사은 일반적으로 아는 것이다. 그런데 그 『역사대강』 말末 일장一章에는 기절괴절奇絶恠節하다 못하여 다시 영절靈絶 맞게 세계적 대연방의 건설이 가능한 것을 예언하여 놓은 것이 있다. 그리고 피彼는 또다시 일부의 신소설을 발간한 것이 있으니 그 소설은 『신神같은사람』이라 하는 것인데 그 내부에는 피彼의 일생에 몽상하는 『유토피야』(한역漢譯으로 오탁방烏託邦이니 무하향無何鄕과 동일한 의의)이라 하는 이상적 국가를 묘사하였나니 이는 타유他由가 아니라 피彼 『외-ㄹ스』가 다만 이상적 소설의 착륜노수斷輪老手가 될 뿐 아니라 일면으로는 또한 문화 문제, 사회문제의 대연구가인 까닭으로 피彼 이상국의 신 저작은 상상력이 비상히 풍부할 뿐 아니라, 결구結構나 제재나 모두 현대인의 구미에 적합하도록 한 것이다.[175]

---

175 현애생 역술, 「이상국을 과연 실현호」(1), 『조선일보』, 1923.12.22, 1면.

위에서 현애생은『세계사 대계』가 "구주 문단의 이목이 조금만치 고상한 인은 일반적으로 아는 것"이라 소개했다.『세계사 대계』가 나온 지 3년 만인 1923년에 위의 글이 발표되었는데, 앞서 살펴본 대로 식민지 조선의 지식인층에서 웰스의 대표작으로 알려진 것을 확인할 수 있는 지점이다. 현애생은『세계사 대계』에서 제시된 "세계적 대연방" 즉, '세계국가'에 대하여 "기절괴절하다 못하여 영절"하다고 표현했는데, 이 말을 풀면 '기이하기 그지없고 영묘하다'는 말로 해석된다. 뒤이어 "한역漢譯으로 오탁방烏託邦"으로 첨언한 점과 풍부한 경험을 가진 기술자, 수완가라는 뜻의 "착륜노수斷輪老手"라는 단어를 사용한 점에서 번역자 현애생은 한학에 밝은 사람으로 짐작된다. 주목할 것은 현애생이 소개하고자 하는『신과 같은 사람들』에 웰스가『세계사 대계』에서 구상한 '세계국가'가 형상화되었다고 제시한 문장이다. 엄밀하게 말하면『신과 같은 사람들』의 세계는 '세계국가' 이후의 형태이지만,『세계사 대계』와 연계해서 설명한 대목은 식민지 조선의 지식 장에서 웰스의 이름이 낯설지 않다는 것을 방증한다. 또한,『신과 같은 사람들』을『세계사 대계』의 연속선상에서 독해하길 권장하는 부분으로 해석할 수 있다.

여기서 현애생이 "유토피아"라는 어휘를 사용하는 동시에 "한역漢譯으로 오탁방烏託邦"이며, "무하향無何鄕"과 "이상적 국가"와도 동일한 의의意義라고 설명한 점에도 주목할 수 있다. 1920년대 초반 신문 기사에서 "유토피아理想鄕",[176] "理想國 卽 유토피아",[177] "나는 평화와 안식과 자유의 '유토비아'理想鄕로 들어가는 듯하다",[178] "(카베는-인용자) '이카리에'라 하는 극락국의

176 「현대생활의 불안」(1),『동아일보』, 1920.9.20, 1면.
177 「정의와 자유와 재산」(10),『동아일보』, 1921.3.12, 1면.

상태를 기술하여 저자의 이상사회를 묘사한 자라. 이 책을 볼 것 같으면 공산주의, 평등주의를 실현하는 '이카리에'라 하는 이상향의 상태가 극히 정세히 기술되었도다",¹⁷⁹ "'엘도라도'黃金鄕라 하여 '아메리카'는 세인世人의 '멕카'성城이 되고, '패시픽 파라다이스(태평양 낙원)'라 하여 하와이는 시가詩家의 '유토피아理想境'가 되었도다"¹⁸⁰처럼 '유토피아'가 언급될 때 조선어에서 익숙한 어휘인 '이상향', '이상국', '이상경'을 병기한 사례를 쉽게 찾을 수 있다. 현애생 역시 동양적인 어휘에 빗대어 '유토피아'를 소개하였다.

> 그 글(『신과 같은 사람들』 – 인용자)은 저작할 당시부터 출판한 지 不多時에 독서계의 대환영 박득博得할 것을 예료豫料하였나니 총總히 말하면 『역사대강』만 못하지 않은 것이라. 이 같은 상상적 저작은 지리支離한 대전大戰을 경과하여 정신이 번민하고 물질이 곤궁한 구미인歐米人에 대하여는 전로前路에 매실梅實이 농숙濃熟하였다는 말만 들어도 갈증이 위안 되는 것과 같은 모양이다.
>
> 『신神같은사람』의 내용 사실로 말하면 순연히 현玄々공空々한 일종 이상理想이 응결하여 성립한 것이므로 그와 같은 사실이 실현한다 가정하면 현대를 초탈하여 이금而今부터 앞으로 적어도 약일 천 년을 당도치 않으면 아니 될 것을 설상設想한 것이니 현대 정형情形에 조照할 진댄 천상옥경이나 내생극락이 있다함과 흡여恰如한 것이다.

---

178 노자영, 「천리(千里)의 하로(夏路)」(8), 『동아일보』, 1920.9.5, 4면.
179 이순탁 초역, 「막쓰 사상의 개요」(3), 『동아일보』, 1922.5.13, 1면.
180 「재미동포의 열성(熱誠)」, 『동아일보』, 1922.11.5, 3면.

현애생은 『신과 같은 사람들』이 출간된 지 얼마 되지 않아 독세계에서 환영을 받았다며, 그 인기가 『세계사 대계』보다 못하지 않다고 소개하였다. 재차 강조하면, 현애생이 이 글을 번역한 시기는 『세계사 대계』는 출판된 지 3년이 채 되지 않았을 시점이고, 『신과 같은 사람들』1923이 출판된 바로 그 해이다. 1923년은 『문명의 구제』와 『타임머신』이 이미 번역된 후였다. 그 외의 저술은 조선어가 아닌 다른 언어로 접할 수밖에 없었을 상황이라 볼 수 있는데, 식민지 조선의 지식 장에서 중요한 인물로 웰스를 주목하고 있었던 것으로 짐작된다.

『신과 같은 사람들』에 묘사된 세계가 3,000년 후라는 점을 상기하면, 현애생이 "앞으로 적어도 약 일천 년을 당도치 않으면 아니 될 것을 설상設想한 것이니 현대 정형情形에 조照할 진대 천상옥경이나 내생극락來生極樂이 있다함과 흡여恰如"[181]하고 설명한 문장도 부분적으로 이해될 만하다. 그러나 웰스가 진화의 관점에서 3,000년 후를 묘사한 것과 달리, "천상옥경이나 내생극락"이라 표현한 점은 미래에 대한 이해의 차이가 포착되는 지점이다. 다시 말하면, 소설 속의 미래 사회를 '진화'로 도달할 수 있는 세계가 아닌, '내생來生'이나 고전적인 유토피아에서 나타나는 '알 수 없는 곳'에 마련되는 세계나 급격한 도약으로만 달성할 수 있는 세계로 인식한 듯하다.

이어 본격적으로 번역이 시작된다. 축역의 성격이 강한 글이지만, 구체적으로 살펴보면 초역抄譯의 양상도 확인할 수 있다. 여기서는 원문과 직접 비교하는 방법으로 번역 양상을 분석하고자 한다. 조선어 번역본과 원문을 나란히 두면 다음과 같다.

---

181 현애생 역술, 「이상국을 과연 실현호」(2), 『조선일보』, 1923.12.23, 1면.

그의 회의하는 상황을 상세히 본즉 『유토피아』인은 언어를 수작酬酌하는 성聲이 도무지 없다. 그러면 회의 상 토론은 어찌하는가 하면 피등彼等이 의견을 교환할 때에는 일종의 『통심술通心術』이 있어 언어의 설명이 아니라도 각 인간의 심心과 심心은 의향意向이 있는 대로 상통이 된다. 그리하여 『유토피아』인 중의 일인이 지구인을 향하여 설명하되,

우리의 사상은 직접으로 표현하는 것이므로 단거리 이내에서는 다만 심과 心裏의 의념意念만 일로一勞하면 그 사상이 타인에게 전달하게 되는 동시에 타인도 곧 완전히 이해 하는 것이라. 그러므로 현재 차此 세계에서는 다만 시가 詩歌라던지 기타 유쾌한 정서를 표시할 때이든지 또는 원처遠處의 인사이나 타 동물을 부를 때에만 성음聲音을 발發하는 것이오. 인사의 심心과 인의 심이 호상互相 교통되어 교육의 발작發作이 아니라도 당연히 매개가 되니 가령 내가 너를 생각할 때에는 그 사상의 내용과 표시코져 하는 언사言辭가 상당히 곧 너의 심두心頭에 영출映出하는 것이다.[182]

This incredible conference began. It was opened by the man named Serpentine, and he stood before his audience and seemed to make a speech. His lips moved, his hands assisted his statements; his expression followed his utterance. And yet Mr. Barnstaple had the most subtle and indefensible doubt whether indeed Serpentine was speaking. There was something odd about the whole thing. Sometimes the thing said sounded with a peculiar resonance in his head;

---

[182] 현애생 역술, 「이상국을 과연 실현호」(3), 『조선일보』, 1923.12.24, 1면. 인용 시 대부분의 한자는 한글로 바꾸었으며 필요에 따라 한자를 병기하였다.

sometimes it was indistinct and elusive like an object seen through troubled waters; sometimes though Serpentine still moved his fine hands and looked towards his hearers, there were gaps of absolute silence — as if for brief intervals Mr. Barnstaple had gone deaf···. Yet it was a discourse; it held together and it held Mr. Barnstaple's attention. (···중략···) "we certainly used to speak languages. We made sounds and we heard sounds. People used to think, and then chose and arranged words and uttered them. The hearer heard, noted, and retranslated the sounds into ideas. Then, in some manner which we still do not understand perfectly, people began to get the idea before it was clothed in words and uttered in sounds. They began to hear in their minds, as soon as the speaker had arranged his ideas and before he put them into word symbols even in his own mind. They knew what he was going to say before he said it. This direct transmission presently became common; it was found out that with a little effort most people could get over to each other in this fashion to some extent, and the new mode of communication was developed systematically."

"That is what we do now habitually in this world. We think directly to each other. We determine to convey the thought and it is conveyed at once — provided the distance is not too great. We use sounds in this world now only for poetry and pleasure and in moments of emotion or to shout at a distance, or with animals, not for the transmission of ideas from human mind to kindred human mind any more. When I think to you, the thought, *so far as it finds corresponding ideas and suitable words in your mind,* is reflected in your mind. My thought clothes itself in words in your mind, which words you seem to hear — and naturally enough in your own language and your own habitual phrases. Very probably the members of your party are hearing what I am saying to you, each with his own individual difference of vocabulary and phrasing."[183]

위의 장면은 지구인 반스터블(뻬르스타풀)이 '평행 우주'[184]인 유토피아 행성에 도착한 뒤 그곳의 회의를 목격하는 장면이다. 앞선 장면에서는 반 스터블이 휴가를 맞이하여 차를 타고 런던 근교로 향하는 중이었다. 도로 에서 스포츠카와 리무진이 질주하는 모습을 보며 액셀을 밟아 그들을 따랐 지만, 순식간에 두 차량은 사라져 버렸다. 갑자기 반스터블의 차도 미끄러 지듯 했는데, 잠시 후 정신을 차려보니 좀 전에 있던 곳과 전혀 다른 자연 풍경이 펼쳐졌다. 도로에서 마주쳤던 리무진을 발견하고는 현재 위치를 물 었으나 리무진에 타고 있던 영국 보수당 당수인 세실 벌리와 전쟁 성 차관 인 루퍼트 캘스킷 역시 모르는 눈치였다. 세 사람은 주변을 둘러보다 불에 탄 집 한 채를 발견했다. 집 안에는 남자와 소녀가 죽어있었지만, 반스터블 은 그들이 죽어서도 상당히 아름다운 외형을 갖추었다고 생각하였다. 이후 세 사람은 다른 시간, 다른 우주 즉, 유토피아에 와 있다는 것으로 짐작한

---

183 H. G. Wells, *Men Like Gods*, New York : Macmillan. 1923, pp.48 · 58~59. 이탤릭체는 원문대로이다. 이 항에서 이 책을 인용할 시 면수만 표기한다.

184 원문의 "Your universe and ours are two out of a great number of gravitation-time universes"(295)를 바탕으로 '평행우주'라고 서술하였다.

다. 그때 마침 유토피아인들이 와서 어떻게 이곳에 오게 되었는지 묻고 지구인들을 데려간다. 여기까지가 「이상국을 과연 실현호」의 2회이다. 번역자 현애생은 원작 1부의 1장부터 3장까지를 대폭 요약하여 제시하였다.[185]

이후 번역되지 않은 장면을 부가 설명하면, 서펜틴Serpentine이라는 유토피아인은 세상에는 서로 비슷한 우주가 아주 많다고 설명하며 가까운 우주일수록 유사한 점이 있다고 알려준다. 주인공이 도착한 뒤 마주한 죽은 이들은 원자의 힘을 이용해 서론 다른 우주를 연결하는 길을 찾던 유토피아의 천재들이었다. 서펜틴은 '지구'를 알고 있었고, 지구의 환경이 그곳 유토피아와 비슷하며 두 세계의 이성적 존재에 의해 형성되었다고 말한다. 그러나 지구는 유토피아 세계보다 낙후되어 있고, 지구인은 "혼돈의 마지막 시대the Last Age of Confusion"52면에 살았던 유토피아인의 선조들과 비슷하다고 설명하였다. 서펜틴의 이 발언은 20세기 초의 세계를 응시하는 웰스의 관점과도 같다. 유토피아 세계의 '혼돈의 시대'는 "지능 있는

---

185 "『신 같은 사람』 중의 주인은 『삐르스타풀』이라 하는 상상적 인물이니 『자유보』의 부주필이라. 하루는 피(彼)가 윤돈 근교에서 호탕한 풍경을 탐(探)하여 경(輕)々한 일신을 자동차에 맡기어 이리저리 유행(遊行)하더니 홀연히 일종 이상한 신비적 원인의 구사(驅使)가 되어 다른 자동차를 타고 앉은 기(幾) 개인사(個人士)로 더불어 한 가지 심사가 황홀하고 정신이 상쾌하여 춘주(春酒)에 취한 듯 운핵(雲霧)을 화(化)한 듯 몽중도 아니오, 생시 아닌 부지불각 간에 일구(一區) 별건곤의 이상국으로 들어갔다. 그 이상국은 강역(疆域)을 가른 정계표(定界界)를 찾아 본 것도 아니오, 방위를 찾는 나반침을 띄어본 것도 아니지만은 대개 추측적으로 토성 세계인이 지구상 국가는 아니오, 별개(別星) 성구(球球)인 타세계인 것으로 상상하였다. 그 국내를 들어서서 본즉 풍경의 가려(佳麗)함은 서사(瑞土)와 일반(一般)인가하고 조선의 봉래영주 같은 선산명승은 평소에 유상(遊賞)을 못하였던 것이지. 거민(居民)은 모두 우수총명하고 건강용감하며 그 생활은 자연적 질서가 정연한 그 상태는 효대(曉大)의 성광(星光)같이 교결(皎潔)하고 한천(旱天)이 천수(泉水) 같이 감첨(甘甛)한 것 같이 보인다. 그런데 『삐르스타풀』이 들어간 그때는 마침 구성세계(九星世界)의 인(人)이 모두 내회(來會)하였으므로 주인된 『유토피아』인은 장기(長期)의 회의를 대개(大開)하고 사회 원리를 토론함으로 토성 세계의 인(人)『삐르스타풀』도 방청석에 가(加)하여 시종(始終)을 목격하였다."(현애생 역술, 「이상국을 과연 실현호」(2), 『조선일보』, 1923.12.23, 1면)

소수자들the intelligent minority"이 지배하던 시기였다. 맥락상 이들은 자본가 계급이다. 평범한 사람들은 "요람에서 무덤까지from his cradle to his grave" 소수자들에게 약탈당하고 핍박받았다. 소수 계급은 기계 중심의 경제 구조를 장악하여 평범한 사람들을 사고팔았다.

인용한 조선어 번역은 지금까지 설명한 부분과 겹치는 장면으로, 현애생은 1부 4장 3절과 5장 2절을 중심으로 발췌하였다. 여기서 두드러지는 것은 유토피아 세계의 대화 방식이다. 유토피아인들은 굳이 소리 내어 말하지 않고도 생각만으로 의사소통할 수 있는 능력이 있다. 이를 현애생은 "통심술通心術"로 명명하였다. 원작자인 웰스는 '세계국가'를 주장하며 세계 공용어의 필요성을 역설하였다. 이 소설에서 "통심술"은 세계 공용어의 허구적 형상화라고 볼 수 있다. 모든 인류가 무리 없이 상호 소통하는 사회를 희망한 것을 소설에서 묘사한 것이다. 지구인들은 유토피아에 도착한 후 자신들의 현대 영어를 유토피아인들이 알아듣는 상황을 신기하게 여겼다. 유토피아인들은 사실 지구인의 영어를 알지 못했지만, "통심술"로 의사소통할 수 있었다. 마치 텔레파시처럼 허구적인 방식이다. 이는 21세기의 SF 영화에 등장하는 '행성어 번역기'[186]와 유사한 상상력이 발휘된 소재로 해석할 수 있다.

「이상국을 과연 실현호」 3회에서는 유토피아 세계의 정치 구조와 교육에 관한 내용이 번역되었다. 내용은 다음과 같다.

---

[186] 월트 디즈니 컴퍼니(The Walt Disney Company)의 마블 스튜디오(Marvel Studios)에서 제작한 영화 〈가디언즈 오브 갤럭시 1(Guardians of the Galaxy Vol. 1)〉(2014)에 'Translator Implant'라는 명칭으로 등장한 것으로, 모든 행성의 존재들이 대화할 수 있는 장치이다.

『유토피아』의 정치제도는 무정부주의와 『길-트』사회주의를 참호參互하여 성립한 일종 특수적 제도이니 정부도 의회도 사유재산도 상업 경쟁도 경찰도 감옥도 병원도 모두 없고 또한 잔질殘疾 폐질廢疾 불구자도 절切로 없다. 『유토피아』국에서 능히 이러한 정형情形 치致함은 실로 학교와 교사의 역력力全한 것이니 학교나 교사는 과연으로 만능을 구유하였도다. 정치, 무역, 상업 경쟁과 여如함은 불량사회에서 사용하는 제지적制止的 방법이나 이러한 『유토피아』국에서는 일천 년 이전부터 이미 이 방법을 사용함으로 정부도 법률도 수요需要할 것이 없나니 이는 피등彼等이 동년기童年期 소년기에 있어서 이미 법률과 정부의 훈련을 포수飽受한 소이所以이다. 그리하여 일개『유토피아』인은 말하기를,

우리의 교육은 곧 우리의 정부이다 하며 차此를 이어 종교와 혼인의 각 문제를 강론하는데『유토피아』국에는 자기의 기독基督이 따로 있으니 이 기독은 공작工作의 상징을 창조하여 기계적 윤반상輪盤上에서 곤란을 받는 것이오, 십자가상에서 곤란을 받는 기독은 아니므로『유토피아』인의 존경은 하는 바이나 숭배는 받는 것이 아니라 한다.[187]

---

[187] 현애생 역술, 「이상국을 과연 실현호」(3), 『조선일보』, 1923.12.24, 1면. 해당하는 장면의 원문 일부를 제시하면 다음과 같다.

5장 3절: "What form of government do you have?" asked Mr. Burleigh. "Is it a monarchy or an autocracy or a pure democracy? Do you separate the executive and the legislative? And is there one central government for all your planet, or are there several governing centres?" / It was conveyed to Mr. Burleigh and his companions with some difficulty that there was no central government in Utopia at all. / "But surely," said Mr. Burleigh, "there is someone or something, some council or bureau or what not, somewhere, with which the final decision rests in cases of collective action for the common welfare, Some ultimate seat and organ of sovereignty, it seems to me, there *must* be…." / No, the Utopians declared, there was no such concentration of authority in their world. In the past there had been, but it had long since diffused back into the general body of the community.

위의 장면은 원작 1부 5장의 3절, 5절, 6절을 축역한 것이다. 앞서 「이상

Decisions in regard to any particular matter were made by the people who knew most about that matter.(p.62) (…중략…) "Well, isn't that group of intelligences a governing class?" said Mr. Burleigh. / "Not in the sense that they exercise any arbitrary will," said Urthred. "They deal with general relations, that is all. But they rank no higher, they have no more precedence on that account than a philosopher has over a scientific specialist." / "This is a republic indeed!" said Mr. Burleigh. "But how it works and how it came about I cannot imagine. Your state is probably a highly socialistic one?" / "You live still in a world in which nearly everything except the air, the high roads, the high seas and the wilderness is privately owned?" / "We do," said Mr. Catskill. "Owned—and competed for." / "We have been through that stage. We found at last that private property in all but very personal things was an intolerable nuisance to mankind. We got rid of it. An artist or a scientific man has complete control of all the material he needs, we all own our tools and appliances and have rooms and places of our own, but there is no property for trade or speculation. All this militant property, this property of manoeuvre, has been quite got rid of. But how we got rid of it is a long story. It was not done in a few years. The exaggeration of private property was an entirely natural and necessary stage in the development of human nature. It led at last to monstrous results, but it was only through these monstrous and catastrophic results that men learnt the need and nature of the limitations of private property."(pp.63~64), 5장 5절 : "Did he die upon the Cross in *this* world also?" cried Father Amerton. "Did he die upon the Cross?" / This prophet in Utopia they learnt had died very painfully, but not upon the Cross. He had been tortured in some way, but neither the Utopians nor these particular Earthlings had sufficient knowledge of the technicalities of torture to get any idea over about that, and then apparently he had been fastened upon a slowly turning wheel and exposed until he died. It was the abominable punishment of a cruel and conquering race, and it had been inflicted upon him because his doctrine of universal service had alarmed the rich and dominant who did not serve. Mr. Barnstaple had a momentary vision of a twisted figure upon that wheel of torture in the blazing sun. And, marvellous triumph over death! out of a world that could do such a deed had come this great peace and universal beauty about him! / But Father Amerton was pressing his questions. "But did you not realize who he was? Did not this world suspect?" / A great many people thought that this man was a God. But he had been accustomed to call himself merely a son of God or a son of Man./ Father Amerton stuck to his point. "But you worship him now?" / "We follow his teaching because it was wonderful and true," said Urthred. / "But worship?" / "No." / "But does nobody worship? There were those who worshipped him?" / There were those who worshipped him. / There were those who quailed before the stern

의 신사회」나 「무하유향의 소식」으로 번역된 유토피아 소설처럼 현애생역시 새로운 세계의 정치, 교육, 문화를 소개하는 데 집중하였다. 『모던 유토피아』1905가 출간된 지 18년 만에 등장한 『신과 같은 사람들』1923의 미래 세계에는 사유재산, 감옥 등이 없으며, 신체적 어려움을 겪는 사람도 없어졌다. 『모던 유토피아』에서 격리 대상이었던 인간들은 사라지고, 우생학적으로 '완벽'에 가까운 인간이 된 것이다. 동물에 대한 묘사도 있는데, 커다란 육식 동물은 인간을 해치지 않게 되었다. 특히 불곰의 경우 단것을 즐기며 채식을 하는 동물로 변화하였으며 지능도 높아졌다. 동물의 지능이 향상된 점은 어떤 점에서는 진화로 볼 수 있겠지만, 인간에게 길들어진 면은 야생성을 상실한 퇴화에 가까우며, 인간종種 중심의 사고에 기반한 발상으로 생각된다. 웰스의 입장에서 이와 같은 내용은 인간과 동물의 조화를 염두에 둔 묘사일 것이다.

유토피아 행성이 그와 같이 되기까지 3,000년이라는 시간이 걸렸다. 『타임머신』에서 80만 년 후를 상상한 것처럼 웰스에게 인간과 사회는 끊

---

magnificence of his teaching and yet who had a tormenting sense that he was right in some profound way. So they played a trick upon their own uneasy consciences by treating him as a magical god instead of as a light to their souls. They interwove with his execution ancient traditions of sacrificial kings. (…중략…) The whole world followed that Teacher of Teachers, but no one worshipped him. (pp.73~75), 5장 6절 : "And you have not even a parliament?" asked Mr. Burleigh, still incredulous. / Utopia has no parliament, no politics, no private wealth, no business competition, no police nor prisons, no lunatics, no defectives nor cripples, and it has none of these things because it has schools and teachers who are all that schools and teachers can be. Politics, trade and competition are the methods of adjustment of a crude society. Such methods of adjustment have been laid aside in Utopia for more than a thousand years. There is no rule nor government needed by adult Utopians because all the rule and government they need they have had in childhood and youth. / Said Lion: "Our education is our government." (p.80)

임없이 진화하고 진보할 가능성을 지닌 대상이다. 특히 인간 개체의 멸종을 막기 위한 웰스의 아이디어가 진화론에서 비롯된 것은 주지의 사실이다. 문학과 만난 진화론은 '완전'한 인간과 세계를 만들어 냈다. 『신과 같은 사람들』의 내용으로 미루어 보아, 웰스가 『문명의 구제』에서 주장한 '세계국가'는 정부와 의회가 없는 유토피아를 만들기 위한 중간 단계로 추측해 볼 수 있다.

현 지구와 유사한 과거를 겪은 또 다른 세계가 존재한다는 점은 매우 흥미로울 수밖에 없다. 두 개 이상의 지구 혹은 행성, 차원을 이동할 수 있는 보이지 않는 포털의 존재, 3,000년 후의 인간과 소통 가능한 사회 등의 소재는 1923년 당시로는 매우 파격적으로 인식되었을 것이다. 『신과 같은 사람들』은 웰스의 사상을 소설화한 텍스트로 주목받기에 충분했겠지만, 그의 사상은 차치하더라도 이러한 미래 시제의 상상력 조선어로 번역되었다는 사실은 그 자체로 의미가 있다. 3장 1절에서 제시한 『우주전쟁』이 묘사된 그림처럼 지구 밖 다른 행성에는 기괴한 생물이 살 수도 있지만, 지구의 인간보다 지적으로나 육체적으로 발달한 개체가 있을 수도 있다는 상상력이다. 또한, 십자가에서 죽은 예수가 아닌 커다란 수레바퀴에 의해 죽은 예수를 한 명의 성인聖人으로는 인정하지만, 그를 숭배하지 않는 사회를 만들어 낸 면에서 서구의 종교 중심 인식과 전혀 다른 세계관을 읽을 수 있다. 그리고 웰스는 여전히 '교육'을 강조한다. 인간은 끊임없이 배워야 하는 존재이며, 교육의 과정에서 인간은 진화할 수 있다는 믿음을 설파한다.

「이상국을 과연 실현호」 4회에서는 유토피아 세계의 결혼제도 및 유토피아 세계의 규칙을 설명한다.[188] 4회의 핵심은 '자유'에 있다. 의무적인 결혼제도는 없어졌다. 『뉴스 프롬 노웨어』에서 묘사된 것과 같이, 개인과 개인의 사랑에 있어서 그 시효가 다하면 자유롭게 다시 한 명의 개인으로 돌아온다. 자유로운 연애는 웰스의 주장하던 내용 중 하나였다.[189] 또한, 이 소설에는 지식 습득이나 의견 발화, 여행 등의 제한도 없는 '자유'의 세계임이 강조되었다. 그러나 이 소설에서 묘사된 웰스의 '자유'는 『모던 유토피아』에서 제시된 사무라이 계급과 같이 완성된 인간으로 도달한 이후에 부여된 것이다.

『뻬르스타풀』 선생이 발견한 『유토피아』인의 생활은 자유적 분발적으로 운동하며 공작工作하며 순주醇酒와 미식이 풍영豊盈하며 첨밀甛蜜같이 수면하고, 남녀의 연애도 광명정대히 하여 고려함이 없으니 총總히 말하여 정신상이나 물질상이나 모두 『생生』의 행복을 일체一切로 향진享盡하니 우리 같이 악착齷齪한 생활을 구영苟營하는 성구星球에 비하면 참으로 인간 천상의 별別이 형수逈殊하다 할 것이다. 또 『유토피아』 철학가 월금月金은 말하되

너희들 세계는 우리의 세계에 비하면 다수가 교육을 받지 않은 완경頑梗 생물의 세계요, 진부한 전통 법칙의 농락을 받는 세계요, 구적仇敵끼리 살육 잔상만 하는 세계이다.[190]

---

188 이와 관련한 부분은 3장 1절에서 이광수의 「영문단 최근의 경향」에서 번역된 장면과 3장 2절의 유토피아 소설의 계보에서 다뤘다.

189 특히 웰스는 소설 『앤 베로니카(*Ann Veronica*)』(1909)에서 가부장적 사회에 반항하는 자유로운 여성을 묘사하였는데, 이 내용은 당시 큰 파문을 일으키기도 했다.

190 현애생 역술, 「이상국을 과연 실현호」(4), 『조선일보』, 1923.12.25, 1면; 둘째 문단의 원문은 "Your world, compared with ours, is a world of unteachable encrusted souls, of bent and droning traditions, of hates and injuries and such like unforgettable things."(p.303)

위 서술은 유토피아인이 자신의 행성과 비교하여 현 지구를 인식하는 태도를 보여주는 장면이다. 유토피아 행성에서는 정신이나 물질 면에서 "생의 행복"을 향유할 수 있지만, 유토피아인의 시점에서 현재 지구 세계는 미개한 인간들이 야만적인 행위를 펼치는 곳에 불과하다. 유토피아 행성 역시 '혼돈의 세계'로 묘사된 험난한 과정을 거친 후에 만들어진 장소였지만, 그 과정을 극복한다면 유토피아인들처럼 "생의 행복"을 누리며 살 수 있을 것이라 제시한다. 유토피아인은 "너희들이 소해小孩같이 장성하여 우리의 가는 길로 가면 우리는 정표히 너희들을 거나리리라('거느리리라'로 추정-인용자). 그때에는 양개兩個 우주가 일개一個 우주로 타성打成하여 포상포위互相抱圍 되는 바에 다시 더 큰 일개一個 우주를 산출할 것이다"[191] 라고 말한다. 이 내용은 지구의 인간들도 사회의 폐단과 인간 멸종의 위험성을 깨닫고 각성한다면 유토피아와 같은 세계로 만들 수 있을뿐더러, 시간이 흐른 후에 두 우주는 하나가 될 수 있을 것이며 더 큰 우주로 나아갈 것이란 메시지이다.

한편, 유토피아 행성과 지구 사이의 위계 구분은 문명과 비문명의 구도로 겹쳐 읽을 수 있는 맥락이기도 하다. 제국주의가 문명화의 사명을 띠며 팽창을 전개했던 것과 달리, 『신과 같은 사람들』의 비문명국 즉, 지구인이 문명의 부재를 스스로 절감하며 그들을 동경하기에 이르렀다. 문명에의 요구는 당시 식민하에서 펼쳐진 실력양성운동에 입각한 문화운동의 전개와도 맞닿아 있다. 일종의 준비론적 태세인 개조에 대한 요청이 『신과 같

---

191 "But some day you too will become again like little children, and it will be you who will find your way through to us—to us, who will be waiting for you. Two universes will meet and embrace, to beget a yet greater universe."(p.304)

은 사람들』의 번역 저변에 있는 것이다.

이러한 양상은 현애생의 번역에서 서사 구조상 위기에 해당하는 사건이 삭제된 데에서도 알 수 있다. 원작에서는 지구에서 온 사람들로 인해 전염병이 퍼지고, '루퍼트 캘스킷'[192]의 무리가 유토피아를 정복하려고 시도한다. 그러나 주인공 반스터블이 위기를 알림으로써 유토피아인들에게 인정을 받았고, 유토피아 세계의 구성원이 될 수 있었다. 반스터블은 그곳에서 영원히 살고자 했지만, 유토피아인들은 그가 지구로 돌아갈 것을 권했다. 반스터블이 지구로 돌아가서 수행해야 할 임무가 있었기 때문이다. 반스터블의 임무는 앞서 인용한 "너희(지구인－인용자)들이 소해小孩 같이 장성하여 우리(유토피아인－인용자)의 가는 길"[193]로 인도하는 것이다. 이때 가장 중요한 것은 "생生"을 깨닫게 하는 것이다.

우리 『유토피아』인도 생生의 의의를 완전히 실현하지 못하였다만은 너희들 지구인은 아직 생의 의의에 머리도 들지 못하였다. 『생生』이라 하는 것은 예기豫期한 일종 진실적 『인생』이오, 또 우리의 고뇌하는 진사塵沙 중으로부터 생生한 것이다. 이곳에서 타 지방인이 『생生』이라 하는 것을 일조一朝 각성하면 소해小孩가 생활상 의식을 각성함과 일반一般이다. 나와 너는 광대한 생명 중의 일립미진一粒微塵과 일一 와류渦流에 지나지 못하는 것이다. 『생生』… 그때에 몽롱濛濃한 수안睡眼을 열며 나요懶腰를 펴고 신神의 신비神祕를 향하면 조양朝陽을 정면正面함과 일양一樣이니 그때에야 너와 내가 그 속에 일체一體로 존재할 이라.[194]

---

192 이 인물은 윈스턴 처칠(Winston Churchill)을 비유했다고 한다.
193 현애생 역술, 「이상국을 과연 실현호」(5), 『조선일보』, 1923.12.26, 1면.
194 5회 첫 문단에 해당하는 원문은 다음과 같다.
"You Earthlings do not begin to realize yet the significance of life. Nor we

인제야 내가 이 세계의 일상생활을 요해了解하였나니 『유토피아』의 생활은 과연으로 반신적半身的 생활이며 자유도 비상하고 개성도 극단으로 존중하여 양능良能을 각진各盡하며 수요需要를 각취各取하는 생활이니 그러한 생활은 청결, 적라赤裸, 첨밀甛密, 은애恩愛뿐만 아니라 개인의 위엄威嚴도 풍부하니 이는 전연全然히 공산주의의 사물賜物이라. 이러한 공산주의는 기幾 세기의 교육과 훈련을 경과하여 공동으로 준비한 연후에야 겨우 실현될 것이다. 나는 일찍이 사회주의가 능히 이같이 개인의 지위를 떠들어 개인으로 하여금 고상화高尚化할 것을 상도想到치 못하였나니 개인주의는 도리어 개성을 추락케 하는 일개 증명을 내가 친견親見하였도다.[195]

이와 같은 말은 『삐르스타풀』 선생의 자각한 감상담이다. 『유토피아』인이 『빨스타풀』 선생을 다시 지구상으로 회송하여 지구인을 만나는 대로 『유

Utopians? scarcely more…. Life is still only a promise, still waits to be born, out of such poor stirrings in the dust as we….”/ “Some day here and everywhere, Life of which you and I are but anticipatory atoms and eddies, Life will awaken indeed, one and whole and marvellous, like a child awaking to conscious life. It will open its drowsy eyes and stretch itself and smile, looking the mystery of God in the face as one meets the morning sun. We shall be there then, all that matters of us, you and I….” / “And it will be no more than a beginning, no more than a beginning….”(p.304)

[195] 현애생 역술, 「이상국을 과연 실현호」(5), 『조선일보』, 1923.12.26, 1면; “I begin to apprehend the daily life of this world,” said Mr. Barnstaple. “It is a life of demi-gods, very free, strongly individualized, each following an individual bent, each contributing to great racial ends. It is not only cleanly naked and sweet and lovely but full of personal dignity. It is, I see, a practical communism, planned and led up to through long centuries of education and discipline and collectivist preparation. I had never thought before that socialism could exalt and ennoble the individual and individualism degrade him, but now I see plainly that here the thing is proved. In this fortunate world—it is indeed the crown of all its health and happiness—there is no Crowd. The old world, the world to which I belong, was and in my universe alas still is, the world of the Crowd, the world of that detestable crawling mass of unfeatured, infected human beings.”(p.285)

로피아』의 정형情形을 선전하여 지구인으로 하여금 일일一日이라도 일찍이 진화進化케 하였다.[196]

유토피아 세계의 "인생"이란 자유와 개성이 존중된 삶이다. 자신의 자유와 개성뿐 아니라 타인의 것도 존중하여 조화로운 공동체를 이루는 것. 궁극적으로 이 단계는 공산주의를 향해 간다. 자아실현의 관점에서 개인의 능력을 전면적으로 실현하는 것과 같은 해방된 공산사회와 유사한 서술이다. 위의 장면에서 말하는 "인생"은 마르크스의 '유적존재Gattungswesen'로서의 인간의 생애와도 비슷한 개념으로 읽힌다. 다시 말하면 인간은 사회적 존재로서, 의식적인 활동인 노동을 통해 자신의 전면적인 능력을 발휘하고 이를 통해 자신을 확인하는 존재라는 것이다.[197] 『모던 유토피아』에

---

196 현애생 역술, 「이상국을 과연 실현호」(5), 『조선일보』, 1923.12.26, 1면; "Towards such a world as this Utopia Mr. Barnstaple had been striving weakly all his life. If the experiment before him succeeded, if presently he found himself alive again on Earth, it would still be towards Utopia that his life would be directed. And he would not be alone. On Earth there must be thousands, tens of thousands, perhaps hundreds of thousands, who were also struggling in their minds and acts to find a way of escape for themselves and for their children from the disorders and indignities of the Age of Confusion, hundreds of thousands who wanted to put an end to wars and waste, to heal and educate and restore, to set the banner of Utopia over the shams and divisions that waste mankind. (…중략…) And suddenly it was borne in upon Mr. Barnstaple that he belonged now soul and body to the Revolution, to the Great Revolution that is afoot on Earth; that marches and will never desist nor rest again until old Earth is one city and Utopia set up therein. He knew clearly that this Revolution is life, and that all other living is a trafficking of life with death. And as this crystallized out in his mind he knew instantly that so presently it would crystallize out in the minds of countless others of those hundreds of thousands of men and women on Earth whom minds are set towards Utopia."(pp.310~312)

197 칼 마르크스, 강유원 역, 『1844년의 경제학-철학 수고』, 이론과실천, 2006 참고.

서 엘리트 계급인 사무라이가 있었다면, 『신과 같은 사람들』의 유토피아 사람들은 모두가 사무라이 계급이 된 듯하며, '완전'한 인간으로서 자기 직분에 충실한 삶을 살아간다.

이 작품이 식민지 조선에서 번역되고, 읽힐 수 있었던 이유는 내외적으로의 개조가 요청되는 상황이었기 때문일 것이다. 특히, 1923년이란 시기는 혁명적 대중노선을 표방할 것인지, 이광수가 『민족개조론』에서 주창한 인격 개조로 전환할 것인지 등의 소위 이념적 분화가 일어나고 있던 때였다. 그러나 문명으로의 도약에 필요한 교육의 중요성은 여러 진영 내에서 공통분모로 작용했다. 앞서 살펴본 웰스의 『문화구제론』을 비롯하여 『신과 같은 사람들』이 『조선일보』에 무리 없이 번역될 수 있었던 이유는 이 텍스트들에 내재한 교육의 필요성, 바꿔 말하면 식민지 조선은 세계 시민으로의 역량이 부족하다는 문명과 비문명의 이분법적인 전제가 있었기 때문에 가능하였다고 판단된다.

2) 중단된 시간 여행 – 『타임머신』의 두 가지 번역

식민지 조선에서 H. G. 웰스는 지금까지 살펴본 바와 같은 넓은 자장에 놓여 있었다. 첫 번째 번역 이후 두 번째 번역 사이의 웰스는 조선에서 과학소설가이자 사상가로 자리매김할 수 있었다. 일본어 식자층에서는 번역을 통하지 않은 방법으로 웰스의 다양한 소설과 사상서를 접할 수 있었을 것이며, 일반 대중도 조선어로 번역·소개된 웰스를 만날 수 있었다. 이 항에서는 1920년대에 두 차례 번역된 『타임머신』을 중심으로 논의하고자 한다. 논의에 앞서 원작 『타임머신』의 출판 과정을 검토할 필요가 있다.

웰스의 『타임머신*The Time Machine*』은 『뉴리뷰*The New Review*』지에 1895년 1

월부터 5월까지 연재되었고, 이 연재를 단행본으로 만든 것이 New York : Henry Holt and Company 판 1895년 5월 7일 출판이다.[198] 그러나 이 판본에서는 「뉴리뷰」 5월 호에 실린 11장의 일부가 삭제된 채 출간되었다. 이어서 1895년 5월 29일에 London : William Heine-

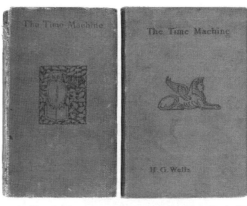

〈그림 14〉 *The Time Machine* 1895년판 표지 비교[199]

mann판이 나왔다.[200] 1924년에는 *The Wonderful Visit*1895 및 단편을 포함한 'The Atlantic Edition of the Works of H. G. Wells'가 출간되었다. 이때부터 웰스의 머리말이 추가되었고, 소제목이 없는 12부와 에필로그 구성으로 나왔다. 1931년 New York : Ramdom House판은 웰스가 새로 머리말An Invention을 썼고, 삽화가 추가되었으며 '시간 여행자'의 내레이션

---

198 New York : Henry Holt And Company(1895, 듀크대 소장본)판은 총 14부, 에필로그 구성이다. 소제목은 다음과 같다.
I. Introduction, II. The Time Traveller Returns, III. The Story Begins, IV. The Golden Age, V. Sunset, VI. The Machine Is Lost, VII. The Strange Animal, VII. The Morlocks, IX. When the Night Came, X. The Palace of Green Porcelain, XI. In The Darkness of The Forest, XII. The Trap of The White Sphinx, XIII. The Further Vision, XIV. After the Time Traveller's Story, Epilogue.

199 좌: New York : Henry Holt and Company, 1895. 듀크대 소장본, 우 : London : William Heinemann, 1895. 일리노이대 소장본. 표지의 그림에 따라 뉴욕 출판본은 부엉이 판으로, 런던 출판본은 스핑크스판으로 불린다.

200 London : William Heinemann(1895, 일리노이대 소장본)판은 총 16부, 에필로그 구성이다. 소제목은 다음과 같다.
I. Introduction, II. The Machine, III. The Time Traveller Returns, IV. Time Travelling, V. In the Golden Age, VI. The Sunset of Mankind, VII. A Sudden Shock, VIII. Explanation, IX. The Morlocks, X. When Night Came, XI. The Palace of Green Porcelain, XII. In the Darkness, XIII. The Trap of the White Sphinx, XIV. The Further Vision, XV. The Time Traveller's Return, XVI. After the Story, Epilogue.

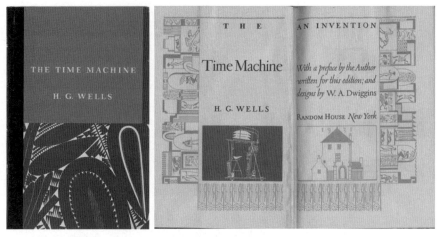

〈그림 15〉 *The Time Machine* 1931년판(New York: Random House)

파트는 붉은색, 서술자 '나'의 파트는 검정색으로 인쇄되었다.[201] 이외에도 웰스와 정식 계약을 맺지 않은 다수의 판본이 있는 것으로 알려져 있다. 이 출판 과정이 중요한 이유는 1924년 판본 이전의 것을 저본 삼아 번역된 각 국의 『타임머신』은 대개 소제목이 있을 가능성이 크며 구성면에서도 다를 수 있기 때문이다. 또한, 완전한 원본이 선행되고 그것이 온전히 전달되거 나 왜곡, 유실된다는 통상의 관념과 달리, 『타임머신』은 최초의 출판물이 '불완전'하다고 설명되기도 하는데, 이는 '원본' 혹은 '원작' 설정의 모호 함을 알 수 있는 대목이다. 이러한 맥락은 '복수의 원본성'을 상기해야 하 는 지점이다.

웰스의 『타임머신』은 1920년대에 두 번 번역되었다. 첫 번째는 1920년

---

201 현재 한국어 번역본은 12부인 1931년 판을 저본 삼은 것이 대다수이다. 대표적으로 김석 희 번역본(열린책들, 2011)은 12부, 에필로그, 회색인간(뉴리뷰지 5월 호에 실린 부분) 구성으로 소제목이 없다. 박현진 번역본(미니책방, 2019)은 소제목이 있는 16부 구성이 며, 심재관 번역본(엔북, 2002)은 소제목이 있는 12부로, 각기 다른 구성을 보인다.

6월, 백악白岳 김환金煥, 1893~?이 잡지 『서울』에 실은 「팔십만 년 후의 사회」

이며,[202] 두 번째는 1926년 11~12월, 필명 영주影洲[203]를 사용한 번역가가

『별건곤』에 실은 「세계적 명작 팔십만 년 후의 사회, 현대인의 미래 사회

를 여행하는 과학적 대발견」이다.[204] 김종방의 연구에서 밝혀진 바와 같이,

김환의 「팔십만 년 후의 사회」는 구로이와 루이코黑岩淚香, 1862~1920의 『八

十万年後の社会』[205]를 저본 삼아 번역되었다.[206] 『별건곤』의 번역도 같은

일역본을 저본으로 삼았다.[207]

구로이와 루이코의 번역은 96회로 나뉘어 있다.[208] 이는 『만조보』에 연

---

202 하벨렉웰쓰, 김백악 역, 「팔십만 년 후의 사회」, 『서울』 4, 1920.6.

202 하벨렉웰쓰, 김백악 역, 「팔십만 년 후의 사회」, 『서울』 4, 1920.6.

203 '영주(影洲)'는 선행 연구에서 방정환의 필명으로 거론되기도 했지만(민윤식, 『청년아, 너
희가 시대를 아느냐』, 중앙M&B, 2003; 장정희, 「방정환 문학 연구」, 고려대 박사논문,
2013) 최영주(崔泳柱)가 한자 표기만 바꾸어 사용한 필명일 것으로 추정되고 있다(염희
경, 「숨은 방정환 찾기-방정환의 필명 논란을 중심으로」, 『아동청소년문학연구』 14, 한국
아동청소년문학학회, 2014, 150면). 신현득의 연구에 의하면 최영주(1906~1945)의 본
명은 최신복(崔信福)으로, 경기도 수원 출신의 아동문학가, 동요 시인이다(신현득, 「최영
주(崔泳柱)론-아동문학 100년에 가장 아름다운 이야기」, 『한국아동문학연구』 18, 한국
아동문학회, 2010, 44~45면).

204 웰스 원작, 영주(影洲) 역, 「세계적 명작 팔십만 년 후의 사회, 현대인의 미래 사회를 여행하
는 과학적 대발견」(1), 『별건곤』 1, 1926.11; 웰스, 영주(影洲) 역, 「대 과학소설, 팔십만
년 후의 사회」(2), 『별건곤』 2, 1926.12.

205 黑岩淚香 訳, 『八十万年後の社会』, 扶桑堂, 1913; 구로이와 루이코의 단행본은 『만조보』에서 연
재(「文明奇談八十万年後の社会」, 『萬朝報』, 1913.2.25~6.20)된 것을 묶어 펴낸 것이다(永井
太郎, 「地下世界の近代」, 『福岡大学人文論叢』 41:2, 2009, pp.974~975).

206 김종방, 「1920년대 과학소설의 국내 수용과정 연구-「80만년 후의 사회」와 「인조노동자」
를 중심으로」, 『현대문학의 연구』 44, 한국문학연구학회, 2011, 120~122면.

207 박진영, 『탐정의 탄생-한국 근대 추리소설의 기원과 역사』, 소명출판, 2018, 133~134면.

208 96회의 목차는 다음과 같다.

1. 神隱しの理應用, 2. 飛行機に對する航時機, 3. 一時間に十萬年の速力, 4. 機械も博士も忽ち
消えた, 5. 灰色の天地を突破す, 6. 終に八十万年に到着す, 7. 子供で無い成人である, 8. 何處
へ運行かれるか, 9. 不思議なる哉比世界, 10. 無い, 無い, 何も無い, 11. 航時機の紛失, 12. 眞
に雷の化身の如く, 13. 開くか否, 銅の扉, 14. 扉は開きも毀れもせぬ, 15. 文明絕頂の二大發
明, 16. 幸ひに一人の友を得た, 17. 可愛い「うゐな」, 18. 暗の中の怪物に, 19. 怪物は博士の顔
を舐めた, 20. 井戸の中に何か在る, 21. 地の底に別の世界, 22. 地下の世界より來る物音, 23.

제3장 │ '세계국가'와 실천적 이상사회   303

재하기 위한 분할이었을 것으로 추측된다. 그리고 구로이와 루이코가 소제목을 붙인 이유는 당시 그가 접할 수 있었던 『타임머신』이 대체로 소제목이 있는 형식이었기 때문일 것이다.

　김환은 일역본의 10회까지 옮겼으며, 영주는 일역본의 11회까지 번역하였으므로 두 텍스트 간의 내용과 분량은 크게 차이가 나지 않는다. 원작과 비교하면 대략 5부 초반 80만 년 후의 사회에서 타임머신이 사라지는 장면까지 조선어로 번역된 셈이다. 김환은 국한문을 혼용하여 번역하는 방식을 택했고, 영주는 『별건곤』의 독자층을 고려하여 한글 위주로 옮겼다. 구로이와 루이코의 번역과 김환, 영주의 번역을 나란히 놓으면 다음 표와 같다.

暗がりに二個の眼, 24. 井戸の壁に粘り附て, 25. 地下世界を探險せねば, 26. 流石に博士は氣が進まぬ, 27. 土蜘蛛人種の境遇, 28. 博士の煩悶と硏究, 29. 大きな着物, 大きな履物, 30. 博士の大決心, 31. 地下の世界に入る, 32. 地獄の入口に達した, 33. 土蜘蛛人種の囁く聲, 34. 强情な怪物の進み, 35. 穴中の戰ひ, 36. 血の臭ひ, 肉の塊り, 37. 瀧の樣に落る土, 38. 情け無い境遇, 39. 河邊の闇, 40. 絶體絶命, 41. 水と陸との睨合, 42. 大なる誤解の發見, 43. 是ぞ此世界の大秘密, 44. 厭な厭な心持, 45. 博士の推論 (1), 46. 博士の推論 (2), 47. 第二の魯敏遜, 克爾曾, 48. 何うして火を作る, 49. 火が出るに極りて居る, 50. 今宵一夜を安全に, 51. 橋の下に筏を留めた, 52. 暗闇に何の聲?, 53. 此家は昔しの何?, 54. 運命の愚弄, 55. 噫, 泣き聲の正體, 56. 愈よ火が出來る, 57. 何の爲に枯木谷, 58. 攻擊の用意に着手す, 59. 燒打, 60. 熱狂した如き博士, 61. 空前の大事件, 62. 第二の陷落, 63. 星の光る一夜, 64. 是からは何うすれば?, 65. 誰れか? 誰れか?, 66. 親切な看病者, 67. 又も椿事出來, 68. 此後を如何のにする, 69.「うゐな」の喜び, 70. 圍む輪が小さくなる, 71. 地下世界の巨大な富, 72. 土蜘蛛を生擒, 73. 土蜘蛛の顔, 74. 猿面魚眼の怪物, 75.「うゐな」が目を醒す, 76. 硏究の結果, 77. 闇の夜の枯木谷, 78. 運の盡 (1), 79. 運の盡 (2), 80. 運の盡 (3), 81. 運命の轉倒, 82. 枯木谷の事變 (1), 83. 枯木谷の事變 (2), 84. 忽ち我に復る, 85. 抱き合ふた一團, 86. 懨れの深い疑問, 87. 焦熱地獄, 88. 20世紀へ何して歸る, 89. 博士の末路, 90. ア, 航時機! 航時機!, 91. 合點が行つた, 92.「豈圖らんや」, 93. チョン!, 94. 第四の側面へ, 95. 奇奇怪怪の世界を過ぐ, 96. 大團圓.

209 구체적인 비교를 위해 각 장의 첫 문장과 마지막 문장을 제시하였다. 일역본은 원문대로 입력했으며, 김환과 최영주의 번역에서 한자어는 한글로 바꾸었고, 현대어로 수정하였다.

	구로이와 루이코(1913)	김환(1920)	영주(1926)
1	神隱しの理應用	造化의 理를 應用	藏身法의 理致를 應用
	「出來る筈が無い」と思れた事柄が, 出來る樣になる, 其れが文明である,	『될 이치(理致)가 없다』고 생각하는 것도 될 수가 있으니 이것이 즉 문명이다.	『될 수가 있나?』하고 생각하던 것이 될 수가 있게 된다. 그것이 문명인 것이다.
	一同は博士に擔れるでは無いかと疑はざれるを得なんだ	일동은 박사에게 흘려 빠지지나 않았나? 의심하였다.	일동은 박사에게 흘리지나 아니하였나 하고 의심하지 않을 수 없다.
2	飛行機に對する航時□	飛行機에 對한 航時機	飛行機에 對한 航時部
	何うも諸君は未だ疑うて居る樣である	암만해도 제군은 아직도 의아하는 모양이구려!	그래도 제군은 아직껏 의심하고 있는 것 같습니다.
	最早や博士の眞面目は疑ふ所が無い	이것은 누구나 박사의 말이 참인 것을 의심할 이가 하나도 없었다.	인제는 박사의 말을 의심할 여지가 없다.
3	一時間に十萬年の速力	一時間에 十萬年의 速力	한 時間에 十萬年의 速力
	博士の實驗は, 餘りの不思議に全く一同を驚かせた	박사의 실험담은 너무나 이상하므로 참말 일동은 놀내었다.	박사의 실험은 너무 이상해서 모두들 놀랐다.
	「ソレ神隱しと同じでせう, 斯う云ふ中に雛形は最う幾百年の未來世界を飛行さつゝあるのです」	『이것이 조화(造化)와 같소! 벌서 추형(雛形)은 몇백 년의 미래세계를 날아갔을 터이외다.』	『그것 보시오. 장신법(藏身法)과 같지요? 이러할 동안에 그 견본은 몇백 년의 이 미래세계를 날아가는 중입니다.』
4	機械も博士も忽ち消えた	機械와 博士가 다 없어졌다	機械와 博士는 忽然이 없어졌다
	果して未來の世界へ飛行たか否やは分らぬけれど,	과연 미래의 세계에 날아가는지?	과연 미래의 세계를 날아갈 수 있는지 없는지 알 수 없으나,
	ア丶, 博士は出發の用意も無く, 只だ話しに夢中と爲つて居て, 誤まつて出發したのである	아! 박사는 출발의 준비도 없이 다만 이야기에 취하여 그릇 출발을 한 것이다.	아아! 박사는 출발할 준비도 없이 다만 이야기에 열중하여서, 잘못 기계를 틀어서 출발하고 만 것이다.
5	灰色の天地を突破す	灰色의 天地를 突破함	灰色의 天地를 突破하다
	突然に博士の姿が航時機と共に消失せたには, 六人とも言葉の出ぬほどに驚いた	돌연히 박사가 항시기와 같이 없어지는 양을 본 6인은 말이 나오지 않으리만큼 놀랐었다.	별안간에 박사의 자태가 항시기와 한가지로 없어진 데에는, 여섯 사람이 한가지로 말 한마디 할 수 없이 놀랐다.
	「ヤ丶, 是れは不思議な事がある」と訝かしげに呟いた	『아하! 이거 참 불가사의의 일이다』 의아하며 중얼거린다.	「아아! 이것은 이러한 일이 있다」라고 의아하게 중얼대었다.
6	終に八十万年に到着す	나중에 八十萬年後에 着함	기어코 八十萬年後에 着陸하였다
	博士は何を不思議と呟いたであらう,	박사는 무엇을 불가사의라고 중얼거리느냐?	박사는 무엇을 이상하다고 중얼거리었을까.
	博士は一種の武者振ひを感じ, 胸に	박사는 일종의 무사적(武士的) 쾌	박사는 일초의 무사와 같은 것을

	구로이와 루이코(1913)	김환(1920)	영주(1926)
	動悸の浪が打つた	감을 느끼고 심장에는 고동의 물결이 일어났다.	깨달았고, 가슴의 요동하는 물결이 쳐지었었다.
7	子供で無い成人である	兒孩는 아니요 成人이다.	어린애가 아닌 어른이었다.
	博士は全く, 自分ながら驚いた,	박사는 참말 스스로 자기를 놀래였다.	박사는 아주 자기로서도 놀랐었다.
	彼等が容易に進み寄らぬ爲め, 博士は親しげに兩手を廣げて自分から進み出た	그들은 용이히 가까이 오지 않음으로 박사는 자기가 먼저 친절하게 두 팔을 벌리고 그들에게로 걸어다 갔다.	그들이 잘 오지 않는 고로, 박사는 정답게 두 손을 벌리고 자기가 스스로 나아갔다.
8	何處へ運行かれるか	어디로 데리고 가는가?	어느 곳으로 데리고 가는가?
	兩手を廣げて博士が寄行くに, 彼等は恐るゝ樣子も無い, 少しの間互ひに細語き合うて居たが,	두 손을 벌리고 박사가 가까이 가지만은 그들은 두려워하는 기색도 보이지 않고 잠깐 동안 서로 수군수군 속삭이기를 하더니	두 손을 벌리고 박사가 가까이 가는데, 그들은 두려워하는 모양도 보이지 않았다. 잠깐 동안 서로 무엇이라고 소근거리더니
	更に彼等は博士の手を引何所へか案内する樣子である	다시 그들은 박사를 데리고 어디인지 안내를 하려는 모양이다.	그런즉 그들은 박사의 손을 끌면서 어디인지 인도하는 모양 같았다.
9	不思議なる哉比世界	不可思議의 이 世界	이상도 하구나, 이 세계여!
	博士は連られて行きつゝも心の中に此人種を人形人種と呼ぶとに定めた	박사는 끌려가면서 속으로 이 인종을 인형 인종이라 부르리라 정하였다.	박사는 끌려가면서도 마음속으로는 이 인종을 인형 인종이라고 부르리라고 결정하였다.
	眞逆に博士の目に觸れぬ一種の力が隱れて居やうとは思はぬ	그들에게는 이런 능력이 있으리라는 생각이 안 났다.	설마 박사의 눈에 띄지 않은 일종의 힘이 감추어 있다고는 생각지 아니하였다.
10	無い, 無い, 何も無い	없다, 없다, 아무것도 없다.	없다, 없다, 아무것도 없다.
	若しも博士が, 眞に詳しく此世界を觀察する心を起したならば, 隨分樣々不思議を見出したであらう,	만일 박사가 참으로 자세히 이 세계를 관찰할 마음을 내었을 것 같으면 충분히 여러 가지의 불가사의를 발현(發現)하였을 것이다.	만일 박사가 참으로 자세히 이 세계를 관찰할 마음이 일어났으면 매우 여러 가지의 이상한 것을 발견하였을 것이다.
	博士は目の玉の飛出るほどに, 首を突出して眺めたが, 矢張り無い	박사는 눈이 둥글해서 머리를 내밀고 자세히 보았다. 그러나 분명히 없어졌다. (계속)	박사는 눈이 나올 듯이 고개를 내밀고 바라보았으나 역시 항시기는 없었다.
11	航時機の紛失		航時機의 紛失
	凡そ人間の驚きて博士の此時の驚きほど, 甚い驚さは又と有り得まい,		대저 사람의 놀라는 것으로, 박사의 이때의 놀란 것처럼 심한 놀라움은 없었다.
	博士は唯だ悔しさに齒切した		박사는 다만 원통함에 이를 갈았다. (이러한 취미 많은 사건의 발단은 다음 호라야 볼 수 있다.)

위의 표를 통해 김환과 최영주는 구로이와 루이코의 번역을 충실히 옮긴 것을 확인할 수 있다. 그 가운데 1회 제목인 '神隱しの理應用'를 번역한 양상에 주목해볼 수 있다. 김환은 '조화造化의 이理를 응용應用'으로, 영주는 '장신법藏身法의 이치理致를 응용應用'으로 번역하였다. 김종방의 선행 연구에서도 '가미가쿠시神隱し'에 주목하였는데, '가미가쿠시神隱し'는 어떤 대상이 갑자기 행방불명이 되었을 때 사용하는 단어로, 구로이와 루이코의 번역에서는 타임머신을 이용하여 순식간에 사라지는 모습을 묘사하기 위해 사용된 것으로 보인다.[210] 김환은 이를 "어떻게 이루어진 것인지 알 수 없을 정도로 신통하게 된 일. 또는 일을 꾸미는 재간"[211]을 의미하는 '조화造化'로 번역하여 문맥의 의미를 살렸다. 영주는 "몸을 숨기고 나타내지 않음"[212]을 의미하는 '장신藏身'으로 번역하여, 타임머신을 통해 주인공이 사라진 상황을 설명하였다. 일본어와 조선어의 1화 소제목에서는 '기계'를 타고 시간을 여행하는 '이동'보다는, '사람'이 갑자기 사라진 상황 자체에 초점을 두고 번역한 것으로 추론할 수 있다. 이는 원작의 '시간 여행자 Time Traveller'[213]를 설명하는 방식이었을 것이다. 또한, 시간 여행을 가능

---

210 김종방, 앞의 글, 121면; 가미가쿠시[神隱し]는 미야자키 하야오 감독의 〈센과 치히로의 행방불명(千と千尋の神隱し)〉(2001)에서도 쓰인 바 있다.
211 국립국어원 표준국어대사전 조화(造化)⁴ 「2」의 정의.
212 국립국어원 표준국어대사전 장신(藏身)⁴의 정의.
213 "'시간 여행자'(편의상 그를 이렇게 부르기로 하자)는 이해하기 어려운 문제를 우리에게 설명하고 있었다."(H. G. 웰스, 김석희 역, 『타임머신』, 열린책들, 2011, 15면) 이하 김석희 번역본을 인용할 시 번역자와 면수만 표기함.
"The Time Traveller (for so it will be convenient to speak of him) was expounding a recondite matter to us."(H. G. Wells, *The Time Machine*, London: William Heinemann, 1895, p.1)
"The man who made the Time Machine—the man I shall call the Time Traveler —was well known is scientific circles a few years since, and the fact of his disappearance is also well known."(H. G. Wells, *The Time Machine*, New York :

하게 기계인 '타임머신'은 일역본을 따라 '항시기航時機'로 번역되었다.

원작은 어느 목요일 저녁, '시간 여행자'의 집에 여러 사람이 모여 삼차원, 사차원에 관한 대화를 나누면서 시간 여행이 가능한지 논박하는 장면으로 시작된다. 시간 여행자는 네 번째 차원인 '시간'을 연구하여 타임머신을 만드는 데 2년이 걸렸다고 설명하였고, 타임머신의 견본이 사라지는 과정을 보여주며 곧 자신이 직접 실행에 옮길 것을 알렸다. 그리고 일주일이 지난 목요일 저녁, 여러 사람이 모인 자리에 엉망이 된 행색으로 시간여행자가 나타나서 자신이 미래를 겪고 돌아왔노라고 설명하는 구조이다. 서술의 시점은 '시간 여행자'를 관찰하는 '나'이며, '나'가 타임머신을 타고 돌아온 '시간 여행자'의 경험담을 듣는 방식이다.

그러나 구로이와 루이코의 일역본과 이를 저본 삼아 번역한 두 가지 조선어 텍스트는 원작의 서사 진행 양상과 다소 차이가 있다. 일역본과 조선어 번역본은 3인칭 서술자에 의해 서술되며, '시간 여행자'를 '수학數學 박사博士'라고 부른다. 수학 박사는 어느 지방의 중학교 선생인 '뿌라찌넬' 씨를 만나 직접 시간 여행을 한 이야기를 들은 후 연구에 착수하게 되었다고 설명하며, 시간 여행 기구인 '항시기'를 만드는 데까지 7년이 걸렸다고 말한다. 두 가지 조선어 번역본의 첫 부분과 박사가 출발하는 장면은 다음과 같다.

(가)

『될 이치가 없다』고 생각하는 것도 될 수가 있으니 이것이 즉 문명이다.

Henry Holt And Company, 1895, p.1)

『무어! 공중여행? 그런 일이야 꿈에나 할는지 모르지만 도저히 불능할 것이라고 누구나 생각하였을 것이다. 그러나 오늘날은 공중여행도 그다지 힘들지 않게 맘대로 하게 되었다.『무어! ①팔십만 년 후! 그런 일을 어떻게 알 수가 있어?』하면서 박사의 친구들은 웃었다. (…중략…)

박사는 말하였다.『이제부터 실험의 단서를 보여 드리기 위하여. 내가 이 여행을 생각하게 된 처음부터 이야기하리다. 제군『신비神祕』라고하는 것을 압니까요?』甲『아ー사람이『신비』에 만난다는 말이 옛사람의 이야기로는 있지마는 乙『무어 옛사람뿐이 아니지! ②수년 전 어느 지방 중학교 선생 뚜라지빌이란 이가 신비에 만났다는 말이 신문에 났었지? 그래 세상에서 몹시 떠든 일이 있기는 있지마는…….』

박사는 아주 만족한 표정으로 대답하였다.『옳소! 그 조화造化라는 그것이 내 연구의 처음이요! 대개 조화라는 것이 무엇이겠소? 현재 살아있는 사람이 돌연히 없어졌다가 수일 만에 아무 상관도 없는 딴 곳에 나타나는 것이니 그 사이에는 당지當者 그 사람조차 자기가 어디 가 있었는지 모르는 것입니다.』乙『옳습니다, 그렇습니다. ②그 뚜라지빌이란 교사는 교실에서 생도에게 강연을 하다가 생도들 눈앞에서 돌연히 없어졌다가 한 일주일 후에 또 돌연히 그 인촌隣村 밭 가운데서 나타났다 합디다. (…중략…) 박사『그것이 그대로 조화라고 하는 것이지요! (…중략…) 나는 그 뚜라지빌 씨를 만나서 실지實地 담을 듣고 그때부터『항시기航時機』발명에 착수를…….』丙丁이 동시에『무어! 항시기?』박사『네! 항시기라는 것은 내가 지은 이름인데, 이것을 타게 되면 과거 세계나 미래의 세계를 맘대로 다닐 수 있다는 말이외다.』일동은 박사에게 홀려 빠지지나 않았나? 의심하였다. (…중략…)

박사는 더욱 일동이 믿을 만한 증거를 충분히 하려는 듯이『내가 아이 때에 내 친구 하나가 조화造化에 만나는 것을 보았는데 그는 나와 동 연령 14세의 소년으로서! ③어느 날 나와 손목을 잡고 이야기 하면서 교외에 나가 산보하다가 돌연히 내 손을 놓고 어디로 갔는지 없어지고 말았으니 실로 불가사의라고 할 수밖에 없지요! 그의 부모도 놀라고 동리洞里 사람들도 놀라서 찾을 수 있는 대로는 다 찾아보았지만 결국은 무해無劾 되고 말았는데, 그다음 한 일주일 지난 뒤에 멀쩡하게 그 당자當者가 산기슭으로 어정어정 돌아옵디다. (…중략…)

戊『그렇습니다. 우리는 인류의 이 문명이라는 것이 과연 우리를 행복스럽게 하는지? 혹 불행으로 인도를 하는지? 대략만이라도 알고 싶습니다.』(…중략…)

이야기를 채 마치기 전에 출발침을 쥐고 있던 박사의 손은 부지불식간에 출발점까지 그 침針을 돌려놓았다. 기계는 박사를 태운 그대로『찌ー ㅇ』소리를 남겨 놓고는 박사와 같이 홀연히 없어지고 말았다. ④아! 박사는 출발의 준비도 없이 다만 이야기에 취하여 그릇 출발을 한 것이다.

돌연히 박사가 항시기와 같이 없어지는 양을 본 6인은 말이 나오지 않으리만큼 놀랐었다. 박사는 이미 미래의 세계에 날아가고 말았다.[214]

(나)

『될 수가 있나?』하고 생각하던 것이 될 수가 있게 된다. 그것이 문명인 것이다. 『무엇 공중여행! 그런 것이 될 수가 없다』고 우리들의 선조들은 말하였다. 그런데 오늘날은 그 공중여행을 쉽게 한다. 『무엇 ①팔십만 년 후! 그런 것을 어떻게 알겠나』하고 박사의 친구는 모두들 웃었다.

(…중략…)

---

214 하벨렉웰쓰, 김백악 역, 「팔십만 년 후의 사회」, 『서울』4, 1920.6, 80~85면. 한자는 한글로 바꾸었고 현대어로 수정하였다.

박사는 말하였다. 『지금으로부터 실험의 단서를 보이어 드리겠는데 내가 이 여행을 생각하던 맨 처음부터 순서 있게 이야기하지요. 제군은 「장신법藏身法」이라는 것을 아실 터이지요.』『그렇지요. 사람이 장신藏身한 사람에게 만났다고 하는 이야기를 옛날 사람들은 늘 이야기 해 내려오지요.』하고 그중에 한 사람이 말하였다. 『무엇 옛날 사람만이 아닐세. ②수년 전에도 어느 지방의 중학교 선생으로 뿌라찌넬이라는 사람이 장신자藏身者를 만났다고 하는 것을 신문에다 내고 한참 세상이 시끄러웠네.』하고 다른 한 사람이 말하였다.

박사는 즐겁게 『그렇소이다. 그 장신법이 나의 연구의 시작이었소이다. 그 장신법이란 무엇일까요. 현재에 살아있는 사람이 별안간 없어졌다가 며칠 후에 생각지도 아니했던 곳에 나타납니다. 그동안은 그 당자當者까지도 자기가 어느 곳에 있었던 것을 모르는 것입니다.』『그렇소. ②그 뿌라찌넬이라는 교사는 교장에서 생도들에게 강의를 하다가 생도 눈앞에서 별안간 없어졌다가 한 주일 후에 또다시 별안간 그 동네 마을에 있는 밭 가운데에 나타났답디다. (…중략…) 박사는 또다시 말하였다. 『그것이 장신법이라는 것입니까. (…중략…) 나는 그 뿌라찌넬씨와 친히 만나서 그 실화를 들었습니다. 그때로부터입니다. 나는 「항시기航時機」의 발명에 착수하였습니다.』그때에 또 다른 사람이 잇다가 말을 계속하였다. 『네? 네? 항시기요?』『네. 항시기라고 내가 이름을 지었습니다. 이 항시기를 타면 옛날 세계로도 갈 수가 있고 미래 세계로도 마음대로 날아갈 수가 있습니다.』하고 말하였다. 일동은 박사에게 홀리지나 아니하였나 하고 의심하지 않을 수 없다. (…중략…)

박사는 오히려 여러 사람에게 충분한 믿음을 주기 위해서 ─ 『나는 어렸을 때에 내 동무가 장신藏身된 것을 보았습니다. 그것은 나와 같은 나이에 있는 열네 살 때의 소년이었습니다마는 ③나와 손을 서로 잡고 이야기하면서 교외를 산보하고 있을 동안에 내 동무는 내 손으로부터 별안간 떨어져서 보이지 않았습니다. 참으로 이상하게 생각하였습니다. 그로부터 부모들도 놀라고 촌사람들도 놀라서 찾고 찾았으나 효과가 없었습니다. 거의 한 달이나 지난 뒤에 어렴풋이 그 애가 산 있는 쪽으로부터 돌아왔습니다. (…중략…)

「그렇습니다. 우리는 인류의 이 문명이라는 것이 과연 우리를 행복스럽게 할 것인지 불행하게 할 것인지를 대강이라도 알고 싶습니다.」

(…중략…)

아직도 말이 끝도 나지 아니하였는데 출발침을 장난하던 박사의 손가락은, 부지중에 출발점까지 그 바늘을 갖다 놓았었는지, 기계는 박사를 태운 채 『쨍』하고 소리를 내고서, 박사의 자태와 한가지로 홀연히 없어지고 말았다. ④아아! 박사는 출발할 준비도 없이 다만 이야기에 열중하여서, 잘못 기계를 틀어서 출발하고 만 것이다.

별안간에 박사의 자태가 항시기와 한가지로 없어진 데에는, 여섯 사람이 한가지로 말 한마디 할 수 없이 놀랐다. 박사는 이미 미래의 세계로 날아간 것이었다.[215]

위의 두 인용문은 『서울』과 『별건곤』의 번역 중 일부이다. 원작에 없는 부분이 제시되어 있고 두 텍스트가 전체적으로 동일하게 서술된 점으로 보아 일역본에서부터 기인한 것으로 볼 수 있다. 위 인용에서 원작과 차이가 발생한 부분은 ① 처음부터 '80만 년 후'라는 시간이 설정된 점, ② '뿌라찌넬'과 관련된 이야기, ③ 어릴 적 박사의 친구가 사라졌다가 돌아온

---

215 웰스 원작, 영주(影洲) 역, 「세계적 명작 팔십만 년 후의 사회, 현대인의 미래 사회를 여행하는 과학적 대발견」(1), 『별건곤』 1, 1926.11, 36~38면; 웰스, 영주(影洲) 역, 「대 과학소설, 팔십만 년 후의 사회」(2), 『별건곤』 2, 1926.12, 129~130면. 한자는 한글로 바꿔 인용하였으며 현대어로 수정하였다.

일, ④ 여러 사람이 보는 앞에서 박사가 '실수'로 사라진 장면을 꼽을 수 있다. ②와 ③은 창작에 가까우며 ①과 ④는 변용이라 볼 수 있다. ①의 '80만 년 후'는 원작에 따르면 '시간 여행자'가 미래에 도착한 뒤, 그곳의 사람들(엘로이)을 만나고 나서야 밝혀진다.[216] 그러나 일역본과 조선어 번역본에서는 박사가 타임머신을 타고 가는 내내 시간을 확인하는 장면으로 변경되었다. 타임머신을 타고 미래로 향하는 장면의 서술 방식도 확연한 차이가 있다.

> 그러자 램프가 꺼진 것처럼 밤이 오더니, 다음 순간에는 벌써 내일이 왔습니다. 연구실은 희미해지고 안개가 낀 것처럼 흐릿해졌습니다. 연구실은 점점 더 희미해지고, 곧이어 내일 밤이 칠흑처럼 어둡게 찾아오고, 다시 낮이 오고, 또 밤이 오고, 또 낮이 왔습니다. (…중략…) 당장이라도 어딘가에 부딪혀 산산조각이 날 것 같은 무서운 예감도 느꼈지요. (…중략…) 태양은 1분에 한 번씩 하늘을 가로질렀으니까 그 1분이 사실은 하루였던 겁니다. (…중략…) 나는 높은 발판 위에 있는 듯한 기분을 어렴풋이 느꼈지만, 이미 너무 빠른 속도로 전진하고 있어서 움직이는 물체를 의식할 수 없었습니다. (…중략…) 어둠과 빛이 순식간에 교차 되었기 때문에 번쩍거리는 빛에 눈이 아플 지경이었습니다. 간헐적인 어둠 속에서 나는 달이 빠른 속도로 회전하면서 초승달에서 보름달로 변해가는 것을 보았습니다. (…중략…) 하늘은 경이로울 만큼 짙푸른 색깔, 초저녁 하늘처럼 아름답게 빛나는 색깔을 띠었습니다. 날아가는 태양은 공중에서 한 줄기 불빛, 반짝이는 아치가 되었고, 달은 그보다 희미

---

216 "나는 언제나 802,000년쯤의 인류는 지식이나 기술이나 그 밖의 모든 면에서 믿을 수 없을 만큼 우리보다 진보해 있을 거라고 예상했거든요."(김석희, 49)

한 빛을 내면서 물결처럼 움직이는 띠가 되었습니다. (…중략…) 하지만 곧 새로운 기분들, 그러니까 얼마간의 호기심과 얼마간의 두려움이 마음속에 생겨나 점점 더 강해지더니 마침내 나를 완전히 사로잡았습니다. 인류는 얼마나 기묘하게 발전했는지, 우리의 미숙한 문명은 얼마나 놀라운 진보를 이룩했는지. 김석희, 39~41면

낮과 밤이 눈을 깜빡이는 것보다도 오히려 더 속히 변해가는 까닭에 밝은 것과 어두운 것이 그 경계를 분별할 새가 없으므로 눈앞에는 다만 회색으로만 보일 뿐이었다. 무슨 물건이고 눈에는 비치지 않는다. 그러나 자기의 몸이 큰 속력으로 옮기어 가지고 있는 것은 알 수 있었다. 그러나 기계에 장치한 속력계와 연대계年代計들은 기계와 자기의 몸이 같은 속력으로 달아나고 있는 것을 볼 수가 있었다. 박사는 처음으로 「인제는 얼마나 왔나」할 때에는 벌써 연대계는 10만여 년을 가리키고 있었다. (…중략…) 이 기계는 한 시간에 10만 년의 속도로 예상하였던 것이 지금이 20만 년의 속력으로 날며, 또한 점점 그 속도를 더하여서 갔다. (…중략…) 지금에 한 시간에 25만 년으로부디 30만 년으로 점점 더 빨리 갈 것이다. (…중략…) 그러나 박사는 이때에 이미 30만 년이나 지나온 고로, 지금 또다시 뒤로 다시 가는 것은 섭섭한 일이다. 더군다나 미래의 세계는 문명이 진보된 까닭에, 사람도 신망이 있을 터이며, 무슨 설비든지 잘 정돈되어 있을 것이다. (…중략…) 다시 본즉 기계의 속력은 한 시간에 30만 년 이상으로 되어 있다. (…중략…) 또다시 연대계를 본즉, 참으로 놀라울 일이다. 「802701」을 가리키고 있다. 즉 80만 2천 7백 1년을 여행한 것이다. 『별건곤』 2, 130면

위의 두 인용에서 보는 바와 같이 원작은 태양과 달의 움직임으로 시간의 변화를 묘사했다면, 『별건곤』의 번역은 계기판의 숫자를 통해 빠르게 흐르는 시간을 강조하였다. 이를 읽는 독자들은 계기판의 숫자가 올라갈수록 항시기의 위력이 얼마나 대단한 것인지 감지하였을 것이다. 한편, 원작과 조선어 번역본에서 미래 사회의 '문명'이 발전했으리라고 예감하는 장면은 매우 닮아있다. '문명'은 원작보다 일본어, 조선어 번역본에서 더 강조되는 것으로 보인다. 구로이와 루이코가 『만조보』에 연재할 당시의 제목이 「문명 기담 팔십만 년 후의 사회文明奇談八十万年後の社会」이었던 것, 소설이 "그것이 문명이다其れが文明である"로 시작한 것에서, 문명의 도약은 과학기술로 이뤄낼 수 있을 것이란 메시지를 주기에 충분해 보인다.

이러한 예시로 ②와 ③에 다시 주목해볼 수 있다. ②와 ③은 사람이 순식간에 사라졌던 기이한 일이었다. 그러나 이 기이한 현상을 인류의 기술로 재현하게끔 하여 도달 가능한 일로 만들었다. 소설 초반부터 문명과 숫자를 강조한 것은 이 두 가지가 정비례하리라는 기대, 인간과 기술, 그리고 세계는 필연적으로 진보할 것이라는 믿음을 심어주려는 번역자'들'의 의도였을 것이다. 조선어 번역본은 일역본을 그대로 옮기면서 탄생한 것이지만, 두 번역본의 내용은 번역자들의 의도를 전달하는 측면에서 유사한 기능을 담당했을 것이다.

④는 의도치 않은 출발로 변용된 장면이다. 원작의 서술은 다음과 같다. "나는 타임머신에 마지막 망치질을 하고, 모든 나사를 다시 한번 조이고, 석영 막대에 기름을 한 방울 더 칠한 다음 안장에 앉았습니다. (…중략…) 나는 한 손에는 발진 레버를, 다른 손에는 정지 레버를 쥐고, 우선 발진 레버를 누른 다음 거의 동시에 정지 레버를 눌렀습니다. (…중략…) 나는 숨

을 한 번 들이마시고, 이를 악물고, 두 손으로 발진 레버를 움켜쥐고 힘껏 눌렀습니다."김석희, 38~39면 이 장면에서 보는 바와 같이 시간 여행자는 예상치 못한 출발을 한 것이 아니다. 타임머신을 완성한 후 시범 운행까지 한 뒤, 시간 여행에 나선 것이다. 하지만 일본어와 조선어 번역본에서는 출발을 예상하지 못한 채 사람들 앞에서 사라져버렸다. 이러한 번역 의도는 짐작하기 어렵다. 다만, 예기치 않은 상황에서도 평정심을 찾고 "인제는 얼마나 왔나" 하는 모습까지 보여줌으로써 긴장감과 영웅적인 면모를 강조하려 한 것은 아닐까 짐작된다.

지금까지 살펴본 장면에서 원작과 차이가 발생한 이유를 두 가지로 생각해 볼 수 있다. 첫 번째로는 구로이와 루이코가 직접 가필했을 가능성, 두 번째로는 구로이와 루이코가 저본으로 선정한 텍스트에서부터 원작과 다른 이야기가 펼쳐졌을 가능성이다. 앞서 간략히 살펴본 바와 같이 웰스의 '원작'은 판본마다 구성이 다르며, 의미는 유사하지만 문장 구조가 전혀 다른 점을 확인할 수 있었다. 또한, 웰스와 정식 계약을 맺지 않은 소위 해적판海賊版이 있었을 가능성도 있다. 구로이와 루이코의 번역이 출간된 이후 일본에서 다시 『타임머신』이 소개되기까지 꽤 오랜 시간이 걸렸다. 1946년 웰스의 사망을 애도하는 기사에서 『타임머신』을 찾을 수 있지만, 그조차 간략히 소개하는 정도이다.[217] 이후 일본에서 『타임머신』은 1956년에 다시 번역되면서 영화도 함께 소개되었으며, 1960년대 후로는 꾸준히 출판된 것으로 보인다.[218] 이는 냉전 시기 미국과 소련 간 우주 경쟁이

---

217 『英語青年-The rising generation』92(11)(1171), 研究社, 1946.11에 실린 글은 다음과 같다. 土居光知, 「悼H. G. ウェルズ ウェルズと日本人」, pp.322~323; 柏倉俊三, 「悼H. G. ウェルズ Time Machine」, pp.324~325; 遠藤榮一, 「悼H. G. ウェルズ「ホオリー・テラー」」, pp.325~326; 高田スエ, 「悼H. G. ウェルズ「至るべき事物の姿」」, pp.326~327.

펼쳐지던 세계적 흐름과 다시 한번 맞물리는 양상으로 해석할 수 있다. 1920년대를 전후로 하여 개조의 사상가로 호명되었던 웰스가 냉전 시기를 전후로 하여 SF의 선구자로 다시금 주목받을 수 있는 토대가 마련된 것이다. 그렇다면 2차 세계대전이 지나기까지 조선에서 '완전한'『타임머신』을 접할 수 있는 길은 일역본을 제외한 제3의 언어로 된 번역본을 보거나, '원문'을 통할 수밖에 없었을 것이다.[219]

앞서 제시한 내용 이후에는 박사(시간 여행자)가 인형 인종(엘로이)의 모습에 실망한 장면으로 이어진다.

그중 한 사람은 무엇을 묻는 모양으로 박사를 향하여 하늘을 가리키면서 사랑스러운 목소리로, 뇌성雷聲하는 임내를 내인다. 영리한 박사는『아! 알겠다 얼마 전에 이 세계에 우레가 있은 것이다. 지면이 젖은 것도 그 까닭인 듯』하다고 그의 묻는 의미를 짐작하였다.『당신이 얼마 전의 전성電聲할 때에 하늘로부터 내려왔습니까』묻는 말이다.

박사가 이 의미를 해득하고는 자못 실망하였다! 이 인종은 지식조차 오륙 세의 어린아이와 같이 유치幼稚하구나. (…중략…)

맨 처음에 보던 돌집으로 들어가는 문에 다다랐다. 실로 웅대한 건물이니 기술도 놀랄 만하게 진보한 흔적이 보인다. 그러나 너무 오랜 연수年數를 지내

218 「タイム・マシン」,『世界大ロマン全集』7, 東京創元社, 1956; 岡俊雄, 「空想科学映画展望「タイム・マシン」と「地底探険」」,『SFマガジン－SF magazine』1(6), 1960, pp.40~45; H. G. ウェルズ, 西原康 譯,『タイム・マシン』(少年少女宇宙科学冒険全集11), 岩崎書店, 1961; 宇野利泰 訳,『タイム・マシン』(H. G. ウェルズ短篇集 2), 早川書房, 1962; 阿部知二 訳,『ウェルズSF傑作集』1, 創元推理文庫, 1965; H. G. ウェルズ, 石川年 訳,『タイム・マシン－他六篇』, 角川書店, 1966 등.
219 그러나 '원문' 역시 다양한 판본으로 존재하고 있었다는 점을 다시 강조하는 바이다.

었지만 손을 대어 수선하지 않은 듯! 세부細部는 적지 않게 파손되었으니 도무지 영락零落한 모양이 보인다. 박사는 곧 깨달았다. 『아 이 인종은 이미 인류의 말로末路로구나! 이 집도 몇만 년 이전에 문명하던 사람이 건축한 것인데 그 자손 되는 이 인종들은 이것을 수선할 힘조차 없는 모양이다.』(…중략…) 이 세계에는 다만 제조자가 없고 매매가 없을 뿐 아니라, 운반과 교통의 기관이 없으니 물론 차류車類는 일절 없을 것이다. 집에는 가마도 없고 불도 없으며 견묘나 우마도 없고 공중에 나는 새도 없으니 모든 동물이 다 근절하여서 전 세계가 완전히 인류의 서소棲所가 되었다. 그래서 그 인류가 노는 외에 다른 일도 없다. 고로苦勞나 근심도 절무絶無하여 지력智力도 없고 완력腕力도 없고 분발奮發도 없다. 혹은 이것이 참말 황금 세계라고 하는 것인지도 모르겠다. 뿐만 아니라 이 인류에는 소아小兒도 있고 남녀의 별別도 있지마는 늙은이는 없다. 혹은 장생불로하는 지경에 이르렀는지도 모르겠다. 따라서 이 세계에 장식葬式이란 것도 없으며 묘지墓地도 없다.

이런 세계를 이상異常치 않다고 할 수 있는가? 연구의 가치가 없다고 이르겠느냐! 위선爲先 무엇보다도 어떠한 조직, 어떠한 방법, 어떠한 비밀을 가지고 이런 대大 안락의 세계를 만들었는가! 또는 어떻게 유지하여 가는가만 해도 실로 크게 연구할 가치가 있었다.

그러나 박사는 맨 처음부터 이 세계에 불만이 있었다. 자기의 항시기조차 이해할 줄 모르는 인종을 상대로 한다 하여도 재미가 없으니 속히 여기를 떠나 조금 전의 문명이 성盛한 시대에 가보겠다고 맘을 정하였다. 『서울』 4, 88~91면

구로이와 루이코의 번역이 총 96회로 구성되었기 때문에 '원작의 완역'이라 예상할 수 있지만, 원작의 서술과 다른 점이 상당수 발견된다. 특히

위 인용문의 마지막 문장은 일역본의 "けれど博士は最初から此世界に不満である，自分の航時機にさへ感心するとを知らぬ人種は，相手にしても面白く無い，早く茲を立去つて，モし以前の文明の盛な時代へ行つて見たい"[220]를 번역한 것이다. 그러나 원작에 이러한 내용은 없다.

또한, "뿐만 아니라 이 인류에는 소아小兒도 있고 남녀의 별別도 있지마는 늙은이는 없다"라는 문장도 원작과 차이가 있다. 원작에 의하면, "오늘날에는 살결과 몸가짐의 차이가 남성과 여성을 구별해주지만, 이들 미래인은 옷차림도 살결도 행동거지도 모두 비슷했습니다. 그리고 아이들은 부모의 축소판에 불과한 것 같았습니다. (…중략…) 이 사람들이 편안하고 안전하게 살고 있는 것을 보고, 남성과 여성이 비슷해지는 것은 결국 당연히 예상되는 결과라고 나는 생각했습니다. 남자의 힘과 여자의 부드러움, 가족 제도, 직업의 분화는 육체적 힘이 중요한 시대의 호전적인 필요성에서 생겨났을 뿐이니까요. 인구가 균형을 이루고 충분한 경우에는 아이를 많이 낳는 것이 국가에 축복이 아니라 재앙이 됩니다. 폭력이 좀처럼 일어나지 않고 자손이 안전한 경우에는 능률적인 가족의 필요성이 줄어듭니다. 아니, 사실은 가족이 전혀 필요하지 않습니다. 아이를 낳아서 키워야 할 필요성에 따른 남녀 양성의 분화는 사라집니다"김석희, 55~56면로 서술되어 있다. 이러한 세부적인 변형은 완역되지 않은 조선어의 번역에서 원작자의 창작 의도와 주제 의식을 불분명하게 전달하게 된다.

원작 『타임머신』은 80만 년 후라는 "미래적인 차원futuristic dimension"을 사용하면서도 "빅토리아 시대 영국의 인상impress"을 곳곳에 남겨두었다.[221]

---

220 黒岩涙香 訳, 『八十万年後の社会』, 扶桑堂, 1913, p.36.
221 Krishan Kumar, *Utopia and Anti-Utopia in Modern Times*, London : Blackwell, 1991, p.110.

이 인상은 건물 묘사나 박물관 장면 등에서 발견할 수 있다. 중요한 것은 『타임머신』에서 산업 자본주의의 폐해인 계층의 세분화와 고착화를 지적한 점과 과학 문명에 대한 낙관적인 인식을 비틀어버린 주제 의식이다. 이런 면에서 『타임머신』의 시간은 미래로 향하고 있지만, 빅토리아 시대의 "동시대성contemporaneity"을 보여준다.[222] 원작에서 인용한 "남녀 양성의 분화"가 사라지는 내용은 인류가 도달할 수 있는 영역이면서, 웰스 시대의 불평등한 성평등 구조를 문제 삼은 대목이다. 그러나 번역의 과정에서 남녀의 구별이 무화될 수밖에 없다는 웰스의 메시지는 사라졌다. 조선어 번역본에서는 미래 사회에도 "남녀의 별別이 있"다는 말로 제시되었다. 이는 저본인 일역본의 해석이 그대로 옮겨진 문장이자, 원작의 메시지가 왜곡된 채 도착한 지점이다.

웰스는 『타임머신』에서 인간의 두 계층 즉, 노동자와 자본가가 진화된 산물로 지하의 멀록Morlock과 지상의 엘로이Eloi를 형상화하였다. 원작에서 가장 중요하고도 흥미를 끄는 점은 자본가와 노동자 계층의 먹이사슬 관계가 역전된 양상이다. 그러나 김환의 번역본에서 멀록의 존재는 나타나지 않는다. 영주의 번역본에서는 11장 끝 무렵 인형 인종(엘로이) 외의 생명체가 존재한다는 사실만이 암시되어 있을 뿐이다. 결과적으로 이 두 가지 조선어 번역본을 통해서는 멀록과 엘로이로 형상화된 계급 분화의 양상을 알 수 없게 된 형국이다.

그렇다면 이러한 사정 가운데, 박사의 시점에서 80만 년 뒤 살아남은 유일한 인류가 무기력한 존재로 형상화된 지점에 주목해야 할 것이다. 위의

---

[222] John S. Partington, "The Time Machine and A Modern Utopia : The Static and Kinetic Utopias of the Early H. G. Wells", *Utopian Studies*, 13:1, 2002.

인용문에서 나타난 바와 같이 두 번역본에서 인형 인종은 "지식조차 오륙 세의 어린이"와 같으며 "지치기 잘하고 피로疲勞하기 쉬운 인종", "노는 외에 아무 일도" 하지 않으며, "실로 게으른 자들", "마음이 유치한 그들은 조금도 깨닫는 힘이 없는", "깊은 호기심도 없으려니와 해害하려는 마음도 없는" 존재로 그려진다. 원작에서 이들은 자본가 계층의 퇴화를 의미하지만, 뒷부분이 생략된 조선어 번역본에서는 인류가 최종적으로 진화한 단계로 묘사된 데에 그친다. 이 미래의 인류는 "옛적에 문명인들이 여러 가지 방법으로 인공을 가하여 개량을 하여서 만들었던 것"을 먹고, "실로 웅대한 건물이니 기술도 놀랄 만하게 진보한 흔적"이 있는 곳에서 산다. 이 '인형 인종'은 문명이 정점으로 올랐던 시기의 잔재만을 간신히 누리고 있는 셈이다. 조선어 번역본에서는 이들이 멀록에 의해 사육된다는 사실은 배제되었고, 무기력한 '인형 인종'인 미래의 인류가 묘사되었을 뿐이다. 이러한 인형 인종만을 본 박사는 "이것이 참말 황금 세계라고 하는 것인지도 모르겠다"라는 회의적인 말을 남긴다. 따라서 만족할 만한 미래 사회를 보지 못한 박사는 더 이전의 "문명이 성한 시대"로 가야겠다고 다짐한다.[223]

원작에서도 시간 여행자가 80만 년 후의 사회에 대해 다소 실망하는 모습을 보이지만 엘로이의 말을 배워보기도 하는 등 미래 사회를 연구해 보려는 적극적인 태도를 보인다. 그러나 원작과 달리 일역본과 조선어본에서는 이러한 내용이 사라지고 문명 시대로 가보고 싶어 하는 박사의 내면이 중점적으로 표출되었다. 항시기가 사라진 탓에 시도조차 할 수 없게 되었지만, 위와 같은 번역상의 문제는 웰스가 제시한 한 문명 후의 공허와

---

223 하벨렉웰쓰, 김백악 역, 「팔십만 년 후의 사회」, 『서울』 4, 1920.6, 89~91면.

폐허를 온전히 느낄 수 없게 하였다. 결국 일역본과 조선어본은 3,000만 년 후의 미래까지 가서 인류조차 사라진 모습을 바라보며 영구히 불멸하는 세계와 존재라는 것은 없다는 인식의 연속성을 소거한 번역인 것이다. 이 차이는 번역상의 문제일 뿐 아니라 당시 서구를 모방하여 문명에 도달하고자 했던 동양의 인식을 보여주기도 한다. 서구는 이미 문명의 폐해, 그 이후까지 시선을 둘 수 있었던 반면, 동양은 문명에의 도달이 요구되는 시점이었다. 물론 동양에서도 산업 자본주의나 기술문명의 폐해를 모른다고는 할 수는 없을 터이지만, 그보다는 근대 문명의 기준이며 보편화된 상징으로의 서구라는 타자에 근접해야만 하는 것이 시대적 사명 중 하나였다. 그렇기에 문명 '이후'에 방점이 찍힌 원작과 달리, 동양의 번역에서는 문명 세계에 대한 갈망이 드러날 수밖에 없었다고 판단된다.

『타임머신』의 조선어 번역에서 남은 문제는 김환과 영주의 번역이 비슷한 지점에서 멈춰선 이유일 것이다. 이에 대해 디스토피아적인 암울한 전망이 드러난 후반부를 번역하기에 부담이 따랐을 것이라는 해석이 있으며, 노동자와 자본가의 생태가 전복된 양상 자체가 검열의 위험 지대였을 것이라 추론되기도 한다.[224] 당시 식민지 조선의 맥락을 상기하고, 『별건곤』의 대상 독자를 고려한다면 적절한 분석일 것이다. 여기에 하나 더 주목해야 할 점은 번역가의 상황이다. 특히 김환에 초점을 맞춰보자면 다음과 같다.

1920년 1월, 김환은 「자연의 자각」『현대』 창간호을 발표하며 문단 내에 논

---

[224] 송명진, 「1920년대 과학소설 수용 양상 연구—영주생의 「80만 년 후의 사회」를 중심으로」, 『대중서사연구』 9:2, 대중서사학회, 2003; 김종방, 「1920년대 과학소설의 국내 수용 과정 연구—「80만 년 후의 사회」와 「인조노동자」를 중심으로」, 『현대문학의 연구』 44, 한국문학연구학회, 2011; 최애순, 「1920년대 미래과학소설의 사회구조의 전환과 미래에 대한 기대—「80만 년 후의 사회」, 『이상촌』, 「이상의 신사회」를 중심으로」, 『한국근대문학연구』 21:1, 한국근대문학회, 2020.

쟁을 일으킨 바 있다. 알려진 바대로 김동인과 염상섭이 논쟁의 중심에 있었으며, 당사자인 김환은 혹평 속에서도 입장을 밝히지 않았다. 이 시기 김환은 『창조』의 중요 편집진이자 실무자로 활동하고 있었다.[225] 「팔십만 년 후의 사회」가 『서울』 4호1920.6에서 한 차례 번역된 뒤 중단된 사정을 알아보기 위해서는 당시 『창조』를 둘러싼 일련의 사건을 둘러봐야 한다.

김환은 1920년 1월 동경에서 『창조』 4호1920.2를 편집 발행하고, 5호1920.3의 인쇄를 2월 말에 동경으로 돌아온 전영택에게 맡긴 뒤, 3월 24일 "창조와 경성 모 회사의 중요한 일로" 귀국하였다. 이는 경영난에 있던 『창조』에 한성도서주식회사 장도빈의 지원을 받는 일이었다. 장도빈의 제안을 받은 후 『서울』의 창간호가 『창조』 4호의 신간 소개에 실렸으며 『창조』 5호의 유일한 광고 페이지에서는 『서울』 2호1920.2를 알렸다. 이러한 협력 관계 속에서 김환은 1920년 3월 말에 한성도서주식회사 출판부에서 근무하기 시작하였다고 한다. 김환은 『창조』의 원고 모집과 편집, 그리고 『서울』의 원고를 모집하였는데 그 중 『서울』 3호1920.4에는 창조사 동인의 원고가 상당한 비중을 차지하게 되었다. 이를 문제시한 김환은 한성도서주식회사의 후원을 받아 『창조』 6호1920.5가 출간되자마자 사직하고 다시 동경으로 돌아갔다. 『창조』 7호1920.7 첫 글인 「급고」에서 김환은 『창조』와 동인들을 지키기 위해 한성도서주식회사와 인연을 끊었다고 설명하였다.[226]

위와 같은 배경 속에서 김환의 저술 목록을 살펴보자면, 1920년 1월

---

[225] 김윤식은 『창조』 경영의 실무자이자 편집인 중 제1인자로 김환을 평가한 바 있다(김윤식, 『김동인 연구』, 민음사, 1987, 112~115면).

[226] 김환의 생애와 『창조』와 『서울』을 둘러싼 출판 상황과 갈등 내용은 이사유, 「『창조』의 실무자 김환에 대한 고찰」, 『한국학연구』 34, 인하대 한국학연구소, 2014에서 특히 52~55면을 참고하였다.

「자연의 자각」소설,『현대』창간호,「동정同情의 누淚」소설,『학지광』, 19~20, 1920.1·7, 1920년 2~3월에는「미술론」평론, 미완,『창조』4~5과「부활하는 여자계女子界에게」기타,『여자계』 4, 1920.3,「R T 양형兩兄에게」수필,『여자계』 4, 1920.3, 4월에는「악마의 저주」소설,『서울』 3, 6월에는「팔십만 년 후의 사회」번역소설, 미완,『서울』 4, 7월에는「김옥균의 죽음」번역희곡 아키타 우자쿠(秋田雨雀) 원작,『창조』 7과「미술에 대하여」평론,『학생계』창간호, 1920.7가 있다. 이 목록에서 김환은『서울』에 단 두 편을 실은 후, 사직과 함께『창조』,『학지광』,『학생계』로 원고를 넘긴 것을 확인할 수 있다. 결과적으로 장도빈과『창조』의 재정 관계가 얽힌 뒤 분리되는 과정, 그리고 김환의 한성도서 출판부 사직과 함께「팔십만 년 후의 사회」가 중단된 것으로 파악된다. 또한, 1920년 6월과 7월에 발표된 글은『학지광』의「동정의 누」를 제외하면 두 편 모두 번역 작품임을 알 수 있는데, 이는 급박하게 진행되던 상황 속에서 창작보다는 번역을 선택한 결과물로 생각할 수 있다. 김환의 선택이 왜 하필 웰스의 소설『타임머신』이었는지는 분명하지 않다. 다만,『서울』의 1호에서「항공계의 발전」, 2호의「남북양극의 탐구」, 3호의「무신전신」, 4호의「열국과 잠항정」의 목록을 관련지어 생각한다면,[227] 과학기술의 소개라는 맥락에서『타임머신』을 선정한 것으로 짐작된다. 한 가지 부기할 점은 과학기술과 웰스를 단번에 연결했다기보다, 당시 동경을 중심으로 활동하던 김환의 이력을 참고한다면, 구로이와 루이코의 번역을 매개로 한 선택일 가능성이 크다고 본다. 이상의 과정은 텍스트 외부의 상황과 잡지 내에서의 맥락이 겹쳐서 상호작용하여 발생한 번역 행위로 해석할 수 있는 여지를 마련한다.

---

[227] 서은경,「잡지『서울』연구―1920년대 개조론의 대세 속『서울』의 창간 배경과 그 성격을 중심으로」,『우리어문연구』 46, 우리어문학회, 2013, 305면.

위의 두 가지 조선어 번역은 무력한 엘로이를 발견하는 장면에서 멈췄지만, 1930년대의 기사에서 『타임머신』을 읽은 기록을 찾을 수 있다. "항시기time machine로 시간의 전후를 마음대로 항해해 다니며 인류 문화의 변천을 탐구한다는 공상 소설의 작자 영국의 대 저술가 H. G. 웰스 씨의 이야기를 빌리면―「저물어 가는 황혼에 항시기로 현대를 떠난 박사는 몇 시간 후에 80만 년 후의 사회에 항행航行을 정지하여 기機에서 내렸다. 박사의 눈에 제일 경이를 띤 것이 그 사회의 인류 '납인형' 같은 인종과 '땅거미' 같은 인종과의 부단한 항쟁이 있으니 현대의 지배 계급은 손 하나 까딱하지 않고 편하게만 지내다가 80만 년 후에는 '납인형'이 되어 버리고 그와 반대로 현대의 피지배자 노동자 계급은 무지한 중에도 황소처럼 기운만 늘려 지하로 지하로 암흑세계에 밀려 들어가 '땅거미'나 '두더지' 같은 인종이 되고 만 것이다……」"[228] 이 내용은 멀록에 대한 내용도 포함된 것으로 미루어 보아, 조선어 번역이 아닌 일역본으로 읽었을 가능성이 크다. 또한, "현재 인류는 영국의 저술가 H. G. 웰스의 '항시기'의 백납인형 모양으로 아무 기능도 없는 뼈와 연약해지는 살만 남아서 노쇠가 쉬워질 뿐이요"[229]라는 비유도 『타임머신』에서 비롯된 것임을 알 수 있다.

『타임머신』 외에 번역의 초점을 알 수 없는 웰스의 수용 사례도 존재한다. 웰스의 단편소설 두 편을 완역에 가깝게 번역한 정이경鄭利景[230]의 경우

---

228 세포(洗浦) 단남생(檀南生), 「검불랑의 흙이 될 갑진군을 위하야 춘원(春園)의 『흙』을 읽고서」(1), 『동아일보』, 1933.7.18, 4면.

229 박단남(朴檀南), 「하일만필(夏日漫筆) 8月의 난상(亂想)」(2), 『동아일보』, 1934.8.4, 3면.

230 정이경은 교사이자 아동문학가로, 1926년 『매일신보』에 「어린이와 동요」, 「사회교육상으로 본 동화와 동요-추일(秋日)의 잡기장(雜記帳)에서」를 썼다(류덕제 편, 『한국 현대 아동문학 비평 자료집』 1, 소명출판, 2016, 1055면). 이 외에 『매일신보』에 「불란서의 현 학교예술」(1926.10.31~1927.1.16)을 7회 연재하였고, 「불세비즘의 예술」(『신사회』, 1926.2), 「(동화)

가 이에 해당한다. 정이경은 「금강석 제조자」를 순 한글로 3회에 걸쳐 연재하였는데, 이 소설은 웰스의 단편 "The Diamond Maker"1894를 번역한 것이다.[231] 또한, 원작과 원저자를 밝히지 않은 채 「창문을 통하여」라는 소설도 2회에 나눠 연재했는데,[232] 이 역시 웰스의 단편소설 "Through a Window"1894의 번역이다. 「금강석 제조자」에서는 개인이 다이아몬드를 직접 만든다는 과학 실험의 상상력이 돋보이긴 했으나, 「창문을 통하여」의 경우는 사상과의 접점을 찾기가 쉽지 않다. 게다가 「창문을 통하여」의 경우는 원작자를 밝히지 않고 번역된 경우이기 때문에 당시 웰스의 독서 지평으로 해석하기 어려운 사례였을 것이다.[233]

지금까지 살펴본 것처럼 웰스는 사상가와 소설가로서 식민지 조선에 지속해서 수용되었다. 사상가, 문인, 교육가 등의 지식인 계층에서 웰스에 상당한 관심을 보이고 있었으며, 동시대적인 번역 또한 살펴볼 수 있었다. 마지막으로 『타임머신』 외에도 소설로 분류할 수 있는 웰스의 저술이 네 편『모던 유토피아』, 『신과 같은 사람들』, 「금강석 제조자」, 「창문을 통하여」이나 더 번역되었다는 사실을 강조해둔다.

생도와 교사」(『동아일보』, 1926.11.1), 「남녀문제의 소감」(『중외일보』, 1926.12.22)을 썼다. 또한 창작 소설로 보이는 「상화, 묘지의 가」(1927.1.16)와 또 다른 번역소설 「골계소설 장족거미」(1927.5.1)를 『매일신보』에 발표하기도 했다. 「골계소설 장족 거미」의 경우 웰스의 소설을 번역했을 때와 달리 원저자와 번역 저본, 방식을 밝히기도 하였다. 원저자는 진 웹스터(Jean Webster)이며, 원작은 『키다리 아저씨(Daddy-Long-Legs)』(1912)이다. 정이경이 제목을 '장족 거미'로 번역한 이유는 'Daddy-Long-Legs'을 사전의 정의대로 쓴 것으로 추측된다. 'Daddy-Long-Legs'는 사전에서 '유령 거미과(Cellar spiders)', '장님 거미', '소경 거미'로 정의된다.

231 헨리·쪼지 웰즈, 정이경 역, 「단편 금강석 제조자」(전 3회), 『매일신보』, 1927.4.3·10·17.
232 정이경 역, 「단편 창문을 통하여」(전 2회), 『매일신보』, 1927.2.20·5.15.
233 「창문을 통하여」의 원작인 "Through a Window"(1894)는 코넬 울리치(Cornell Woolrich)의 단편 "It Had to Be Murder"(1942)에 영감을 주었고, "It Had to Be Murder"는 히치콕(Alfred Hitchcock)의 영화 〈이창(裏窓, Rear Window)〉(1954)으로 만들어지기도 했다.

제목	번역자	출처	시기	원작	비고
소설					
「팔십만 년 후의 사회」	김백악 (김환)	『서울』 4	1920.6	*The Time Machine*(1895)	부분 번역
「이상국을 과연 실현호」 (전 5회)	현애생	『조선일보』	1923.12.22 ~26	*Men Like Gods* (1923)	일부 축역
「영문단 최근의 경향」	이광수	『여명』 2	1925.9	*Men Like Gods* (1923)	부분 소개
「근대적 이상사회」	홍생 (洪生)	『동광』 2	1926.6	*A Modern Utopia* (1905)	부분 번역
「팔십만 년 후의 사회」 (전 2회)	영주 (影洲)	『별건곤』 1~2	1926.11~12	*The Time Machine*(1895)	부분 번역
「금강석 제조자」(전 3회)	정이경 (鄭利景)	『매일신보』	1927.4.3.· 10·17	"The Diamond Maker"(1894)	완역
「창문을 통하여」(전 2회)	정이경	『매일신보』	1927.2.20.· 5.15	"Through a Window"(1894)	축역
비소설					
「구주(歐州)의 행로(行路), 『우엘스』씨의 세계국가론 (世界國家論)」(전 2회)	미상	『조선일보』	1921.4.2~3	*The Salvaging of Civilization*(1921) 2, 3장	부분 축약
「世界改造案－文明의 救濟」(전 5회)	미상	『동명』 17~21	1923.4.22. ~5.20	*The Salvaging of Civilization*(1921) 2, 3장	부분 축약
「「월스」의 문화구제론」 (전 12회)	미상	『조선일보』	1924.3.? ~4.9	*The Salvaging of Civilization*(1921)	전체 축약
『세계국가론』	노자영	영창서관	1930	*The Salvaging of Civilization*(1921)	추정

제4장

진보와 문명

이상과 좌절의 길항

1. 우주 개척 시대의 전망

1) 번역가 신태악과 『월세계여행』의 출판 경로

근대 초기 조선에 최초로 수용된 과학소설은 쥘 베른Jules Verne, 1828~ 1905의 『해저 2만리』이었다. 이후 『인도 왕비의 5억 프랑』, 『2년간의 휴 가』가 번역된 이후 1920년대에 다시 쥘 베른이 등장했다. 그 주역은 신태 악 번역의 『월세계여행』이다. 『월세계여행』의 전모가 공개되기 전까지 신 일용의 번역서로 추측되기도 했지만, 최근 강부원의 연구에서 번역자가 신태악이고 『지구에서 달까지』와 『달나라 탐험』이 함께 묶인 텍스트이며 이노우에 츠토무井上勤, 1850~1928의 일역본을 저본 삼아 번역되었다는 사실 이 밝혀졌다.[1] 자료의 발굴을 통해 이루어진 강부원의 연구는 식민지 시기

---

[1] 강부원, 「쥘 베른 소설 『월세계여행』 번역본 발굴과 그 의미」, 『근대서지』 17, 근대서지학 회, 2018, 77~98면.

과학소설 수용사의 저변을 확장한 의의가 있다. 이 절에서는 선행 연구를 토대로 『월세계여행』의 주변을 파악한 뒤 번역 문제를 논의해보고자 한다. 이 항에서는 『월세계여행』의 번역 주체인 신태악에 대해 알아보고, 출판 경로를 조사하여 조선에 이르기까지의 과정을 검토하도록 하겠다.

먼저, 번역자 신태악辛泰嶽, 1902~1980의 이력을 살펴보도록 하자. 함경북도 출신의 신태악은 경성공업전문학교 재학 중 학생대표로 3·1운동에 참여하였다. 신문조서에 의하면 '조선 독립 만세'라는 말을 외친 것이 (조선이) 이미 독립한 것으로 여긴 것인지, 독립할 것이라고 생각한 것인지 묻는 질문에 "이렇게 외치면 독립이 가능할 것으로 생각하는 것 같았다"라고 대답하였다.[2] 이로 인해 6개월간 옥고를 치르고 나온 후 1922년 경성 오성학교 교사를 지냈으며, 『장미촌』의 동인이기도 했다.[3] 1922년 12월에는 조선청년회연합회 주최 순회 강연에 연사로 나섰다가 보안법 위반 혐의로 체포되어 징역 1년, 집행유예 2년을 선고받았다. 이른바 '신의주 설화舌禍 사건'이다. 신태악이 '현 사회의 신 추향趨向'이라는 연제演題로 발언하던 상황이 문제였다. 강연 중 러시아의 현상과 사회주의의 추향을 일일이 예를 들어 설명하는 중에 경관에게 주의를 당하여 '금今세계의 경제 상태'로 내용을 바꿔야 했다. 이후 신태악이 "조선 사람은 우리의 손으로 지은 것을 입고 먹어야 한다는 토산 장려"를 언급하자 경관에게 연설을 중지당하였고 결국 구속되었다.[4] "사회주의와 독립주의를 선전"하였다는 명목이었다.[5] 1924년에는 조선청년동맹 집행위원을 맡으면서 사회운

---

2 「신태악 신문조서」, 『한민족독립운동사자료집』 14, 한국사 DB http://db.history.go.kr/id/hd_014_0010_0820

3 박진영, 『번역가의 탄생과 동아시아 세계문학』, 소명출판, 2019, 239면.

4 「자작자급(自作自給)이 설화(舌禍)의 원인」, 『조선일보』, 1923.1.1, 3면.

동에 주력하였다.[6] 사회주의자의 면모는 일본으로 건너가 일월회―月會에
서 활동한 이력까지 이어진다. 1932년부터 변호사로 일하며 안창호의 치
안유지법 위반 사건을 변호하기도 했지만, 1936년 무렵부터는 사상전향
자 단체인 백악회白岳會에서 활동하였고 1940년대에는 일본에서 중의원
선거에 출마하기도 했다.[7]

청년 시기 신태악의 번역 이력을 살펴보면 가장 먼저 『세계십대문호
전』1922[8]을 거론할 수 있다. 이 책의 서문은 장도빈1888~1963과 문일평1888~
1939이 각각 작성하였다. 장도빈은 다음과 같이 말한다. "문호文豪가 예술로
서 귀貴할 뿐인가 아니라 문호가 학문으로서 중重할 뿐인가 아니라 문호의
귀하고 중한 가치는 곧 사회사상의 선도先導됨과 사회 문화의 정화精華됨과
국리민복國利民福의 호보조好補助되는 등等으로서라. 그러므로 셰익스피어가
출出하자 영길리英吉利의 정신이 완조完造되고, 단테가 내來하자 이태리의 기
초가 형성되고, 톨스토이가 현現하자 노서아의 서광이 희미熹微하였도다.
지금 우리 조선은 정신적 부활을 요구하는 시대니 이때에 우리가 이 정신
계의 일― 원수元帥되는 문호의 궐기蹶起를 촉促하지 않을 수 없는지라. 우리
의 구舊 문명을 자랑하여 고골枯骨의 환생을 환喚함도 문호의 역力을 대待하
겠고, 우리의 신생활을 부르짖어 낙원의 선과善果를 비備함도 문호의 역力을
대待하리로다. 이 곧 우리가 우리 조선에 문호가 많이 오기를 망望하는 바니

---

5 「신씨(辛氏)는 기소호(起訴乎)」,『동아일보』, 1923.1.6, 3면.
6 『한민족독립운동사』 9, 한국사 DB http://db.history.go.kr/id/hdsr_009_0020_0020_0030
7 신태악의 생애는 한국민족문화대백과사전 http://encykorea.aks.ac.kr/Contents/Item
   /E0033481을 참고하였다. 신태악은 한때 사회운동에 주력한 후 일제에 적극적으로 동조
   하였다. 2장에서 논의한 정연규와 비슷한 행보를 걸었다는 점에서 식민지 시기 지식인의
   한 전형을 보여준다.
8 辛泰嶽 撰,『世界十大文豪傳』, 以文堂, 1922.

라."[9] 장도빈은 사회사상을 선도하고 문화를 정화하는 역할로 문호文豪의 중요성을 언급하였다. 특히 식민지 시기의 조선에는 "정신적 부활"이 필요하다고 강조하며, 신태악의 저서가 그 기폭제가 되기를 희망하였다. 『세계십대문호전』에는 최치원, 괴테, 톨스토이, 셰익스피어, 단테, 위고, 한유韓愈, 에머슨, 밀턴, 하이네의 생애와 작품 활동이 담겨있다.[10] 이 책은 각 인물의 가정교육에 초점을 맞추었고 "전통적인 열전의 형식을 빼닮았으며 전반적인 논조 또한 위인전기 풍"이라고 분석된 바 있다.[11] 이 책의 「후서後序」는 신태악의 문학관과 번역 방식을 알 수 있는 부분이다. 신태악은 "나

9 장도빈, 「서(序)」, 신태악, 『世界十大文豪傳』, 以文堂, 1922, 1면.
10 목차는 다음과 같다.
1. 최치원 : 그의 가정과 훈도(薰陶), 유학과 급제의 영관(榮冠), 종군(從軍)과 격황소서(檄黃巢書), 선생의 귀국과 유은(幽隱) 생활, 조선(朝鮮) 문화상의 선생의 지위와 문체(文體). 2. 괴테 : 신(神)의 화신(化身) 괴테와 그 양친(兩親)의 성정(性情), 소년시대와 그의 가정, 당시의 사교와 박사의 영관(榮冠), 「껫즈」와 「웰델의 비애(悲哀)」가 공표(公表)됨, 흉중(胸中)의 신사조(新思潮)와 사상의 순화, 이태리 만유(漫遊)와 라마(羅馬) 비극집, 괴테와 씰넬, 시인의 만년(晚年)과 결혼식. 3. 톨스토이 : 북구(北歐)의 철인(哲人) 톨스토이, 그의 가정과 시대, 유시(幼時)와 학생 생활, 군인 생활과 작품 『고삿크 병(兵)』, 한거(閑居)의 문호와 작품, 그의 인생에 대한 회의(懷疑)와 「나의 참회(懺悔)」, 그의 예술과 「부활(復活)」及「비전론(非戰論)」. 4. 셰익스피어 : 소조화(小造化) 옹(翁) 셰익스피어, 유년 교육과 그의 학식, 그의 약전(略傳)과 세평(世評), 저작 시기와 작품의 경향, 시극(詩劇) 목록. 5. 단테 : 가계(家系)와 유시(幼時)의 교육, 그의 연담(戀談)과 「신생활」, 정사가(政事家)의 단테와 추방, 단테와 「신곡(神曲)」. 6. 위고 : 위고의 유시(幼時)와 이태리 여행, 시세의 일변과 당시 사정, 「보수문학(保守文學)」 발간, 작극가(作劇家) 겸 시인으로의 위고, 소설가로의 위고와 삼대 걸작, 대의원(代議員)으로의 위고와 그의 유적(流滴) 생활, 다방면의 걸재(傑才), 그의 만년. 7. 한퇴지(韓退之) : 당조(唐朝) 문학과 한유(韓愈), 당조(唐朝)의 일대 인물, 유시(幼時)와 백형(伯兄)의 훈도(薰陶), 불과귀향(不過歸鄉)과 「이조부(二鳥賦)」, 형수(兄嫂)의 상구(喪柩)를 노방(路傍)에서 만나다, 국자감(國子監) 사문(四門) 박사의 영(榮)과 양산(陽山)의 령(令), 불골표(佛骨表)와 조주사상표(潮州謝上表), 당시 붕당(朋黨)의 알력(軋轢)과 그의 만년. 8. 에머슨 : 에머슨과 유시(幼時), 목사 생활과 구주(歐洲) 만유(漫遊), 그의 자연론(自然論)과 영웅론(英雄論), 그의 평은(平隱)한 생활과 사상. 9. 밀턴 : 밀턴의 가정, 대학 생활과 그의 수련, 시대와 작품, 영국 5대 문성(文星)과 밀턴, 정치적 활동 시대와 3대 자유론, 시적(詩的) 생활과 그의 시풍(詩風). 10. 하이네 : 서정시인 하이네의 자친(慈親)과 그의 성정, 학생 생활과 시인 생활, 그의 연담(戀談)과 혁명 사상, 실명(失明) 시인의 말로.
11 박진영, 『번역가의 탄생과 동아시아 세계문학』, 소명출판, 2019, 239~240면.

는 문사文士가 아니라. 전생全生의 길을 문학에 정하려는 희망도 없거니와 또한 각오도 없"다고 밝혔다. 다만, "문학이라 함이 예술과 같이 원심력인 동시에 구심력임은 이해하며, 이를 창조하고 건설한 그들은 자유, 해방의 신神이며, 인생의 오의奧義를 그린 화공畫工"이라 생각한다고 말한다.[12] 신태악은 『세계십대문호전』에 담긴 글에 대해 "순전히 타他를 참고하여 찬술撰述한 것이라 혹은 역술譯述하고 혹은 발기拔記"한 것임을 밝혔다. 또한, "복잡한 문호의 생활을 불과 5, 6頁에 축사縮寫하였노니 그 어찌 전 생애의 진상眞狀이 유감없이 발표되었음을 믿으리오마는 편자 자체의 정성과 노력은 끝까지 이에 있었음을 공언"한다고 부언하였다. 이 부분을 통해 10인 중 9인의 외국 문학가 소개는 외서를 발췌한 것으로 추정되지만, 최치원 관련 부분은 출처를 알아내기 어렵다.

신태악은 독자들에게 "나는 문호의 선부善否를 동일시同一視하여 정의正義의 창도자唱道者요, 인도人道의 건설자도 선選하였으며 도덕의 반항자요, 인류의 유린자蹂躪者도 선選하였나니 독자는 각자의 판단을 현명히 하여 『영웅은 호색好色이라니 호색이면 영웅이라』는 논법과 같은 해석이 없기를 바"란다고 당부의 말을 남기기도 했다. 마지막으로 타고르, 시엔키에비치, 입센, 스트린드베리Strindberg도 함께 다룰 예정이었으나 '십대 문호전'으로 제목이 정해지는 바람에 넣지 못하였다고 하며 후일을 기약하였다.

이후 신태악은 사노 마나부佐野學의 「사회주의와 민족운동」『改造』, 1923.6을 1923년 7월 4일부터 총 9회에 걸쳐, 야마카와 히토시山川均의 「자본 제도의 붕괴 경로」『解放』, 1923.10를 1923년 11월 15일부터 27일까지 총 11회

---

12 이러한 언급은 『세계십대문호전』을 펴낸 이후 두 편의 글을 더 번역하고, 『반역자의 모』, 『월세계여행』을 출간하는 번역가의 행로를 계획하지 않았던 것으로 판단된다.

에 걸쳐 번역하여 『동아일보』에 연재하였다.[13]

신태악의 번역 이력 중 잘 알려진 것은 『반역자의 모母』[14]이다. 『반역자의 모』는 막심 고리키의 단편 7편을 모은 책으로,[15] 와타리 헤이민渡平民, 1898~1935[16]의 『叛逆者の母』[17]에서 7편을 뽑아 중역한 것이다.[18] 일역본에는 총 13편, 「叛逆者の母」, 「人間とシンプロン」, 「書かれざる曲」, 「太陽と海」, 「戀人の愛」, 「信仰と主義」, 「畸形兒」, 「社會主義者」, 「汽船の上」, 「海からの使」, 「村の名譽」, 「傴僂」, 「母性の方」이 실렸다.[19] 이 중 신태악은 「반역자의 모」, 「신앙과 주의」, 「태양과 해海」, 「사회주의자」, 「촌村의 명예」, 「연인의 애愛」, 「모성의 역力」을 선택하였다. 이로 인해 '선역撰譯'으로 표기된 것이다. 김병철에 의하면 신태악의 번역은 "일역을 충실하게 축자역逐字譯으로 옮"긴 가운데, "일역의 단락이 우리말 역본에 그대로 준수되어 있지 않"고 "일역의 2단절段節이 우리말 역본에서는 3단절段節로" 옮긴 것으로 분석되었다.[20] 일역본을 중역한 사실은 신태악의 서문에서도 기술되어 있다.

---

13 강부원, 앞의 글, 80면.
14 文豪 쏘리키ー, 一星 辛泰嶽 撰譯, 『叛逆者의 母』, 平文館, 1924.1.18(초판), 1924.2.28(재판).
15 송하춘, 『한국근대소설사전』, 고려대 출판문화원, 2016, 195면.
16 와타리 헤이민의 번역서는 ゴルドン・クレイグ, 渡平民 訳, 『新劇原論』, 演劇研究会, 1920; シェルドン・チエニイ, ダルシイ・マッケイ 原著, 渡平民 訳著, 『欧米演劇史潮』, 文泉堂書店, 1921; 渡平民 訳, 『世界童話劇選集』, 船坂書店, 1922 등이 있다.
17 マキシム・ゴルキイ, 渡平民 訳, 『叛逆者の母』, 文泉堂, 1920.
18 김병철, 『한국 근대번역문학사 연구』, 을유문화사, 1998(초판 1975), 607~609면.
19 와타리 헤이민의 「序に代へて」에 의하면 원작은 『物語』로 제시되었다. 이를 신태악은 『이야기』로 번역했는데, 현재 『이탈리아 이야기(Tales of Italy)』(1911~1913)로 알려진 고리키의 저서이다. 수록된 13편의 영문 제목은 다음과 같다.
    1. The Traitor's Mother, 2. Man and the Simplon, 3. An Unwritten Sonata, 4. Sun and Sea, 5. Love of Lovers, 6. Hearts and Creeds, 7. The Freak, 8. The Socialist, 9. On the Steame, 10. A Message From the Sea, 11. The Honour of the Village, 12. The Hunchback, 13. The Might of Motherhood.
20 김병철, 앞의 책, 609면.

『반역자의 모』는 「서序에 대하여」와 「독자 여러분에게」라는 두 가지 서문이 제시되어 있는데, 전자는 고리키의 생애와 대표작을 간단히 서술한 것이며, 후자는 번역가의 변辯과 같은 뉘앙스이다. 서문이 두 가지로 구성된 부분은 일역본의 영향으로 추측된다. 일역본의 첫 번째 서문은 요시다 겐지로吉田絃二郎가 작성하였다. 그는 와타리 헤이민의 번역서 출간을 축하하며 독자에게 일독할 것을 추천한다. 두 번째로 제시된 「서문을 대신하여 序に代へて」가 번역자 와타리 헤이민의 머리말로서, 고리키의 생애와 대표작 등이 서술되었다. 그러나 『반역자의 모』의 「독자 여러분에게」는 일역본에서 볼 수 없는 내용으로 서술되어 있으며, 신태악의 번역관을 알 수 있는 유의미한 글로 판단된다. 내용은 다음과 같다.

독자 여러분에게

저는 무엇보다도 먼저 독자 여러분에게 말씀을 드릴 것이 있습니다. 그것은 즉 이 책이 원래 자유로운 글솜씨가 되지 못하였다 함이외다. 그것은 여러 가지 이유가 있습니다. 첫째 넉넉한 시간을 가지고, 수련하고, 정리하여 문장의 진미를 맛보게 하지 못하였음이오, 둘째 여유가 없고, 근본 수양이 부족한 필자로서 대담히 책임 없이 붓을 든 것이외다. 그것보다 더욱 이것이 원서에서 **직접 번역된 것이 아니고 일본문으로 번역된 것에서 다시 중역하였음**이 무엇보다도 큰 원인이외다. 누구나 번역이라는 일을 하여본 이는 다 아는 바와 같이 **번역이라함은 원래 창작보다도 어려운 일**이외다. 그 원작자의 뜻을 그대로 역술 하기는 각국의 언어의 범위가 서로 다른 점으로라든지 기타의 여러 가지 까닭으로 도저히 어려운 일이외다. 더구나 번역을 번역한 이 글이 과연 그 원저자에게 죄 됨이 얼마나 깊음을 모르겠습니다. 이 점은 독자 여러분이 노서아 말을 미리 배우지 못한 필자의 형편을 돌보아 관서하여 주시길 바랍니다. 다만 고리키는 무산자가 낳은 대시인이오, 대저작가외다. 그리고 대사상가외다. 그의 글은 구구절절이 명문이오, 무산자의 부르짖음이외다. 참으로 그의 글은 형편이 이러한 우리로서 아니 볼 수 없으며, 아니 우리의 형편을 예언하여 놓은 것 같아서 이것을 잘되나 못되나 잘하나 못하나, 그대로라도 시간 얻는 대로 틈틈이 번역하여 우리 형제의 앞에 올리지 아니치 못하게 된 까닭이외다. 그러니까 그 점은 용서하고, 나아가 사랑으로 접하여 주시옵소서. 이것이 역자로서 독자에게 바라는 첫째 말씀이외다. 말씀을 일일이 어찌 이뿐이리오마는 그 전체를 개괄하여 말씀할 것 같으면 지금도 말한 바와 같이 『다만 성역』이 있을 뿐이라 함이외다. 간단히 이 말씀으로서 끊겠습니다.[21]

앞서 언급했듯 신태악은 위의 서문에서 일본어를 중역하였다고 밝혔지만, 어떤 저본을 대상으로 했는지는 서술하지 않았다. 그럼에도 위의 서문은 번역가로서의 태도를 담고 있다는 점에서 주목할 만하다. 창작보다 번역이 더 어렵다고 인식하고 있는 점이나 원작의 의미를 그대로 옮기는 일이 쉽지 않다고 밝힌 점에서 신태악이 번역을 대하는 인식을 알 수 있다. 또한, 번역 행위에 뒷받침되어야 할 역량으로 수련과 수양을 제시한 서술과 원작의 언어를 모르는 탓에 중역을 거칠 수밖에 없었던 상황을 해명한 부분에서 번역자의 솔직한 태도를 읽어낼 수 있다. 이는 번역 행위를 통해 원작의 의미에 도달하기 위한 일종의 단계를 제시한 지점으로 해석된다. 중요한 것은 언어의 장벽일 수밖에 없는데, 이 고충과 더불어 번역에 필요한 제반 능

---

21 신태악, 「독자 여러분에게」, 문호 꼬리키ー, 일성 신태악 선역, 『叛逆者의 母』, 평문관, 1924.2.28(초판 1924.1.18), 1~2면(현담문고 소장본).

력의 결함으로 인해 독자에게 양해를 구하는 모습은 사뭇 인상적이다.

여기서 한 가지 주목할 사항은 신태악이 "다만 성역이 있을 뿐"이라고 말한 지점이다. 한자가 병기되지 않은 까닭에, 신태악이 의도한 '성역'의 의미를 단정하기 쉽지 않다. 먼저, '성역聖域'으로 해석한다면 언어의 문제를 해결하거나 소양을 갖출지라도 번역 불가능한 영역이 있음을 암시한 것으로 이해해 볼 수 있다. 이는 단순히 언어의 전환으로 번역이 성립될 수 없다는 인식을 피력한 서술일 것이다. 그 이유는 번역 행위를 수행하기 위해서는 원천 텍스트가 지닌 시대·문화적 맥락을 고려해야 할 뿐 아니라 도착 언어로 표현할 수 있는 능력이 필요하기 때문이다. 이로 인해 원저자와 독자에게 죄의식을 갖고 있음을 토로하기에 이른 것이며, 번역의 불가능성을 '성역聖域'으로 표현한 것으로 해석할 수 있다.

둘째, 번역의 완성인 '성역成譯'으로 사용했을 가능성도 있다. 신태악은 원문을 읽지 못하는 까닭에 중역할 수밖에 없었던 사정을 밝혔다. 그럼에도 "이것을 잘되나 못되나 잘하나 못하나 (…중략…) 우리 형제의 앞에 올리"게 되었다고 말한다. 또한, "지금도 말한 바와 같이"가 앞의 문장을 가리킨다는 점을 바탕으로 글을 완성하여 독자에게 내놓게 되었다는 의미로 '성역成譯'으로 해석할 여지가 있을 것이다.

위와 같은 인식의 연장선에서 『월세계여행』에 접근해야 할 것이다. 『반역자의 모』가 1924년 1월 출간된 데 이어, 1924년 5월에 발표된 텍스트가 『월세계여행』이기 때문이다. 번역가 신태악은 번역의 번역을 거친 텍스트를 다시 선택한 셈이며, 번역 행위를 재차 시도한 것은 '성역聖域/成譯'에의 도전일 것이다. 강부원의 선행 연구에서 신태악의 『월세계여행』과 원작의 목차를 비교한 바 있으나, 해당 분석에 두 가지 이의를 제기하고자 한다.

원작, 일역본, 조선어 번역본의 목차를 다시 제시하면 〈표 20〉과 같다.

〈표 20〉『월세계여행』의 원작·일본어·조선어 목차 비교

『지구에서 달까지』 (김석희 역, 열림원, 2008)	『九十七時二十分間月世界旅行』 (井上勤 譯, 黑瀨勉二·三木美記, 1880~1881)	『월세계 여행』 (신태악 역, 박문서관, 1924)
		前篇 〈月世界로〉
1. 대포 클럽	1. 砲銃社	1. 대포구락부(大砲俱樂部)
2. 바비케인 회장의 연설	2. 社長珍事報告	2. 회장(會長)의 계획발표(計劃發表)
3. 바비케인의 연설의 여파	3. 社長演舌後會衆人氣	3. 놀날 만한 반향(反響)
4. 케임브리지 천문대에서 보내온 회신	4. 「ケンブリッジ」天象臺返答	4. 캠부릿치 천문대(天文臺)의 회답(回答)
5. 달의 로맨스	5. 月世界之說	5. 월(月)의 로맨스
6. 미국인들의 확신과 미신	6. 米国人月世界事情之不學及信用	6. 제1회 회의(第一回會議)
7. 포탄 찬가	7. 大砲彈丸之頌詞	
8. 대포 이야기	8. 大砲沿革之畧傳	7. 포(砲)와 화약문제(火藥問題)
9. 화약 문제	9. 火藥之疑問	
10. 2,500만 명의 동지들 가운데 한 명의 적	10. 二千五百万人中一人之敵	8. 2,500만 인 중 유일의 적(二天五百萬人中唯一의敵)
11. 플로리다와 텍사스	11. 「フロリダ」及「テキザス」	9. 푸로비다와 데기사쓰의 경쟁(競爭)
12. 도시와 전세계	12. 資本金	10. 기부금(寄附金)과 계약(契約)
13. 스톤힐	13. 石丘	11. 스토-ㄴ즈 구(丘)
14. 곡괭이와 삽	14. 鶴嘴, 鋤及鍬	12. 학취(鶴嘴)와 만(鍬)의 력(力)
15. 주조 축제	15. 大砲鑄造落成ノ景況	13. 용철(熔鐵)의 니이야가라
16. 콜럼비아드	16. 「コルンビヤド」砲	14. 대포(大砲)의 주조 후(鑄造後)
17. 한 통의 전보	17. 電信報知	15. 비전(飛電)이 치래(致來)
18. '애틀랜타'호의 승객	18. 氣船阿土蘭多号ノ旅客	
19. 대중 집회	19. 演舌ノ大會	16. 놀날 만한 집회(集會)
20. 갑론을박	20. 月球關係之討論	17. 해군대좌(海軍大佐) 니콜-
21. 프랑스인이 분쟁을 해결하는 법	21. 社長及「ニコール」氏ノ爭鬪	18. 교묘(巧妙)한 중재(仲裁)
22. 새로운 미국 시민	22. 米国ノ新府民	19. 합중국(合衆國)의 공민(公民)
23. 포탄 객차	23. 弾丸ヲ以テ車ニ換ユ	20. 발사 전(發射前)의 준비(準備)
24. 로키 산맥의 망원경	24. 巨大ノ望遠鏡	

『지구에서 달까지』 (김석희 역, 열림원, 2008)	『九十七時二十分間月世界旅行』 (井上勤 譯, 黒瀬勉二·三木愛記, 1880~1881)	『월세계 여행』 (신태악 역, 박문서관, 1924)
25. 마지막 남은 작업	25. 結末ノ談話	
26. 발사!	26. 巨砲發射	
27. 구름 낀 날씨	27. 巨砲發射後萬衆ノ景況	21. 거포(巨砲)의 발사(發射)
28. 새로운 천체	28. 月世界旅行彈丸ノ發見	

『달나라 탐험』 (김석희 역, 열림원, 2005)	『月世界一周』 (井上勤 譯, 博聞社, 1883)	後篇〈月을 巡回하야〉
서장	前編月世界旅行之大意	×
1. 오후 10시 20분부터 10시 47분 까지	1. 月世界旅行者將發地球	1. 거포 중(巨鉋中)의 27분간(二十 七分間)
2. 최초의 30분	2. 節一半時間ノ景況	2. 최초(最初)의 반시간(半時間)
3. 그들의 거처	3. 空氣之惡質苦牝犬	3. 태양(太陽)의 강(强)한 광선(光線)
4. 간단한 계산	4. 彈丸速力爭論	4. 의외(意外)의 행운(幸運)과 개 의 죽엄
5. 우주 공간의 추억	5. 驚歎丸速力之駛速	
6. 질의응답	6. 牝犬之死体飛行大空	
7. 도취의 순간	7. 三人旅行者爭歸郷成否	5. 광열(狂熱)의 일순간(一瞬間)
8. 31만 킬로미터 떨어진 곳에서	8. 物件悉失重量三人浮坐中空	6. 무인력대(無引力帶)를 지남
9. 방향 전환의 결과	9. 彈丸進行誤正路	
10. 달의 관측자들	10. 三人見月世界之大洋	
11. 공상과 현실	11. 想像及實事	×
12. 산악 지형에 대한 보고	12. 月球山嶽之事情	7. 월세계(月世界)의 광경(光景)
13. 달나라 풍경	13. 自午前二時半至午前五時旅行ノ 景況	
14. 354시간 30분 동안의 밤	14. 夜間三百五十四時三十分	8. 354시간(三百五十四時間)의 장 야(長夜)
15. 쌍곡선이냐 포물선이냐	15. 旅行者過暗黑境界	
16. 남반구	16. 月世界南半球之形狀	
17. 티코 산	17. 「チッコー」山	
18. 중대한 문제	18. 旅行者爭月世界人類之住不住	
19. 불가능과의 싸움	19. 彈丸經過月世界	9. 최후 수단(最後手段)인 낭화(狼火)
20. '서스크해나'호의 수심 측량	20. 月世界旅行者歸地球	10. 2만 척(二萬呎)의 심해(深海)로
21. J.T. 매스턴의 등장	21. 彈丸墮落傳播全世界	
22. 구조 작업	22. 月世界旅行者出太平洋海底	
23. 대단원	23. 結末	

〈표 20〉에서 전편 「월세계로」의 분석은 선행 연구와 동일하다. 그러나 후편 「월月을 순회하야」에서 원작의 '6장 질의응답'을 신태악 번역본의 4장으로 수정했으며, '11장 공상과 현실'은 공백으로 분류하였다. 그 이유는 원작의 11장에 해당하는 내용이 신태악 번역본에 없기 때문이다. 또한, 원작과 일역본에 전편 『지구에서 달까지』를 요약한 장을 표에 추가하였다.

신태악의 번역본은 전편 21장, 후편 10장으로 구성된 가운데, 분량상으로는 큰 차이가 없다. 일역본은 원작의 구성을 그대로 따랐지만, 축역된 분량이다. 일역본에서 더 축약한 것이 신태악의 번역본이다. 원작을 기준으로 한다면 축역의 축역인 셈이다.

『월세계여행』의 번역 양상을 구체적으로 분석하기에 앞서, 위와 같이 축역될 수밖에 없었던 이유를 간단히 살펴보고자 한다. 축역의 과정을 따져보는 일은 최종적으로 조선에 도착하기까지 텍스트의 유통 경로를 살펴보는 것과 같다.

『지구에서 달까지』와 『달나라 탐험』은 '경이의 여행Voyages extraordinaires' 시리즈의 각 네 번째, 일곱 번째 작품으로, 전편에서 달 탐험에 나선 세 사람의 이야기가 후편에서 지구로 귀환하는 내용으로 이어지기 때문에 종종 한 권으로 묶여서 알려졌다. 『지구에서 달까지』의 원제목은 *De la Terre à la Lune, trajet direct en 97 heures 20 minutes*로, 1865년 9월 14일부터 10월 14일까지 『데바*Journal des debates*』에 연재된 후 같은 해 단행본으로 출간되었다. 4년 뒤인 1869년 11월 4일부터 12월 8일까지 『데바』에 연재된 후 이듬해 단행본으로 출간된 것이 『달나라 탐험*Autour de la Lune*』이다.

쥘 베른의 생애 가운데 피에르 쥘 에첼Pierre-Jules Hetzel, 1814~1886과의 만남을 간과할 수 없다. 에첼은 편집자이자 출판가였으며 작가이기도 했다. 쥘 베른은 에첼이 펴낸 잡지에 연재를 시작하면서 주목받기 시작하였고, 에첼의 지원 덕분에 『기구를 타고 5주간』이 성공할 수 있었다. 무명에 가까웠던 쥘 베른이 세계문학 작가의 반열에 오를 수 있었던 이유는 자신의 진가를 알아본 에첼을 만난 덕분이라고 해도 과언이 아닐 것이다.[22]

『지구에서 달까지』가 영어로 번역된 시기는 1867년부터이며,[23] 1869년 J. K. Hoyt의 번역본이 미국에서 출간되었다.[24] 『달나라 탐험』과 함께 묶인 버전은 1873년 런던에서 출간된 *From the Earth to the Moon Direct in 97 Hours 20 Minutes and a Trip round It*[25]이다. 루이스 머시어와 엘리노어 킹의 번역본은 원작의 약 20%가 삭제된 것으로 알려져 있다. 삭제와 축약의 원인은 경제적 상황이 좋지 않았던 루이스 머시어에 대한 출판사의 독촉이 크게 작용했다고 한다.[26] 같은 해 이들의 번역본이 미국에서 출판되기도 했다.[27] 1877년에 번역된 *The Moon-Voyage*도 두 소설의 합본이며,[28] 이 또한 원작과 차이가 있다고 한다. 프랑스어에서 영어로 번역되는 과정에서 일회성에 그치지 않고 계속해서 원작과 차이가 발생한 사정은 이후 제3의

---

22 김석희, 「해설」, 쥘 베른, 김석희 역, 『지구에서 달까지』(개정판), 열림원, 2008, 322~323면.

23 http://en.wikipedia.org/wiki/From_the_Earth_to_the_Moon 중 'Translator' 목록 참고.

24 *Newark Daily and Weekly Journal of New Jersey*에 1869년 6월 10일부터 17회로 나뉘어 연재된 후, J. K. Hoyt가 번역하여 단행본 *From the Earth to the Moon, In 97 Hours and 20 Minutes : A Romance of Fact and Fancy*, New Jersey : The Newark Printing and Publishing Co. 1869로 출간되었다.

25 Jules Verne, Trans. Louis Mercier · Eleanor E. King, *From the Earth to the Moon Direct in 97 Hours 20 Minutes and a Trip round It*, London : Sampson Low, Marston and Co., 1873.

26 Norman M. Wolcott, "How Lewis Mercier and Eleanor King Brought You Jules Verne", *Mobilis in Mobile: The Newsletter of the North American Jules Verne Society*, 12:2, December 2005.

27 New York : Scribner Armstrong and Co., 1874.

28 *The Moon Voyage containing From the Earth to the Moon and Around the Moon*, London : Ward, Lock & Tyler, 1877.

언어로 번역되는 과정에 영향을 미칠 수밖에 없었을 것이다. 결국 '무엇을 저본으로 삼아 번역하였는가'라는 질문은 원작이 어떤 경로를 통해 전 세계로 유통되었는지를 검토하는 작업과 맞닿아 있다고 해야 할 것이다. 쥘 베른의 소설이 뜻하지 않게 '아동문학'으로 분류되기도 한 원인도 텍스트의 숱한 이동 과정에서 발생한 결과물 중 하나라고 설명할 수 있다.

참고로 『지구에서 달까지』의 삽화는 앙리 드 몽토Henri de Montaut, 1840~1905가 판화로 제작한 것이며, 『달나라 탐험』은 알퐁스 드 뇌빌Alphonse de Neuville, 1835~1885과 에밀 바야르Emile Bayard, 1837~1891가 그렸다.[29] 번역 과정에서 삽화의 유무도 중요한 요소 중 하나이다.

한편, 미치아키 카와토川戸道昭의 연구에서 이노우에 츠토무의 번역은 1873년 샘슨 로우 출판사 판본(루이스 머시어와 엘리노어 킹의 번역본)과 유사점이 많다고 분석되었다.[30] 이 논의를 따른다면 이노우에 츠토무의 일역본과 원작의 차이는 영역본에서부터 비롯된 것임을 알 수 있다. 여기까지의 과정을 정리하면 프랑스에서 두 권으로 출발한 텍스트는 영어권에서 한 권으로 합쳐졌으며, 일본에 도착하면서 다시 두 권으로 분리된 후, 조선어로 번역되는 과정에서 한 권으로 합쳐진 것이다. 이러한 유통 과정에서 삭제와 축역은 빈번하게 일어났으며, 조선에 도착한 텍스트에서도 반

---

29 김석희, 「해설」, 쥘 베른, 김석희 역, 『지구에서 달까지』 개정판, 열림원, 2008, 334면; 김석희, 「해설」, 쥘 베른, 김석희 역, 『달나라 탐험』, 열림원, 2005, 317~318면.

30 川戸道昭, 「井上勤の『月世界旅行』-本邦初の本格サイエンス・フィクション」, 川戸道昭・中林良雄・榊原貴教, 『明治翻訳文学全集-翻訳家編 3 井上勤集』, 大空社, 2002.(http://www.ozorasha.co.jp/nada/inoue01.html) 이노우에 츠토무 일역본의 범례에서도 합본인 *From the Earth to the Moon: Direct in Ninety-Seven Hours and Twenty Minutes*를 번역했다고 밝혀져 있으며 제목을 『九十七時二十分間月世界旅行』으로 줄인 사실도 기재되어 있다.

〈그림 16〉 *De la Terre à la Lune*, Pierre-Jules Hetzel Editions

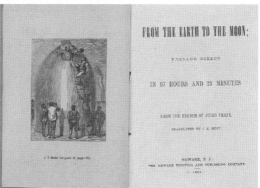

〈그림 17〉 Trans. J. K. Hoyt, *From the Earth to the Moon*

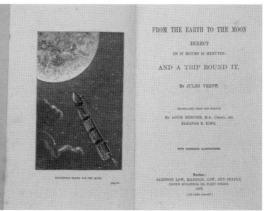

〈그림 18〉 Trans. L. Mercier · E. E. King, *From the Earth to the Moon Direct in 97 Hours 20 Minutes and a Trip round It*

〈그림 19〉 井上勤 譯,『九十七時二十分間月世界旅行』, 黒瀬勉二・三木美記, 1880~1881(초판)

복되었다.

〈그림 19〉에서 제시한『九十七時二十分間月世界旅行』초판은 1880년부터 1881년에 걸쳐 10권으로 나뉘어 출간되었다.[31] 1권은 1장~3장까지 수록되어 있으며 서문, 표지, 판권장을 제외하면 41페이지로 되어 있다.[32] 2권은 4장~7장 중반, 35페이지, 3권은 7장 후반~11장, 36페이지, 4권은 12장~16장 30페이지, 5권은 앞 권의 16장에 이어 19장까지(마지막 19장이 17장으로 잘못 표기됨), 35페이지, 6권은 19장에 이어 20장, 37페이지, 7권은 20장에 이어 21장까지 35페이지, 8권은 21장에 이어 23장까지 35페이지, 9권은 24장~25장, 36페이지, 마지막 10권은 26장~28장, 35페이지로 구성되었다. 1권을 제외하면 균일한 볼륨으로 만들어졌다. 10권

31 ジュールス・ヴェルネ, 井上勤 譯,『九十七時二十分間月世界旅行』, 1880, 1권 3월, 2권 5월, 3권 9월, 4권 10월, 5권 11월, 6~10권 1881년 3월. 1~4권 黒瀬勉二, 5~10권 三木美記 출판. 온라인 일본 국립국회도서관(http://dl.ndl.go.jp/info:ndljp/pid/896836)
32 일역본은 회(回)로 표기되어 있지만, 편의상 '장'으로 제시하였다.

〈그림 20〉 井上勤 譯, 『九十七時二十分間月世界旅行』, 三木佐助, 1886(재판)

으로 나뉜 초판본은 1886년에 이르러 한 권으로 묶였다. 참고로 이노우에 츠토무의 일역본은 루쉰의 번역 저본이 되기도 했다.

〈그림 19〉에서 보듯 초판이 한자와 가타카나로 표기된 것과 달리 재판(〈그림 20〉)은 한자에 후리가나를 첨가하였으며 히라가나 위주이다. 삽화는 동일하지만, 표기 방식에 있어서는 차이가 있다고 하겠다. 내용상에는 차이가 없는 까닭에 초판과 재판 중 루쉰과 신태악이 정확하게 어떤 것을 저본으로 삼았는지는 불분명하다. 『월세계일주』1883[33]의 표기 방식은 『월세계여행』의 초판과 같이 한자와 가타카나로 쓰였다.

또한, 『월세계여행』의 초판(〈그림 19〉)과 『월세계일주』의 표지(〈그림 21〉)는 상당히 유사한 데 반해 『월세계여행』의 재판(〈그림 20〉)은 표제가 세로쓰기가 아닌 가로쓰기로 제시되었고, 삽화도 삽입된 점에서 이전 판본과의 차이를 발견할 수 있다. 『월세계여행』의 초판에서 '미국'으로 표기한

---

33 온라인 일본 국립국회도서관 http://dl.ndl.go.jp/info:ndljp/pid/896835

〈그림 21〉井上勤 譯, 『月世界一周』, 博聞社, 1883

〈그림 22〉魯迅 譯, 『月界旅行』, 進化社, 1903

〈그림 23〉신태악 역, 『월세계여행』, 박문서관, 1924

데 반해, 『월세계일주』에서는 '영국'으로 정정한 것도 눈에 띄는데 이는 명백한 오류이다. 이 오류는 영역본을 참고하는 과정에서 발생한 것으로 추측된다. 그러나 쥘 베른의 소설을 다수 번역한 이노우에 츠토무의 이력을 참고할 때 원작자의 나라를 혼동한 점은 이해하기 어려운 부분이다. 이는 번역자의 실수라기보다 출판 과정에서의 오류로 보인다. 신태악의 번역본이 나오기 전에 일본에서 간행된 『지구에서 달까지』는 오다 리츠小田律의 번역본도 있지만, 이는 단행본이 아닌 잡지 연재본이다.[34]

그렇다면 신태악이 어떻게 두 소설을 묶어서 펴낼 수 있었는지를 파악하기 위해 이노우에 츠토무가 번역한 쥘 베른의 소설 목록을 살펴볼 필요가 있다. 이노우에 츠토무가 쥘 베른의 소설을 번역한 이력은 수와 종류에서 메이지 시기에 한정했을 때 수위를 차지한다. 모리타 시켄森田思軒도 쥘 베른의 소설을 다수 번역했지만, 『지구에서 달까지』나 『달나라 탐험』은

---

34 小田律 訳, 「長編科学小説・月世界へ」, 『中學生』, 研究社, 1921.7~1922.5.

번역하지 않았다.[35]

신태악이 두 권을 가려 뽑을 수 있었던 이유는 일역본『월세계일주』앞 부분에『지구에서 달까지』^{일역본『九十七時二十分間月世界旅行』}의 내용이 요약되어 있었기 때문으로 보인다. 김석희 번역본을 기준으로 하면 6페이지 가량의 '서장'에서 전편의 내용이 간략하게 소개된 데 비해, 이노우에 츠토무의 『월세계일주』앞부분 '前編月世界旅行之大意'는 87페이지나 된다. 전체가 348페이지인『월세계일주』에서 1/4이나 되는 지면을 할애한 것이다. 따 라서 신태악은 후편인 이노우에 츠토무의『월세계일주』를 먼저 접한 뒤, 전편『월세계여행』을 찾아봤을 가능성이 가장 크다고 추측된다. 이 추측 외에 쥘 베른의 원작을 이미 알고 있는 상태에서 두 텍스트를 찾았을 가능 성도 배제할 수는 없다.『월세계일주』만을 보고도 번역은 가능했을 것이 다. 그러나『월세계일주』에 수록된 요약 부분에는『월세계여행』의 목차 가 따로 제시되어 있지 않기 때문에, 두 권을 모두 참고했을 것이다.

---

35 모리타 시켄이 번역한 쥘 베른의 소설을 최초 게재지 위주로 간단히 소개하면 다음과 같다.
① 「十五少年」, 『少年世界』, 1896.3~10.『15소년 표류기(Deux ans de vacances)』.
② 「仏, 曼二学士の譚」, 『郵便報知新聞』, 1887.3.26~5.10(『鉄世界』, 集成社, 1887).『인도 왕비의 유산(Les Cinq cents millions de la Begum)』
③ 「天外異譚」, 『郵便報知新聞』, 1887.5.21~7.23.『혜성에 올라 타다(Hector Servadac)』
④ 「煙波の裏」, 『郵便報知新聞』, 1887.8.26~9.14.『봉쇄 밀수업자(Les Forceurs de blocus)』
⑤ 「盲目使者」, 『郵便報知新聞』, 1887.9.16~12.30.『황제의 밀사(Michel Strogoff)』
⑥ 「大東号航海日記」, 『国民小説』 1~8, 1888.1~4.『떠 있는 도시(Une ville flottante)』
⑦ 「大氷塊」, 『郵便報知新聞』, 1888.2.7~4.18. Le Pays des fourrures(The Fur Country)
⑧ 「炭坑秘事」, 『郵便報知新聞』, 1888.9.4~10.28. Les Indes noires(The Child of the Cavern)
⑨ 「探征隧」, 『郵便報知新聞』, 1889.1.2~3.30.『그랜트 선장의 아이들(Les Enfants du capitaine Grant)』
⑩ 「大阪魁」, 『新小説』, 1889.3~12.『증기기관의 집(La Maison a vapeur)』
⑪ 「余が少時」, 『少年園』, 1891.9.3~18. Souvenirs d'enfance et de jeunesse(The Story of my Boyhood)(추정)
⑫ 「入雲異譚」, 『日本之少年』 1893.7~1894.12.『신비의 섬(L'Ile mysterieuse)』
⑬ 「無名氏」, 『国会』, 1894.1.5~8.22.『이름 없는 가족(Famille-Sans-Nom)』

<표 21> 이노우에 츠토무(井上勤)의 쥘 베른 소설 번역 목록36

서지사항	원작
『九十七時二十分間月世界旅行』 1~10, 黒瀨勉二 · 三木美記, 1880~1881	De la Terre à la Lune(연재 · 단행본 1865)
	『지구에서 달까지(From the Earth to the Moon)』
『亜非利加内地三十五日間空中旅行』 1~7, 絵入自由出版社, 1883~1884	Cinq Semaines en ballon(1863)
	『기구를 타고 5주간(Five Weeks in a Balloon, or, A Journey of Discovery by Three Englishmen in Africa)』
『月世界一周』, 博聞社, 1883	Autour de la Lune(연재 1869, 단행본 1870)
	『달나라 탐험(Around the Moon)』
『英国太政大臣難船日記』 1~2, 絵入自由出版社, 1884	Le Chancellor(연재 1874, 단행본 1875)
	『챈슬러 호(The Survivors of the Chancellor)』
『自由廼征矢: 白露革命外伝』, 絵入自由出版社, 1884	Martin Paz(연재 1872, 단행본 1875)
『海底紀行 – 六万英里』, 博聞社, 1884	Vingt Mille Lieues sous les mers (연재 1869, 단행본 1869~1870)
	『해저 2만 리(Twenty Thousand Leagues Under the Seas)』
『九十七時二十分間月世界旅行』(2版), 三木佐助, 1886	De la Terre à la Lune(연재 · 단행본 1865)
	『지구에서 달까지』, From the Earth to the Moon
『造物者驚愕試験 – 学術妙用』, 広知社, 1887	Une fantaisie du docteur Ox(연재 1872~1873, 단행본 1874)
	『옥스 박사의 환상(Dr. Ox's Experiment)』
『佳人之血涙 – 政治小説』, 自由閣, 1887 (『自由廼征矢 – 白露革命外伝』 개정판)	Martin Paz(연재 1872, 단행본 1875)
『通俗八十日間世界一周』, 自由閣, 1888	Le Tour du monde en quatre-vingts jours(연재 1872, 단행본 1873)
	『80일간의 세계 일주(Around the World in Eighty Days)』

　한 가지 더 주목할 것은 이노우에 츠토무 번역본의 서문이다. 『월세계여행』의 서문은 카타오카 토오루片岡徹識가 작성하였고, 『월세계일주』의 서문은 요다 하쿠센依田百川 일명 요다 각카이라 불리는 일본의 유명 한학자漢学者

36　이 목록은 川戸道昭 · 榊原貴教, 『翻譯文學總合事典』 3, 大空社, 2009과 온라인 일본 국회도서관에서 검색한 내용을 토대로 작성하였다. 표의 내용 중 원작의 상단은 프랑스어 원문 제목이며, 하단은 현재 통용되는 한국어, 영어 제목이다.

가 덧붙였다.[37] 두 서문에서 공통으로 언급되는 것은 월궁항아月宮姮娥 고사이다. 독자의 주의를 환기하기 위하여 동양에서 익숙한 고사를 인용하는 방식은 적격이었을 것이다. 요다 각카이는 달을 관찰할 수 있게 된 시대가 도래한 덕에 인류는 달의 지형을 알 수 있게 되었다고 하면서 전설에 나왔던 이야기가 모두 거짓은 아니었다고 말하였다. 카타오카 토오루는 알렉산더 대왕이 화륜선을 꿈꿨던 일화도 언급하며 오늘날에는 불가능한 일이 아님을 서술하였다. 궁극적으로 산, 강, 바다 등이 묘사된 월궁항아 고사는 허무맹랑한 옛날이야기였을지언정 과학기술이 발전된 당시에는 그것이 결코 과거의 유물로만 남지 않을 것이라는 기대를 담고 있는 내용이 두 서문의 핵심이다. 이러한 맥락에서 쥘 베른의 소설은 언젠가 인류가 달에 도착할 수 있으리라는 믿음을 심어주기에 충분한 텍스트로 일본에서 소개되었다고 봐도 무방하다.

한편, 중국에서도 쥘 베른의 소설은 다수 번역되었다. 김종욱의 연구에서 조사된 번역 사례는 다음과 같다. 『기구를 타고 5주간』은 『공중여행기空中旅行記』번역자 불분명, 江蘇出版社, 1903로, 『지구 속 여행Voyage au Centre de la terre』1864은 『지저여행地底旅行』之江索士 번역, 折江潮, 1903~4, 啓新書局 · 普及書局, 1906과 『지심여행地心旅行』周桂笙 번역, 廣智書局, 1906으로, 『지구에서 달까지』는 『월계여행月界旅行』魯迅 번역, 進化社, 1903.10으로, 『해저 2만리』는 『지저여행海底旅行』戶籍東

---

37 『월세계일주』의 판권장에는 1883년 출판으로 기재되어 있지만, 요다 각카이가 서문을 작성 시기는 1884년이다. 따라서 실제 출판은 1884년에 이루어진 것으로 봐야 할 것이다. 그러나 이 책에서는 판권장의 출판 시기로 기재하였다; "요다 각카이(依田學海, 1834~1909)는 이름이 七郎, 右衛門次郎, 字가 百川으로 막부 말에서 메이지 초에 활동한 한학자이다. 젊어서는 번교에서 한학을 배우고 후에 출사하여 문부성에서 일하며 한문교과서를 만들기도 했다. 가부키 등 연극개량운동으로 메이지 문학사에 이름을 남기고 있으며 모리 오가이의 스승으로도 알려져 있다."(정지원, 「일본의 傳과 敍事 筆記─한국과의 비교를 중심으로」, 고려대 박사논문, 2021, 82면)

·紅溪生 공역, 新小說社, 1902으로, 『80일간의 세계 일주』는 『팔십일환유기八十日環游記』薛紹徽·陳壽彭 공역, 世文社, 1900로, 『신비한 섬L'ile mysterieuse』1874은 『비밀해도秘密海島』奚若 번역, 上海 小說林社, 1905.4로, 『인도 왕녀의 오억 프랑Lescinq Ceuts Millions de La Begum』1879은 『철세계鐵世界』包天笑 번역, 文明書局, 1903.6로, 『15소년 표류기Deux Ans de Vacances』1888는 『십오소호걸十五小豪傑』梁啓超·羅普 공역, 新民叢報, 1902로 번역되었다.[38]

　루쉰과 포천소는 일역본을 저본 삼아 번역한 것으로 알려져 있다. 따라서 중국에서의 번역 양상은 19세기 말부터 일본에서 번역된 출판물과 무관하지 않다. 즉, 쥘 베른의 소설이 일본에서부터 다수 번역된 까닭에 동아시아 3국에서 과학소설의 선구로 자리매김될 수 있었던 것이다. 쥘 베른의 소설이 세 편이나 근대 초기에 조선어로 번역될 수 있었던 이유도 중국과 일본에서의 번역이 있었기 때문에 가능했다. 이러한 양상은 동아시아 3국에서 근대적 지식의 집합체로서 과학소설을 받아들이고 번역함으로써, 문명을 전파하는 동시에 문명으로의 도약을 시도한 사례로 이해할 수 있다.

　일역본의 서문에서 짐작할 수 있듯, 당시 과학기술이 발전하는 속도는 이전 시대 인류의 상상을 뛰어넘고 있었다. 인간이 밤하늘을 올려다보던 때부터 시작된 달에 대한 호기심은 갈릴레이가 망원경을 통해 관측한 이래로 1959년 구소련의 무인 탐사선 루나 2호가 달에 충돌하였고 1969년 아폴로 11호의 버즈 올드린과 닐 암스트롱이 첫 발자국을 찍기에 이르렀다. 달 탐사는 냉전 시기 군비 경쟁의 연장선에 이루어진 결과이지만, 쥘

---

38 김종욱, 「쥘 베른 소설의 한국 수용과정 연구」, 『한국문학논총』 49, 한국문학회, 2008, 59~60면.

베른의 소설처럼 현실과 허구를 넘나드는 이야기가 존재했기 때문에 지구 밖 세계를 꿈꿀 수 있었을 것이다. 특히 19세기 말에서 20세기 초는 진보와 진화에 대한 믿음이 어느 시기보다 강렬하게 작용하던 시기였다. 그 중심에는 '과학'이라는 요소가 전제되어야 했고, 이를 문학적으로 형상화한 텍스트 역시 주목받기 충분한 조건을 갖추고 있었다. 다음 항에서는 신태악의 조선어 번역본을 중심으로 번역 양상을 분석한 뒤, '달'과 '우주'에 관한 식민지 조선의 인식을 살펴보도록 하겠다.

2) '성역聖域/成譯'에의 도전과 과학 지식의 보급

신태악의 『월세계여행』에는 별도의 서문이 없지만, 『동아일보』의 광고에서 편집자와 번역자의 말을 발견할 수 있다.

본서는 저 유명한 불란서 모험소설가 『쥬두·뵈룬』의 걸작 중 하나이다. 그 용감한 3인의 모험아가 150간間[27미터 – 인용자] 되는 거포의 완성을 기다려 다만 두 필의 개와 함께 포탄을 타고 천지를 진동하는 폭음에 따라 사랑하던 지구를 떠나 인지人智로는 상상키도 어려운 월세계 탐험의 도途에 취就하였다. 아! 그들의 운명은 과연 어찌 되었는가?

역자譯者의 말 – 월세계는 참 미謎의 나라이다. 이를 수학적 근거와 천문학적 토대로 전문全文을 종횡하여 취미 있고도 실익實益 있게 소설화한 것이 즉 본서이다. 이 실로 과학 중심소설이며 소설 중 과학이다. 그 모험의 비장함과 그 이론의 철저함엔 천문 수학의 전문가라도 다시 한번 놀라지 않을 수 없다. 생각건대 일반 청년의 기풍이 대부분 연화軟化하고 일반사회의 풍도가 거의 타락된 현재現在의 우리 조선에 있어서 이러한 대 걸작품이 처음 소개케 된 것은 유감 중 다행이다. (다만 역필譯筆의 둔졸鈍拙은 사謝) 이에 특히 나의 사랑하는 청년 남녀 학생의 필독을 권하며 나아가 재심再三 독파讀破를 충고하는 바이다. 그것은 취미로 보고도 천문을 알고 흥미에 취醉하야 수학數學을 깨닫게 되며 또한 그 구구句句의 명문과 절절節節의 쾌작快作이 자연히 우리로 하여금 용장勇壯한 기분을 솟게 하는 까닭이다.[39]

위 인용문에서 신태악의 번역 의도를 추려낼 수 있다. 소설을 통해 천문과 수학의 학문을 접할 수 있게 하려는 의도가 가장 우선시 되었다고 볼 수 있다. 즉, 과학 지식의 보급을 위한 번역인 셈이다. 또한, 위 인용에서 "일반 청년의 기풍이 대부분 연화軟化하고 일반사회의 풍도가 거의 타락된 현재"라고 기술되어 있는 부분에서 1924년을 대하는 신태악의 관점이 드러나 있다고 볼 수 있다. 게다가 "역필譯筆의 둔졸鈍拙은 사謝"한다는 문장은 신태악이 『반역자의 모』의 「독자 여러분에게」에서 말한 바와 같이, 자신의 번역을 겸손하게 표현한 것이다. "다만 성역이 있을 뿐"이라 했듯, 『월세계여행』 역시 원문에서 직접 번역하지 못하고 중역重譯할 수밖에 없었던 사정이 반영된 사과의 제스처라고 볼 수 있다.

앞에서 서술한 바와 같이 쥘 베른의 원작이 영어로 번역되는 과정에서 생략과 축약이 이뤄졌고, 다시 일본어로 옮겨지는 과정에서 한 번 더 변형이 가해졌다. 일역본을 저본으로 삼은 신태악 역시 삭제와 축역의 방법을 선택하였다. 몇 가지 장면을 통해 번역 양상을 살펴보도록 하겠다. 먼저 '5장 월의 로맨스'에 주목하면, 이 장의 제목이 '로맨스'인 이유는 그리스

---

39 「(광고) 월세계여행」, 『동아일보』, 1924.5.25 · 30 · 6.2 · 6.8, 1면. 한자는 한글로 바꾸었으며 현대어로 수정하여 인용하였다.

신화를 차용한 장면 때문이다.

하지만 '창백한 포이베'는 태양보다 자비로워서, 그 수수한 매력을 너그럽게 보여준다. 포이베는 겸손하고 온화해서 오래 바라보아도 눈이 피곤하지 않지만, 때로는 자기 오빠인 찬란한 태양신 아폴론을 덮어 가리는 무례한 짓도 한다. 아폴론이 포이베를 가리는 일은 절대 일어나지 않는다. 이슬람교도들은 지구의 충실한 친구인 달의 고마움을 깨닫고, 달의 공전 주기를 토대로 한 달의 길이를 정했다.

고대 국가들은 정숙한 달의 여신을 숭배했다. 이집트인들은 달의 여신을 '아시스'라 불렀고, 페니키아인들은 '아스타르테'라고 불렀다. 그리스인들은 '포이베'라는 이름으로 달을 숭배했다. 그리스 신화에서 포이베는 레토와 제우스 사이에 태어난 딸이다. 그리스인들은 포이베가 잘생긴 미소년 엔디미온을 몰래 방문할 때 월식이 일어난다고 설명했다. 신화는 네메아의 사자가 지구에 나타나기 전에 달을 헤매다녔다고 말했고, 플루타르코스가 인용한 시인 아게시아낙스는 사랑스러운 세레네(달의 여신)의 밝은 부분들로 이루어진 다정한 눈과 매력적인 코와 우아한 입을 찬미했다.[40]

위의 인용은 원작 5장 중 일부이다. 5장은 우주의 생성부터 우리 은하 Galaxy, 태양계로 좁혀 들어오는 방식으로 서술되었다. 광활한 공간과 태초의 시간을 제시함으로써 인간이 얼마나 작은 존재인지를 알리는 장면이기도 하다.[41] 그 가운데 지구는 태양계 내에서 유일하게 하나의 위성을 가진

---

40 쥘 베른, 김석희 역, 『지구에서 달까지』, 열림원, 2008, 50~51면.
41 "그 관찰자가 이 1,800만 개의 별들 중에서 가장 작고 가장 어두운 별 하나—**오만한 인류가**

행성이다. 지구와 달의 관계를 그리스 신화에 빗대어 인식했던 고대인들의 모습을 통해 선망과도 같은 '로맨스'를 제시한 것일 텐데, 이 장면은 일역본과 조선어 번역본에서는 삭제되었다. 이노우에 츠토무가 5장의 제목을 '月世界之說'로 지었던 반면, 신태악은 '월의 로맨스'로 번역하였다. 원작 5장의 소제목이 '달의 로맨스Le roman de la Lune'인 점을 고려한다면 신태악이 원작을 참고했을 수도 있다는 가정을 세워볼 수 있다. 그러나 일역본에 따라 위와 같은 그리스 신화에 얽힌 이야기는 삭제된 채 고대와 19세기에 달을 관측하여 얻은 숫자만이 남게 되었다. 일역본에서는 기원전 500년 밀레토스의 탈레스가 태양이 달을 비춘다는 견해를 밝힌 것에서부터 15세기 코페르니쿠스, 16세기 타고 브리헤, 18세기 허셜까지 통시적인 흐름이 제시되었지만, 조선어 번역본에서는 아래와 같은 서술만이 남았다.

> 달의 관측은 서력 기원전 5세기 항項부터 정식으로 행行케 되어 오늘날에는 1,905좌座의 산山이 기其 고高는 1만 5천 척呎[feet—인용자] 이상의 것이 6, 1만 4천 4백 척呎 이상의 것이 22가 있다 하여 그 최고는 26,691척呎라는 것이나 달의 표면에는 버리(봉蜂)의 둥지(소巢) 같은 분화구가 있다는 것도 압니다. 또한 달을 차폐遮蔽한 유성은 광선을 조금도 굴절치 않음으로 달에는 공기가 없다. 공기가 없으면 물이 없다. 이 두 가지가 없으면 달에 서식하는 자들은 우리와 매우 다른 구조를 가졌을 것이라 합니다.
>
> 19세기 이후, 망원경의 개량으로 말미암아 달의 관측은 더욱더 정밀히 되어 달의 표면에는 병행한 산맥 사이에 긴 개울(독瀆)이 있음을 알았습니다.

태양이라는 이름을 붙인 광도 4의 별 —에 주목했다면, 우주 형성의 원인이 된 모든 현상이 눈앞에서 차례로 일어나는 것을 보았을 것이다."(위의 책, 48면)

개울길시는 10리哩로부터 100리哩이오, 폭幅은 1,600미碼입니다. 천문학자는 이것을 가즘地隙이라 하는데 이 지극地隙이라 함은 무엇인지 모릅니다. 이 달의 표면에만 많은 첩벽疊壁이 병행하여 있음을 발견한 학자도 있어 이것은 달 사람이 쌓은 보루堡壘라고 단정하지마는 이것도 정확지는 않습니다. 모든 의문을 밝히는 데는 직접 달과 교통하는 수밖에 없습니다. 또한 월광은 태양의 30만분의 1이오 기其 열熱은 한난계寒暖計에도 감感치 않습니다.

대포 구락부가 이번의 대 계획을 세운 것은 실로 사람이 달에 관한 지식을 여념 없이 밝히게 될 선구가 될 것입니다.[42]

5장은 달에 관해 지금까지 인류가 생각하고 측정한 지식을 총망라한 부분이다. 이에 따라 서구의 그리스 신화가 언급될 수밖에 없었는데, 이노우에 츠토무는 그러한 내용을 삭제하였고, 신태악 역시 일역본을 더 축역하여 달에 대한 수치 위주의 지식을 전달하기에 주력했다. 따라서 '5장 월의 로맨스'는 달의 모습을 면밀하게 측정하고 개선해 나간 인간의 모습, 즉, 과학적인 방법으로 달을 관찰한 역사로 마무리되었다. 애초에 과학 지식을 보급하기 위한 번역이었으므로 당연한 결과물일 것이다. 그러나 일역본의 서문에서 제시되었던 항아 고사를 떠올린다면 서양의 신화를 삽입할 수도 있던 지점일 터인데, 숫자만 남은 번역은 아쉬운 대목이 아닐 수 없다.

또한, 〈표 20〉에서 제시한 것처럼 『달나라 탐험』의 11장은 완전히 삭제되었다. 이노우에 츠토무의 일역본에서는 5페이지 가량으로 번역되었지만,

---

신태악, 『월세계여행』, 박문서관, 1924, 13~14면. 이하 이 책을 인용할 시 면수만 표기함.

신태악은 과감하게 삭제하였다. 그 이유는 앞의 맥락과 유사하다. 원작의 11장도 대체로 그리스 신화를 배경으로 서술되었기 때문이다.

> 달 표면에는 섬도 헤아릴 수 없이 많다. 그 섬들 대부분이 원형이거나 타원형이고, 마치 컴퍼스로 그려진 것처럼 하나의 거대한 군도를 이루고 있다. 그리스와 소아시아 사이에 있는 매력적인 군도는 고대 신화에서 지극히 우아한 전설로 장식되었지만, 달의 군도도 그것과 맞먹는다. 그래서 밀로나 낙소스, 테네도스, 카르파도스 같은 지명이 자연히 머리에 떠오르고, 오디세우스의 배나 '아르고' 호를 헛되이 찾으려고 한다. 적어도 미셸 아르당 눈에는 그렇게 보였다. (…중략…) 프랑스 사람인 미셸이 신화에 나오는 영웅들의 흔적을 발견한 곳에서 실제적인 두 미국인은 달나라의 상업과 산업을 위해 지점을 내기 좋은 곳을 점찍고 있었다. (…중략…) 영국인들은 여기에 '그린 치즈'(생치즈)라는 이름을 붙였지만, 그 이름에 어울리게 부풀어 오르고 구멍이 숭숭 뚫린 진짜 곰보 얼굴이다.
>
> 비바케인 입에서 이 멋대가리 없는 이름이 나오자 미셸 아르당은 펄쩍 뛰었다.
>
> "그렇다니까! 19세기의 앵글로색슨인은 달을 그런 식으로 다루지. 아름다운 디아나, 금발의 포이베, 사랑스러운 이시스, 밤의 여왕, 레토와 제우스의 딸, 눈부시게 빛나는 아폴론의 누이를!"[43]

---

43 쥘 베른, 김석희 역,『달나라 탐험』, 열림원, 2005, 148~154면. 김석희 번역본을 기준으로 하면 '11장 공상과 현실'은 대략 7페이지로 번역되었다. 다른 장에 비해 분량이 적다고 할 수 있다.

『달나라 탐험』의 '11장 공상과 현실'은 제목대로 달을 바라보며 공상하는 자와 현실적인 자들의 시각 차이를 묘사한 장면이다. 달 표면을 관찰하며 그리스 신화를 떠올리는 미셸(프랑스인)과 달리 바비케인과 니콜은 지구에서 망원경을 통해 측정한 월면도의 수치와 그들이 눈앞에 마주하고 있는 실체와 비교하고 있었다. 조선인 번역가 신태악의 입장에서는 소설이라는 허구적인 장르에서 묘사된 방법일지언정, 수학적 방법을 통해 포탄을 제조하고 달까지 갈 수 있게 한 기술력이 중요했을 뿐, 미셸의 감상은 구태여 번역하지 않았다. 이는 전편 「月世界로」나 후편 「月을 巡回하야」에 일관적으로 적용된 번역 방식이다.

위의 두 장면에서 삭제의 방식을 알 수 있었다면, 축역의 양상이 드러난 장면을 제시하면 다음과 같다.

알-단은 월세계 여행을 하려면 다만 **진보의 법칙**에 따르면 좋다, 사람은 손발로 기어 다니다가 발로만 걷게 되고, 그리하여 교轎를 타고 기차를 타며, 필경은 비행기를 타게 된다. 그러므로 이후에 탈 것은 포탄이다. 이제야 참말 포탄의 속력速力한 무서운 것이다 생각하는 바인데 그것도 다른 유성遊星에 비하면 느릿느릿 걸어가는 지구도 포탄의 3배 되는 속도로 태양의 주위를 돌아간다. 함으로 인류 진보의 결과는 영국으로부터 미국으로 비행하는 것과 같이 거침없이 달이나 성星의 세계로 여행하게 된 것이다. 요컨대 거리距離한 문제될 것도 아니다. 라고 말하였습니다.신태악 역, 43~44면

미셸 아르당이 말을 이었다. "우선 여러분이 상대하고 있는 남자가 무식하기 짝이 없는 사람이라는 사실을 부디 명심하시기 바랍니다. 나는 너무 무식

해서 어려움도 모를 정도입니다. 그래서 포탄을 타고 달에 가는 것도 아주 간단하고 자연스럽고 쉬운 일로 생각되었습니다. 그것은 조만간 이루어져야 할 여행입니다. 그 방법은 단지 **진보의 법칙**에 따를 뿐입니다. 인간은 처음에는 네 발로 걸었고, 다음에는 두 발로 걸었고, 다음에는 짐수레, 마차, 승합마차, 철도로 여행했습니다. 미래의 탈것은 포탄입니다. 행성 자체도 포탄에 지나지 않습니다. 조물주가 쏜 대포알이 바로 행성들인 것입니다. 하지만 이제 우리의 탈것으로 돌아갑시다. 여러분 중에는 포탄에 주어질 속도가 지나치게 빠르다고 생각하시는 분도 있을 것입니다. 그것은 결코 사실이 아닙니다. 모든 천체는 그보다 더 빨리 움직입니다. 지금 우리를 태우고 있는 지구는 태양 주위를 그보다 세 배나 **빠른** 속도로 돌고 있습니다.

여러 행성이 움직이는 속도를 말씀드리지요. 나는 무식하지만 그 천문학적 세부 사항은 아주 잘 알고 있습니다. 하지만 2분 뒤에는 여러분도 나만큼 그 문제를 잘 알게 될 것입니다. (…중략…) 여러분! 우리가 편협한 사람들— 나는 그런 사람들을 달리 어떻게 불러야 할지 모르겠습니다—의 말을 믿는다면, 인류는 탈출구가 없는 포필리우스의 동그라미에 갇혀 행성간 우주 공간으로 날아가지도 못하고 이 지구 위에서 무위도식할 운명이라는 것입니다! 그것은 사실이 아닙니다! 우리는 지금 달에 가려 하고 있고, 언젠가는 우리가 지금 뉴욕에서 리버풀에 가는 것만큼 쉽고 빠르게 다른 별에 가게 될 것입니다. 오늘날 지구의 바다를 건너듯 우주의 바다도 곧 건널 수 있게 될 것입니다. 거리는 상대적인 조건일 뿐이고, 결국에는 '영'으로 줄어들 것입니다."[44]

---

[44] 쥘 베른, 김석희 역, 『지구에서 달까지』, 열림원, 2008, 188~189면.

원작에서는 세 명의 인물을 중심으로 이들의 대화를 통해 서사가 진행된다. 이에 따라 서사의 진행 속도는 다소 느릴 수밖에 없는데, 신태악의 번역에서는 일부 대화 장면을 살리기도 했지만, 위의 인용문과 같이 긴 연설이나 토론 장면은 서술자의 서술로 대체되었다. 말 그대로 요점만 추려서 전달하는 방식으로 번역된 것이다.

위 인용문에서 한 가지 더 주목할 것은 "진보의 법칙"이다. 인간의 진화와 기술의 진보를 함께 제시함으로써 과학기술을 발전시킨 인간은 거리의 문제를 극복할 수 있을 것이며, 설령 지구를 벗어난 곳을 목적지로 지정할 경우라도 가능하리라는 전망이다. 신태악은 『월세계여행』의 광고에서 "일반 청년의 기풍이 대부분 연화軟化"되었다는 말로 시대를 진단한 바 있다. 이 맥락에서라면 식민지 조선의 청년들은 '과학을 통한 진보'라는 시대 정신을 보다 적극적으로 받아들여야 한다는 메시지로 해석할 수 있다. 비록 내지인과 차별된 교육을 받을지언정 문명을 향해 부단히 애써야만 "일반사회의 풍도"를 바꿀 수 있다는 현실 인식이 반영된 지점일 것이다.

달 탐사에 참여한 인물에 대해 평가하는 신태악의 번역은 원작과는 조금 다른 뉘앙스를 풍긴다. 아래의 비교를 통해 살펴보도록 하자.

이처럼 감옥에 있는 수인囚人처럼 포탄 안에 갇혀서 무한한 공간에 표박漂泊하면서 결국 어디로 갈는지도 모르는 상태에 있으면서도 냉정하게 여러 가지 실험에 마음을 쓰는 그들의 태도는 참으로 경탄치 아니치 못할 만치 한 것이었습니다.

이후에 자기들이 몸이 어떻게 될까 하는 근심보다도 그들은 전대前代의 여러 사람이 일찍 하지 못한 그것을 하는 데 많은 일이 그 앞에 있었습니다. 몸의 위험 같은 것은 도외度外로 보고 자자孜孜히 미지의 세계를 실험하려고 그 마음을 다하는 그들은 참으로 경탄할 만한 장壯한 사람들입니다.신태악 역, 100면

비바케인과 친구들은 금속 우리 속에 갇힌 채 무한한 공간 속을 날아가고 있는데, 앞으로 어떻게 될지 조금도 걱정하지 않는 것은 누가 보아도 이상하게 생각될 것이다. 그들은 어디로 가고 있을까 불안해하는 대신, 연구실에 조용히 틀어박혀 있기라도 한 것처럼 실험에 여념이 없었다.

하지만 사실 그들의 힘으로는 포탄을 어떻게 해볼 도리가 없었다. 포탄을 세울 수도, 방향을 바꿀 수도 없었다. 선원은 배의 항로를 마음대로 바꿀 수 있고, 비행선에 탄 사람은 기구의 상승을 제어할 수 있다. 그런데 그들은 포탄을 전혀 조작할 수 없었다. 그래서 포탄이 가는 대로 내버려 둘 수밖에 없었다. 항해 용어로 말하면 '파도에 내맡길' 뿐이었다.[45]

위의 인용은 신태악 번역본의 '8장 354시간의 장야長夜' 중간 부분이다. 〈표 20〉에서 제시한 것과 같이 신태악의 번역본 8장은 원작 14장부터 18장까지에 해당한다. 위에 인용한 원작은 15장의 첫 장면이다. 두 번역을 비교해보면 분량에서는 큰 차이가 없다. 그러나 포탄 내부에 있는 세 명을 묘사하는 부분에서는 미묘한 차이를 느낄 수 있다. 가령, 신태악의 번역에서는 "그들의 태도는 참으로 경탄"할 만하며, "장壯한 사람들"이라 서술되었다. 반면, 원작의 서술에서는 '경탄'이라는 용어는 나오지 않았다. 원작의 내용은 운석으로 인해 포탄의 경로가 변경되는 바람에 달 착륙은 어려

---

45 쥘 베른, 김석희 역, 『달나라 탐험』, 열림원, 2005, 196면.

워진 상황이다. 따라서 세 사람은 포탄 내에서 실험과 관측을 실행하였다. 이는 어찌할 도리 없이 주어진 운명에 따르며 현 상황에서 할 수 있는 일에 몰두하는 장면에 해당한다. 그렇다면 신태악이 사용한 '경탄'이란 용어는 어디서 온 것일까. 그 출처는 일역본에 발견된다. 위 장면의 일역본을 제시하면 다음과 같다.

斯クテ三人ノ旅行者ハ身ハ無究ノ天空ニ飄蕩セル彈丸ノ裡ニ在リナガラ我ガ身ガ運命ニ關スル將來ノ事ハ少シモ談ズルコナク恰カモ通常家屋ノ書齋ニ居ルニ異ナラズ悠然トシテ學術上ノ試驗ヲナシ其ノ身ノ安危ニ至リテハ全ク顧リミルナコナシ「バービケーン」等三人ノ心膽ハ實ニ**驚嘆**スルニ餘リアリ然レドモ亦タ其ノ理ナキニアラズ今若シ船ニ乘ジテ海ヲ航スル者アラバ其ノ好ム所ニ從ガヒ舟ヲ行ルニ楫帆アリ又タ輕氣球ニ乘ジテ空中ノ旅行ヲ爲スモノ同ジク針路ヲ左右シ得ベケン然レド今三人ガ搭載セル彈丸ハ只ダ其ノ行ク所ニ任スヨリ他ニ施スベキ術ナキヲ以テ假令ヒ周章狼狽シタリトテモ更ラニ毫モ其ノ甲斐アラザレバ彼等ガ敢テ騷カザルモ亦タ理ナキニアラザルナリ)**46**

<hr>

46 ジュールス・ヴェルネー, 井上勤 訳, 『月世界一周』, 博聞社, 1883, p.263.
"이리하여 3인의 여행자는 몸이 무궁한 천공에 정처 없이 흩어지게 되어 탄환의 속에 있으면서 자기 몸의 운명에 관해 장래 일어날 일은 조금도 말하는 일 없이, 흡사 통상 가옥의 서재에 있음과 다름없이 침착하고 여유 있게 학술상의 시험 없이 그 몸의 안위에 이르러서는 전혀 돌아보는 일이 없었는데 「바비켄」 등 3인의 마음은 실로 **경탄**할 여유가 있었으나 그렇지만 역시 어찌할 수 없는 것이 아니나 지금 만일 배에 올라 바다를 항해하는 자가 있으면 그 즐기는 바에 따라 배를 몰아가는 노와 돛이 있을 것이고 또 경기구에 올라 공중 여행을 하는 것과 같이 침로를 좌우할 것이나 그러나 지금 삼인이 탑재된 탄환은 그냥 그 가는 곳에 맡기기보다 그 외 계획을 세울 방법이 없음으로써 가령 당황하여 어찌할 바를 모르거나 해도 역시 조금도 그 보람이 없다면 그들이 감히 소란을 피우거나 혹은 어찌할 수 없는 것도 아니었다."

이노우에 츠토무의 번역에서 확인할 수 있는 것처럼 조선어 번역본 첫 번째 문단의 '경탄'은 일역본에 제시된 것과 비슷하게 옮긴 것이다. 그러나 조선어 번역본 두 번째 문단의 '경탄'은 일역본에서 찾아볼 수 없고, 일역본은 원작에 가깝다. 조선어 번역본의 두 번째 문단은 일역본이나 원작과도 차이가 있다. 신태악의 번역에서는 배나 파도 등의 비유는 삭제된 채 "장한 사람들"이라는 인물의 탐험 정신이 강조되었다. 앞서 그리스 신화가 삭제된 사례처럼 비유가 주된 장면은 변형의 대상이 된 것으로 추측할 수 있다. 발췌와 삭제는 번역자의 개입이 빈번하게 일어난 조선어 번역본의 특수성이라 볼 수 있을 것이다. 이 밖에 '-ㅂ(ㅁ)니다'의 존대를 사용한 것과 국한문을 혼용하여 표기한 점을 번역상의 특징으로 제시할 수 있다.

한편, 원작 『지구에서 달까지』와 『달나라 탐험』은 제국주의를 비판하는 텍스트로 해석할 수 있는 지점이 많다. 두 소설은 미국 남북전쟁American Civil War, 1861~1865 이후를 배경으로 한다. 내전 중 포탄 제조에 열광한 이들은 '대포 구락부'를 만들었는데, 창립된 지 한 달 만에 정회원 1,853명, 통신회원 30,555명에 달했다.[47] 내전이 끝나자 무기 제작자와 군인 출신들은 "참 그때는 유쾌하여서 대포를 발명하면 그것이 되자마자 곧 전장에서 끌어내다가는 적군의 가슴을 놀라게 하고, 그리고 돌아오면 대환영"2면 받던 시절을 그리워한다. 또한, "전장을 일변—變케 할 만한 위력을 가진 구포臼砲"3면를 만들었지만, 휴전 상황은 자신들의 기술을 자랑할 수 있는 터전을 빼앗긴 듯한 상실감에 빠지게 하였다. 때마침 대포 클럽의 회장 빠

---

47 이 수치는 신태악 번역본에 따른 것이다. 김석희 번역본에서는 각 1,833명, 30,575명으로 되어 있고, 이노우에 츠토무의 일역본에서는 각 1,833명, 30,565명으로 옮겨졌다. 번역상의 문제라기보다 문선공의 실수로 여겨진다. 숫자가 여러 차례 나오는 텍스트의 특성상 이와 같은 오기(誤記)는 다수 발견된다.

비간(원작명 : 바비케인)이 등장하여 "용감한 동료 제군, 오랜 평화 때문에 우리 대포 구락부는 무위無爲에 고통 합니다. 그러나 전쟁이라는 것도 오늘 상태 같아서는 아무리 우리가 원하여도 도저히 일어날 여망餘望이 없고 따라서 유쾌한 대포 소리도 당분간은 들을 수 없게 되었습니다. 그러나 우리는 방침을 일변하여 우리의 활동욕을 만족게 할 수단을 강구 할밖에 도리가 없습니다"라고 말하였다. 이는 다수가 지닌 파괴의 에너지를 외부로 분출할 방법을 강구한 것인데, 해결책은 다름 아닌 달 탐사였다. 적이 소멸하면서 남아버린 군사력을 과학기술로 승화하여 내부의 혼란을 잠재우고 공동체의 단결을 촉구한 것이다.

빠비간의 계획은 탐사라기보다 '정복'에 가까웠다. 그러한 인식은 다음 문장에서 명징하게 드러난다. "월세계의 큰롬버-쓰(콜롬버스-인용자)가 되"어 "정복征服이 성복成服이 되는 날에는 우리 합중국은 새로 일 주州를 더하게 될 것입니다."6면 이후 성공적으로 지구를 떠나 달에 근접하자 이들의 명분은 구체적으로 제시된다. "합중국의 이름으로 월세계를 소유하고 제40번 차례의 주를 가하여 월세계에 식민植民하고 예술과 과학, 공업 이러한 여러 가지를 이식하려 함이외다. 또한 월인月人이 우리보다 진행進行치 않았을 것 같으면 우리는 그들을 교화敎化하여 그들도 공화정치를 조직하게 할게 야요"83면라는 태도는 제국주의 열강들의 '문명화 사명'과 다름없다.[48]

---

48 원작의 서술은 다음과 같다.
   "왜냐고?" 미셸이 1미터쯤 뛰어오르면서 소리쳤다. "왜냐고? 그건 미국의 이름으로 달을 소유하기 위해서지. 미국에 서른여덟 번째 주를 추가하기 위해서, 달나라를 식민지로 삼기 위해서, 달나라를 개척하기 위해서, 달나라에 사람을 정착시키기 위해서, 예술과 과학과 산업의 놀라운 산물을 달나라에 보내기 위해서, 달나라 문명이 우리만큼 발달하지 않았다면 달나라 사람들을 문명화하기 위해서, 그리고 달나라에 아직 공화국이 없다면 공화국을 수립하기 위해서지!"(쥘 베른, 김석희 역, 『달나라 탐험』, 열림원, 2005, 111면)

또한, "그 가운데는 월세계의 정복에 의하여 구라파의 균형이 까드러지지는 않을까 할 논한 자까지 있었습니다"처럼 미국 중심의 달 탐사 계획은 기존 강대국 내부의 동요를 일으키기 충분하였다. 위와 같은 서사는 마치 2차 세계대전 이후의 냉전 시기를 예언이라도 한 듯하다.

이러한 제국주의에 대한 비유는 역으로 비판 의식을 견지하게 한다. 달에 포탄을 보낼 수 있을 정도의 기술력을 보유한 문명국의 사명감은 과학이라는 미명 아래 '정복'을 정당화할 수 있었다. 조선의 경우 식민 지배를 받는 처지에서 문명국으로의 도달이 강력히 요구되는 시점이었다. 1차 세계대전의 현장이 보도되고, 군 비행기의 상용화가 이루어진 시대적 맥락을 고려한다면 과학기술의 보급은 시급한 문제였을 터이다. 이러한 배경을 토대로 '문명'과 '과학'이 등가로 처리된 번역에서 신태악이 전달하려한 과학적 지식, 문명의 지식은 어떻게 옮겨졌는지 알아볼 필요가 있다. 물론, 소설 속에서 형상화된 지식은 현실의 것과 차이가 나기도 하며, 갱신해야 할 내용도 있다. 그렇지만 식민지 조선의 지식 장과 그 안의 독자들에게는 선진先進의 문물이자 유의미한 읽을거리로 다가왔을 것이다.

대표적으로 천문학적 지식에 주목할 필요가 있다. 『지구에서 달까지』의 4장은 신태악 번역본의 전편 「月世界로」에서도 원작과 같은 제목인 '캠부릿치天文臺의回答'으로 옮겨졌다. 이 4장은 과연 대포 구락부의 달 탐사 계획이 실현 가능한지에 대한 케임브리지 천문대의 답변으로 구성되어 있다. 총 6개의 질문과 그에 대한 응답은 궁극적으로 달 탐험이 실현 가능하다는 것을 제시하는 역할을 한다. 첫 번째 질문은 당연하게도 "포탄을 달로 보낼 수 있을까. 없을까"9면이다. 신태악 번역본에서 제시된 답변은 "답. 가능, 일초에 1만 2천 미碼[야드-인용자]의 초속도初速度로만 발사하면 지구에 멀어짐에 따라, 인력引力 작용은 감減하여 감으로 포탄의 중重은 차제次第로 감하여 지구의 인력과 달의 인력이 평균되는 데서는 영零이 되고 그다음에는 포탄은 달의 인력 때문에 자연히 월에 낙거落去할 것입니다. 함으로 이 계획은 가능합니다. 다만 성공 불성공은 포砲의 발사력의 정도에 의하여 결정될 것입니다"[10]면로 번역되었다. 이 서술은 현대 한국어의 번역과 큰 차이는 없지만 "지구의 인력과 달의 인력이 평균 되는" 지점이 "지구에서 달까지 거리의 52분의 47을 갔을 때"라는 구체적인 수치는 언급되지 않았다. 일역본에는 제시되어 있지만, 신태악이 자의적으로 삭제한 부분이다. 또한, "포탄이 지구를 떠나면 중력은 거리의 제곱에 반비례하여 줄어"[49]든다는 내용도 일역본에 있지만, 신태악 번역본에서는 찾을 수 없다.

두 번째 질문은 "지구와 달의 확確한 기幾 리哩[마일―인용자]인가"이다. 이에 대한 답변은 "달은 지구를 원주圓周 하는 것이 아니라. 타원楕圓을 그리면서 돌아감으로 지구와의 거리는 때에 따라 가까워지기도 멀어도 지나니 즉 학술적으로 말하면 근지점近地點에 위位하고 또 때에 따라 머니 원지점遠地點에 위位합니다. 원지점에 있는 경우에는 지구에서 247,552리哩, 근지점의 경우에는 218,657리 즉 그 차差가 28,895리의 차가 있습니다.[50] 그러므로 이 계획을 실행함에는 달이 근지점에 왔을 때의 거리를 기초로 할 것입니다"로 번역되었다. 물론, 신태악의 번역에서 지구와 달 사이의 거리가 조선에 처음 알려진 것은 아니다. 그러나 오늘날 원지점 40만 6,697km, 근지점 35만 6,410km로 측정된 거리와 거의 유사한 수치가 소설을 통해

---

49 쥘 베른, 김석희 역, 『지구에서 달까지』, 열림원, 2008, 43면.
50 킬로미터로 변환하면 원지점 39만 8,310km, 근지점 35만 1,820km이다.

서도 알려졌다는 사실이 중요하다.

세 번째 질문은 "충분한 초속도로 포탄을 발사하면 달에 달達하기까지
는 몇 시간이나 요要할까. 천공의 어떤 점에서 포탄을 달에 닿게 함에는 어
느 때에 발사하면 좋을까"인데, 신태악의 번역에서는 "고로 달이 목적한
곳에 오기 전 93시간 13분 20초에 발사하면 좋습니다"[10]면라고 되어 있
다. 여기서도 숫자의 오기誤記가 발견된다. 일역본과 원작에 의하면 93시
간이 아닌 97시간이다. 이외에 포탄이 도달하는데 달이 가장 좋은 위치에
오는 시기와 위치, 포탄을 발사하기에 적절한 위도에 관한 질문과 대답이
빠짐없이 번역되었다.

쥘 베른의 소설에서 등장하는 인물들이 관심을 두는 내용 중 하나는 달
에 생물이 서식하는지에 대한 여부이다. 달 탐사 계획을 통해 인류의 오랜
호기심을 해소하고자 한 욕망이 반영된 것이다. 일찍이 인류가 천체를 관
측한 역사는 유구하다. 나라의 길흉을 점치기 위해서나 역법을 만들기 위
해 오래전부터 하늘을 올려다봤다. 망원경이라는 발명품을 가지고 실측한
역사는 그에 비해 길지 않은 400여 년 정도이다. 달 착륙이 어려워지자 세
인물은 지구에서 가져간 월면도를 바탕으로 대조 작업을 하였다. 지구에
서 망원경으로 관찰하는 것보다 더 세밀하게 관측할 기회였기 때문이다.
이때 알-단은 해박한 지식을 지닌 나머지 두 명에게 달에 생물이 존재하
는지를 묻는다. 그러자 빠비간은 "나는 그것을 부정해요, 첫째 월세계를
둘러싼 분위기雰圍氣는 비상히 감소 되었고, 대부분의 바다는 말라버렸으면
물은 충분치 못하고 한기寒氣와 서기暑氣는 급격히 변화하는데 겸兼하여 주
야는 354시씩이나 되니 이렇고 어찌 만물이 살겠소. 그러므로 나는 아무
리 보아도 서식에 부적당하다 하겠어요, 또한 동물의 진화에 매우 나쁘고,

생존하는 데도 여러 가지 물건이 결핍되어 있으니까"[106]라는 대답이 돌아온다. 이어서 먼 과거에는 생물이 서식했을까 하는 질문에 "확실히 있었다고 믿어요, 월月은 우리와 같은 육체를 가진 사람을 살게 한 일이 있어요, 또한 지구상에 있는 동물과 같은 것도 살았어요, 그러나 그들 인류나 동물은 그 시대가 마치어서 지금에는 영구히 소멸되고 말았습니다"라고 답변한다. 마지막으로 "우리 지구도 사멸할 때가 있을까요?"[107]라고 묻자, "물론이오, 지구의 외피가 냉각하면야! (…중략…) 확실한 계산에 의할 것 같으면 지구의 열은 40만 년 후에는 없어지고 말아요"[108]라는 대화를 나눈 뒤 낭화대의 소총 반동을 이용해 지구로 돌아오게 된다. 이로써 서사 내에서 발생한 그간의 호기심이 다소 해소되는 경향을 보인다.

허구적 서사에서뿐 아니라 1920년대 조선의 매체에서도 달에 생물이 존재하는지에 대해 궁금해하는 호기심을 읽어낼 수 있다. 어린이용 잡지가 아닌 신문 기사를 몇 가지 소개하면 다음과 같다. 먼저, 「생명이 있는 월세계」라는 글에서는 "우리 동양에서는 육안으로 물건을 보아 왔으므로 달 속에는 계수나무가 있다는 말도 하였다. 그러나 서양학자들은 망원경을 가지고 여러 대대로 연구하여 오던 중 이번에 영국 천문학자 '픽크랑' 씨는 우리에게 달 세계 이야기를 자세히 하여 주었다. 달 속에 계수나무같이 보이는 물건은 달 속에서 화산이 터져 올라 자꾸 쌓이었으므로 산을 이루었고 지금까지도 화산 구멍에서는 기운이 뻗쳐 올라오는데 이 화산들이 살아있는 증거로 말하면 1641년에 '리치올리'라는 학자가 화산 구멍 하나를 발견할 것을 1810년에 '롤만' 씨가 보니까 구멍이 그때보다 더 싶어졌다가 1860년에 '스밋트' 씨는이 구멍이 없어진 것을 증명하였고 오늘날 와서는 이 구멍이 다시 터져 직경 1마일 반이나 되게 커졌다 하는데 이렇게 자세히 연구한 학자는 곧 '픽크링' 박사이라더라"[51]라고 전한다. 또한, "미국의 천문학계에 유명한 '하버드 교수 윌리엄 헨리 빅카링' 씨의 발표한 바를 듣건대, '자메이카'에 있는 '하버드' 천문대학에서 최근에 누차 관측한 결과 달 위에 풀과 나무가 무성히 자라는 것은 의심 없는 사실인데 다시 말하면 달에는 여기저기 광대한 삼림이 있으며 그곳에는 풀과 나무는 달 세계의 하루, 우리 인간 세상에서 약 한 달 동안에 낫다가 그날 밤으로 곧 말라 죽는 듯하다더라"[52]라는 '뉴욕 전보'를 전하는 기사도 있다. 심지어는 달에 생물이 있는지 없는지로 말다툼을 하다가 상대방을 살해한 기사도 눈에 띄며,[53] 달뿐 아니라 화성에서도 과연 생물이 서식 가능한가에 대한 논설도 찾아볼 수 있다.[54] 화성이나 수성이 몇십 년 만에 지구와 근접한다는 정보도 빠르게 전달되는 점으로 미루어 보아,[55] 주로 외신 보도를 통해 동시대의 감각에서 천문학상의 지식을 습득할 수 있었던 사례로 판단할 수 있다. 이외에 1920년에는 미야케 세츠레이三宅雪嶺의 『우주』[56]가 『동아일보』에서 연재되기도 했으며,[57] 1922년 나경석에 의해 아인슈타인의 상대성이론도 7회에 걸쳐 실렸다.[58] 대중에게 과학이 더욱 밀

51 「생명이 있는 월세계」, 『동아일보』, 1921.8.15, 3면.
52 「월세계에 식물 번무(繁茂)」, 『동아일보』, 1921.10.16, 3면.
53 "4월 원산에 정박 중인 노국선 '몽쿠리'호 이등 선실에서 '소삿크' 육군 소위 '노푸스키'와 동 육군 대외 '아노후' 두 사람이 부활제일 밤을 당하여 월색을 바라보며 술을 마시다가 월세계에 생물이 있느니 없느니 하는 문제로 말다툼을 하다가 필경 소위가 대위를 살해하였다 함은 이미 본보에 보도한 바이거니와 그 후 동 소위는 함흥 지방 법원에서 심리 중이던 바, 지난 이십 일에 징역 2년의 선고를 받고 함흥 형무소에서 복역한다더라."(「월세계의 생물 유무」, 『동아일보』, 1923.7.26, 3면)
54 「화성에 서식하는 칠(七) 동물」, 『개벽』 4, 1920.9.25, 102~104면.
55 「화성 관측에 대하야」, 『동아일보』, 1924.8.23, 1면; 「금일의 수성, 태양과 지구 사이를 지나가게 된다」, 『동아일보』, 1924.5.7, 2면.
56 三宅雪嶺, 『宇宙』, 政教社, 1909.
57 「우주」(전 55회), 『동아일보』, 1920.5.19~9.1, 1면.

접하게 다가오게 된 계기로 총독부 과학관의 등장도 빼놓을 수 없을 것이다. 총독부 과학관(은사기념과학관恩賜記念科學館)[59]은 1925~6년부터 준비되어,[60] 1927년에 관람이 이루어졌다. 과학관에는 냉장고, 보일러 등을 비롯하여 천체 망원경도 전시되었다.[61]

이미 과학은 근대 문명의 중추로 작용하고 있었고, 당연하게도 과학기술의 발달 정도에 따라 향후 전쟁의 승패가 가려질 것으로 예상되었다.[62] 특히 조선인 비행사 안창남의 등장으로 비행기에 관한 관심도 높아진 터였다. 이러한 시대적 맥락을 전후로 하여 『월세계여행』이 조선에 번역된 것이다. 만약 우주선을 달까지 올려보낼 만큼의 기술력이 있다면, 지구상 어느 곳이라도 포탄을 투척할 수 있을 것이다. 그렇기에 허구적 장치인 문학을 매개로 삼아서라도 과학지식의 보급을 시도한 것으로 해석할 수 있다. 따라서 쥘 베른의 소설을 번역함으로써 세계문학을 소개하는 역할을 담당한 동시에 신태악 본인이 지닌 지식인의 시대적 사명을 표출하고, 문명의 지식을 전달하고자 한 작업으로 생각된다. 그리고 "다만 성역이 있을 뿐"이라 했던 신태악은 번역의 불가능성과 고투하며 조선어로 된 결과물을 만들어 냈다.

---

58 公民, 「아인스타인의 상대성원리」(전 7회), 『동아일보』, 1922.2.25~3.3, 1면.
59 1925년에 다이쇼 천황의 결혼 25주년을 맞이하여 사회 교육 장려금으로 조선총독부에 하사되었던 은사금 17만 엔을 자본금으로 삼아 붙여진 이름이다.
60 「과학관 명추(明秋) 개관」, 『동아일보』, 1925.12.25, 5면; 「과학 개관 준비」, 『조선일보』, 1926.1.24, 1면.
61 「현대과학문명의 축소도, 총독부 과학관」(전 2회), 『조선일보』, 1927.5.11~12, 3면.
62 "자시(自是)로 전쟁은 어찌하든지 과학적 전쟁이 될 줄로 신(信) 하오. 국민의 과학적 지식이 진보하면 군비 확장은 무용(無用)이외다. 비행기나 독와사(毒瓦斯)나 잠항정의 발달이 현저하게 되면 아무리 군함과 군인을 증가하여도 무용할 것이오."(「미래의 전쟁」(상), 『조선일보』, 1921.7.10, 4면)

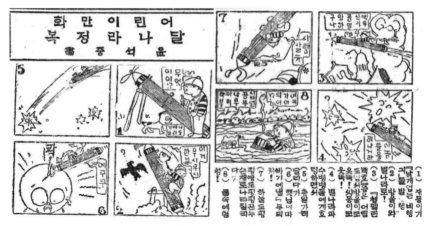

〈그림 24〉 윤석중 畵, 〈달나라 정복〉[63]

쥘 베른의 소설이 번역된 이후에는 아동을 대상으로 한 문예란에서 달에 관한 주제가 특별히 더 자주 다뤄졌다. 〈그림 24〉에서 제시한 윤석중1911~ 2003의 만화 〈달나라 정복〉은 조르주 멜리에스Georges Méliès 감독의 영화 〈달세계 여행〉1902과 닮아있다. 또한, "달세계 탐험은 아직 활동사진으로밖에 성공한 이가 없습니다. 활동사진 중에도 여러 가지가 있는데 제일 처음 된 것으로는 총알을 타고 달로 가는 것인데 큰 공장에서 큰 대포와 큰 총알을 만들고 그 속에 과학자님들이 들어앉은 후 지구에서 꽝하고 대포를 놓은즉 탄환이 참말로 총알 같이 달세계에 가서 떨어집니다. 학자들이 문을 열고 나와서 바위가 거칠거칠한 곳으로 뛰어다니다가 달세계의 귀신을 만나 쫓겨서 다시 타고 다시 내려옵니다"[64]처럼 영화가 변용되어 알려진 사례도 있다. 한편으론 "근세의 과학은 쉬일 날 없이 진보되어 수백 년 이내에 전 세계의 거리는 기차, 기선, 비행기 등 교통기관의

63 「어린이 만화 달나라 정복」, 『조선일보』, 1929.9.8, 3면.
64 「달세계 탐험 이야기」(1), 『동아일보』, 1926.9.9, 3면.

발달로 일란一瞬과 같이 단축되고 무선전화와 비행술의 정교를 이용하여 요사이에는 한 걸음 더 나아가 별나라 사람들과 이야기를 하여보느니 달나라로 여행을 하느니까지 하고 있다"[65]라고 기술 진보의 관점에서 언급되기도 했다. 이처럼 쥘 베른의 소설에서 펼쳐진 상상력은 진보적인 사고에서 전유되는 한편, 조선의 독자들에게 꿈과 희망의 상징으로 자리매김했다.

2. 구원과 파멸의 서사

1) R. L. 스티븐슨의 번역 계보와 텍스트 주변

이 장에서는 『지킬 박사와 하이드 씨의 기이한 사례*Strange Case of Dr Jekyll and Mr Hyde*』1886[66]의 번역인 『쩨클과 하이드』[67]를 연구 대상으로 삼아 번역 양상과 텍스트의 특수성을 분석하는 것이 목적이다. 이 과정에서 일본어 중역을 거치지 않은 텍스트 즉, 원문에서 직접 번역된 텍스트를 중점적으로 검토하여 미국인 선교사인 언더우드 부인Lillias Stirling Horton Underwood, 元杜尤夫人, 元好敦, 1851~1921과 조선야교소서회朝鮮耶蘇敎書會, 현 대한기독교서회의 번역 방식을 검토하고자 한다. 번역 방식에 중점을 두는 이유는 외국인 선교사가 당시 조선의 독자들을 위해 어떠한 단어를 선택했는지, 또, 삭제, 축

---

65 「인류의 과거와 장래」(6), 『동아일보』, 1929.7.30, 3면.
66 1886년 1월 5일 London : Longmans, Green & Co.에서 출간되었다. 원제는 『지킬 박사와 하이드 씨의 기이한 사례(*Strange Case of Dr. Jekyll and Mr. Hyde*)』로 출간 당시에는 정관사 'The'가 없었다. 이하 원작을 지칭할 때는 『지킬 박사와 하이드 씨』로 표기한다.
67 라벗 루이스 스티앤선, 원두우부인 역, 『쩨클과 하이드』, 조선야교소교서회, 1921.

역, 발췌 등을 면밀하게 분석하여, 언어의 변용 및 문화적 맥락의 차이를 고찰하기 위해서이다.

『지킬 박사와 하이드 씨』를 비롯하여 로버트 루이스 스티븐슨Robert Louis Stevenson, 1850~1894의 텍스트 수용과정을 살펴보기 위해 가장 먼저 검토해야 할 선행 연구는 단연 김병철의 작업이다. 김병철은 1920년대 스티븐슨의 번역에 대해 "단편소설은 겨우 한 편밖에 안 되지만 단행본으로 나온 장편소설은 4편이나 역간譯刊되어 있다"고 밝히며 연대순으로 "① 『병중소마甁中小魔, The Bottle Imp』 루이스 스티앤선, 윈두우부인 역, 조선야소교서회, 1921.5.10, 46版, 9pt, 59p, ②『쩨클과 하이드The Strange Case of Dr. Jekyll and Mr. Hyde』 라벗 루이스 스티앤선, 윈두우부인 역, 조선야소교서회, 1921.8.28, 46판, 9pt, 102p, ③『일신량인긔一身兩人記, The Strange Case of Dr. Jekyll and Mr. Hyde』으로쌔트 루위셔 스틔분손, 게일 · 이원모 共譯, 조선야소교서회, 1926.3.10, 46판, 9pt, 49p, ④「寶島探險記」The Treasure Island, 스틔분손, 주요섭 역, 『동아일보』, 1927.2.25~4.29(56회)" 이렇게 제시하였다. 또한, "장편까지 넣으면 단연 首位를 차지한다. 하이디의 경우와 마찬가지로 스티븐슨의 경우도 당시 그가 떨친 文名(그가 他界한 것은 1894년)의 탓이 작용했"다고 덧붙였다.[68]

김병철의 연구에서 두 가지 지점에 의문을 제기할 수 있다. 첫째, 그가 "단편소설은 겨우 한 편"이라고 지적한 텍스트는 위의 목록에 제시되어 있지 않은 변영로의 「팬 신神의 적笛」이다.[69] 조사 결과 이 텍스트의 장르

---

[68] 김병철, 『한국 근대번역문학사 연구』, 을유문화사, 1998(초판 1975), 417면.
[69] 김병철은『세계문학번역서지목록총람―1895~1987』, 국학연구원, 2002, 36면에서 소설로 분류하였다.

는 소설이 아니다. 번역자 변영로가 "만문漫文"[70]으로 제시한 것과 같이 원문을 살펴본 결과 에세이로 분류할 수 있다. 둘째, 김병철이 소개한 네 편의 텍스트가 과연 장편소설인가에 대한 물음을 던질 수 있다. 「보도탐험기」『보물섬(*Treasure Island*)』를 제외하면 스티븐슨의 텍스트 중 「지킬 박사와 하이드 씨」, 「자살 클럽」 등은 200자 원고지 500매에 가까워 요즘 기준으로 보자면 중편소설 혹은 경장편으로 분류할 수 있다. 게다가 모던 라이브러리의 단편 전집에서는 스티븐슨이 발표했을 당시 단편으로 취급되었던 점을 존중하여 단편으로 분류하였다.[71] 또한, 『병중소마』『악마가 깃들인 병(*The Bottle Imp*)』는 분량상 단편 소설로 분류하기 충분하다.

김병철의 연구에서 제시되지 않은 번안 텍스트도 한 가지 있다. 「괴적怪賊」은 김병철의 연구에서 정리되어 있지 않은 자료로, 송하춘의 연구를 통해 알게 되었다. 송하춘의 연구에서는 "『중외일보』의 유실로 정확한 시작일자를 확인할 수 없다"[72]고 하였다. 『중외일보』 1927년 3월 22일 자 3면 5단 광고 「명일明日부터 신소설新小說 괴적怪賊 김단정金丹鼎 번안飜案 노심산盧心汕 삽화揷畵」를 통해 3월 23일부터 연재가 시작될 것으로 예고했으나, 3월 23일 기사에서는 "신소설新小說 괴적怪賊 특별한 사정으로 이삼일 연기하오니 고대하시오"[73]라고 발표하였다. 실제 연재는 3월 26일부터 시작되었다.

논의에 앞서 R. L. 스티븐슨의 텍스트가 조선어로 번역된 사례를 간단하게 살펴보면 다음과 같다.

---

70 변영로 역, 「팬神의 笛」, 『동아일보』, 1926.8.14, 3면.
71 분량과 장·단편 구분은 이종인, 「옮긴이의 말 – 도덕, 신비, 모험을 중시하는 고전 작가」, 로버트 루이스 스티븐슨, 『로버트 루이스 스티븐슨 – 지킬 박사와 하이드 씨의 기이한 사례 외 7편』, 현대문학, 2015, 490면을 참고하였다.
72 송하춘, 『한국근대소설사전』, 고려대 출판문화원, 2016, 47·701면
73 「신소설 괴적」, 『중외일보』, 1927.3.23, 3면.

작품명	번역자	출처	시기	원작
瓶中小魔	원두우부인	조선야소교서회	1921.5.20	*The Bottle Imp*(1891)
쩨클과 하이드	원두우부인	조선야소교서회	1921.8.28	*Strange Case of Dr. Jekyll and Mr. Hyde*(1886)
일신량인긔	게일 · 이원모	조선야소교서회	1926.3.10	
팬神의 笛	변영로	『동아일보』	1926.8.14~17 (전 3회)	*Pan's Pipes*(에세이, 1878)
寶島探險記	주요섭	『동아일보』	1927.2.25~4.29 (전 56회)	*Treasure Island*(1883)
怪賊	김단정 번안75 노심산 삽화	『중외일보』	1927.3.26~6.12 (전 75회)	*Strange Case of Dr. Jekyll and Mr. Hyde*(1886)
鎭魂曲	이하윤	『해외문학』 2	1927.7.4	Requiem(시, 1890)
理想國	박술음	『휘문』 7	1929.12.27	"El Dorado"(에세이, 1878)
自殺클럽	이하윤	『중외일보』	1930.2.13~4.23 (전 57회)	"The Suicide Club"(1878) *New Arabian Nights*(1882)
王의 金剛石	이하윤	『중외일보』	1930.4.24~5.29 (전 20회)	"The Rajah's Diamond" (1878) *New Arabian Nights*
하로ㅅ밤	이하윤 譯 城北學人 畫	『조선일보』	1931.5.22~6.6 (전 15회)	"A Lodging for the Night" (1877) *New Arabian Nights*
팬神의 笛	박술음	『신생』 6:7	1933.7.17	*Pan's Pipes*(에세이, 1878)
해양모험소설 보물섬(寶島)	김희창	문예서림	1947.11	*Treasure Island*(1883)
보물섬 1,2권	최봉수	한일문화사	1950	*Treasure Island*(1883)
(모험(해적)소설) 해적선	이상실	창인사	1952	*Treasure Island*(1883)
늙은 해적	이활원 (발행인)	평범사	1954(3판) (서문:1947)	*Treasure Island*(1883)
寶物과 海賊	방인근	대지사	1954	*Treasure Island*(1883)
보물섬 (세계명작선집 11)	동국문화사 편집부	동국문화사	1954	*Treasure Island*(1883)
(The)suicide club	고광만 역주	한일문화사	1955	"The Suicide Club"(1878) *New Arabian Nights*(1882)
쥐킬博士와 하이드	김원기	신명문화사	1956	*Strange Case of Dr. Jekyll and Mr. Hyde*(1886)
보물섬 상 · 하 (한일영미명저 역주총서 6,7)	최봉수	한일문화사	1956 (1957재판)	*Treasure Island*(1883)

작품명	번역자	출처	시기	원작
二重人格者의 悲哀	김원기	교양사	1958	*Strange Case of Dr. Jekyll and Mr. Hyde*(1886)
二重人間 (양문문고 15)	유영	양문사	1959	*Strange Case of Dr. Jekyll and Mr. Hyde*(1886) "Markheim"(1884) *The Merry Men and Other Tales and Fables*(1887)
보물섬 (양문문고 31)	최봉수			*Treasure Island*(1883)
自殺클러브	공정호	법문사	1960	"The Suicide Club"(1878) *New Arabian Nights*(1882)

1921년부터 1960년까지 살펴본 이유는 『지킬 박사와 하이드 씨』가 조선어로 처음 번역된 이후, 다음에 번역된 시기를 알아보기 위해서이다. 위의 조사를 통해 해방 이후에는 『보물섬』의 번역이 두드러지는 것을 알 수 있다. 그리고 『지킬 박사와 하이드 씨』의 경우 1921년, 1926년 두 번의 번역과 1927년에 번안된 후 1956년이 되어서야 번역된 점을 파악할 수

---

74 식민지 시기 번역 목록은 김병철, 『세계문학번역서지목록총람-1895~1987』, 15 · 16 · 35 · 36 · 39 · 46 · 47 · 48면; 김병철, 『한국 근대번역문학사 연구』, 416 · 417 · 493 · 539 · 549 · 658 · 683 · 688 · 698~700면; 송하춘, 『한국근대소설사전』, 고려대 출판부, 2016, 701면을 참고하여 작성하였다. 해방 이후의 번역은 동아일보 1947년 11월 23일 3면 광고 (김희창 번역)와 학술연구정보서비스 RISS(http://www.riss.kr), 국가전자도서관 (http://www.d library.go.kr), 국회전자도서관(http://dl.nanet.go.kr)에서 검색하였다. 이 표에서 제시한 원작 중 일부는 필자가 조사하였다. 1950년대 『보물섬』의 번역은 두세 종 더 있는 것으로 파악되나 실물을 확인하지 못하여 추가하지 않았다. 근대 초기에는 『약탈자(The Wrecker)』(1892)가 『파선밀사』(『경향신문』, 1907.7.3~1909.1.1)로 번역되기도 했다.(강현조. 「한국근대소설 형성 동인으로서의 번역 · 번안─근대초기 번역 · 번안소설의 전개 양상을 중심으로」, 『한국근대문학연구』 13:2, 한국근대문학회, 2012, 16면).

75 김단정(金丹鼎)의 정체에 대해서는 김영애, 「『최후의 승리』 판본 연구」, 『현대문학의 연구』 54, 한국문학연구학회, 2014, 268~271면에 따르면 김기진으로 추정되기도 한다. 그리고 김영애의 연구에서 「괴적」은 『지킬 박사와 하이드 씨』의 번안이라는 것을 언급했다. 김영애, 「김기진과 『중외일보』」, 『근대서지』 14, 근대서지학회, 2014, 228면 각주 10번에서도 "자료 망실로 인해" 「괴적」의 연재 시작일이 불명확하다고 서술하였으나, 본문에 밝혀둔 것과 같이 3월 26일이다.

있다. 또한, 위의 목록에서 확인할 수 있는바, 식민지 시기의 번역 주체들은 주로 영문학을 전공한 지식인으로 파악된다. 한편, 1956년 김원기의 번역은 일역본을 참고한 것으로 추측된다. 그 이유는 역자 서문에서 "일본 유학 시절에 「텍스트·뿍」으로서 시련을 받았던 기념물이며, 원문해의 願文解義에 불비한 점은, 서울 문리대 재학 중인 동생의 힘을 빌었음을 아울러 밝"히고 있기 때문이다.[76]

번역 목록 가운데 「진혼곡」의 원작 "Requiem"은 스티븐슨의 묘비에 새겨진 시로 알려져 있다.[77] 「진혼곡」을 번역하고 4년 뒤 1931년 이하윤은 「하로ㅅ밤」을 연재하며 스티븐슨을 상세하게 소개한다. "'로버트 루이스 스티븐슨1850~1894'은 영길리 신 낭만파 소설을 대표하는 거상巨像이다. 그

---

76 R. L. 스티븐슨, 김원기 역, 『쥐킬 博士와 하이드』, 신명문화사, 1956, 2면. 물론 김원기가 언급한 "텍스트 북"이 영어 원문일 가능성을 아예 배제할 수는 없다.

77 이하윤의 「진혼곡」은 『해외문학』 2호「愛誦九篇」중 한 편이다. 「애송구편」은 (英)R·L·스틔-본슨, 「진혼곡」/(佛)알베-르·사맹, 「死都」/(英)애르프리드·테니슨, 「부셔라!」/(米)셔라·틔스데일, 「이져바리여오」/(佛)트리스탕·콜비에르, 「둑겁이」/(英)월터·드·라·메-어, 「騎士」/(佛)포올·레랄듸, 「이원론」/(英)J·골즈워듸, 「삶」/(日)西條八十, 「회상」으로 구성되었다. (이하윤 역, 「愛誦九篇」, 『해외문학』 2, 해외문학연구회, 1927.7.4, 31~34면)
「진혼곡」의 조선어(이하윤)과 영어, 일본어 번역을 나란히 두면 다음과 같다. (Robert Louis Stevenson, Underwoods, London : Chatto & Windus 1898, p.43; 片上伸, 『近代英詩評釈』, 有朋堂, 1909, p.107)
〈표 23〉 "Requiem"의 번역 비교

진혼곡	Requiem	鎮魂歌
넓은하날 별빗바다밋헤, 무덤을파고 나를죽게하소서. 나는것버살엇고 깃버죽으매, 깃버서 이몸을뉘임이로라. ✕ 무덤에서색임時는 이것으로요- 눕고십던이곳에 그는자노라, 집, 바다에서도라온 水夫의집, 그리고뫼에서 砲手가도라온그집.	Under the wide and starry sky, Dig the grave and let me lie. Glad did I live and gladly die, And I laid me down with a will This be the verse you grave for me: Here he lies where he longed to be; Home is the sailor, home from sea, And the hunter home from the hill.	星くづきらめく大空の下, 墓場をほりてわれはれむらん 怡(たの)しく住みし世たのしく 逝きて わが身はうれしく墓場にねむる. わが墓に彫る歌はかくあれ:── 「自から求めし玆にぞ彼は眠る, 舟子は歸りぬ, 海よりかへりぬ, 獵夫(さつを)は返りぬ, 山よりかへりぬ,」

의 『보도寶島』는 이미 우리가 잘 아는 터이며 또한 『자살클럽』의 졸역拙譯도 필자의 일차一次 시험試驗해 본 바이다. 『자살클럽』은 단편의 연쇄連鎖적 소설이었지만 여기 역재譯載하는 『하로ㅅ밤』 역시 『신 아라비아 야화夜話』속에 따로 독립된 작품으로 들어있는 단편소설이다. 불란서 중세기의 대시인 '프랑수와 비용'의 이야기라는 간제목間題目까지를 붙여서, 그 도적盜賊시인의 칭稱을 듣는 일면一面을 자미滋味있게 그려낸 작품이다. 그는 소설 외에 시, 평론을 쓴 것이 또한 많을 뿐 아니라 그는 실로 훌륭한 시인이었고 또 평론가였던 것이니 시 중에서도 특히 그 동요童謠는 그 비比를 저 '블레이크'에까지 구求하게 되는 것이며 그 평론은 현대소설 연구 이론에 새로운 해결解決까지를 주게 된 것이다. 40년 좀 넘는 짧은 일생을 폐병으로 신음하면서도 그는 결코 비관 하지 않고 죽는 날까지 무게 있는 많은 작품을 쓰기에 게을리하지 않았다."[78] 이 인용에서 "『보도寶島』는 이미 우리가 잘 아는 터"라고 제시한 부분은 주요한의 번역을 염두에 둔 것으로 보인다. 그러나 세 편이나 되는 조선야소교서회의 출판물—『병중소마』, 『쩨클과 하이드』, 『일신양인긔』—을 언급하지 않은 점은 의문으로 남는다.

위의 조사를 바탕으로 고찰하고자 하는 바는 다음과 같다. 첫째, 각종 매체를 기반으로 식민지 시기 『지킬 박사와 하이드 씨』가 수용된 양상을 살펴볼 것이다. 안확은 언더우드 부인의 번역이 나올 무렵인 1921년 "'스티븐손'은 전기주의파傳奇主義派라 모험을 주재主材로 하여 기이한 불사의不思議의 사건을 묘사하니 이는 소아小兒와 같이 상상想像을 열열悅하기에 면력勉力하는 자"[79]로 소개하였는데, 이는 『보물섬』에 중점을 둔 서술로 보인다.

---

78 이하윤, 「하로ㅅ밤」 (1), 『조선일보』, 1931.5.22, 8면.
79 안자산, 「세계문학관—영문학의 형세」, 『아성』 2, 1921.5.15, 49면.

『지킬 박사와 하이드 씨』의 식민지 시기 번역/번안은 세 번에 그쳤지만, 영화로 소개되거나 다른 작가의 소설 등 문화의 장場에서 언급된 사례가 있다. 특히, 영화 상영의 과정에서 일어났던 검열의 문제를 되짚어보며 당시 『지킬 박사와 하이드 씨』의 지형도를 가늠하고자 한다. 또한, 이 과정에서 1930년대 초반 이후 스티븐슨의 텍스트가 더는 번역되지 않고 단절된 이유를 추론해 볼 수 있다.

둘째, 주요 연구 대상인 『쩨클과 하이드』에 주목하여 번역상의 특징을 분석할 것이다. 김병철의 연구에서는 "초역抄譯"으로 단정 지어졌는데, 보다 구체적으로 초역의 범주에 대해 논의할 필요성이 있다. 언더우드 부인의 텍스트는 식민지 시기 번역사에서 독특한 위치를 점할 수 있다. 그 이유는 번역 주체가 조선인이 아닌 미국인 선교사라는 점, 그로 인해 일본어 중역을 거치지 않고 원작에서 바로 번역될 수 있었다는 점에서 특수성을 갖는다. 다시 말하면 일본어를 통해 근대 조선어의 형성을 주조하였던 여타 텍스트와 달리, 영어 원문을 통한 직역에서 관찰할 수 있는 조선어의 특징을 살펴볼 가치가 있다. 특히 변형된 문맥을 검토하여 1920년대 초반의 조선인 독자가 수용할 수 있는 지적 산물의 임계치를 추정해보고, 번역 주체의 태도를 검토하고자 한다. 이 과정에서 현재 통용되는 상식 혹은 지식과 변별되는 점도 주목해 볼 수 있다. 현대의 번역 즉, 축역되지 않은 직역과 차별되는 지점을 분석하여 『쩨클과 하이드』만의 특수성을 밝히는 것을 목표로 한다. 또한, 지금까지 언더우드 부인의 번역 행위에 초점을 둔 선행 연구는 많지 않은 가운데,[80] 그의 '번역 태도'에 주목해 보고자 한다.

---

[80] 대표적인 연구로 김성연의 『서사의 요철―기독교와 과학이라는 근대의 지식-담론』, 소명출판, 2017의 2부 3장인 「근대 초기 선교사 부인의 저술 활동과 번역가로서의 정체성」 중

셋째, 번역된 내용에 주목하여 1920년대에서 과학적인 '실험'을 통해 도출될 수 있는 문학적 상상력, 즉 실험의 이상과 파국에 대한 논의를 진행하고자 한다. 『지킬 박사와 하이드 씨』는 알려진 대로 인간의 이중성에 대한 고찰로서, 내면의 '악惡'이 발현되어 파멸에 이르는 서사이다. 본고는 이러한 서사에서 과학 실험을 통한 진화가 진보를 대변하지 않는다는 사실을 인간에 국한하지 않고 세계로 확장하여 독해하고자 한다. 또한, 논의의 과정에서 1910년대 몇 종류의 텍스트와 비교하여 1920년대 문학 장場에서 '실험실'이 과연 낯선 공간이었을지, 보다 구체화된 '공간'이 제시될 수 있었는지 검토하고자 한다. 근대 과학의 상징인 '실험'을 통해 식민지 조선의 독자들에게 문학적 상상력을 불러일으킨 장면에 주목함으로써 『쩨클과 하이드』가 1920년대 지식 장場에서 펼친 역할과 기능을 점검해 보기로 한다.

현재까지 연구된 바로는 중국에서의 번역이 일본보다 이른 편이다.[81] 중국에서 최초의 번역은 1908년 상무인서관에서 출간된 『이형기술易形奇術』이다. 번역자는 밝혀져 있지 않고 전체 78쪽, 10개의 장으로 구성되어 있으며 각 장의 제목 대신 번호로 되어있다.[82] 중국 국가도서관의 목록에 따르면 이 책은 1913년에 재판再版된 것으로 보인다. 『중국근대문학대계』에 의하면 다음 번역은 1917년 중화서국中华书局에서 출판된 천자린陳家

2절에서 다뤄졌다. 특히 김성연의 저서 193면에는 언더우드 부인의 번역물 및 저술 목록이 일목요연하게 제시되어 있다.

[81] 이 문단에서 제시한 중국에서의 번역사는 陆国飞, 『清末民初翻译小说目录-1840~1919』, 上海: 上海交通大學出版社, 2018, p.24; 徐中玉 主編, 『中國近代文學大系 27-飜譯文學集 2 : 1840~1919』, 上海: 上海書店, 2012(초판 1995), pp.353~354를 참고하였다.

[82] 서지 정보는 중국 고문서 판매 사이트(http://www.bookinlife.net/book-287531.html)에서 '易形奇术'로 검색하였다.

麟 번역의 『혁심기革心记』로 기록되었으나, 조사 결과 1917년 판은 재판이 며 초판은 1911년에 나왔다. 현재의 제목과 같은 번역은 1946년의 쉬시 전許席珍의 『화신박사化身博士』로 알려져 있다. 그러나 쉬시전의 1946년 판上 海 : 三民图书公司은 재판이며, 초판은 1943년上海 : 春江书局에 출간되었다.[83] 정리 하면 중국에서 출간된 『지킬 박사와 하이드 씨』는 동아시아 3국에서 가장 먼저 시작된 번역으로 볼 수 있다. 특히 1908년부터 1911년, 1913년, 1917년 등 청말민초 시기에 집중되었다.

일본의 경우를 살펴보면, 다소 늦은 감이 없지 않다. 카와토 미치아키川 戶道昭와 사카키바라 타카노리榊原貴教에 의하면 『지킬 박사와 하이드 씨』가 일본에서 처음 번역된 시기는 1928년 개조사改造社의 『세계대중문학전집世 界大衆文学全集』 18권에 수록된 「지킬 박사 기담チェキル博士奇談」으로 조사되었 다.[84] 그러나 『翻訳図書目録－明治・大正・昭和戦前期』 3권에 의하면 1923 년 개문사開文社의 『지킬 박사의 기담ジーキル博士の奇談』으로 제시되어 있다.[85]

---

83 초판(初版)과 재판(再版)의 정보는 民国时期文献 联合目录 사이트(http://pcpt.nlc.cn)에서 '易形奇术', '革心记', '化身博士', '許席珍'으로 검색하였다.

84 川戸道昭・榊原貴教, 『圖説 飜譯文學總合事典』 3, 東京 : 大空社 : ナダ出版センター, 2009, p.495; 『世界大衆文学全集』 18권에는 『寶島(*Treasure Island*)』, 『ヂェキル博士奇談(*Strange Case of Dr Jekyll and Mr Hyde*)』, 『新アラビヤ夜話(*New Arabian Nights*)』, 『自殺倶樂部(*The Suicide Club*)』, 『カシュガル王のダイヤモンド(*The Rajah's Diamond*)』가 수록되었다(野尻清 彦 訳, 『世界大衆文学全集』 18, 改造社, 1928).

85 日外アソシェーツ 編, 『翻訳図書目録－明治・大正・昭和戦前期』 3, 日外アソシェーツ, 2007, pp.280~282. 이 책에 의하면 1920~30년대 일본에서 번역된 『지킬 박사와 하이드 씨』의 목록은 다음과 같다.
①スチブンスン, 豊島定 訳註, 『ジーキル博士の奇談』, 開文社, 1923, ②スティワンスン, 桃井 津根雄 訳, 『ヂーキル博士とハイド』(万国奇怪探偵叢書 13), 金剛社, 1925, ③スティーワン スン, 石井正雄 訳註, 『ヂイキル博士の奇譚』(研究社英文訳註叢書 16), 研究社, 1929, ④ステ イヴンソン, 勝田孝興 訳註, 『ドクタ・ヂーキル・アンド・ミスタ・ハイド講義』, 健文社, 1932, ⑤スティーヴンスン, 岩田良吉 訳, 『ジーキル博士とハイド氏(*A Strange Case of Dr. Jekyll and Mr. Hyde*)』, 岩波書店, 1935, ⑥R.L. ステイブンスン, 田中宏明 訳, 『ヂーキル博士とハイド 氏』(改造文庫 2), 改造社, 1938.

두 연구를 합쳐도 1920~30년대를 통틀어 7종류밖에 안 되는 수이다. 일본에서 잡지나 신문과 같은 매체에 간략히 소개된 사례는 더 있겠지만, 『신 아라비안나이트*New Arabian Nights*』1882와 『보물섬*Treasure Island*』1883이 메이지 시기부터 활발하게 번역된 것과 대조된다.

물론 단행본으로 출간된 일본어 번역본이 적었다고 해서 언급된 기록조차 없던 것은 아니다. 모든 자료를 검토할 수는 없었지만, 언급할 필요성이 있는 두 가지 텍스트를 소개하도록 하겠다. 먼저 잡지 『영어청년』에는 짤막하게 『지킬 박사와 하이드 씨』가 언급되었다. 특기할 점은 지킬과 하이드라는 두 인물을 정치체로 확장하여 독해한 논문을 기술한 점이다. 내용은 다음과 같다.

市河三喜教授がStevensonの同書のannotated editionを出されてから同書が諸所の高等学校や同程度の学校の教科書として使用されて居ると承って居りますがThe Contemporary Reviewの九月號に出て居るLord Eustace PercyのThe Realities of the Leagueといふ論文中に下記の如きpassageがあり, Jekyll and Hydeが面白く使つてありますから一すと御知らせ致します或は今後もこんな風に使ふ事が流行り出しはすまいかと思はれます.

Every electorate and every democratic government is compounded of a Jekyll and a Hyde, and policy is usually the outcome of a conflict between the two, each, as often as not, embodied in a distinct set of representatives. (あらゆる選擧園體, あらゆる民主的政府は皆JekyllとHydeとの合成である. 而して政策なるものは, 常に, この二者の間の紛争から生れて來る. その二者は, 各, 確とした黨を組んで代表者達がこれを體現してゐる

〈그림 25〉 Robert Louis Stevenson, notes by S. Ichikawa,
The strange case of Dr. Jekyll and Mr.Hyde, 출판사 불명, 1919[86]

のが普通である。—R. F. 譯. 註に曰くJekyllとHydeとは同一人の二重人格
の現れへ別々につけた名である。)[87]

　　윗글의 필자인 카나자와 히사시金澤久는 이치카와 산키市河三喜, 1886~1970
가 주석을 단 텍스트가 당시(1921년 기준) 고등학교 정도의 레벨에서 교재
로 사용되고 있다고 밝혔다. 위의 인용문에서 언급된 텍스트는 편집자 이
름을 근거로 〈그림 25〉일 것이다. 이는 영어로 쓰인 텍스트로, 일본어는

86　좌：본문 p.1, 우：미주 p.1. 일본 국립국회도서관 소장 http://dl.ndl.go.jp/info:ndljp/p
　　id/1700409

87　金澤久, 「Dr. Jekyll and Mr. Hyde」, 『英語靑年(*The rising generation*)』 44:7, 1921, p.203.
　　일본 국립국회도서관(http://dl.ndl.go.jp/info:ndljp/pid/4434503).

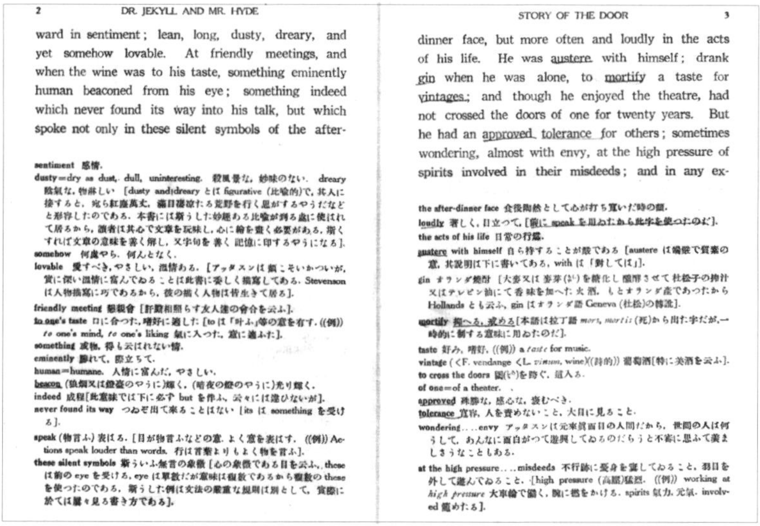

2 DR. JEKYLL AND MR. HYDE

ward in sentiment; lean, long, dusty, dreary, and yet somehow lovable. At friendly meetings, and when the wine was to his taste, something eminently human beaconed from his eye; something indeed which never found its way into his talk, but which spoke not only in these silent symbols of the after-

sentiment 感情.
dusty=dry as dust, dull, uninteresting. 殺風景な, 妙味のない. **dreary** 陰氣な, 物淋しい [dusty and dreary とは figurative (比喩的)で, 其人に接すると, 宛ら紅塵萬丈, 滿目淒涼たる荒野を行く思がするやうだなどと形容したのである. 本書には斯うした妙趣ある比喩が到る處に使はれて居るから, 讀者は其心で文章を玩味し, 心に繪を畫く必要がある. 斯くすれば文章の意味を善く解し, 又字句を善く記憶に印するやうになる].
somehow 何處やら, 何んとなく.
lovable 愛すべき, やさしい, 溫情ある. [アッタスンは顏こそいかついが, 實に深い溫情に富んでゐることは此書に委しく描寫してある. Stevenson は人物描寫に巧であるから, 彼の描く人物は皆生きて居る].
friendly meeting 懇親會 [肝膽相照らす友人達の會合を云ふ].
to one's taste 口に合つた, 嗜好に適した [to は「叶ふ」等の意を有す. ((例)) *to* one's mind, *to* one's liking 氣に入つた, 意に適ふた].
something 或物, 得も云はれない情.
eminently 勝れて, 際立ちて.
human=humane. 人情に富んだ, やさしい.
beacon (狼烟又は燈臺のやうに)輝く, (暗夜の燈のやうに)光り輝く.
indeed 成程[此意味では下に必ず but を伴ふ, 云々には違ひないが].
never found its way つゐぞ出て來ることはない [its は something を受ける].
speak (物言ふ) 表はる. [目が物言ふなどの意. よく意を表はす. ((例)) Actions speak louder than words. 行は言葉よりもよく物を言ふ].
these silent symbols 斯ういふ無言の象徵 [心の象徵である目を云ふ. these は前の eye を受ける, eye は單數だが意味は複數であるから複數の these を使つたのである. 斯うした例は文法の嚴重な規則は別として, 實際に於ては屢々見る書き方である].

STORY OF THE DOOR 3

dinner face, but more often and loudly in the acts of his life. He was austere with himself; drank gin when he was alone, to mortify a taste for vintages; and though he enjoyed the theatre, had not crossed the doors of one for twenty years. But he had an approved tolerance for others; sometimes wondering, almost with envy, at the high pressure of spirits involved in their misdeeds; and in any ex-

the after-dinner face 食後陶然として心が打ち寬いだ時の顏.
loudly 著しく, 目立つて. [前に speak を用ゐたから此字を使つたのだ].
the acts of his life 日常の行爲.
austere with himself 自ら持することが嚴である [austere は嚴格で質素の意, 其說明は下に書いてある, with は「對しては」].
gin オランダ燒酎 [大麥又は麥芽(もやし)を糖化し醱酵させて杜松子の搾汁又はテレビン油にて香味を加へた火酒. もとオランダ產であつたから Hollands とも云ふ, gin はオランダ語 Geneva (杜松)の轉訛].
mortify 抑へる, 戒める[本語は拉丁語 *mors, mortis* (死)から出た字だが, 一時的に制する意味に用ゐたのだ].
taste 好み, 嗜好, ((例)) a *taste* for music.
vintage (<F. vendange <L. *vinum*, wine)((詩的)) 葡萄酒[特に美酒を云ふ].
to cross the doors 閾(しきゐ)を跨ぐ, 這入る.
of one=of a theater.
approved 殊勝な, 感心な, 褒むべき.
tolerance 寬容, 人を責めないこと, 大目に見ること.
wondering....envy アッタスンは元來眞面目の人間だから, 世間の人は何うして, あんなに面白がつて遊興してゐるのだらうと不審に思ふて羨ましさうなこともある.
at the high pressure....misdeeds 不行跡に憂身を窶してゐること, 羽目を外して遊んでゐること. [high pressure (高壓)猛烈. ((例)) working at *high pressure* 大車輪で働く, 腕に撚をかける. spirits 氣力, 元氣. involved 籠めたる].

〈그림 26〉 Robert Louis Stevenson, translated and annotated by S. Toyoshima, *The strange case of Dr. Jekyll and Mr. Hyde*, 출판사 불명, 1923, pp.2~3[88]

전혀 없는 교재이며 〈그림 25〉의 좌측과 같이 본문이 끝까지 제시된 후 우측 사진처럼 미주가 첨부된 방식이다.

카나자와 히사시의 서술에서 주목할 것은 유스터스 퍼시Lord Eustace Percy, 1887~1958의 해석을 인용한 부분이다. 인용에 따르면 유스터스 퍼시는 『지킬 박사와 하이드 씨』를 인간 내부에 있는 악의 발현에 그치지 않고 정치체로 확장하여 독해하였다. 지킬과 하이드로 비유되는 인간 내면의 이중적인 측면이 정치와 사회를 구성하는 요소들, 유권자나 민주적인 정부에도 내재하고 있다고 분석한 점은 의미심장하다. 이 분석은 『지킬 박사와 하이드 씨』를 통해 개체로서의 인간을 넘어, 인간이 만든 체제나 구성이 지닌 양가성을 중심으로 해석할 수 있는 단초를 제공한다. 또한, 이자카와

88 일본 국립국회도서관 소장 http://dl.ndl.go.jp/info:ndljp/pid/1679730

산키의 텍스트가 1919년에 출판되었고 카나자와 히사시의 짧은 글이 1921년에 발표된 점으로 미루어 보아, 일본의 지식인층에서는 일본어 번역 이전부터『지킬 박사와 하이드 씨』를 주목하고 있었다는 근거가 된다. 이러한 독해 방식은 다이쇼 시기의 일본 지식인뿐 아니라 조선인 유학생에도 영향을 끼쳤을 것으로 예상된다.

1923년에도 일본에서는 학습용 주석서가 출간되었다. 텍스트 형식은 〈그림 26〉과 같다. 〈그림 26〉의 책은 〈그림 25〉와 달리 단어나 숙어를 각주를 통해 일본어로 풀이한 점이 특징이다. 이치카와 산키가 도쿄 제대 영문과 교수였던 점을 참고한다면 해당 텍스트(〈그림 25〉)는 영어학 교재로 활용되었을 가능성이 크다. 〈그림 26〉의 경우 영어 초급자 일본인과 조선 지식인에게 〈그림 25〉의 텍스트보다 수월하게 읽혔을 것이다. 이와 같은 사례는 일본어로 번역되기 전 영어 텍스트를 중심으로『지킬 박사와 하이드 씨』가 전파된 양상을 보여준다. 이러한 출판과 유통의 방식은 식민지 지식인층과 일본 유학생 출신들이『지킬 박사와 하이드 씨』를 접할 수 있던 가능성을 제시한다.『지킬 박사와 하이드 씨』는 중국, 일본, 식민지 조선의 번역 장에서 연쇄적인 유입 경로를 파악하기 어려운 사례이다. 그렇지만 근대로의 이행 과정에서 번역되었다는 점에서 동아시아 3국의 동시성을 지닌 텍스트로 볼 수 있다.

다음으로 식민지 조선에『지킬 박사와 하이드 씨』가 영화를 통해 유입된 과정을 살펴보도록 하겠다.『지킬 박사와 하이드 씨』는 1926~7년 이후로 식민지 시기에 더는 번역되지 않았다. 가볍게는 내용 자체가 식민지 시기의 독자나 번역자의 관심을 크게 끌지 못했을 가능성도 있다. 실증적인 근거를 바탕으로 그 이유를 추론해보기로 한다. 두 가지로 생각해 볼

〈그림 27〉 영화 〈지킬 박사와 하이드〉의 한 장면[89]

수 있는데, 첫 번째는 "영화로 수입되면서 사회적으로 위험한 작품으로 경계 되었다는 점"[90]이 크게 작용했을 것이다. 영화 〈지킬 박사와 하이드〉는 1932년 7월 9일부터 조선극장에서 상영되었다. 영화를 본 『동아일보』의 논자는 스티븐슨의 원작 소설을 영화로 만들었다는 사실을 언급하며 다음과 같이 소개한다. "사람의 영靈에 내재하는 악을 해방하면 좋은 자아의 자유로운 성장을 얻을 수 있다는 지설을 가진 지킬 박사는 약물의 힘으로 자기 자신이 악의 화신이 되어본다. 그리하여 이 새로운 제2의 자기를 '하이드'라 이름한다. 여기서부터 기괴하고 처참한 사건이 전개되어 드디어는 비극적 결말을 짓고 만다. 몸서리 치이는 영화이다. 그리고 기술로 보아서도 놀랠만한 점이 많이 있다"[91]라고 감상평을 남겼다.

『조선일보』의 논자는 "사람의 선악의 성질을 약으로 분해할 수 있다는 공상을 하는 지킬 박사와 그의 약혼한 여자 뮤리텔, 매춘부 아이뷔 등을

---

89 좌 : 『동아일보』, 1932.7.10, 5면, 우 : 『조선일보』, 1932.7.9, 4면.

90 김성연, 『서사의 요철 – 기독교와 과학이라는 근대의 지식-담론』, 소명출판, 2017, 197면.

91 「신 영화 지킬 박사와 하이드 씨」, 『동아일보』, 1932.7.10, 5면.

싸고도는 성적 갈등으로 일어나는 비극 그러나 보통 비극이 아니요, 모두가 괴기怪奇[92]하다고 평했다. 『동아일보』의 감상과 달리 『조선일보』에서는 각색된 내용을 일부 알 수 있다. 원작 소설에서 지킬 박사와 관련된 여성 인물은 하인들뿐이었지만 영화에서는 약혼녀와 매춘부가 등장하여 애정 갈등 서사가 부각되었다.

1932년 조선에서 상영될 수 있었던 '파라마운트사 제작'의 〈지킬 박사와 하이드〉는 존 S. 로버트슨John Stuart Robertson, 1878~1964 감독의 무성영화인 1920년 개봉작과 루벤 마물리안Rouben Mamoulian, 1897~1987 감독의 1931년 작, 두 종류뿐이다. 전자는 별다른 분장 없이 배우(존 베리모어)의 연기로 하이드를 표현한 데 반해 1931년 작은 특수 분장을 사용하였다. 또한, 매춘부 아이비영화 인물명 : Ivy Pierson와 약혼녀 뮤리텔Muriel Carew이 거론된 점을 토대로 조선에서 개봉한 영화는 1931년 작이라고 볼 수 있다.[93]

1931년 작인 〈지킬 박사와 하이드〉를 가장 구체적으로 소개한 신문은 『매일신보』이다.

백 년 전의 런던

(梗槪) '지킬' 박사는 인간의 선과 악의 성질을 약으로써 구분하여 악을 해방하면 악은 인간의 체내에서 나가버리고 만다는 학설을 발표하였지마는 그것이 부도덕한 것이라고 하여서 묵살을 당하고 말았다. '지킬' 박사는 자비한 의사로서 '런던' 빈민굴에서는 신神과 같은 앙모를 받고 있었다. 시료 병원에

---

92 「영화 소개 怪奇劇 지킬 博士와 하이드 氏」, 『조선일보』, 1932.7.9, 4면.

93 영화 정보는 위키피디아 http://en.wikipedia.org/wiki/Dr._Jekyll_and_Mr._Hyde_(1920_Paramount_film), http://en.wikipedia.org/wiki/Dr._Jekyll_and_Mr._Hyde_(1931_film)를 참고하였다.

서 빈한한 환자들의 병을 보느라고 그의 약혼자 '뮤리델'하고의 약속도 가끔 어기곤 하였다. 그 때문에 '뮤리델'의 아버지 '케류' 장군은 그를 싫어하였다. 얼마 아니하여서 '지길' 박사는 자기의 학설의 최후의 실험을 하기를 결심하였다. 피어오르는 약물을 단숨에 마신 박사는 무서운 신음 소리를 지르며 연구실을 헤매다가 점점 그의 용모와 수족이 모두 흉악한 것으로 변해버리고 해방된 악은 체내에서 나가지 않고 도로 머물러서 선을 압박하고 있었으므로 '악'은 자유! 라고 부르짖으며 미쳐 기뻐하였다. 이때 들어온 어떤 사람의 발소리에 다른 약물을 마신 그는 다시 '지길' 박사로 돌아왔다. 그리고 자기의 친구 '하이드'가 왔다가 방금 뒷문으로 나갔다고 하였다. '케류' 장군은 딸의 결혼을 자기의 결혼한 날에 시키려고 하고 두 사람의 소원을 모두 거절하였다. '지길' 박사는 자기의 본능의 용솟음을 이기지 못하여 '하이드' 씨로 변신하여서 밤거리를 헤매다가 '아이비'라는 매춘부를 감금해 놓고 자기의 욕망을 채우고 있었다. '아이비'는 무서움을 이기지 못하여 도망도 하지 못하고 밤낮 울음으로 보내고 있었다. 이와 같이 몇 번이나 약물을 먹어 '하이드'라고 하는 악마로 변하여 본 '지길' 박사는 얼마 아니하여서는 약물을 마시지 않더라도 조그마한 노함이나 슬픈 일이 있으면 곧 '하이드'로 변하였다. 울고 애를 쓰더라도 '악'은 점차로 '선'을 압도하기 시작하여 그만 '하이드'는 '아이비'를 죽이고 또 '케류' 장군까지 죽여버렸다. 그리하여 인간으로서 저촉하지 못할 신역神域에 손을 내민 자는 나중에 '나는 영혼을 잃었다'라고 부르짖고 벌을 받았습니다.[94]

---

94 「파라마운트 社映畵 지길 博士와 하이드氏 七月九日낮부터 朝鮮劇場에서」, 『매일신보』, 1932.7.9, 5면.

위의 내용에 따르면 지킬 박사가 "인간의 선과 악의 성질을 약"을 통해 분리하려는 "실험"을 하는 독특한 설정은 원작과 동일하다. 게다가 실험이 성공하여 신체가 변화된 점과 악의 해방으로 인한 자아의 자유, 선을 압도하는 악 등의 내용은 원작의 내용을 전달하기에 충분하다. 이는 식민지 시기에 『지킬 박사와 하이드 씨』가 매체로 수용된 대표적인 사례이다. 한편으론, 조선야소교서회 번역의 '선교'라는 틀을 넘는 영역이기도 하다.

그러나 영화는 지킬 박사가 하이드로 변신한 후 매춘부인 '아이비'[95]를 성적으로 억압하는 장면과 약혼자와의 혼사 장애 요소가 플롯에 추가되어 원작 텍스트와 다소 다르게 흘러간다. 원작 소설에서는 하이드가 어린 소녀를 무자비하게 짓밟고 가거나 영화의 '케류 장군'인 하원 의원 커루 경을 지팡이로 두들겨 패서 죽이는 완력을 통한 폭력이 두드러진 반면, 영화는 성적 폭력이 동반되었다. 이런 선정적인 장면이 묘사된 〈지킬 박사와 하이드〉가 식민지 조선에서 상영되면서 문제가 발생한 시점은 1932년 7월 첫 개봉 당시가 아닌 몇 달이 지난 후 1932년 12월과 재개봉한 1933년 1월이다.

근래에 보기드문 영화 '필름' 몰수 사건

'파라마운트'사 특작품 발성영화 일본판 '지킬 박사와 하이드 씨'는 지난 22일부터 시내 모 상설관에서 상영하여 그 엽기적 '스토리'는 1933년 영화 '팬'들에게 이상한 흥분을 일으키게 하였다. 그런데 그중에 '커트'된 장면이 상영되어 지난 25일 밤에 이르러 비로소 발견하고 조선 영화계에서 처음 보

---

95 『조선일보』와 『매일신보』에서는 아이비를 매춘부로 소개했으나 영화에서 정확한 직업은 바(bar)의 가수이다.

는 '필름' 몰수 사건까지 보게 되었다.

　　문제의 '지길 박사와 하이드 씨'는 작년 12월 시내 조선극장에서 봉절 상
영하였을 때 총독무 경무국 검열관이 제3권 '밀리엄·홉킨스의 아이피안스·
프레데릭마치'(Miriam Hopkins는 아이비를 연기한 배우 이름, Fredric
March는 지킬(하이드)을 연기한 배우 이름－인용자) 그 잔인한 장면에 하이
드의 애무하는 부분을 비롯하여 제7권 '키스'하는 부분을 전부 20'메돌(メ一
トル, 미터－인용자)' 가량 '커트'하였던 것인데 그 후 전기 모 상설관에서는
일본 배급소로부터 다시 이를 갖다가 상영한 것이 문제 되어 지난 25일에 재
검열한 결과 이 사진은 영영 몰수하기로 하였다 한다.[96]

　　인용한 『중앙일보』 기사에 따르면 필름이 몰수된 이유는 비교적 간단하
다. 이미 일본에서 수입해올 당시부터 검열을 통해 선정적이거나 성폭력
이 일어나는 장면이 영화에서 삭제되었는데, 그 이후 다른 영화관에서 개
봉하는 과정에서 검열 전의 일본판 필름이 상영되며 문제가 된 것이다. 이
사실은 원작 텍스트를 그대로 재현한 영화였다면 사정이 조금은 달라질
수도 있지 않았을까 하는 추측을 가능하게 한다.

　　김성연은 위 사건에 대해 "식민지 검열국과 서양인 선교사, 즉 국가 통
치와 종교의 문학에 대한 관점 차이, 그리고 소설과 영화의 장르적 재현과
독해의 차이로 인해 벌어진 사태"이며, 검열국에서 "재현이 수용자에게
불러일으키는 감각적 자극의 진폭 그 자체를 경계한 것"으로 분석하였
다.[97] 이 분석에서처럼 '악에 대한 경계'는 소설과 영화에서 공통적으로 강

96 「沒收當한 犯罪映畫 '지킬 博士와 하이드 氏' 근래 처음으로 전편 몰수 警務局 檢閱網에 걸
　　려」, 『중앙일보』, 1933.1.3, 2면.

조된 바이지만, 영화에서는 선정적인 장면이 보다 부각되었다. 게다가 영화 소개에 서술된 바와 같이 기괴하고 엽기적인 작품으로 인식되었을 가능성도 크다. 필름이 몰수된 주된 이유는 선정성에서 기인한 것이지만, 두 번의 검열 자체로 이후 텍스트의 수용에도 영향을 미쳤을 것으로 보인다.

2) 직역, 축역, 번안의 『지킬 박사와 하이드』

이 항에서는 1921년 언더우드(원두우) 부인의 『쎄클과 하이드』를 중심으로 번역 양상을 고찰할 것이다.[98] 언더우드 부인의 『쎄클과 하이드』는 지금까지 검토한 텍스트와 달리 외국인 번역자가 조선어로 번역한 특수한 사례이다. 여기서는 번역 양상을 구체적으로 분석하여 독자의 수용 언어에 대한 자기화의 과정을 살피고자 한다. 원작 텍스트에서 드러난 서구의 관용어와 과학 지식이 조선어로 번역되면서 변용된 방식을 살펴보는 과정을 통해 번역의 역학관계를 규명하려는 시도이다. 이 논의의 주안점은 '얼마나 원문에 가깝게 잘 옮겼나'를 평가하고자 하는 것이 아니다. 원문과 비교하는 과정을 통해 삭제, 축역, 발췌된 지점들을 파악하여 번역자의 태도를 알아보고, 번역의 결과물을 검토하여 1920년대 초반 독자에게 수용 가능한 지적 범위는 어느 정도였는지, 번역을 통해 말하고자 하는 바가 무엇이었는지를 분석하는 것에 목적을 둔다.

이는 왜곡과 오역에 초점을 맞추는 것이 아니라 영문에서 조선어로 옮기

---

97 김성연, 앞의 책, 197~198면.

98 여기서 한 가지 부기할 사항은 이 텍스트의 표지와 판권장에는 언더우드 부인의 단독 번역으로 표기되어 있지만, 게일과 이원모의 관계처럼 조선야소교서회 소속 조선인의 도움이 전혀 없었던 것으로 보기에 무리가 있을 수 있다. 따라서 본고는 언더우드 부인을 번역 주체의 대표 격으로 인식한다는 점을 밝혀두기로 한다.

는 과정에서 발생한 특수성을 고찰하고자 하는 것이다. 일본어 번역을 저본 삼아 번역했을 때는 한자 어휘를 빌리거나 약간의 수정을 거치면 되는 상황이지만, 영문에서 직접 번역할 때는 그러한 장치가 사라지게 된다. 이러한 몇 가지 지점에 초점을 두고 텍스트를 실증적으로 분석해보기로 한다.

우선, 언더우드 부인의 텍스트는 대략 32,642자로 원고지 약 232매 분량이다. 박찬원 번역의 펭귄클래식코리아 판의 경우 약 52,521자 원고지 약 358매이다.[99] 언더우드 부인의 번역뿐 아니라 1920년대는 맞춤법 규범이 정립되지 않았을뿐더러 문장 부호인 마침표나 쉼표가 없는 경우도 다수이기 때문에 현대의 번역과 1:1로 비교하기에 적절하지 않을 수 있다. 그러나 글자 수로 계산하면 62%, 200자 원고지를 기준으로 하면 64%로, 오차를 고려했을 때 한글 기준 약 60~65%의 분량이 번역된 셈이다. 그렇다면 번역 양상에 초점을 맞췄을 때 삭제된 부분은 대체로 어떤 경우였을까 하는 의문이 발생할 수밖에 없다. 우선, 김병철의 연구에서 분석한 내용을 보면 다음과 같다.

『쩨클과 하이드 *A Strange Case of Dr. Jekyll and Mr. Hyde*』라볏 루이스 스티앤선, 원두우부인 역, 조선야소교서회, 1921.8.28, 46版, 9pt, p.102.

이것은 *A Strange Case of Dr. Jekyll and Mr. Hyde*를 번역한 것이다. 물론 텍스트에 관한 것은 미국 선교사라 원문에 의했을 것은 말할 것도 없는 일이고, 그 번역 솜씨인 수용受容 태도態度만이 문제가 된다. 물론 선교사들의 번역의

---

99 루이스 스티븐슨, 박찬원 역, 『지킬박사와 하이드 – 지킬 박사와 하이드의 기이한 사례』, 펭귄클래식코리아, 2015. 두 텍스트의 글자 수는 직접 입력하여 얻은 결과이며, 공백(띄어쓰기, 문단 나눔)을 제외한 수치이다.

예에서 보는 바와 같이 그들은 한국 문학을 위한 번역이 아니라 선교의 도움으로서의 번역이라는 입장에 있었기 때문에 탈락이 많은 내지 초역抄譯 내지 축역縮譯이 되기가 쉬웠는데, 이 책도 그러한 범주의 하나라는 것은 그 역문譯文과 원문原文 과의 대비對比에서 곧 알 수 있을 것이다.

우선 이 역서譯書의 목차와 원서原書의 목차를 들어보면 다음과 같다.

(…중략…) 목차만은 생략이 없이 그대로 옮겨져 있다. (…중략…)

이 중에서 역문譯文 제2 단절段節 "위엄이 있으며 술도 그리 먹지 않고 연극장은 좋아하면서도 이십 년 동안에 한번도 그런 문전으로 지나가지 아니하였다"가 원문의 무엇이 어떻게 번역되었나를 알아보자.

He was austere with himself; drank gin when he was alone, to mortify a taste for vintages; and though he enjoyed the theatre, had not crossed the doors of one for twenty years.

이 가운데서 "He drank gin when he was alone, to mortify a taste (for 누락 — 인용자) vintages"가 간단히 "술도 그리 먹지 않고"로 처리되어 있다. 이 책은 대개 이런 식의 번역 솜씨다.

이것으로 그 수용 태도가 축자역이 아니라 초역임을 알 수 있다.

다음은 외형外形인데, 원문 1 단절이 역문에선 3 단절로 되어있음을 본다. 이 두 가지 사실만 보더라도 그 번역 솜씨가 내용內容 · 외형外形 병중倂重에 무의식無意識이었다는 것을 알 수 있다.[100]

위의 선행 연구에서 보듯, 언더우드 부인의 초역抄譯은 일부 절節을 번역

---

100 김병철, 『한국 근대번역문학사 연구』, 을유문화사, 1998(초판 1975), 549면.

하지 않거나 내용을 간단하게 줄이는 방식이다. 김병철이 제시한 원문에 대한 언더우드 부인의 번역문은 "위엄이 있으며 술도 그리 먹지 않고 연극장은 좋아하면서도 이십 년 동안에 한 번도 그런 문전으로 지나가지 아니하였다"[101]이다. 예문에서 보다시피 이 장면만으로는 언더우드 부인의 번역 태도를 상세히 파악하기 어렵다. 또, 원문과 번역문 전체를 한 줄 한 줄 비교하는 것도 이 연구에서 진행하기는 다소 무리다. 앞서 언급했듯 이 텍스트는 원문 분량의 60~65%만 번역되었기 때문에 삭제나 발췌된 문장을 찾는 일은 어렵지 않다. 따라서 이 항에서는 번역자의 어휘 선택과 의역意譯된 장면에 주목하고자 한다.

앞당겨 추정하건대 이는 조선야소교서회에서 설정한 독자층을 고려한 번역으로 볼 수 있을 것이다. 텍스트 전체가 순 한글로 번역된 점은 지식인층을 주된 독자로 설정했다기보다 좀더 넓은 범위의 독자를 대상으로 했다는 것을 방증한다. 따라서 1920년대 초반 식민지 조선의 일반독자층에서 이해하기 쉽지 않다고 판단한 것 즉, 낯선 지식을 어떻게 번역했는가에 주목해야 한다. 물론, 번역자가 정확한 개념을 몰랐을 수도 있지만, 당시 조선어로 번역할 단어가 마땅하지 않았을 가능성도 간과할 수 없다. 언더우드 부인의 번역에서 가장 특징적이라 할 수 있는, 과감하게 의역을 시도한 대표적인 장면에 주목하여 영어 원문과 현대의 번역 텍스트를 함께 두고 살펴보도록 하겠다.[102]

---

101 라벗 루이스 스틔앤선, 원두우부인 역, 『쩨클과 하이드』, 조선야소교서회, 1921, 1면. 현행 맞춤법에 따라 현대어로 수정하였으며, 이하 이 항에서 이 텍스트를 인용할 때는 번역자와 면수만 표기한다.

102 이 항에서 비교 대상으로 선정한 텍스트는 언더우드 부인의 번역을 비롯하여 한국어 번역 4종, 영문판 1종이다. 구체적인 의미 파악을 위해 전문가의 한국어 번역을 다수 참고하였다. 한국어 번역은 로버트 루이스 스티븐슨, 박찬원 역, 『지킬박사와 하이드─지킬 박사와

(가)

① It sounds nothing to hear, but it was hellish to see. It wasn't like a man; it was like some damned Juggernaut.^{Jenni Calder, p.31}

② 이것이 이야기니까 그렇지 실제로 보셨다면 얼마나 끔찍한 광경인지 모르시리다. 그놈은 사람이 아니라 무슨 귀신이 되다 못하여 사람이 된 모양입디다.^{언더우드 부인, 4면}

③ 듣기에는 별일 아닌 것 같지만 실제로 볼 때는 아주 소름 끼치는 장면이었어요. 인간 같지가 않더군요. 마치 크리시나 신상神像을 태운 수레에 무자비하게 짓밟히는 모습 같았다니까요.^{박찬원, 30~31면}

④ 말로 들으면 별것 아닌 것 같지만 볼 땐 소름이 끼치더군요. 인간 같지 않고 가증스러운 악귀 같더라고요.^{송승철, 15면}

⑤ 이렇게 들으면 별것 아닌 것 같지만, 직접 보면 정말 끔찍했습니다. 사람이 아니라, 소름 끼치는 크리슈나 신 동상을 보는 기분이었어요.^{권진아, 11면}

⑥ 그냥 듣기에는 별일 아닐지 모르겠지만 실제로 보는 나는 정말로 끔찍했다네. 그놈이 한 짓은 사람의 소행이 아니라 사람을 희생시킨다는 저 빌어먹을 저거노트의 소행 같았네.^{이종인, 13면}

(나)

하이드의 기이한 사례』, 펭귄클래식코리아, 2015; 로버트 루이스 스티븐슨, 이종인 역, 『로버트 루이스 스티븐슨─지킬 박사와 하이드 씨의 기이한 사례 외 7편』, 현대문학, 2015; 로버트 루이스 스티븐슨, 권진아 역, 『지킬 박사와 하이드 씨』, 시공사, 2015; 로버트 루이스 스티븐슨, 송승철 역, 『지킬 박사와 하이드 씨의 기이한 사례』, 창비, 2013; 영문판은 Robert Louis Stevenson, Jenni Calder ed, *The strange case of Dr. Jekyll and Mr. Hyde, and other stories*, Harmondsworth · Middlesex · England; New York : Penguin Books, 1979를 인용하였다. 이하 각 텍스트를 인용할 때 각주 대신 한국어판의 경우 번역자와 면수를, 영문판의 경우 편집자인 제니 칼더(Jenni Calder)와 면수를 표기하도록 하겠다.

① He would be aware of the great field of lamps of a nocturnal city; then of the figure of a man walking swiftly; then of a child running from the doctor's; and then these met, and that human **Juggernaut** trod the child down and passed on regardless of her screams.Jenni Calder, p.37

② 등불이 여기저기 반짝이는 밤 윤돈성 어느 길에 한 사람이 빨리 오다가 마주 오는 계집아이가 넘어진 것을 불계하고 그 잔악한 놈을(sic-은) 발로 밟는다! 계집아이는 운다, 이것이 역력히 보이는도다.언더우드 부인, 16면

③ 가로등이 줄지어 선 도시의 밤이 떠올랐다. 그리고 빠르게 걷고 있는 한 남자의 모습, 의사의 집에서 달려오고 있는 한 아이, 이들이 맞닥뜨리고, 인간의 모습을 한 거대한 신상의 수레가 아이를 밟아 뭉개고는 아이의 울부짖음에 개의치 않고 지나가 버린다.박찬원, 40면

④ 가로등이 죽 켜진 밤의 도시, 그다음 성큼성큼 걷는 한 사람의 모습, 다음엔 의사 집에서 달음박질로 되돌아오는 아이가 보이고, 그런 다음 둘이 마주치고, 인간의 얼굴을 한 악귀가 아이를 짓밟은 후 비명에도 아랑곳없이 걸어가는 장면이 그의 눈앞에 나타났다가 사라졌다.송승철, 25면

⑤ 밤의 도시에 줄지어 선 가로등이, 빠른 걸음으로 걷고 있는 한 남자가, 그리고 병원에 갔다가 달려가는 아이가 머릿속에 떠오른다. 그리고 두 사람이 마주쳤고, 인간 크리슈나는 아이를 짓밟고는 비명 따윈 안중에도 없이 가버린다.권진아, 20~21면

⑥ 밤 시간에 가로등이 켜진 도시의 커다란 길거리가 떠오르기도 했고, 빠르게 걷는 어떤 남자의 모습, 병원에서 뛰어나오는 한 아이의 모습, 그 둘이 마주치고, 아이가 비명을 지르는데도 인간 저거노트가 그 작은 몸을 짓밟고

지나가는 모습 등도 떠올랐다.이종인, 23면

　(가)와 (나)는 "Juggernaut저거노트"[103]의 번역과 관련된 장면이다. 어터 슨(Mr. Utterson, 언더우드 부인 표기 : 엇트손)의 친척인 엔필드Mr. Enfield, 엔빌드 는 8~10살 가량의 여자아이와 하이드가 모퉁이에서 부딪힌 상황을 묘사 한다. 하이드는 아이가 비명을 지르고 있는 와중에도 몸을 짓밟고 지나갔 고, 이와 같은 잔악무도한 인간을 표현하기 위해 원작에서는 "Jugger-naut"라는 단어가 사용되었다. "저거노트"란 산스크리트어 'Jagannatha' 에서 유래한 단어로써 힌두교의 신 중 비슈누의 제8 화신 크리슈나를 뜻 한다. 'Jagannatha'를 위한 축제 중 '라타야트라Rathayatra'에서 신도들이 대형 전차(마차, 수레)를 끌고 가는 가운데 순례자가 몸을 던져 인신 공양 을 하는 등 사고가 잦았다고 한다. "저거노트"는 구체적으로 이 축제에서 유래하였으며 영어 단어로 쓰일 때는 길에 있는 모든 것을 부수는 절대적 인 힘을 암시한다.[104] 인용에서 보는 바와 같이 "저거노트"라는 단어를 직 접 제시한 현대의 번역가는 이종인뿐이다. 다른 번역가는 용어의 의미를 풀어 쓰는 방법을 택하거나, "가증스러운 악귀"와 같이 의역을 택했다. 언 더우드 부인의 텍스트에 주목하면 "사람이 아니라 무슨 귀신이 되다 못하 여 사람이 된 모양"으로 번역되었는데, 방점은 '귀신'에 찍을 수 있다. 언

---

103 Juggernaut[dʒʌɡərnɔːt]는 저그넛, 저그너트, 저거너트 등으로 읽히지만, 본고는 이종인 번역에 따라 '저거노트'로 표기하였다.

104 "inhuman monster. From Jagannatha, the idol of Vishnu, dragged in a large in annual processions in India. Devotees often threw themselves under the wheels of the cart."(Ian Campbell, *Notes on Dr. Jekyll and Mr. Hyde: R.L. Stevenson*, Harlow · Essex · Beirut : Longman York Pr., 1981, p.16); Britannica Academic(http://acad emic.eb.com)에서 'Jagannatha'로 검색.

더우드의 『한영ᄌ뎐』1890에 의하면 'Juggernaut'는 실려있지 않으며, '귀신'의 뜻이 "a demon, evil-spirit, a devil"[105]로 풀이되어 있다. 1925년의 『英鮮字典』에서도 'Demon'은 "귀신, 악귀, 마귀, 독갑이, 악신"[106]으로, 'Devil'은 "악귀, 마귀, 샤신, 샤탄"[107]등으로 정의된 것을 참고하면, 언더우드 부인의 번역은 현대의 송승철 번역과 가장 유사하다고 볼 수 있다. 당시 "저거노트"는 귀신이나 악귀로 의역하는 것이 최선이었을 것이다. 이는 송승철의 번역과 마찬가지로 단어를 직역하는 것에 중점을 두었다기보다 맥락 중심의 번역으로 볼 수 있다.

(다)

① And all the time, as we were pitching it in red hot, we were keeping the women off him as best we could for they were as wild as harpies. Jenni Calder, p.32

② 이리 말하는 동안에 여인들은 분함을 견디지 못하여 날뛰면서 그놈의 다리라도 물어뜯겠다 하는 고로 억지로 그것을 말리는 데도 애를 썼지요. 언더우드 부인, 5면

③ 그런데 그 자를 마구 다그치는 내내 우리는 여자들이 그자 옆에 오지 못하게 하느라 힘들었어요. 여자들이 불같이 화냈거든요. 송승철, 16면

④ 그리고 그렇게 열을 내며 얘기하는 내내 여자들을 최대한 그자에게서 멀

---

105 황호덕 · 이상현 편, 『한국어의 근대와 이중어 사전 영인편 Ⅱ-언더우드, 『한영ᄌ뎐』 (1890)』, 박문사, 2012, 104면.
106 황호덕 · 이상현 편, 『한국어의 근대와 이중어 사전 영인편 Ⅷ-게일, 『삼천ᄌ뎐』 (1924), 언더우드, 『영선ᄌ뎐』(1925)』, 박문사, 2012, 232~233면.
107 위의 책, 239면.

리 떼어놓았어요. 여자들이 꼭 하르피이아처럼 사나웠거든요.^{박찬원, 32면}

⑤ 우리는 그렇게 내내 열을 내면서도 여자들이 그놈에게 가까이 가지 못하도록 최선을 다해 막았네. 여자들이 마치 하피처럼 사나웠기 때문일세.^{이종인, 14면}

(다)는 "harpies하르피이아"¹⁰⁸의 번역 양상이다. 이 장면은 (가)에 이어서 하이드의 행동에 분노하는 주변 사람들을 묘사한 부분이다. 원작에서는 격분한 여성들을 "하르피이아"에 빗대었는데, 이 용어는 "고대 그리스 로마 신화에 등장하는, 여자의 머리와 몸에 새의 날개와 발을 가진 괴물"¹⁰⁹로 정의된다. 용어의 정의에 초점을 맞추면 얼핏 인면조나 반인반수의 "괴물"처럼 느껴지기도 한다. 그러나 위 텍스트의 맥락상 그로테스크한 외형과는 거리가 멀다. 구체적인 어원을 살펴보면 약탈하는 여자로 비유되거나 마음을 빼앗는 동물 혹은 아이들과 인간의 영혼을 잡아먹는 부정적인 대상으로 묘사되기도 하지만, 『오디세이』에서는 사람을 실어나르는 바람으로 나오기도 하는 등 그 유래가 다양하다. 그중 그리스 로마 신화에서 피네우스가 자식을 학대했다는 이유로 하르피이아가 벌을 줬다는 내용을 참고한다면,¹¹⁰ 아동 학대의 맥락에서 언더우드 부인의 텍스트처럼 "여인들은 분함을 견디지 못하여 날뛰면서 그놈의 다리라도 물어 뜯겠다"라는 번역 역시 가능하다.

---

108 harpies를 그리스어로 발음하면 [harpyia]이다. 따라서 박찬원의 번역에 따라 '하르피이아'로 표기한다. 다만, '하피'로 번역된 이유를 생각해보면, harpies의 단수형인 harpy를 미국식으로 발음하면 ['hɑːrpi]이지만, 영국식은 ['hɑːpi]이기 때문으로 보인다.

109 로버트 루이스 스티븐슨, 이종인 역, 앞의 책, 14면.

110 "They were sent to punish the Thracian king Phineus for his ill-treatment of his children; the Harpies snatched the food from his table and left a disgusting smell."(Britannica Academic(http://academic.eb.com)에서 'Harpy'로 검색.)

(라)

① added the doctor, flushing suddenly purple, "would have estranged **Damon and Pythias**."Jenni Calder, p.36

② "그 일로 말미암아 우리의 사이도 좋지 못하여졌어요." 하며 낯이 붉어지면서 말한다.언더우드 부인, 14면

③ 얼굴이 새빨갛게 변한 래니언은 또 이렇게 말했다. "그런 비과학적인 허튼소리를 계속하면 다몬과 피티아스 같은 친구라도 갈라설 걸세."이종인, 22면

④ 박사는 갑자기 흥분해서 얼굴이 벌개지면서 덧붙였다. "천하의 다몬과 핀티아스라도 서로 등을 돌렸을 걸."권진아, 19면

(라)는 어터슨이 래니언Dr. Lanyon, 래니온에게 지킬Dr. Jeklly, 쩨킬과 현재 어떤 관계인지 묻는 장면이다. 지킬과 래니언은 10여 년 전부터 과학에 대한 이견으로 인해 사이가 틀어졌는데, 원작에서 래니언은 둘의 관계에 대해 "다몬과 피티아스"[111]와 같은 사이어도 결별을 면치 못했을 것이라 말한다. 위에서 보다시피 언더우드 부인은 "다몬과 피티아스"라는 비유를 생략하였으며, "우리의 사이도 좋지 못하"다고 번역하였다. 앞서 제시한 (가)~(다)와 마찬가지로 언더우드 부인은 각주 형식을 사용하지 않고, 맥락에 맞게끔 내용을 풀어서 제시하는 방법을 택했다. 21세기의 번역은 모두 각주를 통해 내용을 설명했는데 이와 가장 대비되는 방식이다. 그러

---

111 기원전 4세기 시라쿠사의 피티아스는 참주 디오니수스에 의해 사형에 처해 지게 되는데, 이때 집에 돌아가 잠시 가사를 정리하고 올 기회를 달라고 한다. 그러면서 귀환 조건으로 친구 다몬을 내세우는데, 즉 귀환하지 않을 경우 다몬이 대신 처형된다는 것이었다. 피티아스는 약속대로 가사를 정리하고 시라쿠사로 돌아왔고, 이에 참주는 두 사람의 우정에 탄복하여 두 사람을 모두 풀어주었다는 고사이다(로버트 루이스 스티븐슨, 이종인 역, 앞의 책, 22면).

나 20세기의 번역에서도 각주를 사용한 방식이 없는 것은 아니다. 1956
년 김원기의 텍스트에서는 "제아무리 '따몬'과 '피디아스' 사이인들 멀어
질 수밖에……"라며 번역하여 용어를 그대로 사용하되, 역주譯註를 따로 넣
었다.[112] 반면, 1959년 영문학자인 유영柳玲, 1917~2002의 텍스트에서는 각
주 없이 "막역한 친구라도 새가 벌어지는 것도 어쩔 수 없어"[113]라고 번역
하였다. 이와 같은 방식은 번역자의 번역 태도와 관련 깊다. 낯선 용어를
그대로 번역함으로써 원문의 실감을 드러낼 것인가 아니면 시대와 문화
의 맥락에 어울리는 언어를 고안할 것인가. 언더우드 부인의 번역 태도는
후자에 가깝다. 이어서 『쩨클과 하이드』의 번역 양상을 계속 살펴보도록
하겠다.

(마)

① "There must be something else," said the perplexed gentleman.
"There is something more, if I could find a name for it. God bless me,
the man seems hardly human! Something troglodytic, shall we say? or
can it be the old story of Dr. Fell? or is it the mere radiance of a foul
soul that thus transpires through, and transfigures, its clay continent?
The last, I think; for, O my poor old Harry Jekyll, if ever I read Satan's

---

112 [譯註] '따몬'과 '피디아스' : 로마 時代의 사람들로서, 피디아스가 罪를 지어 死刑宣告를
받고, 마지막으로 가족들을 만나보러 가게 되자 친구인 따몬이 대신 옥에 갇히었더니, 피디
아스가 길이 멀었던 탓으로 빨리 돌아오지 못하였다. 그리하여 부득이 따몬이 處刑을 당하
게 되어 刑場으로 끌려 나갈 때, 마침 피디아스가 뛰어들었으므로 임금은 두 사람의 友情에
感激하여 그들을 다 놓아주었다고 한다."(R.L. 스티븐슨, 김원기 역, 『쥐킬 博士와 하이드』,
신명문화사, 1956, 28면)
113 루이스·스티븐슨, 유영 역, 『二重人間』, 양문사, 1959, 25면.

signature upon a face, it is on that of your new friend."^{Jenni Calder, p.40}

② "아니다. 정말 사람은 아니다. 옳다. 귀신이 인두겁을 덮어쓰고 나온 것이다. 아 생각할수록 이에 신물이 난다. 불쌍한 벗 제클 씨여 만일 내가 이 자리에서 사탄의 얼굴을 보았다 하면 그는 곧 그대의 친구 이 하이드의 꼴이로다"^{언더우드 부인, 20면}

③ "뭔가 다른 게 있어." 어터슨은 혼란스러워하며 말했다. "분명히 뭔가 더 있어. 그게 뭔지만 알 수 있다면 좋으련만. 그자는 도무지 인간 같지 않았어! 원시 야만인 같다고나 할까? 아니면 옛날이야기의 펠 박사 같은 것? 아니면 밖으로 배어 나와 육체까지 변형시킨 사악한 영혼의 발현일까? 후자인 거 같다. 오, 불쌍한 내 오랜 친구 헨리 지킬, 내가 악마의 모습을 한 얼굴을 보았는데 그가 바로 자네의 새 친구라네."^{박찬원, 45면}

④ "분명 뭔가 더, 그 이상의 것이 있어." 어터슨 씨가 당혹스러워하며 말했다. "뭐라고 꼭 집어낼 수는 없지만, 뭔가가 더 있어. 세상에! 저 남자는 도무지 사람처럼 보이지 않는군! 뭐랄까, 유인원 같다고나 할까? 아니면 펠 박사 같은 존재일까? 아니면 그저 추악한 영혼이 밖으로 새어 나와 육신을 그렇게 변모시킨 것일까? 맨 마지막 이유가 가장 그럴듯해 보이긴 한데. 아, 불쌍한 내 친구 지킬. 내가 사람의 얼굴에서 악마의 흔적을 읽을 수 있다면, 그건 자네의 새 친구 얼굴에서야."^{이종인, 27~28면}

⑤ "분명 뭔가 다른 게 있어." 혼란에 빠진 신사가 말했다. "뭐라고 말할 수는 없지만, 분명 뭔가 더 있어. 세상에, 저자는 심지어 인간 같지도 않아! 유인원 같다고 할까? 아니면 펠 박사의 옛이야기 같은 건가? 아니면 육체를 뚫고 발산되어 나와 그 형상을 바꿔놓는 악령의 광휘일까? 그럴 거야. 오, 불쌍한 헨리 지킬, 사람의 얼굴에 사탄의 표시라는 게 있다면, 그게 바로 자네 새

친구 얼굴에 있네."^{권진아, 26면}

　⑥ "무언가 다른 게 더 있는데, 뭔지 모르겠어. 세상에! 저자는 사람 같지 않아. 말하자면 동굴에 사는 원시인 같다고나 할까? 아니면 저 옛날 펠 박사 이야기처럼 이유도 없이 그냥 싫은 인간일까? 아니면 사악한 영혼이 진흙 덩어리 육신을 관통해서 형체를 비틀고 나오면 저런 모습이 될까? 이 마지막 추측이 맞을 거야. 오 불쌍한 해리 지킬, 내가 어떤 얼굴에서 사탄의 인장을 읽는다면, 그것 처음 본 자네 친구의 얼굴에서일 거야."^{송승철, 30~31면}

　(마)에서는 김병철이 지적했던 바와 같이 초역抄譯의 방식에 주목해 볼 수 있다. 원문과 비교했을 때 삭제한 부분은 "There must be something else", "There is something more, if I could find a name for it. God bless me", "or is it the mere radiance of a foul soul that thus transpires through, and transfigures, its clay continent? The last, I think"이다. 이러한 문장을 삭제한 채, 언더우드 부인은 "troglodytic"과 "the old story of Dr. Fell"을 "귀신이 인두겁을 쓰고 나온 것"으로 번역했다. 유인원과 펠 박사 이야기를 '사람인 척하는 귀신'으로 번역한 셈이다. 시기가 조금 차이가 나지만 1925년 『영선자전』에 의하면 'Troglodyte'는 "혈거인穴居人, 굴속에서 사는 사람"[114]으로 정의되어 있음에도 별도로 번역하지 않았다. "펠 박사"[115]의 경우 (가)~(라)의 장면과 마찬가지로 유래와 맥락

---

114 황호덕·이상현 편, VIII권, 박문사, 2012, 768면.
115 옛 풍자시에 나오는 이유를 알 수 없는 증오의 대상이다. "펠 박사는 17세기 옥스퍼드대학교 크라이스트처치대학 학장이었는데 매우 엄격했다고 한다. 당시 학생이었던 토머스 브라운은 학장에게 복수하기 위하여 마셜의 라틴어 금언시를 다음과 같이 번역했다고 한다. "나는 그대를 사랑하지 않아요, 펠 박사님 / 그 이유는 나는 말 못해요 / 그러나 이것만은 알지요, 확실히 알지요 / 제가 당신을 사랑하지 않는다는 걸, 펠 박사님."(로버트 루이스

이 따로 있는 사례로, 지금까지의 번역 태도를 참고하면 단어를 그대로 표기하지 않았다는 사실이 어색하지 않다. 다만, 이와 같은 번역 방식이라면 『쩨클과 하이드』를 통해 서양의 관용어를 독자가 습득하는 일은 거의 불가능했다고 볼 수 있을 것이다.

두 번째로 (마)의 장면에서 "O my poor old Harry Jekyll"의 번역에 주목해야 한다. 대부분 현대 번역에서는 "불쌍한 헨리 지킬"로 되어있으며, 언더우드 부인의 번역에서는 '헨리'는 삭제된 후 '지킬'만 남았다. 영어에서 헨리Henry와 해리harry는 종종 혼용되기 때문에 원문인 "old harry"가 악마를 가리키는 말임을 염두에 두고 읽어야 하는 지점이다.[116] 그러나 이에 대한 정보는 언더우드 부인의 번역에서 전혀 찾을 수 없다. 이 외에 "Satan"은 마귀나 악마가 아닌 "사탄"으로 옮긴 점도 눈에 띈다.[117]

(바)

① He was wild when he was young; a long while ago to be sure; but in the law of God, there is no statute of limitations. Ay, it must be that; the ghost of some old sin, the cancer of some concealed disgrace: punishment coming, **pede claudo**, years after memory has forgotten and self-love condoned the fault. Jenni Calder, pp.41~42

② 아 쩨클 씨가 젊었을 때 좀 난잡하게 노시더니 필연 어떠한 범죄가 있었

스티븐슨, 권진아 역, 앞의 책, 26면)
116 로버트 루이스 스티븐슨, 송승철 역, 앞의 책, 31면.
117 언더우드의 사전 중 『한영ㅈ뎐』(1890)에서는 'Satan'이 '마귀'로만 정의된 데 비해, 『영선자전』(1925)에서는 "n. (사탄), 마귀(魔鬼), 악마(惡魔), 마왕(魔王). -ic(al), 마귀의魔鬼. -ism, n. 극악비도(極惡非道)"로 되어 있다(황호덕·이상현 편, II권, , 박문사, 2012, 458면; 황호덕·이상현 편, VIII권, 박문사, 2012, 624면).

을 것이다. 그러므로 지금 죄의 값을 받는구나. 옳다. 반드시 무슨 말 할 수 없는 비밀이 있어서 하이드란 자가 뒤 다리미('다리'로 추정 – 인용자)를 잡은 것이다.언더우드 부인, 22면

③ 그도 젊었을 때 방종한 시절이 있었지. 이미 오래전 일이지만, 신의 법에는 공소시효가 없으니. 그래, 분명 그래서일 거야. 옛날에 저지른 죄의 망령이, 숨기고 있던 불명예스러운 치부에 대한 형벌이, 자기애가 그 과오를 용서하고 그에 대한 기억도 잊혀진 지 오래인 지금, 뒤늦게 다리를 절뚝이며 다가온 거야.박찬원, 47면

④ 그가 젊었을 때 방탕하게 살긴 했지. 아주 오래전 일이지만 확실히 그랬어. 하지만 하느님의 율법에는 공소시효가 없는 법이지. 아, 분명 그럴 거야. 오래된 죄악의 망령이자 은폐된 치욕의 암이겠지. 세월이 흘러 기억은 잊히고 자기를 아끼는 마음이 잘못을 뉘우치더라도 징벌은 그 절름거리는 발걸음으로 천천히 피할 수 없게 다가오는 법이니까.이종인, 29~30면

⑤ 젊었을 때 방탕하게 굴더니만. 물론 오래전 일이지만, 하느님의 법에는 공소시효라는 게 없는 법이지. 그래, 분명 그 때문이야. 과거의 망령, 감춰진 치욕의 암. 기억은 사라지고 자기애로 잘못을 용서한 지도 한참인데, 복수의 신이 절뚝거리며 오다니.권진아, 28면

⑥ 해리는 젊었을 때 자유분방했지. 물론 아주 오래전 일이야. 하지만 하느님의 법률에는 공소시효가 없어. 아, 분명 그런 걸 거야. 오래전에 저지른 어떤 죄악의 그림자, 부끄러워 숨겨놓은 그런 암적 사건일 거야. 자신은 기억을 못 하고 제 잘난 탓에 모른 척 넘겼지만, 죄에 대한 벌이 시작된 거라고. 악마가 다리를 절룩거리면서 찾아오고 있는 거지.송승철, 33면

(바) 장면에서 주목하고자 하는 번역은 *pede claudo*이다. 『파우스트』에도 메피스토펠레스가 발을 저는 구절이 있듯, 서양 전설에 의하면 악마의 발은 말굽처럼 갈라져 있어서 구두를 신으면 절룩거리면서 걷게 된다고 한다. 정확하게 제시하면, 라틴어 원문 *pede poena claudo*으로서, 직역하면 '복수의 여신이 절뚝거리는 발로'라고 해석되며 '벌은 더디지만 반드시 온다'는 의미이다. 여기서 언더우드 부인의 번역은 상당히 독특한 방식으로 보인다. 맥락상 '하이드가 지킬의 뒷다리를 잡았다'라고 번역한 셈인데 원문의 내용인 악마를 하이드로 바로 치환하여 악마에게 과거의 어떤 사건을 빌미로 덜미를 잡힌 상황으로 이해하게끔 하였다. 다음 문장의 '신에게는 공소시효가 없다'는 내용을 "죄의 값을 받는"다고 번역한 데에서도 유사하다. 이러한 번역 역시 (가)~(마)에서 살펴본 방식과 비슷하다.

지금까지 살펴본 바와 같이 언더우드 부인의 번역 태도는 김병철의 정의한 '초역抄譯'처럼 원문 텍스트에서 몇 단어를 선택, 삭제, 발췌한 것으로 간단하게 설명하기 어렵다. 언더우드 부인과 조선야소교서회는 낯선 어휘를 최대한 피하는 방식을 사용하여 맥락과 내용을 전달하는 데 주력하였다. 인도 신화, 그리스·로마 신화, 『파우스트』 등 1920년대 초반 알기 쉽지 않은 내용을 전달하기 위한 최선책을 고안한 것이다. 이러한 태도는 식민지 조선의 식자층보다는 더 넓은 범위의 독자, 말하자면 대중 독자를 의식한 방법으로 보인다. 특히, 한자 표기를 거의 찾아볼 수 없고 순 한글로 작성한 점 역시 위의 주장을 뒷받침하는 근거가 된다.

이와 관련하여 언더우드의 기록을 참고해 볼 수 있다. "한국에 선교사들이 처음 도착한 이후로 성경을 서둘러 번역해야 할 필요가 분명히 있었다. 그들은 한국인들과 직접 대화하기 위해 한국어를 배우려고 했고 무엇보다 모두가 하나님의 말씀을 한국어로 전하고 싶었다. 그 작업의 어려운 점은 성경을 가감 없이 온전히 그들의 언어로 번역해야 한다는 사실에 있었다. 우리는 문자 그대로 직역하는 것이 아니라 성경 원어의 표현을 그에 해당하는 한국어 표현으로 바꾸어야만 했다. 우리는 실수를 하지 않을까 몹시 걱정하면서도 성경 번역의 중요성을 고려해 도착한 첫해에 개인적으로 번역을 시도했다."[118] 이 인용에서 주목할 내용은 "그들의 언어로 번역해야 한다는 사실", "성경 원어의 표현을 그에 해당하는 한국어 표현으로 바꾸어야만 했다"고 서술한 지점이다. 낯선 내용을 전달하기 위해 성경을 번역하는 일에서도 조선식 표현을 고려할 수밖에 없었던 사정을 알 수 있는 대목이기 때문이다. 이러한 인식은 『쎄클과 하이드』에서도 고스란히 드러났다고 생각된다.

이 밖에 『쎄클과 하이드』의 번역은 흥미로운 지점이 많다. 먼저, 번역자가 문장을 첨가한 경우는 "하나는 여덟 살이나 열 살 될락말락 하는 계집아이가 달음질하여 오다가 모퉁이 도는 바람에 둘이 그만 마주 부딪혔구려 여기가 무서운 대목이오—"에서 "여기가 무서운 대목"4면이라는 표현은 원문에서 찾아보기 어렵다.[119] 원문은 "거기서 끔찍한 일이 일어났습니다"로 해석할 수 있는데, 언더우드 부인의 서술은 마치 판소리 사설과 같은 느낌을 낸다.

그리고 조선식 표현으로 번역한 사례를 몇 가지 제시하면 우선, 화폐 단

---

118 H. G. 언더우드, 이만열·옥성득 편역, 『언더우드 자료집 1909~1913』 4, 연세대 출판부, 2009.
119 "and the other a girl of maybe eight or ten who was running as hard as she was able down a cross street. Well, sir, the two ran into one another naturally enough at the corner; and then came the horrible part of the thing."(Jenni Calder, 31)

위와 관련된 번역이다. '파운드'가 나오는 부분을 죄다 '원'으로 바꾸었다. 100파운드를 천 원으로, 10파운드를 백 원 등으로 옮긴 지점이 그러하다. 또한, 원작에서 'butler'와 'servant'가 구분되었던 반면, 언더우드 부인은 '하인'으로 통일하였다. 가장 주목할 만한 어휘 번역은 'deformity'이다. 가령, "He must be deformed somewhere"를 "분명 그자가 병신인듯해요", "Mr. Hyde was pale and dwarfish, he gave an impression of deformity without any nameable malformation"를 "하이드를 보면 살은 여위고 키는 짤막하여 특별히 별명은 지을 수 없으나 무슨 병신인 것 같다", "Only on one point were they agreed; and that was the haunting sense of unexpressed deformity with which the fugitive impressed his beholders"를 "그러나 그자가 무슨 병신과 같더라 하는 말은 제각기 달리 말하는 가운데 일치되는 점이었다", "He had now seen the full deformity of that creature that shared with him some of the phenomena of consciousness"를 "지금은 쩨클이가 이 병신 같은 하이드를 분명히 보나니 곧 성품을 나누이고 생명까지 함께할 이 하이드를 분명히 보는 도다."에서 보는 바와 같이 'deformity'의 번역이 독특하다. 현대어에서는 '기형'으로 번역되지만 언더우드 부인은 주로 '병신'이라는 단어를 선택하였다.

이러한 번역 태도를 초역抄譯으로 정의하기에는 설명할 수 없는 지점이 많다. 게다가 ""If he be Mr. Hyde," he had thought, "I shall be Mr. Seek""과 같은 언어유희는 삭제되기도 했으니, 언더우드 부인의 번역 태도는 의역意譯과 부분적으로 축역縮譯, 직역直譯, 그리고 초역抄譯, 번안 등의 방식이 혼재된 형태라고 정리할 수 있다.

『쎄클과 하이드』가 번역된 이유는 어렵지 않게 추측할 수 있다. 『쎄클과 하이드』의 서문을 보면 "영국 소설가 스티븐슨 씨의 *A Strange Case of Dr Jekyll and Mr Hyde*를 번역한 것이다. 여러 나라말로 번역하여 수천 만의 애독자를 얻은 책이다. 악의 불가항不可抗의 능력이 우리의 혼과 마음을 지배함을 보임이니 마지막 장에 이르러서는 난해한 구절이 적지 않다. 그러나 전편의 골자가 모두 끝장에 모였으니 읽는 자—마땅히 여기 유의하여야 한다. 더욱이 청춘 시절에 범죄에 빠져 몸이 윤락淪落의 길을 밟는 자—이를 숙독하면 큰 깨침이 있을지니라"[1]면라고 소개되었다. 서문에서 드러난 번역자의 의도는 분명하다. 이 텍스트를 통해 "악의 불가항"력을 경계하자는 교훈적인 메시지를 전달하고자 했다. '하이드'로 대변되는 인간 내면의 악함을 다스려 "윤락의 길"을 밟지 않도록 하자는 것이다. 이와 같은 의도는 앞서 번역한 『병중소마』[1921.5]에서도 드러난다. 언더우드 부인이 덧붙인 역자 후기를 보면 다음과 같다.

> 붓을 차마 던지기 애달파 이 책에 우리에게 준 큰 진리 몇 가지를 쓰겠소.
> 1. 마귀에게 아무 덕이든지 입지 마라. 곧 선악 간에 그놈에게 간섭을 받지 마라.
> 2. 마귀는 욕심 덩어리요, 누구든지 제 손아귀에 집어넣으려는 놈이오.
> 3. 마귀는 스스로 속는 놈이오. 세상 사람을 속이다가 마침내 자기를 속인단 말이오. 이 책 마지막에 지옥 간 놈은 그 술주정꾼이오, 그놈은 병 있으나 없으나 지옥 갈 놈이오, 마귀 제아무리 날고 뛴다 하여도 끝에는 자기 하인밖에 잡지 못하였소.
> 4. 술 먹는 자는 어느 모퉁이로 보든지 마귀 좋이오.

5. 마지막으로 엄숙한 진리가 하나 있소. 남의 멸망으로, 나의 구원을 짓지 말라. 곧 다른 사람이 지옥감으로 내가 천당 가게 되는 것은 크게 생각할 문제외다.

6. 사람이 목숨을 잃고 온 천하를 얻으면 무엇에 유익하리오.[120]

『병중소마』는 단편 「악마가 깃들인 병」"The bottle imp"1901의 번역이다. 내용을 간단하게 살펴보면 다음과 같다. 유리병 속에는 악마가 살고 있다. 그 악마는 인간의 모든 소원을 들어준다. 그러나 인간이 그 유리병을 구입했을 때보다 더 저렴한 가격에 팔지 않고 소유하고 있으면 인간의 영혼은 영원히 지옥 속으로 빠져들게 된다. 악마의 유혹을 거절하지 않으면 원하는 모든 것을 얻을 수 있다. 그러나 인간이 욕심을 통제하지 못한다면 헤어나올 수 없는 곤경에 처하게 되는 문제를 다룬다.

위의 역자 후기는 『지킬 박사와 하이드 씨』에도 유사하게 적용할 수 있다. 예컨대 '악마=하이드'라는 공식으로 대입하면 하이드로 변신한 후 행한 폭력은 용납되기 어렵다. 내면의 선과 악을 분리하는 데 성공한 지킬은 '악마=하이드'에게 잠식당한다. 그리고 지킬은 결국 본 모습을 되찾지 못하는 지경에 이르고 하이드의 모습을 한 채 스스로 목숨을 끊는다. 또한, 유난히 포도주를 마시는 장면이 많이 등장하는 것도 유사한 맥락이다. 이러한 보편적인 감상은 윤치호에게서도 발견된다.[121]

---

120 스티앤선, 원두우부인 역, 「역자의 뒷말」, 『병중소마』, 조선야소교서회, 1921, 58~59면.
121 "굉장히 흥미롭게 "지킬박사와 하이드"를 읽었다. 인간의 양면성, 사악한 반쪽의 우위, 사악한 반쪽이 성장하자 확고하게 장악하지 못하는 선량한 반쪽의 무능력, 이런 인간의 이중성이 이 소설에서 정확하게 묘사되어 있다. 신은 나도 나만의 하이드를 갖고 있다는 사실을 안다. 소설에서처럼 그렇게 사악하고, 사람을 죽이고, 야비하지는 않지만, 나를 수치스럽게 만들 만한 존재다. 하지만 종종 나의 사악한 면과 나의 선량한 면은 도저히 감

나아가 지킬이 하이드로 변신하는 과정의 중심에 있는 '실험실'이라는 공간에 주목해 볼 수 있다. '실험'이라는 키워드는 근대 초기 및 식민지 시기의 문학 場에서 낯설지 않았을 것이다. 각종 약품을 섞어 제조하는 실험은 기시감마저 든다.

대표적으로 이광수의 『개척자』를 언급할 수 있다. 주지하듯 『무정』이후 『매일신보』의 연재작인 『개척자』는 화학자 김성재를 주인공으로 한다. 김성재가 7년이라는 시간 동안 몰두했던 실험과 발명의 실체는 불분명하다. 김성재는 "탁자에 마주 앉아 유리 시험관에 기기괴괴奇奇怪怪한 여러 가지 약품을 넣어 흔들고 젓고 끓이"[122]는 실험을 계속하며, "발명에만 열중하는 장형長兄"326면의 모습을 보인다. "황갈색 액체가 반쯤"321면 들어 있는 시험관을 통해 무엇을 발명하려는 것이었을까. 경성공업전문학교와 연희전문학교의 교원 자리를 거절한 채, 김성재는 "계획이 성공되어 목적한 발명품이 여러 나라의 전매특허를 얻고 경성에 그 특허품을 제조하고 큰 공장이 서는 날"330면을 기다린다. "수만 원의 재산을 시험관의 연기로 화하고 말"329면았지만, "만일 성공만 하면, 만인에게 이익을 줄 것"330면이라는 문맥을 근거로 '약품藥品'으로 추정해볼 수 있지만, 구체적으로 어떤 '약'인지는 알 수 없다.

당할 수 없는 싸움을 벌이기도 한다! 나는 이론적으로는 가정의 아버지 같은 신에 대해서 의심한다. 하지만 실제 삶에서는 신의 섭리를 우러러보고 경배하지 않고서는 살아갈 수 없음을 깨닫고 있다. 전지전능하신 주님이시어 이 죄인을 굽어살피소서!"(윤치호, 「1901년 1월 22일 화요일 일기」, 『국역 윤치호 영문 일기 4(한국사료총서 번역서 4)』, 한국사 DB http://db.history.go.kr/id/sa_028r_0040_0010_0030)

122 이광수, 「개척자」(『매일신보』, 1917.11.10~1918.3.15, 전 76회), 『이광수전집』 1, 삼중당, 1962, 321면. 이하 이 책에서 인용할 때 면수만 표기한다.

123 그림 출처 : 화봉문고 사이트 http://bookseum.hwabong.com

〈그림 28〉은『개척자』의 단행본 표지
이다.『매일신보』에 연재될 때와 4~5년
가량 차이가 나지만, 단행본으로 출간되
며 표지에서부터 구체적인 공간을 시각
적으로 제시하게 되었다. 김성재는 동생
성순에게 "동경 오빠"327면로 불리지만
다소 나이 들어 보이는 모습이다. 배경
을 보면 마치 지킬 박사의 화학 실험실
과 같은 기구와 약병이 배치되어 있다.
실험실과 실험복을 갖춘 근대적인 발명
의 공간이라 할 수 있겠다.

〈그림 28〉 이광수, 『개척자』(회동서관. 1922) 표지[123]

물론, 이광수의 소설에서만 실험실이
묘사된 것은 아니다. 1921년 염상섭의
「표본실의 청개구리」에서도 "중학교 2년 시대에 박물 실험실에서 수염 텁
석부리 선생이, 청개고리를 해부하여 가지고 더운 김이 모락모락 나는 오
장五臟을 차례차례로 끌어내서 자는 아기 누이듯이 주정병酒精瓶에 채운 후
에 대발견이나 한 듯이"[124]와 같은 해부 장면이 문학 장에서 등장하기도
했었다.

『태서문예신보』의 「사상충돌」1918에서도 발명의 과정이 그려지기도 했
었다. 「사상충돌」은 H. M. 生의 소설로 총 8장으로 구성되었다.[125] 주인공

---

124 염상섭, 「표본실의 청개고리」, 『개벽』 14, 1921.8, 118면.
125 1장 : 천재 발명가, 2장 : 우의, 3장 : 희생, 4장 : 발광, 5장 : 분사(5호에서는 '결심'으로 변
   경), 6장 : 어머님의 정, 7장 : 신의 손, 8장 : 성공(H. M. 生, 「사상충돌」, 『태서문예신보』
   4~5, 1918.10.26~11.2). 4호의 목차에서는 「사상의 충돌」로 제시되었지만, 연재는 「사

김민식과 김정자가 "X력 응용의 신식 비행기"를 우여곡절 끝에 발명하여 시험 비행까지 성공하는 서사이다. 특히 '3장 희생'에서는 "어느 날 지성이가 시험실에서 연구하고 있는 중 자기의 조수 되는 처 정자가 잠깐 무엇을 가지러 나간 사이에 실험 중에 있던 기계가 돌연히 폭발되어 실험장이 반은 무너지"[126]는 장면이 나오기도 한다.

더 이른 시기로 거슬러 올라가면 『태극학보』에서 '화학 물질'이 소개되었다. 이 글은 "산소酸素 탄소炭素 화합물化合物", "탄소炭素와 수소水素의 화합물化合物", "초산硝酸 NHO_3", "초산제법硝酸製法 及 용도用途"의 네 가지 주제로 전개된다. 특히, 탄소와 관련된 "산화탄소酸化炭素 : 일산화탄소-인용자 CO"와 "탄산와사炭酸瓦斯 : 탄산가스(이산화탄소) CO_2", "소기沼氣 : 메테인 CH_4", "예디-렌에틸렌 C_2H_4", "아세티-렌아세틸렌 C_2H_2"의 유기화학을 초반에 소개한 후, "유산硫酸 : 황산(H_2SO_4)에 초산가리硝酸加里 : 질산칼륨(KNO_3) 或은 초산조달硝酸曹達 : 질산나트륨($NaNO_3$)을 加ᄒ야 熱ᄒ면 氣體를 生ᄒᄂᆫ" 화학반응식을 제시하여 화약이 문명 각국에서 전쟁 시에 사용되고 있다고 설명한다.[127]

위와 같은 실험 장면과 분과학문으로의 과학지식이 이미 근대 초기부터 지적 담론 내에 형성되고 있었다면, 1921년 『쩨클과 하이드』에 나오는 실험은 독자에게 어떤 의미로 다가왔을지에 대한 궁금증이 일어난다. 언더우드 부인의 번역을 기준으로 봤을 때 구체적으로 화학 실험과 관련된 장면이 제시된 것은 두 번이다. 첫 번째는 하이드로 변한 지킬이 친구 래니언에게 자신의 연구실에 있는 약을 가져다 달라고 하는 장면에서 "집으로

상충돌」로 표기되었다.
126 H. M. 生, 「사상충돌」, 『태서문예신보』 4, 1918.10.26, 4면.
127 박정의, 「화학초보(化學初步)」, 『태극학보』 20, 1908.5.24, 29~31면. 현대어 물질명은 인용자가 추가하였다.

가져와서 물건을 보니 과연 약가루가 있으나 약방에서 화학으로 조재한 것이 아니고 분명히 쩨클 씨의 손으로 만든 것이외다. 그 빛은 백색 결정 염으로써 그 병의 절반은 적색 액체가 찼고 그 맛은 강함 연성이며 또 그 것은 유황과 힘 있는 에테르질이 혼합한 것이며 그 외 다른 화합물이 섞였는지는 모르겠더이다"74면라고 말하는 부분이다. 두 번째는 "마침내 시험해 보리라 결심하고 물약을 마련하고 별도이 약방에서 많이 사서 물약에 조금 탄 후에 어느 늦은 밤중에 섞었더니 부글부글 끓으며 증기가 나옴으로 마셨노라"고 지킬의 시점에서 서술하는 지점이다. 여기서 구체적으로 언급된 화학 용어는 비금속 원소인 "유황"과 "에테르"(ethyl ether(diethyl ether), $(C_2H_5)_2O$ - 인용자)뿐이다. 사실상 『개척자』보다 아주 약간 구체적인 화학 약품이 등장했을 뿐, 『태극학보』의 내용만큼 지식의 증대를 가져오지 못한다.

원작에서도 "포장지를 하나 벗겨보니 그냥 흰색 정제 소금 같은 게 들어 있었어. 다음으로 살펴본 작은 약병에는 피처럼 붉은 용액이 반 정도 담겨 있었는데, 냄새가 매우 자극적인 걸로 보아 인 성분과 휘발성 에테르 성분이 든 것 같았네"와 "실험을 통해 마지막 필수 성분임을 알아낸 특성 소금도 대규모 제약회사에서 한꺼번에 구입해 뒀고, 그리고 그 저주받은 야심한 밤, 난 마침내 성분들을 혼합한 다음 그 용액이 컵 속에서 김을 내며 부글부글 끓어오르는 과정을 지켜봤네. 그리고 끓어오르던 용액이 잠잠해지자, 용기를 한껏 끌어모아 그 약을 한입에 들이켰어."[128]에서 보듯 "인燐,

---

[128] 로버트 루이스 스티븐슨, 권진아 역, 앞의 책, 81·93면. 원문은 다음과 같다.
"when I opened one of the wrappers I found what seemed to me a simple crystalline salt of a white colour. The phial, to which I next turned my attention, might have been about half full of a blood-red liquor, which was highly pungent

phosphorus"과 "에테르ether", "소금salt"만이 제시되었다. 다만, 언더우드 부인은 phosphorus를 인燐이 아닌 유황硫黃으로 번역했다. 인은 주기율의 15족(기호는 P, 원자 번호는 15, 원자량은 30.97)이고, 유황은 주기율의 16족 원소(기호는 S, 원자 번호는 16, 원자량은 32.0064)이므로 차이가 있다. phosphorus를 황린黃燐 정도로 인식하여 번역한 것으로 생각되지만, 구태여 따지면 오역誤譯으로 볼 수 있다.

그렇다면 『쩨클과 하이드』에 나타난 실험의 의미는 1921년이라는 시대적 맥락에서 어떻게 독해할 수 있을까. 이 질문은 화학적 지식을 얼마나 전달했느냐가 아닌 실험이 시작된 이유 그리고 결과에서 나타난 의미에 주목하게끔 한다. 언더우드 부인의 번역본을 기준으로 분석하면, 지킬이 실험을 시작한 이유는 선과 악의 두 성품을 나누기 위해서이다. 각 성품에 따라 적당한 육신을 선택하면 악한 일을 하여도 다른 선한 성품과 관계가 없으므로 양심의 가책을 받지 않기 때문이다. 이런 목적을 지닌 지킬의 실험은 성공한다. 선과 악을 선택할 수 있게 된 설정 자체는 인간의 진화를 의미할 수 있다. 다만, 이때의 진화는 우발적인 진화였다. 실험 과정에서 사용한 염료가 오염된 염료였기 때문에 성공했던 것이고, 해당 재료가 다 떨어지자 본래의 모습인 지킬로 돌아올 수가 없었다. 또한, 악의 상징인 하이드의 힘이 점점 강해지며 지킬이 컨트롤할 수 있는 영역이 좁아지게

---

to the sense of smell and seemed to me to contain phosphorus and some volatile ether. At the other ingredients I could make no guess.", "I purchased at once, from a firm of wholesale chemists, a large quantity of a particular salt which I knew, from my experiments, to be the last ingredient required; and late one accursed night, I compounded the elements, watched them boil and smoke together in the glass, and when the ebullition had subsided, with a strong glow of courage, drank off the potion."(Robert Louis Stevenson, Jenni Calder ed, op.cit., p.76·83)

되었다. 그리고 양심의 가책을 느끼고 싶지 않았던 본래의 의도와 달리, 지킬은 하이드로 변신했을 때 범죄를 저지른 죗값을 해소하기 위한 행위를 반복한다. 따라서 약을 먹는 방식을 통해 선과 악을 분리해 냈다는 사실은 하이드라는 악의 지배를 받는 인간으로의 진화이다. 또한, 자살로 귀결된 점 즉, 개체로서 인간의 종말을 고하는 서사는 실험 결과인 변이를 다음 세대에 전달하지 못하고 끝나버린다. 이 실험은 진화의 성공으로 평가할 수 있을까.

주지하듯 19세기 말부터 번역되어 사용된 진화進化는 진보進步와 혼용되기도 했다.[129] 생물 진화를 사회의 진보와 결부시켜 인식하기도 했던 당시의 지식 담론을 상기한다면 식민지 시기 특히나 1920년대 초의『쩨클과 하이드』는 사회의 진화 혹은 진보로 확장하여 독해할 수 있다. 근대 문명의 정점은 과학의 발달이었다. 이로 인해 근대 초기부터 과학 담론이 꾸준히 발전하였으며, 분과학문으로의 과학 지식 역시 지평을 넓혀갔다. 앞서 제시한「사상충돌」역시 과학기술의 실험을 거쳐 성공하는 서사로 마무리되며 문명의 발달을 예고했다.

그러나『쩨클과 하이드』는 성공의 서사를 전복하였다. 카나자와 히사시가 유스터스 퍼시의 말을 인용한 것처럼, 악의 발현과 양가성은 인간에 국한하지 않고 정치체나 세계로 확장할 수 있다. 따라서 하이드의 파국은 인간과 세계가 진화되더라도 이상적인 미래를 기약할 수 없다는 결론으로 이끌어 갈 수 있다. 진화와 진보가 파국을 맞이할 수 있다는 마무리는 당시 발전주의 중심의 세계관을 무너뜨리는 가능성을 시사하며 문명 비판

---

[129] 이만영,「한국 초기 근대소설과 진화론-1910~1920년대 초 '진화' 개념의 전유 양상을 중심으로」, 고려대 박사논문, 2017, 18~27면.

적인 시각을 견지한다. 이는 또한 진화의 대항 담론으로 받아들여질 수 있다. 과학의 발달은 문명의 이기를 누릴 수 있게 하고 진보된 세계를 상상할 수 있게 하지만, 그 반대의 결과를 가지고 올 수 있다. 개체로서의 인간인 지킬이 하이드로 진화한 후 파국을 맞이한 것처럼, 발전주의에 기반한 과학과 기술의 발달은 미래를 낙관적으로 전망하기 어려울 수도 있다는 가능성을 시사한다.

따라서 『쩨클과 하이드』의 시대적 맥락은 진화론적 사유에 기반한 지식 체계를 전복시킬 수 있는 텍스트로 독해할 여지를 마련해 준다. 결론적으로 1921년에 번역된 『쩨클과 하이드』는 과학 실험이 가져올 참사를 예견하면서 식민지 조선의 진화 방향을 고민하게 하였을 것이다. 게다가 진보가 구원의 서사가 아닐 수 있다는 메시지를 전달하는 텍스트로 기능할 수 있었을 것으로 생각된다. 인간과 세계의 진화가 가져올 참사, 즉 디스토피아적 세계의 시작인 것이다.

3. 유토피아의 경로, 디스토피아

1) 1920년대 수용된 잭 런던의 좌표

이 절에서는 잭 런던Jack London, 1876~1916[130]이 소개된 양상과 그의 단편 소설 「미다스의 노예들"The Minions of Midas"」1901의 조선어 번역을 분석하

---

[130] Jack London의 표기 방식은 식민지 시기에 다양했다. 인용하는 자료에서 '쌕크·론돈', '쌕·런던', '짝크·런돈', '쌕크·런던', '짝크·론돈', '쟉·론돈', '잭크·론돈', '쩨크·론돈', '재크·론돈', '쟈크·론돈', '짝·런던', '책크·런든' 등으로 표기된 것을 '잭 런던'으로 통일하였다.

여 사회주의 유토피아 수용의 한 단면을 밝히고자 한다. 이를 위해 첫째, 식민지 시기에 잭 런던이 소개·언급된 사례를 조사하고, 둘째, 조선어로 번역되지 않았음에도 지식 장에 놓인 텍스트에도 주목하며, 셋째, 번역된 텍스트를 구체적으로 분석하도록 하겠다.

이 항에서는 1920년대를 중심으로 식민지 시기에 잭 런던이 호명된 양상을 알아보고자 한다. 우선, 1929년 『조선문예』 1호의 「근대 세계문학자 소개」를 검토해보겠다. 잭 런던은 이 글에 로맹 롤랑, 콜론타이 등과 함께 실렸으며 첫 번째 순서로 제시되었다. "잭 런던(※), 1876년에 미국 상항桑港에서 출생한 세계적 대작가이다. 씨氏는 **부유한 가정**에서 생장生長되어서 「칼리포니아」 대학까지 질서秩序 있는 **유복한 교육**을 받았었다. 그러나 졸업 후의 생애는 극단으로 변화가 많았었다. 스스로 상류 계급의 고급적 신사紳士의 생활을 양기揚棄하고 수부水夫와 금산 광부와 도박사와 문필자와 노방 연설, 신문기자, 무숙 방랑들로 지내다가 전년 즉 1916년 영국 런던에서 사거死去하였다. 자살은 하였지만 무슨 원인인 것은 아직까지 알고도 알지 못할 수수께끼대로 남아 있다. 작품에는 『일희색기』1900, 『야성의 부르짖음』1904, 『계급전쟁』1905, 『화잇팡크』1906, 『노路』1908, 『모험』1911, 『태양의 아들』1912, 『지옥의 야전野戰』1913, 『강자의 힘』1914, 『짜겟』1915 등의 명작이 있다."[131] 이 글에서 설명된 잭 런던의 생애는 오류에 가깝다.

잭 런던은 친부인 떠돌이 점성술가 윌리엄 헨리 체이니와 플로라 웰맨

---

[131] 「근대 세계문학자 소개(其一)」, 『조선문예』 1, 1929.5, 92면. 소개된 작품은 순서대로 『늑대의 아들(*A Son of The Wolf*)』, 『야성의 부름(*The Call of The Wild*)』, 『계급투쟁(*War of The Classes*)』(정치평론집), 『화이트 팽(*White Fang*)』, 『길(*The Road*)』, 『모험(*Adventure*)』, 『태양의 아들(*A Son of The Sun*)』, 『나락의 야수(*The Abysmal Brute*)』, 『강한 자들의 힘(*The Strength of The Strong*)』, 『별 방랑자(*The Star Rover*)』로 추정된다.

사이에서 사생아로 태어났다. 이후 친모는 존 런던과 결혼했으며, 잭 런던은 양부의 성을 따라 존 그리피스 런던이라는 이름을 갖게 되었다. 잭 런던의 가족은 시골에서 그런대로 먹고 살 만한 정도였다고 한다. 그러나 도시인 오클랜드로 이사한 뒤 잭 런던은 11살쯤되던 해부터 신문 배달을 시작했으며 주말에는 볼링장에서 일하거나 아이스크림 장사로 돈벌이를 하는 등 생계 활동에 전념할 수밖에 없었다. 13살에 초등학교를 졸업한 후 통조림 공장에서 일하였고, 양식장에서 굴을 훔치는 해적 일로 가족의 생계를 책임졌으며 물개잡이 배의 선원 생활을 하는 등 끊임없이 노동할 수밖에 없는 환경에 있었다. 또한 미국과 캐나다의 도로와 철도를 따라 떠도는 방랑자이기도 했고, 천하다고 멸시받는 각종 직업의 노동자—그의 표현에 따르면 일 짐승—로 젊은 시절을 보냈다.[132] 1893년 황마 공장에 취직하여 하루 10시간 노동에 1달러의 임금을 받은 일화 등은 착취당하는 노동 계급에 대한 애정과 모든 형태의 자본주의에 대한 반감을 배양하게끔 하였다.[133] 이 시기 『샌프란시스코 콜』이라는 신문의 현상 응모에 「일본 해안의 태풍Typhoon on the Coast of Japan」이라는 작품이 당선되어 상금으

---

[132] "나는 여러 군데에 빚이 있었고, 무일푼이었으며, 수입은 전혀 없었고, 딸린 식구가 몇 명 있었으며, 생필품이 항상 긴박하여 내가 얼마간 정기적으로 집세를 내야만 버틸 수 있는 가난한 과부가 집주인이었다."(잭 런던, 김한영 역, 「책을 출간하려면」(1903), 『나는 어떻게 사회주의자가 되었나』, 은행나무, 2014, 39~40면)

[133] "나는 캘리포니아에서 보스턴까지 그리고 위아래로 미국 전역을 떠돌며 여행했고, 캐나다를 거쳐 태평양 연안으로 돌아와서는 부랑죄로 옥살이를 하기도 했어요. 떠돌이 경험은 나를 사회주의자로 만들었지요. 그 이전까지 나는 노동의 존엄성에 깊이 공감했습니다. 일이 전부였어요. 일은 만족이자 구원이었죠. 나는 일자리가 사람을 찾는 광활한 서부를 힘겹게 벗어나, 입에 풀칠할 돈을 벌기 위해 사람이 일자리를 찾아다니는 몇몇 동부 주의 밀집한 노동의 중심지로 갔습니다. 거기, 사회적 구덩이의 밑바닥에서 허우적대는 노동자를 목격한 나는 완전히 다른, 새로운 각도에서 인생을 바라보게 되었죠."(잭 런던, 「문학적 성공을 위한 여덟 가지 요소」(1917), 『나는 어떻게 사회주의자가 되었나』, 68면)

로 25달러를 받았다.[134] 궁핍한 환경에서 노동자일 수밖에 없었던 잭 런던의 유년 시절은 『가출 소년*The Apostate*』1906과 같은 소설에 자전적인 이야기로 남아 있다. 1895년 19살의 나이로 오클랜드 중학교에 입학하였지만 오래 다니지 못하였고, 대학 입학 예비학교로 옮긴 후 1896년 버클리대학에 합격했다. 그러나 양부가 병들자 식구를 부양하느라 두 번째 학기 도중 학교를 떠나게 되었다.[135]

이상의 간략한 생애만 봐도 잭 런던이 "부유한 가정"에서 "질서 있는 유복한 교육"을 받지 않았다는 사실을 알 수 있다. 잭 런던은 스스로 "나는 노동자 계급으로 태어났다. 나는 열의, 야망, 이상을 일찍 발견했고, 이를 충족하는 일이 유년기부터 문제가 되었다. 환경은 거칠고 고되고 부당했다. 시선은 앞이 아니라 위를 향해야 했다. 사회적 위치가 바닥이었으므로, 이곳에서의 삶은 육체와 정신을 함께 야비하고 비참한 상태로 몰아넣었다. 이곳에선 육체와 정신이 똑같이 굶주리고 고통을 겪었다, (…중략…) 열여덟 살이 되었지만 내가 출발했던 지점보다 낮은 곳에 서 있었다"[136]라고 술회한 바 있다. 따라서 「근대 세계문학자 소개」는 필자가 정확하지 않은 정보를 바탕으로 잘못된 정보를 알린 글로 판단된다.

김병철의 『한국근대서양문학이입사연구』에 따르면, 식민지 시기 잭 런

---

134 잡지사에 글을 투고한 일화도 다수 있는 가운데 다음의 이야기를 제시한다. "거기엔 내가 쓴 4천 단어 분량의 소설이 있었다. 그렇다면 얼마지? 나는 물었다. 어쨌든 최소 금액으로, 그래, 40달러겠지,(…중략…) 5달러라니! 1천 단어당 고작 25센트라니!"(잭 런던, 「책을 출간하려면」(1903), 『나는 어떻게 사회주의자가 되었나』, 42면)

135 잭 런던의 생애는 토마스 아이크, 소병규 역, 『잭 런던−모순에 찬 삶과 문학』, 한울, 1992, 19~52면; 제임스 디키, 「예외적이고 잔인한 생명력의 생생한 영상」, 잭 런던, 오숙은 역, 『야성의 부름·화이트 팽』, 펭귄클래식 코리아, 2013, 9면 등을 참고함.

136 잭 런던, 「나에게 삶이란 무엇인가」(1906), 『나는 어떻게 사회주의자가 되었나』, 221·226면.

던이 최초로 언급된 사례는 1922년 『동명』 11호의 「다반향초茶半香初」에서다.[137] 여기서 잭 런던은 아나톨 프랑스Anatole France, 소크라테스와 함께 짤막하게 거론되었다. 글에는 "소설가『잭 런던』은 상힝桑港에 있는 자기 집에다가 다음과 같은 패牌를 붙였다 한다. 앞문에는 「사무事務 이외이면 면회사절面會謝絶, 단但 사무는 취급取扱지 아니함」 뒷문에는 「두드리지 않곤 개문開門 무용無用, 단 두드리지 말 사事」"[138]라고 적혀있다. 김병철은 "Jack London의 종별적種別的 특색特色이 소설가라고 밝혀져 있다"[139]라고 의미를 찾았지만, 소설가라는 수식어를 제외하면 대표작이나 생몰 연도 등 잭 런던에 대한 정보가 제시되어 있지 않은 까닭에 독특한 작가라는 인상만을 전달하는 내용으로 판단된다.

이후 1924년 박영희는 다음과 같이 언급하였다. "London, J[1867~ 1916]와 같은 큰 소설가는 40여 책 이상의 작품이 있다. 그중에도 *White Fang* 같은 것은 力作이라고 하는 것이다."[140] 분량상 위의 『동명』과 엇비슷한 수준이지만, 잭 런던의 생몰 연도를 비롯하여 대표작이 제시되었다. 여기서 박영희가 『화이트 팽*White Fang*』1906[141]을 제시할 수 있었던 이유는 일본에서의 번역이 뒷받침되었기 때문일 것이다. 2장에서도 제시했듯, 『화이트 팽』은 사카이 도시히코의 번역으로 여러 차례 출판되었을뿐더러,[142] 마

---

137 김병철, 『한국근대서양문학이입사연구』, 을유문화사, 1980, 390면.

138 「茶半香初」, 『동명』 1:11, 1922.11.12, 14면.

139 김병철, 앞의 책, 391면.

140 懷月, 「현 문단의 세계적 경향: 특별히 劇에 유명하다 할 現時의 아메리카 文學」, 『개벽』 44, 1924.2, 86면. 이 글 중반부에 "略(원문)"이란 표지가 있는 것으로 미루어 보아 번역으로 추측된다.

141 현재 한국에서 *White Fang*은 『늑대개』, 『흰 송곳니』, 『화이트 팽』으로 번역된다. 본 연구에서는 『화이트 팽』으로 지칭하였다.

142 사카이의 『화이트 팽』 번역은 ジャック・ロンドン, 堺利彦 訳, 「ホワイト・フアングー白牙」,

야하라 고이치로宮原晃一郞의 번역인 『야성보다 사랑에野性より愛へ』叢文閣, 1920 도 출판된 상황이었다.[143] 박영희의 글에서 잭 런던의 이름과 작품이 언급된 맥락은 제목에서 드러나듯 미국 소설을 소개하는 차원이다. 박영희는 "미국米國은 예술의 나라는 아니다. 부국富國이라는 데에 비하면 그 질質에 대하여서는 말할 수도 없이 빈약한 문예를 가졌다"라고 글을 시작한 뒤 "포Edgar A. poe, 1809~49와 같은 문학적 위인이 있었던 후Whitman, W(월트 휘트먼-인용자)와 같은 인도주의자의 시인이 있은 후에는 그리 세계적으로 된 작가가 없었다 해도 과언이 아닐 것"[144]이라고 단언하였다. 이후 맨 처음 거론한 작가가 잭 런던이며, 잭 런던에 대해 위와 같이 간단히 언급한 뒤 오 헨리O. Henry와 마크 트웨인Mark Twain의 대표작을 열거한 순이다.

박영희는 1926년 7월에 「미다스의 노예들」을 번역한 뒤,[145] 1928년에 재차 잭 런던을 호명한다. "근자近者에 나는 이러한 말을 듣게 된다―『프로 문예 작품은 문장이 딱딱하다』라는 말을, 그리고 또 외국 프로 작가들의 작품을 읽은 사람들의 독후감을 들으면 대개가 말하기를『매우 좋기는 하나 일종 논문이야!』라고 한다. 그러나 그런 말은 때때로 내 자신도 하는 때가 적지 않았다. 옛날 사람으로『잭 런던』의 작품 중에도『아연힐-철제鐵蹄』The Iron Heel, 1908-인용자라든지 『안리빠르뷰스』의 작품 ― 광명Clarté, 1919-인용자이나 『포화 밑에서』Le Feu, 1915-인용자라든가 혹『씽크레아』의 작품들이 거지반 읽기에 난삽難澁한 감이 없지 않은 것은 웬일인가?"[146]

　　『改造』, 1921.3~10.(川戶道昭·榊原貴教 編著, 『世界文學總合目録』 3, 東京―大空社, 2011, p.574); ジヤツク・ロンドン, 堺利彦 訳, 『ホワイト・フアングー白牙』, 叢文閣, 1925 및 1929년 改造社판(改造文庫; 第2部 第53篇)이 있다.
143 川戶道昭·榊原貴教 編著, 앞의 책, p.573.
144 懷月, 「현 문단의 세계적 경향-특별히 劇에 유명하다 할 現時의 아메리카 文學」, 85~86면.
145 쩩크·론돈, 懷月 역, 「마이다스의 愛子組合」(전 2회), 『개벽』 71~72, 1926.7~8.

잭 런던을 떠올릴 때 『야성의 부름』이나 『화이트 팽』과 같은 '개'가 주인공인 작품을 쓴 작가라는 점과 27세기의 과두정치 체제를 배경으로 한 『강철군화』의 사회주의 작가라는 두 가지 축이 작용한다. 박영희의 1924년 언급은 전자에 초점을 맞춘 듯하고 1928년의 글에서는 후자에 방점이 찍힌 방식이다. 다시 말해 두 텍스트에서 호명된 잭 런던은 다른 방식으로 형상화되었다. 1924년 글에서는 미국 소설가에 국한되었다면 1928년 글에서는 프로문학가로 명명된 방식이다. 이는 식민지 시기뿐 아니라 현대에도 이어지는, 잭 런던을 수식하는 두 가지 방식을 보여주는 대목이다. 물론 두 가지 수식어가 배타적인 것은 아니다. 그러나 위의 글에서 보듯, 명명 방식에 따라 함께 거론되는 작가군이 달라졌고 이에 따라 국지적인 맥락에서 한정하여 소개하는 차원으로 비춰질 수도, 경향성을 대두하려는 의도를 발산할 수 있는 차이를 띠게 된다. 결과적으로 소개자의 취사선택에 따라 독자 역시 의미화 과정에서 연결고리가 달라질 수밖에 없다. 글의 제목(「현 문단의 세계적 경향: 특별히 劇에 유명하다 할 現時의 아메리카 文學」)으로 유추할 수 있는 1924년의 것과 달리, 1928년의 텍스트에서는 바르뷔스와 싱클레어를 함께 제시함으로써 잭 런던을 사회주의 작가로 부각하였다. 지금에 와서는 당연한 분류로 보일지라도, 식민지 조선에서 잭 런던의 위치가 마련되고 있는 시점임을 상기하면, 지식인의 언급에 따른 좌표를 꼼꼼히 검토할 필요가 있을 것이다.

먼저 1928년 박영희가 "외국 프로 작가"로 잭 런던을 언급한 사실에 주목할 필요가 있다. 잭 런던은 1895년 「사회주의란 무엇인가」What Socialism

---

146 박영희, 「최근문예소감-문장의 난삽(難澁)」(7), 『조선일보』, 1928.11.4, 3면.

ls"를 발표하기 시작하여, 1896년에는 다니엘 드 레옹Daniel De Leon이 이끄는 사회노동당에 입당하였다. 1890년대 중반 잭 런던은 노동조합과 노동자들의 연대, 그리고 국제 사회주의 운동에 대해 자세히 공부하기 시작했으며 바뵈프, 생시몽, 푸리에, 마르크스의 저작을 읽어나가면서 『공산당 선언』의 몇 구절을 수첩에 옮겨 적어두었다고 한다.[147] 이 시기 잭 런던은 "근육을 그만 팔고, 뇌를 파는 사람이 되기로 결심"한 후, 사회학 서적을 파헤치며 "나는 이미 스스로 지어낸 간단한 사회학적 개념들이 이미 과학적으로 잘 정립되어 있음을 발견했다. (…중략…) 나는 내가 사회주의자라는 걸 깨달았다. 사회주의자는 혁명가였고, 다시 말해 현재의 사회를 전복하고 그 재료로 미래의 사회를 건설하기 위해 투쟁하는 사람이었다. 나 역시 사회주의자이자 혁명가였다"[148]라고 하며 스스로를 정립해 나갔다.

박영희가 "난삽難澁한 감이 없지 않은" 소설로 제시한 『강철군화』는 '소설 자본론'이라 불리며 1908년에 출간된 이래 세계적으로 대단한 선풍을 일으켰다. 또한, "현대 디스토피아의 가장 초기 소설"[149]로 평가되면서 1차 세계대전 이전 미국에서 노동운동의 교과서, 노동자 출신 작가가 노동계급에 동정적인 시각으로 쓴 최초의 사회소설로 큰 위력을 떨쳤다. 그러나 이후에는 출판 탄압으로 외국에 비해 널리 애독되지 못한 사정도 있다. 유럽 전역과 동구권, 구소련에서는 베스트셀러 중의 베스트셀러였으며, 1950년대까지만도 세계 각국어로 약 6백만 부 이상이 팔렸다고 전해진다.

147 토마스 아이크, 앞의 책, 45면.
148 잭 런던, 「나에게 삶이란 무엇인가」(1906), 『나는 어떻게 사회주의자가 되었나』, 228면.
149 Erich Fromm, "Afterword", George Orwell, *1984*, New American Library, 1977, p.316.
150 좌 : New York: Macmillan, 1908. 뉴욕대 소장본. 우 : London : Everett, 1908. 토론토대 소장본.

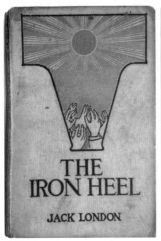

〈그림 29〉 *The Iron Heel*, New York : Macmillan(1908) 겉표지 · London : Everett(1908) 속표지[150]

일본에서 『강철군화』가 처음 번역된 것은 1923년 야구치 타츠矢口達, 1889~1939[151]의 『피의 기록血の記録』[152]이다. 이후 1929년에 『철종鐵踵』[153]으로 번역되기도 했는데 박영희가 일본어로 접했다면 시기상 야구치 타츠의 번역본일 가능성이 크다. 야구치 타츠는 서문에서 원작의 제목이 「철의 종鐵の踵」이지만, 내용과 거리가 멀다고 생각되어 「피의 기록」으로 바꾸게 되었다고 밝혔다.[154] 한 가지 지적해 둘 것은 박영희가 쓴 "철제鐵蹄"는 '철종鐵踵'의 오기誤記가 아닐까 싶다. 한편 중국에서는 1929년부터 번역되기 시작하

---

151 야구치 타츠는 1910년대부터 비에른손(『アルネ』, 新陽堂, 1912), 톨스토이(『コサック』, 新陽堂, 1912), 오스카 와일드(『架空の頹廃』, 新陽堂, 1913), 단눈치오(『巌の処女』, 新陽堂, 1913), 피에르 루이스(『不朽の恋』, 新陽堂, 1914), 보카치오(『十日物語』, 実業之日本社, 1914), 브란데스(『十九世紀文学主潮』, 新陽堂, 1914) 등의 저서를 다수 번역했다.

152 ジャック・ロンドン, 矢口達 訳, 『血の記録』, 朝香屋書店, 1923. 이 책은 원작과 같은 25장 구성이다.

153 ロンドン, 寺田鼎 訳, 「鐵踵」, 『新興文学全集 14－米国篇』 2, 平凡社, 1929.

154 矢口達, 「譯者序」, ジャック・ロンドン, 矢口達 訳, 『血の記録』, 朝香屋書店, 1923, p.2.

여, 1930년에 재출판되기도 했다.[155]

『강철군화』는 미국의 산업화가 가속화되고 있던 20세기 초에 노동자 대중을 위한 투쟁에 목숨을 바친 혁명가 어니스트 에버하드의 이야기이다. 상류 계급 출신의 아내 애비스 에버허드가 기록해 둔 원고가 7백 년 동안이나 발견되지 않은 채 남아 있다가, 사회주의 세계국가 아디스의 한 문헌학자에 의해 발견되어 공개된 형식을 취한 이색적인 구성의 작품이다. 소설은 본문과 주석으로 이루어졌는데, 본문은 20세기 애비스의 시점에 의해 서술되고, 주석은 27세기(인류 형제애 시대B.O.M 419년)의 학자 앤서니 매러디스의 시점이다. 다시 말하면, 과두 정치체제인 20세기와 사회주의 유토피아가 완성된 27세기가 공존하고 있는 셈이다.

잭 런던은 지배체제에 대한 노동대중의 투쟁과 그들이 결국 얼마나 무자비하게 탄압당하게 되는가를 가상의 내란 '시카고 코뮌'을 통해 실감나게 그려냈다. 자본가들이 노동자들을 이간질하고, 그중에 발생한 특혜 받는 어용노조, 국회의사당에서 터지는 폭탄, 사회주의 경향의 신문사들을 때려 부수는 테러 단원들, 혁명 분자들을 끝까지 추적하여 소탕하는 용병 진압군의 조직 등은 파시즘이 대두하기 20년 전인 잭 런던의 시대에는 다소 생소하게 들렸을 수도 있지만, 1905년 러시아 혁명 전후의 상황을 고려하면 사실적인 요소도 다분히 포함되어 있다.[156]

---

155 杰克·伦敦, 王抗夫 译, 『铁踵』, 上海 : 泰东图书局, 1929(재판 1930). 중국에서 『강철군화』가 번역된 사실은 첸싱춘(錢杏邨, 아잉(阿英))의 글을 번역한 1931년 김광주의 언급에서도 확인할 수 있다. "이 일 년간에는 프로 문예에 관한 외국 서적이 적지 않게 번역되었다. 로마노푸의 『애적분야(愛的分野)』, 리페 팅스키-의 『일주간』, 골키의 『모친』, 아개녜-푸의 『중학생 일기』, 『대학생 일기』, 라푸 라이푸의 『제 41일』, 잭 런던의 『종철(踵鐵)』, 씽크레어-의 『석탄왕』, 『도장(屠場)』, 『공인걸맥(工人傑麥)』 등이 이미 중문(中文)으로 번역 소개되어 있다. 이 역품(譯品)들의 생산은 중국 프로 문단의 추진에 큰 도움이 되었다고 할 수 있다."(錢杏邨 述, 김광주 역, 「중국 문단의 회고」(완), 『조선일보』, 1931.4.1, 4면)

『강철군화』에서 일어나는 프롤레타리아 혁명은 자본가 계급의 역공으로 완전히 분쇄되거나 부분적으로 분쇄될 것이라고 가정된다. 이어서 잭런던은 과두Oligarchs라 일컬어지는 소수의 철권통치자들이 오랫동안 사회를 지배하게 될 것이라 상상한다. 조지 오웰은 "『강철군화』는 훌륭한 책이라고는 할 수 없으며 예견한 내용들이 대체로 맞아떨어지지도 않았다. 시간과 공간의 설정이 허황되며, 당시에 대개 그랬듯이 잭 런던 또한 혁명이 고도로 산업화된 나라들에서 먼저 일어날 것이라고 가정하는 실수를 범한다"며 비판했다. 그러나 조지 오웰은 이 소설이 중요한 이유로 "자본주의 사회가 자체의 '모순' 때문에 망하지 않는 게 아니라 지배 계급이 자체적으로 거대한 기업을 형성할 수 있으며 일종의 변태적인 사회주의를 만들어낼 수도 있다고 주장한 점"을 지적했다.[157]

통상적으로 '자본가'는 도의도 없는 냉소적인 악당으로 묘사되지만, 잭런던은 그러한 관점을 취하지 않았다. 잭 런던은 『강철군화』에서 "과두지배계급의 이런 고차원적인 도덕적 정의감에 대해서는 아무리 강조해도 지나치지 않다. 이것이 강철군화의 힘이었는데도 우리의 많은 동지들은 그것을 좀처럼 깨닫기를 싫어했다.(…중략…) 요지는 오늘날 과두지배체제의 힘은 자기 자신이 옳다는 자기 만족적 이해에 있다는 것이다(주석 112 : 자본주의의 윤리적 모순과 불일치로부터 과두지배계급은 일관되면서 분명하고, 강철처럼 날카로우면서 매섭고, 가장 불합리하고 비과학적이면서 동시에 어떤 압제계급도 가져본

---

156 차미례, 「역자 해설」, 잭 런던, 차미례 역, 『강철군화』, 한울, 1991, 3~7면을 참고하여 서술하였다.

157 조지 오웰, 「조지 오웰이 본 잭 런던」(1946), 잭 런던, 이한중 역, 『불을 지피다 : 잭 런던 소설집』, 한겨레출판, 2012, 277~279면. 조지 오웰의 이 글은 1946년 영국 폴렉엑(Paul Elek) 출판사에서 펴낸 잭 런던 단편집에 대한 서평적 서문("Introduction To Love of and Other Stories By Jack London")이다.

적 없는 대단히 강력한 새로운 윤리와 더불어 등장했다. 과두지배계급은 생물학과 진화론으로 그 모순이 입증되었는데도 자신들의 윤리를 믿었다. 그런 믿음 덕분에 그들은 300년 동안이나 인류 진보의 거대한 흐름 — 형이상학적인 도덕가에게는 심오하고 어이없고 당혹스러운 광경이자, 유물론자에게는 숱한 의심과 재고를 불러일으킨 장면 — 을 잡아둘 수 있었던 것이다)"[158]라고 설명하며, 지배 계급의 속성을 냉철하게 제시했다.

1920년대 중반 식민지 조선에서 『강철군화』를 읽는다는 것은 어떤 감각이었을까. 잭 런던이 이 소설을 썼을 때는 1905년의 러시아 혁명(제1차 혁명)이 차르의 군대와 비밀경찰, 폭력 테러 조직에 의해서 분쇄된 직후였다. 1900년대 말부터 미국에서는 국가적인 비밀 경찰조직에 의해 노동자들이 탄압당하는 사건이 일어났고,[159] 잭 런던이 죽은 뒤 1917년에는 마르크스 주의에 입각한 러시아 혁명(제2차 혁명)도 일어났다. 1922년에는 파시스트가 등장하여 이탈리아 전체를 지배하였다. 즉 이러한 역사적 사건이 발생한 후에, 식민지 조선의 지식인들은 『강철군화』를 읽을 수 있게 된 것이다. 『강철군화』는 과두정치체제로부터 300년 이후 역사적 발전에 따라 사회주의 유토피아가 완성될 수 있다는 내용을 다뤘으며, 파시즘의 등장을 예견했다. 그렇다면 『강철군화』는 동시대 유럽 일부를 사실적으

---

158 잭 런던, 곽영미 역, 『강철군화』, 궁리, 2009, 294~295면.

159 "1908년 7월, 『강철군화』가 출판된 지 불과 5개월 뒤에 국가적인 비밀 경찰조직 — 당시에는 그냥 수사국(Bureau of Investigation)으로 알려졌다 — 이 미국 내에 최초로 창설되었다. 그리고 그로부터 12년도 못 돼서 런던이 예견했던 대로 노동자들의 정치조직에 대한 폭력적인 탄압이 시행되었다. 1920년 1월 20일 하룻밤에만도 법무부는 파머 검찰총장의 젊은 부하검사인 J. 에드가 후버가 조직한 대규모 기습으로 전국 70개 도시를 강타했다. 노동자들은 자기 집에서 마구 끌려 나왔고, 유인물을 찍는 인쇄기들이 파괴되었으며, 1만 명의 행동대원들이 투옥되었다. 그로부터 4년 뒤, 후버는 곧 미연방수사국(FBI)로 개칭될 그 조직의 우두머리로 선임되었다."(H. 브루스 프랭클린, 「작품 해설」, 잭 런던, 차미례 역, 『강철군화』, 8~9면)

로 묘사한 소설이자 유토피아 시대를 향한 정치적 투쟁의 필요성을 역설하는 텍스트로 기능했을 것이다.

1928년의 언급과 달리, 1924년의 박영희는 잭 런던의 대표작으로 『화이트 팽』을 '역작力作'이라 제시하였다. 박영희에게 『화이트 팽』이 어떠한 의미를 가질 수 있는지 알아보기 위해서는 다시 잭 런던의 일대기로 돌아갈 필요가 있다.

1897년은 잭 런던에게 생의 전환점이 되는 해였다. 바로 클론다이크 골드러시에 참여해 알래스카로 떠난 것이다. 잭 런던은 클론다이크에서 마르크스와 스펜서, 밀튼, 키플링 등의 책을 읽었으며, 그곳의 풍광과 눈 덮인 황야에서 문명의 언저리에 사는 사람들의 이야기를 자세히 적어 두었다고 한다.[160] 비록 금 채굴에는 실패했지만, 약 1년간 북구의 경험은 잭 런던에게 실감 나는 소재와 배경을 제공했다. 특히 클론다이크 이야기에서 주인공들은 혹독한 환경에서 생존을 위해 처절하게 분투하는데, 잭 런던은 이러한 고난을 강렬하고 생생하게 묘사하였다. 클론다이크에서 돌아온 다음 해에 단편소설 「들길을 가는 사내에게 건배To the man on trail」1899로 데뷔했고, 곧이어 「북극의 오딧세이An odyssey of the North」1900와 『늑대의 아들The Son of the Wolf』1900로 주목을 받기 시작했다. 그리고 마침내 장편소설 『야성의 부름The Call of The Wild』1903으로 27세의 나이에 상업적 성공과 작가적 명성을 모두 거머쥐었다.[161]

『화이트 팽』은 '『야성의 부름』에 대한 완벽한 반테제이자 자매편'이라

---

160 토마스 아이크, 앞의 책, 71~72면.
161 고정아, 「옮긴이의 말−동토에서 적도까지, 야성의 땅에서 인간과 사회를 탐구하다」, 잭 런던, 고정아 역, 『잭 런던−들길을 가는 사내에게 건배 외 24편』, 현대문학, 2015, 539~542면.

고 여겨졌다.[162] 전자가 '벅'이라는 개가 문명에서 자연으로 돌아가 야성을 되찾는 서사라면, 후자는 늑대개 '화이트 팽'이 야성과 본능을 통제하고 인간 주인을 위해 문명 세계에 적응하게 되는 내용이기 때문이다. 두 소설에서 강조되는 바는 적자생존의 법칙에 따른 '힘'의 원리이다. 『야성의 부름』이나 『화이트 팽』뿐 아니라 잭 런던 소설의 전반에 걸쳐 작용하는 '힘'은 자연이나 삶의 냉혹함 속에서도 살아남는 강인한 생명력을 말한다. 단순한 힘의 크기가 아닌, 환경에 적응하여 살아남은 자가 곧 적자가 되는 것이며 다음 세대의 선택받은 자가 될 수 있다. 늑대개 '화이트 팽'은 살아남기 위해 사냥하는 법과 싸움에서 이기는 법을 배웠고 몽둥이의 법칙을 익혔다. "약한 자를 억압하고 강한 자에게 복종하라", "주어진 삶이 처한 유달리 혹독한 조건을 견뎌야 한다면, 빨리 배우는 일이 당연한 일".[163] 이것이 '화이트 팽'이 끝까지 살아남을 수 있었던 이유였으며, 잭 런던은 이를 "진화"이자 "문명화"[164]라고 표현했다.

박영희의 작품 중 개에 빗대어 프롤레타리아의 저항을 그린 「사냥개」를 잭 런던 소설의 창조적 수용으로 독해해볼 여지도 있다. 「사냥개」에서 부자 정호는 60원이라는 거액을 내서 가장 용감하다는 사냥개를 샀다. 기근 구제비와 T동 사립소학교에 기부금 요청이 들어왔을 때 각각 30원, 20원을 적은 후 내지도 않았고 한꺼번에 5원을 쓰지 못할 정도로 인색한 인물인 정호가 60원이나 되는 거금을 들인 까닭은 "재산 보호가 자기 생명의

---

162 제임스 디키, 「예외적이고 잔인한 생명력의 생생한 영상」, 앞의 책, 15면.

163 잭 런던, 오숙은 역, 「화이트 팽」, 『야성의 부름·화이트 팽』, 287·311면.

164 "나는 그 과정을 역전시키고자 한다. 한 마리 개의 퇴화 또는 탈문명화가 아니라, 한 마리 개의 **진화**, **문명화**를 그리고자 했다. 가정에 대한 애착, 믿음, 사랑, 도덕성, 그리고 모든 예의의 덕목과 발달을 나타내려 했던 것이다."(제임스 디키, 「예외적이고 잔인한 생명력의 생생한 영상」, 앞의 책, 15면)

즐거움이었고 또한 그것이 웃음이었고 또한 그것이 세상의 모든 것"이기 때문이다. 어느 날 밤 정호는 도둑이 칼로 위협하며 삼천 원을 내놓으라는 꿈을 꾼 데 이어, 논과 삼천 원을 주겠다고 약속하고 다섯 번째로 들인 첩이 칼을 들이미는 악몽도 꾸게 된다. 논을 사려고 삼만 원을 찾아놓은 탓에 누가 그 돈을 빼앗아갈까 불안한 마음에 쉽사리 잠들지 못했고 그날따라 개는 끊임없이 짖어댔다. 정호는 큰마누라에게 돈을 맡기고 함께 있으려고 밖으로 나갔다가 사냥개에게 물려 죽고 만다. 사냥개의 시선에서 "정호의 두려워하는 몸과 검은 두루마기로 싼 그 몸을 그의 주인으로는 볼 수 없었"기 때문이다. 사냥개는 "낮이면 굵은 쇠사슬에 목을 매여 있고 밤에는 그 줄을 끌러 놓는 그러한 아픈 생활"을 하였고, 주인에게 밥도 제대로 얻어먹지 못한 까닭에 쥐를 잡아먹으려 다니다가 도둑으로 보인 인간을 물어 죽인 것이다.[165]

이 소설에서 잭 런던의 흔적을 찾아볼 수 있다. 가령, "가장 용감하다는 사냥개"를 집 지키는 개로 역할을 바꿔버린 정호의 행위는 썰매견이었던 '화이트 팽'을 투견으로 이용하여 돈을 벌던 뷰티 스미스와 겹쳐 보인다. 이는 인간의 이기심과 재산을 위해 각 '개'의 특성, 본성을 억압한 공통적인 소재로 보인다. 또한, 「사냥개」에서 "어디로 갔는지 모르나 그는 살아 있으면 끝없이 넓은 대지 위에서 자유롭게 돌아다니면서 주린 배를 불릴 것이다"[7]면라고 서술된 대목에 주목할 필요가 있다. 이 장면은 『화이트 팽』보다 『야성의 부름』에 가까운 면모이다. 『야성의 부름』의 마지막 장면에서 '벽'은 늑대 무리의 우두머리가 되어 자연의 일원이 된다. "창백한

---

165 懷月, 「산양개」, 『개벽』 58, 1925.4, 1~7면.

달빛이나 어른거리는 오로라 속에서 무리의 선두에서 동료들보다 큰 몸으로 성큼성큼 달리는 모습이나, 거대한 목을 울리면서 원시 세계의 노래, 지금 그 무리의 노래를 부르는 그('벅' - 인용자)의 모습"[166]은 "옛날에 산양하러 단일 때와 같이 이것이 무슨 사냥한 물 것이나 같이 이리 어르고 저리 어르기도 하였다. 이러다가 개는 어둠을 향하고 갈라진 목소리로 짖는다"7면와 조응되며 야성의 부활을 암시한 '사냥개'의 자유로운 미래와 오버랩되는 지점이다.

박영희는 「사냥개」를 발표한 후 합평회에서 양건식이 "사냥개가 주인을 물어 죽인다는 데 모순이 있습디다"라고 하는 말에 분개하는 태도를 보였다. 양건식이 "계급쟁투니 자본가니 그것은 말고 전편全編을 보면 그렇게 훌륭한 창작이라고는 할 수 없습디다"라고 말하자, 박영희는 "씨氏는 무엇보다도 계급쟁투는 말하기도 싫어서 일부러 도피하는 모양"이라 받아쳤다. 이어서 "개가 없이는 그 작품이 성립될 수 없다 하는 이가 있으나 인색한 부호富豪를 목표로 그리려면 개가 아니고도 다른 것으로도 나타낼 수 있겠지요. 그런데 개를 써서 그렇게 부자연하게 만든 것은 작자의 실책이에요"라는 말에 박영희는 "본 작자는(그 소설의 제題부터 「사냥개」지만) 어떻게든지 그 주인을 죽이게 한 것이 한 중요한 노력"이라 말하며, '개'의 중요성을 어필하였다.

"남의 소설을 잘 읽지도 않고서 함부로 소설에 대한 본질적 가치까지를 무조건으로 부정한다는 것은 개인상으로 악희惡戱가 있으면 오직 자기 흉중胸中에서만 있게 할 것이지 이렇게도 기회를 이용해서 허무한 노력을 남

---

166 잭 런던, 오숙은 역, 「야성의 부름」, 『야성의 부름·화이트 팽』, 141면.

용할 필요도 없을만치 유치한 변론"이 펼쳐진 까닭에 박영희는 그토록 분노할 수밖에 없었고, 현진건이 "그러면 소설이 아니지"라고 말한 것도 결정적이었다. 또한, 합평회가 "기분적氣分的 비평"이라든가 "유희적遊戲的 감상"이 대다수였던 탓에, 현장의 분위기가 만족스럽지 않았던 것으로 보인다. 그러나 박영희가 "부자를 목표하고 쓰면 개인을 따라서 천태만상으로 상위相違해질 것이 사실이다. 같은 모델을 쓰는 화가들의 「캔빠스」 위를 살펴서 보아라"라고 했듯,[167] 부자를 응징하는 방법으로 '개'를 이용한 이유에 대해 숙고할 필요가 있다.

당시 신경향파 문학에서 주로 묘사되듯 프롤레타리아 계급이 부자를 살해하고 자유를 얻는 방법도 있었을 것이다. 하지만 정호가 밖으로 나섰을 때 "검은 금고"를 들고 있는 장면을 상기한다면, 인간이 살인을 저지른 다음, 눈 앞에 있는 돈을 무시하고 지나치기 어려웠을 것이다. '벅'의 시선에서 황금이 그저 "노란 쇠붙이"[168]였듯, 동물에게 돈은 먹이가 될 수 없었다. 또한, "두려워하는 몸과 검은 두루마기로 싼 그 몸"을 주인의 재산을 훔치려 한 낯선 도둑으로 판단한 후 공격한 것이기 때문에 '개'는 주인을 지키려는 자기의 직분에 충실한 행위를 한 것이 된다. '개'가 낯선 이를 공격하는 장면은 『화이트 팽』의 마지막 부분에서 탈옥수가 집안에 침입하자 본능적으로 주인 가족을 지키려 물어뜯은 대목을 떠올리게 한다. 돈에 인색했던 정호가 자신의 재산을 지켜주리라 믿고 큰돈을 써서 사 온 '사냥개'에게 당하는 모습을 보여줌으로써 극적인 장면이 연출될 수 있었다.

---

167 박영희, 「조선문단 「합평회」에 대한 소감-진실을 잃어버린 합평」, 『개벽』 60, 1925.6, 102~104면.
168 잭 런던, 오숙은 역, 「야성의 부름」, 『야성의 부름·화이트 팽』, 25면.

「사냥개」의 이러한 장치는 박영희의 창작에 간접화된 방식으로 형상화된 잭 런던의 흔적이자, 독서를 통해 (무)의식적 사고가 형성된 결과로 볼 수 있을 것이다.

박영희가 번역자와 소개자의 역할을 한 것과 같이 주요한도 마찬가지이다. 주요한은 잭 런던의 단편 「인간의 신념The Faith of Men」1904을 1926년 12월 『동광』에 번역하여 실었다. 번역 전, 1926년 1월 신문 논설을 통해 잭 런던의 이름을 알리기도 했는데, 대표작을 다수 제시했다는 점에 주목할 수 있다. "우리는 위대한 소설이 위대한 자연을 배경 삼고 됨을 발견합니다. 잭 런던의 소설들『황야의 부름』, 『설원의 처녀處女』, 『백아白牙』 등이 북미주 북방의 설경 속에 자리를 택"[169]하였다는 대목이다. 주요한이 대표작으로 꼽은 『황야의 부름』은 『야성의 부름The Call of The Wild』1903이며, 『설원의 처녀』는 『눈의 딸A Daughter of the Snows』1902로 추정되며, 『백아』는 박영희의 글에서도 언급된 『화이트 팽』이다. 『야성의 부름』은 일본에서 1916년에 처음 번역된 후, 1917년 사카이의 번역도 이뤄졌다.[170]

박영희와 주요한의 언급을 통해 잭 런던의 대표작이라 부를 수 있는 다수의 작품이 식민지 조선에 알려졌다는 사실 자체에 의미를 부여할 수 있다. 번역되지 않은 작품의 목록이 제시된 사례는 식민지 시기에 빈번한 일일 것이다. 실제 조선어로 번역된 텍스트가 언급의 내용에 기인한 것이라든지, 언급 빈도와 정비례하는 것도 아니다. 그럼에도 잭 런던의 수용사를 짚어보는 관점에서 당시의 시각을 짐작할 수 있는 근거로 작용할 수 있다.

---

169 頌兒, 「문예통속강화」(5), 『동아일보』, 1926.1.11, 3면.

170 阿武天風 譯, 「名犬物語」, 『冒險世界』, 1916.5~1916.11; 堺利彦 訳, 「野性の呼声」, 『中外』, 1917.6~1918.5; 『野性の呼声』, 叢文閣, 1919(川戸道昭・榊原貴教 編著, 『世界文学総合目録』 3, p.572).

1920년대 잭 런던의 수용에서 임화와 이상화의 글에도 주목할 필요가 있다. 이상화의 「무산계급과 무산작품」[171]과 임화의 「무산계급을 전망한 상위相違한 삼시야三視野」[172]는 대개 비슷한 내용으로, 해외 기사를 옮긴 것으로 추정되었다.[173] 선행연구의 추측대로 임화와 이상화가 번역한 글은 치바 카메오千葉龜雄, 1878~1935가 1923년 『중앙공론』에 발표한 「무산자 출신의 세계적 작가와 무산자를 주제로 한 세계적 작품無産者から出た世界的作家と無産者を主題とした世界的作品」이다.[174]

이 텍스트에서는 무산작품을 세 가지 유형으로 분류한다. 첫째, "A는 무산계급자가 무산자인 까닭으로 현대산업조직의 밑에 살아는 가면서도 기계 공업에게는 뒤쫓겨 지고 자본가에는 착취가 될 뿐이다. 그 비참 도극到極한 정태情態를 끝없는 동정과 못 참을 분노로서 표현한 작품"이다. 둘째,

171 尙火, 「무산작가와 무산계급」(전 3회), 『개벽』 65·66·68, 1926.1·2·4.

172 임화는 「무산계급을 주제로 한 세계적 작가와 작품」(전 14회, 『조선일보』, 1926.?~ 12.24)을 시작으로 「무산계급을 주제로 한 세계적 작가와 그 작품 속(續)」(전 9회, 『조선일보』, 1927.1.21.~2.1)을 실은 후, 「무산계급을 전망한 상위(相違)한 삼시야(三視野)-무산계급을 주제로 한 세계적 작가와 그 작품의 속(續)」(전 6회, 『조선일보』, 1927.2.2.~2.8)을 연재하였다. 본 연구에서 주목하는 텍스트는 세 번째로 발표한 연재이다. '무산계급을 주제로 한 세계적 작가와 그 작품' 시리즈는 총 29회로 볼 수 있다. 임화문학예술전집편찬위원회 편, 『임화문학예술전집 4-평론 1』, 소명출판, 2009에서는 두 번째 연재와 세 번째 연재가 합쳐져 실려 있다. 그런데 『임화문학예술전집』 4권 51면에 따르면 후편의 마지막 연재가 1927년 2월 7일로 제시되어 있으며, "더 이상 『조선일보』에 같은 글의 연재분이 보이지 않는다. 여기서 연재가 중단된 듯하다"(86)고 서술되어 있다. 그러나 1927년 2월 8일 자에 세 번째 연재의 6회가 실려 있다. 『임화문학예술전집』 4권에서 전편 「무산계급을 주제로 한 세계적 작가와 작품」의 1회 연재분은 찾을 수 없다고 기술되어 있다.(26) 그러나 26면에서 제시한 1926년 12월 3일 자에도 1회는 없다. 따라서 전편의 연재 시작일을 특정하기 어렵다.

173 김윤식, 『임화연구』, 문학사상사, 1989, 46~47면(권보드래, 「번역되지 않은 영향, 브란데스의 재구성-1910년대와 변방의 세계문학」, 『한국현대문학연구』 51, 한국현대문학회, 2017, 8~9면에서 재인용).

174 임화와 이상화의 번역 방식은 추후 논의할 예정이다.

"B는 유산계급이란 그 한계를 없애버리고 일종의 문명비평에서 기점을 가진 것이다. 다못 원시적인 야성과 방랑성이 문명의 호화豪華에게 반항을 하면서 대자연에게 향하게 되나니 이것은 복잡한 현재 생활 기관의 기구를 배반하고 힘자라는 데까지 본능 일선인 순박성으로만 돌아가려고 하는 것"이다.[175] 셋째, "C는 3파로 나눌 수 있으니 제1은 인도적 정신에서 통찰을 하는 것이고 제2는 인세人世의 항하사고恒河沙苦를 소멸하려는 뜻으로 작위도 부재富財도 특권 등 속屬의 일체 과장誇張을 다 집어 던지고 몸소 무산계급에 들어가서 그들과 함께 고행의 생활을 하는 것이다. 제3은 무산자의 환경에 나서 무산자의 지위에 안주하면서 크게는 세계를 적게는 개인의 고민을 인도적 혼魂과 희생 성혈性血로 얼마큼이라도 가볍게 하려는 박해와 참고의 속을 용감하게 걸어가는 것"이다. A에 업튼 싱클레어의 『정글Jungle』1906이 제시되었고, C에서는 마가렛 바버Michael Fairless, Margaret Fairless Barber, 1866~1930의 『도로 보수공The Roadmender』1900, 셀마 라겔뢰프 Selma Lagelöf, 1858~1940의 『기각棄却된 사람The outcast』1918, 『크리스마스의 손님A Christmas Guest』1893, 『보이지 않는 고삐Invisible Links』1894, 루이스 쿠페뤼스 Louis Couperus, 1863~1923의 『왕위Majesty』1893, 게르하르트 하웁트만Gerhart Hauptmann, 1862~1946의 『크리스트의 우자愚者, The Fool in Christ』1918, 미하일 아시바셰프Mikhail Artsybashev, 1878~1927의 『이반 란데The Death of Ivan Lande』1904

---

175 B에 대한 임화의 번역은 다음과 같다.
"B에 속하는 것은 유산(有産) 무산(無産)이란 한계(限界)는 생각지 않고 단지 일종의 문명 비판적 태도로서 출발하는 것으로 오로지 원시시대인 야성(野性)과 방랑성(放浪性)이 문명의 화려한 것에 반항하여 가지고 대자연을 향하여 복잡한 현재 생활 기관의 기구(機構)를 떠나 체력이 있는 대로 본능 그대로의 순박성(純朴性)으로 돌아가려는 것으로 거기에는 무숙자(無宿者)와 부랑자(浮浪者)의 무리가 표현되는 것이다."(임화, 「무산계급을 전망한 상위(相違)한 삼시야(三視野)-무산계급을 주제로 한 세계적 작가와 그 작품의 속(續)」 (1), 『조선일보』, 1927.2.2, 3면)

등이 소개되었다.[176] B유형에서 제시된 작가는 고리키, 잭 런던, 브렛 하트이다. 이 가운데 잭 런던을 소개한 부분은 다음과 같다.

이 위에 든 B의 작품(고리키, *Creatures That Once Were Men*, 1917 – 인용자)은 방랑자를 주인공으로 하였으나 「골키」의 자연아自然兒와는 「타이프」가 다르다. 「잭 런던」의 작품에 나온 사람들과 「풀래트·하—트」Bret Hart, 1836~ 1902 – 인용자의 작품에 나온 사람들이 그것이다. 왜 그러냐 하면 「골키」에 나온 절름발이 떼와 세계고世界苦의 사람들은 다 – 문명의 의식을 배경으로 하여 그 속박에서 도면逃免된 자유와 환희에 자지러지는 것이나 「론돈」과 「하—트」의 쓰는 인물은 처음부터 문명에 대한 흥미를 갖지도 않았다. 오직 나온 그대로의 자연아로서 가장 순진하게 더럽혀지지도 않고 대자연에게만 포육이 된 원시인의 자연애를 가졌을 뿐이다. 그들은 어수선한 인간사회의 법칙에 속박이 되어서 살기보다도 의지상으로 그 본능과 욕망을 가로막지 않을 생물의 세계와 자연의 생명에게 무궁무진한 자유를 항상 찾으려고 한다. 「론돈」에게서는 이런 황박荒朴한 장엄주壯嚴奏와 의지미意志美를 볼 수가 있다 한다.[177]

---

176 尙火抄, 「世界三視野 – 「무산작가와 무산작품」의 종고(終稿)」, 『개벽』 68, 1926.4, 101~109면.

177 위의 글, 104면; "『잭 런던』의 작품에 나타난 인물들이나 『프렛트·하—트』의 작품에 선택된 인물 등이 이 부문에 속한다고 말할 수 있다. 그것은 『꼴키』의 취급한 선족(跣足)의 군(群)이나 세계고(世界苦)의 사람들은 모두가 문명의 의식을 배경으로 하여 가지고 그 동박(東縛)으로부터 탈출(脫出)이 되어 가지고 자유의 환희라는 것을 조금이라도 의식하는 것이다. 그러나 『런던』이나 『타—트』의 주인공은 최초로부터 문명에다 취미들 못 붙이고 그저 난 채로의 자연아(自然兒)로서 가장 순진하게 더럽혀지지 않은 대자연에 파포(把哺)된 원시인(原始人)의 자연애(自然愛)를 가지고 있는 것이다. 그들은 이 복잡하고도 뒤숭숭한 인간사회의 법칙 속에 붙잡혀서 살아가는 것보다는 의지상(意志上)에서 목능(木能)과 욕망을 차지(遮止)하는 아무것도 없는 생물의 세계와 대자연에 끊임없는 자유(自由)를 언제든지 추구하고 있는 것이다. 『런던』에게는 이와 같은 초라한 장엄미(壯嚴味)와 의지(意志)의 미(美)를 볼 수가 있으며 『하—트』에게서는 그보다 좀더 인간미(人間味)가 가입(加入)된 무엇을 맛볼 수가 있다."(임화, 「무산계급을 전망한 상위(相違)한 삼시야(三視野) – 무

436　번역된 미래와 유토피아 다시 쓰기

위 인용의 제목에서부터 '무산작가'로 소개된 점은 박영희가 '외국 프로작가'로 명명한 지점과 닿아있다. B유형으로 분류된 내용과 위의 인용을 종합하면 잭 런던의 작품은 문명 비판적 관점이 두드러지며 자연 그대로의 원시적인 야성과 방랑성이 돋보이는 것으로 서술된 것을 알 수 있다. 또한, 본능과 욕망에 충실한 상태에서의 자유를 묘사한 소설로 파악하고 있다. 대표작은 따로 소개되지 않았지만, 위의 맥락에서 유추할 수 있는 것은 『야성의 부름』일 것이다. 문명의 이기가 없다면 인간은 개인 '벅'에게도 당할 수 있는 나약한 짐승일 뿐이었다. 위의 글은 간략하게나마 문명보다 강한 야성, 인간의 이성이 거부한 원시성, 황야, 대자연을 보여준 잭 런던의 문학이 소개된 내용이라 할 수 있다. 또한, 1920년대의 지식 장에서 세계문학과 프로문학의 시각으로 잭 런던이 조명된 사례이다.

한편, '과학소설가'로 호명된 사례도 있다. 앞에서 논의한 벽오동이라는 필자의 글이다. 벽오동은 "현대의 과학소설이라 하면 영국의 '웰스'를 첫 손가락 꼽지 아니할 수 없다. 다음으로 年前에 죽은 미국의 '잭·런던'과 불국의 '쥘·베른' 등이 있으나 '웰스'와 비견되지 못할 것은 누구나 아는 바이다. 그들도 과학소설의 대가인 것은 부인할 수 없는 사실", "『월세계여행』이든지 『해저여행』같은 것은 상식으로는 생각하기조차 불가능한 것이다. 하지만 불가능한 사실을 제재로 해 가지고 유식한 인사±에게 읽히라고 하는 것"[178]으로 서술하였다. 잭 런던이 웰스, 쥘 베른과 함께 '과학소설가'로 제시될 수 있었던 이유는, 진화와 진보를 바탕으로 변화된 사회의 '미래 소설'을 창작했기 때문일 것이다. 벽오동의 시각은 이 연구

산계급을 주제로 한 세계적 작가와 그 작품의 속」(2), 『조선일보』, 1927.2.4, 3면)
178 벽오동, 「현대의 과학소설 예언적 작가 웰스」(1), 『매일신보』, 1925.11.29, 3면.

의 관점과 부합한다.

1930년에 이광수는 "잭 런던의 작품이 요즈음 와서 덜 읽히"[179]고 있다고 말하기도 했다. 일반화할 수는 없지만, 1920년대 지식인 계층에서는 잭 런던이 한때 유행했던 작가였다고 볼 수 있을 것이다. 몇 년 뒤 박화성의 회고에서도 이광수의 언급이 간접적으로 드러난다. "「추석전후」가 당시 이광수 씨의 주재이던 『조선문단』지에 발표되었을 때 이광수 씨는 영국의 '잭 런던'을 배운 듯한 솜씨라 하였으나 기실 나는 '잭 런던'이라는 이름조차도 그때야 처음으로 들어보는 무식한 문학청년이었다."[180] 박화성이 『조선문단』에 「추석전후」를 발표한 시기는 1925년으로, 이광수는 빈곤한 조선인의 모습을 사실적으로 드러낸 맥락에서 박화성의 필치를 잭 런던에 비유한 것으로 짐작된다. 그러나 박화성 본인에게는 잭 런던에

---

179 "신흥문학이요? 물론 이 앞으로 잘 발전이 되어 나갈 줄 압니다. 그러나 여기에 사과(마침 책상 위에 사과 한 쪽이 있다) 이 사과를 아마 약으로 먹는 사람은 별로 없을 것입니다. 혹 변비증(便秘症)이 있는 사람이 매일 사과 한 개씩을 먹으면 배변이 잘 되니까 그래서 먹는 사람도 있겠지만 그 사람 역시 달은 약을 먹는 생각으로는 결코 먹는 것이 아닐 것입니다. 문학도 그렇습니다. 문학이 문학인 이상 문학다운 곳이 있자면 사과와 같아야 아니하겠습니까. 쓰디쓴 금계랍(원문 : 급게랍, 키니네(kinine) - 인용자)을 맛으로 여겨 먹을 사람은 없으니까요. 그런데 요즈음의 신흥문학이 단지 금계랍에 그치지 아니하나 싶습니다. 목적 의식만에 방황하는 소위 소아병(小兒病)적 문학이 그것입니다. 그것도 단지 한 개의 도구와 같이 쓴다면 그 문학이 성립지 못할 것은 아니나 재래(在來)로 보건대 그러한 문학은 결코 수명이 길지 못합니다. 일본의 신흥문단을 보더라도 문예 전선을 중심으로 한 아오노 수에키치(靑野季吉) 일파의 목적의식만을 내용으로 한 선전문학은 몰락이 되고 전기(戰旗) 일파의 프롤레타리아 리얼리즘이 새로운 발전을 하지 아니합니까? **영국의 잭 런던의 작품이 요즈음 와서 덜 읽히는 것**만 보아도 일반 대중이 사과를 요구하느냐 금계랍만을 먹으려 하느냐는 것을 알 수가 있습니다. 그러니까 나는 자기가 『내가 프로 작가라』고 표방하고 나서지 아니한 사람 이외의 작품이라도 민중의 감정을 잘 표현하였으면 프로문학이라고 할 수가 있다고 생각합니다. 톨스토이가 프로 작가는 아니지만, 그의 작품 중에는 당당한 프로 작품이 많이 있지 않습니까."(이광수, 「각계각인 십년회고, 작가로서 본 문단의 십년」, 『별건곤』 25, 1930.1, 53면)
180 박화성, 「내가 사숙하는 내외 작가 其四 - 토마스하디 翁과 솨롯뿌론테 여사」(상), 『동아일보』, 1935.7.14, 3면.

빗댄 표현이 보편적이거나 쉬운 것은 아니었던 모양이다. 당대 문인인 이 광수와 이제 갓 문학에 입신한 박화성의 감각에 따른 차이로 보이지만, 조선의 대중 독자층에서 체감할 수 있는 잭 런던의 입지가 넓지 않음을 보여 주는 장면이기도 하다.

1920년대에는 보통 일본과 중국을 경유해서 잭 런던의 문학을 읽었을 것으로 추정되는 가운데, 에스페란토어로 읽었을 가능성도 제시해 볼 수 있다. 가령, "1930년 8월 프롤레타리아 에스페란티스토의 국제적 조직 S.A.T.(세계무민족성협회, Sennacieca Asocio Tutmonda-인용자)의 제10회 대회가 개최되었다. (…중략…) 이 조직은 주간 잡지 『무국인無國人』, 월간잡지 『신시대新時代』를 발행하며 다수의 서적과 팜플릿을 출판하고 있다. 최근에는 500페이지가 넘는 대사전과 잭 런던의 소설을 번역해냈다고 전한다"[181]에서 보듯 에스페란토어로 번역된 잭 런던의 소설도 있었던 것으로 보인다.

1930년대에 이르면 1920년대에 비해 잭 런던의 언급 빈도가 다소 높아지는 경향을 확인할 수 있다. 예를 들어, "'론돈'의 소설 대환영. 미국작가 '잭 런던'의 소설은 독일에서 제일 잘 팔리는 책의 하나로 지금까지에 이미 백만 부 이상을 팔았다 한다. 그런데 미 본국에서는 '싱크레어 루이스' 씨의 평판이 더 좋다 한다"[182]처럼 독일에서의 사정이 전해진 기사에서 잭 런던의 이름을 발견할 수 있다. 일례로 1929년 이탈리에서 『강철군화』가

---

181 「에스페란토 대회」, 『조선일보』, 1930.9.12, 4면.
182 「아삼속사(雅三俗四)」, 『동아일보』, 1930.1.22, 4면; 『중외일보』에 같은 날, 같은 내용으로 실리기도 했다. "미국 작가 『잭·런던』의 소설은 이즈음 독일에서 가장 많이 팔리는 책 중에 하나로 지금까지에 이미 백만 부 이상이 나갔다 한다. 그런데 미국 본토에서는 『싱크레-아』『류-이스』의 편(便)이 인기가 더 있다 한다."(「해외문예소식」, 『중외일보』, 1930.1.22, 2면)

출판되었을 당시 파시스트 정부는 값싼 보급판 전부와 잭 런던의 다른 혁명적인 작품들을 '정부 전복음모의 일환'이라는 딱지를 붙여서 전부 판매 금지하였다고 한다. 그러나 값비싼 고급판은 계속해서 출판을 허용했는데, 그 이유는 '교양있는 계급의 수중에 있는 한은' 정부가 위협을 느낄 이유가 없다는 것이었다.[183]

1930년대에는 잭 런던이 '사회주의적 경향의 작가'로 소개된 사례가 대다수다. "1873년생[sic-1876]인 『잭 런던』 같은 자가 역시 『프로』 소설의 선구자로서 경이할 존재인 것이다. 그는 방랑과 모험과 실지實地 노동 체험으로써 산 작품을 썼나니 사실상에 있어서 의식적인 『프로』 작가의 최초 인은 『런던』이라고 하여도 이의가 없을 것이다"[184]라는 기사나, "일찍 미국 사회주의 작가의 선구자 '잭 런던'은 '부르주아 저널리즘'가 꾸준히 싸워 오다가 점차 명성 있는 작가가 됨에 '허스트'계 신문에 매수 당하여 자기 모순에 견디지 못하고 과거를 잊으려고 하며 '물고기와 같이 술을 마시며' 번민하다가 마침내 가장 활동할 만한 41세를 일기一期로 '아편'을 먹고 자살하였었다".[185] 또한, "그(오 헨리)는 당대의 '잭 런던'과 함께 문단의 이대二大 혜성彗星이었나니 '런던'이 사회주의적인데 반하여 그는 낭만적이었고 '런던'이 촌락을 제재로 할 때 그는 뉴욕을 제재로 하였다"[186]고 소개되기도 하였다.[187]

---

183 H. 브루스 프랭클린, 「작품 해설」, 잭 런던, 차미례 역, 『강철군화』, 9면. 브루스 프랭클린에 의하면 이 내용은 1929년 10월 10일 자 『뉴욕타임즈』 1면에 보도된 사실이라고 한다.
184 전무길, 「아미리가의 『프로』 문학운동」(1), 『조선일보』, 1934.11.30, 4면.
185 최정건, 「세계전향작가일별」(4), 『동아일보』, 1933.10.17, 3면.
186 전무길, 「미국소설가 점고(點考)」(8), 『동아일보』, 1934.9.15, 3면.
187 이 밖에 이하윤, 「『단편선역(短篇選譯)』의 전언(前言)」(상), 『조선일보』, 1931.5.16; 이하윤, 「아메리카 篇」(1), 『조선일보』, 1933.4.27; "『잭 런던』은 아무 개성도 갖지 아니한

잭 런던은 러일전쟁 시기 종군기자로 조선에 와서 백인의 시선으로 조선의 사정을 전하기도 했다.[188] 반면 잭 런던의 소설이 조선어로 번역된 시기는 그가 다녀간 지 약 20년이 흐른 뒤였다. 다음 항에서 잭 런던의 소설이 번역된 양상을 살펴보겠다.

2) 테러리즘과 폭력의 경계 - 「미다스의 노예들」을 중심으로

이 항에서는 조선어로 번역된 「미다스의 노예들」의 저본을 밝히고, 번역 양상을 분석한 후 번역 텍스트의 의미를 추론하는 것을 목표로 한다. 1901년 발표된 「미다스의 노예들」은 대자본가와 프롤레타리아 집단의 갈등을 중심으로 전개되는 단편소설이다. 이 소설은 전차 사업계의 거물 에벤 헤일과 그의 비서 웨이드 애즐러가 자살한 뒤, 이들의 죽음이 무엇으로부터 비롯되었는지, 어떠한 이유로 스스로 목숨을 끊을 수밖에 없었는지에 대해 애즐러의 편지가 공개되면서 사건의 전모가 밝혀지는 구성이

노동자에 불과하였다. 그러나 그는 어느 대학생에 의하여 지식에 눈을 뜨고 그 대학생을 초월하고 40세의 일생을 개성 추구에 바쳤다.(그의 반(半) 자서전 소설 『마-틴 이-든』 혹은 『해리(海狸)』를 읽으라.) 이 런던은 미국 문명에 있어서 20세기 초두의 가장 열렬히 개성을 구한 사람이었다."(현영섭, 「개성옹호론」, 『조선일보』, 1935.11.21, 4면) 등의 기사에서 잭 런던의 이름을 발견할 수 있다.

188 이유정, 「러일전쟁과 미국의 한국 인식 - 잭 런던의 종군 보도를 중심으로」, 『미국학논집』 51:3, 한국아메리카학회, 2019; 잭 런던, 윤미기 역, 『잭 런던의 조선사람 엿보기: 1904년 러일전쟁 종군기』(2판), 한울, 2011. 참조.
한편, 무라카미 하루키의 『잡문집』에 실린 「잭 런던의 틀니」를 간단히 소개하면 다음과 같다. 잭 런던이 조선에 방문했을 당시 어느 마을 사람들이 모두 모여 잭 런던을 만나기를 간청했다고 한다. 잭 런던은 조선의 외딴 시골 마을까지 자신의 이름이 알려진 것인지 의아했으나 실은 잭 런던의 '틀니'를 구경하기 위한 인파였다고 한다. 잭 런던은 사람들 앞에서 30분 동안 틀니를 꼈다 뺐다 하며 박수를 받았다고 한다(무라카미 하루키, 이영미 역, 『무라카미 하루키 잡문집』, 비채, 2011, 391면).
『대한매일신보』 영문판에서도 잭 런던의 이름을 발견할 수 있다. "Novelist's Travels", 『대한매일신보』(영문판), 1909.2.13; "Jack London's Yacht Labeld", 『대한매일신보』(영문판), 1907.5.18.

다. 어느 날 자본가 에벤 헤일에게 한 통의 편지가 도착하였는데, 편지의 발신자는 The M. of M.The Minions of Midas 사무국으로 자신들을 "지적인 프롤레타리아"라고 소개하면서 "19세기의 마지막 시기에 붉은빛으로 굵은 획을 짓는 존재들"이라 말한다.[189] 이들은 편지를 통해 자신들이 이러한 요구를 하게 된 이유를 설명한다. 내용에 의하면 현대의 사회 체제는 재산권을 기반으로 하고 있으며 개인이 재산을 보호할 수 있는 권리는 전적으로 힘에 좌우된다. 현대의 자본가들은 세상의 경제적인 힘을 지배하고 활용함으로써 모든 사람을 착취하게 되었다. 거대한 기업연합체들은 임금 노예들이 마땅히 차지해야 할 자리, 프롤레타리아 계급의 지식인들이 차지할 권리가 있다고 규정한 자리에 올라서는 것을 가로막고 있다. 임금 노예들은 긴 세월이 지난다 해도 밀집 자본의 거대한 집합체와 맞설 수 있는 자본을 절대 모을 수 없으므로 자본가 계급에 도전장을 던지게 된 것이다. 이 집단은 에벤 헤일에게 "선생은 윗맷돌이고 우리는 밑맷돌입니다. 그 두 개의 맷돌이 돌아갈 때 그 노동자의 목숨은 갈려 버릴 겁니다"[190]라고 말하며, 2천만 달러라는 요구 조건을 수락하지 않을 시 한 명씩 사람을 죽이겠다고 협박하였다. 이후 경찰관, 간호사, 경위, 판사의 딸이 연이어 살해당하며 에벤 헤일은 결국 죄책감 시달려 자살하였고 그의 비서인 애츨러 역시 스스로 목숨을 끊는다.

---

189 잭 런던, 김훈 역, 『미다스의 노예들』, 바다출판사, 2010, 116면; 원문은 "We are members of that intellectual proletariat, the increasing numbers of which mark in red lettering the last days of the nineteenth century."(Jack London, "The Minions of Midas", *Moon-Face And Other Stories*, New York : The Regent Press, 1906, p.93(코넬대 소장본)) 이하 원문을 인용할 시 면수만 표기한다.

190 위의 책, 118면; "You are the upper, and we the nether, millstone; this man's life shall be ground out between."(96)

위와 같은 내용의 「미다스의 노예들」은 1920년대 식민지 시기에 두 차례 번역되었다. 첫 번째 번역은 1923년 포영泡影의 「맷돌 틈의 희생犧牲」이고,[191] 두 번째 번역은 1926년 박영희의 「마이다스의 애자조합愛子組合」이다. 김병철에 따르면 「미다스의 노예들」 외에 『인간의 신념The Faith of Men』1904을 번역한 주요한의 「사람의 미듬ㅅ성」도 있다.[192] 잭 런던의 소설 중 대표작으로 거론되는 『강철군화』나 『야성의 부름』이 아닌 단편소설 두 편이라는 점이 특기할 만하다. 장편이 번역되지 않은 이유는 식민지 시기 단편 위주로 번역되던 풍토와 관련이 있는 것으로 추측되며, 또 다른 이유로는 일본어로 읽을 수 있는 환경이 뒷받침되었기 때문일 것이다.

앞서 언급한 야구치 타츠를 비롯하여 일본에서는 사카이 도시히코 등의 다수의 번역자가 잭 런던의 소설을 번역하였다. 그 중 「미다스의 노예들」의 경우 다이쇼 시기 두 차례 번역된 것으로 보인다. 첫 번째는 1921년 10월 요시다 키네타로吉田甲子太郎, 1894~1957의 「마이다스 구락부マイダス俱樂部」로 잡지 『신청년新靑年』에 실렸다. 두 번째는 와케 리츠지로和気律次郎, 1888~1975가 번역한 『영미칠인집英米七人集』1922에 실린 「마이다스의 애자조합マイダスの愛子組合」이다.[193] 조선어 번역자들이 잡지 연재본보다는 단행본

---

191 쫙ㆍ런던, 泡影 역, 「맷돌틈의 犧牲」(전 3회), 『동명』 2:2~2:4, 1923.1.7~1.21. 「맷돌 틈의 희생」의 번역자인 포영은 방정환으로 추정된 바 있다(염희경, 『소파 방정환과 근대 아동문학』, 경진출판, 2015, 373~381면).

192 잭크 럴던, 요한 역, 「사람의 미듬ㅅ성」, 『동광』 8, 1926.12.

193 和気律次郎 訳, 『英米七人集-淸新小說』, 大阪毎日新聞社, 1922. 『영미칠인집』에는 영국 작가 에델 엠 멜(Ethel M. Dell, 1881~1939), 아서 코난 도일(Sir. Arthur Conan Doyle, 1859~1930), H. G. 웰스(Herbert George Wells, 1866~1946), 조지 로버트 심즈(George Robert Sims, 1847~1922)와 미국 작가 오 헨리(O. Henry, 1862~1910), 잭 런던(Jack London, 1876~1916), 프랜시스 매리언 크로포드(Francis Marion Crawford, 1954~1909)의 단편이 실렸다.

을 선택하였을 것으로 가정하고 번역 양상을 살펴보기 위해 『영미칠인
집』에 실린 일역본과 두 가지 조선어 번역본을 비교하면 다음과 같다.

〈표 24〉 「미다스의 노예들」 조선어 · 일본어 번역 비교[194]

「マイダスの愛子組合」	「맷돌틈의 犧牲」	「마이다스의 愛子組合」
ウエッド・アトセララが死んだ ――自殺して死んだ.	『웨드 · 아트세라』가 죽었다. 제 목숨을 제 손으로 끊었다.	우에트 · 애드세라가 죽었다. ―― 자살하여서 죽었다.
黃金王イイベン・ヘエル氏貴下. 吾人は貴下の所有に屬する巨大 なる財産中の一部にすぎざる四 千萬圓を獲得せんことを要求す てふ事實に對して, 貴下の承認 を希望す.	황금왕 『아이벤 · 헬』씨 귀하 오인(吾人)은 귀하의 소유에 속 한 바 거대한 재산 중의 일부에 지나지 못하는 4천만 원의 획득 을 요구하는 사실에 대하여 귀 하의 승인을 희망하노라.	황금왕 이벤 헬씨 귀하. 우리는 귀하의 소유에 속한 거대 한 자산 가운데의 한 부분에 지 나지 않는 4천만 원을 얻고자 하 는 것을 요구하는 등의 사실에 대해서 귀하의 승인을 요구한다.
貴下の犧牲は其厄に遭遇せり.	귀하의 희생은 그 액운을 면하 지 못하였다.	귀하의 희생은 그 액(厄)을 당 하고 말았다.
貴下の第二の犧牲は規定られた る時間に斃れたり.	귀하의 제2의 희생은 규정된 시 간에 넘어지고 말았다.	귀하의 둘째 번 희생은 규정한 시간에 거꾸러졌다.
吾人は貴下の誤解の甚だしきを 見て實に遺憾とするものたり.	오인은 귀하의 오해 막심함을 보고 유감 불기(不己) 하는 자―로라.	우리는 귀하의 오해가 심함을 보 고 참으로 유감으로 생각한다.
吾人が政策に忠實なることを誇 りつゝあることは, 既に貴下の 知悉せはるゝ處ならんが, 吾人 は其政策に從ひ, 吾人は署長バ イイングに, こい『憂き世』より 冥途への旅券を交附せんとする ことを通告するものなり.[195]	오인이 정책에 충실함을 자랑 하고 있는 것은, 귀하의 이미 지 실(知悉)한 바이겠으되 오인은 그 정책대로, 서장 『바이잉』에 게 이 괴로움 많은 세상으로부 터 명도(冥途)에의 여권을 교부 하려는 것을 통지하노라.	우리는 정책에 충실함을 자랑하 는 것은 임이 귀하도 잘 아시는 터이나 우리는 그 정책에 좇아서 우리는 서장 빠잉크를 이 『근심 스런 세상』으로부터 저세상으 로 돌아가게 하는 여행원을 주려 고 하는 뜻을 통지하는 것이다.
貴下の靈魂は, それが刈りつゝあ る血腥さき收穫に對して, 嘆きの 叫を發せざろか.	귀하의 영혼은 그것이 보이고 있는 비린내 나는 수확에 대하 여, 감탄의 규호(叫呼)를 발(發) 하지 않는가.	귀하의 영혼은 그것이 보이며 있는 피투성이 수확에 대해서 탄식하는 부르짖음을 부르지 않 으려나.
吾人は, 一昨日の悲しき出來事が あつてより未だ間のなきに, 貴下 に書を呈するの無禮に對して寬 恕を乞はざるべからず.	오인은, 재작(再昨)일의 애절(哀 切)할 사건이 발생한 지 아직 기 일(幾日)을 지나지 못하여, 귀하 에게 서(書)를 정(呈)하는 무례 에 대하여 관서(寬恕)를 걸(乞) 하는 자(者)이다.	우리는 그저께 슬픈 일이 있은 후 얼마 아니 되어서 귀하에게 글을 올리는 무례에 대해서 널 리 용서함을 빌지 않을 수 없다.

---

194 단편을 분절하기 쉽지 않으므로 편의상 소설의 첫 문장과 마지막 문장, 편지 7통의 첫 문장
을 제시하였다. 조선어 텍스트에서 한자는 한글로 바꾸었고, 현대어로 수정하였다.

「マイダスの愛子組合」	「맷돌틈의 犧牲」	「마이다스의 愛子組合」
而して全く興論が喚起せられた時、社會をして全力を舉げて奮起し、その撲滅を企畫せしめよ、さらば、永久にさらば.	그리고 여론이 환기될 때 사회로 하여금 전력을 들어 분기하여, 그 박멸을 기도케 할지어다. 그러면 길이길이 건강하여 지리라.	그래서 아주 여론이 환기될 때에 사회로 하여금 전력으로써 분기해서 그 박멸을 계획하도록 하여라. 자 그러면 잘 있거라. 영구하―

위의 표를 살펴보면 조선어 번역본은 와케 리츠지로의 일역본을 충실히 옮긴 것으로 판단된다. 그 이유는 "부자 귀족이신 에벤 헤일 귀하"[196]를 일역본에서는 "黃金王"으로 번역하였고, 조선어 번역본에서도 일역본과 같은 "황금왕"으로, 원작에서 에벤 헤일에게 요구한 금액은 2천만 달러였는데, 일역본에서 4천만 엔, 조선어 번역본에서도 4천만 원이라 번역된 점에서 그러하다. 또한, 일역본에서 첫 번째 편지의 첫 문장인 "吾人은 貴下의 所有에 屬する巨大なる財産中の一部にすぎざる四千萬圓を獲得せんことを要求すてふ事實に對して, 貴下の承認を希望す"[197]와 "오인吾人은 귀하貴下의 소유所有에 속屬한 바 거대巨大한 재산財産 중中의 일부一部에 지나지 못하는 사천만원四千萬圓의 획득獲得을 요구要求하는 사실事實에 대對하여 귀하貴下의 승인承認을 희망希望하노라"[198]를 비교하면, 동일 한자어를 사용한 것뿐 아니라 조사

---

195 "Dear Sir,—Pursuant of our policy, with which we flatter ourselves you are already well versed, we beg to state that we shall give a passport from this Vale of Tears to Inspector Bying, with whom, because of our attentions, you have become so well acquainted."(105); "안녕하십니까. 선생이 이미 잘 알고 있다고 우리가 자부해 마지 않는 우리의 방침에 따라 경위에게 이 눈물의 골짜기에서 벗어날 수 있는 승차권을 주려한 다는 사실을 알려 드리는 바입니다."(김훈, 127) 원작의 "눈물의 골짜기(Vale of Tears)" 가 일역본에서 "憂き世"로 번역되었고, 이를 토대로 조선어 번역본에서 "괴로움 많은 세상" 과 "근심스런 세상"으로 옮겨진 것을 확인할 수 있다.

196 잭 런던, 김훈 역, 앞의 책, 115면; "MR. EBEN HALE, Money Baron"(93)

197 和氣律次郎 訳, op.cit., p.205; "Dear Sir,—We desire you to realize upon whatever portion of your vast holdings is necessary to obtain, *in cash*, twenty millions of dollars."(93); "안녕하십니까. 우리는 우선 선생이 소유하고 있는 엄청난 재산에서 현금 으로 2천만 달러를 양도받아야겠다는 사실을 선생이 알아주셨으면 합니다."(김훈, 115)

의 유사성도 발견할 수 있다. 박영희의 번역인 "우리는 귀하의 소유에 속한 거대한 자산 가운데의 한 부분에 지나지 않는 사천만 원을 얻고자 하는 것을 요구하는 등의 사실에 대해서 귀하의 승인을 요구한다"[199]를 보면, 한자어 "오인吾人"을 "우리"로 바꿔 번역한 것 외에 "희망"이라는 어휘를 사용하지 않은 점을 제외하면 거의 유사한 문장이다. 따라서 위의 비교를 토대로 포영과 박영희의 번역은 와케 리츠지로의 일역본을 저본 삼았다고 볼 수 있으며, 원작과 비교했을 때 완역에 가깝다.

중역의 매개인 와케 리츠지로의 번역 이력을 살펴보면 상당히 다채롭다. 대표적으로 몇 가지를 제시하면 다음과 같다.

〈표 25〉 와케 리츠지로(和気律次郎) 번역 목록(1910~1920년대)[200]

서지사항	원작
『オスカア・ワイルド』(現代文芸叢書 31), 都賜堂, 1913. (수록:「オスカア・ワイルド小傳」,「オスカア・ワイルド」,「オスカア・ワイルド著作目録」,「メレディスの葬式」,「メレディスと其時代」,「耆道化」,「女占方」)	오스카 와일드 전기 및 단편
和気律次郎 編, 『死刑囚の手記』, 玄文社, 1919.	빅토르 위고, 『사형수 최후의 날(Le Dernier jour d'un condamné)』(1829)
アナトオル・フランス, 和気律次郎 訳, 『エピキユラスの園』, 天佑社, 1919. (수록:「エピキユラスの園」,「尼僧院」,「一夜幽霊とアルファベットの起源について論じたること」,「婦人の為の職業」,「奇蹟」,「骨牌の家」,「エリシアの野にて」,「純正哲学の用語についてアリストスとポリフィロス」,「修道院」)	아나톨 프랑스, 『에피쿠르의 정원(Le Jardin d'Épicure)』(1895) 외
ジヤック・ロンドン, 和気律次郎 訳, 『奈落の人々』(労働文芸叢書 3), 叢文閣, 1920.	잭 런던, 『밑바닥 사람들(The People of the Abyss)』(1903)
ジヤック・ロンドン, 和気律次郎 訳, 『強者の力』, 天祐社, 1921. (수록:「強者の力」,「全世界の敵」,「無比の侵略」,「甲板天幕の下にて」,「ジョン・ハ	잭 런던, 「강자의 힘("The Strength of the Strong")(1911) 외 "The Enemy of All the World"(1908), "The Unparalleled Invasion"

198 쨕·런던, 泡影 譯,「맷돌틈의 희생」(1), 『동명』 2:2, 1923.1.7, 13면.
199 쩩크·론돈, 懷月 譯,「마이다스의 愛子組合」(2), 『개벽』 72, 1926.8, 46면.

서지사항	원작
アネッドの狂氣」,「リツト・リツトの結婚」,「デブスの夢」,「戰爭」,「狹溝の南」,「生命の法律」)	(1910), "Under the Deck Awnings"(1910), "The Madness of John Harned"(1909), "The Marriage of Lit-lit"(1903), "The Dream of Debs"(1909), "War"(1911), "South of the Slot"(1909), "The Law of Life"(1901)
ジョン・ゴルスウオーシイ, 和気律次郎 訳, 『爭鬪』(労働文芸叢書 4), 叢文閣, 1920.	존 골즈위디, 『투쟁(Strife)』(1909)
和気律次郎 訳,『七つの灯火』, 梅津書店, 1920.	
モオリス・メエテルリンク, 和気律次郎 訳,『マグダラのマリア』, 玄文社, 1920.	모리스 마테를링크, 『막달라 마리아(Marie-Magdeleine)』(1909)
和気律次郎 訳,『英米七人集－清新小説』, 大阪毎日新聞社, 1922. (수록:「詐欺師」(イイセル・エム・デル),「告白」(コオナン・ドイル),「多忙な仲買人の戀」(オ・ヘンリイ),「ハアグレエヴスの二役」(オ・ヘンリイ), 「バチルス泥棒」(エツチ・ヂ・ウエルズ),「世界が若かつた時("When the World was Young", 1910)」(ジヤツク・ロンドン),「光と影("The Shadow and the Flash", 1903)」(ジヤツク・ロンドン),「マイダスの愛子組合」(ジヤツク・ロンドン, "The Minions of Midas", 1901),「結婚式は擧行せられざるべしと」(シヨオジ・シムズ),「上の瘰末」(マリオン・クロウフオオド)	잭 런던,「미다스의 노예들」(1901) 외
アーサー・コナン・ドイル, 和気律次郎 訳,『怪奇探偵悪魔の足』, 博文館, 1925.	아서 코난 도일, 『악마의 발(The Adventure of the Devil's Foot)』(1910)
ストウ夫人, 和気律次郎 訳,『アンクル・トムス・ケビン』, 改造社, 1927.	해리엇 스토 비처의『톰 아저씨의 오두막(Uncle Tom's Cabin)』(1852)

와케 리츠지로는 1920년대 후반부터 추리소설 번역에 집중하는 경향을 보이는데,[201] 그 이전 시기에는 위의 목록에서 확인할 수 있듯, 잭 런던의 소설을 가장 많이 번역하였다. 『밑바닥 사람들』과 「강자의 힘」, 「전

---

200 이 목록은 川戸道昭・榊原貴教 編著, 앞의 책, pp.572~586과 온라인 일본 국립국회도서관에서 검색한 결과이며 원작을 파악하지 못한 번역서도 포함하였다.

201 와케 리츠지로는 1929년부터 平凡社의 세계탐정소설전집, 改造社의 세계대중문학전집, 春陽堂의 탐정소설전집에 번역가로 참여하였다.

쟁」, 「삶의 법칙」, 「그림자와 섬광」 등 잭 런던의 소설을 일본어로 번역한 이력은 작품 수로 계산했을 때 사카이보다 많은 수이다. 또한, 1925년 출간된 시마 산고로志磨三五郎 번역의 『남해南の海-短篇集』[202]에 실린 7편보다도 웃도는 수치이다. 물론, 사카이의 번역은 재판을 거치며 지속적인 관심을 받았다는 점에서 단순히 비교할 수 없지만, 적어도 일본 내 잭 런던의 수용에서 와케 리츠지로의 위상을 재검토할 필요가 있을 것이다.

한편, 카와토 미치카이川戸道昭와 사카키바라 타카노리榊原貴教의 『세계문학총합목록』에 의하면 일본에서 잭 런던의 수용은 1909년 「光と影"The Shadow and the Flash"」1903부터 시작되었다.[203] 1911년 「人乎獸乎"When the World was Young"」1910가 번역된 것을 고려해도 메이지 시기의 번역은 단 두 차례에 불과하며, 다이쇼 시기 중 1916년 11월 잭 런던이 사망하기 전에 번역된 텍스트는 네 편이다.[204] 일본에서 잭 런던이 처음 소개된 자료로 1908년 잡지 『신공론新公論』의 「文壇の變り者ジヤツクロンドン」이 실린 것이 확인된다.[205] 이후 1910년 잡지 『연진燕塵』에서 「지나 제국의 미래기支那

---

202 ジヤツク・ロンドン, 志磨三五郎 訳, 『南の海-短篇集』, コズモス書院, 1925. 수록작은 「マプイの家("The House of Mapuhi", 1909)」, 「鯨の齒("The Whale Tooth", 1909)」, 「やあ! やあ!やあ!("Yah! Yah! Yah!")」, 「マウキ("mauki"」, 「異教徒("The Heathen", 1910)」, 「恐ろしきソロモン("The Terrible Solomons")」, 「白人種の優越性("The Inevitable White Man")」. 이 번역서는 1911년 미국에서 출간된 단편집 *South Sea Tales*에서 "The Seed of McCoy"가 제외된 목록이며, 대체로 하와이를 배경으로 한 소설이 주를 이룬다.

203 高峯 譯, 「光と影」(奇譚), 『中學世界』, 1909.2(川戸道昭・榊原貴教 編著, 『世界文学総合目録』 3, p.580에서 재인용).

204 阿武天風 譯, 「名犬物語(The Call of the Wild)」, 『冒險世界』, 1916.5~1916.11; 和気律二郎 譯, 「人間の漂流(The Human Drift)」, 『近代思想』, 1914.6~7; 花園緑人 譯, 「トム・ディクソンの腕(A Curious Fragment)」, 『生活と藝術』, 1915.7; ジヤツク・ロンドン, 篠崎彦三郎 訳, 『アダム以前(Before Adam)』, 洛陽堂, 1916.6.(川戸道昭・榊原貴教 編著, 『世界文学総合目録』 3, pp.572~586)

205 「文壇の變り者ジヤツクロンドン」, 『新公論』 23:4, 1908.4.1.

帝國の未來記」가 두 회 연속 번역되기도 했다.[206] 잭 런던이 사망한 1916년 11월에는 잡지『학등學鐙』에「ジャック・ロンドン復た逝く」가 실렸으며,[207] 1917년『와세다 문학早稲田文学』에도 비슷한 글이 발견된다.[208]

그렇다면 일본에서 잭 런던의 소설이 본격적으로 번역되고 증가한 시작한 시기는 1910년대 후반을 기점으로 볼 수 있을 것이다. 시기상 이러한 추세는 사회주의 사상의 확장과 무관하지 않을 것이다. 가령 1920년 사카이가 "요즘의 기운에 재촉을 받아"[209]『뒤돌아보며』와『뉴스 프롬 노웨어』의 번역을 재차 출간했다는 점을 고려해보자. 사카이가 1917년에『야성의 부름』을 연재한 후, 1919년에 단행본으로 출간한 사정과 1921년에『화이트 팽』을『개조改造』에 번역한 이력을 떠올리면 마땅히 사회주의 문학의 확장으로서 잭 런던의 소설을 선택한 것으로 추측된다.

따라서 사카이를 비롯한 일본에서의 번역 양상이 조선 지식인들에게 적극적으로 수용된 시기가 1920년대 초·중반이라는 점을 상기하면, 1923년과 1926년「미다스의 노예들」이 조선어로 번역된 사실 역시 식민지 조선에서 사회주의의 확장과 맞물려 있을 수밖에 없을 것이다. 다만, 번역 주체인 포영과 박영희, 그리고『동명』과『개벽』이라는 매체가 일관적으로 사회주의적 경향을 띠는 것은 아니다. 그러나『동명』에서 '지식으로의 사회주의'도 전파하고 있던 시점과 1920년대 중반 사회주의자의 길을 걷던 박영희를 고려하면 사회주의 문학의 소개와 전파를 위한 하나의 요소로 잭 런던의 소설이 조선어로 번역된 맥락일 수밖에 없다.

---

206 「支那帝國の未來記」(전 2회),『燕塵』3:8~9, 1910.8~9.
207 「ジャック・ロンドン復た逝く」,『學鐙』20:22, 1916.11.
208 「ジャック・ロンドン逝く」,『早稲田文学』第2期:135, 1917.2.1.
209 ヰリアム・モリス, 堺利彦 訳,『理想郷』, アルス, 1920, p.4.

한 가지 주목할 점은 포영과 박영희의 제목 선정이다. 같은 일역본을 저본 삼아 번역한 가운데, 박영희는 일역본의 제목을 그대로 옮겨 「마이다스의 애자조합」으로 번역한 데 반해 포영은 「맷돌 틈의 희생」으로 변화를 주었다. 염희경은 이러한 포영의 제목 변경에 대해 "박영희의 번역과 견주면 자본주의에 맞서는 급진 사회주의자들 사이에 희생양이 되는 '민중'을 주목함으로써 '인간 중심주의'의 사고를 펼치고 있다"라고 분석하였고, 이어서 "'사람이 곧 하늘'이라는 신념 속에서 계급적 · 민족적 착취로부터 해방된 신사회를 구현하려 했던 천도교 사회주의 사상을 보여주는 번역"으로 평가하였다.[210] 번역자가 제목을 통해 어디에 초점을 두었는지 질문한 셈인데, 박영희는 프롤레타리아 집단에 집중했다면, 포영은 두 계급의 사이에 놓인 무고한 일반 민중의 희생에 주목했다는 해석이다.

위와 같은 분석에 일면 동의하는 한편, 제목으로 번역 의도 전반을 설명하기는 쉽지 않을 듯하다. 내용에서 강조되는 점은 무엇보다 '적자생존 법칙에 의한 생존을 위한 투쟁'이다. 그리고 그 투쟁 과정은 치열하며 피로 물든 디스토피아의 서막을 암시한다. '교육받은 프롤레타리아'로 자칭하는 이들은 일종의 조직을 이루었고, 새로운 권력을 창출해 내고자 한다. 이들은 "우리는 사악한 사회도태의 산물이다. 우리는 힘으로서 힘을 대항한다. 강자가 승리를 얻을 것이다. 우리는 적자생존의 법칙을 믿는다. (…중략…) 현재의 사회적 환경에서는 우리들의 누구가 생존할 것일까? 우리는 우리가 가장 적자라고 믿는다. 귀하는 귀하가 적자라고 믿는다"[211]라고

---

210 염희경, 「방정환의 초기 번역소설과 동화 연구―새로 찾은 필명 작품을 중심으로」, 『동화와번역』 15, 건국대 동화와번역연구소, 2008, 156면.

211 쨕크 · 론돈, 懷月 譯, 「마이다스의 愛子組合」(2), 『개벽』 72, 1926.8, 56~57면; "We are the creatures of a perverse social selection. We meet force with force. Only the

말한다. 이는 다윈의 진화론과 스펜서의 사회진화론에 대한 잭 런던식의 이해이다. "최후의 승리는 완력의 것이 아니라 두뇌의 것이다. 가장 생존에 적당한 것은 지적 또는 경제적으로 우승한 자이다. (…중략…) 우리는 자본을 갖지 않았음이라. 우리는 빈민계급에 있는 까닭이라 하노라. 그러나 이러한 상이相異가 있을수록 우리의 두뇌는 가장 좋은 것이며 또한 우리는 무슨 어리석은 도덕적 사회적 호의狐疑에 잡히지 않노라."[212] 이러한 장면은 프롤레타리아 계급은 자본주의 사회에서 만들어진 산물로서, 자연법칙과 역사 발전 과정에 의해 궁극적으로 이들이 승리를 쟁취하게 될 것이라는 맥락으로 해석할 수 있다. 이 과정에서 도덕적 당위는 고려되지 않는다. 잔혹한 투쟁에서의 승리는 정의와 상관이 없으며 그것이 곧 자연법칙일 것이다. 이 투쟁 과정은 디스토피아적인 경로를 예고한다.

첫 번째 편지에서 발신자들은 역사적으로 '힘'의 소유자가 변화된 과정

---

strong shall endure. We believe in the survival of the fittest. (…중략…) *Under the present social environment, which of us shall survive?* We believe we are the fittest. You believe you are the fittest."(110~111, 이탤릭체는 원문대로임); 포영의 번역은 "오인은 사악한 사회 도태의 산물이다. 오인은 역(力)으로써 역(力)에 대항한다. 강자가 승리를 제(制)하리라. 오인은 적자생존의 법칙을 믿노라. (…중략…) 현재의 사회적 환경에 있어서는 우리의 어느 편이 생존할 것인가? 오인은 오인이 최적자라고 믿노라."(쌕ㆍ런던, 泡影譯, 「맷돌틈의 희생」(3), 『동명』 2:4, 1923.1.21, 12면) 포영의 번역에서는 인용의 마지막 문장인 "선생은 선생이 최적자라 믿으면서 사십시오."(김훈, 134)가 누락되었다.

212 쨕ㆍ론돈, 懷月 譯, 「마이다스의 愛子組合」(2), 『개벽』 72, 1926.8, 47면; "Brain, and not brawn, endures; and those best fitted to survive are the intellectually and commercially powerful. (…중략…) Because we are without capital. We are of the unwashed, but with this difference: our brains are of the best, and we have no foolish ethical nor social scruples."(95); "최후의 승리는 완력(腕力)의 것이 아니고, 두뇌의 것이다. 가장 생존에 적당한 이는 지적(知的) 차(且) 경제적으로 우승(優勝)한 자이다. (…중략…) 오인은 자본을 소유치 않은 까닭이다. 오인은 빈민 계급인 까닭이다. 그러나 이 차별은 있을지언정, 오인의 두뇌는 최량(最良)한 것이고, 또는 오인은 하등(何等) 되지 못한 도덕적 사회적 호의(狐疑)에 포착(捕捉)된 자도 아니다."(쌕ㆍ런던, 泡影譯, 「맷돌틈의 희생」(1), 『동명』 2:2, 1923.1.7, 13면)

을 소개한다. 봉건 시대의 정복왕 윌리엄은 "백인白刃"으로 점령하였고, 산업혁명 이후에는 자본가 계급이 출현하여 귀족 계급을 제쳤다. 다시 말하면 "봉건적 왕족은 불과 칼로 써서 이 세계를 약탈하였다. 근대의 황금 왕족은 세계의 경제적 세력을 지배하며 이용하는 것으로 세계를 약탈"[213]하게 되었다는 것이다. 이들이 최종적으로 승리할 것이라 믿는 이유는 사회와 환경에 적합한 두뇌를 가졌기 때문이다. '자본=힘'의 등식을 '두뇌=힘'으로 전환한 이들의 전략은 사회주의적 비전에 필요한 속성이 무엇인지를 제시하는 기능을 한다. 이것은 다름 아닌 역사발전단계를 기반으로 한 '프롤레타리아의 힘'일 것이다.

또한, 지금까지 벌어진 살인 사건은 서막에 불과할 것이다. 이는 장차지속될 투쟁을 예고한다. 자본계급에 보내는 경고는 『강철군화』내의 과두정치체제가 시작되기 전의 단계를 묘사하는 듯하다. 따라서 사회 체제의 전복 과정에서 필연적으로 정치적 폭력의 가능성이 제기된다. 이러한 관점에서 이 소설에서 묘사된 테러리즘에 주목해 볼 수 있다. 특히 민간인에 대한 테러는 정부의 무능을 고발하는 기능을 하는데, 「미다스의 노예들」에서도 사건이 진행되는 과정에서 경찰의 늑장 수사와 연방정부의 무능력이 부각되고 사건의 진실이 은폐되기도 하였다.

테러리스트는 전통적으로 혼돈을 구현하는 전형적인 아웃사이더이자 법과 사회의 힘에 대한 위협으로 이해되지만, 잭 런던의 소설에서는 주로 사회의 질서와 무질서의 구분에 대해 구체적으로 의문을 제기하고 우려

---

213 �잭크·론돈, 懷月 譯, 「마이다스의 愛子組合」(2), 『개벽』72, 1926.8, 47면; "The old-time Feudal Baronage ravaged the world with fire and sword; the modern Money Baronage exploits the world by mastering and applying the world's economic forces." (94~95)

하는 인물군으로 등장한다. 엄밀하게 말하면, 잭 런던은 테러리스트들을 지배 질서에 대한 혼란스러운 위협으로만 묘사하지 않고 합리적이고 질서정연한 단체의 이미지로 형상화한다. 「미다스의 노예들」에 등장하는 프롤레타리아 집단은 테러리스트로서 혼란을 발생시키고 무법을 행하지만, 법과 질서의 모호함을 지적하면서 이데올로기적인 생산을 분석할 수 있는 수단을 제공한다.[214] 따라서 식민지 조선에 이 소설이 번역되면서 사회적 조건에 따른 테러 행위의 가능성을 제시할 수 있었을 것이다.

일종의 정치적 폭력으로서 국가와 반국가 테러, 테러리즘을 다룬 잭 런던의 소설은 「미다스의 노예들」뿐 아니라, 『노인 연맹*The League of the Old Men*』1902, 『강철군화』1907, 『암살국*The Assassination Bureau*』1910[215] 등으로 이어진다. 이 중 『암살국』에서도 비양심적인 자본가, 부패한 경찰이나 판사와 같은 범죄자를 죽임으로써 미국 사회의 잘못을 조직적으로 바로잡는 엘리트적이고 비밀스러운 단체를 그려냈다.

착취로 모은 재산을 지키려는 자와 부의 재분배를 요구하는 이들의 극단으로 치닫는 갈등은 미국 사회뿐 아니라 19세기부터 지금에 이르기까지 자본주의의 병폐에 따른 전 세계 전반의 문제일 것이다. 자본가인 에벤 헤일은 자신의 안위와 재산을 보호하기 위해 수많은 액수를 지불하는 것과 달리, 협박 편지를 보내는 이들과는 협상의 여지도 남겨두지 않았다. 그들의 살인 행위는 에벤 헤일의 과거와도 관련되어 있었다. 이들은 "귀하는 임은노예를 먼지 속에 압박하고 생존하였다. 전장의 수뢰자들은 귀

---

214 Jeffory A. Clymer, *America's Culture of Terrorism: Violence, Capitalism, and the Written Word*, Chapel Hill, NC : University of North Carolina Press, 2003, pp.135~137.

215 이 소설은 잭 런던 사후에 로버트 피쉬(Robert L. Fish, 1912~1983)가 완성하여 1963년에 출판되었다.

하의 명령을 받아가지고 귀하의 고용자들을 개처럼 여러 번이나 극렬한 동맹파업이 있을 때에 총을 쏘아 죽이어 버렸다. 이러한 방법으로써 귀하는 승리를 얻었다"[216]라고 에벤 헤일의 폭압을 강조한다. '미다스의 노예들'의 살인 행위는 노조 파업에 대한 무력 탄압을 테러로 응수하는 방편이기도 하다.

이를 통해 폭력에 대한 인식은 법과 무법의 경계에 놓이게 된다. 「미다스의 노예들」에서 『강철군화』의 전초전과 같은 구도가 형성된다고 볼 수 있는데, 편지의 발신자들은 자신들을 '적자'라고 판단하는 반면 자본가들은 자신들을 "인류 진보의 보호자"[217]로 여기기 때문이다. 『강철군화』를 전제로 하면, 자본가 계급은 자신들의 권력을 지키기 위해 역시 일종의 집단으로 단결하고 노동자 계급 일부를 매수해서 노동귀족으로 변화시킨다. 그에 따라 프롤레타리아 계급은 지하조직화되고, 두 계급은 상대 계급을 분열시키기 위해 비밀정보원처럼 집단을 와해할 수 있는 요소를 계속해서 만들어낼 것이다. 『강철군화』에 따르면 이와 같은 사회는 최종적으로 사회주의 유토피아인 '인류 형제애 시대'에 도달할 테지만, 그 과정은 디스토피아적이다. 따라서 「미다스의 노예들」은 궁극적으로 프롤레타리아

---

216 쩩크 · 론돈, 懷月 譯, 「마이다스의 愛子組合」(2), 『개벽』 72, 1926.8, 56면; "You have crushed your wage slaves into the dirt and you have survived. The captains of war, at your command, have shot down like dogs your employees in a score of bloody strikes. By such means you have endured."(110~111); "귀하는, 귀하의 임금 노예를 진애(塵埃) 중에 압복(壓服)하고 생존하였다. 전쟁의 수령들은, 귀하의 명령을 받아 귀하의 고용자들을 돈견(豚犬)과 같이 기다(幾多)의 비린내 나는 『스트라이키』에서 사살하였다. 여차한 방법에 의하여, 귀하는 승리를 획득하였다."(쨕 · 런던, 泡影 譯, 「맷돌틈의 희생」(3), 『동명』 2:4, 1923.1.21, 12면)
217 쩩크 · 론돈, 懷月 譯, 「마이다스의 愛子組合」(2), 『개벽』 72, 1926.8, 58면; "We, the guardians of human progress"(113)

의 승리를 향한 치열한 투쟁의 서막을 알리는 내용으로 해석될 수밖에 없다. 유토피아를 향한 디스토피아적인 세계의 시작으로서, 번역의 의미도 여기에 있다고 판단된다.

한편, 주요한이 번역한 「사람의 믿음성」[218]은 번역의 초점이 불분명하다. 이 소설은 잭 런던의 단편 「인간의 신념"The Faith of Men", 1904[219]을 원작으로 한다. 주인공 펜트필드Lawrence Pentfield와 헛친슨Corry Hutchinson은 클론다이크 유콘강 유역에서 2년째 금광을 운영하고 있다.[220] 어느 날 두 사람은 주사위 내기를 하면서 고향인 미국에 다녀오라고 서로 권유한다. 내기에서 헛친슨이 이기게 되었고, 펜트필드는 헛친슨에게 고향에 다녀오는 길에 자신과 결혼 약속을 한 여성인 메벨Mabel을 데려와 달라고 부탁한다. 펜트필드는 그들을 기다리던 중 메벨과 헛친슨이 결혼했다는 신문 기사를 접하였고, 배신감을 느낀 그는 그곳에 사는 인디언 부족인 "토인 여자 라쉬까Lashka"92면와 결혼해 버린다. 라쉬까와 개썰매를 타고 가는 도중 알래스카에 도착한 헛친스와 메벨을 마주치게 되는데, 두 사람이 결혼했다는 소식이 오보였다는 충격적인 소식을 접하며 소설은 마무리된다.

이 소설은 클론다이크에서 경험했던 일화를 바탕으로 창작된 것으로 계급 문제나 노동 착취를 다룬 소설과 거리가 멀다. 금광 운영에 집중한 나머지 직접 사실을 확인하지 못하고 오해에서 비롯한 결혼을 해버린 주인공의 이야기는 19세기 말의 금광열과 이국적인 풍경을 제시한 흥미 위주의 번역으로 판단된다. 원문에서 직접 번역한 것으로 추정되며, 내용과 분

---

218 잭크 런던, 요한 역, 「사람의 미듬ㅅ성」, 『동광』 8, 1926.12, 86~94면.
219 1903년 *The Sunset Magazine*에 연재되었으며, 단행본은 1904년에 출간되었다.
220 인명(人名)은 주요한의 번역을 따랐으며, 등장인물의 원문명은 Jack London, *The Faith of Men and Other Stories*, London : Macmillan & Co., 1904에서 인용하였다.

량을 비교하면 완역에 해당한다. 앞서 「미다스의 노예들」이 식민지 시기에 두 차례나 번역되었고 현대어로도 번역된 데 반해, 이 소설은 현재까지 주요한의 번역이 유일하다. 잭 런던의 일생에서 중요한 클론다이크 경험이 바탕이 된 소설이 번역된 사실 자체에 의미를 부여할 수 있을 것이다.

4. 유토피아의 (불)가능성

1) 중역 채널과 맥락의 변화 - 『걸리버 여행기』의 시차

김병철에 의거하면 조너선 스위프트Jonathan Swift, 1667~1745의 이름이 근대 초기에 처음 등장한 것은 1899년 1월이며 『한성월보』의 「소학만국역사」에서 "스윕호트須威厚土"라는 명칭이었다. 작품명은 『소년』에서보다 몇 개월 먼저인 1908년 4월 출간된 『19세기 구주 문명 진화론』[이채우 역술]에서 "雅爾華遊記"로 소개되었다.[221] 이보다 앞서 『걸리버 여행기』를 최초로 기록한 이는 윤치호일 것이다. 윤치호는 청에 머물던 시기인 1886년 8월의 일기에서 "이날은 청국 풍속으로 명절이다. 방학이다. 아침에 영국 서점에 가 『걸리버여행기』, 『로빈슨 크루소』, 『아라비안 나이트』를 사 가지고 오다. 책 읽다"[222]라는 내용을 남기기도 했다. 이후 이광수는 "이솝의 이야기나 껄리버 이야기는 엉터리 업는 거짓말이지마는 其實은 변통 업는 참이 피를 둑둑 흘리고 잇는 것"이라고 하며 '참되고 가치 있는 문예'에 대한 예시

---

221 김병철, 『세계문학논저서지목록총람-1895~1985』, 국학자료원, 2002, 1021 · 1023면.
222 『국역 윤치호 영문 일기』 1, 한국사 DB http://db.history.go.kr/id/sa_024r_0040_010 0_0140

로『걸리버 여행기』를 언급한 바 있다.[223]

『걸리버 여행기Gulliver's Travels』1726가 조선어로 처음 번역된 것은 1908
년 11월 최남선에 의해서이다. 최남선은『소년』1908.11~12에서 원작 2부
에 해당하는「거인국표류기」를 번역하였고, 이듬해인 1909년 신문관 십
전총서十錢叢書의 기획 하에「알사람나라구경」(1부 소인국 편)과「왕사람나라
구경」(2부 대인국 편)으로 구성된 단행본『썰늬버유람긔』를 펴냈다.[224]

이후 약 20년 뒤 고장환高長煥의 번역본이 등장했다. 고장환은 1927년
잡지『아희생활』에 번역하여 연재한 후,[225] 1929년 박문서관에서 단행본
을 출간하였다.[226] 이후『걸리버 여행기』는 식민지 시기에 부분적이나마
몇 차례 더 번역되었다. 1930년 이은상은 잡지『신생』에「소인국여행기」
를 연재하다 중단하였고, 1931년『조선출판경찰월보 제30호』의「출판경
찰개황－소화 6년 2월 중 선내鮮內 출판 단행본 납본조納本調」에도『걸리버
旅行記』가 기록되어 있다.[227] 이 단행본은『동아일보』의 광고를 참고하면

---

223 이광수,「예술평가의 표준」,『동광』1, 1926.5, 40면.

224 『걸리버여행기』의 원제는 *Travels into Several Remote Nations of the World. In Four Parts. By Lemuel Gulliver, First a Surgeon, and then a Captain of Several Ships*이다. 1부 A Voyage To Lilliput은 8장, 2부 A Voyage To Brobdingnag 8장, 3부 A Voyage To Laputa, Balnibarbi, Luggnagg, Glubbdubdrib, And Japan 11장, 4부 A Voyage To The Country Of The Houyhnhnms 12장으로 구성되어있다. 본 연구에서는 1부와 2부를 각 대인국 편, 소인국 편으로 지칭한다.

225 스이후도, 고장환 역,「썰리봐여행기」,『아희생활』2권 9호~?, 1927.9.1~?(김병철,『한국 근대번역문학사 연구』, 을유문화사, 1998, 416면에서 재인용).

226 김병철의『한국 근대번역문학사 연구』, 을유문화사, 1998, 768면과『세계문학번역서지목록총람－1895~1987』, 국학연구원, 2002, 48면에는『똥·키호-테와 걸리봐旅行記』의 발행일이 1930년 5월 20일로 되어있지만, 실제 판권장에 따르면 쇼와(昭和) 4년 즉, 1929년 5월 18일 인쇄, 1929년 5월 20일 발행으로 기재되어 있다. 표지, 서문, 목차를 제외하고 총 108 페이지이며, 가격은 40전, 저작자는 고장환, 발행자는 노익형이다.

227 「출판경찰개황 : 소화 6년 2월 중 선내(鮮內) 출판 단행본 납본조」,『조선출판경찰월보』30, 한국사 DB http://db.history.go.kr/id/had_029_0760

'춘추아동문고'의 첫 번째 시리즈로 판단된다.[228] 그리고 최근 오영식의 연구에 의하면 장승두張承斗가 『아희생활』 12권[1937] 1·2·4·6호에 「(장편소설) 걸리봐여행기」를 연재한 바 있다.[229] 장승두의 연재는 『걸리버 여행기』가 10년 만에 같은 잡지에 재차 번역된 셈이다. 이러한 현황은 해방 후 조자약이 번역한 『걸리버여행기』[조선아동문학협회, 1947]가 출간되기 전까지 진행된 『걸리버 여행기』의 번역 계보이다.[230]

해방 이전의 번역 텍스트에서는 주로 근대 초기 번역인 최남선의 『소년』 연재본과 신문관 십전총서 단행본인 『걸리버유람기』를 중심으로 번역 저본, 문체 등이 연구되어 왔다.[231] 또한, 최남선의 번역·기획 의도를 '계몽'의 맥락에서 '문명'의 기획과 '바다'의 상상력을 통해 논의한 연구 성과가 있다.[232] 조선어로 처음 번역된 『걸리버 여행기』는 최남선, 이와야

---

228 '춘추아동문고'는 1.『신싸드항해기』, 2.『갈리버여행기』, 3.『로쎈소표류기』, 4.『여호레나드 전(傳)』, 5.『이소프동화집』으로 구성되었다. 저작자는 박유옥(朴裕玉), 발행처는 경성부 가회동 87번지 춘추각 출판부, 가격은 매 권 20전이다(『동아일보』, 1931.3.5, 4면). 『동아일보』의 광고를 통해 알게 된 사실이지만 실물은 확인하지 못했다.

229 오영식, 「『아이생활』 목차 정리」, 『근대서지』 20, 근대서지학회, 2019, 738·740·743·745면.

230 김병철을 비롯하여 선행 연구와 본 연구에서 제시한 내용을 정리하면 다음과 같다.

〈표 26〉 해방 전 『걸리버 여행기』의 조선어 번역 계보

번역자	표제	출전	발행사	시기	비고
최남선	거인국표류기	『소년』 1:1~1:2	신문관	1908.11~12	원작 2부
최남선	썰늬버유람긔	『썰늬버유람긔』	신문관	1909.2	원작 1, 2부
고장환	썰리봐여행기	『아희생활』 2:9~?	아희생활사	1927.9.1.~?	
고장환	걸리봐旅行記	『똥·키호-테와 걸리봐旅行記』	박문서관	1929.5	원작 1, 2부
이은상	소인국여행기	『신생』 3:7	신생사	1930.7	원작 1부
박유옥	갈리버旅行記	『갈리버旅行記』	춘추사	1931	
장승두	걸리봐여행기	『아희생활』 12:1·2·4·6	아희생활사	1937.1·2·4·6	

231 권두연, 「근대 초기 번역소설에 관한 한 연구-『썰리버 유람기』의 '순 국문' 번역 양상을 중심으로」, 『사이間SAI』 3, 국제한국문학문화학회, 2007; 박진영, 『번역과 번안의 시대』, 소명출판, 2011; 황미정, 「근대초기 번역소설의 번역어 연구-「거인국표류기」, 「로빈손무인절도표류기」의 일본어 번역본과의 비교분석」, 『일본문화연구』 51, 동아시아일본학회, 2014 등.

232 권보드래, 「『소년』과 톨스토이 번역」, 『한국근대문학연구』 12, 한국근대문학회, 2005; 정선

사자나미嚴谷小波, 『소년』, 신문관 등의 화려한 요소를 갖췄다. 고장환의 번역 텍스트는 앞 시대의 번역 주체, 번역의 매개항, 매체 등과 비교했을 때 번역 연구에서 주목받기 쉬운 조건은 아니다. 그러나 그 구성 요소가 무엇인지조차 논의되지 않은 것이 사실이다. 따라서 이 절에서는 신문관의 십전총서 이후 『걸리버 여행기』의 두 번째 조선어 단행본인 『쏭·키호-테와 껄리봐旅行記』의 특성에 주목하고 번역 계보 내에서의 맥락을 규명하고자 한다.

먼저 번역 주체에 주목할 필요가 있다. 고장환은 그간 아동문학 연구에서 일면 조명을 받아 왔지만,[233] 여전히 그의 생몰 연도조차 밝혀지지 않은 채 남아있다. 고장환의 나이는 『세계소년문학집』의 「서문」을 통해 추측해 볼 수 있다. 이 서문은 "4대 선생"[234]으로 일컬어진 조선소년문예연맹의 최규선, 조선동요연구협회의 김태오, 조선프롤레타리아예술동맹의 홍효민, 조선소년연합회의 정홍교가 작성했다. 이 중 홍효민은 "내가 고장환 동무의 『세계소년문학집』을 보기는, 우연한 기회에 보았었다. 그때 나는 놀라지 않을 수 없었다. '그의 나이 20이 못 찬 오늘에, 이와 같은 책을 편집해 내다니?' 하는 것이 나의 직감이었다"[235]라고 술회한 바 있다. 이 서문이

태, 「'번역'을 타고 바다를 건넌 걸리버, '계몽의 품'에 안기다-『걸리버여행기』의 한국적 수용에 관한 단상」, 『한국 근대문학의 수렴과 발산』, 소명출판, 2008, 105~117면.

233 고장환의 이력, 1930년대 작품활동, 『현대명작아동극선집』(1937)을 중심으로 한 연구는 이희환, 「식민지시대 대중문예작가와 아동극집의 출판」, 『아동청소년문학연구』 3, 한국아동청소년문학학회, 2008; 『세계소년문학집』(1927)을 중심으로 한 연구는 염희경, 「일제강점기 번역·번안 동화 앤솔러지의 탄생과 번역의 상상력 (1)-민족주의 계열과 사회주의 계열의 소년운동 그룹의 번역을 중심으로」, 『문학교육학』 39, 한국문학교육학회, 2012; 김제곤, 「1920, 30년대 번역 동요 동시 앤솔러지에 대한 고찰」, 『아동청소년문학연구』 13, 한국아동청소년문학학회, 2013; 최명표, 「고장환의 소년운동과 아동문학」, 『건지인문학』 15, 전북대 인문학연구소, 2015 등이 있다.

234 고장환 譯, 『쏭·키호-테와 껄리봐旅行記』, 박문서관, 1929, 후면 『세계소년문학집』 광고.

1927년 11월 10일에 작성된 점에 근거하여 스무 살이 채 되지 않은 고장환을 최대 19세라 가정할 경우, 그의 출생은 1908년 이후로 짐작된다.

고장환은 1923년 3월에 무산소년운동단체인 반도소년회의 창립을 주도하였으며, 1925년에는 오월회五月會에도 참여했다. 10대 중반 무렵부터 소년운동에 참여한 고장환은 1925년 『매일신보』1925.10.25에 동요 「제비」를 발표하며 본격적인 문필 활동을 시작한 것으로 보인다. 1926년에는 서울소년회, 서울청년회, 오월회와 관련된 기사에서 그의 이름을 발견할 수 있다.[236] 고장환은 1927년 7월 조선소년연합회의 창립준비위원을 역임한 후, 같은 해 10월에는 이 단체에서 위원장 방정환에 이어 중앙상무서기로 선출된 이력을 갖고 있다.[237]

이 시기 고장환은 활동가인 동시에 번역가였다. 특히 1927년부터의 번역 이력은 눈에 띈다. 연초부터 『중외일보』에 동화 가극歌劇 「자매」,[238] 동화 「장미나무」,[239] 「침종沈鐘」[240]을 연재하였고,[241] 9월에 「썰리봐여행기」를

---

235 홍효민, 「序」, 고장환 編, 『세계소년문학집』, 박문서관, 1930(초판 1927). 이 글에서 텍스트를 인용할 때 서명(書名)과 원문이 필요한 경우를 제외하고 대부분 현행 맞춤법에 따라 현대어로 수정하였으며 필요에 따라 한자를 병기하였다.

236 1927년 기사를 참고하면 서울소년회는 재정 상태가 어려웠던 것으로 보인다. "질문(기자) : 경비는 어떻게 써나갑니까? / 답(고장환) : 네, 꽤 어렵습니다. 물론 말씀 안 해도 아시겠지요. 사회에 동정이 있겠습니까. 무엇이 있겠습니까. 그래서 원만히 못 해나가지요. 어디서 돈 30원씩만 대준다면……. / 질문 : 지도자는 누구십니까 / 답 : 아직 저 혼자뿐입니다.(「소년회 순방기, 무산아동의 교양 위해 노력하는 서울소년회」, 『매일신보』, 1927.8.15, 2면)

237 고장환의 이력은 이희환, 앞의 글, 208~209면과 최명표, 앞의 글, 330~340면을 참고하였다.

238 고장환, 「동화가극 자매」(전 7회), 『중외일보』, 1927.1.5~11.

239 고장환, 「동화 장미나무」(전 5회), 『중외일보』, 1927.2.21~26.

240 고장환, 「동화 침종」(전 5회), 『중외일보』, 1927.7.4 · 5 · 7 · 10 · 12(5) · 16(5).

241 각 작품의 원작은 그림 형제(Bruder Grimm)의 『헨젤과 그레텔』, 뮤흐렌(Hermynia Zur Mühlen)의 『장미 나무』, 하우푸트만(Gerhart Hauptmann)의 『침종(沈鐘, Die versunkene Glocke)』에 해당하며, 이후 『세계소년문학집』에 수록되었다(염희경, 앞의 글, 230~231면).

『아희생활』에 번역한 후 12월에는 『세계소년문학집』을 출간하기에 이른다. 김병철은 『세계소년문학집』에 대하여 "내용이 풍부하며 당시로는 놀랄 만하"며 "대개가 일역의 중역으로 생각되나 번역 솜씨는 역자가 원문의 원의原意를 따서 자기 임의대로 적당히 역술한 흔적이 눈에 띈다. 말 다루는 솜씨도 수준 이상의 솜씨를 보여주고 있다"라고 평가한다.[242]

이후 고장환은 1931년에 17편의 작품을 연재하며 『매일신보』의 어린이난을 책임졌을 것으로 추정되고 있다.[243] 특히 1931년 7, 8월에 집중된 고장환의 번역, 창작 동화는 당시 6개월간 지방을 순회하며 전설傳說, 미담美談 등을 채록하여 연재하는 기획에서 구성된 것이다. 이 기획에서 연재된 동화는 대체로 전국 순회에서 구연口演될 목적으로 미리 선보인 것이다.[244] 1931년의 목록 가운데 『쿠오레』의 일부인 「아버지의 간병」, 「롬발듸의 소년 척후斥候」, 「살듸니아의 소년고수」를 비롯하여 「아리바바와 도적」, 「어린음악가」, 「소녀십자군」의 번역물이 미담美談이란 용어로 제시되어 있으며, 「성천쌍룡담」, 「소년군수」, 「해·달·별 호랑이」, 「박문수 이야기」 등은 전설傳說로 구분을 해놓은 점이 눈길을 끈다. 이 밖에 1934년에는 마쓰무라 다케오松村武雄의 아동문학 평론을 번역하기도 하였고,[245]

---

242 김병철, 『한국 근대번역문학사 연구』, 674면.

243 1931년 『매일신보』의 연재 목록은 이희환, 앞의 글, 210면에 구체적으로 정리되어 있다.

244 「지방순회하며 전설(傳說) 조사 고장환씨의 계획」, 『매일신보』, 1931.7.4, 2면; "필자는 이번에 육개월 간 예정으로 온 조선을 돌아다니며 미담(美談-童話)을 구연하고 따라서 그 지방마다 고유한 이야기(傳說, 奇談, 美話 等)와 노래(童謠 及 民謠)를 수집하는바, 특히 본지를 통하여 그 발표를 하게 되었습니다. 그리하여 위선 씨가 지방에 다니면서 구연할 미담을 여기에 먼저 실리게 되었습니다."(「아버지의 간병」(1), 『매일신보』, 1931.7.15, 4면)

245 고장환, 「아동과 문학-1934년의 전망」(전 7회), 『조선일보』, 1934.1.3~28. 7회의 마지막 문단에서 고장환은 "여기에 쓴 글을 주로 松村 박사 저서에 의한 것"으로 밝혔다. 松村 박사(마쓰무라 다케오(松村武雄, 1883~1969))의 정보는 류덕제 편, 『한국 아동문학 비평사 자료집』 5, 보고사, 2019, 308면, 각주 168을 참고하였다.

1937년에는 『현대명작아동극선집』영창서관을 펴내기도 했다.

구체적으로 1920년대 후반 고장환의 번역 이력을 알아보기 위해 『똥·키호-테와 껄리봐旅行記』의 후면 광고를 참고할 수 있다. 후면에는 박문서관에서 기획한 7종의 도서가 광고되어 있는데 목록은 〈표 27〉과 같다.

〈표 27〉 고장환 譯, 『똥·키호-테와 껄리봐旅行記』, 박문서관, 1929 후면 광고 목록

표제	편자(역자)	서문 작성자	비고
(세계적 명소설) 쿠오레	고장환	방정환	에드몬도 데 아미치스의 『쿠오레(Cuore)』 (일명 『사랑의 학교』)
(세계가극과 童劇 걸작집) 파랑새	고장환	정인과	모리스 마테를링크의 『파랑새(L'Oiseau bleu)』
세계소년문학집	고장환	4대선생 (최규선, 김태오, 홍효민, 정홍교)	톨스토이의 「형제와 황금(Два брата и золото)」, 뮤흐렌(Hermynia Zur Mühlen)의 「장미나무(Der Rosenstock)」, 오가와 미메이(小川未明)의 「夜中星話(ある夜の星たちの話)」 등 동화 22편, 동요 73곡
조선동요선집	조선동요 연구협회 편		편집위원 7인: 한정동, 정지용, 윤극영, 유도순, 신재항, 김태오, 고장환 7인[246]
안더-센 동화집	고장환		
사랑의 선물	방정환		12판 광고
(조선동화 보옥(寶玉)집) 꽃이슬	김억		

〈표 27〉에서 보는 바와 같이 『사랑의 선물』, 『꽃이슬』을 제외한 5종의 도서에는 고장환이 직접적으로 연관되어 있다. 각 도서의 홍보 문구를 살펴보면 『쿠오레』는 "전 세계를 경동驚動시킨 이태리 명소설! 천고불후의 걸작 경전輕典적 소설 독물讀物!!"로, 『파랑새』는 "조선에 드문 아동용 신각본집"으로, 『세계소년문학집』은 "한성에 비류比類없는 만국 동화 동요의 금탑, 세계 문호의 완연한 소년 예술 전당!!"으로 소개되었다. 『안더-센

---

246 「동요연구협회 동요선집 발행 제일집 인쇄중」, 『매일신보』, 1928.6.26, 3면.

동화집』에서는 영국 시인이자 비평가인 에드먼드 고스Edmund Gosse, 1849~1928의 말을 빌려 "현대의 동화작품은 안더-센과 같이 세계적인 것은 없다. (…중략…) 그것은 모두 문명국 어린아이에게 똑같이 사랑받고 있다. 그의 작품에는 즉 열정과 유머와 가냘픔이 흘러있다. 그러나 어떠한 동화보다도 우수한 점은 그의 청신淸新함과 상상想像이다. 더욱이 그의 쓰는 말이 우미優美한 어린아이들이 쓰는 그대로이라"고 소개하였다.[247] 위의 목록은 1920년대 후반 박문서관의 기획에서 번역가 고장환이 차지하고 있는 비중이 상당히 높았다는 것을 방증하는 자료이다. 고장환은 유소년과 같은 특정 연령대를 독자층으로 설정하여 세계 명작을 소개하는 데에 집중한 것으로 보인다.[248]

『조선출판경찰월보』에 따르면 검열로 인해 출판되지 못한 고장환의 번역서가 몇 종 있는 것으로 파악된다. "조국의 번영이 자신의 번영이며, 조국을 지키는 것이 자신의 가족을 지키는 것이라고 주장"했다는 이유로 차압 당한 『세계소년독본』[249]과 "삼백三百의 용사勇士라는 애국적 동화"를 소개한 『세계동화걸작전집』[250]이 검열의 대상이었다. 이외에 "어린이날의

---

247 고장환 譯, 『똥 · 키호-테와 껄리봐旅行記』, 박문서관, 1929, 후면 광고.
248 여기서 '어린이'라는 용어를 사용하지 않고 '유소년'이라고 지칭한 이유는 1920년대 식민지 조선에서 '어린이'는 사회적으로 확산되고 정착하는 과정에 있는 근대적인 단어로써 현대에서 보편적으로 인식하는 연령대와 차이가 있기 때문이다. 가령, 천도교 소년회는 만 7세에서 16세까지를 회원으로 제한하였고, 1927년의 조선소년연합회는 만 18세까지, 1928년의 조선소년총동맹은 12세 이상 18세까지로 조정하였다.(이기훈, 「1920년대 '어린이'의 형성과 동화」, 『역사문제연구』 8, 역사문제연구소, 2002, 11 · 21면) 박문서관 단행본의 소개글에서 보듯 독자 대상이 '소년', '어린아이', '아동' 등으로 혼재되어 있으므로 이들을 아우를 수 있는 용어로 '유소년'을 사용하였다.
249 「출판경찰개황 : 불허가 차압 및 삭제 출판물 기사요지-『세계소년독본』」, 『조선출판경찰월보』 7, 1929.3.8, 한국사 DB http://db.history.go.kr/id/had_009_0210
250 「출판경찰개황 : 불허가 차압 및 삭제 출판물 기사요지-『세계동화걸작전집』」, 『조선출판경찰월보』 5, 1929.1.15, 한국사 DB http://db.history.go.kr/id/had_007_0160

결의문"이 포함된 『어린이날』도 미출판 텍스트이다.[251] 이 중 『세계소년독본』은 『동아일보』에 연재했던 「세계 동무들의 독본讀本」 1928.8.4~12·14·24, 총 11회이 포함된 단행본으로 추정된다. 그렇다면 『똥·키호-테와 껄리봐旅行記』를 포함해서 1920년대 후반에 기획된 고장환의 번역 단행본은 최소 7종이었을 것이다.

이처럼 1920년대 후반의 고장환은 번역가적 역량을 내보였다. 고장환이 선택한 텍스트 중 『돈키호테』는 이미 1915년 최남선의 「돈기호전기頓基浩傳奇」 『청춘』 4로 소개되었고, 『쿠오레』는 이보상의 『이태리 소년』 중앙서관, 1908으로 출간된 이력을 가지고 있다. 뿐만 아니라 고장환은 잡지 『무궁화』에 「짠누다-크」라는 극劇도 번역하였는데,[252] 잔다르크 역시 1907년에 『애국부인전』으로 소개된 바 있다. 이러한 조선어 텍스트는 고장환이 성장 과정에서 접할 수 있었을 것으로 추측할 수 있다. 여기서 『돈키호테』와 『걸리버 여행기』는 "신문관 번역의 영향을 강렬하게 받았음 직"[253]하다고 평가된다. 따라서 고장환이 어떠한 맥락에서 『돈키호테』와 『걸리버 여행기』를 조선어로 재차 번역하였는지, 어떤 방식으로 번역했는지, 왜 굳이 이 두 작품

---

251 「출판경찰개황 : 불허가 차압 및 삭제 출판물 기사요지-『어린이날』」, 『조선출판경찰월보』 20, 1930.4.28, 한국사 DB http://db.history.go.kr/id/had_020_0340

252 홍은성(洪銀星)은 다음과 같이 평가한다.
"고장환 씨의 「짠누다-크」의 내용은 "짠짝이라는 동정녀(童貞女)가 후원(後園)에서 계시(啓示) 받는 것을 극(劇)으로 표현한 것이다. 그러나 극적(劇的) 효과(效果)를 내기에는 천리(千里) 만리(萬里)로 들였고 또한 서투른 솜씨의 중역(重譯)이다. '짠짝'은 '짠누다-크'라고 한 일문(日文)을 고대로 역(譯)하였다. 고 씨에게 대하여 이러한 작품은 좀 더 고려(考慮)하여 써 주기 바란다. 별로히 큰 실수(失數)는 아니나 대화의 부조화와 등장인물의 모호(模糊) 이러한 것으로 인하여 읽히는 대화로도 성공치 못한 것이다."(홍은성, 「소년잡지송년호 총평」(2), 『조선일보』, 1927.12.27, 류덕제 편, 『한국 아동문학 비평사 자료집』 2, 보고사, 2019, 169면에서 재인용)

253 박진영, 『번역가의 탄생과 동아시아 세계문학』, 소명출판, 2019, 231면.

을 한데 묶었는지 등에 대한 의문이 자연스럽게 발생할 수밖에 없다.

『걸리버 여행기』는 대개의 고전 텍스트가 그러하듯 원본 설정에 대해 모호한 지점을 가지고 있다. 1726년 처음 발간될 당시 조너선 스위프트는 편집자 벤자민 모트Benjamin Motte, 1693~1738에게 원고를 보내며 가명의 저자로 출판하길 요청했다. 그러나 영국 왕실과 사회에 대한 비판의 강도가 높다는 이유로 편집자인 모트가 임의로 편집하여 출판하였다. 이 최초 출판본은 조너선 스위프트가 조지 포크너George Faulkner, 1703~1775를 통해 다시 발행한 1735년의 텍스트와 차이를 보인다고 한다. 그러나 1735년 판 역시도 편집자에 의해 3부 3장의 일부 구절이 삭제되었다. 뿐만 아니라 1726년판과 1735년판 사이에 재판된 몇 종의 텍스트가 있으며 1726년의 초판본을 저본 삼아 네덜란드어, 프랑스어, 독일어 등으로 번역되었다.[254]

『걸리버 여행기』는 아동용을 비롯해 정치 풍자극, 여행기 등의 여러 편집 버전으로 읽힌다. 예를 들어 1900년 매사추세츠에서 출판된 『걸리버 여행기』를 참고해 보자면, 편집자인 토마스 발리에트Thomas M. Balliet, 1852~1942, Superintendent of schools in Springfield, Mass.는 초판본을 재인쇄하였다고 밝혔다. 원작은 총 4부 구성이지만, 이 텍스트의 경우 1부와 2부로만 되어있다. 하지만 1부와 2부만 선택하여 편집했다는 서술은 없으며, 편집자는 구두점과 문자를 현대식으로 바꾸었다는 설명과 함께 구식 단어와 모호한 표현을 설명하는 일부 각주를 추가한 뒤 단락을 재분할했다고만 밝혔다. 또한, "아이들의 독서에 적합하지 않은 몇 구절을 누락"하였다고 말

---

254 Albert J. Rivero, "Preface", Jonathan Swift, *Gulliver's travels: based on the 1726 text: contexts, criticism*, New York : Norton, 2002, pp.vii~viii; Peter Dixon, "A Note on the Text", Jonathan Swift, *Gulliver's travels*, Harmondsworth·Middlesex · England : Penguin Books, 1985, pp.31~32.

한 뒤, 학교에서 읽히기 좋고 5학년이나 6학년의 문법 수업에 적합한 텍스트로 설명했다.[255] 이처럼 발리에트의 편집본은 독자의 학습을 목적으로 편집한 텍스트였다.

『걸리버 여행기』의 각종 영어 판본에서는 편집자가 1726년 판과 1735년 판 중 어떤 판본을 선택했는지 언급하는 것이 보통이며, 서문을 통해 발리에트의 편집본처럼 수정 사항을 기재해놓기도 한다. 이와 같은 출판·유통 양상은 『걸리버 여행기』의 정본定本 혹은 원본 설정에의 난점을 예고한다. 조너선 스위프트가 집필한 최초의 원고를 A라 하고, 모트에 의해 출판된 1726년 판을 B라 가정해보자. 그러면 1735년 이전에 나온 수정판을 비롯한 기타 번역서는 B′, B″의 기호를 부여받을 수 있다. 순서에 따라 1735년 판은 C라 할 수 있겠다. A는 존재하지 않는 상황에서 B, C 혹은 B′, C′를 저본 삼아 다시 펴낸 텍스트와 번역본은 최초의 원고 A를 온전하게 구현했다고 볼 수 있는가. 질문을 다시 하자면 『걸리버 여행기』는 '완역'이 가능한 텍스트인가. 『걸리버 여행기』는 독자 설정과 사용 목적에 따라 숱한 변형을 겪을 수밖에 없는 성격을 최초의 출판 과정부터 가진 채 출발했으며, 이는 같은 언어일지라도 편집자와 출판 의도에 따라 텍스트의 형식과 내용이 다르다는 것을 의미한다. 따라서 『걸리버 여행기』는 초판본부터 '완역'의 불가능성을 배태한 텍스트이다. 1735년 판에 정본定本의 위상이 부여되기 전까지 등장한 다수의 텍스트는 다른 언어로 번역하는 과정에서 또 다른 정본의 역할을 했을 것이다.

이처럼 출판의 역사가 복잡한 『걸리버 여행기』가 동아시아 3국에서 최

---

255 Thomas M. Balliet, "Preface", Jonathan Swift, *Gulliver's Travels: Into Several Remote Regions Of The World*, D.C. Heath & Co. Publishers.(Boston · New York · Chicago), 1900.

초로 등장한 시기는 현재까지 조사 결과 청나라 말기인 1872년으로 판단된다. 중국에서 5·4 이전의 번역 양상을 간단하게 살펴보자면, 가장 먼저 1872년 5월 21일부터 24일까지 신문『신보申報』에「담영소록談瀛小錄」이라는 제목으로 나흘간 연재되다 중단되었다.[256] 이 연재는 1부 소인국편을 중심으로 하며, 주인공이 중국인으로 변경되었다. 두 번째는 1903년 7월부터 1906년 3월까지 잡지『수상소설繡像小說』에 연재된「초요국僬僥國」이다. 중국 고대 전설에 나오는 난쟁이를 일컫는 '초요僬僥'를 제목으로 한 이 번역본은 연재 도중에「한만유汗漫游」로 제목을 바꾸었고, 1부에서 4부까지를 다뤘으나 3부와 4부의 내용을 거의 삭제했다. 세 번째 번역에 이르러 단행본으로 출판되었는데, 이는 상무인서관商務印書館에서 린수林紓와 웨이이魏易가 번역한『해외헌거록海外軒渠錄』1906이다. 이 번역본에는 소인국과 대인국 편만이 포함되었다. 1910년에는 상무인서관에서 쑨위슈孫毓修가 편역한『小人國』과『大人國』이 출간되기도 했으며, 현대와 같은 타이틀로 간행된 것은 1916년 중화서국中華書局에서 나온『格列佛游记』에 이르러서이다.[257]

청말의 번역은 주로 발리에트의 편집본과 마찬가지로 1, 2부를 중심으로 이루어졌다. 이는 중국만의 수용 양상이 아닐 것이다. "일본에서는 메

---

256 번역자가 밝혀져 있지 않으나, 패트릭 해넌(Patrick Hanan)은 당시『신보』의 주필인 장치장(蔣其章)으로 추정한다.(Patrick Hanan, "A Study in Acculturation : The First Novels Translated into Chinese", *Chinese Literature: Essays, Articles, Reviews(CLEAR)*, Vol. 23, Dec., 2001, pp.55~57).

257 중국에서의 번역 목록은 陆国飞,『清末民初翻译小说目录－1840~1919』, 上海 : 上海交通大學出版社, 2018, p.215·251·252·291·361·362; 單德興,「『格理弗遊記』普及版序」, 綏夫特(Jonathan Swift),『格理弗遊記(普及版)』, 聯經出版事業公司, 2013, pp.10~12; LIN Jiachen · LI Changbao, "Translation and Reception of Jonathan Swift's Gulliver's Travels in China", *Studies in Literature and Language*, 20:1, 2020, pp.104~105를 참고함.

이지 시대 초기부터 이미 예닐곱 종의 『걸리버 여행기』가 번역되었"²⁵⁸다고 밝혀져 있는 것을 토대로 고장환 텍스트의 번역 저본을 찾기 위해, 그리고 식민지 조선에서도 일본어 텍스트를 통해 읽었을 환경을 고려한다면 일역본의 사례를 참고해야만 한다. 1920년대까지 『걸리버 여행기』가 출간된 목록을 조사하면 〈표 28〉과 같이 정리할 수 있다.

〈표 28〉 1880~1920년대까지 『걸리버 여행기』의 일본어 번역 목록²⁵⁹

서지사항	비고
片山平三郎 訳, 九岐晰 記, 『鷔璩皤児回島記-絵本 初編 小人國之部』, 薔薇樓. 1880.8	소인국
片山平三郎 口譯, 九岐晰 筆記, 『(ガリバルス)回島記 2版』, 玉山堂. 1880	소제목 : リリブット國 (小人國)渡海の事
片山平三郎, 『鷔児回島記』, 山県直砥. 1887.4	소인국
大久保常吉(桜州) 訳, 『大人國旅行-南洋漂流』, 新古堂, 1887.11	대인국
大久保常吉 編訳, 『大人國旅行-南洋漂流』, 小林喜右衛門, 1887.	대인국
島尾岩太郎, 『小人國発見録-政治小説』, 松下軍治, 1888.2.	소인국
巖谷小波 編, 『小人島』, 博文館, 1899.10.	世界お伽噺 9
巖谷小波 編, 筒井年峰 画, 『大人國』, 博文館, 1899.12.	世界お伽噺 12
高野巽 編, 『ガリバー旅行記』, 小川尚栄堂, 1902	英文の友 4
松川渓南 訳, 『小人島漂流記』, 東雲堂書店, 1906.10	소인국

---

258 박진영, 『번역과 번안의 시대』, 소명출판, 2011, 213면.

259 이 목록은 온라인 일본 국립국회도서관에서 검색한 내용을 토대로 ① 日外アソシエーツ 編, 『翻訳図書目録 : 明治・大正・昭和戦前期』 3, 東京 : 日外アソシエーツ, 2007, 267頁, ② 中林良雄 外, 『明治翻譯文学総合年表』, 大空社, 2001, ③ 川戸道昭・榊原貴教 編著, 『(圖説) 翻譯文學總合事典』 3, 東京 : ナダ出版センター, 2009, 435~449頁, ④ 川戸道昭・榊原貴教 編著, 『世界文學總合目録』 2, 東京 : 大空社 : ナダ出版センター, 2011, 13~14頁을 참고하여 만들었다. ①은 출판연도 및 책의 판형 등이 자세히 기재되어 있으나 목록이 불충분했고, ②의 경우 메이지 시기의 번역 목록만 있어서 다이쇼 시기의 번역 현황을 알 수 없었다. ③과 ④에서 가장 자세히 정리되어 있으나 다이쇼 시기의 번역서가 몇 종 누락 되어있다. 또한, ③에서 제시된 『ガリバー旅行記』(中等教科書出版協會, 1926)와 『ガリバース、トラベラ』(北星堂書店, 1926)는 일역본이 아니라 영어로 된 학습용 교재이었기 때문에 제외했다. 잡지나 신문 등의 매체에 실린 번역도 다수 있을 테지만 여기서는 단행본 위주로 정리했다.

서지사항	비고
菅野德助・奈倉次郎, 『ガリヴァー小人國旅行記』, 三省堂, 1907.12.	1928 재판
吉川弘文館, 「ガリヴァー小人國」, 『歷史地理』 12(2), 日本歷史地理學會, 1908.8	잡지
松浦政泰 訳註, 「上篇 小人島抱腹珍譚」, 「下篇 大人島抱腹珍譚」, 『対訳西洋御伽噺叢書』 4, 東西社. 1908.10	소인국, 대인국
松原至文・小林梧桐, 『ガリヴァー旅行記』, 昭倫社, 1909.12	1~4부
近藤敏三郎, 『ガリヴァー旅行記小人國大人國』, 精華堂, 1911.1	소인국, 대인국
風浪生, 『ガリヴァー小人島大人國漂流記』, 磯部甲陽堂, 1911.4	소인국, 대인국
大溝惟一 訳註, 『大人國巡遊記』, 日進堂, 1911.8	初等語學文庫 1편
岡村擾藏 訳註, 「The Academy of Lagado」, 『須內顿氏英文學註解』, 興文社, 1911.10	3부
佐久間信恭, 『ガリヴァー旅行記』, 尚栄堂. 1911.12	1~4부
花太郎, 「小人国と大人国上・下」, 『お伽大会−新撰(お伽文庫第4編)』, 立川文明堂, 1913	소인국, 대인국
松浦政泰 訳註, 『ガリバー旅行記』, 集文館. 1916	소인국, 대인국
中村詳一, 『ガリヴア旅行記』, 国民書院, 1919.10	1~4부
野上豊一郎 訳註, 「馬の国」, 『赤い鳥』 4(5)~(6)・5(2), 赤い鳥社, 1920.5・6・8	잡지, 4부
鹿島鳴秋, 「大人國奇譚(長編)」, 『少年少女譚海』 1(7~8), 博文館, 1920.7~8	잡지, 대인국
平田秃木, 『ガリバア旅行記』, 富山房, 1921.1	1~4부
大日本文明協會 編, 『ガリバース・トラベルス』, 文明書院, 1923.12	
仲側紅果, 『ガリバア旅行記−課外の読物』, 大阪−日本出版社, 1924	日本児童文庫 16
尾崎甫助, 「ガリバーの旅」, 『一二年の中学生』 3(4), 1924.4	잡지
齋藤佐次郎, 『ガリバー旅行記』, 金の星社, 1924.7	世界少年少女名著大系5
武野藤介 譯, 『ガリバー旅行記』, 春秋社, 1924.7	소인국, 대인국 春秋社童話文庫
童話研究会 編, 「小人國の卷」, 「大人國の卷」, 『模範童話選集』 3, 博文館, 1925.2	부록에 『월세계여행』 포함
浜田広介 編, 「ガリヴァー旅行記」, 『世界童話選集 新訳世界教育名著叢書』 9, 文教書院, 1925.3	소인국, 대인국
樋口紅陽 編, 『ガリヴァー旅行物語 小人国/大人国』, いろは書房, 1925.4	模範家庭お伽叢書 4
浜野重郎, 『ガリバー旅行記』, イデア書院, 1925.9	1~4부. 축약
野上豊一郎 訳, 『ガリヴァの旅 沙翁物語』, 国民文庫刊行会. 1927.6	世界名作大観 各国篇11, 1~4부
齋藤佐次郎, 『ガリバー旅行記 アラビアン・ナイトロビンソン漂流記』, 金の星社, 1927.6	金の星家庭文庫 1 「아라비안나이트」, 「로빈슨표류기」 포함
日本童話研究会 編, 「ガリバー旅行記」, 『ロビンソン物語』, 九段書房, 1927.10 (축역된 형태로 완역은 아니다. 총 4부 一, 小人國旅行記 二, 大人國旅行記 三,	「십오소년표류기(十五 少年漂流記)」, 「로빈슨

서지사항	비고
飛島旅行記 四, 馬の國旅行記으로 구성되어있다).	이야기(ロビンソン物語)」 포함
石井蓉年, 『ガリバー旅行記』, ヨウネン社, 1927.11	
金の星社 編, 『小人国大人国めぐり』, 金の星社, 1928.6	金の星児童文庫 7
奈倉次郎・沢村寅二郎 共訳, 『小人国旅行記』, 三省堂, 1928.11	学生英文学叢書 7
奥野庄太郎, 「ガリバー旅行記」, 『東西童話新選』, 中文館書店, 1928	
三越編集部 編, 「ガリバー旅行記(英吉利)」, 『こどもの世界ーあの国この国』, 三越大阪支店, 1928	
清水繁 訳註, 「ガリヴアの旅行記」, 『研究社英文訳註叢書』 19, 研究社, 1929	
百瀬甫, 「ガリバー旅行記」, 『英文世界名著全集』 14, 英文世界名著全集刊行所, 1928(9)	
巌谷小波 訳, 「小人島」, 『幼年倶樂部』 4(3~4), 大日本雄辯會講談社, 1929.3~4	잡지
巌谷小波 訳, 「大人国」, 『幼年倶樂部』 4(5), 大日本雄辯會講談社, 1929.5	잡지

〈표 28〉의 목록에서 보다시피 19세기 후반 일본에서 발행된 번역서는 8종이지만, 출판사만 달리한 경우가 주를 이룬다. 최초의 일역인 가타야마 헤이자부로片山平三郎의 텍스트를 비롯하여, 오쿠보 츠네키치大久保常吉의 번역이 그에 해당한다. 이후 시마오 이와타로島尾岩太郎는 소인국 편만을 번역하며 "정치소설"이라는 부제를 붙였다는 점이 특기할 만하다. 주목할 것은 이와야 사자나미巌谷小波의 번역일 것이다. 김병철의 연구에서부터 이와야 사자나미의 번역은 최남선의 저본으로 알려져 있다.

소인국과 대인국 편을 중심으로 번역되던 상황은 1909년 마츠바라 시분松原至文과 고바야시 고도小林梧桐의 번역에 이르러 전체 구성인 1부에서 4부까지가 소개되었다. 1919년과 1921년에도 정본定本에 가까운 번역이 출간되었으나, 일본에서의 주된 번역 양상도 1부 소인국과 2부 대인국 편에 집중되어있다. 1, 2부만 번역한 방식은 중국, 일본, 영미권뿐 아니라 세계적으로 유사하게 진행되었다. 그리고 주로 아동과 (청)소년을 대상으로 했다는 점도 비슷하다. 이는 『걸리버 여행기』가 편집 방식에 따라 세계 문학으로 전유될 수 있으며, 1, 2부를 중심으로 재편할 때 교육용으로 특화될 수 있음을 시사한다.

식민지 조선의 독자층에서는 일본어로 된 텍스트가 주로 읽혔을 것으로 전제한다면, 일본에서의 번역 양상을 보다 구체적으로 살필 필요가 있다. 예를 들어, '춘추사 동화 문고'의 기획으로 편찬된 타케노 토우스케武野藤介의 『ガリバー旅行記』春秋社, 1924.7에 주목해 보도록 하겠다. 가타야마 헤이자부로片山平三郎의 번역을 제외하고 일본어 번역본 대부분이 1, 2부의 제목을 '小人島', '小人國', '大人國', '大人島'로 표기한 것과 달리 타케노 토우스케의 텍스트는 1부 소인국 편의 제목을 'リルリプットへ航海릴리퍼트로 항해'로, 2부 대인국 편의 제목을 'ブロブデングナアヂへ航海브롭딩낵으로 항해'로 제시하였다. 이는 원작 각 부의 제목인 'A Voyage To Lilliput'와 'A Voyage To Brobdingnag'의 실감을 살려 번역한 사례에 해당한다. 한편, 이 텍스트는 각 부의 장 제목이 기재되어 있고, 1부는 5장으로, 2부는 7장으로 축약하여 구성되었다.[260]

일본어 번역본의 사례를 몇 가지 더 살펴보자면, 먼저 『모범동화선집模範童話選集』博文館, 1925 3권에 수록된 『걸리버 여행기』의 1부와 2부는 보다 독특한 구성이다. 일역본 중 축역한 경우 1부는 4장이나 5장으로 구성하거나 혹은 원작 그대로 8장으로 번역한 경우가 대부분인데, 이 선집의 경우 1부를 20개의 장으로, 2부를 30장으로 세분화하였고, 각 장마다 소제목

---

260 第一, リルリプットへ航海 : 一, 見知らぬ濱邊へ漂着, 二, 都の生活, 三, いろいろ不思議なこと, 四, ガリヴァと艦隊, 五, ガリヴァはリルリプットを去る / 第二, ブロブデングナアヂへ航海 : 一, 不思議な國へ上陸, 二, 見世もの, 三, 宮殿の生活, 四, 不思議な國で大危險, 五, 猿に捕へらる, 六, 其他いろいろな巨きなもののこと, 七, 古里が戀し(スイフト, 武野藤介 譯, 『ガリバー旅行記』, 春秋社, 1924).

을 붙였다.[261] 원작과 달리 장별로 제목을 부기한 사례는 일역본에서 다수 목격되는데, 앞의 사례처럼 '동화 선집'으로 편찬된 경우에 그와 같은 방식을 사용한 것으로 보인다. '세계소년소녀명저대계'로 간행된 『ガリバー旅行記』金の星社, 1924의 경우도 마찬가지다. 이 텍스트도 소제목을 사용한 후, 1부와 2부를 각 5장 구성으로 대폭 축역하였다.[262] 소제목을 사용한 사례는 주된 독자층인 아동을 위한 전략이거나, 원작에서 각 장이 시작할 때 기술되어 있는 요약문을 소제목 형식으로 변형한 것으로 볼 수 있다.

또한, 일본어 번역본 중 모험담 텍스트가 함께 기획된 경우도 주목할 수 있다. 『모범동화선집模範童話選集』 3권의 경우 『월세계 여행』을 부록에 실었으며, 킨노호시 가정 문고金の星家庭文庫의 첫 번째 기획인 『ガリバー旅行記 アラビアン・ナイト ロビンソン漂流記』는 제목에서 알 수 있는 것과 같이 『아라비안나이트』와 『로빈슨 표류기』가 한데 묶여있다. 『ロビンソン物語』日本童話研究会 編, 九段書房, 1927도 마찬가지로 『로빈슨 표류기』를 표제로 하며, 『십오소년표류기』와 『걸리버 여행기』를 포함했다.

이상의 일본어 번역 양상을 살펴보면 1888년 시마오 이와타로島尾岩太郎

---

261 前編 小人國の卷: 一 憧れの海へ! 二 瀀氣の一日, 三 小人の國, 四 橫腹に梯子, 五 都へ運搬, 六 六人一攫み, 七 評議, 八 不思議な品品, 九 解放の相談, 一〇 大臣との會見, 一一 隣國の謀略, 一二 小人國萬歲, 一三 媾和會議, 一四 小人國の風習, 一五 危い身の上, 一六 隣國へ! 一七 一艘の端艇, 一八 使節派遣, 一九 お暇乞ひ, 二〇 歸る船路/ 後編 大人國の卷: 一 又もや海へ! 二 大男, 三 麥刈り男, 四 中食, 五 鼠退治, 六 娘の親切, 七 見世物, 八 王妃の上覧, 九 賣られ行く身, 一〇 寸法師, 一一 牛乳の池, 一二 蜂征伐, 一三 林檎・電・犬, 一四 鳶と鼬鼠と雀, 一五 死刑, 一六 猿の惡戯, 一七 病氣, 一八 髥の櫛, 一九 ピアノの彈奏, 二〇 説明役, 二一 火藥の話, 二二 二十二字, 二三 修身と歷史, 二四 練兵, 二五 摸擬戰, 二六 研究問題, 二七 南の海岸へ, 二八 大鷲, 二九 船長との對談, 三〇 故國の風物.(童話研究会 編, 『模範童話選集』 3, 博文館, 1925)

262 第一篇 小人國旅行: 一, 少年時代, 二, 難船, 三, 小人國の都へ, 四, 軍艦捕獲, 五, 歸國/ 第二篇 大人國旅行: 一, 不思議な國, 二, 小人の見世物, 三, 宮中で, 四, 猿に抱かる, 五, 鷲に掴まれて (スウィフト, 金の星社 編, 『ガリバー旅行記』, 金の星社, 1924).

가 "정치소설"로서『걸리버 여행기』를 소개한 경우를 제외하면 대부분 유소년을 대상으로 기획된 텍스트임을 알 수 있었다. 이는 일본만의 특성이라고는 볼 수 없다. 이미 영미권에서도 교육용 자료로 사용하기 위해 편집된 텍스트가 유통되고 있었으며, 주로 1부와 2부만을 대상으로 설정했다. 마찬가지로 고장환의 텍스트도 1부와 2부로만 구성되었다. 위의 조사를 바탕으로 다음 항에서는 번역의 저본을 밝혀보도록 하겠다.

2) '풍자'와 유토피아 – 1929년 고장환 번역본의 의미

이 항에서는 앞에서 확인한 일본어 번역본 목록을 토대로 고장환의 저본을 확정해 보도록 하겠다. 일역본을 충실히 옮겼을 가능성과 축약했을 가능성 모두를 염두에 둔 가운데, 전체 내용이 총 몇 부로 구성되었는지, 각 부는 몇 개의 장으로 되어있는지, 각 장에 소제목은 있는지 등의 기준을 세워 검토하였다. 몇 가지 판본을 살펴본 결과, 고장환의 번역본은 하마다 히로스케浜田広介, 1893~1973(이하 히로스케로 표기)가 펴낸『세계동화선집 世界童話選集 新訳 世界教育名著叢書 第9巻』文敎書院, 1925에서「ドン・キホーテ」와「ガリヴァー旅行記」를 선택하여 옮긴 것으로 판단된다.

고장환의 번역 양상을 알아보기 전,『신역 세계교육명저총서新訳 世界教育名著叢書』의 구성과 일본어 번역자인 히로스케에 대해 짚고 넘어가도록 하겠다.『세계교육명저총서世界教育名著叢書』는 1923년부터 1925년까지 문교서원文敎書院에서 출간되었으며, 총 12권의 구성으로 존 듀이John Dewey, 페스탈로치Johann Heinrich Pestalozzi, 프뢰벨Friedrich Frobel의 교육서, 칸트의 철학서, 루소Jean-Jacques Rousseau의『에밀Emile』을 비롯하여, 아미치스Edmondo De Amicis의『쿠오레Cuore』, 톨스토이의 동화집이 포함되어 있다. 총서의 편집

고문은 도쿄 제국대학 문학부 교육학 교수인 요시다 쿠마지吉田熊次, 1874~1964이며, 편집진은 히로스케를 비롯하여, 토키노야 테이時野谷貞, 토메오카 키요오留岡淸男, 오가와 지쯔야小川實也, 코하라 카즈나리香原一勢, 타세이 스에시게田制佐重, 시미즈 타다하루靑水忠治 총 7인으로 구성되었고, 대부분 교육학자이다.[263]

고장환이 저본을 선택하는 과정에서 고려했을 요소로 중역의 매개항인 히로스케에 주목해야 할 것이다. 히로스케는 오가와 미메이小川未明, 1882~1961, 츠보타 죠지坪田讓治, 1890~1982와 함께 일본 근대 아동문학의 선구자로 알려져 있다. 이들은 '아동문학계의 삼종 신기児童文學界の三種の神器'로 불리며, 1925년 '와세다 동화회早大童話會'가 창립될 당시 함께 고문을 맡기도 하였다. 이 세 사람은 일본 아동문학사에서 이와야 사자나미巖谷小波, 1870~1933의 '오토기바나시 시대お伽噺時代'를 '동화시대'로 발전시켰다고 평가된다.[264] 세 사람 가운데 히로스케는 와세다 대학 고등 예과에 입학한 해인 1914년에 『만조보萬朝報』의 현상 공모에서 단편소설 「영락零落」으로

---

263 시리즈의 구성은 다음과 같다.
第1卷：哲学と教育 学校と社会(ナトルブ, デューイ, 田制佐重 訳), 第2卷：ゲルトルードは如何に其の子を教ふるか 隠者の夕暮：摘録 リーンハルドとゲルトルード：梗概(ペスタロッチ, 田制佐重 訳) ペスタロッチ, 田制佐重 訳) ペスタロッチ, 田制佐重 訳), 第3卷：理想国 教育学 哲学概説(プラトーン, 田制佐重 訳) カント, 留岡淸男 訳; カント, 香原一勢訳), 第4卷：トルストイ童話集(浜田広介 訳), 第5卷：教育學說選集(田制佐重 編), 第6卷：自然の子エミール(ルソー, 田制佐重 訳), 第7卷：クオレ, 愛の学童日記 トム・ブラウンの学校時代(アミチス, 小川実也 訳; ヒウズ, 時野谷貞 訳), 第8卷：人間の教育 附・幼稚園の教育(フレーベル, 田制佐重 訳), 第9卷：世界童話選集(浜田広介 編), 第10卷：蟹の小本：我子の悪徳 コンラード・キーフェル：我子の美徳 蟻の小本：教育者の教師(ザルツマン, 田制佐重 訳) ザルツマン, 田制佐重 訳) ザルツマン, 田制佐重 訳), 第11卷：文藝家教育論集(田制佐重 編), 第12卷：現代教育學說集(吉田熊次 編).
264 일본 아동문학의 시대 구분은 니시다 요시코(西田良子), 이영준 역, 「日本児童文學의 흐름과 現狀」, 『한국아동문학학회 학술대회・아세아아동문학대회 자료집』, 한국아동문학학회, 1990.8, 62면.

등단했다. 1917년에는 『오사카 아사히신문大阪朝日新聞』에서 이와야 사자나미의 격찬을 받은 「황금 볏단黃金の稲束」으로 입선하며 동화 창작을 시작한 이후 '히로스케 동화ひろすけ童話'라는 타이틀을 내세우며 본격적인 활동을 하였고, '일본의 안데르센'이라 불리는 동화 작가 중 한 명이다.[265]

히로스케는 번역에도 관심을 기울였다. 춘추사春秋社의 『톨스토이 전집』[266]에서 「ホルストメルKholstomer」1886와 「虐げられた猶太人のために書かれし話Stories Given To Aid The Persecuted Jews」1903를 번역했으며, 문교서원文教書院의 세계교육명저총서 제4권 『톨스토이 동화집』[267]도 그의 번역이다. 고장환의 번역 저본인 문교서원의 세계교육명저총서 제9권 『세계동화선집』의 구성은 상당히 이채롭다. 작품 구성을 살펴보면 〈표 29〉와 같다.

---

[265] 하마다 히로스케의 연보는 하마다 히로스케 기념관 온라인 사이트 http://hirosuke-kinenkan.jp 중 '浜田広介とひろすけ童話' 항목을 참고하였다. 1930년대 초반 히로스케의 번역서는 アンデルセン, 浜田広介 訳, 『雪の女王(世界家庭文学全集 1)』, 平凡社, 1930과 ファーブル, 浜田広介 訳著, 『ファーブル虫物語』 6, 厚生閣書店, 1931가 있으며, 대표작으로 『용의 눈물(龍の目の涙)』(1923), 『울어버린 빨강 도깨비(泣いた赤鬼)』(연재 1933, 단행본 1935) 등이 있다.

[266] 植村宗一 編, 『トルストイ全集 (第4卷)』, 春秋社, 1919~1920.

[267] 浜田広介 訳, 『トルストイ童話集(新訳世界教育名著叢書 第4卷)』, 文教書院, 1925. 이 책의 구성은 다음과 같다.
「愛ある所に神あり(Where Love Is, There God Is Also)」, 「三人の隠者(The Three Hermits)」, 「壺のアリョーシャ(Alyosha the Pot)」, 「神は眞を見給ふ(God Sees the Truth, But Waits)」, 「悔ゆる罪人(The Repentant Sinner)」. 「アッシリヤ王エサルハッドン(Esarhaddon, King of Assyria)」, 「何によつて人は生きるか(What Men Live By)」, 「イリヤス(ILYAS)」, 「二人の兄弟と黄金(The Two Brothers and the Gold)」, 「人は多くの土地が要るか(How Much Land Does a Man Need?)」, 「教子(The Godson)」, 「子供のための話」, 「少女は老人より賢い(Little Girls Wiser Than Men)」, 「高加索の囚人(The Prisoner of the Caucasus)」. 「空の太皷(The Empty Drum)」, 「鶏卵大の種(A Grain as Big as a Hen's Egg)」, 「惡魔の意地より神の辛抱(Evil Allures, But Good Endures)」, 「小惡魔がパン片の失敗を購ふ話(How the Little Demon Earned His Stolen Crust of Bread)」, 「イワンの馬鹿(The Story of IVAN The Fool)」, 「寓話」. 괄호 안의 영문 작품명은 인용자가 추가하였다.

〈표 29〉浜田広介 編, 『世界童話選集』, 文教書院, 1925 목차[268]

목차	수록작
イソップ(이솝)	70편
ドン・キホーテ(돈키호테)	
アラビヤン・ナイト (아라비안 나이트)	「商人と魔者」, 「漁夫の話」 "The Story of the Merchant and the Genius", "The Story of the Fisherman"
ロビンソン・クルーソー (로빈슨 크루소)	
ガリヴァー旅行記 (걸리버 여행기)	「小人國の卷」, 「大人國の卷」 "A Voyage to Lilliput(Part I)", "A Voyage to Brobdingnag(Part II)"
グリム(그림)	「小さな赤頭巾」, 「藁と炭と鼈豆」, 「狼と七匹の仔山羊」, 「ブレーメンの音楽隊」, 「貧乏人とお金持」, 「黄金の子供」 "Little Red Cap", "The Straw, the Coal, and the Bean", "The Wolf and the Seven Young Kids", "The Bremen Town Musicians", "The Poor Man and the Rich Man", "The Gold-Children"
アンデルセン (안데르센)	「雛菊」, 「豆の上の女王」, 「好運はピン一本にも」, 「薔薇の小人」, 「ユダヤの娘」, 「一つの莢から出た五つ」, 「年の話」 "The Daisy", "The Princess and the Pea", "Lucky Peer", "The Elf of the Rose", "The Jewish Maiden", "The Pea Blossom", "The Story of the Year"
ラーゲルレェフ其他 (라겔뢰프 외)	ラーゲルレェフ, 「駒鳥の胸」 ドオデェ, 「森の郡長さん」 ストリンベルヒ, 「大きな砂利篩」 スティヴンソン, 「老人の家」 셀마 라겔뢰프(Selma Ottilia Lovisa Lagelöf, 1858~1940), "Robin Redbreast" 알퐁스 도데(1840~1897), 「숲속의 군수」 아우구스트 스트린드베리(August Strindberg, 1849~1912), "The Big Gravel-sifter" 로버트 루이스 스티븐슨(1850~1894), 「해변가 모래언덕 위의 별장」
ワイルドとソログーブ (와일드와 솔로구프)	오스카 와일드(1854~1900), 「幸福な王子」 표도르 솔로구프(Fyodor Sologub, 1863~1927), 「ひよわい子供」, 「砂糖菓子の片」, 「誤解はこんさふうに」, 「丸石の冒險」, 「二つの鍵」, 「路とあかり」, 「翼」[269]

---

268 일부 수록작의 영문 및 한국어 제목은 인용자가 추가하였다.

269 표도르 솔로구프의 동화는 *The Sweet-scented Name: And Other Fairy Tales, Fables and Stories*의

『세계동화선집』의 구성은 『아라비안 나이트』가 유럽에 전해진 시기를 18세기로 전제하면 대략 시기순으로 배치한 것으로 보인다. 히로스케는 서문에서 장편의 경우 부분적으로 선택하여 축역하는 방식을 택했다고 밝혔는데, 여기에 해당하는 텍스트는 『돈키호테』, 『로빈슨 크루소』, 『걸리버 여행기』이다. 단편의 경우는 대부분 그대로 번역했다고 밝혔다. 번역 과정에서 세계적으로 유명한 작품 여러 편을 450페이지로 줄이는 일의 고충을 토로하기도 한 히로스케는 번역의 주안점을 다음 세 가지로 제시하였다. "가능한 범위를 넓게 잡을 수 있는 것出來るだけ, 範圍を廣く捉へること, 평이하고 쉽게 써 내려가는 것平易にやさしく書きくだくこと, 각 편의 흥미와 정신을 효과적으로 전할 수 있는 것各篇個々の興味と精神とを效果多く傳へること."[270] 히로스케가 제시한 '범위'가 구체적으로 무엇을 지칭하는지 서술되어 있지 않지만 추측하자면 평이하고 쉬운 문체로 넓은 아동 독자층을 확보하려는 목적으로 해석할 수 있다. 그러나 구체적인 작품 선정 기준은 밝히지 않았다.

위의 『세계동화선집』의 목록은 고장환이 번역 대상으로 선택한 작가와 상당수 겹치는 양상을 띤다는 점도 흥미롭다. 고장환은 「돈키호테」와 「걸리버 여행기」를 묶어 단행본으로 출판하기 전 『안더-센 동화집』도 기획하였다. 앞서 제시한 고장환의 『세계소년문학집』에는 톨스토이의 「형제

일부로 추정된다. 영역본은 Stephen Graham의 번역으로 New York : G.P. Putnam's Sons와 London : Constable and Company에서 1915년에 출판되었으며 총 29편의 동화가 수록되어 있다. 이를 참고하면 「ひよわい子供」은 "The Delicate Child"를, 「誤解はこんさふうに」는 "So arose a Misunderstanding"을, 「丸石の冒險」은 "Adventures of a Cobble-Stone"을, 「二つの鍵」은 "The Keys"를, 「路とあかり」는 "The Road and the Light"를, 「翼」은 "Wings"를 번역한 것으로 보인다.

270 浜田広介 編, 「第九卷 序」, 『世界童話選集(新訳 世界教育名著叢書 第9卷)』, 文教書院, 1925, p.2.

와 황금」을 비롯하여 이솝 우화, 아라비안 나이트, 안데르센의 동화, 오스카 와일드, 그림 동화 등이 포함되어 있는데, 구체적인 작품 목록까지 완벽하게 겹치진 않더라도 작가 선정에 있어서는 일정 정도의 유사성이 포착된다. 게다가『세계소년문학집』에는 오가와 미메이의 「야중성화夜中星話」도 포함되어 있는데, 이는 동시대 일본 아동문학의 경향을 반영한 결과물이 아닐 수 없다.

물론 대부분 메이지 시기부터 꾸준히 번역되어왔기 때문에 해당 번역 작품 목록이 히로스케만의 고유한 것이라고는 볼 수 없다. 〈표 28〉에서 보는 바와 같이『걸리버 여행기』는 아동문학 전집의 일환으로 번역된 경우가 많았다. 가령, 1924년 출판된 춘추사 아동문고春秋社童話文庫를 살펴보면『걸리버 여행기ガリバ-旅行記』, 『안데르센 동화アンデルセン童話』, 『그림 동화グリム童話』, 『로빈슨 크루소ロビンソン·クルーソ-』, 『선원 신밧드-아라비안 나이트ふなのりシンバッド-アラビアンナイト』, 『영미 동요선집世界童謡選集 英米の巻』 등이 있는데, 이 목록은 히로스케의『세계동화선집』과 상당수 겹친다. 춘추사의 전집에서는 각 작품이 단행본으로 구성되었으나 히로스케의 번역은 한 권에 축약된 방식이다. 따라서 일본에서 선집 형식으로 출간된 목록 역시 고장환의 시선에 포착되었을 가능성이 높다.

이어서 고장환의 번역 방식을 구체적으로 살펴보도록 하겠다. 고장환의 번역본과 하마다 히로스케의 번역은 모두 1부는 5장, 2부는 7장으로 번역되어 있다. 각 장의 첫 문장과 마지막 문장을 비교해보면 다음과 같다.

<표 30> 하마다 히로스케와 고장환의 텍스트 비교 [271]

	「ガリヴァー旅行記」	「껄리봐여행기」
	小人國の巻	작은사람나라
1부 1장	私の名はレミュール・ガリヴァー, 先れは英國, 醫者になる氣で勉强しましたが, 是非一度世界を巡つてみたいものだと思ひました.	저의일홈은 레미울·썰리봐, 인대 영국의사(醫師)가될마음으로 공부하얏습니다마는 쏙한번이세계를 돌아단여볼것이라고 김히생각하얏습니다.
	その街は小人國の都でした. 王さまと御殿の家來が多勢こちらのやつて來ました.	이시가는 작은사람나라에 도회디이엇습니다. (*王さま 이하 마지막 문장 생략)
1부 2장	王さまと御殿の家來と, 高い家の屋根に座席をこしらへて, 車の上怪物を一私をじつと見てろました.	왕님과시종들은 놉다란집웅위에다 안즐재리를 맨들고 차우에 잇는 괴물(怪物)—나를한참 보고잇습니다.
	こんなふうに, 持物はみな, 怪しい物でありましたが, 中でも鐵砲, 劍, その他二三の品物は, あぶないからと取上けられでしまひました.	이와가티 가즌것은모도다 괴상한물건이엇습니다마는 그중에 도총, 칼 그 외두세가지물건은 무섭다고 쎄악겨버렷습니다.
1부 3장	日がたつうちにだんだんと, 小人たちは馴れて來ました.	날이갈사록 작은사람들은 익어졋습니다.
	皇后さまは, 私を知つてろましたから, 私を見ろとにつこりと笑はれました.	황후님은 나를알고기셋슴으로 나을보고는 빙그레히우스시엇습니다.
1부 4장	鎖をとかれ二週間もたつた頃, 一人の立派な人間が私の前にやつて來ました.	(*鎖をとかれ—생략) 이곳에서 두주일이나된째 한사람의훌융한사람이 나의압헤왓습니다.
	しかしどうやら機嫌のわるい樣子でした.	그러나웃전지 좃치는못한듯합니다.
1부 5장	ブレフスクに行かうとしながら, まだ出かけずにいるうちに, 小人國の王さまは, あたらしい服を作つてくれました.	푸레후쓰크에 갈여고하면서 아즉나스지안코 잇슬째 작은사람나라의왕님은 새로운옷을맨들어 주엇습니다.
	死んだとばかり思はれたのに, 私か無事にかへつたのを見て, 家の者は大よろこびでありました.	죽엇다고만 생각하얏는대 내가무사히 돌아온 것을 보고 집의사람들은 퍽깃버하얏습니다.
	大人國の巻	큰사람나라
2부 1장	千七百二年の六月, またも私は船の人となりました.	千七百二年六月 쏘다시나는 배의사람이 되엇습니다.
	そして鼠を火箸ではさんで, 窓からぼしと投げ捨てました.	그리고쥐를 화져가락에싸서 창에서멀이 던저바렷습니다.
2부 2장	みんなはかなか親切にしてくれました.	모든사람이 퍽친절히하야 주엇습니다.
	四方の壁にはビロードが張りまはされて, 馬車に乗つたときど, 箱がどんなに搖られても, ちつとも體にさはらぬやうに出來てろました.	사방의 벽에는 비로—도(벨벳—인용자)가부터잇서서 마차에탄째나 상자가 아무리혼들어도 조금도몸에 닷지안토록 되어잇섯습니다.
2부 3장	かうして私は, ただ幸福でありました.	이러케하야서나는 다만행복이엇습니다.
	そのほか水瓶, 鍋, 皿, いちいちを話しましても, 誰もほんとになさるまい.	그외에 물병 주전자 접시 일일이말삼해도 누구나정말노 여기지안으시겠습니다.

	「ガリヴァー旅行記」	「껄리봐여행기」
2부 4장	御殿のなかで毎日愉快に暮らしましたが、しかし私は、からだが小さいばつかりに、どうかすると思ひがけない危ない目に出くはしました。	궁면속에서 날마다 유쾌히지냇습니다마는 그러나 나는 몸이작은대다가 조금만 무엇하면 뜻박게위험한일을 맛나게되엇습니다.
	今から思へば滑稽ですが、でもその時は、命がけでありました。	지금에 생각하면 우습지만 그러나 그째는 목숨을드리는일이엇습니다.
2부 5장	しかし、なんといつても、この國にきて、見にあつたのは、次の事件であちました。	그러나 아무리말하야도 이나라에와서 당한것은 다음의사건이엇습니다.
	しかし王さま始め、おそばの人はお腹をかかへて笑ひました。	그러나왕님을 시작하야 그엽혜사람들은 배를쥐어가며 우섯습니다.
2부 6장	王さまは音樂を好かました。	왕님은음악을 조와하셋습니다.
	そしてふしぎな大人國の、ふしぎな事を知りました。	그리고 이상한큰사람나라의 이상한일을알앗습니다.
2부 7장	かうしてここに暮らすうち、どうやら私はあいて來ました。	이러케하야 이곳에지내는중 웃전지나는 실혀젓습니다.
	そして私の、ふしぎな話に驚くばかりでありました。	그리고나의이상한 이야기에는 모다놀랄쑨이엇습니다.

271 두 텍스트의 원문을 그대로 옮겼다. 지금까지 자료를 인용할 때 현대어로 수정한 것과 달리 고장환 번역본은 어투를 고려하였다. 『돈키호테』 각 장의 첫 문장도 참고할 수 있다.

〈표 31〉 하마다 히로스케와 고장환의 텍스트 비교 2

	「ドン・キホーテ」	「쏭・키호-테」
1장	イスパニヤのラ・マンチヤといふ田舎に、キハーダとい老紳士がありました。	이쓰빠니야의 라・만쟈라는시굴에 키하-타라는로신사(老紳士)가 잇섯습니다.
2장	七月のある夜明方、こつそりと寝床をはなれ、誰にも何とも言はないで薄暗いのに旅立ちました。	七月어느밤께일쩨쯤 가만이침상을쩌나 아무에게도 아무말도 안하고 으슥할째길을쩌나섯습니다.
3장	夏の夜はもう白んで來ました。	녀름밤은벌서새어갓습니다.
4장	二十日あまり、老紳士は家にじつとしてました。	二十日동안이나 로신사는집에 가만이잇섯습니다.
5장	行くうちに一人の男が向ふから歩いて來ました。	가는동안에 한사람의남자가 저人쪽에서 걸어왓습니다.
6장	山の中に日がくれて、二人は山に野宿しました。	산속에날이져물어서 두사람은산에서 야숙을하얏습니다.
7장	二人は遠く旅つづけて行きました。	두사람은 멀이길을게속하야 갓습니다.
8장	公爵夫婦は二人をお城の招待しました。	공작부부는 두사람을성으로 초대하얏습니다.
9장	ドン・キホーテはまだ公爵のお城にるました。	쏭・키호-테는 아즉공쟝[sic-공작(公爵)]의 성에잇섯습니다.

두 텍스트의 장별 문장 비교에서 볼 수 있듯, 고장환은 하마다 히로스케의 문장을 충실하게 옮겼다. 고장환 텍스트는 한자어의 비중이 아주 낮고 비교적 쉬운 말로 작성된 것이 특징이며 '-ㅂ니다' 투를 사용하여 유소년의 연령대가 쉽게 읽을 수 있는 방식이다. 각 장의 소제목만 봐도 '小人國'을 '작은 사람 나라'로 '大人國'을 '큰 사람 나라'로 알기 쉽게 번역하였다. 「싼누다-크」를 번역할 당시 "서투른 솜씨의 중역重譯"이며 "대화의 부조화와 등장인물의 모호模糊 (…중략…) 읽히는 대화로도 성공치 못한 것"[272]으로 평가받았던 것에 비해 이 단행본의 경우 매끄러운 문장을 구사한 것으로 보인다. 비슷한 시기인 1927년에 번역한 두 텍스트의 번역이 상이한 이유는 원작의 구성이나 번역 주체의 작품에 대한 이해도에서 차이가 났을 수도 있겠으나 일본어 번역에서부터 기인한 결과물일 가능성도 있다.

고장환의 번역과 히로스케의 일역본의 차이를 몇 가지 짚어보면 다음과 같다. 먼저, 가장 눈에 띄는 차이는 삽화의 유무이다. 원작에서는 마치 실제 여행기와 같은 느낌을 주기 위해 가상의 지도가 제시되었지만 '아동문학'의 기획에서 출판된 히로스케의 텍스트는 표지를 넘기면 이솝의 석고상을 소묘한 그림만 있을 뿐, 독특하게도 삽화가 전혀 없다. 이와 달리 고장환의 텍스트는 1부와 2부에 〈그림 30〉의 삽화가 매 페이지 상단에 삽입되어 있다.

상단의 삽화는 1부에서 걸리버가 소인국의 사람을 바라보는 장면이다. 원작 풍의 의상이 확인되며, 걸리버와 소인의 신체 크기 차이를 가늠할 수 있다. 하단의 삽화는 2부에서 거인국의 궁궐에 입성한 후 '작난쑤럭이(원

---

272 홍은성, 「소년잡지송년호 총평」(2), 『조선일보』, 1927.12.27(류덕제 편, 앞의 책, 169면에서 재인용).

<그림 30〉 고장환의 『걸리버여행기』 삽화

작 : 왕비의 난쟁이)'가 걸리버를 크림 스프에 빠뜨리는 장면으로, 접시에 빠질 정도로 작게 느껴지는 걸리버의 크기를 알 수 있다. 두 삽화는 수치로 표현되어 상상하기 쉽지 않았던 소인국과 거인국에서 걸리버의 상대적인 크기를 시각화하여 직관적으로 알 수 있게 해준다. 두 삽화는 박문서관에서 출판하는 과정에서 자체적으로 삽입했거나 또 다른 번역본에서 빌려왔을 가능성이 있다.

두 번째로 문장상의 차이점을 살펴보도록 하겠다. 고장환은 대체로 일역본을 충실하게 옮겼지만 소소한 차이도 있다. 먼저, 〈표 30〉에서 보듯 1부 1장의 "王さまと御殿の家來が多勢こちらのやつて來ました.왕과 궁의 신하들이 이쪽으로 많이 찾아왔습니다"라는 마지막 문장이 삭제되었다. 이 문장의 경우 다음 장이 시작하는 맥락과 거의 유사하기 때문에 없어도 내용 이해에 무리가 없다. 그리고 1부 4장의 첫 문장에서 "鎖をとかれ쇠사슬을 풀고"라는 절節도 생략되어 있으나 3장에서 이어지는 맥락상 크게 상관없다고 판단했을 것이다. 이 외에도 두 문장과 두 개의 절이 누락 되었으나 내용 이해에 지

장을 줄 정도는 아니라고 판단된다. 고장환이 삭제한 부분 중 한 문단만 언급하면, 1부 내용 중 줄타기를 통해 소인국의 관료를 선출하는 방식은 일역본대로 살렸지만 막대기 위를 넘거나 밑으로 기어가는 행위를 통해 청색, 적색, 녹색의 줄을 황제에게 부상으로 받는 내용은 생략되어 있다. 이 장면은 일역본 1부 3장에서 총 다섯 줄로 서술되어 있으나 고장환은 일역본에 없는 "이 외에도 하 우스운 일이 너무 많았습니다"[68]라는 말로 대신했다. 일역본 자체가 원작의 내용을 상당히 줄인 까닭에 고장환의 번역본 역시 원작과 분량상의 차이가 상당하다.

그렇다면 고장환은 왜 히로스케의 번역을 저본으로 삼았을까. 우선, 일본 아동문학계에서 히로스케가 주목받고 있었다는 사실을 간과할 수 없다. 앞서 언급했듯 히로스케는 오가와 미메이와 함께 '아동문학계의 삼종신기'로 평가된다. 오가와 미메이의 소설을 번역했을 뿐 아니라 히로스케의 일역본을 선택한 데에는 일본에서 점차 '동화' 장르가 정착해가는 과정을 목도한 결과로 해석할 수 있다. 이는 앞 세대인 최남선의 번역과 구별되는 지점이며 1920년대 중후반을 지나면서 '히로스케 동화'라는 명칭이 자리 잡고 있는 일본의 상황이 조선의 한 번역가에게, 이제 막 자리매김해 가는 조선의 아동문학계에 도착하고 있는 장면이다. 또한, 『세계소년문학집』에서 노동·농촌 소년을 독자층으로 설정한 고장환은 무산 계급의 독자가 쉽게 접근할 수 있는 방법을 고민했을 것이 분명하다. 때문에 히로스케가 구사한 평이한 문체 역시 고장환이 저본을 선택하는 데에 주요한 요소였을 것이다.

다음으로 식민지 시기 『걸리버 여행기』의 번역 계보에서 고장환의 텍스트가 의미하는 연속성과 차별성을 고찰하여 번역의 의의를 도출하고자 한다. 먼저, 연속성을 고찰하기 위해 신문관의 십전총서인 『썰늬버유람긔』를 비교 대상으로 설정하여 보겠다. 현재까지 연구된 바에 따르면 실물을 확인할 수 있는 식민지 시기의 『걸리버여행기』 단행본은 단 두 종뿐이다. 이것이 대상 설정의 유일한 근거지만, 약 20년의 시차를 두고 번역된 두 텍스트 간의 비교를 통해 1920년대 후반 고장환 번역의 특수성과 그 의미를 논의해보고자 한다.

먼저, 최남선의 『썰늬버유람긔』 서문을 살펴보도록 하겠다.

차서次書는 쑤리탠국國 유명한 신학기新學家 스위쭈트Swift, 1667~1745씨의 명저 『썰늬버旅行記Gulliver's Travels』를 적역摘譯한 것이니 『로빈손漂風記』와 공共히 세계에 저명한 해사소설海事小說이라.

그 대개는 걸늬버란 선의船醫가 있어 항해 중에 복선覆船을 당하여 신장身丈이 근僅 불과 육촌六寸 되는 소인종小人種이 거생居生하는 한 도국島國에 표착漂着하여 기괴한 관광을 하고 그 후에 또 신장이 삼장三丈이 더 되는 거인종巨人種이 거생하는 곳에 유입하여 위험한 경난經難을 하던 진묘珍妙한 유람기니 원저原著는 쪼오지 제第 일세一世 시절의 습속習俗을 풍자한 것이나 이러한 정치적 우의寓意는 고사姑捨하고 다만 그 소설적 취미로만 보아도 또한 절대絶大한 묘미가 있는지라. 고로 영미제국에서는 이것을 학교 과서課書로 써서 소년의 해사海事 사상思想을 고발鼓發하나니라.

우리 신흥한 문단에는 여러 가지 한사恨事가 있으니 셰익스피어, 밀턴, 단테, 괴테, 에머슨, 톨스토이 등 제가諸家의 술작述作을 이식移植함은 고사姑捨하고 아직 그 명자名字도 입문됨을 보지 못한 이때에 이따위 소화小話를 역술譯述 게다가 초역抄譯함은 우리가 무슨 문학적 의미로 한 것은 아니오 다만 요탕搖蕩

하고 부허浮虛한 희戱문자文字가 우리 소년의 기독물嗜讀物이 되는 것을 보고 얼마큼 이를 교구矯球할까하는 미의微意로 한 것이라.

　우리가 이제 소년 제자諸子를 위하여 가작 적은 돈과 힘으로 가장 유익한 지식과 흥미를 사게하라하여 『십전총서十錢叢書』를 발행하려 할 새 이로써 소설류의 제일책第一冊을 함은 해광海狂인 편자編者가 스사로 기뻐하는 바노라.[273]

　위의 서문에서 주목할 것은 먼저, "영미제국에서는 이것을 학교 과서課書로" 쓴다고 지적한 지점이다. 앞서 살펴본 바와 같이 『걸리버 여행기』는 미국에서 초등학교 5, 6학년의 문법 교재로 사용된 바 있다. 최남선이 언급한 부분은 문법과 관련된 내용은 아니지만, 저연령의 독자에게 적절한 교육용 텍스트라는 인상을 주기에 충분하다. 두 번째로 주목할 것은 "원저原著는 쪼오지 제第 일세一世 시절의 습속習俗을 풍자한 것"임에도 불구하고, "소설적 취미"에 초점을 맞췄다는 점이다. "신장이 근 육촌六寸 되는 소인종小人種"이나 "신장이 삼장三丈이 더 되는 거인종巨人種"을 언급하여 『걸리버 여행기』 특유의 풍자적 성격보다는 흥미에 주목하였다. 세 번째로, 이 서문에서 가장 주목해야 할 것은 "해사소설海事小說"로 소개한 지점이다. 이미 선행 연구에서도 지적된, 독자의 "해사 사상海事思想"을 고취할 목적으로 번역된 『걸리버 여행기』는 근대 초기 대한의 소년 독자에게 바다로 비유되는 문명을 향한 모험 정신을 고무시키려는 의도로 선택된 텍스트이다. 『로빈슨漂風記』도 마찬가지였다. 그러나 "걸리버의 모험이 '야만인'을 길들여 자신의 종복으로 삼고 그 위에 군림하게 되는 로빈슨 크루소의 '성공 스토

---

[273] 신문관편집국, 『썰늬버유람긔』, 신문관, 1909, 1~2면.

리'와 분명히 구별"되는 점은 "「거인국표류기」를 황급히 마무리"하게 된 이유이기도 했을 것이다.[274]

그러나 실증적인 측면에서 다시 생각해보자면, 메이지 시기『걸리버 여행기』의 전체 구성인 1~4부 내용이 번역된 것은 1909년 12월에 출간된 마츠바라 시분松原至文과 고바야시 고도小林梧桐의『ガリヴァー旅行記』昭倫社에 이르러서이다.[275] 앞에서 제시한 일본에서의 번역 목록과『소년』에서의 번역과 십전총서의 기획이 1908년 말부터 1909년 초에 걸쳐 진행된 점을 상기한다면, 어쩌면 최남선이 선택할 수 있던 텍스트의 목록에서 원작 전체 구성을 다룬 것이 없었을 것이다. 따라서 선행 연구에서 지적한 "황급한 마무리"는 일본어 번역본이 갖춰지지 않은 한계에서 온 결과물로도 해석할 수 있다.

반면, 1920년대 후반 고장환의 경우는 앞 시기의 최남선과 다른 배경에서 시작한다. 이미 정본에 가까운 일역본이 존재하고 있는 상황에서 고장환은 다시 소인국과 거인국의 번역만을 선택했다. 최남선의 서문에서는『걸리버 여행기』의 전체 구성이 제시되지 않았지만, 고장환의 경우는 다르다. 고장환의 서문을 살펴보면 다음과 같다.

(가)

쏭·키호-테는 서반아의 문호 미규엘·썰봔테스Cervantes, 1547년생~1616년

---

274 정선태, 앞의 책, 115~116면.
275 마츠바라 시분(松原至文)과 고바야시 고도(小林梧桐)의 번역본은 원작과 같이 1부 小人国 8장, 2부 大人国 8장, 3부 飛揚島 11장, 4부 フィーンム国 12장으로 구성되어있다. 또한, 리처드 심슨이라는 가공의 인물이 쓴 「발행인이 독자에게(發行人より讀者へ)」도 포함되어 있다. (スウヰフト, 松原至文·小林梧桐 訳, 『ガリヴァー旅行記』, 昭倫社, 1909. 온라인 일본 국립국회도서관 소장본 http://dl.ndl.go.jp/info:ndljp/pid/896775)

死가 58才때에 쓴 불후의 명저로 세계문학사 상의 웅편雄篇인 동시 보고 듣는 사람으로 하여금 여간한 흥미를 주어 만인이 격찬激贊하는 최대 걸작품을 이곳에 줄여 실은 것입니다.

껄리봐旅行記는 영국 정치가이고 종교가인 죠나탄·스위프트Jonathan Swift(1776년 애란愛蘭에서 生~1745년 死)가 지은 그의 공상적 이상의 별천지를 묘妙하게 그려낸 것입니다.

사실적寫實的 심리적 작품으로 사실적事實的으로 재미있고 진취적 모험적 기상을 부어주는 호독물好讀物입니다. 이 역亦 전 세계를 통하여 환영歡迎적 호평을 받고 있습니다.

이곳에는 큰 사람 나라, 작은 사람 나라 이외에 날으는 섬, 말馬의 섬에 갔다 온 이야기도 있지만, 위의 두 가지만 장편을 줄여서 실은 것입니다.

―더 재미있게 읽어 주셨으면 감사할 뿐입니다.[276]

(나)

次に, ドン·キホーテは, スペインの文豪セルバンテス(十七世紀の始めに世を去る)の作, 世界文學史上の雄篇である. 國民的傳統の衣をまとふてるるとはいへ, 文學界に, 原型として, いはゆる「ハムレツト型」と「ドン·キホーテ型」の熟語を生ましめたほど, 意味の深いものである. すなはら, ただおろかしく滑稽に終始してるるこの主人公の性格も, つまるところ, 人間的な一面であること, そしてそれはそれ故に, 笑ふべからざるにとでもある. 譯者はそこいに意をおいてるる. その意がそれとなく, 兒童達の心にもかよふや

---

276 고장환 譯, 『똥·키호-테와 껄리봐旅行記』, 박문서관, 1929.

うなら滿足でまる．それでこそドン・キホーテは，なに人にも，ただに可笑しい主人公ではなくなるでう．(…중략…) ガリヴァー旅行記もまた，英人スヰフトの作．兩者(대니얼 디포, 조너선 스위프트－인용자)共，十七世紀の後半から十八世紀の初期にかけての人である．この二作(『로빈슨 크루소』，『걸리버 여행기』－인용자)も廣く世に讀まれてるるもの．その頃の時代にとつて，目あたらしい，寫實的，心理的な作品として，この兩作は，觀察のこまかさが注目されたにちがひない．そして，兒童の讀物とすべく，幾種類にも易しく書かれ，あてがはれてるるこれ等の作は，話の筋の事實的な面白さがある，異國の旅へのあこがれがある，進取的，冒險的氣像を示唆する，まさに好箇の讀物である．[277]

위에 제시한 (가)는 고장환의 서문이고, (나)는 하마다 히로스케의 서문이다. (가)와 (나)를 비교했을 때 고장환의 서문은 대체로 (나)를 참조하여 작성된 것임을 알 수 있다. 고장환은 "사실적寫實的, 심리적, 사실적事實的, 진취적, 모험적"이라는 용어를 일본어 번역본에서 그대로 빌려와서 소설을 소개하였다. 그러나 스위프트에 대하여 "영국의 정치가, 종교가"라는 수식어를 덧붙였고, 생몰 연도뿐 아니라 아일랜드 출생이라는 사실도 적시한 점이 눈에 띈다. 또한, 원작 구성인 대인국 편, 소인국 편을 비롯하여 3부 하늘 위의 섬 라퓨타가 있는 나라, 4부 말의 나라를 모두 제시하기도 했는데, 이는 일역본의 서문에 없는 내용이다. 전체 구성을 밝힌 점은 앞 시대와 달리 『걸리버 여행기』의 1~4부가 이미 일본어로 수차례 번역

---

[277] 浜田広介 編, 「第九卷 序」, 『世界童話選集(新訳 世界教育名著叢書 第9巻)』, 文教書院, 1925, pp.3~4.

된 상황을 번역자인 고장환이 충분히 인지하고 있다는 의미인 동시에 최남선의 소개와 변별되는 지점이다. 물론 최남선과 고장환이 영어 원작을 접했을 가능성도 배제할 수는 없으나, 두 번역자가 선택할 수 있는 일역본 내지 중역본의 종류 자체가 대략 20년 사이 크게 변화한 점을 간과할 수 없다. 20년의 시차는 조선어로 번역되며 저본의 변화를 발생시켰을 뿐 아니라, 번역의 맥락에서도 차이가 있을 수밖에 없다.

고장환은 최남선의 서문에서 제시된 것과 같이 '세계문학'으로의 감각을 계승했다. 또한, 모험적 소설임을 강조한 점 역시 공통점이다. 그러나 번역의 시기를 고려하면 두 텍스트의 시대적 맥락이 달라지는 것은 자명하다. 바다의 상상력을 통해 문명과 계몽에 도달하려 했던 근대 초기 최남선의 번역과 달리 1920년대 후반 고장환의 번역에는 어떤 의미를 부여할 수 있는가.

고장환의 번역 행위와 번역 텍스트의 의미와 맥락에 대해 논의하기 위해, 먼저 번역자의 또 다른 텍스트를 참고할 수 있다. 『세계소년문학집』1927에서 고장환은 다음과 같이 번역의 의도를 밝힌 바 있다.

> 아무 행복과 희망과 위로조차 없이 천고千苦로 자라나는 오늘의 조선은 미래를 돌아보아 당연當然 세계소년문학의 번역을 요구하고 있습니다.
>
> 그리하여 침해侵害되는 우리 민족의 행복을 더욱 신장伸張하고 옹호擁護하기에 만일萬一이될까 하고 저는 성심誠心껏 이 책册을 짜어본 것입니다.
>
> 힘껏은 세계소년문학의 각종 명편名篇을 더욱이 조선과 아울러 시대가 요구하는 것을 실어 놓았습니다.
>
> 그리고 되도록 한자식漢字式을 폐지廢止하여 보았습니다.

일반 가정은 물론 교육단체와 소년운동 집단과 더욱이 제이세第二世의 문을 열고 들어갈 노동勞働, 농촌소년과 및 여러 어린 동모들에게 읽기를 힘써서 바랍니다.[278]

「썰리봐여행기」를『아희생활』에 처음 번역한 것이 1927년이란 점을 상기하면『세계소년문학집』과 번역 시기가 겹친다. 그렇다면『세계소년문학집』과『쏭·키호-테와 껄리봐旅行記』의 번역 의도를 연속선상에 두고 독해할 수 있다.『쏭·키호-테와 껄리봐旅行記』에서는 각 작품에 대한 대강의 소개만을 곁들인 데 반해 위의 서문에서는 "노동, 농촌 소년"라는 독자 설정을 분명히 하였고, "한자식을 폐"한다는 번역 방식을 밝혔다. 한자어를 가급적으로 적게 사용한 흔적은『쏭·키호-테와 껄리봐旅行記』번역에서도 확연히 나타났다. 주목할 것은 번역 텍스트의 주된 독자층을 설정한 지점이다. "어린 동모"를 언급하기는 했지만 "노동·농촌 소년"에게 초점이 맞추어진 듯한 맥락은 고장환의 활동 이력과도 관련이 깊어 보인다.

앞서 언급한 바와 같이 고장환은 1923년 3월 이원규李元珪, 정홍교丁洪教, 김형배金炯培 등과 함께 반도소년회半島少年會를 조직하였는데 이 단체는 무산소년운동단체無産少年運動團體였다. '소년은 미래의 주인임을 알라', '항상 수양하며 쾌활한 조선의 어린 사람이 되자'라는 슬로건을 내세운 이후,[279] 1927년 서울 소년회 활동 당시에는 '무산 아동의 교양'을 위해 노력하였다.[280] 노동 소년과 농촌 소년을 지목하여 서술한 지점은 고장환의 실제

---

278 고장환 編, 「머리말」,『세계소년문학집』, 박문서관, 1930(초판 1927), 3면.
279 『한민족독립운동사 9-3·1운동 이후의 민족운동 2』, 한국사 DB http://db.history.go. kr/id/hdsr_009_0020_0030_0020
280 「소년회 순방기-무산아동의 교양 위해 노력하는 서울소년회」,『매일신보』, 1927.8.15, 3면.

활동과도 무관하지 않다. 활동가로 소년운동을 전개하는 가운데 고장환이 특히 중점을 둔 것은 번역이었다. 고장환이 발표한 대개의 텍스트가 번역이라는 점을 상기하면, '세계문학' 혹은 '세계 아동문학'을 통해 식민지 조선의 특정 독자층에 전달하려는 메시지가 분명 존재했을 것이다. 게다가 이미 근대 초기부터 번역된 바 있는 텍스트를 재차 선택한 행위는 시대적 맥락과 활동가로의 소명이 동시에 작용한 결과이다.

　문학 텍스트 번역을 통해서 소년운동을 전개한 것으로 전제한다면, 『걸리버 여행기』는 고장환의 번역 이력에서 어떤 의미를 가지며, 1920년대 후반 식민지 조선에서 어떤 역할을 하였을까. 텍스트의 수행성이라는 측면에서 자연히 발생하는 이 질문에 대한 답을 하기란 제한된 정보에서 쉽지 않다. 실마리를 찾아가자면 먼저 주목할 요소는 어째서 『돈키호테』와 한 권으로 묶이게 되었는지부터 고민해야 할 것이다. 만일 고장환이 최남선처럼 해양 모험소설에 초점을 맞췄다면 히로스케의 일역본에도 있던 『로빈슨 크루소』와의 조합이 자연스러웠을 것이다. 그러나 고장환의 선택은 뜻밖에도 『돈키호테』였다.

　아르놀트 하우저Arnold hauser는 『로빈슨 크루소』에 나타난 모험담을 "근면과 인내와 발명심과 모든 난관을 극복하는 건강한 인간 오성"이자 "진취적인 기상과 세계지배의 꿈에 부푼 한 젊은 민족의 선언문"으로 해석했다. 반면 스위프트를 "지독한 비관주의자"로 평가했으며, "사람을 미워하고 세상을 멸시하는 냉소적인 우월감을 공공연히 과시"하여 계몽주의 시대의 환멸을 형상화한 걸리버를 창조했다고 말한다. 따라서 『걸리버 여행기』가 "가장 잔인한 책"의 하나이며, 이것을 능가하는 것은 『돈키호테』일 뿐이라 주장했다.[281] 이러한 견해를 빌리자면 고장환의 감각은 『걸리버 여행기』와『돈키호테』에 내재한 비판적 요소인 '풍자'에 초점이 맞춰져 있었을 가능성이 있다. 비록 인간에 대해 가장 신랄한 비판을 한 4부 말의 나라는 번역되지 않았지만, 고장환은 서문에서 이 텍스트가 총 4부로 구성되었다는 정보를 밝힌 바 있다. 고장환이『걸리버 여행기』나『돈키호테』의 전체 텍스트를 읽었을지, 혹은 대강의 정보만을 알고 있었을지에 대해서 정확히 알 수는 없지만,『걸리버 여행기』를 단순히 모험 정신을 고취하는 데에만 목적을 두지 않은 것은 분명하다.

『돈키호테』역시 다양하게 해석되는 가운데『걸리버 여행기』와 공통점을 상정하자면, '풍자'에 초점을 맞출 수 있다. 단적으로『걸리버 여행기』는 당시 정치와 제국주의에 대한 풍자와 비판의 고전이고,[282]『돈키호테』의 경우 기사도 소설을 비판하려는 의도가 내포되어 있다. 두 작품 모두 귀족이나 기득권, 당시 정치 체제를 풍자하려 했다는 것은 주지의 사실이다. 물론, 방대한 분량과 정본 설정의 모호함으로 인해 오랜 시기에 걸쳐 각종 편집본과 번역본이 셀 수 없을뿐더러, 독자층을 특정하거나 다양한 방식으로 독해할 수 있는 여지가 있다. 그러나 1920년대 후반에 두 작품만을 선택하여 한데 묶은 번역자 혹은 편집자의 의도를 추측하는 과정 중에서 불합리한 상황에 대한 비판을 기반으로 하는 '풍자'라는 요소를 빼고 이해할 수 없을 것이다.『세계소년문학집』과『쏭·키호-테와 껄리봐旅行記』의 독자층을 유사하게 설정했다고 가정한다면, '무산 소년'에게 세계문학을 통해 시대에 대한 비판의식을 함양하게 하려는 의도가 있었을 것이다. 이는 최남선의 번역이 해양·모험 소설에 초점을 맞춘 것과는

---

281 아르놀트 하우저, 백낙청·반성완 역,『문학과 예술의 사회사』2, 창비, 1999, 69~71면.
282 박홍규,『걸리버를 따라서, 스위프트를 찾아서』, 들녘, 2015, 154면.

다른 맥락이다.

번역된 『걸리버 여행기』의 1부와 2부에서 소인국과 거인국이라는 요소는 실상 흥미를 오래 끌지 못한다. 주인공 걸리버가 도착한 소인국은 달걀의 뾰족한 부분과 넓은 면이라는 사소한 내용으로 갈등하는 곳이다. 대인국은 걸리버를 탈진하기 직전까지 부려먹고 팔아 버리는 곳에 불과하다. 고장환은 서문에서 "공상적 이상의 별천지를 묘妙"하게 그린 작품이라 소개하였는데, 우선 '묘妙한 세계'에 방점을 찍어본다면, 융화될 수 없는 세계에 직면한 주인공의 탈출기라 할 수 있다. 걸리버는 특유의 언어능력과 적응력으로 소인국과 대인국의 구성원과 원활한 소통에 이르게 되었으나 소인국에서는 "음응한 마음"[283]을 지녔다는 모함으로 죽음의 위기에 처해 블레푸스쿠 나라로 떠나게 되었고, 대인국에서는 사람으로 취급되지 못하는 그저 신기한 놀잇감일 뿐이었다.

따라서 고장환의 번역 의도는 모험소설 이면에 그려진 부조리한 세계를 폭로하는 데에 있다고 하겠다. 시대를 '풍자'하는 텍스트를 통해 독자의 비판의식을 고취하게 하려는 번역자의 숨겨진 의도를 독해할 여지가 있는 것이다. 이는 번역가이자 소년운동가인 고장환이 가지고 있는 시대적 소명이 반영된 문학적 실천으로 판단할 수 있다. 아울러 부조리한 세계에 대한 풍자는 '이상향'에 대한 상상을 가능케 한다. "공상적 이상의 별천지"는 결코 이상理想의 세계가 아니었다. 기이한 방식으로 관료를 선발하는 왕국이거나 군중 속에서 죽기 직전까지 쇼를 하게 함으로써 돈벌이 수단으로 전락시켜버린 착취의 세계였다. 정치 체제에 대한 비판을 넘어 인간의 잔

---

[283] 고장환 譯, 『똥・키호-테와 껄리봐旅行記』, 74면. 일본어 번역본에서는 "모반의 마음(謀叛の心)"(p.218)으로 서술되어 있다.

인함을 고발한 『걸리버 여행기』는 식민지 조선의 독자인 무산 소년 계급에게 올바른 정치체에 대한 요청과 인격적 존재로의 존중을 상상케 했을 것이다. 이것은 당시로서는 '어디에도 없는 곳'이지만, 변화의 필요성을 깨달은 후 '유토피아'에 대한 갈망으로 확장될 가능성을 내재하고 있다.

지금까지 이 절에서는 식민지 시기 번역된 『걸리버 여행기』 중 고장환의 『쏜·키호-테와 껄리봐旅行記』를 중심으로 번역의 제諸 문제를 분석하였다. 먼저 번역 주체인 고장환의 활동가 이력에 주목하여 소년운동의 자장에서 수행된 번역 행위에 초점을 맞추었다. 고장환은 대략 10대 중반부터 소년운동에 참여했으며, 10대 후반부터는 번역가의 역량을 내보였다. 특히 번역가 고장환은 1920년대 후반 박문서관 아동문학 기획의 중심이었다.

『걸리버 여행기』가 세계문학의 지위를 가지고 있는 것은 주지의 사실이다. 1726년 초판이 나올 당시부터 네덜란드, 프랑스 등의 다양한 언어로 번역되기 시작하여 고전의 반열에 올라있다. 그러나 이 초판본의 경우 편집자인 벤자민 모트에 의해 원저자의 의도와 다른 형태가 되어버렸고, 소위 『걸리버 여행기』의 정본定本으로 인정받는 것은 1735년 판이다. 하지만 이 역시도 스위프트의 본래 텍스트와 차이가 있다는 것이 정설이다. 이러한 사실은 복수複數의 원본이 존재할 가능성을 지니며, 번역에 있어서 완역의 불가능성을 암시하는 대목이다.

출판의 역사가 복잡한 『걸리버 여행기』는 19세기 후반부터 동아시아에서 번역되기 시작하였다. 근대 초기 동아시아에서 번역의 역사가 주로 일본에서 시작된 것과 달리 중국에서 최초로 부분적으로 번역되었다. 이러한 조사는 추후 연구를 통해 번복될 가능성도 필연적으로 가지고 있다는 점을 언급해 두기로 한다.

식민지 조선의 지식의 장場이 주로 일본어 텍스트를 통해 형성된 점을 고려한다면, 일본에서의 번역 양상을 파악하는 일은 번역 연구에서 빼놓을 수 없는 지점이었다. 『걸리버 여행기』는 메이지 시기부터 여러 번역자로부터 다양한 방식으로 번역되었다. 전체적인 내용이 축역된 사례도 있었지만 1부와 2부 위주로 번역되었다. 이는 일본뿐 아니라 독자층을 저연령대로 설정했을 경우 전 세계적인 현상이었다. 이러한 방식은 식민지 시기뿐 아니라 해방 후의 한국어 번역에도 지속적인 영향을 끼쳤다.

이 절에서 주목한 고장환의 『쌍·키호-테와 껄리봐旅行記』는 일본 근대 아동문학계의 대표 주자인 하마다 히로스케의 일역본을 저본으로 삼았다는 것을 밝혔다. 번역의 저본을 찾는 일은 단순히 대조를 위한 것이 아니었다. 저본을 확정하는 작업은 중역의 한 채널을 추가하는 과정이었으며, 번역 과정에서 일어날 수 있는 굴절을 고찰하기 위함이었다. 이 과정에서 번역가인 고장환이 하마다 히로스케의 일역본을 선택한 결과에 대해 오가와 미메이의 소설을 번역한 것, 이후 마쓰무라 다케오松村武雄의 평론을 번역한 것과 함께 고려한다면 당시 일본 아동문학계의 변화에 관심을 기울이고 있었다는 가설을 세울 수 있었다. 게다가 고장환이 번역한 다수의 텍스트는 당시 일본에서 전집류로 꾸준히 출간되었던 목록과 부분적으로 유사하였다.

이어서 일본에서의 수용뿐 아니라 『걸리버 여행기』의 번역 계보를 살펴봄으로써 주 텍스트의 의미와 시대적 맥락을 고찰하고자 했다. 우선 통시적인 관점에서 앞 시대인 최남선과의 번역 의도를 비교했다. 최남선의 경우 소년 독자의 해사사상海事思想을 고취하기 위한 목적을 적시한 데 반해,

고장환의 경우 그렇지 않았기 때문에 다른 번역 텍스트에 기대어 의도를 탐색해 보았다. 먼저, 비슷한 시기 노동·농촌 소년을 독자층으로 설정했던 『세계소년문학집』을 근거로『똥·키호-테와 껄리봐旅行記』의 대상 독자도 유사했을 것으로 가정하였다. 그리고 고장환의 번역 의도가 모험소설보다는 풍자소설에 가깝게 설정되었을 것으로 추측하였다. 이에 대한 근거는『돈키호테』와의 조합으로 출간된 양상을 바탕으로 한 것인데, 두 텍스트 모두 시대와 부조리에 저항하는 인물군이 등장할 뿐 아니라 각각 기사도 소설과 로빈소네이드Robinsonade를 전복하고자 하는 의도가 있는 텍스트였기 때문에, 이러한 텍스트의 결합은 독자층인 무산 소년 계급에 비판적 의식을 우회적으로 전달하기에 적절한 방식이었다고 해석했다. 또한, 풍자의 방식은 역으로 이상적인 세계를 상상할 수 있는 원천이 되기도 했을 것이다.

식민지 시기『걸리버 여행기』의 번역 계보를 구체화하기 위해서는 최남선과 고장환 텍스트의 구체적인 문체 비교라든지, 대중 독자의 반응, 지식 장場에서의 담론 등을 보다 심도 있게 분석할 필요가 있다. 또한, 이 장에서 상세하게 다루지 못한 이은상의 번역은 단 1회로 중단된 바 있다. 이은상의 번역은 신문관의 십전총서나 고장환의 번역과는 달리 국한문이 혼용되어 오히려 최초의 번역인『소년』에서의 번역과 표면적인 유사성을 발견할 수 있다. 반면, '-ㅂ니다'의 종결어미를 사용한 점은 고장환의 번역에 가깝다. 특기할 만한 점은 이은상의 번역에서 걸리버가 소인국에 도착한 후 밧줄에 묶인 삽화 두 종류를 제시하였는데, 앞선 번역 계보에서 볼 수 없었던 그림이다.『걸리버 여행기』를 떠올릴 때 가장 유명한 삽화가 1930년의 번역에 도달하여 등장한 장면이다.

마지막으로『걸리버 여행기』수용사의 관점에서 주목할 만한 텍스트도 존재한다. 그 대상은 김동인의 「K 박사의 연구」『신소설』, 1929.12이다.『걸리버 여행기』의 3부 5장에서 걸리버는 천공의 섬인 라퓨타에서 지상인 발나비비의 라가도로 내려왔다. 여기서 걸리버는 라가도 대학술원에서 다양한 계획자(연구자)를 만나게 되는데 두 번째로 만난 이가 사람의 대변을 원래의 음식 성분으로 되돌리는 작업을 하는 사람이었다. 김동인의 소설에서 K박사가 하는 작업도 이와 유사하다. 다만,『걸리버 여행기』에서는 해당 장면이 한 문단 정도로 서술되는 데에 반해, 「K 박사의 연구」는 실험 과정, 시식회 장면, 개고기 사건을 겪으며 실험을 관두는 서사이다. 구체적으로 논증될 필요가 있겠으나 이 소설에 나타난 문학적 상상력이『걸리버 여행기』에서 영감을 받았을 가능성도 제시할 수 있다. 이 가능성은 창작과 번역의 조우를 기대하게끔 한다.

제5장
결어
과학소설의 가능성

이 책은 1920년대 과학소설을 연구 대상으로 삼아 조선어로 번역된 양상을 구체적으로 분석하였다. 번역의 경로를 추적하여 일부 텍스트의 저본을 밝혀냈고 이를 바탕으로 식민지 시기 번역의 채널을 확장하였다. 또한, 각 번역 텍스트를 시대와 매체의 맥락에서 독해하였다.

가장 중점을 둔 부분은 '1920년대 과학소설 번역 계보'이다. 일부 작품만 조명되어 왔던 기존의 연구사에 질문을 제기하며 몇 종의 작품을 추가하였다. 여기서 다룬 작품이 1920년대 번역된 과학소설의 총 목록이라고는 생각하지 않는다. 최근에서야 본격적으로 주목받기 시작한 영역이므로 앞으로 더욱 다채로워질 것이다.

지금까지 조사한 텍스트를 '유토피아니즘Utopianism'이란 주제로 묶어보았다. 번역된 과학소설을 시대적 맥락과 결부시키려는 의도에서였다. 『타임머신』으로 시작된 1920년대의 과학소설 번역은 벨러미의 『뒤돌아보며』, 모리스의 『뉴스 프롬 노웨어』 등으로 이어졌다. 근대 유토피아 소설의 시발점이라 부를 수 있는 에드워드 벨러미의 『뒤돌아보며』는 작가 자신이 존재하는 공간을 대상으로 약 100년 후의 시간대를 설정하여 이상사회를 그렸다. 소설 속의 획일적인 사회 묘사를 옹호하는 사람들과 그렇지 않은 사람들로 나뉘었고, 『뒤돌아보며』의 '다시 쓰기'가 번져 나갔다. 이 현상은 영미권에서 그치지 않고 동아시아 3국까지 밀려들어 왔다. 특히 청말민초 시기의 중국에서 벨러미 소설에 대한 반향이 가장 높았다. 캉유웨이, 량치차오 등이 『뒤돌아보며』에 영향을 받았다는 사실은 그간 동아시아 번역을 다루는 한국학계에서 그간 주목되지 못한 내용이다. 일본에서도 고토쿠 슈스이가 소개하고, 사카이 도시히코가 번역하기도 했다. 사카이 도시히코는 『뒤돌아보며』의 다시 쓰기 소설인 『뉴스 프롬 노웨어』까지 번역한 후, 이를 토대로 「쇼켄이 135세가 되었을 때」를 발표하였다. 이러한 현상은 조선에서도 비슷하게 일어났다. 『뒤돌아보며』와 『뉴스 프롬 노웨어』가 번역되었고, 이를 '다시 쓰기'한 『이상촌』이 발표되었다. 중요한 점은 영미권, 중국, 일본과 달리 그 순서가 뒤집혀 발생한 것이다. 다시 말하면 '다시 쓰기' 소설인 『이상촌』이 가장 먼저 출간되었으며, 이후 『뉴스 프롬 노웨어』가 번역되었고 마지막으로 『뒤돌아보며』가 도착했다.

이러한 양상은 1920년대 초에 집중적으로 이뤄진 것으로, 중국이나 일본과 시기적으로 차이가 있다. 이 시차는 국내·외의 역사적 사건을 겪은 후 이상적인 사회를 상상할 수 있게끔 하는 시대적 요청이 있었기에 발생한 것으로 생각된다. 본 연구는 이상 사회가 '문학'을 통해 형상화되었으며, 이 과정에서 '번역'이 사용되었고, '번역된 과학소설'이 자리하고 있다는 사실에 주목하였다.

이어서 H. G. 웰스의 수용을 다뤘다. 오늘날 『우주전쟁』이나 『타임머신』의 작가로 잘 알려진 웰스지만, 1920년대에서는 그 양상이 사뭇 달랐다. 웰스는 소설가이면서도 사상가로서 위치하였다. 웰스가 주장한 '세계국가'는 『문명의 구제』 등을 통해 여러 차례나 소개되었다. 조선어로 번역되지 않은 『세계사 대계』가 다양한 지식인에 의해 호명된 양상도 관찰할수 있었다. '개조'라는 세계적 흐름과 맞물려 웰스는 식민지 조선에 도착하였다. 세계평화와 반전을 기치로 내세운 웰스의 인식은 식민지 조선에서 사회주의로 호명되기도 하며, 세계주의로도 불렸다. 2장에서 제시한 소설에서 미래를 묘사한 이상 사회 자체의 형상화 방식에 초점을 두었다면, 웰스의 수용은 이상 사회에 도달하기 위한 '방법'이 주효했다. 그 방법은다름 아닌 '교육'이었다. 인간과 사회를 진화의 대상으로 인식하여 부단히교육을 받는다면 문명으로의 도약이 가능하다는 내용이 주를 이루었다.이 과정에서 '개인'을 인식하고, 인류 전체의 '세계'를 가늠하게 하였다.

'내가 원하는 유토피아'의 기획 하에 번역된 『모던 유토피아』는 웰스의우생학적 관점이 설파되기도 했지만, '무실역행務實力行'과 '수양修攘'이라는『동광』의 기치와 호응할 수 있는 지점이 있었다. 워윅 드레이퍼의 『타워』가 함께 번역된 데에서도 그러한 양상을 찾아볼 수 있었다. 『타워』의번역에서 강조된 '도덕 혁명'은 개인과 공동체의 중요성을 역설할 수 있는 요소로 기능했다. 『신과 같은 사람들』의 번역에서는 문명과 비문명으로 구분된 이분법적 관점이 표출되면서도 문명으로의 도약이 절실한 점이 강조되었다. 반면 『타임머신』은 기술 발달의 사회를 보여주면서 문명이후 세계를 상상하게 했다. 하지만 번역자는 엘로이와 멀록이 대립하는암울한 미래를 옮기지 않았다. 문명이 필요한 시기에 폐허를 보여주는 일이 감당하기 어려웠을 것으로 짐작된다.

2장과 3장에서 논의한 「이상의 신사회」, 「무하유향의 소식」, 「근대적 이상사회」, 「탑」, 「이상국을 과연 실현호」를 종합하면, 이상 사회의 '제도'에 초점을 두고 번역된 점에 주목할 수 있다. 위 소설의 번역자들은 텍스트 속의 진보된 문물에 주목하기도 했지만, 도래할 미래 사회가 어떠한 방식으로 운영될 수 있는지 구체적으로 소개했다. 지금껏 경험해 보지 못한 다양한 사회가 과학소설을 통해 형상화된 셈이다. 문학은 미래를 끌어다 보여주며 나침반의 역할을 담당하고 있었다.

앞서 제시한 과학소설의 원작은 주로 19세기 후반부터 20세기 초에 이르는 정치, 경제, 사회 등의 격동을 감지하면서, 비판적인 시각으로 당대를 담아냈다. 작가 자신이 처해 있는 현실을 반드시 개선해야 한다고 진단한 것이 대다수이다. 이들 소설에서는 미래의 정치체나 국가, 그 안에서 개인의 일상까지 묘사해냈다. 이들을 전반부에 배치한 이유는 각 소설에서 긍정적인 미래 사회와 인간상이 제시되었기 때문이다. 이를 근거로 1920년대 초·중반에 번역될 수 있었다고 판단했다. 일련의 소설에는 미래에 대한 낙관적인 믿음이 내재해 있으며, 진화와 진보를 통한다면 이상 사회에 도달할 수 있으리라는 기대가 투영되었기 때문에 1920년대 식민지 조선에 도착하며 변화의 가능성을 제시할 수 있었다.

4장의 첫머리에 제시한 『월세계 여행』은 포탄을 달까지 발사할 수 있는 과학기술적인 요소가 다분했다. 텍스트가 번역되는 과정에서 당시까지 인류가 축적한 천문학적 지식이 주로 전달되는 양상이었다. 과학기술의 발달에 따른 인류 진보의 이상을 그려내며 문명의 위용을 과시했다. 한편, 진보와 진화가 긍정적인 결과물을 가지고 오는 것만이 아니라는 점을 나타낼 수 있는 과학소설도 1920년대 번역 장에 존재하고 있었다. 그 대상으로『지킬 박사와 하이드 씨』와『걸리버 여행기』를 선택하였다. 하이드의 파국에서 보듯, 실험과 진화의 성공이 구원을 담보할 순 없었다.『지킬 박사와 하이드 씨』는 조선야소교서회에서 두 차례나 번역되었고, 김단정에 의해 번안되기도 했다. 따라서 파국을 예감하는 서사적 특성은 1920년대에 깊숙이 자리할 수 있었다고 판단된다.『걸리버 여행기』도 이러한 연장선에서 독해하고자 했다. 소인국과 대인국을 여행하는 내용을 전달하는 데 그치지 않고, 사회를 비판하고자 했던 '풍자'의 메시지는, 과연 '유토피아'가 가능한 것인지 되묻는 역할을 했을 것이며, 이상적인 사회로 도달하기 위해서는 현재에 대한 비판이 앞서야 한다는 메시지를 주기에 부족하지 않았다.

잭 런던의 소설 수용은 그간 논의되지 않은 영역으로 「미다스의 노예들」을 통해 유토피아를 향한 '도정'에 주목하였다. 식민지 시기 식자층에서는 잭 런던의 소설을 다양한 방식으로 독해하고 있었는데, 그중 문명과 반反 문명의 테제를 비롯하여『강철군화』로 대표되는 미래 소설이 자리하고 있었다. 여기서는 유토피아를 향한 디스토피아적인 세계의 시작을 알린 점에 초점을 두고, 테러리즘의 시작과 폭력의 경계에 대해 논의하였다. 이상의 소설은 1920년대 과학소설의 계보라 부를 수 있을 것이다.

또한 지금까지 외국 문학의 국내 수용을 살펴보며 중요한 요소로 '채널'을 설정하여 분석하였다. 중역重譯된 텍스트가 다수인 식민지 시기의 번역 연구에서 매개를 밝히는 것은 필수적인 작업이었다. 벨러미와 모리스의 소설을 검토하는 과정에서 사카이 도시히코堺利彦의 일본어 텍스트를 저본 삼아 번역한 점을 밝혔다. 사카이 도시히코가 문학 번역을 통해 사회주의를 전파하고자 했던 사실은 그간 크게 주목받지 못했다. 사카이를 경유하는 방식은 사회주의의 수용 과정일 뿐 아니라 세계문학에로의 접근 가능성을 제시한 의의가 있다. 모리스의 수용에서는 이쿠타 조코生田長江와 히사오 혼마本間久雄의 『사회개조의 팔대사상가社会改造の八大思想家』를 저본 삼아 번역한 사실을 규명하였다. 1920년대 지식 장에서 일본의 개조 사상서류가 유행했던 사실은 널리 알려졌다. 그와 마찬가지로 소설 번역에서도 상당한 영향력을 미치고 있었다.

이어서 이노 세츠조井筐節三를 통한 유토피아 소설의 번역 양상을 살펴보았다. 이노 세츠조라는 인물은 일본에서도 그간 크게 조명받지 못하였다. 그러나 그의 번역가적 역량과 동시대 텍스트를 다수 번역한 이력은 조선의 식자층에게도 직·간접적인 영향을 미쳤을 것으로 짐작된다. 잭 런던의 수용 과정에서는 와케 리츠지로和気律次郎라는 번역가를 소개했다. 와케 리츠지로 역시 다수의 번역을 수행하였는데, 특히 잭 런던의 소설이 두드러졌다. 『걸리버 여행기』의 번역을 검토하는 과정에서는 하마다 히로스케浜田広介라는 매개를 밝혔다. 히로스케는 일본에서 이와야 사자나미巖谷小波의 다음 세대 동화 작가로 불린다. '동화시대'를 촉발한 히로스케에 주목한 작업은 아동문학 번역에 있어서 맥락의 변화를 가져올 수 있는 장면으로 판단된다. 이상의 논의는 식민지 시기 번역 채널의 확장을 의미한다고 볼 수 있을 것이다.

과학소설이 지닌 문학적 상상력만큼이나 사상과의 연계성도 두드러졌다. 특히 사회주의 사상과 맥이 닿아 있었다. 1920년대 초중반 지식·사회장에 아나키즘이나 마르크스-레닌주의 등을 포함한 사회주의가 동시다발적으로 소개된 점은 알려진 대로다. 이러한 경향에서 과학소설이 '지식으로서의 사회주의'의 맥락에서 번역된 점을 분석하였다. 과학소설을 통해 개인과 사회, 국가의 관계성이 새롭게 조명될 수 있었다. 과학소설과 '지식으로서의 사회주의'는 일종의 보철 관계였다. 이 과정에서 '문학'의 '정치적 기능'이 과학소설에도 투영된 점을 분석하였다. 조선의 사회주의 수용에 있어서 과학소설 역시 중요한 매개로 작용하고 있었으며, 사회주의를 전파하는 과정에서 세계의 변화를 상상하는 기능을 담당하였다. 벨러미, 모리스, 웰스, 잭 런던이 사회주의자로 불리며 이들의 소설이 번역된 데에서 그 근거를 찾을 수 있다. 『뉴스 프롬 노웨어』나 「미다스의 노예들」 등에서 근대 자본주의의 폐단을 지적하고 혁명의 가능성을 제시한 지점 역시 주목할 만하다.

이 책에서 다룬 다수의 소설은 영미문학을 출발점으로 삼는다. 벨러미의 『뒤돌아보며』, 『평등』, 모리스의 『뉴스 프롬 노웨어』, 웰스의 『신과 같은 사람들』, 『창문을 통하여』, 『금강석 제조자』, 워윅 드레이퍼의 『타워』, 잭 런던의 「미다스의 노예들」이 그 대상이다. 이들을 새로 조명하는 과정을 통해 1920년대 번역의 주류가 아니었던 영미문학 수용사 연구의 폭을 넓힐 수 있는 계기를 마련해 보았다.

추후 논의되어야 할 영역은 1920년대 전과 후의 과학소설 번역과 수용 양상이다. 1910년대 중반은 과학소설 번역사에서 공백으로 남아있는 지점이다. 이 시기에서는 번역되지 않은 소설의 독해 가능성, 간접화된 영향 관계, "트랜스내셔널한 공통의 지적 배경"[1]을 검토할 필요가 있다. 1930년대의 「오색의 꼬리별」, 「천공의 용소년」, 「라듸움」 등의 경우 1920년대의 핵심 주제인 '유토피아니즘'과 궤를 달리하는 과학소설이다. 1930년대 과

---

1 권보드래, 「번역되지 않은 영향, 브란데스의 재구성－1910년대와 변방의 세계문학」, 『한국현대문학연구』 51, 한국현대문학회, 2017, 12면.

학소설을 조명할 수 있는 새로운 시각이 필요하다.

또한, 실제 '유토피아 실천'으로 확장된 사례들, 예컨대 중국의 5·4 운동 전후에 전개된 '신촌운동新村運動', 재중국 아나키스트들이 구상한 '이상촌 건설 사업'인 '영정하永定河 개간 사업', 안창호의 '이상촌 건설 운동', 무샤노코지 사네아쓰武者小路実篤의 '이상촌 문화운동' 등을 검토하여 19세기 말 20세기 초 '문학적 유토피아'와 공유된 당대의 사례들을 논의할 필요성이 있다. 이는 변화의 시기와 마주한 동아시아의 다양한 정념과 지향을 보여주는 예시가 될 수 있다. 문학과 실천을 다층적으로 논의한다면 동아시아적 관점에서 '유토피아니즘'을 사유할 수 있을 것이다.

부록 1_정연규 일본어 저술 목록[*]

제목	출처	시기	비고
『生の悶え(생의 번민)』 「戀(사랑)」 「なぜ來るんだらう?(왜 오는 걸까)」 「病める乙女(병든 소녀)」 「咽ぶ淚(목메인 눈물)」 「朽つる靑春(썩어버린 청춘)」 「自殺者の手記(자살자의 수기)」 「棄てられた屍(버려진 시체)」 「宵に泣く人(저녁에 우는 사람)」 「荒める若者(황폐한 젊은이)」 「生の叫び(생의 절규)」	宣伝社	1923	단편 소설집
『さすらひの空(정처 없는 하늘가)』	宣伝社	1923	소설
「血戰の前夜(혈전의 전야)」	中西伊之助 編, 『芸術戰線－新興文芸二十九人集』, 自然社	1923	소설
「排日移民法と日本の社會主義者」	『日本及日本人』51	1924.7	
「支那人朝鮮人の排日思想感情」	『日本及日本人』76	1925.7	
「朝鮮の洪水と救濟策」.	『日本及日本人』79	1925.8	
「伸びて行く」	『進め－無産階級戰鬪雑誌 第3年』8	1925.8	
「朝鮮水害救濟策」	『朝日新聞』	1925.8	
「光子の生(광자의 생)」	『解放文芸』	1925.8	소설
「大澤子爵の遺書(오가와 자작의 유서)」	『新人』	1925.9	소설
「有色人種自覺の秋」	『日本及日本人』	1925.10	
「彼(그)」	『週刊朝日』	1925.11	소설
「朝鮮の泥的」	『週刊朝日』	1928	
「朝鮮の蛇と迷信」	『週刊朝日』	1928	
「朝鮮人蔘の話」	『週刊朝日』	1928	

---

[*]   김태옥, 「정연규의 삶과 문학－1920년대 중반까지 활동을 중심으로」, 『일본어문학』 27, 한국일본어문학회, 2005와 김태옥, 「정연규의 삶과 문학－1920년대 중반부터 1930년대 중반까지」, 『일본어문학』 36, 한국일본어문학회, 2008, 일본 국립국회도서관의 검색 결과를 정리하였다. 김태옥의 연구에서 「朝鮮の年末年始の廻禮」, 「朝鮮人還鮮論」, 「朝鮮人勞働者の質的考察」이 잡지 『東洋』에 실린 시기를 1928년으로 제시하였는데, 일본 국립국회도서관 검색 결과에 따라 1930년으로 분류하였다.

제목	출처	시기	비고
「朝鮮産米增殖計畫に對する考察」(전 2회)	『我觀』61~62	1928.11~12	
「朝鮮の年末年始の廻禮」	『東洋-The oriental review』32-1	1929.1	
「日韓併合條約の本質」(전 4회)	『我觀』66~69	1929.5~8	
「朝鮮人社會の無警察狀態」	『法律春秋』4-5	1929.5	
「拓殖省と朝鮮問題-親日團體の反對運動の實質と日韓併合條約の法理的解釋」	『法律春秋』4-6	1929.6	
「朝鮮の早婚觀」	『東洋』32-7	1929.8	
『朝鮮同胞歸鮮論』	朝鮮情報通信社	1930	
「朝鮮人還鮮論」(전 3회)	『東洋』33-1・4・5	1930.1・4・5	
「朝鮮學生の思想運動」	『法律春秋』5-1	1930.1	
「朝鮮人勞働者の質的考察」	『東洋』33-2	1930.2	
「細井氏の朝鮮統治論を檢討す」	『我觀』76	1930.3	
「朝鮮民族の重大危機」	『我觀』78	1930.5	
「共産帝國主義は何をなさんとするか」	『法律春秋』5-8	1930.8	
「滿洲に於ける朝鮮人の問題」	『海外』8-44	1930.10	
「公開狀著者より政府並に朝鮮總督府の人々へ」	『法律春秋』5-12	1930.12	
「朝鮮勞働者移入に對する一の提案」	『社会福利』15-1	1931.1	
「心得違ひの就職運動者」	『法律春秋』6-5	1931.5	
「第三インタナルの抜けどころ」	『法律春秋』6-8	1931.8	
「朝鮮暴動の認識」	『法律春秋』6-9	1931.9	
「朝鮮統治と滿蒙問題」	『祖国』5-4	1932.4	
「朝鮮米移出激增の眞因」	『ダイヤモンド-経済雑誌(Diamond : economic journal)』22-32	1934.11	
「朝鮮米內地移入禁止は果して朝鮮人に打撃か(東洋經濟新報所載)」	『朝鮮, 台湾に於ける米穀生産費資料』, 農林省米穀局	1935	
『朝鮮米資本主義生産対策』	満蒙時代社	1936	
『大蒙古』	満蒙時代社	1936	
『大和民族皇道生活運動』(改版)	満蒙時代社	1936	
『皇道派は何にをなさんとするか-フアツシヨと左翼を葬れ』	満蒙時代社	1936	
『皇道派は何にをなさんとするか』(2版)	満蒙時代社	1936	
『女心』	皇学会	1940	

제목	출처	시기	비고
『皇道政治論』	皇学会	1940	
『日本精神論』	皇学会	1940	
『維新政治論』	皇学会	1941	
『國體理論集』	皇學會	1941	
『皇道理論集』	皇学会	1942	
『国体信仰道解義』	皇学会	1942	
『在日朝鮮人問題と各国繁栄線前進－日本軍閥帝国主義の陰謀』	皇学会	1947	
「追われる朝鮮人－一鮮人の云い分」	『政界往来─Political journal』18-10	1952.10	
「在日朝鮮人の日本國籍剝奪」	『新しい世界』65	1953.3	
「在日一韓国人の主張－日韓会談の性格」	『改造』34-4	1953.4	
「日韓会談は謀略?」	『改造』34-8	1953.7	
「南北朝鮮の歴史と帰還問題」	『政界往来』25-5	1959.5	
「朝鮮人帰還問題への提言」	『政界往来』26-2	1960.2	
「対日屈辱外交を憤る－日韓会談反対派の言い分」	『世界週報』45-15	1964.4	
「韓国人は日韓会談に望まず」,	『政界往来』30-5	1964.5	
「非常時韓国の苦悶」	『政界往来』30-8	1964.8	
「韓国の日韓会談反対運動」	『政界往来』30-9	1964.9	
「韓国政争の実態」	『政界往来』30-10	1964.10	
「韓国レポート」	『政界往来』30-11	1964.11	
「韓国養鶏振興政策と外国人投資」	『養鶏之日本』55-646	1970.5	
「日韓養鶏協力を願う」	『養鶏之日本』55-650	1970.9	
「「山山秘記」解」(전 4회)	『親和』230・231・233・234	1973.3・4・6・7	
「義湘大師「山山秘記」に対する私の判断」	『親和』237	1973.10	

부록 2_ 이노 세츠조(井箟節三) 저술 목록*

제목	서지사항	시기	수록 면
「富強団の首唱者(社員の見たる)」	信愛相互富強団 編, 『信愛相互富強団便覧――名・地上天国の建設』, 信愛相互富強団	1908.7	177~191
日本改造の第一策として國家教育主義を提唱す	『中央公論』 370(34-6)	1919.6.1	17~25
ユウトオピア物語	『中央公論』 371(34-7)	1919.7.1	1~28
マルクスとトルストイ	『中央公論』 372(34-8); 定期曽刊労働問題號	1919.7.15	109~120
ユウトオピア物語	『中央公論』 373(34-9)	1919.8.1	1~33
ユウトオピア物語 (完)	『中央公論』 374(34-10); 秋期大附録號	1919.9.1	81~121
アナトール・フランスの夢	『中央公論』 375(34-11)	1919.10.1	39~60
生産調査機關を建設せよ	『新公論』 34-11	1919.11.1	15~32
銀座街頭のトルストイ	『中央公論』 377(34-13)	1919.12.1	20~34
海外社会小說 解放	『解放』 2-1	1920.1.1	180~192
斜に見たる社會主義	『新公論』 35-1; 新年倍大號	1920.1.1	77~88
最大新現象はロシア革命最大新人物はニコライ・レニン	『東方時論』 5-1	1920.1	1~9
煽動詩人賀川豊彦	『雄弁』 11-2; 十周年記念號	1920.2.1	154~167
私有財產制度の話	『中央公論』 380(35-3)	1920.3.1	1~32
素寒貧共和国	『解放』 2-4	1920.4.1	158~163
自殺する社會主義	『雄弁』 11-4	1920.4.1	90~97
絶對藝術としての改造運動	『雄弁』 11-5	1920.5.1	104~113
究極は私有財產主義	『東方時論』 5-5	1920.5	48~67
トルストイの剰餘價値論	『中央公論』 383(35-6)	1920.6.1	2~25
資本家のユウトピヤ	『雄弁』 11-6	1920.6.1	97~119
私有財產主義の立場から勞働運動圧迫の歷史	『解放』 2-6	1920.6.1	82~93
井箟節三, 『ユウトピア物語』, 大鐙閣		1920.6	
エス・ヂー・ホブソン, 井箟節三 譯, エー・アール・オレーヂ 編, 『賃		1920.7	

* 이 목록은 온라인 일본 국립국회도서관, CiNii Books, 일본 중고 서적 판매 사이트 등을 통해 정리한 결과이다. 이노 세츠조의 저술 목록 전체는 아닐 것이다.

제목	서지사항	시기	수록 면
銀制度並にギルド組織の研究: 『賃銀制度の研究』(社會文化叢書 前篇), 文化學會出版部			
近代主義と中世主義	『帝国教育』456	1920.7	2~16
貨幣廢止より幣制改造	『東方時論』5-7	1920.7	84~91
トルストイに代つて婦人達へ	『雄弁』11-7; 7月夏季特別號	1920.7	154~160
社會奉仕の主張者と反對者	『中央公論』385(35-8)	1920.7.15	14~27
井筃節三, 『私有財産主義』, 天佑社		1920.8	
結婚は何の爲か	『雄弁』11-9	1920.9.1	88~92
サンヂカリストの神話	『東方時論』5-10	1920.10	92~100
コオル, 井筃節三 譯, 『労働組合の話』, 文化学会出版部		1920	
エスジー・ホブソン, 井筃節三譯, 大産業制と賃銀制度	『労働』114(10-2)	1921.2	
新人に戀人多し	『雄弁』12-3	1921.3	
エー・アール・オレーヂ, エス・ヂー・ホブソン, 井筃節三 譯, 『ナショナル・ギルヅー賃銀制度並びにギルド組織の研究』, 文化學會出版部		1921.5	
エス・ヂー・ホブソン, 井筃節三 譯, エー・アール・オレーヂ 編, 『ギルド組織の研究』(社會文化叢書 後篇), 文化學會出版部		1921.5	
「革命的サンデイカリズム」	尼子止 編, 『最近経済学の進歩』, 大日本学術協会	1921	189~257
華府會議より歸りて	『東方時論』7-2	1922.2	36~54
橇と競馬(詩一篇)	『独立詩文学』33(4-5)	1922.5	9~11
山川均氏の『矛盾の悲哀』	『雄弁』13-6	1922.6	57~60
意地つ張りの大杉榮	『雄弁』13-7	1922.7.1	43~45
千鳥と西瓜(詩三篇)	『独立詩文学』4-10	1922.11	6~7
井筃節三, 『精神分析學』, 實業之日本社		1922	
レフエレンダム(一般投票)	『雄弁』14-5	1923.5	128~128
童話のやうな話	『東方時論』8-6	1923.6	221~229
島田清次郎君の事件	『雄弁』14-6	1923.6.1	147~147
基督教の再生	『雄弁』14-7	1923.7.1	18~22
平和主義か軍國主義か			154~155
學生の勞働熱と國民の登山熱	『雄弁』14-8	1923.8.1	164~165
虹の時	『独立詩文学』2-6	1923.11	11~15
生前に相愛せよ	『雄弁』14-11	1923.11	275~276

제목	서지사항	시기	수록 면
忠君愛國と社會改造	『雄辯』15-2	1924.2	188~189
大日本者神國也	『日本及日本人』42	1924.2.15	99~124
枕說大阪の夢	『我觀』6	1924.4	156~176
陰忍自重とは何ぞや	『日本及日本人』53	1924.8.1	20~31
懺悔の日九月一日	『雄辯』15-9	1924.9	110~110
性敎育より醫敎育	『雄辯』15-10	1924.10	169~170
眞の世界主義	『雄辯』15-11	1924.11	4~13
井箆節三, 『石油事業裏面觀』, 欣喜館		1924.11	
井箆節三, 『惠比須樣の哲學』(大史 上卷), 大日本會		1924.12	
阿彌陀如來と桃太郎	『日本及日本人』64	1925.1.1	114~122
エー・アール・オレーヂ,エス・ヂー・ホブソン, 井箆節三 譯, 『賃銀制度並にギルド組織の硏究』, 文化學會出版部		1925.5	
幸福な人々を見よ	『雄辯』16-7; 7月特大號	1925.7	140~141
接吻問題	『一線』1-5	1925.8	52~53
帝都復興の意氣	『雄辯』16-9	1925.9	193~195
醫學改造論	『日本及日本人』82	1925.10.1	7~16
新聞雜誌を讀まぬの辨	『日本及日本人』(秋季增刊) 83	1925.10	381~382, 384~385
井箆節三, 『ABCは口の形』, 平凡社		1926.1	
井箆節三, 『日本主義』(5版), 平凡社		1926.3	
日本の子等に	『月刊日本』12	1926.3	2~5
一氏族國家としての日本	『日本及日本人』107	1926.9.15	27~33
どんな病も枇杷の葉で	『日本及日本人』(秋季增刊三巨篇號) 109	1926.10	90~98
井箆節三, 『古事記普及本』, 平凡社		1926.9	
皇道と王道	『日本及日本人』122	1927.4	49~80
井甚節三 編, 『日本思想篇』(世界大思想全集, 54), 春秋社		1927.5	
東洋の再生	『弘道』441	1929.2	19~21
「日本國家」	新東方協会 編, 『光は日本より―日本思想論集』, 新潮社	1929	286~307
「日本思想史」	春秋社 編, 『大思想エンサイクロペヂア』9, 春秋社	1929~1930	1~36
「ユウトピア社會主義」	春秋社 編, 『大思想エンサイクロペヂア』19, 春秋社	1929~1930	63~89

제목	서지사항	시기	수록 면
井原西鶴の武士道論	『日本及日本人』(1月1日) 192	1930.1	38~41
本居翁の道徳論	『國學院雜誌－The Journal of Kokugakuin University』429(36-5)	1930.5	10~21
國語調査の方向轉回	『國學院雜誌－The Journal of Kokugakuin University』445(37-9)	1931.9	46~55
井箟節三, 『理想国家物語－ユウトピア』(ブランゲ文庫), 弘学社		1947.9	
井箟節三, 『理想郷物語』, 潮文閣		1949.10	

참고문헌

1. 기본 자료

『개벽』, 『공제』, 『대한매일신보』(영문판), 『동광』, 『동명』, 『동아일보』, 『매일신보』, 『별건곤』, 『서광』, 『서울』, 『시대일보』, 『신동아』, 『신생활』, 『신여성』, 『신천지』, 『신청년』, 『아성』, 『아희생활』, 『여명』, 『조선문예』, 『조선일보』, 『중외일보』, 『진생』, 『태극학보』, 『태서문예신보』, 『해외문학』, 『휘문』

『萬朝報』, 『新公論』, 『英語靑年－The rising generation』, 『中央公論』

고장환 譯, 『똥·키호-테와 걸리봐旅行記』, 박문서관, 1929.
_____ 編, 『세계소년문학집』, 박문서관, 1930(초판 1927).
김승묵 편, 『여명문예선집』, 여명사, 1928.
라벗 루이스 스틱앤선, 원두우부인 역, 『쩨클과 하이드』, 조선야소교서회, 1921.
馬夫 作, 『理想村』, 한성도서주식회사, 1921.
文豪 쏘리키, 一星 신태악 撰譯, 『반역자의 母』, 평문관, 1924.1.18.(초판), 1924.2.28.(재판).
스틱앤선, 원두우부인 역, 『병중소마』, 조선야소교서회, 1921.
신문관편집국, 『썰늬버유람긔』, 신문관, 1909.
신태악 撰, 『세계십대문호전』, 이문당, 1922.
_____, 『월세계여행』, 박문서관, 1924.
이광수, 『이광수전집』 1, 삼중당, 1962.
_____, 『민족개조론』, 우신사, 1993.
이교창·노자영 공편, 『세계개조 십대사상가』, 조선도서주식회사, 1922(재판 1927).

로버트 루이스 스티븐슨, 권진아 역, 『지킬 박사와 하이드 씨』, 시공사, 2015.
_____, 박찬원 역, 『지킬박사와 하이드－지킬 박사와 하이드의 기이한 사례』, 펭귄클래식코리아, 2015.
_____, 송승철 역, 『지킬 박사와 하이드 씨의 기이한 사례』, 창비, 2013.
_____, 이종인 역, 『로버트 루이스 스티븐슨－지킬 박사와 하이드 씨의 기이한 사례 외 7편』, 현대문학, 2015.
에드워드 벨러미, 김혜진 역, 『뒤돌아보며－2000년에 1887년을』, 아고라, 2014.
윌리엄 모리스, 박홍규 역, 『에코토피아 뉴스』, 필맥, 2004(재판 2008).
잭 런던, 차미례 역, 『강철군화』, 한울, 1991.
_____, 곽영미 역, 『강철군화』, 궁리, 2009.

잭 런던, 김훈 역, 『미다스의 노예들』, 바다출판사, 2010.

_____, 오숙은 역, 『야성의 부름・화이트 팽』, 펭귄클래식 코리아, 2013.

쥘 베른, 김석희 역, 『달나라 탐험』, 열림원, 2005.

_____, 『지구에서 달까지』, 열림원, 2008.

H. G. 웰스, 김석희 역, 『타임머신』, 열린책들, 2011.

エイチユ・ジー・ウエルス, 『世界改造案ー文明の救濟』, 東京 : 世界思潮研究會, 1921.

エドワード・ベラミー, 堺利彦 訳, 『社會主義の世になったら』, 文化学会, 1920.

ジュールス・ヴェルネー, 井上勤 譯, 『九十七時二十分間月世界旅行』, 1880.

_____, 井上勤 訳, 『月世界一周』, 博聞社, 1883.

ベラミー, 堺枯川 抄訳, 『百年後の新社會』, 平民社, 1904.

ヰリアム・モリス, 堺利彦 訳, 『理想郷』, アルス, 1920.

_____, 堺利彦 抄訳, 『理想郷』, 平民社, 1904.

堺利彦, 『猫のあくび』, 松本商会出版部, 1919.

_____, 『猫の百日咳』, アルス, 1919.

浜田広介 編, 『世界童話選集(新訳 世界教育名著叢書 第9卷)』, 文教書院, 1925.

生田弘治・本間久雄, 『社会改造の八大思想家』, 東京堂書店, 1920.

石田伝吉, 『内外理想郷物語』, 丙午出版社, 1925.

井筒節三, 『ユウトピア物語』, 大鐙閣, 1920.

_____, 『理想国家物語ーユウトピア』, 好学社, 1947.

_____, 『理想郷物語』, 潮文閣, 1949.

和気律次郎 訳, 『英米七人集ー清新小説』, 大阪毎日新聞社, 1922.

黒岩涙香 訳, 『八十万年後の社会』, 扶桑堂, 1913.

Edward Bellamy, *Looking Backward : 2000-1887*, Boston : Ticknor And Company, 1888.

_____, *Looking Backward : 2000-1887,* London : George Routledge, 1890.

H. G. Wells, *A Modern Utopia*, London: Chapman&Hall, 1905.

_____, *The Salvaging of Civilization*, Cassell And Company Limited, London, New York, Toronto and Melbourne, 1921.

_____, *Men Like Gods*, New York : Macmillan, 1923.

_____, *The Time Machine*, London : William Heinemann, 1895.

_____, *The Time Machine*, New York : Henry Holt And Company, 1895.

_____, *The World Set Free*, New York : E. P. Dutton & Company, 1914.

Jack London, *The Faith of Men and Other Stories*, London : Macmillan, 1904.

Jack London, *Moon-Face And Other Stories*, New York : The Regent Press, 1906.

_____, *The Iron Heel*, New York : Macmillan, 1908.

_____, *The Iron Heel*, London : Everett, 1908.

Jules Verne, Trans. Louis Mercier & Eleanor E. King, *From the Earth to the Moon Direct in 97 Hours 20 Minutes and a Trip round It*, London : Sampson Low, Marston and Co., 1873.

Robert Louis Stevenson, Jenni Calder ed., *The strange case of Dr. Jekyll and Mr. Hyde, and other stories*, Harmondsworth · Middlesex · England; New York : Penguin Books, 1979.

Warwick Draper, *The New Britain*, Headley Bros. Publishers, 1919.

Watchman, *The Tower*, Headley Bros. Publishers, 1918.

William Morris, *News from nowhere; or, An epoch of rest. being some chapters from a utopian romance*, Boston : Roberts Brothers, 1890.

2. 2차 자료

1) 국내 논저

강부원, 「쥘 베른 소설 『월세계여행』 번역본 발굴과 그 의미 – 오인된 번역자와 거듭된 중역(重譯), 그리고 과학으로서의 문학」, 『근대서지』 17, 근대서지학회, 2018.

강정구, 「근대 계몽기의 과학소설에 나타난 기계 표상」, 『국제한인문학연구』 28, 국제한인문학회, 2012.

_____, 「근대계몽기의 기계 표상 – 번안소설 『털세계』를 대상으로」, 『한국문예비평연구』 64, 한국현대문예비평학회, 2019.

강현조, 「김교제 번역·번안 소설의 원작 및 대본 연구 – 「비행선」, 「지장보살」, 「일만구천방」, 「쌍봉쟁화」를 중심으로」, 『현대소설연구』 48, 현대소설학회, 2011.

_____, 「한국 근대초기 번역·번안소설의 중국·일본문학 수용 양상 연구 – 1908년 및 1912~1913년의 단행본 출판 작품을 중심으로」, 『현대문학의 연구』 46, 한국문학연구학회, 2012.

_____, 「『비행선(飛行船)』의 중역(重譯) 및 텍스트 변형 양상 연구」, 『한국현대문학연구』 45, 한국현대문학회, 2015.

고장원, 『세계과학소설사』, 채륜, 2008.

_____, 『스페이스오페라란 무엇인가?』, 부크크, 2015.

_____, 『SF란 무엇인가?』, 부크크, 2015.

_____ · 박상준, 「한국 과학소설 도입사 시론(始論) – 우리나라에 SF는 어떻게 다가왔는가?」, 대중서사장르연구회, 『대중서사장르의 모든 것 5 – 환상물』, 이론과실천, 2016.

_____, 『한국에서 과학소설은 어떻게 살아남았는가? – 한국과학소설 100년사』, 부크크, 2017.

_____, 『(중국과 일본에서) SF소설은 어떻게 진화했는가?』, 부크크, 2017.

_____, 『SF 북리뷰 해외 편 1 – 추천 SF 35편』, 부크크, 2019.

권두연, 「근대 초기 번역 소설에 관한 한 연구 – 『썰리버유람기』의 '순문' 번역 양상을 중심으로」,

『사이間SAI』 3, 국제한국문학문화학회, 2007.

권보드래, 「『소년』과 톨스토이 번역」, 『한국근대문학연구』 12, 한국근대문학회, 2005.

_____, 『1910년대, 풍문의 시대를 읽다-『매일신보』를 통해 본 한국 근대의 사회·문화 키워드』, 동국대 출판부, 2008.

_____, 「번역되지 않은 영향, 브란데스의 재구성-1910년대와 변방의 세계문학」, 『한국현대문학연구』 51, 한국현대문학회, 2017.

_____, 『3월 1일의 밤-폭력의 세기에 꾸는 평화의 꿈』, 돌베개, 2019.

_____, 「냉전의 포크너, 냉전 너머의 포크너-1950년대 한국에서의 수용 양상과 문학적 가능성」, 『한국문학연구』 65, 한국문학연구소, 2021.

김명진, 『20세기 기술의 문화사』, 궁리, 2018.

김미연, 「1920년대 식민지 조선의 H. G. 웰스 이입과 담론 형성」, 『사이間SAI』 26, 국제한국문학문화학회, 2019.

_____, 「유토피아 '다시 쓰기'-1920년대 초 식민지 조선의 중역을 중심으로」, 『현대문학의 연구』 70, 한국문학연구학회, 2020.

_____, 「식민지 시기 『걸리버 여행기』의 번역 계보 (1)-1929년 고장환의 단행본을 중심으로」, 『반교어문연구』 55, 반교어문학회, 2020.

_____, 「식민지 시기 『지킬 박사와 하이드 씨』의 수용-『쩨클과 하이드』(1921)의 번역 양상과 의미를 중심으로」, 『민족문학사연구』 74, 민족문학사학회, 2020.

_____, 「실재와 상상, 번역된 '유토피아니즘'-1926년 『동광』 창간 기념 연재를 중심으로」, 『국제어문』 88, 국제어문학회, 2021.

김병철, 『서양문학번역논저연표』, 을유문화사, 1978.

_____, 『한국근대서양문학이입사연구』 상·하, 을유문화사, 1980~1982.

_____, 『한국 근대번역문학사 연구』, 을유출판사, 1998(초판 1975).

_____, 『세계문학논저서지목록총람-1895~1985』, 국학연구원, 2002.

_____, 『세계문학번역서지목록총람-1895~1987』, 국학연구원, 2002.

김상일, 「SF와 문학적 상상력」, 『첨단과학과 인간』, 일념, 1985.

김성곤, 「SF-새로운 리얼리즘과 상상력의 문학」, 『외국문학』 26, 열음사, 1991.

_____, 「SF문학, 어떻게 볼 것인가」, 『외국문학』 49, 열음사, 1996.

김성연, 『영웅에서 위인으로-번역 위인전기 전집의 기원』, 소명출판, 2013.

_____, 『서사의 요철-기독교와 과학이라는 근대의 지식-담론』, 소명출판, 2017.

김 억, 『기탄자리』, 이문사, 1923.

김영범 외, 『한국사-임시정부의 수립과 독립전쟁』 48, 국사편찬위원회, 2002.

김영애, 「『최후의 승리』 판본 연구」, 『현대문학의 연구』 54, 한국문학연구학회, 2014.

김영한, 「과학적 진보와 유토피아」, 『인문논총』 8, 한양대 인문과학대학, 1984.

김용구, 『세계외교사』, 서울대 출판부, 1998.

김우진, 「한국 근대극의 형성과정에 나타난 과학담론의 역할과 의미에 관한 연구」, 고려대 박사논문, 2020.

김윤식, 『김동인 연구』, 민음사, 1987.

_____, 『이광수와 그의 시대』 2, 솔, 1999.

김제곤, 「1920, 30년대 번역 동요 동시 앤솔러지에 대한 고찰」, 『아동청소년문학연구』 13, 한국아동청소년문학학회, 2013.

김종방, 「1920년대 과학소설의 국내 수용과정 연구-「80만 년 후의 사회」와 「인조노동자」를 중심으로」, 『현대문학의 연구』 44, 한국현대문학연구학회, 2011.

_____, 「한국 과학소설의 성립과정 연구」, 세종대 석사논문, 2010.

김종수, 「"유토피아"의 한국적 개념 형성에 대한 탐색적 고찰」, 『비교문화연구』 52, 경희대 비교문화연구소, 2018.

김종욱, 「쥘 베른 소설의 한국 수용과정 연구」, 『한국문학논총』 49, 한국문학회, 2008.

김주리, 「『과학소설 비행선』이 그리는 과학의 제국, 제국의 과학-실험실의 미친 과학자들」 (1), 『개신어문연구』 34, 개신어문학회, 2011.

김준현, 「『청춘』의 '세계문학개관' 저본에 대한 검토 (1)-최남선과 마쓰우라 마사야스(松浦政泰)」, 『사이間SAI』 24, 국제한국문학문화학회, 2018.

김태옥, 「정연규의 삶과 문학-1920년대 중반까지 활동을 중심으로」, 『일본어문학』 27, 한국일본어문학회, 2005.

_____, 「정연규의 삶과 문학-1920년대 중반부터 1930년대 중반까지」, 『일본어문학』 36, 한국일본어문학회, 2008.

김효순, 「카렐 차페크의 R.U.R 번역과 여성성 표상 연구」, 『일본문화연구』 68, 동아시아일본학회, 2018.

남상욱, 「유토피아 소설로서 『아름다운 마을(美しき町)』의 가능성과 한계-사토 하루오의 '유토피아' 전유를 중심으로」, 『일본학보』 112, 한국일본학회, 2017.

노연숙, 「1900년대 과학 담론과 과학소설의 양상 고찰」, 『한국현대문학연구』 37, 한국현대문학회, 2012.

대중문학연구회 편, 『과학소설이란 무엇인가』, 국학자료원, 2000.

류덕제 편, 『한국 아동문학 비평사 자료집』 2·5, 보고사, 2019.

_____ 편, 『한국 현대 아동문학 비평 자료집』 1, 소명출판, 2016.

류시현, 「식민지시기 러셀의 『사회개조의 원리』의 번역과 수용」, 『한국사학보』 22, 고려사학회, 2006.

_____, 「1910~1920년대 전반기 안확의 '개조론'과 조선 문화 연구」, 『역사문제연구』 21, 역사문제연구소, 2009.

_____, 「1920년대 전반기 「유물사관요령기」의 번역·소개 및 수용」, 『역사문제연구』 24, 역사문제연구소, 2010.

모희준, 「정연규(鄭然圭)의 과학소설 『이상촌』(1921) 연구」, 『語文論集』 77, 중앙어문학회, 2019.

모희준, 「일제강점기 식민지 자본주의 하 경성공간과 미래사회 경성공간의 공간비교 연구-정연규
의 『혼』과 『이상촌』을 중심으로」, 『국제어문』 85, 국제어문학회, 2020.

문지혁, 「해제 : 너머의 세계, 과학소설이라는 지도-다르코 수빈의 「낯설게하기와 인지」를 중심으
로」, 『자음과 모음』 30, 2015.

민윤식, 『청년아, 너희가 시대를 아느냐』, 중앙M&B, 2003,

박상준, 「SF문학의 인식과 이해」, 『외국문학』 49, 열음사, 1996.

_____, 「한국 창작 과학소설의 회고와 전망」(전시 및 강연 자료), 『한국 과학소설 100년』, 문지문
화원 사이, 2007.

_____, 『한국 창작 SF의 거의 모든 것』, 케포이북스, 2016.

박영희, 이동희·노상래 편, 『박영희 전집』 3, 영남대 출판부, 1997.

박종린, 「1920년대 사회주의사상의 수용과 『社會改造の諸思潮』의 번역」, 『역사문제연구』 35, 역
사문제연구소, 2016.

_____, 『사회주의와 맑스주의 원전 번역』, 신서원, 2018.

박진영, 『번역과 번안의 시대』, 소명출판, 2011.

_____, 『책의 탄생과 이야기의 운명』, 소명출판, 2013.

_____, 『탐정의 탄생-한국 근대 추리소설의 기원과 역사』, 소명출판, 2018.

_____, 『번역가의 탄생과 동아시아 세계문학』, 소명출판, 2019.

박찬승, 『한국근대정치사상사연구』, 역사비평사, 1992.

박홍규, 『걸리버를 따라서, 스위프트를 찾아서』, 들녘, 2015.

반재영, 「함석헌 평화주의의 한 사상적 기원-H. G. 웰스의 세계국가론과 그 변용」, 『상허학보』
58, 상허학회, 2020.

사에구사 도시카쓰, 「쥘 베른(Jules Verne)의 『십오소호걸(十五小豪傑)』의 번역 계보-문화의 수
용과 변용」, 『사이間SAI』 4, 국제한국문학문화학회, 2008.

서영채, 『아첨의 영웅주의-최남선과 이광수』, 소명출판, 2011.

서은경, 「잡지 『서울』 연구-1920년대 개조론의 대세 속 『서울』의 창간 배경과 그 성격을 중심으
로」, 『우리어문연구』 46, 우리어문학회, 2013.

손성준, 「영웅서사의 동아시아 수용과 중역의 원본성-서구 텍스트의 한국적 재맥락화를 중심으
로」, 성균관대 박사논문, 2012.

_____, 「한국 근대소설사의 전개와 번역-1920년대까지의 양상을 중심으로」, 『민족문학사연구』
56, 민족문학사학회, 2014.

_____, 『근대문학의 역학들-번역 주체·동아시아·식민지 제도』, 소명출판, 2019.

송명진, 「1920년대 과학소설 수용 양상 연구-영주생의 「80만년 후의 사회」를 중심으로」, 『대중서
사연구』 10, 대중서사학회, 2003.

_____, 「근대 과학소설의 '과학' 개념 연구-박영희의 「인조노동자」를 중심으로」, 『어문연구』

42:2, 한국어문교육연구회, 2014.

송하춘, 『한국근대소설사전』, 고려대 출판문화원, 2016.

신현득, 「최영주(崔泳柱)론 - 아동문학 100년에 가장 아름다운 이야기」, 『한국아동문학연구』 18, 한국아동문학회, 2010.

안동민, 「공상과학소설의 마법」, 『세대』, 세대사, 1968.5.

염희경, 「방정환 번안동화의 아동문학사적 의미」, 『아침햇살』 17, 도서출판 아침햇살, 1999년 봄호.

_____, 「방정환의 초기 번역소설과 동화 연구」, 『동화와 번역』 15, 건국대 동화와번역연구소, 2008

_____, 「일제 강점기 번역·번안 동화 앤솔러지의 탄생과 번역의 상상력 (1) - 민족주의 계열과 사회주의 계열의 소년운동 그룹의 번역을 중심으로」, 『문학교육학』 39, 한국문학교육학회, 2012.

_____, 「숨은 방정환 찾기 - 방정환의 필명 논란을 중심으로」, 『아동청소년문학연구』 14, 한국아동청소년문학회, 2014.

_____, 『소파 방정환과 근대 아동문학』, 경진출판, 2015.

오문석, 「1차대전 이후 개조론의 문학사적 의미」, 『인문학연구』 46, 인문학연구원, 2013.

오봉희, 「노동과 예술, 휴식이 어우러진 삶 - 윌리엄 모리스의 『유토피아에서 온 소식』」, 이명호 외, 『유토피아의 귀환 - 폐허의 시대, 희망의 흔적을 찾아서』, 경희대 출판부, 2017.

오영식, 「『아이생활』 목차 정리」, 『근대서지』 20, 근대서지학회, 2019.

유연실, 「근대 한·중 연애 담론의 형성 - 엘렌 케이(Ellen Key) 연애관의 수용을 중심으로」, 『중국사연구』 79, 중국사학회, 2012.

이기훈, 「1920년대 '어린이'의 형성과 동화」, 『역사문제연구』 8, 역사문제연구소, 2002.

이만영, 「한국 초기 근대소설과 진화론 - 1910~1920년대 초 '진화' 개념의 전유 양상을 중심으로」, 고려대 박사논문, 2017.

이민영, 「박영희의 번역희곡과 '네이션=스테이트'의 기획」, 『어문학』 107, 한국어문학회, 2010.

이병태, 「사상사의 견지에서 본 『로숨의 유니버설 로봇』 수용의 지형과 함의 - 1920년대를 중심으로」, 『통일인문학』 79, 건국대 인문학연구원, 2019.

이사유, 「『창조』의 실무자 김환에 대한 고찰」, 『한국학연구』 34, 인하대 한국학연구소, 2014.

이 석, 「사카이 도시히코의 번역 작품 『이상향(理想鄕)』의 미학」, 『일본학보』 112, 한국일본학회, 2017.

이유정, 「러일전쟁과 미국의 한국 인식 - 잭 런던의 종군 보도를 중심으로」, 『미국학논집』 51:3, 한국아메리카학회, 2019

이지용, 「한국 SF의 스토리텔링 연구」, 단국대 박사논문, 2015.

이지원, 「3·1운동」, 『한국사』 15, 한길사, 1994.

이호룡, 『신채호』, 역사공간, 2006.

이희환, 「식민지시대 대중문예작가와 아동극집의 출판」, 『아동청소년문학연구』 3, 한국아동청소년문학회, 2008

임경석, 『한국 사회주의의 기원』, 역사비평사, 2003.

임경석, 「워싱턴 회의 전후 한국 독립운동 진영의 대응」, 『대동문화연구』 51, 대동문화연구원, 2005.

임철규, 『왜 유토피아인가』, 민음사, 1994.

임 화, 임화문학예술전집편찬위원회 편, 『임화문학예술전집 4-평론 1』, 소명출판, 2009.

장노현, 「인종과 위생-『철세계』의 계몽의 논리에 대한 재고」, 『국제어문』 58, 국제어문학회, 2013.

장정희, 「방정환 문학 연구」, 고려대 박사논문, 2013.

정선태, 『한국 근대문학의 수렴과 발산』, 소명출판, 2008.

정지원, 「일본의 傳과 敍事 筆記-한국과의 비교를 중심으로」, 고려대 박사논문, 2021.

조 민, 「제1차 세계대전 전후의 세계정세」, 『3·1민족해방운동연구』, 청년사, 1989.

조재룡, 『번역의 유령들』, 문학과지성사, 2011.

_____, 『번역하는 문장들』, 문학과지성사, 2015.

_____, 「번역문학이라는 불가능성의 가능성-개념 정의에 대한 고찰을 중심으로」, 『코기토』 79, 부산대 인문학연구소, 2016.

천정환, 『근대의 책 읽기-독자의 탄생과 한국 근대문학』, 푸른역사, 2014(초판 2003).

최덕교, 『한국잡지백년』 2, 현암사, 2004.

최명표, 「고장환의 소년운동과 아동문학」, 『건지인문학』 15, 전북대 인문학연구소, 2015.

최애순, 「1920년대 미래 과학소설의 사회구조의 전환과 미래에 대한 기대-「팔십만 년 후의 사회」, 「이상의 신사회」, 「이상촌」을 중심으로」, 『한국근대문학연구』 21:1, 한국근대문학회, 2020.

_____, 「초창기 과학소설의 두 갈래 양상 『철세계』와 『비행선』」, 『우리어문연구』 68, 우리어문학회, 2020.

_____, 「1920년대 카렐 차페크의 수용과 국내 과학소설에 끼친 영향-김동인 「K박사의 연구」와의 영향 관계를 중심으로」, 『우리문학연구』 69, 우리문학회, 2021.

최원식, 『한국근대소설사론』, 창작과 비평사, 1986.

최주한, 「『검둥의 설움』과 번역의 윤리-정치학」, 『대동문화연구』 84, 대동문화연구원, 2013.

최철규, 「소설에서의 과학과 문학의 조화」, 『현대사회사상사』, 진명출판사, 1978.

최화숙, 『응변의 상식』, 동양대학당, 1927.

한기형, 「『개벽』의 종교적 이상주의와 근대문학의 사상화」, 임경석·차혜영 외, 『『개벽』에 비친 식민지 조선의 얼굴』, 모시는사람들, 2007.

_____, 『식민지 문역-검열, 이중출판시장, 피식민자의 문장』, 성균관대 출판부, 2019.

한림과학원 편, 『한국 근대 신어사전』, 선인, 2010.

한민주, 「인조인간의 출현과 근대 SF문학의 테크노크라시-「인조노동자」를 중심으로」, 『한국근대문학연구』 25, 한국근대문학회, 2012

함석헌, 『함석헌 저작집 2-인간혁명』, 한길사, 2009.

_____, 『함석헌 저작집 6-죽을 때까지 이 걸음으로』, 한길사, 2009.

_____, 함석헌편집위원회 편, 『씨올의 소리』, 한길사, 2016.

허 수, 「러셀 사상의 수용과 『개벽』의 사회개조론 형성」, 『역사문제연구』 21, 역사문제연구소, 2009.

_____, 「제1차 세계대전 종전 후 개조론의 확산과 한국 지식인」, 이경구·박노자 외, 『개념의 번역과 창조』, 돌베개, 2012.

허혜정, 「논쟁적 대화-H. G 웰스의 근대 유토피아론과 조선 사회주의 문예운동」, 『비평문학』 63, 한국비평문학회, 2017.

황미정, 「근대 초기 번역소설의 번역어 연구-「거인국표류기」, 「로빈손무인절도표류기」의 일본어 번역본과의 비교분석」, 『일본문화연구』 51, 동아시아일본학회, 2014.

황정현, 「1920년대 『로숨의 유니버설 로봇』의 수용 연구」, 『현대문학이론연구』 61, 현대문학이론학회, 2015

황종연, 「문학에서의 역사와 반(反)역사-이기영의 『고향』을 중심으로」, 『민족문학사연구』 67, 민족문학사학회, 2008.

_____ 편, 『문학과 과학』 1~3, 소명출판, 2013~2015.

황호덕·이상현 편, 『한국어의 근대와 이중어 사전 영인편 2-언더우드, 『한영ᄌᆞ뎐』(1890)』, 박문사, 2012.

_____ 편, 『한국어의 근대와 이중어 사전 영인편 VIII-게일, 『삼천ᄌᆞ뎐』(1924), 언더우드, 『영선ᄌᆞ뎐』(1925)』, 박문사, 2012.

『조선일보 100년사』 상, 조선일보사, 2020.

2) 번역 논저

니시다 요시코(西田良子), 이영준 역, 「日本兒童文學의 흐름과 現狀」, 『한국아동문학학회 학술대회·아세아아동문학대회 자료집』, 한국아동문학학회, 1990.

다르코 수빈, 문지혁·복도훈 역, 「낯설게 하기와 인지("Estrangement and Cognition", Metamorphoses of Science Fiction, 1979)」, 『자음과 모음』 30, 2015.

David P. Barash·Charles P. Webel, 송승종·유재현 역, 『전쟁과 평화』, 명인문화사, 2018.

라이머 예헴리히, 박상배 역, 『외국문학』 26, 열음사, 1991.

라이먼 타워 사전트, 이지원 역, 『유토피아니즘』, 고유서가, 2018.

R. L. 스티븐슨, 김원기 역, 『쥐킬 박사와 하이드』, 신명문화사, 1956.

로버트 스콜즈·에릭 S. 라프킨, 김정수·박오복 역, 『SF의 이해』, 평민사, 1993.

루이스 멈퍼드, 박홍규 역, 『유토피아 이야기』, 텍스트, 2010.

루이스·스티븐슨, 유영 역, 『이중인간』, 양문사, 1959.

리디아 리우, 민정기 역, 『언어 횡단적 실천』, 소명출판, 2005.

마리 루이즈 베르네리, 이주명 역, 『유토피아 편력』, 필맥, 2019.

무라카미 하루키, 이영미 역, 『무라카미 하루키 잡문집』, 비채, 2011.

셰릴 빈트, 전행선 역, 『에스에프 에스프리-SF를 읽을 때 우리가 생각할 것들』, arte, 2019.

아르놀트 하우저, 백낙청·반성완 역,『문학과 예술의 사회사』2, 창비, 1999.

아이작 아시모프, 김선형 역,『SF 특강』, 한뜻출판사, 1996.

야마구치 마사오, 오정환 역,『패자의 정신사』, 한길사, 2005.

E. P. 톰슨, 윤효녕 외역,『윌리엄 모리스 – 낭만주의자에서 혁명가로』2, 한길사, 2012.

에른스트 블로흐, 박설호 역,『희망의 원리』1, 열린책들, 2004.

올리버 티얼, 정유선 역,『비밀의 도서관 – 호메로스에서 케인스까지 99권으로 읽는 3,000년 세계
    사』, 생각정거장, 2017.

욜렌 딜라스-로세리외, 김휘석 역,『미래의 기억, 유토피아 – 토머스 모어에서 레닌까지, 또 다른 사
    회에 대한 영원한 꿈』, 서해문집, 2007.

이노우에 하루키, 최경국·이재준 역,『로봇창세기 – 1920~1938 일본에서의 로봇의 수용과 발전』,
    창해, 2019.

잭 런던, 윤미기 역,『잭 런던의 조선사람 엿보기 – 1904년 러일전쟁 종군기』(2판), 한울, 2011.

_____, 이한중 역,『불을 지피다 – 잭 런던 소설집』, 한겨레출판, 2012.

_____, 김한영 역,『나는 어떻게 사회주의자가 되었나』, 은행나무, 2014.

_____, 고정아 역,『잭 런던 – 들길을 가는 사내에게 건배 외 24편』, 현대문학, 2015.

즈뎅까 끌뢰슬로바, 최원식 역,「김우진과 까렐 차뻬」,『민족문학사연구』4, 민족문학사학회, 1993.

쩌우전환, 한성구 역,『번역과 중국의 근대』, 궁리, 2021.

천핑위안, 이종민 역,『중국소설의 근대적 전환』, 산지니, 2013.

카를 만하임, 임석진 역,『이데올로기와 유토피아』, 김영사, 2012.

토마스 아이크, 소병규 역,『잭 런던 – 모순에 찬 삶과 문학』, 한울, 1992.

프레드릭 제임슨, 정병선·홍기빈 역,「유토피아의 정치학」(2004), 프레드릭 제임슨 외,『뉴레프트
    리뷰』2, 길, 2009.

H. G. 웰스, 최용준 역,『허버트 조지 웰스』, 현대문학, 2014.

_____, 김희주·전경훈 역,『세계사 산책』, 옥당, 2017.

H. G. 언더우드, 이만열·옥성득 편역,『언더우드 자료집 1909~1913』4, 연세대 출판부, 2009.

3) 국외 논저

エッチ・ジー・ウエルス, 光用穆 譯,『宇宙戰爭 – 科學小說』, 秋田書院, 1915.

ジャック・ロンドン, 矢口達 訳,『血の記録』, 朝香屋書店, 1923.

ベラミー, 平井広五郎 訳,『百年後之社會 – 社会小説』, 警醒社, 1904.

マキシム・ゴルキイ, 渡平民 訳,『叛逆者の母』, 文泉堂, 1920.

ロンドン, 寺田鼎 訳,「鐵踵」,『新興文学全集 14 – 米国篇 第2』, 平凡社, 1929.

堺利彦, 川口武彦 編,『堺利彦全集』6, 京部：法律文化社, 1980.

宮島新三郎・相田隆太郎,『改造思想十二講』, 新潮社, 1922.

上田敏, 『最近海外文學』, 文友館, 1901.

生田弘治・本間久雄, 『社会改造の八大思想家』, 東京堂書店, 1920.

須田喜代次, 「独の文学を草して井竜節三に交付すー「鷗外日記」一九一二年十二月二十日の記述を
　　　　めぐって」, 『大妻国文』38, 2007.

永井太郎, 「地下世界の近代」, 『福岡大学人文論叢』41:2, 2009.

日外アソシエーツ 編, 『翻訳図書目録－明治・大正・昭和戦前期』3, 日外アソシエーツ, 2007.

井筒節三, 『精神分析學』, 實業之日本社, 1922.

鄭然圭, 『さすらひの空』, 宣傳社, 1923.

厨川白村, 『象牙の塔を出て』, 福永書店, 1920.

中林良雄 外, 『明治翻譯文学総合年表』, 大空社, 2001.

中西伊之助 編, 『芸術戦線－新興文芸二十九人集』, 自然社, 1923.

川戸道昭・榊原貴教 編著, 『世界文學總合目録』2, 東京 : 大空社 : ナダ出版センター, 2011.

_____, 『圖説 飜譯文學總合事典』3, 東京 : 大空社 : ナダ出版センター, 2009.

_____, 『飜譯文學總合事典』3, 大空社, 2009.

_____・中林良雄, 『明治翻訳文学全集 : 翻訳家編 3 井上勤集』, 大空社, 2002.

黒岩比佐子, 『パンとペン社会主義・利彦と「売文社」の闘い』, 講談社, 2013.

『(週刊) 平民新聞』1・2, 大阪 : 創元社, 1954.

『翻訳図書目録－明治・大正・昭和 戦前期』1・3, 日外アソシエーツ, 2006~2007.

『山川均全集』2, 東京 : 勁草書房, 1966.

單德興, 「『格理弗遊記』普及版序」, 綏夫特(Jonathan Swift), 『格理弗遊記(普及版)』, 聯經出版事業公
　　　　司, 2013.

刘树森, 「李提摩太与『回头看记略』－中译美国小说的起源」, 『美国研究』, 1999.

陆国飞, 『清末民初翻译小说目录－1840~1919』, 上海 : 上海交通大學出版社, 2018.

北京大学『马藏』编纂与研究中心, 『马藏』1, 科学出版社, 2019.

徐中玉 主编, 『中國近代文學大系 27－飜譯文學集 2 : 1840~1919』, 上海 : 上海書店, 2012(초판 1995).

张　冰, 「继承, 误读与改写－清末士大夫对『百年一觉』"大同"的接受」, 『浙江外国语学院学报』, 2017.

张广勋, 「爱德华・贝拉米小说『回顾』的影响及其研究综述」, 『河南广播电视大学学报』26:3, 2013.

郑立君, 「『乌有乡消息』在中国的审美译介」, 『美育学刊』, 2016.

『万国公报』(影印版) 28, 上海 : 上海书店出版社, 2014.

Albert J. Rivero, "Preface", Jonathan Swift, *Gulliver's travels: based on the 1726 text: contexts, criticism*,
　　　　New York : Norton, 2002.

Andolfatto Lorenzo, *Hundred days' literature : Chinese utopian fiction at the end of empire, 1902-1910*,

Leiden; Boston : Brill, 2019.

Brian Stableford, *Scientific Romance in Britain, 1890-1950*, New York : St. Martin's, 1985.

David D. E. Wang, "Translating Modernity", David Pollard ed., *Translation and creation : readings of western literature in early modern China, 1840-1918*, Philadelphia : John Benjamins Publishing Company, 1998.

David Der-wei Wang, *Fin-de-siècle Splendor : Repressed Modernities of Late Qing Fiction, 1849-1911*, Stanford University Press, 1997.

Erich Fromm, "Afterword", George Orwell, *1984*, New American Library, 1977.

George Pope Morris, *Poems*, New York : Charles Scribner, 1860.

Jeffory A. Clymer, *America's Culture of Terrorism : Violence, Capitalism, and the Written Word*, Chapel Hill, NC: University of North Carolina Press, 2003.

John Hope Franklin, "Edward Bellamy and the Nationalist Movement", *The New England Quarterly*, 11:4, Dec. 1938.

John S. Partington, "H. G. Wells and the World State : A Liberal Cosmopolitan in a Totalitarian Age", *International Relations*, 17:2, 2003.

_____, "The Time Machine and A Modern Utopia : The Static and Kinetic Utopias of the Early H. G. Wells", *Utopian Studies*, 13:1, 2002.

Krishan Kumar, *Utopia and Anti-Utopia in Modern Times*, London : Blackwell, 1991.

LIN Jiachen · LI Changbao, "Translation and Reception of Jonathan Swift's Gulliver's Travels in China", *Studies in Literature and Language*, 20:1, 2020.

Lyman Tower Sargent, "Themes in Utopian Fiction in English Before Wells", *Science Fiction Studies*, November 1976.

Michael S. Neiberg, *The Treaty of Versailles : A Concise History*, Oxford University Press, 2017.

Norman M. Wolcott, "How Lewis Mercier and Eleanor King Brought You Jules Verne", *Mobilis in Mobile : The Newsletter of the North American Jules Verne Society*, 12:2, December 2005.

Patrick Hanan, "A Study in Acculturation : The First Novels Translated into Chinese", *Chinese Literature : Essays, Articles, Reviews(CLEAR)*, Vol. 23, Dec., 2001.

Peter Dixon, "A Note on the Text", Jonathan Swift, *Gulliver's travels*, Harmondsworth · Middlesex · England : Penguin Books, 1985.

Thomas M. Balliet, "Preface", Jonathan Swift, *Gulliver's Travels : Into Several Remote Regions Of The World*, D.C. Heath & Co. Publishers.(Boston · New York · Chicago), 1900.

William H. Nienhauser, *The Indiana companion to traditional Chinese literature*, Indiana University Press, 1986.

William Morris, "Looking Backward", *Commonweal*, June 22nd, 1889.

William Morris, *Poems by the Way*, Reeves and Turner, 1892.

3. 기타 자료

한국사 데이터베이스

『국역 윤치호 영문 일기』 1, http://db.history.go.kr/id/sa_025r_0030_0060_0240

『국역 윤치호 영문 일기』 1, http://db.history.go.kr/id/sa_024r_0040_0100_0140

『국역 윤치호 영문 일기』 4, http://db.history.go.kr/id/sa_028r_0040_0010_0030

「김찬두 신문조서」, 『한민족독립운동사자료집』 17, http://db.history.go.kr/id/hd_017_0010_0540

「신태악 신문조서」, 『한민족독립운동사자료집』 14, http://db.history.go.kr/id/hd_014_0010_0820

「장병준 신문조서」, 『한민족독립운동사자료집』 47, http://db.history.go.kr/id/hd_047_0010_00
10_0290

「재경(在京) 조선인 상황」, 『조선인에 대한 시정 관계 잡건 일반의 부』 2, http://db.history.go.kr
/id/haf_094_0090

「조선문(朝鮮文) 신문지 차압 기사요지: 『조선정보통신』」, 『조선출판경찰월보』 76, 1934.12.1, htt
p://db.history.go.kr/id/had_073_0100

「조선웅변연구회 창립총회에 관한 건(京鍾警高秘 제5376호)」, 『사상 문제에 관한 조사서류』 2, htt
p://db.history.go.kr/id/had_135_0660

「출판경찰개황 : 불허가 차압 및 삭제 출판물 기사요지-『세계동화걸작전집』」, 『조선출판경찰월
보』 5, 1929.1.15, http://db.history.go.kr/id/had_007_0160

「출판경찰개황 : 불허가 차압 및 삭제 출판물 기사요지-『세계소년독본』」, 『조선출판경찰월보』 7,
1929.3.8, http://db.history.go.kr/id/had_009_0210

「출판경찰개황 : 불허가 차압 및 삭제 출판물 기사요지-『어린이날』」, 『조선출판경찰월보』 20,
1930.4.28, http://db.history.go.kr/id/had_020_0340

「출판경찰개황 : 불허가 차압 및 삭제 출판물 기사요지-「(조선정보통신국)선전인쇄물」」, 『조선출
판경찰월보』 11, 1929.7.11, http://db.history.go.kr/id/had_013_0460

「출판경찰개황 : 불허가 차압 및 삭제 출판물 기사요지-『조선통치평론』」, 『조선출판경찰월보』
11, 1929.7.17, http://db.history.go.kr/id/had_013_0800

「출판경찰개황 : 불허가 차압 및 삭제 출판물 기사요지-『조선정보통신』」, 『조선출판경찰월보』
12, 1929.8.5, http://db.history.go.kr/id/had_014_0890

「출판경찰개황 : 불허가 차압 및 삭제 출판물 기사요지-『조선정보통신』」, 『조선출판경찰월보』
17, 1930.1.15, http://db.history.go.kr/id/had_017_0600

「출판경찰개황 : 불허가 차압 및 삭제 출판물 기사요지-『조선정보통신』」, 『조선출판경찰월보』
17, 1930.1.25, http://db.history.go.kr/id/had_017_0670

「출판경찰개황 : 불허가 차압 및 삭제 출판물 기사요지-『조선정보통신』」, 『조선출판경찰월보』

17, 1930.2.15, http://db.history.go.kr/id/had_018_0490

「출판경찰개황 : 소화 6년 2월 중 선내(鮮內) 출판 단행본 납본조」, 『조선출판경찰월보』 30,
   http://db.history.go.kr/id/had_029_0760

『한민족독립운동사 9－3·1운동 이후의 민족운동 2』, http://db.history.go.kr/id/hdsr_009_00
   20_0030_0020

『한민족독립운동사 9－3·1운동 이후의 민족운동 2』, http://db.history.go.kr/id/hdsr_009_00
   20_0020_0030

위키피디아

http://ko.wikipedia.org/wiki/라디오

http://ko.wikipedia.org/wiki/카렐_차페크

http://en.wikipedia.org/wiki/The_Outline_of_History

http://en.wikipedia.org/wiki/Looking_Backward

http://en.wikipedia.org/wiki/From_the_Earth_to_the_Moon

http://en.wikipedia.org/wiki/Dr._Jekyll_and_Mr._Hyde_(1920_Paramount_film)

http://en.wikipedia.org/wiki/Dr._Jekyll_and_Mr._Hyde_(1931_film)

일본 국립국회도서관

http://dl.ndl.go.jp/info:ndljp/pid/4434503

http://dl.ndl.go.jp/info:ndljp/pid/1700409

http://dl.ndl.go.jp/info:ndljp/pid/1679730

http://dl.ndl.go.jp/info:ndljp/pid/896775

http://dl.ndl.go.jp/info:ndljp/pid/962917

http://dl.ndl.go.jp/info:ndljp/pid/896836

http://dl.ndl.go.jp/info:ndljp/pid/896838

http://dl.ndl.go.jp/info:ndljp/pid/896835

국가전자도서관 http://www.dlibrary.go.kr

국립국어원 표준국어대사전 http://stdict.korean.go.kr

국립중앙도서관 http://www.nl.go.kr

국회전자도서관 http://dl.nanet.go.kr

한국민족문화대백과사전 http://encykorea.aks.ac.kr/Contents/Item/E0033481

화봉문고 http://bookseum.hwabong.com

民国时期文献 联合目录 http://pcpt.nlc.cn

중국 고문서 판매 사이트 http://www.bookinlife.net/book-287531.html
하마다 히로스케 기념관 온라인 사이트 http://hirosuke-kinenkan.jp
Britannica Academic http://academic.eb.com
George Wesley Bellows Original Lithographs & Drawings http://www.georgebellows.com

초출일람

제2장
「유토피아 '다시 쓰기'-1920년대 초 식민지 조선의 중역을 중심으로」, 『현대문학의 연구』 70, 한국문학연구학회, 2020.2.

제3장
1. 1920년대 H. G. 웰스의 지형도
「1920년대 식민지 조선의 H. G. 웰스 이입과 담론 형성」, 『사이間SAI』 26, 국제한국문학문화학회, 2019.5.

2. 유토피아 소설의 계보와 신세계의 정념
「실재와 상상, 번역된 '유토피아니즘'-1926년 『동광』 창간 기념 연재를 중심으로」, 『국제어문』 88, 국제어문학회, 2021.3.

제4장
2. 구원과 파멸의 서사
「식민지 시기 『지킬 박사와 하이드 씨』의 수용-『쩨클과 하이드』(1921)의 번역 양상과 의미를 중심으로」, 『민족문학사연구』 74, 민족문학사연구소, 2020.12.

4. 유토피아의 (불)가능성
「식민지 시기 『걸리버 여행기』의 번역 계보 (1)-1929년 고장환의 단행본을 중심으로」, 『반교어문연구』 55, 반교어문학회, 2020.8.

간행사_동아시아 심포지아 · 메모리아 총서를 펴내며

'동아시아 심포지아'와 '동아시아 메모리아'는 한국연구원과 성균관대학교 비교문화연구소가 공동으로 기획하여 출간하는 총서다. 향연을 뜻하는 라틴어에서 딴 심포지아는 플라톤의 『심포지온』에서 비롯되었으며, 오늘날 학술토론회를 뜻하는 심포지엄의 어원이자 복수형이기도 하다. 메모리아는 과거의 것을 기억하고 기념하기 위해 현재의 기록으로 남겨 미래에 물려주어야 할 값진 자원을 의미한다. 한국연구원과 성균관대학교 비교문화연구소는 지금까지 축적된 한국학의 역량을 바탕으로 새로운 동아시아 인문학의 제창에 뜻을 함께하며, 참신하고 도전적인 문제의식으로 학계를 선도하고 있는 신예 연구자의 저술을 적극적으로 지원하기 위해 학술총서 '동아시아 심포지아'와 자료총서 '동아시아 메모리아'를 펴낸다.

한국연구원은 학술의 불모 상태나 다름없는 1950년대에 최초의 한국학 도서관이자 인문사회 연구 기관으로 출범하여 기초 학문의 토대를 닦는 데 기여해 왔다. 급속도로 달라지고 있는 학술 환경 속에서 신진 학자와 미래 세대에 대한 후원에 공을 들이고 있는 한국연구원은 한국학의 질적인 쇄신과 도약을 향한 교두보로 성장했다. 성균관대학교 비교문화연구소는 2000년대 들어 인문학 연구의 일국적 경계와 폐쇄적인 분과 체제를 극복하기 위해 분투해 왔다. 제도화된 시각과 방법론의 틀을 벗어나기 위해서는 서로 다른 영역이 끊임없이 대화하고 소통하면서 실천적인 동력을 찾아내야 한다는 것이 성균관대학교 비교문화연구소가 지닌 문제의식이자 지향점이다. 대학의 안과 밖에서 선구적인 학술 풍토를 개척해 온 두 기관이 힘을 모음으로써 새로운 학문적 지평을 여는 뜻깊은 계기가 마련되리라 믿는다.

최근 들어 한국학을 비롯한 인문학 전반에 심각한 위기의식이 엄습했지만 마땅한 타개책을 찾지 못하고 있다. 한편으로는 낡은 대학 제도가 의욕과 재량이 넘치는 후속 세대를 감당하지 못한 채 활력을 고갈시킨 데에서 비롯되었고, 또 다른 한편으로는 시대의 변화를 선도하는 학문 정신과 기틀을 모색하지 못했기 때문이라는 것이 우리의 진단이자 자기반성이다. 의자 빼앗기나 다름없는 경쟁 체제, 정부 주도의 학술 지원 사업, 계량화된 관리와 통제 시스템이 학문 생태계를 피폐화시킨 주범임이 분명하지만 무엇보다 학계가 투철한 사명감으로 대응하지 못했을 뿐 아니라 오히려 자발적으로 길들여져 온 것이 엄연한 현실이다.

지금 우리에게 절실한 과제는 새로운 학문적 상상력과 성찰을 통해 자유롭고 혁신적인 학술 모델을 창출해 내는 일이다. 이를 위해서는 다음 시대의 학문을 고민하는 젊은 연구자에게 지원을 망설이지 않아야 하며, 한국학의 내포와 외연을 과감하게 넓혀 동아시아 인문학의 네트워크 속으로 뛰어들기를 두려워하지 말아야 한다. 그 첫걸음을 '동아시아 심포지아'와 '동아시아 메모리아'가 기꺼이 떠맡고자 한다. 우리가 함께 내놓는 학문적 실험에 아낌없는 지지와 성원, 그리고 따끔한 비판과 충고를 기다린다.

한국연구원 · 성균관대학교 비교문화연구소
동아시아 총서 기획위원회